ANJA EICHBAUM

Insellicht

SCHATZSUCHE Als eine junge Doktorandin Heinrich Heines literarischen Spuren nachgeht und sich zu Recherchezwecken im »Tea-Time-Hostel« auf Norderney einmietet, gerät sie unbeabsichtigt in die Ermittlungen eines rätselhaften Mordfalls, der Inselpolizist Martin Ziegler zunehmend verzweifeln lässt: Ein Unbekannter am Kap, dem Seezeichen von Norderney, ist offenbar den Folgen eines Giftanschlags erlegen. Damit nicht genug. Bald ziehen auch noch »Sondengänger«, die ein Geheimnis zu hüten scheinen, die Aufmerksamkeit des Polizisten auf sich. Doch sämtliche Spuren führen ins Leere. Gerade jetzt könnte Ziegler Rat und Unterstützung gut gebrauchen, doch seine Vertraute, die Polizeipsychologin Ruth Keiser, stößt derweil auf die tragische Lebensgeschichte einer jungen Frau. Mehr und mehr taucht sie in die Geschehnisse ein und erlebt dabei eine ganz persönliche Katastrophe …

Anja Eichbaum stammt aus dem Rheinland, wo sie bis heute mit ihrer Familie lebt. Als Diplom-Sozialarbeiterin ist sie seit vielen Jahren leitend in der Kinder- und Jugendhilfe tätig. Frühere biographische Stationen wie eine Krankenpflegeausbildung und ein »halbes« Germanistikstudium bildeten Grundlage und Füllhorn zugleich für ihr literarisches Arbeiten. Aus ihrer Liebe zum Meer entstand ihr erster Norderney-Krimi, denn ihre Bücher verortet sie gerne dort, wo sie am liebsten selber ist: am Strand mit einem Kaffee in der Hand. Nach Ermittlungen auf Norderney und an der Ostseeküste, agieren ihre Protagonisten erneut auf der ostfriesischen Insel.

ANJA EICHBAUM

Insellicht

KRIMINALROMAN

GMEINER

Immer informiert

Spannung pur – mit unserem Newsletter informieren wir Sie regelmäßig über Wissenswertes aus unserer Bücherwelt.

Gefällt mir!

Facebook: @Gmeiner.Verlag
Instagram: @gmeinerverlag
Twitter: @GmeinerVerlag

FSC www.fsc.org
MIX
Papier aus verantwortungsvollen Quellen
FSC® C014496

Besuchen Sie uns im Internet:
www.gmeiner-verlag.de

Im Ehnried 5, 88605 Meßkirch
Telefon 07575/2095-0
info@gmeiner-verlag.de

1. Auflage 2022

Lektorat: Claudia Senghaas, Kirchardt
Herstellung: Mirjam Hecht
Umschlaggestaltung: U.O.R.G. Lutz Eberle, Stuttgart
unter Verwendung eines Fotos von: © mauritius images / Hans Zaglitsch
Druck: GGP Media GmbH, Pößneck
Printed in Germany
ISBN 978-3-8392-0140-4

Personen und Handlung sind frei erfunden.
Ähnlichkeiten mit lebenden oder toten Personen
sind rein zufällig und nicht beabsichtigt.

PERSONENREGISTER DER PROTAGONISTEN

Gert Schneyder, Mordkommission Aurich
Martin Ziegler, Dienststellenleiter Norderney, lebt mit Anne Wagner zusammen
Nicole Ennert, Olaf Maternus, Silke Habicht, Ronnie Heitbrink, Polizisten

Ruth Keiser, Polizeipsychologin
Oskar Schirmeier, Journalist

Daniela Prinzen, geborene Rick
Frank Prinzen
Marthe Dirkens

WEITERE PERSONEN, ALPHABETISCH

Adamietz, Patrik
Bothe, Doktor Rainer
Eske
Holgersen, Nils
Kahn Rebecca +
Judith
Matzdorf, Doktor
Robin
Schwarzbach, Andreas Richard, genannt Uriah
Trödel-Tammo
Wiesinger, Caroline
und andere

PROLOG

Bonn

Das Papier knisterte. Er hielt den Atem an. Seine Hände zitterten. Er griff den Einband fester. Nicht auszudenken, das Exemplar würde herunterfallen. Für einen Moment schloss er die Augen. Dankbar. Erleichtert. Stolz. So hatte er sich diesen Augenblick vorgestellt. Von Ehrfurcht erfasst, würde er es nennen, wenn es nicht fürchterlich abgedroschen klänge. Dabei war es wichtiger denn je, sich der gewählten Worte bewusst zu sein. Die Sprache zu formen. Exakt zu formulieren und keine Worthülsen zu produzieren. Das war sein Wunsch gewesen. Von Kind an. Und nun stand er an diesem Ort, der für ihn den gleichen Wert besaß, wie es der Altarraum für den Priester tat. Ein Heiligtum.

Der hölzerne Boden der Empore knarzte, als er das Gewicht verlagerte, während er an den Buchreihen vorbeiging. Er schwankte kurz, denn schwindelfrei war er nicht. Eine angeborene Sehschwäche, die lange übersehen worden war, hatte dazu geführt, dass er in seiner Kindheit motorisch recht unsicher gewesen war. Er lächelte. Was für ein Paradestück des Schicksals. Denn der mangelhafte Gleichgewichtssinn hatte ihn erst zu einem Büchernarren gemacht, und diese Bücherliebe hatte die Weichen für sein Leben gestellt.

Er zog die Brille, die er beim Lesen auf die Stirn schob, zurück auf die Nase. Vorsichtig balancierte er das geöffnete Buch den schmalen Gang entlang zur Treppe, die in den Innenraum der Bibliothek und damit zu den Schreibtischen führte. Er hatte einen der begehrten Plätze am Fenster mit seiner Ledertasche blockiert. Nicht weil ihn der Anblick der herumgammelnden Kommilitonen draußen auf der Hofgartenwiese interessierte. Nicht im Geringsten zog es ihn dort hinaus und in ihre Gesellschaft. Wie er überhaupt wenig Wert auf die Gemeinschaft legte. Die Erstsemesterwoche war eine Qual und vergeudete Zeit gewesen. Wo er sich Wissensvermittlung versprach, war es um blödsinnige Trinkspiele und peinliche Rätselaufgaben gegangen.

Er war sich in seinem Anzug erwachsener vorgekommen als die Tutoren und war nur froh, dass das Studium nun begonnen hatte. Das Germanistische Seminar hatte seine Türen für ihn geöffnet. Wie froh war er, wenn er den kalten Marmorböden, den laut hallenden Fluren und dem verrauchten E-Raum im Hauptgebäude der Universität entfliehen konnte, indem er Stufe für Stufe in die heiligen Hallen des alten Schlosses hochstieg. Wenn er an der Aufsicht in ihrem gläsernen Kasten seinen Ausweis präsentierte, ließ er die banale Welt hinter sich. Schon jetzt, kaum 14 Tage nach Studienbeginn, in diesem Oktober 1980, wusste er: Hier lag seine Bestimmung. Hier lag sein Glück. Und das würde er sich von niemandem mehr nehmen lassen.

*

Berlin

Die Musik wummerte durch alle Räume, verfing sich in den Ecken, kroch unter den Türen hindurch in den letzten Winkel der Studentenwohnung. Mit jedem Bass stieg sein Hass. Sein Hass auf die Ungerechtigkeit, sein Hass auf das Leben. Ein Leben, in das er nicht zu passen schien. In dem sich alle anmaßten, ihn zu belächeln. In seiner Leidenschaft, seiner

Zielstrebigkeit. Wie sie ihn dabei verkannten. Auf ihn herabsahen, mitleidig und mit gequälten Zügen um den Mund. Als wenn sie im Besitz der Wahrheit und Weisheit wären und nicht vielmehr er selbst. Nicht nur die Kommilitonen, von denen es nicht anders zu erwarten war. Sondern auch die Dozenten an der Bonner Uni. Ja, er hatte eine Stelle als wissenschaftlicher Mitarbeiter bekommen. Weil er fleißig war. Weil er sich nicht ablenken ließ. So unverfroren hatte ihm sein Professor das ins Gesicht gesagt. Dabei stand er in den Startlöchern. Er würde es ihnen zeigen. Würde sich seinen Lebenstraum nicht zerstören lassen. Vielleicht musste er sich anders aufstellen. Sein Forschungsgebiet neu justieren. Sich auf etwas ausrichten, mit dem ihm ein fulminanter Durchbruch gelingen konnte. Nur, was konnte das sein?

Jemand drehte die Musik lauter. Wütend warf er seine Brille aufs Bett. So waren Lesen und Arbeiten unmöglich. Wo war er hineingeraten? Statt weiterzukommen, geriet der Berlin-Aufenthalt, von dem er sich viel versprochen hatte, zum Desaster. Das Zimmer, das er für die Semesterferien über einen Aushang am Schwarzen Brett in Bonn ergattert hatte, erschien ihm perfekt. »Germanist sucht Mitbewohner für zwei Monate.« In Berlin war er noch nie gewesen. Dieses Inselleben der alten Hauptstadt erzeugte klaustrophobische Gefühle. Andererseits: Es war wichtig, über den Tellerrand zu schauen. Der Kleingeistigkeit seiner Universität zu entkommen. Auf neuen literarischen Stoff zugreifen zu können. Originalausgaben in den Händen zu halten. Möglicherweise war Berlin sein Schicksalsort. Viel mehr als dieser verstaubte Bonner Mikrokosmos, in dem er trotz aller Anstrengung kaum etwas galt.

Wie hatte er sich getäuscht. Der Germanist entpuppte sich als Popper, der sich in seiner Bundfaltenhose über seinen Anzug lustig machte. Als Partygänger mit einer blonden Haartolle und türkisfarbenen Augen. Als Frauenheld, der in der Bewunderung, die ihm seine Mitmenschen entgegenbrachten, aufblühte. Der sich als Genius fühlte, ohne es zu sein, weil seine sprachliche Eloquenz über die fehlende Tiefe seiner wissenschaftlichen Arbeit hinwegtäuschte. Dem trotzdem eine Karriere in der Germanistik bevorstand. Dem Blender. Nicht ihm, dem Könner.

Er setzte die Brille auf und öffnete die Tür. Rauchschwaden zogen durch die Wohnung. Auf dem Boden und sämtlichen Möbeln standen herrenlose Bierflaschen. Teller mit Essensresten stapelten sich auf den Tischen. Die Musik ließ seinen Magen vibrieren.

Seltsamerweise hatten sich alle in der Küche um den Fernseher versammelt. Der Ton war abgestellt. Kein Wunder bei all den Experten, die alkoholisiert das Spiel kommentierten und sich in ihren Formulierungen zu übertreffen suchten. Was für eine Betätigung für den Akademiker von heute.

Er sah zu der Zimmertür seines Gastgebers. Sie stand einen Spalt auf. Obwohl sie beide das Studienfach teilten, gab es keine Gemeinsamkeiten zwischen ihnen. Eine Erkenntnis, die sich innerhalb von Minuten eingestellt hatte, in diesem Sommer 1986. Aber was machte das schon bei einem Arrangement auf Zeit.

Er schob sich in das Zimmer. Immerhin keine knutschenden Paare wie sonst auf den wenigen Partys, zu denen er jemals gegangen war. Schnell näherte er sich dem Schreibtisch. Schaute auf den Blätterstapel neben der Schreibmaschine, in die eine Seite eingespannt war.

Er nahm die obersten Papiere an sich und ließ seinen Blick darüber schweifen. »Heine«, stieß er aus und hörte, wie verächtlich es klang. Um Heine hatte er bisher einen großen Bogen gemacht. Er überflog die Einleitung. Um Heines Abkehr vom Judentum ging es in der Seminararbeit, die größtenteils fertig zu sein schien. Er griff zu den handschriftlichen Blättern mit Quellenangaben und Verweisen. Wie aus dem Nichts explodierte ein Gedanke in ihm: Das, was er las, war – genial. Es hätte aus seiner Feder stammen können. Es war aus seiner Feder. Oder etwa nicht? Ein Lächeln umspielte seine Lippen. Er hatte es gewusst: Die Fahrt nach Berlin war nicht vergeblich.

Dass er die Wohnung verließ, zum Bahnhof fuhr und eine halbe Stunde später zurückkehrte, blieb unbemerkt. Die Aufregung am nächsten Tag tangierte ihn nicht. Was interessierte ihn ein verschwundener Blätterstapel? Selbst schuld, wenn man dem Partyvolk Tür und Tor zum Diebstahl öffnete. Was hatte er damit zu tun?

*

Bonn

Nein, er feierte nicht, an diesem denkwürdigen Tag, als er die Promotionsurkunde in den Händen hielt. Es war das »summa cum laude«, das höchste Lob. Der Türöffner zu weiteren akademischen Weihen. Er hatte sein Ziel erreicht. Die Glückwünsche seines Doktorvaters waren ehrlich gewesen. Anerkennung für seinen Fleiß, für die neuen Erkenntnisse und den sprachlichen Stil, mit dem er sie alle überrascht hatte. »Willkommen an Bord«, hatte es geheißen, »einen Heine-Kenner in den Reihen zu haben, wird unserer Universität gut zu Gesicht stehen. Was in Ihnen steckt, haben Sie viel zu lange verborgen. Nun, glücklicherweise nicht zu lange.« Es war ein dröhnendes Lachen. »Solang man im rechten Augenblick das Beste aus sich herausholt. Glückwunsch dazu.«

Er hatte gelächelt. Ein Etappenziel. Und das ausgerechnet mit Heine. Dem alten Juden.

SONNTAG, 24. NOVEMBER

Norderney

»He, Marthe! Wo willst du denn hin? So schwer beladen, wie du bist.«

»He, Eske. Seh' ich so aus, als müsste man mir helfen? Als wäre ich eine alte Frau, der man den Einkauf trägt?« Marthe Dirkens kniff die Augen zusammen und setzte ein verkniffenes Gesicht auf.

Ihre Nachbarin schüttelte den Kopf. »Nicht doch.«

Marthe ließ die beiden Einkaufstaschen zu Boden sinken und richtete sich auf. Sie konnte ein Grinsen nicht unterdrücken. »Schon gut, Eske. Du hast ja recht. Ich bin alt. Da kann ich mich noch so gegen wehren und die Tatsachen gerne vom Tisch wischen, ich muss es einsehen, wenn die Knochen meckern. Die alten Knochen wohlgemerkt.«

»Ach, Marthe, wem sagst du das wohl? Ich komme gerade vom *Fischerhaus*. Heute war unser Rudelsingen. Du, wir Einheimischen werden auch immer älter. Nur gut, dass das Singen wieder modern wird. Jetzt traut sich der eine oder andere von den Zugezogenen auch mal zu uns. Aber wir Alten, also die, die immer schon hier waren, wir sind eine aussterbende Rasse.«

»Na, das will ich mal nicht glauben. Auch wenn vieles anders ist als zu der Zeit, als wir jung waren. Aber was willst du machen? Ich versuche, wenigstens ein bisschen mit der Zeit zu gehen.«

»Ja, das tust du, Marthe. Das wissen wir alle. Ich sage nur

Lila. Der letzte Versuch. Mal in deinen Haaren und mal dein Brillengestell. Und dann deine Pension. Die auch nicht mehr das ist, was sie mal war. Aber wenn sonst im Dachstübchen noch alles funktioniert, dann müssen wir zufrieden sein.«

Marthe runzelte die Stirn: »Steht das deiner Meinung nach in einem Zusammenhang, mein Dachstübchen und die Pension?«

»Nein, nein. So war das nicht gemeint. Ich jammere gerne den alten Zeiten hinterher. Warum kommst du denn nicht mal mit zum *Fischerhaus*? Zum Singen und für eine Teetied, da könnten wir dich gut gebrauchen.«

»Du, lass mal. Singen kann man das bei mir nicht nennen, mein Brummen wollt ihr nicht hören, und die Teetied – da wisst ihr doch, dass ich mein ganz besonderes Ritual habe, meinem seligen Mann zuliebe. Alte Gewohnheiten soll man nicht ändern. Ich bleib bei meinem Giftschrank.«

»Und den füllst du wohl gerade wieder auf?« Die Nachbarin ruckte mit dem Kinn zu den beiden Jutetaschen.

Marthe bückte sich und nahm die Einkaufsbeutel hoch. »Hörst du was klirren?« Eske zog die Mundwinkel nach unten und schüttelte den Kopf, sie konnte ihr ansehen, dass damit die Neugierde nicht befriedigt war. »Wenn du willst, nimm eine der Taschen. Wir haben ja den gleichen Weg.«

»Bücher?«, fragte Eske mit spitzer Stimme. Es klang, als handelte es sich um etwas Unanständiges.

»Bücher«, murmelte Marthe und setzte sich in Bewegung. »Was ist daran so ungewöhnlich? Lesen hält fit im Kopf, solltest du auch mal versuchen.«

»Also …«, schnaufte Eske.

»Jetzt reg dich nicht künstlich auf. Ich hab nur einen Scherz gemacht.«

»Es ist auch nicht so, als würde ich keine Bücher lesen«, erwiderte diese. »Also letztens erst …«

»Du musst dich nicht rechtfertigen, Eske. Ich lese auch immer weniger. Es strengt mich an. Die Augen wollen nicht mehr so richtig. Aber ganz ohne, da würde mir etwas fehlen.«

Eske blieb stehen und spannte die Tasche auf. »Moment. Du liest immer weniger, schleppst aber zwei gefüllte Beutel Bücher nach Hause? Das soll mal einer verstehen.«

»Ach, eigentlich ist das ganz einfach.« Marthe war froh, als ihre Nachbarin stehen blieb. So fiel nicht auf, wie kurzatmig sie war. »Schau dir die Bücher mal an.«

Eske griff mit spitzen Fingern nach einem Buch. »Von *Bücher Lübben* sind die also nicht. Sondern aus der Bibliothek.«

»Stimmt. Und das hat seinen Grund. Niemand wird die Bücher lesen.«

»Niemand wird die Bücher lesen?« Eske stand mit offenem Mund da.

»Genau. Sie sind … na, wie soll ich das sagen? Sie sind quasi Dekoration.«

»Dekoration?«

»Ja, du Papagei. Dekoration. Oder, wie Daniela sagte: zum Aufpimpen.«

»Auf… was?« Eske winkte ab. »Ist ja auch egal. Ich glaube, ich habe es kapiert. Ist das eine neue Mode? In eurem Hostel?«

»Eske, jetzt mach nicht so ein Getue. Dass ihr alten Insulaner euch nicht daran gewöhnt, dass die Zeit weitergeht. Ein Hostel ist eine moderne und preiswertere Form des Übernachtens.«

»Aber die Bücher?« Sie schaute wieder in die Tasche. »Das ist doch altes Zeug, was du dir da ausgeliehen hast. Wer liest so etwas heutzutage noch? Schiller, Brecht, Raabe, Storm.«

»Und hier: Goethe, Fontane, Lessing und die Manns. Beide.«

»Alles, was Rang und Namen hat. Nur lesen tut es keiner.« Eske schaute Marthe herausfordernd an. »Warum denn nichts Modernes? Was von der Küste? Ein paar Krimis vielleicht? Die liegen doch bei *Bücher Lübben* in Stapeln. So etwas wollen die Gäste lesen und nicht diese Staubfänger hier.«

»Mag sein. Aber Daniela hat immer neue Ideen. Sie richtet ein Literaturzimmer ein. Für einen ganz besonderen Gast.«

»Jemand Prominentes? Bei euch?« Eske schaute ungläubig.

»Blödsinn. Davon war nie die Rede. Doch genug geschnackt.« Sie setzte sich wieder in Bewegung. »Wir sollten sehen, dass wir nach Hause kommen. Es wird Zeit für meinen Tee.«

*

Er hasste die Nordsee. Schon jetzt. Den Wind, die Wellen, das Wetter.

Trotz des leichten Nieselregens hatte Rainer Bothe die Überfahrt nach Norderney auf dem Deck des Fahrgastschiffes über sich ergehen lassen. Die zwei Handvoll Touristen, die sich mit ihm hinaus in das nasskalte Wetter gewagt hatten, standen mit »Ahs« und »Ohs« an der Reling, während er versuchte, den Griff seines Schirms gerade zu halten. Seine Haushälterin hatte recht behalten. Am Meer trug man Kapuze und keinen Knirps. Wie immer hatte er wenig Neigung verspürt, ihren Empfehlungen zu folgen. Deswegen ignorierte er die halb verstohlenen, halb belustigten Blicke der Mitreisenden. Sollten sie ihn für einen Sonderling halten. Na und? Daran hatte er sich längst gewöhnt. Das drückte nicht seine Stimmung.

Auch nicht das Reisen an sich. Hätte es ihn, wie in der Vergangenheit, nach Göttingen oder Paris verschlagen, wie gerne hätte er sein Bündel geschnürt und wäre, ohne zu zögern, aufgebrochen. Selbst gegen Düsseldorf würde er nichts sagen. Die Richtung, sie stimmte für ihn nicht. Es war, als säße er sprichwörtlich auf dem falschen Dampfer.

Sein Handgelenk schmerzte, und er wechselte den Schirm zur anderen Seite. Je näher sie der Insel kamen, umso voller wurde es an Deck. Smartphones wurden gezückt, und er glaubte, das satte Klicken herkömmlicher Fotoapparate zu hören, während unentwegt der Auslöseknopf der Handys bedient wurde. Das Schaulaufen der Insel mit ihren merkwürdig inhomogenen Gebäuden erschien ihm lächerlich.

Die polternde Gruppe von Menschen, die aus einer Kühltasche Kaltgetränke jeglicher Art hervorholte und sich mit tiefen Blicken zuprostete, widerte ihn an. Das Getrampel, das sie erzeugten, als sie sich die Eisentreppe hinaufschoben, beleidigte seine Ohren, ihr Freizeitlook seine Augen. Erwachsene mittleren Alters, die sich in ihrem Äußeren kein Jota von seinen Studenten unterschieden.

Rainer Bothe wünschte sich nur eines: dass es ihm gelänge, es so schnell wie möglich hinter sich zu bringen, was ihn in diesen nassen Novembertagen auf die gottverdammte Insel führte. Dann würde er am Ziel seiner Wünsche sein. Nichts stünde länger seinen lang gehegten Träumen im Weg. Nur dieses eine Treffen. Über dessen Bedeutung nur er Bescheid wusste. Dass das so bleiben würde, dafür hatte er gesorgt.

Er lachte in sich hinein. Stellte sich die Gesichter vor, wenn der Coup gelänge. Die arroganten Schnösel an der Uni. Die ihn nicht ernst nahmen, ihn aber nicht loswurden. Sie alle würden Augen machen.

Kaum zu glauben, wie nah er seinem Ziel war. Wenn nur das Wetter anders wäre. Er streckte die Hand aus, um die Intensität des Niederschlags zu prüfen. Erstaunt stellte er fest, dass es aufgehört hatte zu regnen, obwohl der Himmel noch immer grau und tief hing und nahtlos mit dem Meer zu einer dunstigen Masse verlief.

Aber kein Regen mehr! Er drückte den Knopf an der Schirmhalterung und klappte das Gestell zusammen, schüttelte es kurz aus und hielt es in einem sicheren Winkel von Hose und Schuhen weg. Er legte den Kopf in den Nacken, als ein schriller Schrei ertönte. Möwen. Noch etwas, was er verabscheute. Er schirmte mit der Hand die Augen ab. Bevor er realisierte, was geschah, lief das ätzende Exkrement schon über seine Finger ins Gesicht. Bothe schrie auf. Die Menschen drehten sich zu ihm um und lachten.

»Möwenschiet bringt Glück«, rief ihm ein Fahrgast zu, der eine Flasche Bier auf ihn erhob. »Na denn man Prost!«

»Glück«, murmelte Rainer Bothe, während er in seinem Trenchcoat nach einem Taschentuch fingerte. »Glück ist etwas für die Dummen. Aber nichts für mich.«

*

Bonn

»Wer hat denn geklingelt?« Ruth Keiser richtete sich auf ihrer Yogamatte auf und zog das Shirt, das beim *Herabschauenden Hund* verrutscht war, herunter.

»Entspann dich, kein Besuch.« Oskar wedelte mit einigen Briefen. Unter den Arm hatte er ein Paket gequetscht. »Nur die Nachbarn. Sie haben unsere Post gestern angenommen. Die Druckerpatronen. Da steht unserem arbeitsintensiven Homeoffice-Sonntag nichts mehr im Weg. Perfekt getimt.«

Ruth verdrehte gespielt die Augen. »So habe ich mir unser Zusammenleben vorgestellt, Oskar Schirmeier. Romantik pur von Laptop zu Laptop. Vis-à-vis am Küchentisch.«

»Hm, höre ich da ein seltenes Wort aus deinem Mund?«

Oskar stellte das Paket mitsamt den Briefen auf dem Boden ab. Er kam auf sie zu und legte seine Hände auf ihre Hüften, während er sie näher an sich heranzog.

Mit beiden Armen hielt Ruth ihn auf Abstand. Doch sie konnte ein Grinsen nicht unterdrücken. »Hey, das war keine Aufforderung. Ich bin mitten in meiner Yoga-Routine.«

»Aber wenn du schon von Romantik anfängst, kann ich das doch nicht überhören.«

»Solltest du aber. Weil ich mein Yoga brauche, um entspannt zu bleiben. Ich glaube nicht, dass es dir gefallen würde, mich mit all meinen Launen zu ertragen.«

»Glaubst du? Ich behaupte: Doch, das würde es. Weil ich dich liebe, liebste Ruth. Auch wenn du mir das nicht abnimmst, es nicht hören willst und überhaupt gerne deine Unabhängigkeit betonst. Ich finde, bisher haben wir das ziemlich gut hinbekommen mit unserem Experiment.«

Ruth bog ihren Oberkörper zurück, und Oskar verstärkte seinen Griff um ihre Körpermitte, um sie zu halten. Sie konnte ein lautes Lachen nicht mehr unterdrücken.

»Was ist daran so witzig?«

»Weil du selbst von einem Experiment sprichst. Was mich freut. Weil es mir den Druck nimmt, und das weißt du nur zu gut.«

»Stimmt. Ich sehe ein, dass dir der Schritt leichter gefallen ist, weil wir ergebnisoffen an die Sache herangegangen sind. Aber glaube nicht, dass ich aufgebe. Ich sehe darin durchaus das adäquate Zukunftsmodell für uns beide.«

Ruth zuckte mit den Schultern. »Wenn es nicht an der profanen Frage nach Wohnraum scheitert. Denn der Glücksgriff, den wir hier getan haben, ist nun einmal zeitlich begrenzt.«

Oskars Gesicht verfinsterte sich, als er die Augenbrauen zusammenzog. »Das ist der Haken, du hast recht. Und ich habe noch keine Idee, wie wir eine Lösung finden. Gute Kontakte hin oder her. Da hilft auch unser rheinischer Klüngel kaum weiter. Und natürlich freue ich mich, wenn Tim zurückkommt. So eine Reportage im Krisengebiet sollte nicht unbedingt in die Verlängerung gehen.«

Ruth löste sich aus Oskars Griff, nahm stattdessen seine Hand und trat mit ihm ans Fenster. Sie wusste, was er dachte. Es war eine Schnapsidee im wahrsten Sinne des Wortes gewesen. Sie hatten mit Tim, einem seiner alten Journalistenfreunde, einen geselligen und trinkfreudigen Abend verbracht. Tim hatte die Zusage erhalten, für mindestens ein Dreivierteljahr nach Afghanistan gehen zu können. Keine Ahnung, wie es gekommen war. Ein Wort hatte das andere ergeben. Dass alle sie für das ideale Paar hielten. Wie schade es sei, dass sie nur eine Wochenendbeziehung führen konnten. Ruths Angst vor Nähe und ihre strikte Weigerung, sich auf etwas Eheähnliches festzulegen, waren Thema gewesen. Sie konnte sich daran erinnern, wie sie sich anfangs verteidigt hatte. Tim und Oskar hatten auf hohem Niveau ein Wortgefecht mit ihr geführt, das sie beeindruckte. Der Alkohol hatte die Dinge beschleunigt, aber ehrlicherweise musste sie zugeben, dass die Argumente der Männer sie gereizt hatten. Nicht nur zum Widerspruch. Vielmehr hatten sie die Vorstellung herausgekitzelt, Oskar ein für alle Mal zu zeigen, wie unrecht er hatte, wenn er ein Zusammenleben mit ihr für möglich hielt. Und daraus war dann diese verrückte Wette entstanden.

Ruth blickte auf die Bäume, an denen nur wenig Laub hing. Wie schnell hatte sie sich an diesen Anblick der Südstadtstraße gewöhnt. Rascher, als ihr alle prophezeit hatten, hatte sie sich mit dem Kreischen der nahen Straßenbahn arrangiert, und selbst die Züge, die im engen Rheintal für eine ungewohnte Geräuschkulisse sorgten, raubten ihr nicht den Schlaf. Im Gegenteil. Das Zusammenleben hatte viele Vorteile gebracht. Zweisamkeitsgeborgenheitsmomente. Sommersonneglücksgefühle, die im Herbst nicht nachließen.

»Ich denke darüber nach. Es wird sich etwas finden lassen. Ganz sicher.«

Ruth schreckte aus ihren Gedanken. »Was?«

»Eine Wohnung. Es kann doch nicht sein, dass unser Erfolgsmodell daran scheitert, dass wir keine ausreichend große Wohnung finden.«

Ruth lachte. »Wir haben doch gerade erst Halbzeit. Vielleicht bist du zum Ende unserer Wette mehr als froh, dass du alleine in deine Wohnung zurückdarfst. Auch wenn die Studenten, die deine und meine Wohnung für den Übergang belegen, sicher nicht böse sind, wenn wir verlängern.«

»Mach dir keine Hoffnung, Ruth.« Oskar trat wieder vor sie. Legte die Hände um ihre Taille und zog sie so nah, dass sie nicht ausweichen konnte. »Das wird nicht passieren, dass ich dich freiwillig hergebe. Vergiss Osnabrück, Ruth. Bleib bei mir. Für immer.« Die letzten Worte murmelte er, während seine Lippen die ihren bedeckten.

Ruth seufzte und ließ sich in seine Umarmung fallen. Was sollte sie machen? Dieser verrückte Typ würde nicht lockerlassen. Und zumindest heute hatte sie wenig dagegen einzuwenden.

*

Norderney

Rainer Bothe sah auf die Uhr. Wie erwartet, war er zu früh angekommen. Ein Ärgernis, das sich nicht hatte vermeiden lassen. Gerne kalkulierte er die Dinge bis ins Kleinste, um sich später daran zu erfreuen, wie präzise er Abläufe vorherbestimmt hatte. In diesem Fall war es nicht sein Versagen.

Auf manches im Leben hatte man keinen Einfluss – und so war das auch mit der Ankunftszeit auf der Insel gewesen. Nicht verhandelbar. Die Fahrpläne ließen sich nicht nach seinen Interessen verändern. Er hatte gelernt, sich nicht an Unumstößlichem abzuarbeiten. Früher konnte er tagelang, und schlimmer, nächtelang darüber grübeln. Der Ärger fraß an ihm und ließ kaum Konzentration auf das Wesentliche zu. Heute war er ruhiger. Fast ausgeglichen, hatte seine Haushälterin vor Kurzem zu ihm gesagt. Sie musste es wissen. Wie sie ihn die ganzen Jahre mit all seinen Macken und Eigenheiten ertragen hatte. Es war nicht so, dass er das nicht wusste. Wenn andere sich an ihm störten, ihn einen Sonderling nannten, er stand zu seinen Überzeugungen und ließ nicht davon ab.

Bothe winkte einem Taxifahrer, der ihm gelangweilt entgegensah und keine Anstalten machte, ihm die Reisetasche abzunehmen. Deswegen riss er den Riemen der Tasche hoch, schulterte sie und ging mit grimmiger Miene auf das Auto zu.

»Guten Tag. Kundenservice wird auf Norderney wohl kleingeschrieben. In die Stadtmitte, bitte.« Er ließ sich auf die Rückbank fallen und wuchtete sein Gepäck über seine Beine hinweg auf den Nebensitz.

Der Fahrer rührte sich nicht, sondern blickte stoisch zur Windschutzscheibe hinaus. »Moin. Wem es bei uns nicht gefällt, dem sag ich nur: gerne zu der einen Tür rein und direkt an der anderen Tür wieder raus. Am besten dann auch direkt zurück auf die *Frisia*. Wir zwingen niemanden zum Bleiben.«

Bothe schloss kurz die Augen. Kein weiteres Taxi hatte am Hafengebäude gestanden. Jetzt eine Auseinandersetzung anzufangen, würde Energie kosten. Bei anderer Gelegenheit würde er ein paar passende Takte loslassen. Man sah sich immer zweimal im Leben, das hatte die Erfahrung ihn gelehrt. Und wenn nicht, bliebe die Möglichkeit, sich bei der Zentrale über das unverschämte Benehmen zu beschweren. Doch das hatte Zeit.

»In die Stadtmitte«, sagte Bothe etwas weniger harsch. »Bitte.«

»Geht doch«, murmelte der Mann und fuhr los. »Wenn Sie den Begriff Stadtmitte näher definieren? Wir sind zwar keine Millionenstadt, aber vielleicht ist es deswegen umso schwieriger.«

Bothe hasste diesen süffisanten, überheblichen Ton. Trotzdem antwortete er: »Ins Zentrum. Irgendwohin, wo es guten Kaffee oder Tee gibt.«

Der Taxifahrer lachte rau. »Wollen Sie nicht erst einchecken? Das Gepäck wegbringen? Welche Unterkunft ist es denn?«

»Café. Letzteres mit Accent. Ich hoffe, das versteht man auch in Ostfriesland.« Bothe merkte, wie sich eine Ader am Kopf mit Blut füllte. Seine Ärger-Ader, wie die Kollegen sagten.

»In Ostfriesland? Mag sein. Wir sind aber hier auf Norderney. Und hier verstehen wir nur das, was wir verstehen wollen. Schon klar, oder? Sonst: Sie wissen ja, dort geht es zur Tür wieder hinaus.« Er deutete mit dem Daumen nach links. »Aber ich will mal nicht so sein. Ist heute mein Tag der Nächstenliebe. Ich lasse Sie am Kurplatz raus. Da stolpern Sie schon über das eine oder andere Heißgetränk.«

Bevor Bothe eine passende Antwort einfiel, hielt das Auto mit quietschenden Bremsen.

»Und egal, in welchem Hotel Sie absteigen, von hier ist alles fußläufig erreichbar. Denn nach Ferienwohnung und *Nordhelm*-Siedlung sehen Sie mir nicht aus. Bei netten Gästen mache ich schon mal eine Wette daraus. So nach dem

Motto: Ich schaue dich an und weiß, wo du absteigst. Ich habe eine verflixt hohe Trefferquote. Wenn ich dafür Geld bekäme, dann wäre das ein nettes Zubrot. Aber so muss ich mein Glück dann eher dort versuchen.« Er zeigte auf das helle Gebäude neben ihm. »Die Spielbank. Nimmt und gibt, wie es ihr gefällt. Aber auch da sind Sie kein Typ für. Da lege ich mich fest.«

Bothe kramte in seinem Portemonnaie nach der passgenauen Summe, die das Taxameter anzeigte. Keinen Cent mehr würde er dieser Plaudertasche zahlen. Ihm fiel ein Cartoon ein, den er irgendwann von einem Kollegen via Dienstmail zugesandt bekommen hatte. »Der Ostfriese sagt Moin. Moin Moin ist schon Gesabbel.« Anscheinend hatte man vergessen, das diesem Taxifahrer mitzuteilen.

Der Fahrer nahm das abgezählte Geld und grinste spöttisch. »Ich hätte doch zu *Wetten dass* gehen sollen. Wetten, dass ich den Kunden hinter die Stirn schauen kann? Hotel, Vorlieben, Trinkgeld. Lese ich an der Nasenspitze ab. Schade. Gibt es ja nicht mehr, die Sendung. Aber einen hätte ich noch. Wetten, dass Sie nicht viel Spaß auf der Insel haben werden? Den Wetteinsatz können Sie behalten, es geht mir nur ums Rechtbehalten. Und das habe ich, so wahr ich Nils Holgersen heiße.«

»Holgersson.« Bothe war schon zur Tür raus und zog die Reisetasche am Ledergurt zu sich heran. »Es heißt Holgersson.«

Der Taxifahrer schlug auf das Steuer und lachte rau. Von der Hupe aufgeschreckt, sprangen ein paar Teenager zur Seite, was sein Lachen verstärkte. »Nächste Wette gewonnen. Typ Besserwisser. Nee, nee, Holgersen ist schon richtig. Können Sie sich merken. Nur für den Fall, dass Sie sich beschweren wollen. Oder dass wir uns wiedersehen. So von wegen zweimal im Leben. Das kennen Sie doch, oder?«

Der Mensch lachte noch, als Bothe die Autotür zuknallte. Zu gern hätte er ihr einen Tritt verpasst. Aber wichtiger war das, was vor ihm lag.

Er sah auf die Uhr. Eine Kaffeelänge. Dann passte es haargenau.

*

Bonn

»Du hast mir gar nicht gesagt, dass eine Karte gekommen ist.« Ruth wedelte mit der Post vor Oskars Nase. »Martin hat geschrieben.«

»Martin Ziegler? Eine Postkarte? Befindet sich Norderney etwa zivilisationstechnisch im Rückwärtsgang? Zurück zur Postkutsche statt Glasfasernetz?«

»Sehr witzig. Ich finde es schön, auf herkömmliche Art und Weise mit anderen Menschen in Kontakt zu stehen. Nicht nur Rechnungen und Pakete aus dem Onlinehandel zu bekommen.«

»Ist Letzteres tatsächlich schon einmal bei dir vorgekommen?«

»Hör auf zu zanken. Ich dachte, dir gefallen meine Einstellungen. Was ist falsch an der Unterstützung des lokalen Handels? Nichts, und das weißt du ganz genau. Aber schlimmer noch: Du lenkst vom Thema ab.«

»Stimmt. Die Karte. Zeig her.«

»Das ist keine klassische Ansichtskarte. Zumindest keine mit Norderney-Motiv. Vielleicht hast du sie deswegen übersehen?«

»Hm. Was ist es denn?« Er nahm ihr die Karte ab. »Ein Gedicht? Von Heinrich Heine?«

»Lies mal vor.«

Oskar begann mit tragender Stimme zu deklamieren:

»Fräulein
Das Fräulein stand am Meere
Und seufzte lang und bang
Es rührte sie so sehre
Der Sonnenuntergang.
Mein Fräulein! sein sie munter,
Das ist ein altes Stück;
Hier vorne geht sie unter
Und kehrt von hinten zurück.«

Er lachte. »Wie abgefahren ist denn das?«

Ruth stupste ihn an. »Du meinst, was will uns der Autor damit sagen?«

»Also ich finde das ziemlich witzig von dem alten Knaben. Irgendwie hatte ich den ernsthafter in Erinnerung. Das gefällt mir richtig gut. Bedeutsamer wäre für mich die Frage: Was will uns Martin damit sagen?«

»Schau hinten drauf. Ich habe es schon gelesen.« Ruth blätterte durch die restliche Post.

»Oha. Eine Einladung. Auf die Insel. Wieder mal. Die beiden bleiben hartnäckig, was?«

»Ach komm, ist ja auch wieder ein Vierteljahr her, dass wir uns gesehen haben.«

»Das aus deinem Munde? Sonst bist du die Zögernde, wenn es um die Einladung der beiden geht.«

Ruth schüttelte den Kopf. »Nur wenn es darum geht, bei den beiden zu übernachten. Aber das hat Martin ja schon mit Sternchen vermerkt. Im Hostel ist für uns reserviert.«

»Das Hostel ist dir lieber?« Oskar schob seine Brille auf die Nase und sah sie nachdenklich an. »Bist du dir sicher, dass wir dort mehr Privatsphäre haben? Meine Cousine Daniela wird uns genauso vereinnahmen wie die alte Frau Dirkens.« Er grinste. »Wobei mir ihre spezielle Art des Teetrinkens gut gefällt.«

»Das denke ich mir. Ich sehe dich schon mit ihr über edle Whiskeysorten fachsimpeln.«

»Das heißt, du wärst bereit zu fahren?«

»Ich würde zumindest gerne darüber nachdenken. Wir haben ja ein paar Tage Zeit für die Antwort.«

Oskar schob den Laptop beiseite, der bisher auf seinen Beinen gelegen hatte. »Ein Wochenende Norderney. Direkt im neuen Jahr. Klingt verführerisch. Ich schaue auf jeden Fall gleich mal nach, ob ich dienstfrei habe.«

»Es tauscht doch bestimmt jemand mit dir. Immerhin sind es noch ein paar Wochen bis zu der Party.«

»Das erstaunt mich übrigens am meisten, mein liebes Fräulein.«

Ruth, die im Begriff stand, die Balkontür zu öffnen, erstarrte. »Wieso nennst du mich Fräulein?«

»Deswegen, du Feministin. Nur deswegen.« Oskar wedelte mit der Karte. »Keine Ahnung, warum Martin ausgerechnet dieses Gedicht ausgewählt hat. Aber was ich sagen wollte, ist etwas anderes. Dass du Lust hast, zu einer Überraschungsparty zu fahren, erstaunt mich schon.« Er stand auf und gab ihr einen Kuss. »Das eröffnet ja tatsächlich ganz neue Möglichkeiten.«

»Du! Untersteh dich. Überraschungspartys für andere lasse ich mir gerne gefallen. Solang ich nicht bei den Showeinlagen mitmachen muss. Aber ein netter Abend zum Tanzen und Klönen – doch, da bin ich dabei.«

»Also kein Konzept für nächstes Jahr? Zu deinem 51.? Ich würde ja allzu gerne …«

Weiter kam Oskar nicht. Ruth sah ihn auf ihre grimmigste Art an. »Wenn du das versuchen solltest, Oskar, also auch nur im Ansatz versuchen solltest, dann bist du ein toter Mann.«

Sie sah, wie er versuchte, ein Lachen zu unterdrücken.

»Soso, ein toter Mann. Hugh! Die Polizeipsychologin hat gesprochen. Mit welchem Tod hätte ich denn zu rechnen?«

Ruth verengte ihre Augen. Sie überlegte, wie ernst sie bleiben musste. Dann sah sie das Zucken in seinen Mundwinkeln, das Funkeln hinter den Brillengläsern und lachte laut auf. »Gift«, zischte sie leise. »Natürlich mit Gift. So wie alle Fräuleins morden. Also, nimm dich ab jetzt in Acht.«

*

Norderney

Daniela Prinzen strich die Buchstaben des Wandtattoos glatt, das sie über dem Kopfteil des Bettes aufgeklebt hatte. Sie trat in den Raum zurück und begutachtete das Ergebnis. Ob sie besser ein anderes genommen hätte? Etwas mit Meer, Strand, Sonne, Sand?

Sie schüttelte den Kopf und schob das Metallbett über den Laminatboden zurück an die Wand. Manchmal machte sie sich zu viele Gedanken. »Gekauft ist gekauft, basta«, murmelte sie vor sich hin, als sie hörte, wie sich die Eingangstür öffnete. Sie zupfte an der Bettdecke, dann trat sie auf den Flur.

Frau Dirkens kämpfte sich die Treppe hoch, in jeder Hand eine Büchertasche. Als sie Daniela hörte, hob sie den Kopf und geriet ins Schwanken. Sie ließ eine Tasche fallen und griff nach dem Geländer.

Daniela eilte ihr entgegen. »Frau Dirkens, um Gottes willen, jetzt lassen Sie doch die schweren Taschen stehen. Wenn Sie die Treppe runterfallen, war das keine Unterstützung.«

»Na, das ist ja eine Begrüßung.« Marthe Dirkens schien sich in jeder Hinsicht gefangen zu haben.

»Das ist nur der Schreck. Entschuldigung. Ich bin sehr froh, dass Sie mir den Gang zur Bibliothek abgenommen haben. Aber ein Unfall muss jetzt wirklich nicht sein.«

»Wann muss ein Unfall denn mal sein?«, gab Frau Dirkens zurück, und Daniela grinste über diese weise Einsicht.

»Stimmt. Manchmal drückt man sich etwas unbeholfen aus.«

»Papperlapapp. Das passiert. Sind nun mal so Redensarten. Aber wenn du hier ein literarisches Ambiente schaffen willst, musst du auch auf die Sprache achten.«

»Wo Sie recht haben, haben Sie recht.« Daniela lachte. »Schon wieder so ein Spruch. Und literarisches Ambiente ist vielleicht ein bisschen weit hergeholt, oder? Ich freue mich nur so, dass ich das Zimmer für wahrscheinlich drei bis vier Wochen vermieten kann. Das ist im November ja keine Selbstverständlichkeit. Zumal in unserem Hostel nicht, bei dem wir auch ausdrücklich Kurzaufenthalte anbieten.«

»Womit ihr gut getan habt, mein Kind.«

Daniela grinste und griff nach den Taschen. Frau Dirkens, die lange die Pension geführt hatte, würde nicht aufhören, sie als Kind zu betiteln. Wie sie die alte Dame niemals würde duzen können. Auch wenn sie unter einem Dach wohnten. Daniela hatte mit ihrem Mann Frank das Haus auf Rentenbasis übernommen und führte es mit einem neuen Konzept weiter. Die ehemalige Pensionswirtin war ins Dachgeschoss gezogen, wo sie lebenslanges Wohnrecht hatte. Und sie unterstützte Daniela, wo es ging.

Sie hörte, wie Frau Dirkens hinter ihr schwerfällig die Treppe hochkam. »Wirklich, Daniela«, sagte sie, als sie auf dem Treppenabsatz angekommen war, von dem aus der lange Flur zu den Gästezimmern führte, »das war das Beste, was ihr aus dem Haus machen konntet. Nicht nur, dass ich davon profitiere, ihr habt es geschafft, den Charme des Hauses zu erhalten und trotzdem etwas Neues und Modernes zu machen.«

»Weil uns für mehr das Geld fehlte.«

»Aber vielleicht ist es gerade das, womit ihr unter dem Strich gut fahrt. Während alle anderen auf der Insel luxussanieren und immer teurere Unterkünfte produzieren, bietet ihr eine günstige Übernachtungsmöglichkeit mit wenig Luxus, dafür aber viel persönlicher Hingabe an. Und«, sie machte eine Pause, in der sie tief Luft holte, »gibt euch der Erfolg nicht recht? Ich finde schon.«

Daniela nickte. »Doch, das stimmt. Wir hatten bisher eine fantastische Saison. Die Kalkulation ist aufgegangen. Die Betten standen auch mit den Kurzübernachtungen nicht leer. Ich hätte nicht gedacht, wie viele spontane Buchungen wir unter der Woche hereinbekommen.«

»Siehste«, sagte Frau Dirkens und machte eine Handbewegung, als wolle sie Daniela vor sich her scheuchen, »das ist das Rezept. Antizyklisch nennt man das auf Neudeutsch, habe ich letztens im Fernsehen gesehen. Wenn man sich anders verhält als die breite Masse, und entgegen dem, was als Trend beschrieben wird. Und in so etwas bin ich Expertin. Wenn ich zum Beispiel meine amerikanischen Cookies statt ostfriesischem Teegebäck serviere.«

Daniela kicherte. »Ja, ja, Sie sind sowieso ein Eigengewächs. Jeder, der Sie kennt, kann ein Lied davon singen.«

»Ich bin stolz darauf, mein Kind. Sich nie verbiegen lassen, das war immer mein Anspruch. Deswegen schauen mich auch manche auf der Insel schief an. Ich bin immer meinen eigenen Weg gegangen. Wenn ich ein paar Jahre jünger wäre, wer weiß, vielleicht wäre ich dann auch auf die Idee mit dem Hostel gekommen.«

»Das kann ich mir gut vorstellen«, sagte Daniela und betrat das Zimmer mit dem Wandtattoo. »Ich bin schon froh über das großzügige Frühstückszimmer, das Sie vor Jahren angebaut haben. Das und der herrliche Garten, beides ist bei den eher kleinen Grundstücken auf Norderney etwas Besonderes.«

»Siehst du, und das Schicksal wollte, dass du das fortführst. Und wenn ich eines Tages die Radieschen von unten betrachte, dann weiß ich alles in guten Händen. Meinen Giftschrank wirst du auch erben. Den gebe ich aber erst ab, wenn ich nicht mehr kann. Solang musst du warten, mein Kind.«

»Hoffentlich noch viele Jahre, Frau Dirkens. Das ist mein größter Wunsch.« Sie überfiel Wehmut, wenn sie daran dachte, dass Marthe Dirkens die 70 längst hinter sich gelassen hatte. Wie gut, dass sie bis auf kleinere Einschränkungen so munter war wie zu der Zeit, als Daniela mit ihren eigenen Eltern bei ihr Urlaub gemacht hatte. Seitdem diese nicht mehr lebten, waren Frau Dirkens und Norderney wie eine zweite Heimat für sie als gebürtige Rheinländerin geworden. In den letzten Jahren und Monaten sogar zum ersten Zuhause. Sie hatte es keine Minute bereut: ihren Umzug, die Übernahme der Pension, die Heirat mit Frank und das Zusammenleben mit Marthe Dirkens unter einem Dach.

»Oha.« Marthe Dirkens Blick fiel auf den Spruch an der Wand. »Voltaire. ›Da es sehr förderlich für die Gesundheit ist, habe ich beschlossen, glücklich zu sein.‹ Ha! Sehr, sehr gut. Was für ein Vorsatz.« Sie warf Daniela mit Daumen und Zeigefinger einen Kuss zu. »Formidable, mon Dieu.«

»Klingt zwar seltsam, aber so habe ich es ja auch gemacht, als ich beschlossen habe, nach Norderney zu ziehen. Ich wusste, dass es mir gut tut und ich hier mein Glück finde.«

»Du bist ja auch ein rheinisches Glückskind. Du würdest überall an Land gehen können. Voltaire wohl eher nicht. Trotzdem ist dieser Spruch perfekt. Mit den Büchern, die ich besorgt habe, wird das richtig was hermachen. Für deinen Langzeitgast. Diese Doktorandin. Wie ist sie überhaupt auf dich gekommen?«

»Erinnern Sie sich an den Artikel, den Oskar über unser Hostel in diesem Reisemagazin veröffentlicht hat? Den Artikel hatte sie im Kopf, als feststand, dass sie ihre Doktorarbeit über Heinrich Heine schreiben wird. Weil er auch auf Norderney war. Und weil sie Hostels von ihren Rucksackreisen kennt und über alles liebt, hat sie bei uns angefragt.«

Marthe Dirkens wiegte den Kopf hin und her. »Sie erwartet aber jetzt nicht eine Hütte voller junger Menschen, die auf Reisen sind, oder? Das kann Norderney im November nicht bieten, auch du nicht.«

»Nein, nein.« Daniela hatte begonnen, die Bücher, die Frau Dirkens besorgt hatte, im Zimmer zu verteilen. Zwei auf den Nachttisch und einige stehend und liegend auf die Fensterbank. Einen kleinen Stapel schichtete sie auf eine Metallkonstruktion, die sie in einem der Dekorationsläden auf der Insel gefunden hatte. Mit dieser sah es aus, als hingen die Bücher freischwebend an der Wand. »Das haben wir besprochen. So ist es ihr ganz recht. Das Flair des Hostels, hat sie gesagt, verbunden mit Ruhe zum Arbeiten und Familienanschluss so viel, wie sie will. Ab und an bekommt sie Besuch, auch das haben wir besprochen, deswegen auch das variable Zimmer, in dem das zweite Bett aufgeklappt werden kann. Und mit ihrem Laptop ist sie sowieso flexibel, meinte sie.«

»Das hört sich nach einem perfekten Gast an, Daniela. Glückskind, das du bist.« Marthe Dirkens wies auf den Spruch an die Wand. »Um deine Gesundheit muss ich mir also keine Sorgen machen. Zumindest dann nicht, wenn du jetzt einen Tee mit mir trinkst.« Sie blinzelte verschwörerisch. »Schade, dass Voltaire daran nicht mehr teilnehmen kann.«

*

Martin Ziegler fuhr mit dem Daumen in den Hosenbund. Dem Kuchen, den die Kollegen heute Mittag aus der *Kaffeegenießerei* geholt hatten, konnte er einfach nicht widerstehen, so oft er sich das vornahm. Im Herbst, wenn auf den Tennisplätzen die Saison beendet wurde, fiel es ihm schwer, für ausreichend Ersatz an Bewegung zu sorgen. Dass er viele Wege mit dem Fahrrad erledigte, war auf der Insel nichts Besonderes, das gehörte für die Norderneyer zur Alltagsroutine. Nur Olaf riss seine Anzahl an Kilometern runter, wenn er seine tägliche Radrunde bis in den Inselosten ausdehnte.

Es half nichts. Entweder er verzichtete im Winter auf den Kuchen oder er musste sich eine Ersatzsportart für die kalte Jahreszeit suchen. Annes Aufforderung, sie beim Joggen am Strand zu begleiten, hatte er zurückgewiesen, und dabei würde es bleiben, obwohl er sonst am liebsten jede Minute mit ihr verbrachte. Laufen, das war nichts für ihn. Genauso wenig wie Yoga, auch wenn er Annes Beweglichkeit bewunderte. Er war sich sicher, er würde sich in einem solchen Kurs zum Affen machen.

Zu Hause konnte er das Angebot des Sportvereins näher unter die Lupe nehmen. Irgendetwas würde sich finden, und für den Anfang reichten ein paar Sit-ups.

Immerhin war ihm wegen des Kuchens und des engen Hosenbundes eine Idee für Annes Überraschungsparty gekommen. Er würde Ruth fragen, ob sie sich an einer lustigen Darbietung, die mit den Yogaposen zu tun hatte, beteiligen wollte. Sie würde protestieren, ihm einen Vogel zeigen und sagen, dass sie solche Feiern zu den verschiedenen Anlässen schon immer gehasst und sich ihnen verweigert habe, aber er hoffte, dass durch Oskars Einfluss und mit seiner Hilfe ihr Widerstand brechen würde. Schließlich ging es um Annes Geburtstag und nicht um eine Verabschiedung im Polizeipräsidium. Sie wären unter sich.

»Yoga«, schrieb er deswegen auf einen Zettel, den er aus der Box vor sich fischte. Dann faltete er die Notiz mehrfach, griff zu seinem Portemonnaie, das an der Schreibtischkante lag, und schob das Papier zwischen die Geldscheine.

»Chef, wir fahren eine Runde Streife, bist du gleich noch da?« Nicole steckte den Kopf durch den Türspalt.

Martin schielte auf die Uhrzeit, die am Rand des Computerbildschirms angezeigt wurde. »Ich denke nicht. Zeit, Feierabend zu machen und die Überstunden des Sommers abzubauen. Ist ziemlich tote Hose gerade. Selbst bei den Mails.« Er deutete auf den offenen Posteingang, obwohl Nicole ihn nicht von der Tür aus erkennen konnte. »Nur die Mail von einem der Kollegen, der uns über den Sommer verstärkt hat. Hast du aber sicher in deinem Postfach gesehen.«

»Ja, habe ich. Schön, dass es ihm so gut gefallen hat. Ich werde immer wehmütig, wenn die Verstärker weg sind.«

Martin lachte. »Dann müssen wir uns wieder gegenseitig auf den Keks gehen, meinst du? Und im Zweifel mehr Dienst schieben, wenn die Erkältungszeit losgeht. Aber andererseits: Wir sind auf der Insel, Nicole. Auf der Insel! Du weißt doch, wie viele uns darum beneiden.«

»Die meisten, die uns beneiden, würden es genau einen Herbst und Winter auf Norderney aushalten. Und in der Zeit nur jammern, was ihnen alles fehlt.«

»Ach komm, die ganz ruhigen Zeiten gibt es doch gar nicht mehr. Hör dich mal bei den alten Insulanern um. Manch einem ist das gar nicht recht. Sie kämen nicht mehr zur Ruhe, sagen sie. Klubs bis Ende Oktober, selbst im November sind noch viele Hotels gebucht, von den Zweitwohnungen mal ganz abgesehen. Und wenn der Winterzauber losgeht, ist es doch so voll wie im Hochsommer.«

»Jaja, ich weiß, und dann ist Karneval und dann schon

wieder Ostern.« Nicole imitierte die Litanei, die sie kannten. »Aber Geld verdienen wollen sie alle.«

»Es braucht eben auch Zeit, das Geld auszugeben. Mal sechs Wochen schließen und selbst in die Sonne fliegen, das ist nicht mehr so einfach, wenn die Touristen offene Gaststätten, Geschäfte und Hotels erwarten.«

»Bin gespannt, wann sich das auf uns positiv auswirkt. Uns könnte eine dauerhafte Verstärkung auch guttun. Es würde die allgemeine Arbeitszufriedenheit stärken. Also dann, Chef. Schönen Feierabend.«

Martin winkte ihr zu, warf einen letzten Blick auf seine Mails und schloss das Fenster. Es war Zeit, für heute Schluss zu machen. Solche Tage sollte er nutzen. Nicole hatte recht. Einen Automatismus, dass sie über die ganze dunkle Jahreszeit hinweg im Ruhemodus verharrten, gab es nicht mehr. Neben den Veränderungen im Tourismus hatten sie häufig mit randalierenden oder kiffenden Jugendlichen, mit Streitereien zwischen Einheimischen und Zweitwohnungsbesitzern, mit aufgebrachten Handwerkern und Verkehrsunfällen mit E-Bikes und Scootern zu tun. Selbst das Thema Fahrerflucht kam nicht selten vor. Was damit zu tun hatte, dass ab dem Spätherbst das Saisonverkehrsverbot aufgehoben war. Für manch einen kam das der Aufhebung der Straßenverkehrsordnung gleich. Wenigstens spülte es Geld in die Staatskasse.

Während er den Computer herunterfahren ließ, trat er ans Fenster. Nicole und Ronnie stiegen in den Pritschenwagen. Ihr ganzer Stolz, auch wenn er sich am Strand öfter festfuhr, als sie das erwartet hatten. So war das mit den Behörden. In Berlin wie auf Norderney. Die einen verwalten und bestellen, die anderen baden es aus. Auf den Straßen aber verschaffte ihnen das Fahrzeug Aufmerksamkeit. Zumindest, wenn sie sich durch Heerscharen von Sommergästen oder Klubreisenden kämpfen mussten. Polizisten in Uniform gefielen gerne als

Fotoobjekt, solang sie keine Anweisungen gaben. Die Spaß- und Freizeitgesellschaft war mittlerweile überall. Die Insel kein Ort ostfriesischer Genügsamkeit. Schon lange nicht mehr.

Einem plötzlichen Impuls folgend, riss Martin das Fenster auf und gestikulierte in Richtung des Wagens, den Nicole auf dem Hof der Polizeistation wendete. Ronnie ließ die Scheibe runter.

»Ist noch was, Chef?«

»Nein. Nichts.« Martin hob entschuldigend die Hände. »Wollte nur einen guten Dienst wünschen. Wenn noch was ist, wisst ihr ja, wie ihr mich erreicht.«

Ronnie salutierte lachend. »Aye, aye, Sir. Bei einer plötzlichen Gefahrenlage melden wir uns. Wir halten dann mal Ausschau.«

»Witzbold«, rief Martin zum Auto runter und schloss das Fenster. Sicher war es der kneifende Hosenbund, der dieses komische Bauchgefühl machte.

*

»Das muss ich loben, mein Kind, dass Oskar mich immer aufs Neue mit außergewöhnlichem Whiskey verwöhnt. Wer hätte das gedacht.« Marthe Dirkens hielt die Flasche, die sie aus dem Schrank geholt hatte, in die Höhe. »Wobei ich mir das hätte denken können. So wie du hat auch dein Cousin das Herz auf dem rechten Fleck.«

Daniela stellte die Teekanne auf das Stövchen zurück, während die Kluntjes in den Tassen knackten. »Ich glaube eher, ich muss mit Oskar reden, weil der Teekonsum im Haus drastisch angestiegen ist. Sie werden ja nicht müde, unseren Gästen Ihre spezielle Teezeremonie nahezubringen.« Sie versuchte, ernst zu bleiben. »Ich möchte nicht schuld sein, wenn Doktor Matzdorf schimpft.«

»Papperlapapp! Doktor Matzdorf würde dazu nie etwas sagen. Er weiß, was gut für mich ist. Ein Arzt vom alten Schlag. Nicht einer, der einen immer optimieren will.«

»Optimieren?« Daniela grinste. »Wer sagt denn so was?«

»Na alle. Diese ganzen Gesundheitssendungen im Fernsehen. Nein, nein, unser Doktor macht das richtig.«

Sie verbiss sich die Bemerkung, dass es womöglich daran lag, dass der Arzt selbst den Genüssen des Lebens nicht abgeneigt war. Wie man auf der Insel munkelte, litt er unter der einen oder anderen Wohlstandskrankheit. Daniela verstand, dass die Patienten sich bei so einem Mediziner angenommen fühlten.

»Ich glaube, Doktor Matzdorf wartet nur auf den Tag, an dem er zum Hausbesuch kommen darf«, antwortete sie stattdessen.

»Jaja, das kann gut sein. Er fragt jedes Mal nach meinem Giftschrank.« Frau Dirkens kippte einen großzügigen Schluck in die Tassen und setzte sich. »Aber noch ist es nicht so weit. Ganz nach dem Motto: ›A whiskey a day keeps the doctor away.‹ Hat bisher geklappt.«

Daniela kippte den Löffel, mit dem sie die Sahne vorsichtig vom Rand aus in die Tasse laufen lassen wollte, mit Schwung um.

»Kind, was machst du denn? So gibt das doch keine Wölkchen.« Marthe Dirkens grinste sie an und deutete auf den eigenen Tee, wo sich die Sahne lehrbuchhaft ausbreitete. »Nur weil ich solch gute Ratschläge auf Lager habe? Das mit dem täglichen Apfel kann doch jeder. Aber jeder bin ich nicht, war ich noch nie.«

»Frau Dirkens, Sie machen mich fertig. Wir kennen uns so lange, aber Sie sind immer für eine Überraschung gut.«

»So soll das auch bleiben, mein Kind. Deswegen jetzt einmal etwas anderes. Die Eske habe ich unterwegs getroffen.

Sie hat mir mit den Taschen geholfen. Sie hat sich über die alten Schinken aufgeregt, na, du kennst Eske ja. Aber dann hat sie etwas gesagt, worüber ich jetzt die ganze Zeit nachdenke. Sie meinte nämlich, dass wir doch lieber diese Krimis auslegen sollten, die die Gäste so gerne lesen. Und dann fiel mir ein, weißt du noch, wir haben doch bei deiner Hochzeit schon einmal davon geredet.« Die alte Dame senkte die Stimme und starrte in die Luft.

»Frau Dirkens?« Daniela winkte mit der Hand. »Ich kann Ihnen nicht folgen. Krimis? Hochzeit? Ich hoffe, Sie wollen nicht darüber sprechen, was damals auf der Insel passiert ist.«

»Nein. Natürlich nicht. Ich musste nur gerade noch einmal nachdenken. Helene, so heißt sie doch. Richtig?«

»Helene? Sie sprechen in Rätseln.«

»Diese Krimiautorin. Die Ruth kennt. Weil sie zusammen studiert haben.«

»Ach so. Die Helene. Helene Dannenberg. Stimmt. Das Buch hatte ich dabei, als ich Ruth auf der Fähre kennenlernte.«

»Siehst du. Das hatte ich in Erinnerung. Unglaublich, wie das Leben so spielt. Dass Ruth jetzt mit deinem Cousin liiert ist.«

Daniela klopfte mit ihren schwarz lackierten Fingernägeln auf den Tisch. »Es tut mir leid. Ich kann Ihnen heute nicht folgen. Worüber reden wir jetzt? Über Ruth? Über Oskar? Oder über Helene Dannenberg, die Krimiautorin?«

»Ach Kind, entschuldige. Du musst mich ja heute für vollkommen konfus halten.«

Daniela schüttelte den Kopf. Fast hätte sie gesagt, nicht nur heute. Aber das wäre ungerecht gewesen und würde ein falsches Licht auf die alte Dame werfen. Die Sprunghaftigkeit in den Gedanken und im Reden war ein Markenzeichen von Marthe Dirkens, solang sie sich erinnern konnte. Wie es die spezielle Teezeremonie und die Whiskeyflasche im Giftschrank waren. Deswegen hob sie nur fragend die Teekanne hoch.

Statt einer Antwort verteilte Marthe Dirkens erneut die Kluntjes auf die Tassen. »Was ich eigentlich sagen wollte: ob man diese Frau Dannenberg nicht einmal einladen sollte?«

»Jetzt erinnere ich mich. Irgendjemand hatte vor meiner Hochzeit davon gesprochen. Die Krimiautorin kommt in den Lesekreis und liest vor.«

»Genau. Aber das war eher eine Schnapsidee. So eine Krimiautorin wird wohl Besseres zu tun haben.«

»Aber? Irgendeine neue Idee muss Ihnen ja nach dem Gespräch mit Eske gekommen sein.«

»O ja. So ist es. Wir laden Frau Dannenberg ein, auf die Insel zu kommen und hier vor Ort zu schreiben.« Marthe Dirkens breitete ihre Hände aus und sah sie triumphierend an.

Daniela runzelte die Stirn. »Nur damit ich es richtig verstehe: Was genau heißt ›vor Ort‹?«

»Na hier. In einem deiner Gästezimmer. So wie diese Doktorandin. Nur, dass diese Krimiautorin kein zahlender Gast ist, sondern den Aufenthalt frei hat, wenn sie sich im Gegenzug verpflichtet …« Frau Dirkens stützte an dieser Stelle ihr Kinn in die Hand und sah nachdenklich in die Luft.

»Wenn sie in dieser Zeit an einem Norderney-Krimi arbeitet, vielleicht?«, bohrte Daniela nach.

»Ja, genau. An so etwas dachte ich. Und dann erwähnt sie in einem Nachwort, dass sie hier bei dir im *Tea-Time-Hostel* die Möglichkeit hatte, an ihrem Buch zu arbeiten. Was wäre das für eine Werbung!«

»Die Idee ist Ihnen aber nicht deswegen gekommen, weil Sie hoffen, in das Buch hineingeschrieben zu werden?« Daniela legte den Kopf schräg und pustete sich eine Strähne aus der Stirn.

»Blödsinn«, gab sich die alte Dame empört. »Na ja, böse wäre ich nicht. Jeder hofft doch auf ein bisschen Ewigkeit und Nachruhm. Oder etwa nicht?«

»Frau Dirkens, über Sie wird die Insel noch in 50 Jahren reden, auch ohne Kriminalromane. Was für eine verrückte Idee. Das müssen wir Ruth erzählen. Ich höre sie jetzt schon lachen.«

»Ach, Kind. Lass mal. Das muss nicht sein, dass ihr euch über mich alte Frau lustig macht. Ich dachte ja nur. Aber sicher hast du recht. Auch für mich sollte gelten: ›Schuster, bleib bei deinem Whiskey.‹ Und das tue ich.« Damit griff sie nach der Flasche und goss sich einen weiteren Schuss in die halb leere Teetasse.

Daniela sah ihr zerknirschtes Gesicht. Sicher war sie sich nicht, ob Frau Dirkens das Sprichwort absichtlich verändert hatte. Wenn ihre sprunghaften Gedanken doch ein Anzeichen für anderes wären? Ihr zog sich der Magen zusammen. Nein, daran durfte sie überhaupt nicht denken.

»Ach was«, sagte sie deswegen beschwichtigend. »Ich überlege das einmal. Bei Gelegenheit fragen wir Ruth, was sie von der ganzen Geschichte hält. Abgemacht?«

Frau Dirkens hob den Kopf. »Meinst du? Fragen kostet schließlich nichts.«

Daniela schob ihre Teetasse zurück. »Wir werden sehen. Jetzt ruft die Arbeit.«

Was für ein Glück, dass sie wenig Kontakt zu Ruth und Oskar hatte. Sie würde so schnell nicht in der Pflicht stehen. Bis dahin war längst Gras über die Sache gewachsen. Daniela kicherte. »Oder in Whiskey ertränkt«, murmelte sie vor sich hin, als sie einen letzten Blick in das vorbereitete Gästezimmer warf.

*

Das Kribbeln im Bauch wurde stärker. In seinem Bemühen, die Angelegenheit langsam anzugehen, hatte er viele Umwege in Kauf genommen. Nur nicht zu früh das wahre Interesse verraten, war seine Devise. So machte man das in der Szene. Um die Preise niedrig zu halten. Er war froh gewesen, dass die Kommunikation zwischen ihnen ohne moderne Medien auskam. Die wenigen Telefonate waren über ein Knurren am Ende der anderen Leitung kaum hinausgegangen. Stattdessen waren Postkarten gekommen. Hier waren in gestochen scharfer, mikroskopisch kleiner Schrift die Verkaufsdetails beschrieben. Nüchterne Karten, von denen er nicht geahnt hatte, dass man sie noch erwerben konnte. Kein Nordsee-Motiv, kein Wahrzeichen, keine Strandansicht. Vielmehr ein gelbstichiges Weiß. Vorfrankiert in einer längst vergangenen Zeit. Zwar in diesem Jahrtausend und nach der Euroumstellung. Dennoch musste eine weitere Briefmarke die Differenz ausgleichen. Oben links der Absender auf Norderney. Unten rechts seine eigene Dienstadresse. Sicher war sicher. Auf der sonst blanken Rückseite: Titel, Verfasser, Erscheinungsjahr, Auflage, Zustand und zuletzt der Preis. Kein Foto. Das Ganze verschlüsselt, wie besprochen. Und dann zum Schluss das Inserat.

»Freue mich auf meinen Schatz am 24.11. auf Norderney. Alles ist vorbereitet. H.H.«

Bothe musste grinsen. Wie oft hatte er als Junge Geheimcodes entwickelt. Wer hätte gedacht, dass ihm das einmal zugutekommen würde. Jetzt, fast am Ende seiner Laufbahn, aus der nie die Karriere geworden war, die er sich erträumt, die er sich erhofft hatte. Ausgebremst im Mittelbau der Universität. Einer der aussterbenden Beamten im Rang eines Akademischen Rates. Immerhin. Den Jüngeren waren solche Berufschancen verwehrt. Für ihn und seine Ambitionen war es trotzdem nicht genug. Weil er größer geträumt hatte. Weil er hoch gehandelt worden war. Damals, nach seiner fulminanten Doktorarbeit. Die dennoch in die wissenschaftliche Sackgasse geführt hatte. Abgestellt. Kaltgestellt. Vergessen im Germanistischen Seminar.

Jetzt aber. Es fühlte sich an, als könnte er an alte Zeiten anknüpfen. Alle sollten sehen, dass sie sich getäuscht hatten. In ihm, Rainer Bothe, Literaturwissenschaftler aus Leidenschaft. Heine-Spezialist. Es hatte Langmut gebraucht. Er würde der Welt beweisen, dass er ein Trüffelschwein war. Einer, der nicht aufgab, bis er den Schatz in den Händen hielt.

Er musste zugeben, dass er sich von diesem Besuch ein direkteres Ergebnis versprochen hatte. Das Herantasten, der Kontaktaufbau, die Nebenschauplätze hatten so viel Zeit gekostet, dass er ungeduldig geworden war. Was blieb ihm anderes übrig, als einzuwilligen?

Aber was war all das, wenn er heute Nacht den kostbaren Besitz sein eigen nennen konnte? Die Vorsicht schien ihm angebracht. War er doch der Letzte, der sich ein Scheitern wünschen würde.

Er klopfte auf das Bündel Geldscheine, das er bei sich trug. Gut investiertes Geld. Keine Frage. Eine Investition in seine akademische Reputation. Um ihn kam in Zukunft niemand mehr herum. Forschen statt lehren. Diesen aufgeblasenen, überkandidelten Studenten zeigen, was sie waren im Vergleich zu ihm. Ein Nichts, ein absolutes Nichts.

Das Kribbeln. Wie damals. In seinen ersten Wochen an der Universität. Da war er wieder. Der Traum von wissenschaftlichem Ruhm.

*

Bonn

»Überraschung!«

Ruth sah von ihrem Laptop auf. Oskar stand vor ihr und wedelte mit zwei ausgedruckten Eintrittskarten vor ihrer Nase. »Waren wir uns nicht einig, dass ich keine Überraschungen mag?« Sie schob mit den Händen ihre Haare zurück, die zu lang geworden waren. »Ich müsste unbedingt zum Friseur.«

»Wer redet denn hier von Friseur? Was ich habe, ist bedeutend besser.«

»Na, dann zeig her.« Ruth zog eine Haarsträhne bis vor die Augen, betrachtete die Spitzen und ließ sie wieder los, um nach den Karten zu greifen. Der Vortrag, den sie ausarbeitete, verlangte ihr viel ab, und sie wusste nicht, ob sie Oskar böse oder dankbar für die Störung sein sollte.

Doch statt ihr die Karten zu geben, zog er sie zurück, drehte sich im Kreis und marschierte durch das Zimmer, wobei er ein Bein schwungvoll nach vorn setzte und das andere hinterherzog. Dabei begann er zu singen:

»15 Mann auf des toten Manns Kiste,
jo ho – und 'ne Buddel voll Rum!«

»Oskar, du Kindskopf, ich arbeite. Was willst du mir sagen?«

»Was meinst du denn, was das ist?« Wieder intonierte er die beiden Liedzeilen und bewegte sich dazu durch den Raum.

Ruth klappte den Laptop zu, stand auf, ließ sich gegen ihn sinken und küsste ihn. Lang und intensiv. Immer, wenn er sich lösen wollte, köderte sie ihn erneut mit ihrer Zungenspitze.

»Hmm«, gab er zwischendurch von sich. Seine Versuche, sich Gehör zu verschaffen, schienen ihr mehr als halbherzig.

Stattdessen schob er sie durch den Raum, wobei er erneut

den hinkenden Gang imitierte. Vor dem Bücherregal blieb er stehen und griff nach einer Buddelflasche, in der ein Segelschiff aufgezogen war.

Ruth musste lachen. »Okay, ich verstehe. Du willst mit mir segeln gehen.«

»Selbst wenn. Es interessiert dich nicht. Das sehe ich dir an. Genauso wenig wie diese Karten hier.«

»Doch. Das tut es. Wirklich.« Sie nahm sein Gesicht in ihre Hände.

»Und deswegen kannst du auch nicht mit dem Küssen aufhören«, presste er zwischen den Lippen hervor.

»Das ist nur, weil ich überarbeitet bin. Eine paradoxe Reaktion. Ich schwöre.«

Oskar drehte eine ihrer Locken mit seinen Fingern. »Also gut. Ich glaube dir. Unter einer Bedingung: Laptop aus, Jacke an. Überraschung: go!«

»Och nein!«

»Och doch! Bedingung ist Bedingung. Du hast übrigens recht: Es hat mit Schiffen zu tun. Jo ho – und 'ne Buddel voll Rum!« Er steckte die Eintrittskarten in seine Gesäßtasche, nahm sie bei der Hand und begann, im Polkatakt mit ihr durch den Raum zu tanzen.

»15 Mann auf des toten Manns Kiste,
jo ho ho – und 'ne Buddel voll Rum!«

Keine Viertelstunde später saßen sie in ihrem Mini. Oskar hatte die Playlist seines Handys gestartet, und die rauen und rockigen Shantys der Gruppe *Santiano* drangen aus den Boxen.

»Langsam glaube ich, du willst mir etwas Bestimmtes sagen«, grinste Ruth. »Hat es im weitesten Sinne etwas mit der Seefahrt zu tun?«

»Wer weiß es, wer weiß es«, antwortete Oskar kryptisch. »Du hast noch eine Antwort frei.«

»Gut, ich lege mich fest. Keine Dampferfahrt auf dem Rhein.« Sie schaute ihn von der Seite an. Ihr Lächeln hatte etwas Triumphierendes, aber sie schaffte es nicht, es zu unterdrücken. »*Kasalla*!«

Oskar sah sie entgeistert an. »*Kasalla*?«, fragte er nach. »Was ist damit?«

Jetzt war Ruth verunsichert. »Die Karten. Nun ja, ich dachte, wir fahren auf ein Konzert. *Kasalla*. Diese Band aus Köln.«

»Wie kommst du denn darauf?«

»Na ja. Ich war doch im Bad, bevor wir los sind. Da habe ich Piratenlieder gegoogelt. *Kasalla* singt doch dieses Lied. ›Piraten‹.«

Oskar schlug sich mit der flachen Hand vor die Stirn und lachte. »Oh, Mensch. Wer glaubt denn so was? Googeln im Bad ist aber ein ganz schlimmer Fall von Besserwisserei, Frau Psychologin. Und das Lied heißt *Pirate*. Ohne N.«

»Wer von uns ist der größere Rechthaber, Herr Journalist. Im Übrigen bin ich Polizeipsychologin, so viel Zeit muss sein.«

»Okay, okay. Viel interessanter finde ich ja, dass du wirklich mit mir auf dieses Konzert gegangen wärest. Diese Band spielt im Karneval.«

Ruth hob den Daumen. »Ich scheine ja Glück zu haben. So, wie du es sagst, komme ich um diesen Hochgenuss der rheinischen Kultur noch einmal herum. Dann spuck mal aus: Wo geht es hin?« Sie zeigte auf das Navi, auf dem er das Ziel eingestellt hatte. »Auf die andere Rheinseite, das ist das Einzige, was ich erkennen kann.« Sie setzte den Blinker nach oben und warf Oskar einen schnellen Blick zu. Irritiert stellte sie fest, dass er im gleichen Moment ihren Arm griff. Sein Blick ging an ihr vorbei, und er riss die Augen weit auf.

»Scheiße! Verdammt! Halt an!« Ruth trat automatisch auf die Bremse. Das Auto rutschte auf dem nassen Asphalt und geriet ins Schlingern. Im Augenwinkel sah sie den Transporter, der auf die Gegenfahrbahn eingebogen war. Oskar schrie. »Jetzt halt endlich an.«

Dabei stand sie doch schon. Stand und sah auf die andere Straßenseite. Eine Spur auf ihrer Seite, eine Spur gegenüber. Dazwischen die Straßenbahngleise. So viel Abstand. Zu der Frau, die im gelben Licht der Straßenlaternen bei hereinbrechender Dämmerung merkwürdig verrenkt auf der Fahrbahn lag, während *Santianos* ›Frei wie der Wind‹ unvermindert aus den Lautsprechern schepperte und Oskar immer noch schrie.

Ruth drehte den Radioknopf nach links. Endlich Ruhe.

*

»Frau Wiesinger? Herzlich willkommen.« Daniela wartete nicht erst eine Antwort ab, sondern streckte ihre Hand nach dem Koffer aus, der mit einem aufgesteckten Kosmetikkoffer an der Haustürschwelle stand.

Die Frau dahinter schob den Schultergurt der Reisetasche, die mit einer Laptoptasche und einer kleinen Handtasche an ihrer rechten Seite hing, mit schmerzverzerrtem Gesicht hoch. Dabei beugte sie sich mit Kopf und Oberkörper wellenartig nach vorne, sodass Danielas Blick auf den prall gefüllten Rucksack auf dem Rücken fiel.

»Herrjemine«, stieß sie aus. »Sie sind ja beladen wie ein Packesel. Warum haben Sie das Gepäck nicht vom Taxifahrer hereintragen lassen?«

Wie auf Kommando ließ die Frau, deren Gesicht auf den ersten Blick kaum zu dem zarten Kinderkörper passen wollte, die Gepäckstücke zu Boden gleiten. »Hallo. Sorry. Kein Taxifahrer.« Sie klang atemlos. »Ich hatte die Wegstrecke vom

Hafen unterschätzt. Oder meine Kräfte überschätzt.« Sie lächelte zum ersten Mal.

Daniela war überrascht von den weißen großen Zähnen, dem breiten Mund, der dramatisch dunkel geschminkt war, und den dunklen Augen, die von einem dichten Wimpernkranz umgeben waren und in Kontrast zu der blassen Haut standen. Unter einer Mütze schauten honigfarbene Strähnen hervor. Akkurat geschnitten und ohne Spliss, stellte Daniela fest. Auch als Pensionswirtin verlor sie nicht den fachmännischen Blick der Friseurin, die sie vor ihrer Zeit auf Norderney gewesen war.

»Puh, jetzt ist mir warm.« Mit der einen Hand zog die Frau die Pudelmütze vom Kopf und knöpfte mit der anderen den Mantel auf, der ihr über die Knie reichte. »Vielen Dank für den netten Empfang. Stimmt, Caroline Wiesinger«, schien sie Danielas Ausgangsfrage beantworten zu wollen. »Kleine Frau mit großem Gepäck.« Sie grinste. »Wahrscheinlich viel zu viel für ein Hostel, aber ich reise ja diesmal nicht als Backpacker-Touristin, sondern komme sozusagen mit wissenschaftlichem Auftrag.«

Daniela ging auf den scherzhaften Ton ein. »Hätte ich das geahnt, wäre es natürlich die Suite geworden. Aber glücklicherweise habe ich auch so ein ganz besonderes Zimmer für Sie reserviert.«

»Dann kann nichts mehr schiefgehen.« Caroline Wiesinger griff nach der Handtasche, die sie mit dem anderen Gepäck auf dem Boden abgestellt hatte. »Glauben Sie mir, ich bin ein Raumwunder, wenn ich mich erst einmal eingerichtet habe. Jahrelanges Wohnen in den kleinsten Zimmern der Studentenwohnheime haben mich konditioniert. Also keine Sorge, ich bekomme mich schon verstaut.« Mittlerweile hatte sie die Handtasche geöffnet und zog aus ihrem Portemonnaie einen Belegzettel der Post und hielt ihn Daniela hin.

»Was ist das?« Sie kniff die Augen zusammen.

»Ich will nur vorwarnen. Es kommt noch ein Paket. Mit Unterlagen, die ich nicht digitalisieren konnte, aber für meine Arbeit benötige. Es war mir wirklich nicht möglich, das auch noch mitzunehmen.« Sie klang, als wolle sie sich verteidigen.

»Alles gut.« Daniela hob die Hände. »Sie dürfen mit so viel Gepäck anreisen, wie Sie möchten. Und wenn das Zimmer zu klein werden sollte …«

»… wird es nicht«, fiel Frau Wiesinger ein.

»Aber selbst wenn, ist es kein Problem. Die Nachsaison hat begonnen. Da bin ich nicht ausgebucht. Gerne können Sie den Gemeinschaftsraum nutzen, wie ich es Ihnen am Telefon zugesagt hatte. Nur für Terrasse und Garten dürfte es zu kalt sein.«

»Sehr schade. In der Tat. Trotzdem hoffe ich, an vielen verschiedenen Orten arbeiten zu können. Ich brauche die Inspiration, selbst beim wissenschaftlichen Arbeiten.«

»Auf den Spuren von Heinrich Heine, sagten Sie am Telefon, richtig?«

»Genau. Mit seinen Augen über die Insel zu streifen, wird sich sicherlich positiv auf meine Doktorarbeit auswirken. Vieles lässt sich vor Ort besser erfassen.«

»Das glaube ich gerne. Das gilt nicht nur für Heine«, murmelte Daniela, die kaum etwas über seinen Aufenthalt auf der Insel wusste.

Caroline Wiesinger warf ihr einen fragenden Blick zu.

»Egal, was rede ich.« Daniela wedelte mit der Hand, als müsse sie ihre Gedanken verscheuchen. »Sie wollen Ihr Zimmer sehen, und das sollen Sie auch. Warten Sie, ich nehme Ihren Koffer.« Sie packte den Griff und schob den Rollkoffer in den Flur. Überrascht drehte sie sich um. »Wackersteine? Das müssen Wackersteine sein. Ich wüsste nichts, was einen Koffer sonst so schwer machen kann.«

»Ach, ist das herrlich.« Frau Wiesinger, die ihren Rucksack schulterte, breitete die Arme aus. »Ich liebe solche Begriffe. ›Wackersteine‹ ist so einer. Ein Wort, das sich im Alltag kaum noch findet. Dabei hat es einen wunderbaren Klang. Man hört es direkt rumoren, wenn die Geißenmutter sie im Bauch des Wolfes eingenäht hat. Spürt die Schwere, die den Körper nach unten zieht.«

»*Der Wolf und die sieben Geißlein*, stimmt«, fiel Daniela ein, die sich über den Glanz in den Augen der jungen Frau wunderte. Dass ein einzelnes Wort solch eine Begeisterung auslösen konnte.

»Nicht nur, aber auch. Die Steine sind ein beliebtes Motiv in den Märchen der Brüder Grimm. Mit denen ich mich übrigens auch beschäftige. Schließlich haben sie für uns Germanisten ein wichtiges Handwerkszeug hinterlassen: *Das Grimm'sche Wörterbuch*.«

»Und das haben Sie hier drin?«, fragte Daniela, weil Frau Wiesinger auf ihren Koffer gedeutet hatte.

»Nein, nein, das nicht. Das gibt es heutzutage in digitaler Form. Aber Bücher. Das sind die Bücher, die ich zwingend zum Arbeiten brauche. Glücklicherweise. Denn wenn man Bücher immer weniger anfassen kann, wer weiß, ob sie dann nicht nach und nach auch aus dem Gedächtnis der Menschen verschwinden.«

»So wie die Wackersteine, meinen Sie?«

»Ja, so etwa. Diese Steine gibt es noch, und trotzdem ist der Begriff in Vergessenheit geraten. Wenn Bücher einmal nur noch E-Books sind, klein, handlich, digital, dann braucht es keine Kofferladungen mehr. Nur noch den Reader, den Laptop, das Smartphone oder Tablet. Dann verändern sich die Wirklichkeiten. Auch die sprachlichen. Nicht heute, nicht morgen, aber irgendwann.«

»Nein«, antwortete Daniela. »Nein, das kann ich mir nicht

vorstellen.« Sie machte eine kurze Pause. Überlegte. »Übrigens genauso wenig, wie mit einem Koffer voller Bücher zu verreisen. Aber wie sagt man in meiner alten Heimat: Jeder Jeck ist anders. Und das ist gut so. Meine Meinung.«

*

Bonn

»Ich hab den Puls. Schwach und schnell, aber ich habe ihn.« Ruth blickte auf. »Also stabile Seitenlage? Oder glaubst du, es ist zu gefährlich, wenn wir sie bewegen?«

Oskar sah auf den Körper der Frau, die vor ihnen am Boden lag. »Ich würde es nicht riskieren. Wir sollten auf den Notarzt warten. Immerhin atmet sie. Was mir nach einem Wunder aussieht.«

Aus der Ferne war ein Martinshorn zu hören. »Hoffentlich ist das schon der Einsatz«, flüsterte Ruth, während sie mit den Kompressen aus dem Verbandskasten das blutverschmierte Gesicht abtupfte. »Eine Blutung aus Nase und Ohren ist kein sonderlich gutes Zeichen.«

»Ich hab sie nicht gesehen. Wirklich nicht. Sie war auf einmal da. Weiß auch nicht, wo sie hergekommen ist. Wie vom Himmel gefallen. Lebt sie noch? Jetzt sagt mir doch endlich, lebt sie noch?«

Ruth richtete sich auf. Die laute Stimme des Mannes, der den Transporter gesteuert hatte, wirkte wie eine Bühnenstimme. Die Menschenmenge, die um sie alle herumstand, verstärkte den Eindruck. Nur dass die Zuschauer miteinander redeten, mit dem Finger auf die Verletzte, den Mann, auf das Auto zeigten, als gelte es, das Bühnenbild zu analysieren.

Als eine junge Frau das Handy hob, um das Szenario zu fotografieren, war Ruth mit einem Satz bei ihr und riss es ihr aus den Händen. Einfach so. Ohne ein weiteres Wort. Sie steckte das Smartphone nach hinten in die Tasche ihrer Jeans und sah ihr Gegenüber herausfordernd an.

»Hey, was soll das?« Es war nicht die Frau, die sich wehrte, sondern ein schmuddelig aussehender Mann, dessen dünne schulterlange Haare rechts und links um das Gesicht flatterten. Er trug eine gelbe Warnweste und hatte seine Spiegelreflexkamera in der Hand.

»Gaffer sind hier fehl am Platz, meinen Sie nicht auch?«, fragte Ruth betont ruhig, drehte sich um und ging zu der verletzten Frau zurück, ohne das Handy zurückzugeben. Das konnte warten, bis die Polizei da war.

Im gleichen Augenblick drängte sich der Mann mit der Kamera an ihr vorbei. »Presse«, murmelte er und richtete den Fotoapparat auf das Unfallopfer.

Oskar sprang auf. »Ich glaube das nicht. Was soll das? Hau hier ab, bevor die Polizei dich wieder hochnimmt.«

Ein höhnisches Lachen untermalte die satten Klicks der Kamera, während der Mann weiter aus verschiedenen Perspektiven das Objektiv auf die Unfallstelle richtete.

»Ein Ex-Kollege«, warf Oskar Ruth zu. »Einer der allerübelsten Sorte. Der sich leider auch von keinem Richterspruch abschrecken lässt. Noch nicht«, schob er hinterher, während er versuchte, den Mann beiseitezudrängen.

Ein Stöhnen ließ ihn innehalten. Ruth kniete sich sofort neben die Frau, durch deren Körper ein unrhythmisches Zucken verlief.

»Mist, ich glaube, sie krampft.« Sie nahm ihre Hand und beugte sich über sie. »Ruhig, ganz ruhig, gleich ist Hilfe da.« Auch wenn sie wusste, dass ihre Worte nichts bewirken konnten – der Anfall schien nachzulassen. Erleichtert registrierte sie, wie das blaue Licht des Einsatzwagens über sie hinwegglitt.

»Endlich«, rief sie den Rettungssanitätern zu, die eiligen Schrittes auf sie zukamen, und den Einsatzrucksack und das tragbare EKG-Gerät neben der Verletzten abstellten.

»Was genau ist passiert?« Die feuerroten Haare bissen sich mit der orangefarbenen Uniformjacke, deren Rückseite die Rettungskraft als Notärztin auswies. »War die Frau nach dem Unfall ansprechbar?«

Ruth zuckte die Schultern. Erst als die Ärztin sie fragend anschaute, räusperte sie sich und gab Auskunft. Dass sie das Unfallgeschehen nicht gesehen habe, nur die am Boden liegende Frau. Sie zeigte zu ihrem Auto, das auf der anderen Fahrbahnseite stand. Oskar und sie hatten es mit angeschalteter Warnblinkanlage und zwei Rädern auf dem Bordstein dort stehen gelassen. »Und nein, die Verletzte war nicht ansprechbar. Aber ich konnte den Puls tasten und sie atmete. Wegen der verrenkten Haltung haben wir uns nicht getraut, sie in die Seitenlage zu bringen.«

Die Ärztin hatte sich wieder abgewandt. Ruth wusste nicht, ob sie überhaupt zugehört hatte. Aber das war nicht wichtig. Hauptsache, sie übernahm jetzt. Der verkrümmte Körper ließ befürchten, dass Wirbelsäule, Hüfte oder Becken gebrochen waren. Ein Schauder erfasste Ruth. Sich vorzustellen, dass sowohl der Fahrer des Transporters als auch das Unfallopfer vor einer knappen Stunde nicht ahnen konnten, dass ihr Leben von jetzt auf gleich nicht mehr so sein würde wie zuvor, machte sie fassungslos. Egal, wie dieser Unfall passiert war, wer Schuld hatte: Diese Plötzlichkeit, diese Unwiderrufbarkeit war selbst für sie mit ihrer psychologischen Ausbildung kaum auszuhalten.

Sie konnte nichts weiter tun. Sie sah sich nach Oskar um. Mittlerweile sperrten zwei Polizeiwagen die Straße ab, und die Beamten trieben die Schaulustigen auseinander. Ihr fiel das Handy in ihrer Hosentasche ein. Es war widerlich, wie

Menschen sich am Unglück anderer ergötzten. Die Handys hatten das nicht verändert, nur verstärkt. Als Polizeipsychologin wusste sie von den Seiten und Kanälen, auf denen die Fotos und Videos ein sensationsgeiles Publikum fanden.

Sie drehte sich um. Die Handybesitzerin diskutierte mit einem Polizisten und deutete dabei in ihre Richtung. Ruth ging auf die beiden zu, zog das Telefon aus der Tasche und hielt es der Frau ausgestreckt hin. Als diese danach greifen wollte, drehte sie die Hand, sodass das Smartphone mit einem lauten Klatschen auf dem Boden landete. Mit einem achtlosen Schulterzucken schaute sie den danebenstehenden Polizisten an und wandte sich ab.

Von Oskar war nichts zu sehen. Ruth kam die ganze Szenerie zunehmend albtraumhaft vor. Das gespenstische Zucken des Blaulichts, der sich leerende Platz, der Sanitäter, der die Trage aus dem Rettungswagen zog. Jeder hatte eine feste Aufgabe, für sie gab es nichts weiter zu tun. Sie beobachtete, wie einer der Polizeibeamten aus einer Handtasche ein Portemonnaie zog und dort nach Papieren suchte. Es war das Beste, ihn zu fragen, ob sie noch gebraucht würden. Vielleicht war Oskar wieder im Auto, das sie unverschlossen zurückgelassen hatte.

Der Polizist stand bei einem Kollegen. Der Platz war mittlerweile von Schaulustigen geräumt, sodass die Einsatzkräfte nur noch routiniert mit wenigen Handbewegungen Autos und Passanten den Weg wiesen. Jetzt hatten die beiden Beamten ihre Köpfe über den Personalausweis gebeugt, den der eine hin und her drehte.

»… in der Kurfürstenstraße«, hörte sie den einen Beamten sagen.

»Nobel, nobel«, antwortete der andere. »Nur Parkplätze gibt's da nicht.«

»Dann bleibt einer im Auto.«

»Das glaubst du doch wohl selbst nicht, dass du derjenige bist. Diesmal bist du fällig. Es kann nicht sein, dass immer nur ich die Unfallnachrichten vortragen muss.«

»Solang es keine Todesnachricht ist«, rutschte es Ruth aus dem Mund. Die beiden Polizisten schauten sie irritiert an.

»Entschuldigung«, beeilte sie sich zu erklären. »Liegt daran, dass ich eine Kollegin bin. Ruth Keiser, Polizeipsychologin. Bin also sozusagen Insiderin.« Sie fasste sich mit der Hand an die Stirn. »Was rede ich hier? Was ich sagen wollte, ist, dass ich Zeugin bin.« Sie winkte ab. »Nicht Zeugin. Ersthelferin. Weil rundherum nur Gaffer standen.«

Die Polizisten sahen sie fragend an.

»Ich höre mich wirr an. So fühle ich mich tatsächlich auch.« Sie machte eine unbestimmte Geste über das ganze Unfallszenario. »Dabei wollte ich nur wissen, ob Sie mich noch brauchen. Ob ich gehen kann? Brauchen Sie noch meine Kontaktdaten?« Sie zog ihr Portemonnaie aus der vorderen Jeanstasche. »Hier, meine Visitenkarte. Steht alles drauf. Dienstlich und privat.«

»Danke.« Der ältere der Polizisten nahm die Karte an sich und warf einen Blick darauf. »Polizeipsychologin aus Osnabrück?«, fragte er nach.

»Ach. Osnabrück.« Ruth schüttelte den Kopf. »Nein, im Moment nicht. Zurzeit bin ich in Bonn. Zu Bes…« Sie brach ab. Drehte sich um. Wenn Oskar sie hörte, würde es wieder Diskussionen geben. »Es ist kompliziert.« Sie versuchte es mit einem Grinsen. Wahrscheinlich hielten die beiden Männer sie für traumatisiert, und vielleicht war sie es ja tatsächlich. Egal. »Nehmen Sie einfach meine Handynummer, wenn Sie mich erreichen wollen. Oder die E-Mail, und ich melde mich bei Ihnen. Oder noch besser …« Ruth stockte. »Oskar muss ja auch seine Daten angeben. Dort finden Sie mich auch.«

»Oskar?«

»Ja, Oskar, mein Partner. Er muss hier noch irgendwo sein.« Ruth sah hinüber zu ihrem Mini, im Licht der Straßenbeleuchtung sah sie den leeren Innenraum. »Moment«, signalisierte sie den Polizisten und trat hinter dem quergestellten Polizeiwagen, der die Unfallstelle abriegelte, auf die Straße.

»Oskar?«, rief sie aufs Geratewohl und schaute sich suchend um. Nichts. Keine Antwort. Kein Oskar. Sie wandte sich wieder um, als sie aus den Augenwinkeln eine Bewegung wahrnahm.

Hinter dem Baum, der an der Ecke der Kreuzung allen Abgasen zum Trotz ein Stadtleben zu führen schien, entdeckte sie ihn. Mit dem Rücken zu ihr. Vor ihm an der Hauswand der schmierige Kerl mit der Spiegelreflexkamera. Was hatte Oskar mit ihm zu tun? Was machten die beiden dort? Ruth glaubte, ihren Augen nicht zu trauen, als sie sah, dass sich seine Hand an die Kehle dieses Typen gelegt hatte. Wie der Typ nach Luft schnappte.

»Oskar?«, rief Ruth. Fragend. Verständnislos. »Oskar!«

Erst mit Verzögerung hörte er sie. Drehte sich zu ihr um und schüttelte mit einer widerwilligen Bewegung die Hand, die den Mann an die Wand gedrückt hatte, aus. Sein Gesicht war ausdruckslos, als er auf sie zuging.

»Komm, wir gehen.« Seine Stimme war rauer als sonst. »Ich erkläre es dir später.«

»Da bin ich aber gespannt«, presste Ruth hervor. Die Szenerie hatte mehr als befremdlich auf sie gewirkt.

»Das kannst du auch sein. Und ich wette mit dir, dass du mich anschließend fragst, warum ich nicht fester zugedrückt habe.« Er packte sie harsch am Arm und zog sie mit sich. »Komm, lass uns hier verschwinden.«

*

»Greifen Sie zu, es ist genug da.« Daniela schob das Holzbrett mit dem aufgeschnittenen Baguette näher an Frau Wiesinger. »Ich hoffe, es schmeckt.«

Caroline Wiesinger wedelte mit der freien Hand und warf ihr mit aneinandergelegtem Daumen und Zeigefinger einen angedeuteten Kuss zu. »Perfekt«, sagte sie und griff nach dem Brot. »Sehr lecker.«

»Das freut mich. Das ist auch für mich ein Experiment. Normalerweise bieten wir ausschließlich Frühstück an.«

»Außer für mich«, warf Frau Dirkens ein, die mit am Tisch saß. »Aber ich bin wohl ein Sonderfall.«

Daniela grinste. »In jeglicher Hinsicht. Das brauchen Sie nicht zu betonen.« Sie wandte sich an ihren Gast. »Als ehemalige Pensionswirtin hat Frau Dirkens nicht nur lebenslanges Wohnrecht, sondern auch Familienanschluss. Das versteht sich ja von selbst.«

»Ein wirklich tolles Angebot.« Frau Wiesinger zog die verschiedenen Schälchen mit den Aufstrichen zu sich heran und musterte sie neugierig.

»Selbst gemachte Aioli, ein Schnittlauch-Dip, ein Honig-Senf-Frischkäse und der berühmte Feigen-Schmand. Alles aus der Küchenmaschine.«

»Vorsicht, gleich gibt es eine Verkaufsveranstaltung für diese sündhaft teure Maschine, die anscheinend heutzutage in jeder Küche stehen muss.« Frau Dirkens schüttelte den Kopf. »Für das Geld habe ich mir als junge Frau mein erstes gebrauchtes Auto gekauft. Nie im Leben hätte ich das Geld für Kochutensilien ausgegeben.«

»Gegen meinen Eierlikör haben Sie aber nichts einzuwenden. Und der kommt auch aus diesem Teufelswerk, wie Sie meine Küchenmaschine gerne nennen.«

»Ich bin schon ruhig. Dass du mir den Teig für meine Cookies darin vorbereitest, erleichtert mir das Leben mittlerweile sehr.«

Caroline Wiesinger hob die Hand. »Nicht, dass ich Glaubenskriege auslöse. Ich meinte gar nicht die Dips, sondern das Angebot an mich, an den Mahlzeiten teilzunehmen.«

»Gerne. Es war die Idee meines Mannes, Ihnen das anzubieten.« Daniela deutete auf den Suppentopf. »Jetzt im Herbst ist Zeit, etwas zu experimentieren. Wir glauben, dass neue Wege in der Gastronomie der Insel guttun. Der Gästestrom auf die Insel ist seit Jahren ungebrochen, wir nehmen damit niemandem etwas weg. Ganz im Gegenteil: Wir binden Gäste an die Insel, für die alle bisherigen Formen nicht passen.«

»Im Hotel zu teuer, in der Ferienwohnung zu einsam, in der Pension zu altbacken. Das meinst du doch.« Frau Dirkens lehnte sich zurück und strich sich über den Bauch. »Mensch, Kind, war das lecker. Etwas weniger Brot wäre sicher besser für mich, aber bei den Aufstrichen kann niemand Nein sagen.«

»Selbst wenn sie aus der Küchenmaschine kommen«, lachte Daniela. »Und solang Doktor Matzdorf nicht meckert, dürfen Sie zulangen. Bei mir sieht das anders aus.« Sie sah an sich herunter.

»Blödsinn, Kindchen. Lass dich nicht verrückt machen von all den Hungerhaken. Der liebe Gott hat uns Menschen nun mal nicht alle gleich gemacht. Für irgendetwas wird es gut sein, sage ich immer. Und wenn wir schon am Philosophieren sind: Wäre jetzt nicht ein guter Zeitpunkt …«

»Für Cookies?«, rief Caroline Wiesinger.

»Sehr gut, sehr gut. Sie haben das Wesentliche erfasst. Eine schnelle Auffassungsgabe. Aber das dachten wir uns schon. Doktorandin sind Sie, hat Daniela mir verraten.«

»Ist mir so rausgerutscht. Entschuldigung«, murmelte Daniela. »Entspricht nicht ganz den Datenschutzrichtlinien, aber Frau Dirkens geht mir noch häufig zur Hand.«

»Ach, diese DSGVO ist komplett übertrieben.« Frau Wiesinger betupfte mit der Serviette, die sie während des Essens auf ihrem Schoß ausgebreitet hatte, ihre Lippen und legte sie neben den Teller. »Das wird uns Forschern später einmal das Leben schwer machen. Dann wird niemand mehr öffentliche Listen mit den Namen der Badegäste vorfinden.«

»Stimmt. So war das früher. Jeder konnte sich informieren, wer zur selben Zeit auf der Insel weilte. Im *Bademuseum* kann man sich das ansehen.«

»Das *Bademuseum*. Darauf freue ich mich schon. Das steht ganz oben auf meiner Liste. Ich will mir zuerst einen Gesamteindruck verschaffen vom früheren Leben auf der Insel.«

Daniela hob die Flasche Weißwein aus dem Kühler. »Möchte jemand noch etwas?«

»Danke, nein.« Frau Wiesinger schüttelte den Kopf. »Tatsächlich ist so etwas schon lange nicht mehr denkbar mit namentlichen Bekanntgaben.«

»Dafür gibt es heute *Facebook* und *Instagram*. Da erfahren Sie, wer zeitgleich auf der Insel ist.« Daniela klopfte auf ihr Handy.

»Das mag zum Teil stimmen. Es bildet aber doch nur einen Ausschnitt ab. Es gibt viel weniger ein Recht auf Information, als das früher der Fall war. Heute dominiert der persönliche Datenschutz. Eine nachvollziehbare Entwicklung. Trotzdem schade. Gerade für uns Forscher, die ihre Nasen gerne in die Angelegenheiten anderer Leute stecken. Selbst Todesanzeigen werden immer seltener. Ist Ihnen das schon aufgefallen?«

Daniela nickte. »Stimmt. Oft weiß man gar nicht, dass jemand verstorben ist, weil die Profile in den sozialen Medien weiterlaufen. Noch nicht einmal in den Gedenkstatus versetzt werden. Da gratulieren die sogenannten Freunde Jahr für Jahr weiter und wünschen ein glückliches Lebensjahr. Das ist schon abgedreht.«

»Das gibt es?« Frau Dirkens schüttelte sich gespielt. »Sehr makaber. Wie sich die Zeiten doch ändern. Wenn ich daran denke, dass es früher durchaus üblich war, halbe Lebensgeschichten auf die Grabsteine zu schreiben.«

»Genau.« Frau Wiesinger tippte mit dem Finger auf einen Tomatensuppenfleck, der die weiße Leinendecke zierte. »Auch in den Todesanzeigen oder auf den Totenzetteln fanden sich detaillierte Angaben. Zum Familienstand und sehr oft auch zur Todesursache. Eine Fundgrube für Historiker.«

»Sehr spannend.« Frau Dirkens schob ihren Stuhl zurück und stützte sich beim Aufstehen mit den Händen auf den Tisch. »Ich würde gerne noch etwas dazu hören. Ich hole nur mal eben …« Sie seufzte vor Anstrengung.

»Die Cookies?«, fragte Caroline Wiesinger erneut.

»Ich befürchte, nicht nur diese.« Daniela drohte mit dem Finger. »Sie wollen nur die Gunst der Stunde nutzen, um noch eine spezielle Teezeremonie unterzubringen.«

»Ach, Kindchen, so jung kommen wir nicht mehr zusammen. Lass einer alten Frau das bisschen Vergnügen. Wie du selbst sagst, solang Doktor Matzdorf nichts dagegen hat.«

»Eine Teezeremonie, das hört sich spannend an. Da bin ich gerne dabei.« Frau Wiesinger räusperte sich verlegen. »Das heißt, wenn es keine Umstände macht.«

»Natürlich nicht.« Daniela stand auf. »Frau Dirkens, Sie setzen sich wieder hin. Ich bereite alles vor.« Das kann ja lustig werden, dachte sie, nachdem sie das Wasser für den Tee angestellt hatte und die Stufen zu Marthe Dirkens Wohnung hochstieg. Zwei einsame Seelen, die Anschluss suchten. Ob Frank sich das so vorgestellt hatte, als er vorschlug, neue Wege einzuschlagen? Sie war gespannt auf sein Gesicht, wenn er nach Hause käme und die Whiskeyflasche auf dem Tisch vorfinden würde. Lange Abende waren ihnen garantiert.

Mit dem Ellbogen öffnete sie schließlich wieder die Tür und balancierte das volle Tablett Richtung Esstisch.

Frau Dirkens beugte sich mit geröteten Wangen vor. »Faszinierend. Heinrich Heine. Da haben Sie sich etwas vorgenommen. Man sagt, er mochte die Insulaner nicht besonders gern. Und die Insulaner umgekehrt Heine nicht.«

»Deswegen bin ich hier. Tatsächlich gibt es in Heinrich Heines Leben manches, was noch fraglich ist. Ab und zu gibt es neue Hinweise. Briefe, die entdeckt werden. Unbekannte Schriften. Eine Spur in den Werken der Zeitgenossen, die verfolgt werden will. Und manchmal hilft uns auch die moderne Technik, die Dinge in einem anderen Licht zu sehen.«

»Ach, wirklich? Was denn?« Frau Dirkens nahm die Tassen vom Tablett und verteilte sie.

»Laboruntersuchungen zum Beispiel. In Heines Beispiel eine Haarprobe. Sie verändert den Blick auf die vermutete Todesursache.«

»Nein! Das gibt es?« Frau Dirkens nahm ihre Brille ab und putzte sie mit einem Zipfel des Tischtuchs.

»Ja. Und das war bei Heinrich Heine ein richtiger Aufreger. Denn daran, dass er an Syphilis starb, wie lange angenommen wurde, glaubt kaum noch jemand.«

»Sondern?«, fragten Frau Dirkens und Daniela wie aus einem Mund.

»Blei. Eine Bleivergiftung. Möglicherweise starb er sogar von fremder Hand.«

»Heine wurde ermordet?« Daniela schüttelte den Kopf. »Das habe ich ja noch nie gehört.« Sie schaute zu Marthe Dirkens, in deren Augen die gleichen Fragen standen. »Aber nicht auf Norderney. Er ist ja nicht hier gestorben. Oder etwa doch? Ist das eine neue Erkenntnis? Sind Sie hier, um das nachzuweisen? Norderney als Heines Todesinsel?« Sie brach in hysterisches Kichern aus. »Das müssen wir Martin erzählen, Frau Dirkens, meinen Sie nicht auch?«

*

Bonn

»15 Mann auf des toten Manns Kiste,
jo ho ho – und 'ne Buddel voll Rum!«

Laut schallte das Lied aus den Lautsprecherboxen des Theatersaals. Die Schauspieler kamen an den Bühnenrand gelaufen und hoben dirigierend die Hände. Aus den Mündern der Kinder, Jugendlichen und Eltern wurde der Gesang 100-fach verstärkt.

»Jo ho ho – und 'ne Buddel voll Rum!«, sangen auch Ruth und Oskar, während sie sich anschauten. Ruth verzog den Mund zu einem Lächeln. »Schön«, sagte sie, »trotz allem.«

»Es tut mir leid.« Er kam ihrem Ohr so nahe, dass es kitzelte.

Ruth legte den Zeigefinger auf ihren Mund. »Später«, signalisierte sie ihm und klatschte im Takt mit, als sich die einzelnen Schauspieler verbeugten. Gerechterweise bekamen alle den gleichen Applaus, nicht nur die Hauptakteure. Es waren ausnahmslos tolle Darsteller.

»Vielen herzlichen Dank! Dankeschön. Lieben Dank.« Der Leiter des Kinder- und Jugendtheaters war nach dem letzten Vorhang auf die Bühne gekommen und hatte die Mitwirkenden, die zurücktraten, während ein Techniker ein Mikrofon aufstellte, dabei abgeklatscht. Jetzt stand er mit Verbeugungen, die so elegant wie tief waren, vor dem Publikum. Die ersten Besucher zogen sich an und suchten nach abgestellten Taschen und Rucksäcken.

Ruth, die ihre Jacke unter sich hervorgezogen hatte, sank in den Klappsitz zurück. Sie war nicht böse um einen weiteren Aufschub. Die letzten zwei Stunden hatte sie das Geschehen an der Unfallstelle fast komplett verdrängt. Zuerst hatte sie entgeistert reagiert, weil Oskar immer noch ins Theater wollte. Er sprach zwar nicht mehr von einer Überraschung, und sie verstand, dass ein dienstlicher Auftrag mit dem Theaterbesuch verbunden war. Trotzdem. Am liebsten hätte sie ihn abgesetzt, um mit ihren Gedanken und Gefühlen allein zu sein.

Aber Oskar war nun mal Oskar. Mit seiner Leidenschaft und Fähigkeit, andere Menschen für sich einzunehmen, hatte er erklärt: »Mir fällt das sicher leichter, von einer auf die nächste Situation umzuschalten. Als Journalist muss ich das können. Hier eine Tragödie, dort ein Event, für alles muss Platz in der Zeitung sein, und wer das nicht lernt, kann den Job nicht lange machen.« Er hatte ihre Hand genommen und sie Verständnis heischend angesehen.

Ruth hatte nicht anders gekonnt und lauthals gelacht. »Oskar, hör auf. So brauchst du mir nicht kommen. Ich bin Polizistin, schon vergessen? Und Psychologin. Wer also, wenn nicht ich, hätte gelernt, als Profi zu agieren.«

Oskar hatte erleichtert ihre Hand losgelassen und auf die Uhr gesehen. »Umso besser. Dann schaffen wir das noch. Ich habe versprochen, über die Premiere zu schreiben. Und glaube mir, dieses Theater hat das verdient. Du wirst es erleben und mir recht geben.«

Ruth hatte nichts erwidert. Nichts dazu gesagt, dass sie heute nicht als Profis an der Unfallstelle waren. Nichts dazu, dass ihr das Gesicht der Frau nicht aus dem Kopf gehen wollte. Oskar hatte recht. Wenn sie auf Jobmodus schaltete, dann würde sie den Abend genießen können. »Es ist wirklich eine tolle Überraschung«, hatte sie deswegen gesagt, als sie die Plakate am Theatereingang betrachteten. Sie schmiegte sich dabei an ihn. Auch um das Zittern, das noch von dem Schrecken an der Unfallstelle herrührte, besser aushalten zu können. Und dann war sie von der Aufführung in den Bann gezogen worden, in dem Augenblick, als die ersten Kinder die Szenerie gestürmt hatten. Nichts anderes als *Die Schatzinsel* hätte das geschafft. Aber dieses turbulente Spiel um den Schiffsjungen Jim Hawkins und den einbeinigen Long John Silver holte sie mit atemberaubenden Effekten und einer akustischen Dynamik in die Geschichte hinein. Das Tok-Tok des Holzbeins klang auf der Theaterbühne noch gespenstischer als in den Verfilmungen.

Nun war das Stück zu Ende. Noch lag der Saal im Dunkeln. Die Schauspieler waren nur konturenhaft im Hintergrund wahrzunehmen. Ein einzelner Spot war auf den Schauspielleiter ausgerichtet. Ruth gähnte. Die Dankesworte mussten wohl sein, aber lieber wäre sie in der Piratenbucht geblieben, hätte sich mit dem Segelschiff über das Meer treiben lassen. Andere Bilder schoben sich wieder vor das Auge. Die Frau. Der Transporter. Oskars Rangelei mit diesem Fotografen. Sie tastete nach seiner Hand. So hatte sie den Mann an ihrer Seite noch nie erlebt. Da war eine Aggression, die sie erschreckte und abstieß.

Das letzte Danke war gefallen, jeder Sponsor genannt, der Applaus verklungen. Das Gemurmel der Zuschauer wurde lauter. Das Licht flutete den Theatersaal und entließ sie in die Realität. Ruth warf noch einen Blick auf die Bühne, während hinter ihr der Sitz hochschnellte. Unglaublich, welche magische Welt dort in den letzten zwei Stunden entstanden war, wo nun schwarze Leere herrschte. Sie fröstelte.

Die Kinder vor ihnen stimmten erneut das bekannte Lied an. Oskar imitierte den Gang von John Silver und fiel in den Gesang mit ein.

»Na, meine Piratenbraut, hat es dir denn wenigstens etwas gefallen? Was meinst du, soll ich uns einen Segler chartern und wir gehen auf die große Suche? Was begehrt dein Herz? Münzen, Gold, Diamanten? Für dich umsegle ich die Meere der Welt, fast bis nach Norderney.« Oskar lachte über seinen eigenen Witz. Seit sie sich bei einer Hochzeit auf der Insel kennengelernt hatten, musste diese immer für einen Spruch herhalten.

»Mindestens.«

»Oje, so einsilbig? Hat es dir nicht gefallen? Ich dachte – es ist eines der besten Kinder- und Jugendtheater. Hochgerühmt für seine Inszenierungen.«

Ruth hob ihre Hand. »Stopp. Alles gut. Ich habe es genossen. Wirklich.«

»Aber?«

Sie zuckte die Schulter. Wo anfangen mit ihrem Unbehagen? Sollte sie schweigen? Die verletzte Frau hatte nichts mit ihnen zu tun, sie war nicht verantwortlich, und manchmal war es besser, nicht zu viel persönliche Anteilnahme zuzulassen. Wenn sie ehrlich war, dann beschäftigte sie weniger der Unfall als Oskars Bemerkung zu seiner Rangelei. Hatte er seine Worte vergessen? Wann wollte er ihr die Szenerie erklären? Und verdammt noch mal, warum scheute sie wie ein ängstliches Pferd davor zurück, ihn zu fragen. Zu fragen, was da los war, zu fragen, was es mit diesem Typen auf sich hatte.

Sie spürte ihren Magen flattern. Das war doch lächerlich. Oskar schien zu merken, worum es ging. Er hatte die Lippen fest aufeinandergepresst. Die Brauen waren über dem Querbügel seiner Brille zusammengezogen. Sie räusperte sich.

»Na ja, du wolltest doch …«, setzte sie an, als Oskar plötzlich innehielt und sie am Arm fasste. Noch gingen sie inmitten des Zuschauerstroms, der das Theater verließ. Die nachfolgenden Besucher murrten, weil sie den Weg versperrten.

»Ja, ich weiß, was los ist. Dieser Typ ist ein unglaublicher Wichser.« Oskar schrie die Worte voller Empörung heraus.

»Psst.« Ruth sah sich erschrocken um. »Hier sind Kinder.«

»Also bitte.« Die Frau, die hinter ihnen stand, verzog angeekelt den Mund. »Was ist denn das für ein Benehmen. Wissen Sie nicht, wo Sie sind?«

»Tourette«, rutschte es Ruth heraus und leistete im Stillen Abbitte bei allen, die von dieser Krankheit betroffen waren. Manchmal waren solche Notlügen unerlässlich. Sie zog Oskar zur Seite, sodass sie den übrigen Passanten nicht mehr im Weg standen.

»Mal abgesehen von deiner unmöglichen Ausdrucksweise, habe ich mir das schon gedacht, als du den Typen so in die Mangel genommen hast. Aber aus welchem Grund? Komm, spuck es aus. In familientauglicher Lautstärke.« Sie schob ihre Hände nach hinten in die Jeanstaschen und stellte die Beine weiter auseinander. Sie wusste, dass jetzt sie diejenige war, die kampfeslustig und herausfordernd herüberkam. Aber mit einem Schlag war ihr Zaudern weg, ihre Neugierde geweckt. Wer oder was schaffte es, Oskar so ausfallend werden zu lassen?

»Also«, er machte eine kurze Pause, um seine Brille mit dem Finger neu zu positionieren, »es hört sich in deinen Ohren sicher dramatisch an. Das ist es auch. Der Typ ist ein Schwein. Ein Brandstifter, wie er im Buche steht. Und das nicht nur im übertragenen Sinne. Sondern wortwörtlich.«

»Und das weißt du so genau? Weil er verurteilt ist, oder wie muss ich das verstehen? Und was hast du dann mit ihm zu schaffen?«

»Das ist der Punkt. Nein, er ist nicht verurteilt. Aber: Ich weiß es einfach. Auch dass er ein Mörder ist. Oder Totschläger. Keine Ahnung. Die juristischen Feinheiten kannst du besser beurteilen.«

»Halt. Stopp.« Ruth streckte beide Hände nach vorne. »Ich beurteile hier gar nichts. So etwas ist Sache eines Gerichts. Weder deine noch meine.«

»Stimmt«, knurrte Oskar. »Aber dafür müsste es Beweise geben. Dafür müsste einer diesem Typen auf die Schliche kommen. Ihm das Handwerk legen.«

»Und das willst du sein? Den Helden spielen? Was weißt du denn, was die Polizei und das Gericht nicht wissen? Und wäre es dann nicht der richtige Weg, diesen die Ermittlung zu überlassen?«

»Ha!« Er schnaubte. »Als wenn das mit deren Beamtenapparaten jemals gelänge. Aber glaube mir, eines Tages erwische ich ihn. Und dann kriege ich es raus. Dann werde ich es nachweisen. Was damals passiert ist. Wo er überall seine Finger mit im Spiel hat. Mit dieser Frau, über die er angeblich eine Reportage schrieb. Und die dann tot war. Mit exklusiven Fotos. Natürlich. Von ihm. Angeblich der ganz große Zufall. Wie immer, wenn er wieder als Erster am Unfallort, an der Brandstelle oder, schlimmer noch, am Tatort ankommt. Du glaubst nicht, was für ein Geld dieser Kerl damit macht. Die Medien mit den größten Buchstaben und mit den schrillsten Moderatoren, die kaufen sie ihm ab. Fotos, Videos, draufgehalten auf die Opfer. Auf jeden menschlichen Schrecken. Auf Unvorstellbares. Und das, was für diesen Markt zu heiß ist, findet erst recht Abnehmer. Bei den Perversen. Bei denen, die sich an allem aufgeilen. Im Darknet. Unter der Hand.« Oskar schnappte nach Atem und ließ die Luft durch die Zähne zischen. »Puh. Entschuldige. Aber das musste jetzt raus.«

Ruth blickte auf den Boden. Wünschte sich an einen anderen, ruhigeren Ort. Die Außenbeleuchtung des Theaters schien ihr zu schrill, die Passanten zu wuselig, die vorbeifahrenden Autos zu laut. Sie versuchte, das Gehörte zu verstehen, in einen Zusammenhang zu bringen. Überlegte, woher seine Erregung kam, wie sie selbst reagieren würde. Als Polizistin. Als Psychologin.

Sie blickte auf. Sah, wie er den Kopf hängen ließ. Glaubte, Schweißperlen auf seiner Stirn zu sehen, wo doch die Luft herbstlich kühl war. »Oskar?«

Er sah sie an. »Ja?«

»Oskar … diese Frau, über die eine Reportage geschrieben werden sollte. Was war mit ihr? Kanntest du sie?« Sie hielt kurz inne, um sofort hinterherzuschieben. »Was frage ich. Du kanntest sie, stimmt's?«

*

Norderney

Erstaunt hielt er inne. Rau. Sandig. Schmirgelnd. Angewidert verzog er den Mund. Der Salzgeschmack auf seiner Zunge kam so plötzlich wie intensiv. Brannte sich in seine Schleimhäute. Lief in seinen Schlund. Er sah das Glas in seinen Händen an. Schaute in das Gesicht. Sah das Grinsen. Die Überheblichkeit. Eine Erinnerung tauchte auf. Die Augen. Er wandte sich um. Doch! Er kannte diese Augen. Aber wichtiger: die Briefe. Er krümmte sich. Wollte die Briefe in Sicherheit bringen. Als er nicht mehr schlucken konnte, griff er nach der Limonade. Löschen. Das Brennen löschen. Die Briefe retten. Zeitgleich mit dem Rauschen in den Ohren schob sich die Erinnerung in seine Gedanken. Das Gesicht, die Ähnlichkeit. Während er das Bild festzuhalten versuchte, kippten die blinkenden Lichter auf dem Meer. Zusammen mit dem Meer. Kippten einfach um. Einfach so.

*

Martin Ziegler glaubte an einen dummen Scherz, den sich Nicole und Ronnie erlaubten, als er sein Fahrrad aus dem Schuppen holte. Einerseits konnte er sich kaum vorstellen, dass die beiden missbräuchlich Alarm schlugen. Schließlich machten sie sich damit strafbar. Andererseits galt auch auf der Insel: »Wo kein Richter, da kein Henker.« Selbstverständlich würde er es bei einer internen Rüge belassen, sie nicht aktenkundig machen. Sicher hatte er die beiden mit seinen Worten am Fenster der Polizeiwache erst auf die Idee gebracht.

Bei dem Gedanken an Ronnies aufgeregte Stimme trat er fester in die Pedale. Ronnie war kein guter Schauspieler. Und er hatte sehr, sehr ernst geklungen. Wenn nicht gar verstört.

Dabei gab es, wenn er das recht verstanden hatte, keine akute Gefahrenlage. Keine Schießerei. Keine gewalttätige Auseinandersetzung. Keine Messerstecherei. Einfach einen toten Mann. Oben auf dem Kap.

»Shit!«, rief Martin laut. Wenigstens war niemand auf der Benekestraße zu sehen, der sich über einen fluchenden Dienststellenleiter wundern konnte. So weit war es schon gekommen, dass er erleichtert auf Todesfälle reagierte, nur weil vielleicht kein Fremdverschulden vorlag. Dabei war der Tod nichts, woran man sich gewöhnte. Er zumindest nicht. Und seine Freundin, die als Ärztin arbeitete, betonte gerne, dass der Tod einem immer aufs Neue Respekt abverlangte.

Ein toter Mann auf dem Kap. Der Gedanke an Anne ließ ihn ruhiger werden. Durch das Zusammenleben mit ihr kannte er die plötzlichen Notfälle, die sich in jeder Lebenslage einstellen konnten: beim Essen, im Schlaf, während der Arbeit. Beim Sex, an der Theke, bei der Gartenarbeit, auf dem Laufband. Herzinfarkt, Schlaganfall, Lungenembolie, Aneurysma. Von jetzt auf gleich. Wieso also nicht nach dem Hochsteigen auf das Kap?

So würde es sein. Wahrscheinlich sogar einer der Einheimischen. Wobei – noch gab es ja Touristen, wenn auch deutlich weniger als vor drei Wochen. Von den Rehakliniken ganz zu schweigen. Der eine oder andere Rekonvaleszent litt mit Sicherheit an schwerwiegenden Grunderkrankungen. Sein Job würde es sein, den Angehörigen die traurige Nachricht zu überbringen. Aber es war, was es war. Ein Unglück. Ein Unfall. Nichts anderes.

Als er am Kap um die Ecke bog, erwartete er, die Blaulichter von Notarzt und Rettungswagen zu sehen. Aber alles lag ruhig und dunkel. Die Straßen wirkten verlassen wie in tiefster Nacht. So war das, wenn Norderney in den Winterschlaf ging.

Er entspannte sich. Dass die Signallichter ausgestellt waren, lag daran, dass sich die Rettungsfahrzeuge zu dieser Jahres- und Tageszeit keinen Weg freikämpfen mussten. Und warum mit Blaulicht und Martinshorn die Schaulustigen zusätzlich anlocken?

Dann stellte er irritiert fest: Es gab keinen Einsatzwagen. Außer dem Pritschenwagen seiner Dienststelle. Ronnie hatte doch gesagt … Er spürte, wie das Blut in seinen Kopf stieg. Also doch. Sie hatten sich einen Scherz erlaubt. Schabernack gespielt. Obwohl sie wussten, wie ihm die Todesfälle der letzten Jahre auf der Insel zugesetzt hatten. Weil sie keineswegs natürlicher Art gewesen waren und einen Haufen komplizierter Ermittlungsarbeit mit sich gebracht hatten. Und er in den Ruf geraten war, Norderney nicht unter polizeilicher Kontrolle zu haben. Was Blödsinn war.

Als wenn dadurch, dass er die Stelle übernommen hatte, das Unheil auf die Insel gezogen war. Andererseits: Die Zahl der Toten, die sich nicht mehr an einer Hand ablesen ließen, war nicht zu leugnen.

Und deswegen sollten Ronnie und Nicole wissen, dass damit kein Spaß zu machen war. Nicht auf einer Insel, auf der jahrzehntelang nichts, rein gar nichts passiert war.

Er blickte hoch zu der Erhebung mit dem markanten Seezeichen. Sah nun schemenhafte Gestalten dort oben. Jemand winkte. In dieser düsteren, mondlosen Nacht kaum zu erkennen. Martin stellte sein Fahrrad ab. Auf den letzten Stufen fiel sein Blick zur Seite. Diesig lag das Meer vor der Insel. Morgen früh würden sie mit Seenebel zu kämpfen haben. Schon jetzt war draußen nichts mehr zu sehen, keine Positionslichter, keine Fischkutter. Wahrscheinlich auch das Blinken der Windräder aus dem Offshore-Park, der ungefähr 30 Kilometer vor der Insel im Meer lag, nicht.

Er näherte sich einer kleinen Menschentraube.

»Chef, hier«, nahm Ronnie ihn in Empfang. Die Gruppe drehte sich gleichzeitig um, als hätten sie eine gemeinsame Choreografie eingeübt. Wieder schwoll sein Ärger an. Wenn das hier ein Fake war, der Zuschauer angezogen hatte, dann würde das Konsequenzen haben. Und nicht zu knapp.

»Hierher, Chef«, sagte Ronnie noch einmal. Als könnte Martin den Weg auf den letzten Metern verfehlen.

Ein eiskalter Windstoß traf ihn am Ohr, sodass er zusammenzuckte. Er zog den Reißverschluss der Jacke hinauf und die Schultern hoch. Es wurde Zeit, wieder eine Mütze bei sich zu tragen.

Als er sich näherte, trat die Menge synchron zurück und teilte sich in zwei Hälften. Wortlos. Stumm. Unheimlich.

Das ist kein Fake, schoss es Martin durch den Kopf. Auch wenn er es nicht verstand. Nur den Körper auf dem

Boden liegen sah, nachdem sich das Blickfeld für ihn geöffnet hatte.

»Was ist denn hier los?«, fragte er und wunderte sich, wie atemlos er klang.

Ronnie, den er angesprochen hatte, antwortete nicht. Stattdessen sah er zu Nicole. Sie wich seinem Blick aus und deutete auf eine weitere Person.

Martin runzelte irritiert die Stirn. »Doktor Matzdorf.«

»Ja?«

»Was hat das zu bedeuten?« Martin verstand die Situation, die er vorfand, nicht. »Was ist mit dem Mann? Warum ist kein Notarzt da? Und warum sind Sie hier? Sind Sie der Hausarzt des Mannes?« Er drehte sich zu Ronnie um. »Wer ist es überhaupt? Kennst du ihn? Ein Insulaner?«

»Nein, glaube ich nicht.« Ronnies Stimme klang flach und unsicher.

Matzdorf trat einen Schritt vor. »Ziemlich viele Fragen, Herr Ziegler. Ich verstehe das. Aber nur so viel: Ich bin hier, weil mich Passanten gerufen haben, die wissen, dass ich um die Ecke wohne, und mich baten, einen Blick auf eine scheinbar leblose Person zu werfen. Was ich unverzüglich gemacht habe. Keine zwei Minuten habe ich gebraucht.«

Martin sah aus den Augenwinkeln, dass Ronnie und Nicole sich einen Blick zuwarfen. Angesichts der Leibesfülle des Arztes kein Wunder.

»Allerdings war ohne Probleme festzustellen, dass diese Person nicht nur leblos aussah, sondern es auch war. Tot. Und damit meine ich: wirklich tot. Da war kein Reanimationsversuch mehr nötig.«

Martin, der zunehmend die Luft angehalten hatte, blies sie stoßweise aus. »Okay. Sie sind der Arzt.«

»Ja«, antwortete Matzdorf, und in seiner Antwort lag sein ganzes medizinisches Selbstverständnis. »Wissen Sie, ich habe schon so viele Totenscheine in meinem Leben ausgestellt, da kann kein Jungspund mithalten. Und was anderes sind denn die Kollegen von der Rettung?«

»Gut, gut.« Martin hob abwehrend die Hände. »Und dennoch haben Sie uns verständigt.« Er deutete auf seine Mitarbeiter.

»Selbstverständlich. Ich kenne den Toten nicht. Irgendjemand muss ihn identifizieren, die Angehörigen benachrichtigen, den Leichentransport organisieren und so weiter und sofort. Wem sage ich das?«

»Ich verstehe.« Martin merkte, wie sich seine Schultern entspannten, obwohl der Wind immer noch eiskalt auf seine Ohren traf. »Das ist vollkommen richtig. Wir kümmern uns.« Er nickte Nicole zu. Sie war mit dem Bestatter auf der Insel befreundet und übernahm den Job sicher gern. Wenn ihr dafür der Besuch bei den Angehörigen erspart blieb.

An Ronnie gewandt, fragte er: »Schon irgendwelche Papiere gefunden? Personalausweis? Führerschein? Versichertenkarte?« Bevor dieser antworten konnte, wandte er sich erneut an Doktor Matzdorf. »Vielen Dank für Ihren Einsatz. Sie unterschreiben dann ja den Totenschein. Ich bin heilfroh, dass wir von einem natürlichen Todesfall ausgehen können. Auch wenn es tragisch für den Betroffenen ist.« Martin sah hinunter auf den Leichnam. »So alt scheint er mir noch nicht zu sein.«

Doktor Matzdorf räusperte sich.

Martin sah auf. Mit einem Schlag spannten sich die Nacken- und Schultermuskeln wieder an. Er spürte das Ziehen im Magen, als er in das Gesicht des Arztes sah. Wusste die Antwort, bevor dieser sie aussprach.

»Tut mir leid. Das ist ein Irrtum. Ich kann den Totenschein nicht ausstellen. Da müssen erst die Kollegen von der Gerichtsmedizin ran.«

»Sie meinen …« Martin fand keine Worte für das, was vor seinem inneren Auge aufzog.

»Ich fürchte, ja«, antwortete der Arzt, trat vor und packte ihn mitfühlend am Arm. »Aber es lässt sich nicht ändern. Schauen Sie selbst: Ich halte die Zeichen für eindeutig.«

*

»Ich fürchte, doch. Das große Programm. Der diensthabende Arzt ist sich ziemlich sicher, dass etwas nicht stimmt. Und mindestens genauso verwunderlich: Wir können den Mann nicht identifizieren.«

Martin nahm die Flasche Wasser, die unter seinem Schreibtisch stand, und goss sich ein Glas ein, während er den Hörer mit der Schulter ans Ohr presste. Sein Hals kratzte. Wie immer, wenn er Aurich am Telefon hatte.

»Was ›nicht identifizieren‹ heißt? Das liegt doch auf der Hand: kein Portemonnaie, keine Brieftasche. Kein Koffer und kein Rucksack. Weder Bargeld noch Handy. Und auch die NorderneyCard fehlt.«

Martin lauschte in den Hörer. »Ja, natürlich ist das seltsam. Deswegen rufe ich ja an.« Wieder trank er einen Schluck. Das Wasser half, seine Nerven zu beruhigen. Noch gelang es ihm, nicht das Allerschlimmste anzunehmen. Noch war die ganze Sache offen. Merkwürdige Anzeichen einmal dahingestellt. Als wenn ein Haus- und Badearzt sich mit so etwas auskennen würde. Doktor Matzdorf war auf Norderney bekannt für seine wichtigtuerische Art. Alles konnte er besser. Dabei erzählte man sich hinter vorgehaltener Hand, dass er auf der Insel war, weil es dunkle Flecken in seiner Vergangenheit gab. Genau wusste niemand, was damit gemeint war. Die einen sprachen von einer privaten Tragödie, die anderen von ärztlichen Fehlern. Anscheinend nichts, was zu einem Entzug der Approbation geführt hätte. Aber zu einem Rückzug auf eine Nordseeinsel, wo er sich verkannt fühlte. Was zu Spott und manch hämischer Bemerkung führte.

Martin starrte seinen Bildschirmschoner an. Eisenbahnen zogen in meditativ gleichförmiger Geschwindigkeit über seinen Monitor. Anne hatte ihm diesen geschenkt, nachdem sie zusammen davon geträumt hatten, eine Rucksack-Reise von Ostfriesland bis in den südlichsten Zipfel Italiens zu unternehmen.

»Ja, ich höre.« Er konnte förmlich sehen, wie sie in Aurich auf seinen Anruf reagierten. Fassungslosigkeit war am wahrscheinlichsten. Vielleicht Ungläubigkeit. Weil schlicht die Statistik gegen ihn sprach. So ein Pech konnte niemand haben. Selbst er nicht.

»Wir haben den Fundort abgesichert, selbstverständlich. Gut, wir warten auf die Spurensicherung. Wisst ihr schon, wer zuständig sein wird?« Wieder musste am anderen Ende eine Rückfrage erfolgen. Martin zählte die Waggons des Güterzuges. Eine Eisenbahn würde er gerne bauen, hatte er einmal in geselliger Runde nach dem Tennis erzählt. Martin, der Lokomotivführer, hatten die Freunde gewitzelt. Nur Anne hatte gefragt, wieso und warum. Wie sie nun mal war. Immer ging sie den Dingen auf den Grund, war aufmerksam und neugierig. Da hatte er von seiner *Interrail*-Reise berichtet, die er damals hatte abbrechen müssen, weil sein Vater mitten während der Arbeit umgefallen war. Von jetzt auf gleich. Nicht tot. Jedenfalls nicht sofort. Anne wollte, dass er diese Reise zu Ende brachte. Über 20 Jahre später. Jetzt mit ihr zusammen.

Er seufzte. Vielleicht war das eine Idee. Um den Dämonen zu begegnen, die ihn auf die Insel getrieben hatten. Er dachte an Matzdorf. Möglicherweise war es bei ihm ähnlich. War das, was man sich erzählte, Humbug. Denn auch über Martin geisterten immer wieder Gerüchte herum. Wahrscheinlich gab es ihn nicht, den großen Skandal. Bei dem Arzt genauso wenig, wie es beim ihm der Fall war.

»Frau Lichterfeld? Im Ernst?« Er hörte, wie ihm die Stimme entgleiste. Er schob die Maus an. Sofort verschwanden die Züge von der Bildfläche. Stattdessen starrte er auf den Dienstplan. Den Hauch einer Sekunde überlegte er, sich noch heute Abend krankzumelden. Was Quatsch war. Wer sollte denn das Ruder übernehmen? Und was war das für eine Haltung? Von ihm als Vorgesetztem? Nein, das ging nicht, überhaupt nicht.

Trotzdem erschien ihm das Leben ungerecht. Renate Lichterfeld war eine Strafe. Eine Heimsuchung. Sie würde ihn fertigmachen. Egal, ob es persönliches Verschulden und Versagen von ihm gab. Für Frau Lichterfeld war seine Inkompetenz keine Frage, sondern eine Tatsache.

Und deswegen gab es nur einen Ausweg: Matzdorf irrte sich. Oder die Lichterfeld musste weg.

»Wie? Frau Lichterfeld muss weg?« Die Stimme aus Aurich schallte laut in sein Büro, das Headquarter der hiesigen Dienststelle, wie er gern scherzhaft sagte. Aus Versehen hatte er die Freisprechanlage des Telefons aktiviert und den letzten Gedanken laut ausgesprochen. »Was meinen Sie damit, Frau Lichterfeld muss weg?«

»Das würde mich auch brennend interessieren.« Eine Stimme, die ihn aus jedem Schlaf holen würde. »Gerne können Sie mir das näher erörtern, Herr Kollege, wenn ich auf der Insel ankomme. Ich freue mich schon jetzt auf Ihre Ausführungen.« Sie klang süffisant.

Er stöhnte erneut, als er mit dem Finger auf die Gabel des Telefons drückte und das Gespräch damit beendete.

»Sie hat dich Kollege genannt.«

Martin fuhr herum. In der Tür stand sein Mitarbeiter Olaf

Maternus. Er hatte sich mit seinem langen Körper an die Türzarge gelehnt und die Arme vor der Brust verschränkt.

Nachdenklich blickte er auf Martin herab. »Wenn sie mich Kollege nennen würde, wüsste ich, was zu tun ist. Nix wie weg. Weit weg. Wobei das schwer wird, zugegeben. Denn wie soll das gehen? Hier auf der Insel. Aber du bist der Chef. Bestimmt hast du eine Idee.« Er stieß sich vom Türrahmen ab und wandte sich ab. »Sonst: gute Nacht, Norderney!«, hörte Martin ihn im Weggehen murmeln.

Verdammt! Olaf hatte recht. Genau das traf es. Er war angezählt. So oder so. Er riss ein Blatt von dem Block, der vor ihm lag. Zerknüllte es und pfefferte es mit voller Wucht Richtung Tür. Das war's. Das Ende seiner Inselpolizistenkarriere. Gute Nacht, Norderney.

MONTAG, 25.11.

Norderney

Bevor der Wecker um 6.00 Uhr klingelte, stand Martin unter der Dusche. Anne hatte mehrfach gestöhnt, weil er sich schlaflos von einer Seite auf die andere gedreht hatte.

Bis weit nach Mitternacht hatten sie zusammengesessen. So lange, dass Anne die Augen kaum mehr aufhalten konnte. Als sie das Gähnen nicht mehr unterdrücken konnte, hatte er auf die Lehne der Couch gehauen.

»Es hat doch keinen Zweck. Wir müssen die Ergebnisse abwarten.«

Anne hatte sich aufgerichtet und den letzten Schluck Wein zwischen ihren beiden Gläsern aufgeteilt. »Komm, trink aus. Das verschafft auch dir etwas Bettschwere.«

Er lachte höhnisch. »Makaber. Als wenn ein Schlafmittel oder Schlimmeres untergemischt wäre.«

In Wirklichkeit war er Anne dankbar. Dass sie mit ihm aufgeblieben war, obwohl sie am Morgen in der Klinik konzentriert ihren Job meistern musste. Dafür, dass sie seine Selbstzweifel hinsichtlich seiner Position zerstreut hatte, vor allem aber, weil sie die vielen Fragen zu der nicht identifizierten Leiche mit medizinischem Sachverstand analysiert hatte.

»Ich würde das jetzt einfach mal abwarten«, hatte sie gemeint. »Okay, Doktor Matzdorf ist ein alter Hase. Vielleicht aber auch schon zu lange im Geschäft. Wenn er sagt, mit Toxikologie kennt er sich aus, dann frage ich mich schon, wie alt sein Wissen ist.«

»Er hat darüber promoviert.«

»Genau. Überleg mal, wie lange das her ist.«

»Jaja, mag sein, dass er nicht auf dem neuesten Stand ist. Ich hatte auch das Gefühl, er lehnt sich ziemlich weit aus dem Fenster.«

Anne hatte den Stiel des Glases zwischen den Fingern gedreht. »Ich persönlich finde, dass er einen seltsamen Geltungsdrang hat.«

Martin winkte ab. »Ich weiß. Seine Ambitionen auf dem Golfplatz. Dieser Oldtimer, den er sich zugelegt hat. Dieses geckenhafte Äußere.«

»Zum Beispiel. Und jetzt gibt er sich als eine Art Doktor Watson.«

Martin hatte trotz der ernsten Situation lachen müssen. »Passt.«

»Siehst du!«

»Nein, Anne.« Er hatte sie zu sich in den Arm gezogen und die Fleecedecke ausgebreitet. »Schließlich ist das nicht alles. Wir wissen weder etwas über die Identität des Toten noch irgendetwas über seinen Aufenthalt auf der Insel. Keine Papiere, kein Geld, kein Schlüssel, keine Reiseutensilien. In diesem Zusammenhang kann ich die Vermutungen des Arztes nicht als Spleen abtun.«

»Sollst du auch nicht«, hatte Anne gegähnt und ihren Kopf an seine Schulter gelehnt. »Wichtig ist doch nur, dass ein Todesermittlungsverfahren angelaufen ist. Die Rechtsmedizin wird herausfinden, ob nicht doch etwas ganz anderes dahintersteckt.«

Sie hatten beide geschwiegen, weil sich keine neuen Antworten finden ließen. Natürlich war es gut, dass alles den einzig vorgegebenen Weg nahm. Selbst wenn Matzdorf nicht diese Spekulationen um eine Vergiftung ins Spiel gebracht hätte, wäre ihm als Inselpolizisten keine andere Wahl geblieben. Die Auffindesituation des Mannes warf unzählige Fragen auf, so oder so. Und damit war die Konfrontation mit Frau Lichterfeld unausweichlich.

»Sie kann dir nichts«, hatte Anne mit dem letzten Schluck Wein gesagt. Weil sie wie immer seine Gedanken lesen konnte. »Lass uns schlafen gehen. Alles andere ist Quälerei.«

Es war das nicht enden wollende Gedankenkarussell gewesen, das für ihn zur Qual wurde. Für kurze Sequenzen fielen ihm die Augen zu. Dann zuckte sein Körper oder er schien zu fallen. Schließlich stieß er die Decke weg. Er würde zur Wache fahren und dort die Ankunft der Mordkommission abwarten. Die Zeit konnte er nutzen, sein Büro auf Vordermann zu bringen. Zumindest in diesem Punkt konnte er den kritischen Blicken der Hauptkommissarin etwas entgegensetzen.

Die gewohnte kalte Dusche, mit der er auf Anraten von Anne seit Längerem sein Immunsystem stärkte, sparte er sich heute. Er hatte schon jetzt das Gefühl, nicht warm zu werden. Was sicherlich der Müdigkeit geschuldet war.

In der Küche drückte er den Knopf der Espressomaschine. Mit einem leisen Surren sprang sie an und heizte hoch. Als er den Siebträger unter die Mühle schob, erschrak er über das laut kreischende Geräusch. Hoffentlich hatte er Anne nicht geweckt. Sie würde noch eine Stunde schlafen können.

Er röstete eine Toastbrotscheibe und bestrich sie mit Erdnussbutter. Heute alles ohne Obst. Es ging um mehr als gute und wertvolle Nährstoffe. Es ging um sein Selbstverständnis. Mal wieder.

Während er mit der linken Hand das Brot zum Mund führte, tippte er mit dem rechten Zeigefinger auf das Handydisplay.

Im Messenger ploppte eine Gruppennachricht auf. Für die schnelle Information hatte er sich dort mit den Kollegen verbunden. Keine vertraulichen und dienstlichen Angelegenheiten, das war klar. Aber Fragen zum Dienstplan oder ein weitergeleiteter Joke, das waren Dinge, die für mehr Zusammenhalt sorgten und dem Dienst eine persönliche Komponente gaben. Selbst Olaf hatte sich darauf eingelassen.

»Ist es denn zu fassen?«, hatte Silke aus dem Nachtdienst geschrieben. »Jetzt werden wir schon von den Einheimischen als Fundbüro missbraucht. Als wenn die es nicht besser wüssten.«

Martins Nervenenden spannten sich an. Eine Fundsache! Wenn sie Glück hatten, das passende Portemonnaie mit Ausweispapieren des toten Mannes. Wenn sie noch mehr Glück hatten, gleich ein ganzer Koffer oder zumindest ein Rucksack. Bei weniger Glück ein Schlüssel, aber auch damit wäre er zufrieden.

»Was ist es denn?«, tippten seine Finger schneller, als er denken konnte.

»Chef, schon wach? So früh?«, antwortete Ronnie, der wahrscheinlich am Handy gezockt hatte. Wer wollte es ihm verdenken? Nachtdienste konnten lang und langweilig sein. »Nichts Spektakuläres.«

Ein Foto ploppte auf. Ein Brillenetui. Geöffnet. Aber leer. Bis auf ein Reinigungstuch. »Frankfurter Buchmesse«, konnte Martin entschlüsseln.

Er verdrehte die Augen. Manche Mitmenschen benutzten ihr Gehirn für alles, nur nicht zum Denken. Als ob jemand bei ihnen auf der Polizei den Verlust eines leeren Brillenetuis nachfragen würde. Konnte man die Dinge nicht einfach dort positionieren, wo sie gefunden wurden? Der Besitzer wäre dafür dankbarer als für eine Suche, die von Pontius zu Pilatus führte. Egal. Er würde die Fundsache morgen dahin bringen, wo sie hingehörte. Immerhin würde er eine Aufgabe haben, wenn die Lichterfeld sein Büro okkupierte.

Er griff zu seinem Espresso, nahm einen Schluck und verzog den Mund. Selbst dieser schmeckte heute Morgen bitter. Was hatte er auch nach einer solchen Nacht erwartet?

*

»Guten Morgen.« Über ihre blonden Haarsträhnen hatte Caroline Wiesinger ein breites graues Haarband mit einem Bogenknoten gezogen. Die Augen waren geschminkt, während die Lippen unter einer Schicht Pflegecreme farblos glänzten. »Ich würde gerne vor dem Frühstück noch ans Meer. Ist das okay?«

Ihre Stimme klang piepsiger als gestern, sodass sie auf Daniela wie eine Schülerin wirkte. Keineswegs jedenfalls wie jemand, der sich beruflich mit Literatur beschäftigte. »Aber klar doch. Hier gibt es keine Zwänge. Sie sind zur Zeit der einzige Gast.«

»Cool. Eigentlich wollte ich noch früher aufstehen, aber dann habe ich den Wecker zweimal auf Schlummerfunktion gestellt. Meine Augen fielen immer wieder zu, bleischwer vor Müdigkeit.«

»Soso. Bleischwer.« Daniela grinste und öffnete mit Daumen und Zeigefinger gespielt ein Auge. »Da sind wahrscheinlich die Gespräche über Heines Bleivergiftung schuld, an der er gestorben sein soll.«

Caroline lachte. »Sehr gut erkannt. Wobei ich eher diese ungewöhnliche Teezeremonie in Verdacht habe.«

»Lassen Sie das mal nicht Frau Dirkens hören. Zu Ihrer Beruhigung: Es ist die Seeluft. Das Reizklima. Es braucht ein paar Tage Zeit, sich daran zu gewöhnen.«

»Das habe ich gelesen. Auch dass man in den ersten Tagen nicht zu nah an die Wasserkante gehen soll, weil dort das Klima am meisten auf den Körper einwirkt.«

Daniela schüttelte den Kopf. »Ach, Blödsinn. Sie sind ja nicht zur Kur hier. Da wird das geraten. Wenn jemand schon geschwächt und krank ist, meinetwegen. Aber Sie sind jung und gesund. Also, gehen Sie ruhig. Als ich selbst noch Gast war, habe ich das auch gemacht.« Sie seufzte.

»Heute nicht mehr?«, fragte Frau Wiesinger.

»Das ist der Nachteil, wenn man auf der Insel lebt. Alles, was einem begehrenswert erschien, macht man viel seltener, wenn man hier wohnt. Sonnenuntergänge mit einem Cocktail beispielsweise. Wanderungen zur Weissen Düne, zur Oase oder sogar ans Wrack.« Sie seufzte erneut. »Oder eben Morgenspaziergänge am Strand entlang.«

»Dann kommen Sie doch mit.«

»Was?« Daniela stemmte die Hände in die Hüfte und runzelte die Stirn.

»Nun schauen Sie nicht so ungläubig, als hätte ich etwas Ungehöriges gesagt. Sie klangen nur so schwärmerisch. Ich würde mich freuen, wenn ich Begleitung hätte. Wenn Sie mir erklären, was es mit der Oase und dem Wrack auf sich hat, wäre das ein perfekter Start in den ersten Tag auf Norderney.«

Warum nicht, dachte Daniela, und schlüpfte in ihre Boots und eine warme Daunenjacke. Eine Mütze hatte sie immer in der Seitentasche stecken, aber mittlerweile war sie, was den Wind anbelangte, abgehärtet. Schlüssel und Portemonnaie passten ebenso hinein, und nachdem sie einen eilig geschriebenen Zettel für Frau Dirkens an die Kühlschranktür geklebt hatte, war sie fertig zum Aufbruch.

Sie schlugen den Weg Richtung Marienstraße ein. Zwischen den Parkplätzen hindurch und an den Villen in Südwesthörn vorbei zum Weststrand. Nach wie vor liebte sie den Anblick der Wellen, die an dem breiten Strand wie aus großer Ferne aufzulaufen schienen, den Blick hinüber zum Festland, der ihr versicherte, dass sie weit weg von allem war, und die Ansicht der *Frisia*, die selbst im späten Herbst noch Gäste und Tagesbesucher auf die Insel brachte. Auch wenn es bei ihr im Hostel augenblicklich ruhiger war, zeigte die große Anzahl an Menschen, die gerade am Wassersaum und auf der Promenade unterwegs war, wie beliebt Norderney in der kälteren Jahreszeit war.

»Schön«, entfuhr es Caroline Wiesinger.

Daniela hatte fast vergessen, dass sie ihren Gast begleitete. Sie waren den Weg schweigend und im strammen Schritt gegangen, als zöge das Meer sie mit einer unsichtbaren Schnur zu sich heran. Jetzt blieb Daniela atemlos stehen.

»Immer wenn ich unterwegs bin, fallen mir meine guten Vorsätze ein. Aber nur dann.«

»Welche sind das?« Caroline Wiesinger legte ihre Hand waagerecht über die Stirn, blickte hinüber zum Festland und drehte sich dann Richtung Juist.

»Tägliche Bewegung. Ein paar Kilos weniger.« Daniela sah an sich herunter. »Ich habe mit dem Rauchen aufgehört.«

»Das ist doch schon etwas.«

Ihr gefiel diese positive Sichtweise. »Stimmt auch wieder. Blöd, dass man sich selbst immer wieder schlechtredet, statt einmal das Gute wahrzunehmen.« Sie biss sich auf die Lippen. Was waren das denn für vertrauliche Gespräche, die sie führte? Vollkommen unpassend. Wahrscheinlich die Überbleibsel aus ihrer Friseurinnenlaufbahn. Ihre Fähigkeit, jeder Kundin das Gefühl zu geben, zu ihr eine besonders innige Verbindung zu haben, hatte immer zu einer hohen Nachfrage an Terminen und einem klingelnden Trinkgeldglas geführt. Vergangene Zeiten! Ganz kam sie wohl nicht raus aus ihrer Haut.

»Und? Gibt es das bei Ihnen auch? Vorsätze? Ausgeführt oder aufgeschoben?«

Caroline Wiesinger drehte sich um. »Hm. Gute Frage. Ja. Gibt es. Zum Beispiel, diese Doktorarbeit zu schreiben.«

»Braucht es für so etwas einen Vorsatz?«

Sie waren mittlerweile an der Wasserlinie angekommen, und Daniela zog Boots und Strümpfe aus.

»Ist das nicht zu kalt?« Die junge Frau deutete auf Danielas Füße.

»I wo. Ausprobieren! Danach ist jeder wach.«

»Na dann.« Kurze Zeit später trug auch Caroline ihre Schuhe in der Hand. »Herrlich.« Sie strahlte Daniela an. »War eine gute Idee von Ih…« Sie stockte. »Können wir uns duzen? Ich meine, du, also Sie, ach, ist das kompliziert. Ich finde, wir sind doch altersmäßig nicht weit auseinander.«

»Schon gut. Können wir machen. Auch wenn zwischen uns sicher ein Jahrzehnt liegt. Aber das stört mich nicht. Wir haben jetzt ja ein paar Tage miteinander zu tun.«

»Genau.« Caroline stampfte mit den Füßen in die Wellen, sodass der Schaum bis zu den Oberschenkeln hoch spritzte. »Darüber bin ich wirklich glücklich. Ein besseres Konstrukt hätte ich nicht finden können.«

»Pensionen gibt es genug auf der Insel. Auch solche, die im Winter an Monteure, Bauarbeiter und Elektriker vermieten.«

»Ich weiß. Ich habe mich vorher schlaugemacht. Aber wie gesagt, ich liebe Hostels, und auch wenn das bei dir sicher etwas anders ist als auf meinen Reisen, so habe ich trotzdem das Gefühl, dass es genau das ist, was ich brauche. Dass ich die Küche nutzen kann, den Essbereich und den Garten.«

»Könnte ziemlich kalt werden«, lachte Daniela.

»Ach, du weißt, was ich meine. Hausanschluss. Wenn schon nicht an andere Gäste, dann aber an dich und Frau Dirkens. So wie gestern. Ich bin nun mal kein Typ zum Alleinleben.«

»Wie ist das in Berlin? Wohnst du bei deiner Familie? Oder im Studentenwohnheim?«

»Weder noch. In einer Wohngemeinschaft. Wir sind zu dritt. Drei Mädels. Also mittlerweile.«

Daniela sah, wie sich eine Sekunde lang ein Schatten über das Gesicht der jungen Frau legte.

»Mittlerweile?«, hakte sie nach.

»Ja«, druckste Caroline an einer Antwort. »Ursprünglich habe ich mit meinem Freund in der Wohnung gelebt.«

»Oha!«

Caroline lachte. »Stimmt, das trifft es: oha! Genauso viel Dramatik, wie in diesem einen Wort liegt. Aber wenn du es aussprichst, ist es schon wieder lustig.«

»Willst du dazu etwas sagen?«

Caroline zuckte mit den Schultern. Sie blieb stehen und schaute zu dem Ensemble aus Gebäuden zu ihrer Rechten. »Das kenne ich alles aus den *Insta*-Storys meiner Freunde. Die mich beneiden, dass ich auf Norderney sein kann.«

»Ja, das hier ist eine ziemlich angesagte Ecke. Das wirst du alles kennenlernen. Aber die Insel hat viele schöne Seiten.«

»Das glaube ich. Ich bin gespannt, wie es sein wird, mich in das historische Norderney hineinzuversetzen. Also das Norderney, wie es zu Heines Zeiten aussah.«

Daniela zeigte zurück zum Weststrand. »Dann steht der Besuch des *Bademuseums* an erster Stelle.«

»Habe ich auf der To-do-Liste. Aber diese hier gehören sicherlich nicht zum historischen Stadtbild.« Sie zeigte zu den auffälligen Hochhäusern.

»Die Kaiserbauten? Nein, sie stammen nicht aus Kaiserzeiten, sondern sind nur nach der Straße benannt, an der sie liegen. So manch einer wünscht sich, dass sich diese Bausünden in Luft auflösen. Natürlich niemand, der dort Eigentümer ist. Tatsächlich soll es innen tolle Wohnungen geben.«

»Trotzdem nicht so meins.«

»Und eure WG? So ein typisches Berliner Hinterhaus mit Innenhof? Oder ein Plattenbau?«

»Weder noch. Ich zeige dir bei Gelegenheit einmal Bilder.«

Caroline wurde immer schweigsamer, je länger sie am Strand entlang spazierten. Sie marschierten bis zum Nordstrand und bogen erst hinter der Badehalle auf den Weg zurück ein.

Sie hingen beide ihren Gedanken nach, und Daniela genoss die Begleitung der jungen Frau, die heute Morgen etwas Zerbrechliches an sich hatte. Wahrscheinlich war es der Liebeskummer, den sie angedeutet hatte. Sie hoffte, dass die Insel ihr darüber hinweghelfen würde. Sie wäre nicht die Erste, die auf Norderney ein neues Glück finden konnte. Auch wenn keine Saison war. Wer wusste schon, was das Leben mit einem vorhatte?

»Was ist denn das?«

Irritiert sah Daniela auf. Auf der Straße stand ein Einsatzwagen der Polizei. Der Zugang zum Kap war abgesperrt.

»Ist da etwas passiert?« Caroline stellte sich auf die Zehenspitzen, als könne sie dadurch besser sehen.

»Sicher eine Baustelle«, antwortete Daniela, »es ist Bausaison. Das Flatterband wirst du zurzeit öfter sehen.«

»Mit der Polizei daneben? Und Bauarbeitern in weißen Overalls? Das glaube ich nicht.«

Daniela kniff die Augen zusammen. Sie war gestern wieder zu lange am Handy gewesen. In der Ferne sah sie mittlerweile alles leicht verschwommen. Caroline schien recht zu haben. Das sah eindeutig nach der Spurensicherung aus. Danielas Herz machte einen Sprung. Was hatte das zu bedeuten? Hoffentlich nicht … Sie konnte den Satz kaum zu Ende denken. Das konnte und durfte nicht sein. Alles, aber nicht wieder ein Mord auf der Insel. Das würde Martin Ziegler nicht überleben. Das wäre sein Tod als Inselpolizist.

*

Bonn

Am liebsten saß Ruth in der Universitätsbibliothek. Nicht wegen des Blicks auf den Rhein. Sondern weil sie hier alles hatte, was sie brauchte, um an ihrer aktuellen Fortbildungsreihe zu arbeiten, in der es um die Erstellung psychologischer Gutachten im Bereich der Kinder- und Jugendpflege ging. Parallel sollte ein Fachbuch entstehen mit Fallbeispielen aus der ganzen Bundesrepublik. Sie würde eine Seminarreihe an den *Fachhochschulen für Soziale Arbeit* zum gleichen Thema anbieten. Ihr Auftragsbuch als Selbstständige war gut gefüllt wie nie. Der Umzug an den Rhein hatte in dieser Hinsicht viele Vorteile gebracht. Es gab ein flächendeckendes Netz aus Jugendämtern in Kreisen und kreisfreien Städten und Hochschulen in Nordrhein-Westfalen, Rheinland-Pfalz und Hessen. Alles mit dem ICE in akzeptabler Nähe.

Ruth lehnte sich auf ihrem Stuhl zurück und klappte den Laptop halb herunter. Eine kurze Pause für Augen, Nacken und Kopf. Sie ließ die Blicke über die Studierenden schweifen. 500 Kilometer den Rhein hinauf saß ihre Tochter Lisa-Marie in Konstanz in der Unibibliothek und erstellte ihre Masterarbeit. Nicht mehr lange, dann wäre sie endgültig flügge und hätte ihren Abschluss im Studiengang *Social and Economic Data Science* in der Tasche. Wäre abflugbereit für den Sprung in die weite Welt. Ihre Große. Ihre Kleine. Irgendwie beides. So wie sie selbst immer ambivalent war zwischen überbordenden Muttergefühlen und dem schlechten Gewissen einer vermeintlichen Rabenmutter. Das würde ihr Lebensthema bleiben, weil sich ihre Entscheidung von damals nicht mehr rückgängig machen ließ. Eine Entscheidung gegen die Ehe, gegen den Mann, gegen die Tochter. Für die eigene Karriere. Es war schwierig gewesen, nach außen zu vermitteln, dass es nichts mit mangelnder Liebe zu ihrem Kind zu tun hatte.

Dass es auch ein Schutz für alle war. Aber es entsprach in den 90ern so wenig den Konventionen, dass sie immer wieder grübelte. Stoff genug für ihre eigenen Analysestunden, die sie während des Psychologiestudiums absolviert hatte. Ohne dass es einen Punkt gab, an dem die Zweifel restlos verstummt waren. Nur leiser waren sie geworden. Lisa-Maries Zusicherung, dass sie nie unter der Entscheidung der Mutter gelitten hatte, war nur manchmal glaubwürdig und tröstlich.

Ruth drehte ihre Wasserflasche auf und trank in hastigen Zügen die halbe Flasche leer. Die staubtrockene Luft legte sich auf ihre Atemwege, und sie freute sich darauf, nach getaner Arbeit mit dem Fahrrad eine Runde zu drehen. Auch wenn es herbstlich kalt war, tat die frische Luft gut. Licht tanken, bevor die Tage noch kürzer wurden – das fiel ihr am Rhein leichter als in Osnabrück. Sie war erstaunt, wie positiv sie seit dem Umzug war. Freute sich, dass sie es gewagt hatte. Die Dinge einmal auf den Kopf zu stellen. Vielleicht war der 50. Geburtstag der Marker gewesen, durch den die Perspektiven neu ausgerichtet wurden. Der Wendepunkt. Oder das letzte Aufbegehren. Ruth lachte bei diesem Gedanken laut los und blickte in empörte Gesichter. Schnell hielt sie die Hand vor den Mund und bat mit den Augen um Entschuldigung. Die Köpfe gingen wieder nach vorne. Im selben Augenblick knallte das Plastik der zurückgestellten Wasserflasche. Jetzt signalisierten die Blicke nicht nur Vorwürfe wegen der akustischen Störung. Die »Friday for Future«-Generation zeigte mit ihren wiederverwendbaren Trinkgefäßen eindeutig die Trennlinie auf.

Ruth seufzte. Zeit weiterzumachen. Aber die Luft war raus. Wie aus der Flasche. Sie brauchte eine Pause. Danach würde sie doppelt so effektiv arbeiten können. Außerdem war es zu dieser Jahreszeit wichtig, das frühe Tageslicht abzugreifen, um den Vitamin-D-Speicher zu füllen.

Sie atmete tief durch, als sie das Fahrradschloss öffnete.

In wenigen Minuten war sie unten am Rheinufer, und nach einem kurzen Blick rechts und links entschied sie sich für die Brückenrunde. Die Sonne kam langsam hinter dem Novemberdunst hervor, der den ganzen Morgen über dem Strom lag und alles in ein mystisches Licht tauchte. Auch wenn ihre Strahlen keine Kraft mehr hatten, hellten sie die Landschaft und das Gemüt auf.

Ruth trat kräftig in die Pedale. Vielleicht würde sie später einen Kaffee in einem Lokal am Rhein trinken. Oder Oskar überraschen und ihn von der Arbeit abholen. Wieder kam ihr die Melodie des Piratenliedes in den Sinn. Während des Schreibens ihres Fachartikels war es in ihrem Kopf herumgegeistert. Ein Ohrwurm der üblen Sorte, hatte sie innerlich geflucht. Vor allem, weil er die Gedanken an den Unfall und die schwer verletzte Frau zurückbrachte.

Die tolle Inszenierung des Theaterstücks hatte nicht darüber hinweggeholfen, dass die verstörenden Bilder des letzten Abends wie Schlaglichter vor ihrem Auge aufblitzten. Sie stemmte sich noch kräftiger in die Pedale, als sie an Oskars verzerrtes Gesicht dachte. Wie war das möglich, dass dieser rasende Reporter ihn so aus der Fassung gebracht hatte? Ihn, der bisher die Sanftmut in Person gewesen war. Oskar mit seinen braunen Augen, die ihn weich und verletzlich aussehen ließen. In die sie sich als Allererstes verliebt hatte, weil sie ihr, so kitschig es klang, tatsächlich wie der Spiegel seiner Seele vorgekommen waren.

Was war das für eine Geschichte? Richtig rausgerückt war Oskar gestern nicht mit Antworten auf ihre Fragen. Nein, er hatte diese Frau nicht gekannt. Nicht persönlich. Auch wenn es sich so anfühlte, weil dieser Fotograf dafür gesorgt hatte. Weil er ihr Leben öffentlich gemacht hatte, skandalös und erniedrigend. Wie man es von ihm kannte. Oskar hatte an der

Stelle einen Cut gesetzt. Es wäre nicht der richtige Zeitpunkt für diese aufwühlende Geschichte. Schließlich seien sie beide mitgenommen genug von allem, was passiert war. Ruth zeigte Einsicht. Obwohl sie hundemüde war, hielt der Adrenalinspiegel sie wach. Keine gute Idee, das Ganze noch zu füttern. Deswegen hatte sie nachgegeben. Hatte sich auf der Couch eng an Oskar gekuschelt und sich mit ihm zusammen von einer Talkshow im Fernsehen berieseln lassen. Lanz, Lauterbach, Bosbach, Calmund und Boris Becker. Die übliche Altherrenrunde. Schon 100.000 Mal gesehen. Wieder ohne eine einzige Frau. Das Thema so beliebig, dass es sofort in Vergessenheit geriet. Sie waren beide vor dem Bildschirm eingeschlafen und hatten sich später schlaftrunken ins Bett geschleppt.

Ruth kam außer Puste, als sie jetzt den Weg hoch zur Nordbrücke nahm. Die kalte Luft legte sich in ihre Mundwinkel und auf die Nasenspitze. Gut, dass sie heute Morgen an ihre Handschuhe gedacht hatte. Warme Füße und warme Finger waren beim Radfahren das Wichtigste.

Auf der Brücke glitt ihr Blick über die Silhouette zu beiden Seiten des Flusses. Die Betonbauten ließ sie hinter sich. Vor ihr lag der Rheindeich, der sie zurück nach Beuel bringen würde.

Mist! Diese Geschichte mit der Frau ging ihr nicht aus dem Kopf. Wie war noch der Name gewesen? Zumindest dieser war Oskar herausgerutscht. Sie konnte sich nicht erinnern.

Sie ließ das Rad rollen, bis sie das andere Flussufer erreichte. Wie sagten sie hier? Die »schäl Sick«. Die schlechte oder die falsche Seite des Rheins. Ruth hatte Oskar verwundert angesehen, als er ihr den Begriff erklärte. Für sie war es die Sonnenseite, aber was wusste sie schon vom Rheinland.

Der Name, verdammt der Name. Er wollte ihr nicht mehr einfallen. Die Müdigkeit, der Unfall, das Theaterstück, alles vermischte sich in ihrer Erinnerung.

Ihr Blick fiel auf das eingezäunte Grundstück, das am Fuß des Rheindeiches versteckt unter alten Bäumen lag. Der jüdische Friedhof! Er war ihr vor Kurzem bei einem Wochenendspaziergang mit Oskar aufgefallen. Sie waren am Deich an der Gedenktafel stehen geblieben und hatten von oben auf die verwitterten Gräber geschaut. Als sie die Stufen zum Eingang hinabgehen wollte, hatte er sie zurückgehalten.

»Heute nicht«, hatte er gesagt. »Es ist Samstag. Jüdischer Sabbat. Es wird gebeten, den Friedhof an diesem Tag nicht zu besuchen.«

Sie hatte ihn erstaunt angesehen. »So was weißt du?«

»Ich bin Journalist. Ich war damals bei der Einweihung des Denkmals dabei und habe dabei mein Wissen über jüdische Bräuche erweitern können.«

»Spannend«, hatte sie gesagt und es auch so gemeint. Sie würde Oskar erinnern, dass sie sich nach einer Führung erkundigen wollten.

Heute jedenfalls war kein Sabbat. Die Gelegenheit, den Friedhof in Augenschein zu nehmen. Sie schob ihr Fahrrad zum Eingang an der deichabgewandten Seite und stellte es vor dem Tor, das halb aus den Angeln hing, ab.

Beklommen betrat sie das Gräberfeld. So viele Grabsteine. Alles einzelne Menschenschicksale aus einer längst vergangenen Zeit. Aus einer Zeit, in der jüdisches Leben zum Alltag in diesem Land gehörte.

Sie sah auf die Inschriften. Moses. Aaron. Rachel. Isaak. Abraham. Namen, wie sie sie aus dem alttestamentlichen Teil der christlichen Bibel kannte. So viel Geschichte, die aus diesen Namen sprach. So viel Leid. So viel Missverständnis. So viel Unrecht.

Manche Namen waren kaum noch zu lesen. Auf einzelnen Grabsteinen wuchs der Efeu in langen, schlanken Reihen und täuschte darüber hinweg, dass es nichts mehr zu entziffern gab. Daneben die Steine, die komplett in hebräischer Schrift behauen waren.

Ruth fröstelte. Ohne die Bewegung auf dem Fahrrad wurde es hier in Rheinnähe schnell kalt. Sicher lag es auch an diesem Ort voller Geschichte und Geschichten.

Verwundert nahm sie einen der kleinen Steine in die Hand, die auf den Grabmälern lagen. Auf manchen ein oder zwei, auf anderen fast ein Dutzend. Sie war sich sicher, davon schon gehört zu haben. Sie würde es googeln, was ihr auf dem Friedhof unangemessen schien, und später Oskar fragen.

Noch einmal ließ sie den Blick über die Gräber streifen. Da! Sie stutzte. Das konnte doch nicht sein? Rebecca. Rebecca Kahn. Das war der Name, den Oskar gestern genannt hatte. Irritiert schüttelte sie den Kopf. Was genau hatte er gesagt? Dieser Journalist sei schuld am Tod der Frau. Am Tod von Rebecca Kahn. Natürlich konnte es sich nicht um dieselbe Person handeln, denn dieses Grab stammte aus dem Jahr 1909. Zu lange her. Trotzdem: Konnte das Zufall sein? Wies die Namensgleichheit auf eine Nachfahrin hin? Und – Ruth stockte der Atem – hatte der Todesfall, von dem Oskar sprach, mit einer jüdischen Herkunft zu tun?

Das Signalhorn eines Feuerwehrwagens, der über die Nordbrücke raste, riss Ruth aus ihren Gedanken. So viele Fragen. So wenig Antworten. Sie schwang sich auf ihr Rad. Eines war klar: Sie musste mit Oskar sprechen. Sie wollte es wissen und würde nicht lockerlassen, bis sie wusste: Wer war diese Rebecca Kahn?

*

Norderney

Martin Ziegler tippte den Rhythmus ununterbrochen auf die Schreibtischplatte. Zweimal lang mit dem Zeigefinger, dreimal kurz mit dem Mittelfinger. Es beruhigte ihn. Gab seinen Gedanken einen strukturierten Unterton.

Er sah auf die Wanduhr, deren Zeiger sich seinem Klopfen anzupassen schienen, auch wenn das physikalisch nicht möglich war. Aber was war schon möglich? Was war real?

Er seufzte. Sollte das ein perfides Folterspiel sein, das die Lichterfeld mit ihm trieb, dann würde es ihr nicht gelingen. Er ließ sich nicht einschüchtern, weil sie beschlossen hatte, ihn am langen Arm verhungern zu lassen. Apropos verhungern. Das war die Idee. Mittagszeit. Er würde hinüber zur *Fischgenießerei* gehen. Wie er das oft machte. Spielchen konnte er auch. Er hatte sich nichts zuschulden kommen lassen.

»Chef, die Fähre legt gleich an. Soll ich mal eben zum Hafen und schauen, ob ich Frau Lichterfeld einsammeln kann?« Nicole hatte ihren Kopf in die Tür geschoben, allerdings nur so weit, dass sie ihn unbeschadet wieder zurückziehen konnte.

»Hast du Angst, dass ich dich mit Gegenständen bewerfe, oder was hängst du so feige in der Tür?«

»Worte reichen, Chef«, sagte sie und grinste ihn verlegen an. »Wir sind uns nebenan nicht so sicher, wie die Stimmung bei dir ist.«

»Durchschaubar, ihr habt recht.« Martin stand auf und griff nach seiner Jacke, die er über die Lehne seines Bürostuhls gelegt hatte. »Deswegen werde ich jetzt essen gehen.«

»Essen?«

»Kein Grund, dass du gleich in Ohnmacht fällst. Ich mache das öfters. Solltest du wissen.«

»Schon klar, Martin.« Nicole sah so besorgt aus, dass es ihm leidtat. »Aber …«

»Aber Renate Lichterfeld ist im Anmarsch, ich weiß. Und natürlich habt ihr recht: Ich sitze seit Stunden auf diesem Stuhl wie ein verschrecktes Kaninchen, unfähig, meiner normalen Arbeit nachzugehen, weil ich mir die Tiraden dieser Frau über die Unfähigkeit unserer Dienststelle lebhaft ausmale.«

»Unsere Wache funktioniert gut, das weißt du.«

»Müßig, sich das zu attestieren, wenn die Lichterfeld anderer Meinung ist.«

Sie nickte. »Soll ich denn jetzt? Zum Hafen, meine ich?« Mittlerweile hatte sie die Tür komplett aufgestoßen. In der Hand hielt sie den Autoschlüssel.

»Nein.« Martin trat zu ihr auf den Flur und zog seine Bürotür hinter sich zu.

»Wie jetzt? Frau Lichterfeld ist mit Sicherheit im Anmarsch.«

»Mag sein. Aber wenn niemand aus Aurich es für nötig befindet, uns über die genaue Ankunftszeit zu informieren, muss ich kein Empfangskomitee in Bereitschaft halten. Die Dinge nehmen auch so ihren Lauf. Die Spurensicherung ist mit dem ersten Schiff übergesetzt, sie werden mittlerweile fertig sein. Aber auch das ist nicht mein Beritt. Also halte ich mich raus.«

Dass die Kollegen darüber in der Teeküche gesprochen hatten, war nicht an ihm vorbeigegangen. Sein Abstecher zu der Spusi war kurz und knapp gewesen. Er hatte aus Erfahrung gelernt. Zog sich keinen Hut auf, der ihm nicht gehörte.

»Die Lichterfeld wird toben, wenn du nicht da bist, Martin«, versuchte Nicole, ihn zurückzuhalten. Dass sie ihn nicht Chef nannte, zeigte ihm, wie ernst es ihr war. Sie blickte den Flur hinunter, wo die Stimmen der Kollegen zu hören waren. Wahrscheinlich erhoffte sie sich von dort Unterstützung.

»Sag ihr einfach, sie soll sich in meinem Büro einrichten. So, wie sie es beim letzten Mal auch gemacht hat.«

»Beim vorletzten Mal.« Erschrocken hob sie die Hand. »Sorry, kein guter Einwand.«

»Du meinst, weil das letzte Mal Gert Schneyder ermittelt hat?«

Nicole nickte.

»Man könnte glauben, die Lichterfeld hat recht. Viele, viel zu viele Todesfälle für unsere Insel. Für unser Norderney. Seit es mich auf die Insel verschlagen hat.« Er pulte Flusen von seiner Jacke.

»Blödsinn. Ich bin überzeugt, an der ganzen Sache ist diesmal gar nichts dran. Alles wird sich aufklären und in Wohlgefallen auflösen.«

Martin glaubte, seinen Ohren nicht zu trauen. »Wie kommst du denn drauf?«

Nicole druckste herum. Dann wedelte sie mit der Hand lapidar Richtung Teeküche. »Wir glauben, dass Matzdorf sich wichtigmachen will. Du weißt doch, wie die ganze Insel über ihn redet.«

»Deswegen kann ich doch seine Aussagen als Arzt nicht anzweifeln.«

»Klar, das geht nicht. Aber wer weiß. Vielleicht kommt bei der Obduktion heraus, dass es doch ein natürlicher Tod war. Und der ganze Spuk ist so schnell vorbei, wie unsere Kaninchen Haken schlagen.«

»Glaub du mal weiter an Wunder.« Martin marschierte Richtung Ausgang. An der Tür drehte er sich um. »Ich beruhige mich lieber mit Essen. Wir werden sehen, was die bessere Strategie ist.«

Verwundert stellte er fest, wie sich Nicoles Gesicht aufhellte. Ihr Mund verzog sich breit. »Gewonnen. Das erste Wunder ist schon da.«

»Wie? Was meinst du?« Martin ärgerte sich, weil er stammelte.

»Schau mal zur Tür. Vielleicht kann ich einfach nur zaubern.«

Er traute seinen Augen nicht. Dieser lange Körper, das Grinsen, die gestikulierenden Hände, das alles passte nicht zu Renate Lichterfeld. Aber zu ihrem Kollegen. Hauptkommissar Gert Schneyder. Ebenfalls von der Kripo Aurich. Er öffnete die Tür nach außen. »Gert«, war das Einzige, was ihm einfiel.

»Stimmt, immer noch. Überraschung geglückt? Oder wäre dir Renate lieber gewesen?«

Martin packte Gert am Arm. Das war Antwort genug. »Wie kommt das?«, schob er hinterher.

»Spezielle Zauberkraft. Supernoten in Toxikologie. Da konnte die Kollegin leider nicht mithalten.«

Martin schaute verblüfft zwischen Nicole und Gert hin und her. »Ich höre immer nur Zauberkraft.« Er lachte auf. »Aber soll ich euch was sagen: Das ist mir vollkommen egal. Das Ergebnis gefällt mir. Sehr sogar.«

»Immer sachte.« Gert legte ihm die Hand auf die Schulter. »Denn unser Toter, das wird kein Spaziergang. Sonst wäre ich nicht hier.«

»Ihr glaubt also wirklich, dass Fremdverschulden vorliegt?« Martin wies den Weg nach hinten, um ihn den Kollegen vorzustellen.

»Glauben?« Gert stand noch an der Tür und klopfte sich die Schuhe auf dem Abtreter ab. »Ich würde eher sagen: wissen. Ohne Zweifel. Denn die Giftmischung, die der arme Kerl intus hat, kommt nicht mal eben so in einen Körper rein.«

*

»Ja, wie bin ich auf Heinrich Heine gekommen?« Caroline Wiesinger rührte in ihrem Milchkaffee.

Daniela nickte ihr aufmunternd zu. Nach dem Spaziergang hatte sich ihr Gast mit dem Laptop ins Esszimmer gesetzt, während sie Besorgungen gemacht hatte. Nun war es aus ihrer Sicht Zeit für eine kurze Kaffeepause. Caroline hatte dankend eingewilligt, und Marthe Dirkens ließ sich nicht zweimal bitten.

»Es hört sich so banal an, wenn ich die Wahrheit sage. Überhaupt nicht wissenschaftlich und einer Doktorandin würdig.«

»Jetzt machst du mich neugierig.«

»Oh Gott, ich sollte mir wirklich eine bessere Erklärung zurechtlegen. Schließlich werde ich das öfter gefragt. Und es klingt so furchtbar pubertär. Ich habe mich in einen Prof verliebt. Schon im Grundstudium. Und Heinrich Heine war der Schlüssel zu seiner Welt.«

»Wofür so ein Dichter doch alles gut ist«, murmelte Frau Dirkens, die mit spitzen Lippen an ihrem Kaffee nippte. Wahrscheinlich um auf diese Weise kundzutun, dass ihr ein Tee lieber gewesen wäre.

»Es war eine sehr einseitige, dafür aber sehr romantische Liebe. Absolut platonisch. Die ich irgendwann durch eine ganz reale Beziehung ersetzt habe.«

»Zu deinem Mitbewohner in der WG«, erinnerte sich Daniela.

»Genau. Mittlerweile auch Schnee von gestern. Nur Heinrich Heine ist mir treu geblieben.«

»Was Sie gesagt haben: Dass es immer noch neue Erkenntnisse gibt, das kann ich mir kaum vorstellen. Heine ist so lange nicht mehr unter uns Lebenden. Schreibt keine neuen Bücher mehr.«

Caroline schüttelte den Kopf. »Viele Menschen glauben das. Aber ich versichere Ihnen, Frau Dirkens, dass die Literatur immer wieder neue Aspekte findet, die es zu untersuchen gibt.«

»Aber man kann doch nichts dazu erfinden, nur um weiter forschen zu können.«

»Da haben Sie natürlich recht. Auch wenn so etwas auch schon einmal passiert. Da werden angebliche Schriftstücke gefunden, oder in einem Nachlass tauchen Gegenstände auf, die einer berühmten Person gehört haben sollen.«

»So wie bei den Reliquien«, wandte Daniela ein.

»Ja, das kann man vergleichen. Es braucht dann Experten, die das genau untersuchen.«

»Kenne ich!« Frau Dirkens hob den Zeigefinger in die Luft. »Wie bei dieser Sendung. Ach, wie heißt sie denn noch gleich? Wo die Leute altes Zeug anschleppen mit diesem Mann, der früher mal Koch war und der diesen Schnauzbart hat.« Stöhnend hielt sie sich mit dem aufgestellten Arm ihren Kopf. »Mein Gedächtnis will einfach nicht mehr so, wie ich es will.«

Caroline lachte, während Daniela die Stirn runzelte. Manchmal machte ihr das Sorgen, wie vergesslich die alte Dame wurde.

Doch ihr Gast antwortete: »Ich weiß, wen Sie meinen, und ob Sie es glauben oder nicht: Mir fällt es auch gerade nicht ein.«

Daniela, die den Namen auf den Lippen hatte, verstummte, als sie Frau Dirkens' erleichtertes Gesicht sah.

Caroline Wiesinger erklärte unterdessen weiter: »So ähnlich ist das, ja. Natürlich viel akribischer. Manchmal sind auch Forscherteams aus verschiedenen Fachrichtungen mit etwas beschäftigt. Literatur und alles, was damit zusammenhängt, kann man nie isoliert betrachten. Es gibt immer eine Einbettung. In die jeweilige Zeit, in das jeweilige Denken, in die jeweiligen Möglichkeiten. Geschichte, Religion, Philosophie, Psychologie, Soziologie – alles spielt eine Rolle und trägt dazu bei, Texte zu verstehen und zu analysieren.«

»Trotzdem – ist nicht irgendwann einmal alles gesagt?« Frau Dirkens klopfte gedankenverloren mit dem Löffel an ihre Tasse.

»Es kommen immer wieder neue Erkenntnisse. Querverbindungen aus den anderen Wissenschaften. Wenn die Historiker Quellen finden, in denen beispielsweise Heine und Goethe zusammen erwähnt werden, dann kann das eine neue Erkenntnis bringen. Und nicht alle Dachbodenfunde sind Fakes. Manchmal verbirgt sich ein Goldschatz darunter.«

»Und den suchen Sie jetzt auf Norderney? Weil Herr Heine etwas auf der Insel gelassen haben könnte?«

»Das wär's«, strahlte die junge Frau. »Wenn er ein Gedicht in einen Baum geritzt hätte, und niemand hätte es ihm bisher zugeordnet.«

»So etwas suchst du?«, fragte Daniela. Sie war sich sicher, dass Caroline sie beide hochnahm.

Diese seufzte. »Nein. Leider nicht. Aber das wäre doch schön. Ich würde gerne einmal etwas ganz Neues entdecken, das die bisherige Forschung komplett auf den Kopf stellt.«

»Aber selbst wenn man eine Vermutung hätte, dass Heine etwas auf der Insel zurückgelassen hat – wie lange ist das her?« Daniela schob ihren Stuhl zurück. Es wurde Zeit, die Kaffeepause zu beenden.

»Bald 200 Jahre.«

»Genau, das meine ich. Wie will man denn da eindeutig zuordnen, dass etwas Heine gehört haben könnte?«

»Du glaubst nicht, welche technischen Möglichkeiten uns neue Erkenntnisse liefern. Vor knapp 25 Jahren zum Beispiel wurden mit den heutigen Möglichkeiten Heines Haare untersucht. Das sind dann Ergebnisse, die uns Forscher antreiben. Weil wir alles, was bekannt ist, in diesen neuen Kontext stellen.«

»Das ist dann wie mit den Dominosteinen. Klick, klick, klick«, schnalzte Marthe Dirkens und schob mit dem Finger einen imaginären Spielstein an.

»Sehr treffendes Bild«, bekräftigte Caroline.

»Dann können wir Ihnen nur viel Glück bei der Suche wünschen.« Frau Dirkens stemmte sich vom Tisch hoch und griff nach ihrer Tasse, um sie abzuräumen. »Wenn wir helfen können, immer gerne. Ich bin ja auch schon fast 80 Jahre auf Gottes Erden. Da könnte ich Herrn Heine fast noch begegnet sein.« Sie lachte. »Kleiner Scherz. Rechnen kann ich noch, auch wenn mich mein Namensgedächtnis öfters im Stich lässt.«

Caroline winkte ab. »Nein, ich suche nichts. Jedenfalls nicht nach verschollenen Habseligkeiten. Und meine Arbeit beschäftigt sich auch eher damit, wie Heine in späteren Jahren gesehen und dargestellt wurde. Nach seinem Ableben. Auch das gehört zur Literaturgeschichte.«

»Sie wollen also in Erfahrung bringen, was die Norderneyer über Heine gedacht haben oder heute noch denken?«

Caroline grinste. »So ähnlich. Wir wissen jedenfalls, wie Heine die Norderneyer fand. Das ist nicht wirklich nett.«

»Überhaupt nicht nett«, bekräftigte Frau Dirkens.

»Und manch einer sagt, deswegen wäre das mit der Skulptur auch keinen Aufreger wert«, ergänzte Caroline.

Marthe Dirkens verdrehte die Augen und stellte ihre Tasse wieder ab. »Die Skulptur. Ach herrje. Jetzt sagen Sie nicht, dass Sie deswegen auf der Insel sind. Und die ganze Aufregung wieder von vorne losgeht.«

»Aufregung? Was denn für eine Aufregung?« Daniela schaute ratlos zwischen Caroline und Frau Dirkens hin und her. »Kann mir mal einer sagen, wovon die Rede ist?«

*

Bonn

Auch wenn ihr wegen des Namens viele Gedanken im Kopf herumschwirrten, genoss sie den Blick auf Bonn, als sie über die Kennedybrücke zurückfuhr. Sie mochte die Stadt von Tag zu Tag mehr. Sie hatte die Vorzüge einer Universitäts- und Wissenschaftsstadt, und auch wenn Oskar nicht müde wurde, von den alten Zeiten als Hauptstadt zu schwärmen, gefiel ihr das politische Flair, das durch die Ansiedlung der UNO und die wenigen verbliebenen Ministerien entstand. Im Gegensatz zu Osnabrück erschien ihr Bonn multikulturell, und die Nähe zu Köln, Düsseldorf, Frankfurt und Mainz tat das Ihrige.

Durchgefroren, wie sie war, freute sie sich auf einen Kaffee mit Rheinblick, weshalb sie am Ende der Brücke dreimal rechts abbog, um an der Promenade entlang zu einem Café zu fahren. Mit dem Laptop würde sie dort die Recherche beginnen. Ihre Neugier war geweckt.

Ruth hatte erst wenige Meter auf dem Radweg zurückgelegt, als sie abrupt in die Bremse stieg.

»Bist du eigentlich komplett bescheuert?«, schrie jemand hinter ihr, und wie nebenbei registrierte sie, dass ihr Hintermann um Haaresbreite in sie hineingefahren wäre.

»'tschuldigung«, nuschelte sie und lenkte das Rad zur Seite. Über die niedrige Hecke sah sie zu dem im Boden vertieften Platz. Zu einem sechszackigen Stern führten jeweils vier Stufen herunter. Zur Rheinseite griff die Auslassung in einer Backsteinmauer die Konturen des Davidssterns auf.

Sie schob das Rad durch eine Öffnung in der Hecke auf den breiten Promenadenweg, wo das Bodendenkmal eingelassen war. Der Stern und die Stufen waren bedeckt mit Grablichtern und Fotos, vor allem von Anne Frank.

Was für ein seltsamer Zufall. Natürlich kannte sie diese jüdische Gedenkstätte von ihren Spaziergängen mit Oskar. War berührt gewesen von der großen Anzahl der Kerzen, die darauf schließen ließ, dass es Menschen gab, die diesen Platz der Erinnerung regelmäßig aufsuchten. Dass es kein

Ort der Vergangenheit war, sondern ein Zeichen für jüdisches Leben, das sonst wenig sichtbar in Deutschland war.

Darüber hatte sie mit Oskar diskutiert, als sie vor Kurzem abends hier entlang gekommen waren. In der Dunkelheit waren die brennenden Lampen beeindruckend gewesen, hatten das Denkmal in mystisches Licht getaucht. Im Gegensatz dazu sah der Ort im Hellen eher profan aus, und manch einer lief wahrscheinlich achtlos daran vorbei. Weil die Blicke angezogen wurden vom Panorama des gegenüberliegenden Ufers, den vorbeituckernden Schiffe und dem gewaltigen Brückenpfeiler der Rheinquerung. An jenem Abend hatten sie sich gefragt, wie es sein konnte, dass sie beide niemanden kannten, der Jude war. Keiner der Freunde, keiner der früheren Mitschüler und Kommilitonen und keiner der Arbeitskollegen. Konnte das sein? Sie hatten es sich beide zu erklären versucht. Wir reden heutzutage nicht mehr über Religion, hatte sie angeführt und auf sich verwiesen. Kaum jemand ihrer Bekannten würde sagen können, ob sie nach wie vor der protestantischen Konfession angehörte, in der sie getauft worden war. Weil die Religion nicht sichtbar war. So ging es vielen. Die zugaben, dass sie ihren Mitgliedsausweis der Kirchen rein aus Faulheit behielten. Oskar hatte gelacht und dann nachdenklich erwidert, dass sein katholisches Grundgerüst für ihn von Bedeutung sei. Nicht, indem er den Glauben aktiv lebe, aber er sei der Seismograf für viele seiner Überzeugungen. Im Rheinland ist und bleibt man Katholik und Karnevalist, war seine Ansicht.

»Heißt das etwa, dass einer unserer Freunde Jude ist, ohne dass wir es wissen? Nur weil niemand mehr über seine Religion spricht? Weil wir uns unseres Glaubens schämen, ihn als unwichtiges Attribut abtun?« Sie erinnerte sich, wie Oskar stehen geblieben war, als er diese Frage stellte.

»Hm«, hatte sie geantwortet. So einfach schien es nicht zu sein. Immerhin wusste sie von Muslimen, Freikirchlern, Buddhisten und Mormonen in ihrem Umfeld. Und auch diese trugen nicht alle ihren Glauben vor sich her. Ein unbehagliches Gefühl war damals bei dem Gespräch zurückgeblieben, aber im Alltag musste es sich verflüchtigt haben, denn sie waren nicht mehr auf das Thema zurückgekommen.

Ein junger Mann, der eine Kerze entzündete, blickte auf.

Sie holte ihr Handy hervor und machte ein Foto mit den Mauerumrissen. Schnell tippte sie eine Bildunterschrift ein: »Ob es wohl in unserem Umfeld Juden gibt, die sich nicht trauen, das zu benennen? Ihr Judentum. Ihre Herkunft. Selbst uns gegenüber nicht?« Es erschien ihr plötzlich logisch. Es war unmöglich, dass sie keinen Juden, keine Jüdin kannte.

Aber Oskar? Was war mit Rebecca Kahn? War sie Jüdin gewesen? Und wenn ja, hatte er das gewusst? Sie tippte den Senden-Button an.

Seltsam, wie sehr sie heute auf dieses Thema gestoßen wurde. Sie seufzte. Wenn sie sich nicht beeilte, würde sie am Abend lange an ihrer Arbeit sitzen müssen. Aber dem Kribbeln, das sie verspürte, konnte sie nicht ausweichen. Es nicht beiseiteschieben, nicht einfach abtun.

Verstohlen sah sie zu dem jungen Mann im langen schwarzen Mantel.

Er fing ihren Blick auf und lächelte sie an. »Zum ersten Mal hier? Genau dort an dieser Stelle stand die Synagoge. Bis zur Reichspogromnacht.« Er zeigte hinüber auf die andere Straßenseite. »Dort hängt auch eine Gedenktafel.«

Sie schüttelte den Kopf und musterte ihn flüchtig. Ob er Jude war? Sie ärgerte sich, weil sie automatisch nach angeblich äußeren Attributen suchte. Sie, die Jahrzehnte nach dem Krieg und den Nazis aufgewachsen war. Sie, die das alles besser wusste. Das zumindest immer geglaubt hatte. »Ich kenne den Ort. Danke«, erwiderte sie und fühlte sich erleichtert. Weil sie nicht wie eine Touristin wirken wollte. »Ich kann nur schlecht vorbeifahren, ohne kurz innezuhalten.«

Sie sah, wie die Augen des Mannes blitzten. Auch er schien sie zu taxieren. Womöglich mit den gleichen Fragen, die sie sich gestellt hatte. Es war ein Eindruck von Sekunden. Sein Blick schweifte ab.

»Und Sie?« Ruth sah ihn an. »Sind Sie auch öfter hier?«

Seine Mundwinkel verzogen sich, als wüsste er, was hinter der Frage stand. Oder bildete sie sich das ein? War sie von den Eindrücken auf dem Friedhof, von der Namensgleichheit einer ihr unbekannten Frau getriggert? Worum ging es ihr eigentlich? Sie senkte den Kopf. »Entschuldigen Sie«, murmelte sie.

»Kein Problem. Ich studiere in Bonn Geschichte«, er zögerte kurz, »und Theologie. Deswegen.« Er deutete ein Stück den Rhein hinunter. Ruth war sich nicht sicher, ob er mit der Richtung auf die Universität verweisen wollte oder auf das Priesterseminar, das sich in unmittelbarer Rheinnähe befand.

»Dann …«, sie verstummte. Sie wusste zu wenig, um Schlussfolgerungen anstellen zu können.

»Ich muss los.« Er winkte ihr zu. Schien es auf einmal eilig zu haben.

»Mist«, entfuhr es Ruth. Dutzende Fragen kämpften in ihrem Schädel um Gehör. War sie nicht nach der Unibibliothek losgefahren, um den Kopf frei zu bekommen? Und nun hatte etwas von ihr Besitz ergriffen, von dem sie ahnte, es würde sie so schnell nicht loslassen. Ob sie wollte oder nicht.

*

Norderney

Daniela zog die frisch gewaschenen Handtücher aus der Maschine, als das Telefon schon wieder klingelte. »Was ist denn heute bloß los«, fluchte sie. Hätte sie das Mobilteil in die Hosentasche gesteckt, dann müsste sie nicht ständig von einem Raum zum nächsten laufen.

Unerwartet waren zwei Gästeanfragen hereingekommen. Mit kurzfristiger Anreise, einer war unterwegs, der andere wollte morgen kommen. Die Unterkunft in einem Mehrbettzimmer und Stockbett war kein Problem. Für beide nicht. Dabei hatten sie nicht wie typische Hostelgäste geklungen. Aber was war schon typisch?

»Rick«, meldete sie sich, um sich schnell zu verbessern. »Prinzen, meine ich.«

»Was denn jetzt?« Die Stimme am anderen Ende der Leitung klang mürrisch. Mann, um die 50, Bartträger, tippte Daniela. Ihre Erfahrung als Friseurin bescherte ihr eine hohe Trefferquote bei solchen Vorhersagen.

»Daniela Prinzen, *Tea-Time-Hostel* Norderney. Was kann ich für Sie tun?« Sie grinste innerlich. Service konnte sie. Nur über ihren Nachnamen stolperte sie nach wie vor.

»Ich brauche ein Bett.«

»Dafür sind wir da. Für welchen Zeitraum suchen Sie denn?«

»So schnell wie möglich.«

»Ah, okay.« Daniela dehnte die einzelnen Buchstaben, während sie die Tastatur des Computers antippte, um Zugriff auf die Belegungsliste zu erhalten. »Ich verstehe.«

»Dann ist ja gut. Ich bin quasi vor der Tür.«

»Wie jetzt? Vor der Tür? Sie wollen das Zimmer sofort?«

»Habe ich doch gesagt. So schnell wie möglich«, knurrte die Stimme. »Haben Sie jetzt eins, oder nicht?«

»Schon …«

»Dann ist ja gut. Nehme ich. Bin in fünf Minuten bei Ihnen.« Schon hatte der Mann aufgelegt.

Kopfschüttelnd trug Daniela die Reservierung ein. Was für eine komische Buchungsanfrage. Unsympathisch dazu. Danach konnte sie sich ihre Gäste aber nicht aussuchen. Sie fröstelte, weil das Fenster halb offen stand. Sie schloss es, wobei sie einen Blick die Straße rauf und runter warf. Noch war niemand zu sehen.

Dass jemand auf die Insel reiste, ohne vorab gebucht zu haben, kam selten vor. In der Hauptsaison würde man erfolglos mit der letzten Fähre wieder abreisen müssen, sonst strandete man im wahrsten Sinne des Wortes. In der Nebensaison gab es genügend Zimmer. Das war nicht die Zeit der Spontanurlauber. Wer sich für einen Novemberurlaub auf der Insel entschied, war Nordseeliebhaber. Oder beruflich unterwegs.

Daniela schüttelte den Kopf. Irgendetwas stimmte nicht. Drei ähnliche Anfragen innerhalb kürzester Zeit, das konnte kein Zufall sein. Egal. Sie freute sich über den zusätzlichen Verdienst und darüber, dass ihr Hostel immer besser angenommen wurde. Das war schließlich das Ziel gewesen.

Sie überlegte, ob sie zu ihren Handtüchern zurückkehren sollte, als es klingelte. Fünf Minuten, stellte Daniela mit Blick auf die Computeranzeige fest. »Dann man tau.«

Mit einem Ruck öffnete sie die Tür. Vor ihr stand ein Mann in ihrem Alter. Vielleicht zwei bis drei Jahre jünger, aber keinesfalls älter als 40. Weit entfernt von der vermuteten 50. Immerhin ein Mann. Glatt rasiert. So daneben hatte sie lange nicht mehr gelegen.

Über seiner rechten Schulter hing ein großer und allem Anschein nach schwerer Seesack. Eines dieser Modelle aus Segeltuch. Das ursprüngliche Weiß war einem stumpfen Grau gewichen, und die fette blaue Ziffer 3, die schräg auf dem

Tuch prangte, verlief sich in einem braunen Fleck, über dessen Herkunft Daniela lieber nicht spekulierte. Ihr Gesicht verzog sich vor Ekel.

»Moin.«

»Wir hatten telefoniert?«, fragte sie und setzte schnell ein freundliches Willkommenslächeln auf.

»Was sonst. Würde gerne direkt aufs Zimmer.« Er deutete auf seinen Seesack und griff nach einer länglichen Schutztasche und einem Spaten. Beides hatte er an der Hauswand angelehnt.

»Gut.« Daniela trat von der Tür zurück. Nicht gut. Das lief komplett anders, als sie sich das vorstellte. Deswegen blieb sie abrupt stehen. »Erst einmal brauche ich Ihre Daten. Sie wissen schon. Die offizielle Anmeldung.«

»Ich hau Ihnen nicht ab, ohne zu bezahlen.« Einen Moment lang glaubte sie, er drängle sich an ihr vorbei. Aber er sah sie nur herausfordernd an.

»Das sagen alle«, gab sie zurück und nahm ihre Schultern nach hinten. Posen konnte sie auch.

»Bin nicht alle.«

»Das glaube ich aufs Wort, lonely Cowboy.« Es war ihr wieder schneller rausgerutscht, als sie denken konnte. Verlegen fasste sie sich an die Nase. »'tschuldigung«, nuschelte sie und drehte sich um. »Am besten, Sie kommen eben mit.«

Sie hörte, wie er den Seesack auf den Boden gleiten ließ. »Passt schon, Chefin«, sagte er laut und deutlich, heller und klarer, als er bisher gesprochen hatte. Als sie ihm am Schreibtisch den Anmeldezettel und die Schlüssel herüberschob, sah sie ein breites Grinsen in seinem Gesicht.

»Wollen Sie denn gar nichts wissen? Zimmer? Ausstattung? Preis? Wie lange wollen Sie denn bleiben?« Daniela versuchte, die Gunst des Augenblicks zu nutzen, um das Gespräch in normale Bahnen zu lenken.

Sein Blick schweifte durch den Raum und musterte sie anschließend von oben bis unten. Er ließ sich Zeit mit einer Antwort. Es hätte sie nicht gewundert, wenn aus seinem Mund eine Kaugummiblase geplatzt wäre.

»Gar nichts?«, wiederholte sie.

»Scheint eine 1A-Empfehlung gewesen zu sein.«

»Empfehlung?«, fragte Daniela.

Aber sein misstrauischer Blick und sein Brummen machten ihr unmissverständlich klar, dass sie keine Antwort bekommen würde.

*

»Jetzt ist aber mal gut. Zu viel Zucker lähmt nicht nur meine Verdauung, sondern auch die Denkleistung.« Gert Schneyder tippte sich an die Stirn. »Die aber ist das Wichtigste. Denn ehrlich gesagt, ich habe keine Idee für das weitere Vorgehen.« Er stand auf und reckte sich. Legte den Kopf von der einen auf die andere Seite, während er seine Hände am Hinterkopf verschränkte.

»Sonst noch jemand?«, fragte Martin, bevor er die Teller zusammenstellte. »Dann schiebe ich die restlichen Kuchenstücke in den Kühlschrank. Nehmt euch ruhig, wenn ihr später noch einmal Hunger bekommt.«

»Puh, da hast du es ein bisschen zu gut gemeint, Chef.« Nicole strich sich über den Bauch. »Aber bei den Schnitten aus der *Kaffeegenießerei* kenne ich kein Ende.«

»Könnte man glatt als Bestechungsversuch werten, wie den Kaffee auch. Verdammt lecker«, lobte Schneyder die Kaffeetafel, die Martin nach dem Eintreffen des Hauptkommissars aus Aurich hatte besorgen lassen. Kaffeewünsche inklusive.

Martin merkte ihm an, dass er nicht bei der Sache war. »Belohnungsversuch trifft es noch besser«, versuchte er, die bisher eher lockere Stimmung zu halten. Aber Gert signalisierte mit seiner Unruhe eindeutig, dass die Zeit für einen Plausch vorbei war. »Wir können in mein Büro gehen, wenn du magst.«

»Vollkommen egal. Du weißt, mein Laptop fühlt sich überall wohl. Aber warum nicht?«

Olaf, der den Tisch abwischte, hob fragend den Kopf. »Braucht ihr uns? Sonst fahre ich mit Nicole eine Runde Streife.«

»Macht das.« Martin hob den Daumen. Er war froh, dass die Kollegen keine großen Worte wechselten. Stattdessen schienen sie ihm den Rücken freihalten zu wollen. Er wusste es zu schätzen.

»Also, ich fasse zusammen«, sagte er, als er einen Stuhl an seinen Schreibtisch heranrückte und Gert seinen Platz am Computer anbot. Dieser winkte ab und stellte sich stattdessen ans Fenster. »Du sagst also, die Rechtsmedizin geht von einer Bleivergiftung aus und einer Vergiftung mit E 605. Das wäre zumindest eindeutig von den Anzeichen. Richtig?«

»Genau. Deswegen wahrscheinlich auch die Limonadenflasche, die am Tatort lag. Die genauen Obduktionsbefunde stehen natürlich noch aus. Wir können froh sein, dass unser Unbekannter sofort einen Premiumtisch in der Rechtsmedizin bekommen hat. Gute Beziehungen sind alles.«

»Gut gemacht. Aber ich dachte immer, eine Bleivergiftung sei ein schleichender Prozess. Nichts, was akut tödlich ist.«

Gert kaute auf seiner Lippe herum und antwortete erst mit kurzer Verzögerung. »Ja, normalerweise schon. Man unterscheidet die chronische und die akute Bleivergiftung. Erstere ist häufiger, und die zweite verläuft selten tödlich.«

»Und wie bekommt man die Gifte in einen Menschen? Das ist doch beides wohl nichts, was man genüsslich mit seinem Tee zu sich nimmt?«

Ein breites Grinsen zog sich über Gerts Gesicht. »Frag doch mal die alte Dame. Die mit der speziellen Teezeremonie.«

»Und mit dem Giftschrank, nicht zu vergessen.« Martin lachte heiser. »Das wär's noch. Wenn Marthe Dirkens anfinge, den Worten Taten folgen zu lassen.«

»Das ist aber ein Scherz, oder?« Gert kniff die Augen zusammen, als er ihm forschend ins Gesicht sah.

»Ja, klar.« Martin hob abwehrend beide Arme. »Um Himmels willen.«

»Dachte ich mir.« Wieder wurde Gerts Blick abwesend. »Die Bleivergiftung war chronisch, so viel steht fest. Der Mann wies den typischen Bleisaum auf, eine gräuliche Verfärbung an den Zahnhälsen. Die Zähne waren bräunlich verfärbt. Das war das, was eurem Arzt neben den Verfärbungen im Mundwinkel aufgefallen war. Ordentliche Arbeit, muss man sagen. Unser Opfer war darüber hinaus deutlich abgemagert, fast kachektisch.«

»Also kein Unfall oder ein Suizid?«

»Das wäre extrem unwahrscheinlich. Wer bringt sich schon selbst auf so eine Art um? Selbsttötung auf Raten? Eine Art Gewöhnungsprozess?« Gert kam zum Schreibtisch. »Wobei ich nie mehr für irgendetwas die Hand ins Feuer legen würde. Sachen gibt's, die gibt's gar nicht.«

»Die grundlegende Erkenntnis im Polizeidienst.« Martin trommelte mit dem Zeigefinger auf die Schreibtischkante. »Was heißt das denn nun für uns? Kann der Mann das Gift auf dem Festland zu sich genommen haben und ist hier daran zusammengebrochen?«

»Du meinst als Selbstmordtourist? Einmal die Fähre Richtung Tod. Ohne Rückfahrticket. Bereit zur Seebestattung.«

Martin hörte auf zu trommeln. »Ähm?«

»Sorry. Manchmal bricht der Zynismus sich einfach Bahn. Besonders in Stressmomenten.«

»Ich weiß.« Martin erinnerte sich nur zu gut an die rauen Töne der Kriminalpolizei. Sie hatten dazu geführt, dass er freiwillig die Karriereleiter heruntergestiegen war und auf diesem vermeintlich ruhigen Posten als Inselpolizist saß. Wären ihm bloß die Kriminalfälle nicht ständig nachgereist.

»So war es tatsächlich nicht. Die Vergiftung muss längstens eine halbe oder dreiviertel Stunde vor Eintritt des Todes geschehen sein.«

»Okay. Zu knapp für eine Fährüberfahrt.« Martin versuchte ein versöhnliches Lächeln. Moralinsauer zu wirken, war das Letzte, was er wollte.

»Ja. Wobei die Tatsache, dass niemand diesen Mann zu kennen scheint, wie ihr sagt, und dass er nichts bei sich trägt, das hilft, ihn zu identifizieren, unsere These … ach lassen wir das.«

»Untermauert, wolltest du sagen?« Martin griff nach der Computermaus und fuhr mit ihr kleine Kreise über die Unterlage für Telefonnotizen. Wenn seine Hände beschäftigt waren, konnte er klarer denken. »Es wird auf jeden Fall eine Herausforderung. Wo sollen wir mit den Ermittlungen anfangen? Wir haben keinerlei Anhaltspunkte. Keine Vermisstenmeldung, kein Hotelflüchtiger, kein liegen gebliebener Koffer eines abgereisten Gastes. Dinge, die auf der Insel immer mal wieder vorkommen. Nur jetzt: niente. Nichts.«

»Das heißt, wir müssten mit der aktiven Abfrage der Bevölkerung beginnen. Irgendjemand muss den Mann doch gesehen haben. Er wird kaum vom Himmel gefallen sein. Also eine Personenbeschreibung raus an die üblichen Stellen: Hafen, Flughafen, Busunternehmen. Bei der Kurverwaltung.«

»Unsere Taxifahrer nicht zu vergessen. Und am besten eine Veröffentlichung im *Norderneyer Morgen*, damit erreichen wir eine Vielzahl von Menschen. Insulaner, Kurgäste, Urlauber.«

»Perfekt. So machen wir es. Du hast den Mann gesehen. Von daher: Willst du mit der Beschreibung anfangen und wir gleichen sie mit dem Arzt ab?«

»Klar, kann ich machen.« Martin war froh, eine Aufgabe zu haben. »Und du?«, fragte er nach. »Brauchst du jemanden von meinen Leuten zur Unterstützung?«

Gert zuckte die Schultern. »Wenn ich das mal wüsste. Wie einen Kopf an den Fall bekommen? Das Blei ist das eine. E 605 das andere.«

»Du meinst, weil es schon lange verboten ist?«

»Ja, und zwar zu Recht. Das berühmt-berüchtigte *Schwiegermuttergift* hat viel zu viele Menschen umgebracht.«

»Heutzutage ist doch alles überall zu bekommen, oder etwa nicht?« Martin dachte an den Fall des ehemaligen Bürgermeisters, der sich seine Jagdlizenz auch nicht bei den deutschen Behörden hatte ausstellen lassen.

»Ja, leider. Da sind wir viel zu oft machtlos. Drogen, Waffen, Chemie, selbst Uran, alles zu bekommen. Die Globalisierung der Kriminalität.« Er lachte bitter auf. »Das lässt uns oft genug blass aussehen. Wobei es uns in Ostfriesland besser geht als in Frankfurt, Berlin oder Köln.«

»Das selige Ostfriesland. Schön wäre es. Ich glaube, da laufen wir einer alten Vorstellung hinterher.«

»Mag sein. Hast du denn eine Idee? Wer könnte infrage kommen? Wer beschafft sich Illegales aus dem Ausland? Wer ist im Darknet unterwegs?«

Martin, der eine Datei geöffnet hatte, um mit der Personenbeschreibung zu beginnen, schaute verblüfft auf. »Das meinst du aber nicht ernst? Oder glaubst du, ich kenne jeden Einwohner? Gerade die Zugezogenen, unsere Saisonkräfte. Da ist alles denkbar. Jung. Hungrig nach schnellem Erfolg und großem Geld. Wenig Bindung, wenig Skrupel.« Er schüttelte seinen Zeigefinger. »Und nicht, dass mir da einer etwas unterstellt. Damit meine ich nicht ausschließlich unsere ausländischen Arbeiter, ganz und gar nicht. Nicht ausschließlich. Aber auch sie.«

»Hm. Ja. Dachte ich mir. Also keine große Hilfe.«

»Hat denn die Obduktion sonst noch Erkenntnisse geliefert?« Martin wandte sich seiner Datei zu. »Hinweise auf Fremdeinwirkung, äußere Verletzungen?«

»Ja, richtig. Davon waren wir eben abgekommen.« Gert war wieder zurück zum Fenster gegangen und sprach Richtung Fensterscheibe. »Nein, keine Hinweise auf Gewalt und Fremdeinwirkung. Aber …«

»Aber was?«, rutschte es Martin raus. Gerts Zögerlichkeit konnte er schlecht ertragen.

»Aber Farbreste, Papier und Sand.«

»Okay. Immerhin. Ein Hinweis. Wo genau? Unter den Fingernägeln, in den Haaren, der Kleidung oder am Körper?«

Gert drehte sich langsam um. »Nope. Nichts von alledem.«

»Sondern?« Martin war kurz davor, über den Tisch zu steigen und ihn zu schütteln.

»Ja, es ist wirklich seltsam. Das alles wurde gefunden. Aber nicht äußerlich. Stattdessen im Magen. Merkwürdig, was?«

*

Farbreste, Papier und Sand. Was für eine seltsame Mischung. Martin starrte den Computerbildschirm an, als könne dieser ihm die Antwort liefern. Dabei standen dort nur die Angaben zur Personenbeschreibung. Gleich würde Matzdorf zurückrufen, so hatte er es mit der Praxisangestellten abgesprochen. Wenn er nichts mehr zu ergänzen hatte, konnte er den Text weiterleiten. An die *Norderneyer Badezeitung* und den *Nor-*

derneyer Morgen. Üblicherweise würde von dort aus der Aufruf in den diversen Facebook-Gruppen landen. Das beste Prozedere, um Reichweite zu erzielen.

Er war gespannt, wie es weiterging. Gert Schneyder hatte vorsorglich seine Reisetasche mitgebracht und sich in einem Zimmer im oberen Stockwerk der Polizeiwache einquartiert. Dort, wo sonst die Saisonunterstützer wohnten. Im Augenblick saß der Kollege aus Aurich nebenan in der Teeküche und stimmte sich mit dem Hauptquartier auf dem Festland ab. Von den Ergebnissen der Spurensicherung und des schriftlichen Obduktionsbefundes hing viel ab.

Farbreste, Papier, Sand. Martin schrieb die drei Worte auf die Notizunterlage, die neben der Tastatur lag. Unterstrich die Vokale und malte die Buchstaben mit Bäuchen aus. Renovierungsarbeiten waren das Erste, was ihm in dieser Kombination in den Sinn gekommen war. Wahrscheinlich, weil er selbst werkelte, seit er mit Anne zusammenlebte. In letzter Zeit kam bei ihnen der Wunsch nach etwas Größerem auf. Bisher hatte er den Gedanken immer aufs Neue verworfen. Ein Haus auf Norderney zu kaufen, war utopisch. Die Immobilienpreise gingen durch die Decke. Besser war es zu warten, bis die Blase eines Tages platzte. Aber vor Kurzem hatte seine Mutter angedeutet, dass sie ihm und seinem Bruder einen Teil des Erbes vorab als Schenkung zukommen lassen wolle. Seitdem hatte er schon mehrfach mit spitzem Bleistift gerechnet und sich einen Termin bei der Bank besorgt. Er sah auf den Kalender. Für nächste Woche hatte er sich zwei dienstfreie Tage in den Dienstplan eingetragen. Auch wenn er Angst vor Annes Abfuhr hatte, würde er beginnen, die gemeinsame Zukunft zu planen. Erst bei der Bank, dann mit der Frage aller Fragen bei der Überraschungsparty im Januar. Der Gedanke fühlte sich gut an. Eine gemeinsame Zukunft.

Sofort fühlte er sich erleichtert. Eine Erinnerung schoss ihm durch den Kopf. Da gab es eine alte Geschichte auszumerzen. Als Anne ihn zum Essen in die *Weisse Düne* hatte entführen wollen und er stattdessen mit Gert Schneyder zum Pizzaessen gegangen war. Daran wollte er sich nicht im Detail erinnern, aber eine getrennte Nacht hatte es ihn damals gekostet. Heute wäre die Gelegenheit, das zu einem versöhnlichen Abschluss zu bringen. Gert würde sich über Familienanschluss freuen, denn die Zimmer auf der Personaletage waren keine Wohlfühloasen. Eine gründliche Renovierung …

Da war er wieder. Der Gedanke. Farbreste. Papier. Sand. Er sah auf die Uhr. Die Personenbeschreibung musste raus, wenn er am Hafen und in der Kurverwaltung noch jemanden erreichen wollte. Langsam könnte Matzdorf zurückrufen. Schließlich konnte man zwischen zwei Patienten eine Pause einschieben. Er würde ihn doch nicht bis zum Praxisende warten lassen.

Er griff nach dem Hörer. Zögerte. Zehn Minuten würde er ihm noch geben. Bei Matzdorf war es immer gut, ihn in seinen Eigenheiten ernst zu nehmen. Wenn er in der Zeit mit Anne telefonierte, könnte er anschließend einen Tisch reservieren. Aber natürlich würde der Arzt ausgerechnet dann zurückrufen. So sicher wie Murphys Gesetz. Egal, wie er sich entschied, es war falsch.

Er tippte die Maus an, und der Bildschirmschoner, der sich über die Datei gelegt hatte, verschwand. Er öffnete den Browser. Was war mit *Google*? Wusste doch sonst alles. Was hatte es mit dem dubiosen Mageninhalt von dem unbekannten Toten auf sich? Wenn er es recht verstanden hatte, gab es keine Hinweise darauf, dass der Mann zum Verzehr genötigt worden war. Null Abwehrspuren, hatte Gert gesagt. Aber wie dann? Ein Versehen? In dieser Mischung? Eines von beidem – geschenkt. Sand war nicht weit hergeholt, wenn der

Unbekannte am Strand gewesen war. Käme auf die Menge an. Einen Sandsturm, der Ursache sein könnte, hatte es jedenfalls nicht gegeben.

Farbreste? Martin erinnerte sich, wie schwer bei Malerarbeiten die Hände zu reinigen waren. Immer saßen Lackreste in den Hautrillen und unter den Nägeln fest, die sich trotz Terpentin nicht lösen ließen, und später auf einmal abfielen. Doch das konnten nur marginale Spuren sein, die mit Sicherheit nicht zu einem auffälligen Obduktionsergebnis führten.

»Aus Versehen Papier geschluckt«, tippten seine Hände wie von selbst in die Suchabfrage. Er landete auf diversen Mütterforen. Papier schien eine bevorzugte Nahrungsquelle für krabbelnde Kleinkinder zu sein, stellte aber trotz des Schreckens für die Mütter eine wenig ernstzunehmende Gefahr dar.

Was er aus eigener Erfahrung wusste. Ein Bild ploppte auf, wie ein Schüler einen Spickzettel in den Mund steckte und runterschluckte, um ihn vor den Händen des Lehrers zu bewahren. Wie in der berühmten Filmszene. *Die Feuerzangenbowle*. Dort war es ein aufgegessener Liebesbrief, mit dem »Pfeiffer mit drei f, eines vor und zwei nach dem Ei« die angebetete Tochter des Schuldirektors schützte. Martin grinste. Was das Warten aufs Telefon für Gedankenketten auslöste. Pfeiffer brachte ihn auf Keiser. Ruth, die sich ebenfalls gerne mit einem markigen Spruch rund um das Ei vorstellte: »Wie der Kaiser, nur mit Ei.« Er freute sich darauf, sie im Januar wiederzusehen.

»Löst sich Papier in Magensäure auf?« Wieder hatten sich seine Finger selbstständig gemacht. Anscheinend hatte er sie heute genauso wenig im Griff wie seine Gedanken. Sei's drum. Die Antwort war schwieriger zu finden. Wenn er es richtig verstand, dann zerfaserte das Papier, aber die Säure reichte nicht aus, um es komplett zu zersetzen.

Martin zog den Telefonblock zu sich heran. Das war interessant. Was, wenn das Papier, das der Gerichtsmediziner gefunden hatte, einen Hinweis gab? Weil eine Schrift erkennbar war, ein Zeichen, ein Werbespruch, ein Firmenname.

Oder aber … Martin fröstelte. Oder aber der Name des Mörders. Das Klingeln des Telefons ließ ihn zusammenfahren. Er schloss die Augen. Was dachte er nur manchmal für einen Blödsinn. Schließlich waren sie nicht in einem drittklassigen Agentenfilm. Sondern ermittelten in einem Mordfall auf Norderney.

*

Bonn

»Das war wohl eine kurze Recherche in der Unibibliothek?«

Ruth blickte erschrocken von ihrem Buch auf, als Oskar sich in den Sessel neben ihr fallen ließ. »Was? Wieso? Ich arbeite doch.«

»Ich hatte zwischendurch einen anderen Eindruck.« Er grinste sie an. »Aber wahrscheinlich fiel das unter das Programm Neid.«

»Weil ich dir die Fotos geschickt habe?«

»Klar. Du weißt doch genau, wie gerne ich hier im Café sitze.«

Ruth klappte das Buch zu und legte es neben den geöffneten Laptop. Mit der Gabel pickte sie kleine Streusel auf, die als Reste vom Kuchen auf dem Teller lagen. »Ich habe immer gedacht, das läge nicht am Ort, sondern an meiner Gesellschaft.«

»Fang nicht an, die Worte auf die Goldwaage zu legen. Trinken wir etwas? Ich habe eine halbe Stunde Zeit bis zum nächsten Termin.« Er gab der Kellnerin ein Zeichen, ohne ihre Antwort abzuwarten.

»Für mich noch ein Wasser.«

Nachdem er die Bestellung aufgegeben hatte, wandte er sich Ruth zu. »Was ist mit den Fotos? Das sollte keine Schnitzeljagd werden, nehme ich an.«

Sie schob ihre Haare zurück und antwortete knapp: »Das letzte schon. Damit du weißt, wo ich bin. Ich hatte gehofft, dass du Zeit für eine Pause hast.«

»Eine Pause, damit du mich ausfragen kannst? Damit liege ich richtig, oder?« Er schob seine Hand über ihre.

»Klar. Wenn man schon einen Journalisten an seiner Seite hat.« Sie verzog den Mund, ein Lächeln wollte ihr nicht recht gelingen. »Diese Gedenkstätte, von der ich dir ein Foto geschickt habe, hat mich sehr nachdenklich gemacht. Mir ist bisher kaum bewusst gewesen, wie wenig ich über jüdisches Leben in unserem Land weiß.«

Oskar öffnete den Mund, aber Ruth hob die Hand, um weitersprechen zu können. »Ich meine nicht all das, was in der Zeitung steht. Dass sich Juden immer noch oder wieder bedroht fühlen. Die Anschlagsgefahr. Die Belastung durch die Vergangenheit. Das fehlende Vertrauen, dass Geschichte sich nicht wiederholen darf.«

»Aber genau dafür ist dieses Mahnmal ein wichtiger Ort. Gegen das Vergessen.«

»Absolut einverstanden. Es gibt ja auch Menschen, die an dieser Stelle gedenken. Mit Kerzen und Fotos. Aber wer genau ist das? Was sind das für Menschen? Kennst du jemanden von ihnen? So wie du Katholiken, Protestanten, Muslime kennst?«

»Und Hindus. Und viele Atheisten und Agnostiker.«

»Du lenkst ab.«

»Tue ich nicht. Ich ergänze.« Oskar lehnte sich zurück, als die Kellnerin die Getränke brachte.

»Meinetwegen. Es macht es tatsächlich noch deutlicher.«

»Was genau?« Oskar wischte sich den Milchschaum von den Lippen.

»Dass wir keine Juden kennen.«

Er hob die Hand. »Ich würde das in dieser Allgemeinheit nicht behaupten wollen. Darüber haben wir doch letztens erst gesprochen.«

»Dann zähl mal auf: Wen kennst du? Wer deiner Freunde ist jüdischen Glaubens? Mit wem sprichst du darüber? Über den Glauben, die Bedingungen, die Gefühle, die Beschränkungen. Also all das, was man nachfragt, wenn man sich kennt.«

»Hallo? Solche Fragen stelle ich auch nicht meinen …« Oskar stutzte. »Na ja, manchmal schon. Also nach dem Fasten des Kollegen im Ramadan, und ich war natürlich bei der Erstkommunion meines Patenkindes. Ich diskutiere oft genug mit Freunden, ob Kirche noch eine Überlebenschance in unserer Gesellschaft hat.«

»Siehst du, das meine ich.«

»Ich interessiere mich auch für den jüdischen Glauben. Ich war schon in Synagogen.«

»Ach ja?« Ruth zog die Augenbrauen hoch.

»Ja, verdammt. Was wird das denn für eine Rechtfertigung? Was willst du mir unterstellen? So, wie ich schon einmal eine Moschee besucht habe, einen Tempel in Indien«, er unterbrach sich und grinste, »oder wie jahrelang die *Baghwan-Disco* in Köln.«

Ruth verdrehte die Augen. »Du musst das nicht ins Lächerliche ziehen. Ich will dir nichts unterstellen. Die Fragen, die ich stelle, richte ich auch an mich selbst. Ich bin verwundert darüber, dass ich keinen Kontakt zu Juden habe. Dass ich in Wahrheit keine kenne. Und nicht weiß, ob es an mir oder an ihnen liegt.«

»Was soll das heißen? Dass es an ihnen liegt?«

»Ob sie sich nach wie vor nicht trauen zu erzählen, dass sie jüdischen Glaubens sind. Und warum es anscheinend so wenig Schnittmengen gibt. Ganz anders als mit anderen Religionsgemeinschaften. Auch den kleinen.«

»Du hast recht. Auch meine Besuche in den Synagogen in Worms und Budapest waren Museumsbesuche. Nichts Lebendiges. Das ist anders, wenn ich zum *Tag der offenen Moschee* gehe. Da spüre ich, wie der Glaube gelebt wird.«

»Siehst du. Das meine ich.«

»Interessant. Wirklich spannend.« Oskar schaute auf den Rhein, der unter ihnen träge dahinfloss, und schwieg. Dann sah er auf seine Uhr, griff nach der Tasse, stürzte den Kaffee hinunter und sprang auf. »Lass uns heute Abend weiterreden, ja? Ich glaube, du hast da einen Impuls für eine wunderbare Reportage gesetzt.«

Ruth fasste nach seiner Hand. »Setz dich noch mal. Bitte. Nur einen Moment. Ich war nicht nur an der Gedenkstätte am Rheinufer. Sondern auch am jüdischen Friedhof auf der anderen Rheinseite.«

»Okay? Ich dachte, die Unibibliothek hätte auf deinem Tagesplan gestanden.«

»War auch so. Kleine Rundfahrt, um den Kopf aufzufrischen.«

Er sah sie verständnislos an. »Gut. Aber das kannst du mir heute Abend in Ruhe erzählen.« Wieder wollte er sich erheben.

»Rebecca Kahn«, sagte Ruth.

Oskar ließ sich zurück in den Sessel fallen. »Ach daher.«

»War sie Jüdin?«

Er starrte in die Luft. Seine Augen flackerten hinter den Brillengläsern. Er griff nach der leeren Kaffeetasse und starrte hinein.

»Und?«, entfuhr es ihr.

»Ehrlich gesagt, ich weiß es nicht. Aber wenn das so wäre, dann gäbe es der ganzen Sache von damals eine andere Bedeutung. Und ich befürchte, du könntest recht haben. Verdammt noch mal, lass das nicht wahr sein.«

*

Norderney

Martin Ziegler legte den Hörer auf. Starrte ein paar Sekunden auf die geöffnete Mail und drückte seufzend auf Senden. Anstrengend war es. Jedes Mal aufs Neue mit Matzdorf. Was war er denn weiter als ein Provinzarzt auf der Insel. Hielt sich aber für die Koryphäe schlechthin. Nicht bezogen auf ein Fachgebiet. Oh nein. Sondern in jedweder Hinsicht. Wer ihn reden hörte, konnte glauben, er sei ärztlicher Direktor einer renommierten Klinik.

Das Seltsame war: Seine Patienten liebten den Mann. Schworen auf seine Heilkünste. Alle anderen hassten ihn.

Für ihn, Martin, kam er als Arzt nicht infrage. Brauchte es auch nicht. Er hatte die Ärztin im Haus. Anne regelte das, wenn etwas war. Aber im Grunde genommen war er gesundheitlich stabil. Immer gewesen. Bis auf das Burn-out damals.

Anne sagte selten etwas über Matzdorf. Gar nichts über seine medizinischen Fähigkeiten. Klar, sie waren beide Ärzte. Eine Krähe hackt der anderen kein Auge aus, hieß es. Trotzdem ärgerte er sich, wenn sie die Verschwiegenheit auch ihm gegenüber ernst nahm. Er konnte ihrem Gesicht ablesen, was sie von dem Kollegen hielt, ein Wort kam kaum über die Lippen.

Einzig Matzdorfs spleeniges Herumcruisen auf der Insel mit seinem Spitfire war so lächerlich, dass Anne darüber mit ihm lästerte. Zu albern, wenn dieser Typ in Lederjacke und

Fliegermütze mit violett schimmernder Panoramabrille am Golfplatz vorfuhr.

Manchmal, wenn er seinen Unmut gegenüber Anne äußerte und mutmaßte, dass dieser Typ wahrscheinlich auf dem Festland wegen irgendeiner vertuschten Geschichte keinen Fuß mehr in eine Klinik- oder Praxistür bekäme, fühlte er sich ertappt. War seine eigene Flucht auf die Insel nicht auch einem Versagen geschuldet? Er war dann froh, wenn Anne nichts in diese Richtung verlauten ließ. Sicher, ob sie nicht das Gleiche dachte, war er sich nicht.

Er schob seinen Stuhl zurück und wollte sich erheben, als Gert Schneyder mit dem aufgeklappten Laptop in der Hand an seinen Türrahmen klopfte.

»Kann ich?«, fragte er.

Martin winkte ihn heran. »Immer. Gibt es Neuigkeiten?«

»Wie man es nimmt. Wie ist der Stand bei dir?«

»Die Personenbeschreibung ist raus. Ob das heute noch zu Ergebnissen führt, wage ich zu bezweifeln. Zumal es ja erst morgen gedruckt ausliegt.«

Gert stellte seinen Laptop auf dem Schreibtisch ab und holte sich einen Stuhl, den er mit der Lehne zur Schreibtischkante aufstellte. Breitbeinig setzte er sich. »Vermisstenmeldungen oder Nachfragen jeglicher Art sind bisher nicht eingegangen, nehme ich an?«

»Richtig. Wir tappen nach wie vor im Dunkeln.« Martin schielte auf den geöffneten Laptop. »Kannst du mehr Licht in die Sache bringen?«

»Kleinigkeiten. Bruchstücke. Nichts, was uns augenblicklich weiterbringt.«

»Die Vergiftung hat sich aber bestätigt.«

»Absolut. Zwei Gifte. Blei und E 605. Wobei bei der Bleivergiftung ein chronischer Prozess angenommen werden kann.«

Martin lehnte sich zurück. »Blei. Wie kommt man heutzutage an eine Bleivergiftung? Wird das nicht durch umfassende Verbraucherschutzmaßnahmen verhindert? Am Bleistiftkauen wird es doch wohl kaum liegen?«

Gert faltete die Hände und legte die Arme auf der Lehne ab. »Nein, im Bleistift ist kein Blei. Ansonsten ist eine chronische Bleivergiftung eher selten. Ein akutes Geschehen sogar noch seltener. Früher verursachten alte Wasserrohre eine schleichende Vergiftung. Aber so etwas kommt kaum noch vor.«

»Andere Ursachen? Irgendetwas muss es doch geben? Denn das Gift ist ja augenscheinlich im Körper unseres Mister Unbekannt.«

Gert tippte eine Taste des Notebooks an. »In erster Linie sind es beruflich bedingte Kontaminationen. Industrielle Produktionen, bei denen Blei eine Rolle spielt. Überall, wo Lacke, Chemie, Batterien oder Benzin eine Rolle spielen, kann auch Blei verarbeitet sein. Aber da schaltet sich der Arbeitsschutz in der Regel ein und schiebt durch Schutzmaßnahmen einer Gesundheitsgefährdung den Riegel vor. Ganz ausschließen kann man es allerdings nicht. Wenn Arbeitgeber auf Sicherheitskonzepte verzichten oder Arbeiter leichtsinnig über Vorschriften hinwegsehen.«

»Hm, Industrie, also.«

»Als eine Möglichkeit.« Gert fuhr mit dem Zeigefinger über das Touchpad. »In der Baubranche findet man Bleie. Bei Restaurierungen beispielsweise, aber nicht nur.«

»Bleifenster«, warf Martin ein.

»Genau.« Gert lachte. »Wenn ihr auf der Insel eine Ritterburg hättet oder mittelalterliche Schenken, dann hätten wir eine Spur.«

»Eher nicht. Was sonst noch?«

»Ach, alles Mögliche. Natürlich in der Regel kleinste Spuren. Keramik, Schmuck, alte Spielwaren mit bleihaltigen Lacken, Munition, sogar manchmal in Kosmetika oder in sogenannten Heilmitteln, besonders, wenn sie aus dem Ausland und über das Internet bezogen werden.«

»Warum hört man davon nichts?«

»Weil es selten ist, dass es zu dramatischen Entwicklungen kommt. Dafür braucht es schon ein regelmäßiges Einatmen oder die stetige orale Einnahme. Wir reden hier von kleinsten Mengen, die sich mit der Zeit ablagern.«

»Immerhin könnte es einen Hinweis auf die Identität des Toten liefern. Ich werde meine Leute instruieren, auf der Insel Augen und Ohren offenzuhalten. Gebaut wird auf der Insel immer, wenn auch nicht mit Bleifenstern, aber alte Wasserrohre, warum nicht? Was gab es denn sonst noch an Erkenntnissen bei der Obduktion? Das zweite Gift. Darauf reitet unser Inselarzt herum, weil ihm nicht nur die Verfärbung an Zahnfleisch und Zähnen aufgefallen war, sondern er auch direkt die richtige Vermutung bezüglich der anderen Intoxikation hatte.«

»Womit er goldrichtig lag. Hier ist genau aufgelistet, wie …« Gert zeigte auf eine Mail, als ihn das laute Schrillen der Revierklingel unterbrach.

»Kann mal einer aufmachen?« Martin rief vom Schreibtisch aus in den Flur, nichts rührte sich.

»Sind die nicht alle weg? Auf Streife?« Gert stand auf. »Ich hatte das Gefühl, dass ihnen meine Anwesenheit in der Teeküche nicht geheuer war.«

»Alles muss man selbst machen«, seufzte Martin und machte Anstalten, sich ebenfalls zu erheben.

»Lass mal, ich mach schon. Bin näher an der Tür.«

Bevor Martin etwas sagen konnte, war Gert am Eingang. Er hörte die murmelnden Stimmen draußen, während er einen Blick auf die Mail warf. Dass Matzdorf einen Treffer gelandet hatte, passte ihm nicht in den Kram. Am Telefon hatte er sich weit und breit über mögliche Ursachen und Symptome ausgelassen. Wahrscheinlich war das alles in der Obduktion bescheinigt worden. Dieser Wichtigtuer würde wochenlang darauf herumreiten.

»Martin, kommst du bitte mal?«

Er hörte sofort an Gerts Stimme, dass es keine Bagatelle war, die vor der Tür verhandelt wurde. Keine Kinkerlitzchen wie eine Beleidigung oder ein verlorener Schlüssel. Er sprang auf. War mit wenigen Schritten an der Tür.

Schaute auf die Tasche in der Hand und fragte: »Du?«

*

»Nein, es tut mir leid, aber ich habe wirklich nichts mehr frei. Zumindest kein Einzel- und kein Doppelzimmer mehr.« Daniela rollte mit den Augen. Wie gut, dass ihr Gegenüber sie durch den Telefonhörer nicht sehen konnte. »Ja, das stimmt, nur noch freie Betten in den Mehrbettzimmern. Wir sind ein Hostel, kein Motel, tut mir leid, dass Sie das falsch verstanden haben.«

Daniela drehte sich um, als sie hörte, wie der Schlüssel im Schloss gedreht wurde. Sie winkte Frau Dirkens zu, die eine augenscheinlich schwere Jutetasche über der Schulter trug.

»Doch. Ich kann es noch einmal erklären.« Daniela atmete tief ein und aus und sprach dann bedächtig weiter: »Unser Hostel ist eine Art moderne Jugendherberge, nur kleiner. Ein Motel ist gedacht als eine Unterkunft für Autofahrer. Aber Autoverkehr haben wir auf der Insel nur sehr eingeschränkt.« So, das war hoffentlich langsam, laut und verständlich genug für den Mann am anderen Ende der Leitung. Was war denn bloß los?

»Ja, genau, das Zimmer und das Bad müssten Sie sich teilen.« Daniela schaute Frau Dirkens mit großen Augen an und machte eine wischende Handbewegung vor ihrem Gesicht.

»Natürlich, das kann ich verstehen. Es tut mir leid, dass Sie falsch beraten worden sind. Darf ich fragen, wer uns empfohlen hat? Wenn auch als Motel?«

Während Sie in den Hörer lauschte, ging sie zum Kaffeevollautomaten, stellte ihn an, drehte sich zum Kühlschrank und fischte die Milch aus der Ablage. Sie hielt sie vor Frau Dirkens, die ergeben nickte.

»Moment bitte, noch einmal. In einem Forum? In welchem Forum denn? Und was für Kameraden? Ich verstehe kein Wort.« Doch am anderen Ende der Leitung hatte es Klick gemacht.

»Was ist denn, Kind? Etwas nicht in Ordnung?«

»Bei mir schon. Aber was ist mit Ihnen?« Daniela schaute Frau Dirkens prüfend an. »Sie sehen mir ein wenig blass um die Nase herum aus.«

»Ach was. Das ist die kalte Luft draußen. November und Ostwind, das mag ich im Alter überhaupt nicht mehr.«

Daniela schwieg. Ganz wollte ihr die Erklärung nicht einleuchten. Es hatte schon kältere Herbsttage gegeben. Aber dürr, wie Frau Dirkens war, empfand sie den Wind sicher anders als sie selbst, die ein wärmendes Polster um den Bauch und die Hüften trug. Oft zu ihrem Leidwesen, aber für irgendetwas musste es ja gut sein.

»Ich mache uns einen Kaffee, der wärmt von innen.«

»Damit ich diese Nacht noch weniger schlafen kann als sonst?«, empörte sich Frau Dirkens.

»Nein, natürlich nicht, ich habe vorgesorgt und koffeinfreien Kaffee besorgt. Den wollte ich selbst einmal ausprobieren, und als jetzt ein Gast danach fragte …«

»Diese junge Doktorandin trinkt Kaffee ohne Umdrehungen? Wie will sie denn dann den Geist der Literatur verstehen?« Die Wangen von Marthe Dirkens röteten sich, und die Lippen füllten sich wieder mit Farbe.

Daniela prustete los. »Frau Dirkens auf dem Pfad der Hochkultur.«

»Lach du nur. Ich finde es interessant, dass du eine junge, gebildete Frau für mehrere Wochen unter unserem gemeinsamen Dach aufgenommen hast.«

»Das hört sich an, als wären wir eine Herberge. Obwohl: Das ist ein Hostel ja auch im engeren Sinne. Das Wort hätte es noch besser erklärt. Aber egal. Wir wollten Kaffee trinken.« Sie wandte sich der Maschine zu.

»Kann das sein, dass du mich meiner Teezeremonie entwöhnen möchtest?« Die Stimme in ihrem Rücken klang misstrauisch.

Daniela hielt inne und überlegte kurz. War das so? Vielleicht unterbewusst? Was sollte sie antworten? Dass sie sich Sorgen machte? Sie hatte keinen Grund dafür, nur ein seltsames Gefühl, etwas wie eine Ahnung. Damit konnte sie die alte Dame unmöglich beunruhigen. »Ach, Blödsinn«, sprach sie deswegen gegen das Gurgeln und Quietschen an, während sie die Milch aufschäumte. »Zum einen wollte ich wirklich den Kaffee testen, und zum anderen bin ich es, die ein wenig aufpassen muss. Jeden Tag Tee mit Whiskey, da macht mein Magen nicht mit.«

»Und da soll Kaffee besser sein? Ich glaube, du bindest mir einen Bären auf. Mir jedenfalls hat die Teezeremonie noch nie geschadet.«

»Das glaube ich doch.« Daniela senkte beschwichtigend die Stimme. »Aber vielleicht brauche ich ein wenig mehr Abwechslung. Wir können eine neue Regel aufstellen: die Teezeremonie, wenn wir bei Ihnen sind, Kaffee hier unten bei mir. Ausnahmen dürfen natürlich gemacht werden. Einverstanden?«

Die Augen von Frau Dirkens huschten hinter der Brille hin und her. Je mehr Falten die alte Dame bekam, umso listiger wirkte ihr Gesichtsausdruck. Daniela grinste in Erwartung der Antwort.

»Das will ich mir überlegen. Ausnahmen, sagst du? Also beispielsweise, wenn Besuch kommt?«

»Beispielsweise«, bestätigte sie.

»In meinem Verständnis sind Gäste ja auch eine Art Besuch. Deine Hostelgäste, meine ich.«

Sie lachte schallend. »Ich gebe mich geschlagen, Frau Dirkens. Ich will Ihnen um Gottes willen nichts nehmen. Aber manchmal einen Kaffee statt Tee?«

»Und dazu einen Eierlikör? Dafür könnte ich mich erwärmen. Du hast doch diese Teufelsmaschine, mit der du ihn selbst herstellen kannst.«

»Was schleppen Sie denn in der Tasche mit sich herum?«, fragte sie, um vom Thema abzulenken, als sie die beiden Milchkaffees auf den Tisch stellte. »Nicht, dass es mich etwas angeht. Aber Frank macht doch den Einkauf für Sie.«

»Weiß ich ja, Kind. Ein braver Mann, den du dir ausgesucht hast. Nein, es sind keine Lebensmittel.« Sie nahm die Brille ab und schaute sie streng an. »Und auch kein Alkohol, wenn du das vermutest.«

Daniela hob abwehrend die Hände. »Niemals ...«

»Papperlapapp.« Das war Frau Dirkens neueste Antwort auf alles, vorzugsweise, um sie zu unterbrechen. »In der Tasche sind Bücher.«

»Schon wieder? Sie haben doch gerade erst einen ganzen Stapel aus der Bücherei geholt. Für unser Literaturzimmer. Mehr brauchen wir nicht.«

»Nicht für die Gästezimmer. Für mich. Eine Tüte Heinrich Heine.«

»Heine?« Daniela blieb der Mund offen stehen. Sie räusperte sich, als sie den belustigten Blick ihres Gegenübers sah.

»Ich mag zwar alt sein, aber ich habe immer Wert auf Bildung gelegt. Deswegen schaue ich nur seriöse Fernsehsendungen.«

Daniela verkniff sich eine Antwort.

»Als diese junge Frau gestern von Heinrich Heine erzählte, hat mich das sehr bekümmert. Heine war mehrfach auf unserer schönen Insel, und ich weiß so gut wie nichts darüber.«

»Es ist ja auch schon ein Weilchen her«, warf Daniela ein.

»Das ist doch kein Grund. Ich frage mich, warum auf der Insel so wenig darüber gesprochen wird. Klar, es gab einen Skandal. Um das Denkmal. Der auch alle paar Jahre wieder hochkocht. Hast du davon schon gehört?«

Daniela schüttelte den Kopf. »Nur, was Sie und Caroline gestern andeuteten.«

»Ich erzähle dir das einmal in Ruhe. Die Geschichte sollte man kennen, wenn man auf der Insel lebt. Obwohl es den meisten recht wäre, wenn sich der Schleier des Vergessens für alle Zeiten darüber legen würde. Deswegen wird vielleicht auch nicht mehr viel an Heine erinnert. Weil man dann unweigerlich auf diese Geschichte kommt.«

»Ich war heute übrigens am *Kurtheater*. Und habe Heine dort gesucht. Also, die Skulptur. Aber sie war weg.«

»Weg?« Marthe Dirkens stutzte und legte die Stirn in Falten. »Was heißt weg?«

»Keine Ahnung. Nicht mehr da. Ich habe Anne getroffen. Sie war mit einem Kollegen unterwegs. So einem Schnösel, der mir auf meine Frage eine patzige Antwort gegeben hat.«

»Ach? Anne und dieser Schnösel? Ich weiß genau, was du meinst. Ich habe die beiden auch getroffen. Gestern am frühen Abend. Unsympathischer Typ.«

»Stimmt. Und ich weiß immer noch nicht, wo Heine abgeblieben ist.«

»Natürlich. Jetzt, wo du es sagst. Er ist im Zuge der Abrissarbeiten am *Haus der Insel* abgebaut worden und steht jetzt hinter einem Tor mit Gittern.« Frau Dirkens kicherte. »Der arme Heine. Das hat er nun davon, dass er nicht nett über uns Norderneyer gesprochen hat, wie auch Fräulein Caroline bestätigt.«

»Das Fräulein lassen Sie besser weg, wenn Sie Caroline nicht vergraulen wollen. Damit macht man sich keine Freunde.«

»Ich weiß. War schon in unserer Generation umstritten, aber üblich. Manchmal benutze ich gerne alte aussterbende Wörter. Besonders jetzt, wo ich Heine lese.« Sie zog mehrere Bücher aus der Tasche. »Ich gebe es zu: Der Rest ist seichte Unterhaltung. Aber hier: eine Heine-Biografie; *Deutschland. Ein Wintermärchen*; *Die Harzreise*. Sämtliche Gedichte. Und nicht zuletzt, *Reisebilder* mit dem Nordsee-Zyklus.« Sie stapelte die Bücher vor Daniela auf dem Tisch und blickte sie triumphierend an.

»Ähm. Ich weiß gar nicht, was ich sagen soll. Wo kommen die denn her?«

»Gab es alle bei *Lübben* vorrätig. Falls sich doch mal einer für Heine auf der Insel interessiert. Ist bei den Touristen anscheinend wahrscheinlicher als bei uns Einwohnern.«

»Ach, das ist doch immer so. In Bonn hat sich bis vor ein paar Jahren auch kaum einer um Beethoven geschert. Erst als man merkte, wie man so etwas vermarkten kann, sprangen alle auf das Pferd auf.«

»Genau.« Marthe Dirkens hielt den Finger in die Luft. »Ich fange damit an. Werde mich einlesen und mit Frau Caroline darüber diskutieren. Und dann mit unserer Bürgermeisterin und dem Kurdirektor reden.«

Daniela schob die Kaffeetasse nach hinten. »Soll ich Ihnen mal etwas sagen, Frau Dirkens? Vorhin, da habe ich mir wirklich Sorgen gemacht. Und deswegen die Teezeremonie verhindern wollen. Aber wenn ich Sie so sehe: Das Einzige, was Ihnen fehlt, ist eine Aufgabe.«

»Siehst du, mein Kind, genauso. Und deswegen machen wir es morgen wieder wie gewohnt. Tee mit Whiskey. Morgen Nachmittag bei mir. Du, Frau Caroline, Heinrich Heine und ich.«

*

»Ja, ich.«

»Was machst du hier?« Martin starrte Anne an.

»Hallo! Was ist denn mit dir? Was bist du denn so grantig? Passt dir das nicht, dass ich während deiner Dienstzeit vorbeikomme? Nur weil Gert hier ist? Er kennt mich doch vom letzten Mal.« Sie warf einen schnellen Blick auf Schneyder, der neben Martin stand.

»Quatsch. Nur … ich hatte versucht, dich anzurufen. Du hattest gesagt, du hättest heute Nachmittag frei. Aber du warst nicht zu erreichen.«

»Ach so. Ja, ich hatte das Handy ausgestellt. Habe ja unserem neuen Kollegen ein paar Sachen auf der Insel gezeigt.«

»Und …«, Martin stockte, »was ist das?« Er zeigte auf die Reisetasche in ihrer Hand. »Willst du weg?«

Anne riss die Augen auf, was zu sofortiger Erleichterung bei ihm führte. Nicht dass einer von ihnen eine solche Tasche besaß, aber Anne war zuletzt oft seltsam abwesend gewesen. Die Sorge, sie zu verlieren, begleitete ihn seit dem ersten Tag. Auch wenn es dazwischen viele gute Zeiten gegeben hatte, ploppte die Angst immer wieder auf. Der Altersunterschied, der Status, das Selbstwertgefühl, alles empfand er mal mehr oder weniger als Stolperstein für ihre Beziehung. Dabei sollte es bald so weit sein. Die Frage aller Fragen lag schon lange in der Luft. Am ersten Januar-Wochenende war die Überraschungsparty mit den Freunden geplant. Annes Geburtstag. Der perfekte Zeitpunkt. Wenn sie sich nicht vorher gegen ihn entschied.

Wie Blitze waren ihm die Gedanken durch den Kopf geschossen. Ihre Antwort hatte er dabei überhört.

»Wollen wir nicht reingehen?«, hörte er Gert fragen. »Dann können wir uns das Fundstück einmal näher ansehen. Oder weißt du schon, was drin ist?«

Anne folgte ihnen ins Dienstzimmer. Gert holte einen Stuhl und nahm ihr die Tasche ab.

»Wo hast du die denn her?« Martin sammelte sich langsam wieder. »Dass wir nicht …«

»… das Fundbüro seid, weiß ich.« Sie lächelte ihn an. »Ich dachte nur wegen des Toten an der Strandpromenade. Es befinden sich Männerutensilien darin. Ein Pyjama, Unterwäsche Marke Feinripp, Socken in gedeckten Farben, eine Hose, ein Hemd, zwei Pullover. Ein Kulturbeutel mit den üblichen Utensilien.«

»Gründlich, gründlich.« Gert klang halb amüsiert, halb sarkastisch. »Klingt wie eine gepackte Tasche für einen Krankenhausaufenthalt.«

»Ganz genau.« Anne nickte mit Nachdruck.

»Oder für einen Kurzaufenthalt«, warf Martin ein.

»Ja, klar, das könnte auch sein.« Sie spielte mit ihrer Hand an der Nasenspitze, wie immer, wenn sie nachdachte oder nervös war.

»Wo hast du sie denn gefunden? Vielleicht hilft das weiter?«

»Na ja, wie gesagt«, sie sah Gert an, »am Krankenhaus.«

»Am Krankenhaus?« Sie hatten beide gleichzeitig gefragt, und Anne schaute nickend von einem zum anderen.

Gert, der sich gerade Einmalhandschuhe überzog, um die Tasche zu öffnen, streifte sie wieder von den Händen. »Na, dann sind wir hier aber falsch. Da ist wohl ein Patient abhandengekommen oder hat die Flucht ergriffen.«

»Wann hast du denn die Tasche gefunden? Beziehungsweise«, Martin sah auf die Uhr, »warum kommst du damit erst jetzt? Dein Dienst ist längst zu Ende. Hast du die Tasche den ganzen Nachmittag mitgeschleppt?«

»Nein, nein. Ganz falsch. Übrigens – ich habe auch Handschuhe getragen, als ich die Tasche geöffnet habe. Man weiß bei so etwas ja nie. Wenn man mit einem Polizisten zusammenwohnt und es einen unidentifizierten Toten auf der Insel gibt, dann kennt man die Basics.«

»Gut gemacht.« Gert nickte anerkennend.

Anne sah zu Martin, und sein Magen zog sich unter ihrem Blick wieder zusammen. »Es war so: Ich hatte Patrik ja ein paar Anlaufstellen gezeigt. Patrik Adamietz ist mein neuer Kollege«, setzte sie erklärend für Gert hinzu. Dann sah sie wieder Martin an. »Eigentlich hatten wir uns schon verabschiedet, da fiel Patrik ein, dass er mir noch ein Fachbuch leihen wollte. Das aber lag im Arztzimmer im Krankenhaus. Wir sind also noch einmal rausgeradelt, weil ein großer Umweg ist es weder für ihn noch für mich. Und prompt sind wir vor der Notaufnahme über die Tasche gestolpert.«

»Die einem Patienten gehört?« Gert hatte sich auf die Fensterbank gesetzt.

»Eben nicht. Natürlich war das unsere erste Vermutung. Aber wir haben auf allen Stationen nachgeforscht. Sie gehört niemandem. Erst dann fiel mir der Tote ein. Dass ihr keinerlei Utensilien bei ihm gefunden habt. Und eins und eins zusammengezählt.«

Gert schlenderte wieder zur Tasche. »Nicht schlecht. Sehr aufmerksam. Könnte es denn sein, dass der Mann zuvor Patient war? Abgehauen ist? Aus Panik oder weil er desorientiert war?«

»Den Gedanken hatte ich auch. Aber es fehlt kein Patient.«

»Und außer den Sachen, die du uns aufgezählt hast: War da noch etwas in der Tasche drin? Etwas, das einen Hinweis auf den Besitzer geben könnte?«

Anne schob ihre dunklen Haare mit zwei Fingern hinter die Ohren zurück. »Ja. Tatsächlich. Ein einziger persönlicher Gegenstand außer der Wäsche.«

»Und was? Mach's jetzt bitte nicht so spannend.« Martin zog sich auch Einmalhandschuhe über.

»Ein Buch. Ein anscheinend altes Buch. Heinrich Heine. *Reisebilder*. Wenn du mich fragst, antiquarisch. Aber sehr gut erhalten.«

»Hm. Das ist jetzt kein überragender Hinweis, aber immerhin etwas.« Gert hatte erneut die Handschuhe übergezogen und öffnete die Tasche.

»Irgendwie war das schon seltsam. Ausgerechnet Heine. Bei jedem anderen Buch wäre es egal. Aber heute Nachmittag bin ich Daniela begegnet. Vor dem *Kurtheater*. Und du glaubst nicht, was sie da gemacht hat.«

»Nämlich?« Martin schielte zu Gert, der den Reißverschluss der Tasche so vorsichtig öffnete, als könne jeden Augenblick ein Kaninchen oder Schlimmeres herausspringen.

»Daniela suchte Heinrich Heine. Witziger Zufall, was?«

*

Bonn

Eigentlich gab es für sie kaum etwas Schlimmeres als Kochen. Wobei das nicht stimmte. Es waren alle Haushaltstätigkeiten, die sie von Kind an gehasst hatte. Ihre Mutter war so bemüht gewesen, ihr die eigene Leidenschaft für glänzende Küchentüren und Fliesenspiegel, für staubfreie Regale und sortierte Vorratshaltung beizubringen, dass Ruth in ihrem Zimmer zu Hause damals einen krassen Gegenentwurf der elterlichen Ordnung herstellen musste. Heute war es ihr unerklärlich, in welchem Chaos sie gehaust hatte und dass es ihr dabei gelungen war, sich aufs Abi vorzubereiten. Dass sie trotz ihrer Protesthaltung als eine der Besten ihres Jahrgangs abgeschlossen hatte. Manchmal schämte sie sich, wenn sie daran zurückdachte. Interessanterweise hatte sie zwar nie den Sauberkeitsfimmel ihrer Mutter entwickelt, die sie oft als »General« verspottet hatte. Die passende Marschmusik der Werbung hatte sie immer dann gesummt, wenn diese das Aufräumen des Zimmers anmahnte, was zu empörtem Androhen aller gängigen Strafen führte. Die nie umgesetzt wurden. Weil ihre Mutter zwar unnachgiebig gegen Schmutz und Fett gewesen war, aber ansonsten eine weiche, nachsichtige Frau mit einem großen Herzen voller Harmoniesucht. Ruth dachte wehmütig an sie zurück. Ihre Eltern waren zu jung gestorben. Ausgerechnet in den Jahren, als sie selbst in der größten Krise ihres Erwachsenenlebens steckte. Alles war zu schnell und zu früh passiert. Heute wusste sie das und hatte weniger Schuldgefühle. Gegenüber den verstorbenen Eltern und gegenüber ihrem Ex-Mann und ihrer Tochter, die sie beide verlassen hatte, um ihren eigenen Weg und ihre eigene Karriere zu verfolgen.

Ruth warf das Handtuch in die Ecke, mit dem sie die Kokosmilch, die beim Öffnen der Dose herausgespritzt war, weggetupft hatte. Im Job gelang ihr Multitasking hervorragend, wenn sie hochkonzentriert die verschiedensten Dinge nebeneinander herlaufen ließ. Dort waren es Routinehandlungen, eingespielte und automatisierte Abläufe, dem Autofahren vergleichbar. Beim Kochen geriet der Versuch, mehrere Dinge gleichzeitig zu erledigen, regelmäßig zum Desaster. Vier Zutaten zubereiten, mit Brühe aufgießen, würzen, das alles konnte keine Kunst sein, aber Worte wie »schnell« und »leicht« hatten sie wohl auf die falsche Spur gebracht. Kochen war zu komplex, ihre Synapsen wollten dafür keine Autobahnen bauen, es blieb, durch mangelnde Übung, bei Trampelpfaden, auf denen sie sich regelmäßig verirrte.

Sie schaute auf die Uhr. Oskar sollte schon zurück sein. Glücklicherweise hatte sie am Nachmittag intensiv arbeiten können. Alle Gedanken an Rebecca Kahn hatte sie erfolgreich zurückgedrängt. Oskar hatte ihr versprochen, ihr heute Abend die ganze Geschichte zu erzählen. Zumindest, soweit er sie kannte. Das hatte genügt, um sich wieder den eigenen Aufgaben zuzuwenden.

Sie holte tiefe Teller aus der blauen Vitrine. Es war seltsam, dass ihr erstes Zusammenleben in einer möblierten Wohnung stattfand. Oskars Zuhause wäre für sie beide zu klein gewesen. Als sich die Gelegenheit geboten hatte, war es ihnen verrückt vorgekommen. Sie erinnerte sich, wie sie mit von gutem Essen, Wein und Kaffee erhitzten Gesichtern das Ganze als eine abstruse Idee entwickelt hatten. Bis Oskar in das Gelächter hinein plötzlich gesagt hatte. »Warum eigentlich nicht?«

Die Frage war geblieben. Am nächsten Morgen, als sie wieder abgekühlt und nüchtern den neuen Tag begannen. Als sie mit Ende des Wochenendes zurück nach Osnabrück fuhr. Sie stand unausgesprochen im Raum, während sie telefonierten, skypten, mailten. Bis Ruth antwortete: »Warum nicht.«

Es kam ihr immer noch unwirklich vor. Lisa-Marie, ihre Tochter, hatte es nicht glauben wollen, sie dann aber begeistert unterstützt. Und so hatten Oskar und sie ihre Wohnungen untervermietet und sich auf das Experiment eingelassen. Adieu, weiße Wohnungseinrichtung, adieu, Wände voller Gemälde, adieu, Alleinsein.

Zumindest für eine Zeit. Das Ende des Versuchs war terminiert. Ein Teil ihrer persönlichen Sachen eingelagert, die

Möbel waren in der Wohnung geblieben. Bei Oskar ähnlich. In seiner Bude wohnten aktuell zwei Studenten, die dankbar waren, dass sie zu Semesterbeginn hatten unterkommen können.

Wenn sie weiter zusammenleben wollten, so hatten sie beide es vereinbart, dann würde Ruth dauerhaft nach Bonn wechseln. Im Moment sprach alles dafür. Alles außer einer passenden Wohnung. Die gab es am Rhein und in der Umgebung nicht.

Sie fuhr mit dem Pürierstab durch die Suppe. Die Zutaten hatten eine sämige Konsistenz, sie musste den Herd ausschalten, sonst wäre jedes Vitamin verkocht. Sie zog den Topf von der heißen Platte und wusch den Stab unter fließendem Wasser ab.

Normalerweise hätte Oskar gekocht. Ruth konnte ein Grinsen nicht unterdrücken. So war es immer gewesen. Auch in ihrer Ehe. Ihr Ex-Mann hatte den perfekten Hausmann abgegeben. Und den perfekten Vater. Wie oft hatte ihre Mutter darüber den Kopf geschüttelt. Als sie damit herausgerückt war, dass sie sich trennen würden, waren ihre Eltern davon ausgegangen, Michael würde sie aufgrund ihrer fehlenden Häuslichkeit verlassen. Es war für sie nicht zu verstehen, dass sie freiwillig ging – und ihr Kind beim Ehemann und Vater zurückließ. Lange hatte Ruth mit Schuldgefühlen zu kämpfen gehabt. Glaubte, dass sie durch ihr Handeln die Erkrankung der Mutter mitverschuldet hätte. Was natürlich nicht stimmte. Das einzusehen, hatte gebraucht, genau wie über den frühen Tod der Eltern hinwegzukommen.

»In unserer Familie sterben alle jung.« Mit den Worten hatte ihr Vater an seinem letzten Geburtstag lachend kokettiert. Ein Baum von Mann, gesund, stark, kräftig. Nichts lag ferner als ein frühes Ableben. Und dann hatte der Tod ihr beide Elternteile innerhalb eines halben Jahres genommen. Wie grausam das Leben manchmal war.

Ruth sah erneut auf die Uhr. Käme Oskar nicht bald, würde sie vollkommen melancholisch werden. Auch wenn das alles lange vorbei war, es gab Tage, da stieg die alte Traurigkeit und Sehnsucht wieder in ihr auf.

Sie zündete die Kerzen auf dem Tisch an und legte eine CD ein. *Erika Pluhar* war exakt das Richtige für ihre Stimmung. Sie setzte sich aufs Sofa und schlug die Beine unter. Sie umarmte eines der flauschigen Kissen. Was für ein seltsamer Tag. Novemberblues kündigte sich an. Sie würde mehr Tageslicht brauchen.

Das Kratzen an der Tür ließ sie aufhorchen. Was war das? Fand Oskar das Schlüsselloch nicht? Das Bild eines Betrunkenen stieg vor ihrem Auge auf. Sie kicherte. Journalisten tranken gern und viel, aber bisher war Oskar immer aufrecht stehend nach Hause gekommen. Schnell stand sie auf und ging ihm entgegen.

»Oskar, was ist los?« Mit Schwung öffnete sie die Wohnungstür. Das Einzige, was sie hörte, waren hastige Schritte auf der Treppe. Sie lief zum Geländer. Ein schwarzer Mantel? Blödsinn, schalt sie sich. Ich sehe Gespenster. Zwar schwarz und nicht weiß. Aber Gespenster.

Erst als sie sich umdrehte, bemerkte sie den Umschlag, den die Person in den Briefschlitz gesteckt hatte. Ruth bückte sich. Zog die dick gefüllte Versandtasche heraus. Auf dem weißen Papier stand in ungelenken schwarzen Buchstaben:

Rebecca Kahn

*

»Verdammt. Ich habe vergessen, den Tisch zu bestellen.«

Anne und Gert schauten Martin irritiert an.

»Welchen Tisch?«, wollte sie wissen. »Im Zusammenhang mit unserem unbekannten Toten fällt mir nur der Obduktionstisch ein. Dafür brauchst du keine Reservierung.« Sie grinste zwar, aber Martin fiel der gequälte Zug an ihrem Mundwinkel auf.

»Zumal die Obduktion schon gelaufen ist. Einige Ergebnisse stehen noch aus, aber dass der Mann infolge der Intoxikation gestorben ist, steht unzweifelhaft fest.«

»Das ging wirklich fix. Ich hoffe, es sind wirklich deine Beziehungen und nicht mein Stammkunden-Bonus.« Martins Selbstironie schien unterzugehen.

»Gibt es denn gar keine Hinweise, die etwas zur Identifikation des Toten beitragen könnten?«, wollte Anne stattdessen wissen.

»Nichts Spezielles«, antwortete Gert. »Nichts, was uns auf eine eindeutige Spur bringen würde. Das Alter des Mannes schätzt der Rechtsmediziner auf Ende 50, Anfang 60. Ein sanierter Zahnstatus. Die Backenzähne vollkeramisch überkront. Die Brille, die er trug, passt zu seiner angeborenen Fehlsichtigkeit.«

»Also jemand, der sich das leisten konnte.«

»Oder Privatpatient. Gute Zahnzusatzversorgungen. Da geht ja auch einiges.«

»Das weist auch auf eine gewisse Klientel hin. Nicht unbedingt prekäre Verhältnisse.«

»Das stimmt. Es ist insgesamt ein guter Allgemein- und Pflegezustand dokumentiert.«

»Was ist mit der Kleidung? Was gibt sie für Hinweise?«

»Moment mal.« Martin hob die Hand. »Was gibt das denn?

Anne, du bist Ärztin und deine Fragen sind gut, aber du gehörst nicht zum Team.«

Anne drehte den Kopf langsam in seine Richtung. »Nicht zum Team?«, äffte sie ihn nach. »Sorry, Martin, bist du denn im Team? Gert ist die Mordkommission, du bist der Inselpolizist.«

»Was?«

Gert stieß ein lang gezogenes »Okay« aus. »Ich gehe mir ein paar Minuten draußen die Füße vertreten. Ihr klärt das hier, ja? Nur fürs Protokoll: In meinem Team ist jeder, der sachdienliche Hinweise liefert. Da ihr zwei sowieso eure Dienstgeheimnisse zu Hause miteinander besprecht, braucht es von meiner Seite kein Kompetenzgerangel. Nur Ergebnisse.«

Martin hörte, wie die Tür zufiel. Er starrte Anne an, Anne starrte zurück.

»Was?«, fragte sie nach Minuten des Schweigens und hob ihr Kinn in seine Richtung.

»Anne, was ist los? Wieso bist du so ...« Er stockte, weil ihm kein richtiges Wort einfallen wollte.

»Komm, sag es schon. Was passt dir nicht?«

»Wenn das mal so einfach wäre. Du bist anders als sonst. Wie ausgewechselt.«

»Weil ich Fragen gestellt habe?«

Martin ging zurück zum Schreibtisch und ließ sich in seinen Bürostuhl fallen. »Nein, natürlich nicht. Aber dass du so barsch reagierst.«

»Dann hättest du dich mal hören müssen. Ich bin nicht im Team. Seit wann? Sonst muss ich mir auch alles anhören: deine Ängste, deine Sorgen, dein angekratztes Selbstbewusstsein. Händchen halten, wenn die Lichterfeld anrückt.«

»Aber die Lichterfeld ist gar kein Thema.«

»Da hast du wohl Glück gehabt.« Anne zog die Augen zusammen.

»Das ist unfair, und das weißt du. Wieso habe ich das Gefühl, es steckt etwas anderes hinter deiner Angriffslust? Weißt du, was gerade schiefläuft? Du stehst auf einmal als mögliche Zeugin in der Wache, präsentierst eine wirre Geschichte zum Fund der Tasche und mischst dich in die Ermittlungen ein. Das läuft falsch und mehr nicht.« Martin stützte die Ellbogen auf den Schreibtisch und fuhr sich mit den Händen über die Augen. Auf keinen Fall sollte Anne merken, wie sie ihn mit ihren Worten verletzt hatte. Dabei hatte er es geahnt. Hatte es gewusst. Dass das Ding irgendwann platzen würde. Dass ihre Beziehung nicht für die Ewigkeit gemacht war.

»Ach, so ist das. Na dann. Dann will ich mal nicht weiter Verwirrung stiften. Nicht, dass ich euch noch auf die falsche Fährte bringe.« Den Spott in der Stimme konnte er nicht überhören. Mit wenigen Schritten war Anne an der Tür. »Viel Erfolg!«

Das Nächste, was er hörte, war die Eingangstür, die krachend ins Schloss fiel.

Er war dankbar, dass Gert ihm weitere zehn Minuten gewährte, bevor er an die Außentür klopfte. Zehn Minuten, in denen Martins Gedanken zwischen Wut und Selbsterniedrigung hin und her schwankten. Er wusste, dass seine Gefühle in der einen wie in der anderen Richtung überzogen und falsch waren. Und natürlich musste Anne verwundert gewesen sein, als er sie gestoppt hatte. Aber schon da hatte er eine ungewohnte, unterschwellige Überdrehtheit und Aggressivität bei ihr gespürt, die er nicht kannte.

»Scheint an mir zu liegen«, versuchte Gert, die Spannung aus der Situation zu nehmen. Er legte Martin einen Moment lang die Hand auf die Schulter. Bei jedem anderen wäre ihm das unangenehm gewesen, aber Gert schaffte das richtige Maß an Gelassenheit.

»Wieso?« Martin nahm den lockeren Tonfall auf.

»Beim letzten Mal war ich auch schuld an eurem Krach, wenn ich mich recht erinnere. War es nicht dasselbe Restaurant, um das es ging?« Gert ließ die Augenbrauen tanzen.

Martin musste trotz allem lachen. Gerts Gesichtsakrobatik trug in jeder Situation zur Auflockerung bei. »Stimmt. Dabei habe ich genau daran gedacht, als mir die Idee kam, gemeinsam essen zu gehen.«

»Dann weißt du ja auch, dass nach Regen wieder die Sonne scheint. Frauen halt.«

Martin verkniff sich, dass er solche Sprüche nicht mochte. Eine Verstimmung mit Gert war das Letzte, was er heute noch gebrauchen konnte.

Dieser schien seine Gedanken lesen zu können. »Wahrscheinlich ist wieder der Vollmond schuld. Das ist gendergerechter.«

»Hör auf. Es ist kein Vollmond.«

»Gut, was es auch sei. Das renkt sich wieder ein. Für heute schlage ich vor, ich hole mir eine Kleinigkeit, und den Rest holen wir nach.«

»Einverstanden, wenn ich dabei sein darf. Ich organisiere uns eine Pizza. Du deckst den Tisch in der Teeküche und dann machen wir …«

»… einen Männerabend. Bringst du ein Sixpack mit?«

»Nichts da, das gibt es erst nach getaner Arbeit. Was sollen denn die Kollegen denken?« Martin wunderte sich, wie locker er Annes Abmarsch wegsteckte. Wahrscheinlich hatte Gert recht und es war nicht ihr Tag. Kam in den besten Familien vor.

Jetzt hatte die Arbeit Vorrang. Es war ein wenig wie in alten Zeiten, als er bei der Kriminalpolizei war. Er freute sich. Auf die Pizza. Und auf die gemeinsame Ermittlungsarbeit mit Gert. Wäre gelacht, wenn sie nicht hinter die Identität des Toten kämen. Sie beide, sie waren ein gutes Team. Sie würden das wuppen.

*

Bonn

»Schmeckt dir die Suppe?« Ruth schob ihren halb leeren Teller zurück.

Oskar, der gedankenverloren eine Scheibe Baguette zerbröselte, schaute auf. »Wie? Doch, natürlich. Lecker. Aber was ist mit dir?«

Ruth zuckte die Schultern. »War schon immer so bei mir. Wenn ich selbst koche, mag ich es anschließend nicht essen.«

»Das sollte mich beunruhigen.« Sicher war es als Scherz gemeint, kam aber staubtrocken aus seinem Mund. »Dabei habe ich mich wirklich gefreut.« Er gestikulierte mit dem Brot, und die Krümel fielen in seinen Teller.

»Wahrscheinlich sind es die Ereignisse, die mir den Appetit nehmen. Genau wie dir. Es sieht nämlich nicht so aus, als wärst du mit Hingabe beim Essen.«

Jetzt schob auch Oskar den Teller beiseite. »Du hast recht. Wie immer.« Er stand auf. »Ich hole den Rotwein, du den Umschlag.«

»Für mich nicht. Ich bleibe beim Wasser. Ich würde mich nur gerne auf die Couch setzen, okay? Ich bin seit meiner Fahrradtour nicht wirklich warm geworden. Ein Kissen und eine Decke sind jetzt genau richtig.«

Er kam um den Tisch und legte ihr die Hand an die Stirn. »Krank wirst du aber nicht?«

»Quatsch, ich doch nicht. Dafür sorgen das tägliche Obst und Yoga. Wenn du nicht mit Wein meine Ernährungsgrundsätze torpedieren würdest, wäre alles gut.« Sie hörte, wie angestrengt ihre Stimme klang. Die Anspannung lag greifbar in der Luft.

Dabei hatte Oskar auf den Umschlag absolut cool reagiert. Die Schultern gezuckt. »Das schauen wir uns in Ruhe nach dem Essen an«, hatte er gesagt und sich an den gedeckten Tisch gesetzt. Sie hatte mit Mühe sein Heimkommen abgewartet. Wenn sie ungefähr hätte einordnen können, was es mit dieser Rebecca Kahn auf sich hatte, dann hätte sie den Brief geöffnet. Er war ja weder an sie noch an Oskar gerichtet. Die Adressatin wohnte definitiv nicht hier, und der Überbringer hatte das sicher gewusst.

»Also«, fragte Oskar, als er zu ihr ins Wohnzimmer kam und sich vorsichtig auf die Kante des Relaxsessels setzte, während er die Gläser auf dem kleinen Beistelltisch platzierte. »Was zuerst? Die Geschichte zu Rebecca Kahn, soweit ich sie kenne? Oder erst den Umschlag?«

»Wenn ich das mal wüsste«, antwortete Ruth und zog das Wasserglas zu sich heran. »Mir kommt das alles gerade sehr surreal vor, weil ich den Namen heute Mittag auf dem Grabstein gelesen habe. Es ist, als würde man ungefragt in eine Geschichte hineingezogen, als gäbe es plötzlich einen Auftrag.« Sie lachte auf. »Hört sich spooky an. Ist es wahrscheinlich auch.«

Wieder hatte sie das Gefühl, das Oskar ihr nicht zuhörte und seinen eigenen Gedanken nachhing.

»Okay, erst der Brief.« Er nahm die Versandtasche und wog sie in seinen Händen. »Ganz schön schwer.«

»Wenn ich tippen sollte, würde ich sagen, da ist ein Manuskript drin.«

Oskar nickte und trank hastig einen zu großen Schluck. Dann riss er die Lasche auf und griff, ohne hinzusehen, in den Umschlag. »Volle Punktzahl für den Kandidaten.«

Ein dicker Stapel Papier lag in Oskars Hand. Bestimmt

mehr als 200 Seiten, schätzte Ruth, die den Vergleichswert mit ihren eigenen Sachbuch-Manuskripten herstellte. Obenauf lag ein unbeschriftetes weißes Blatt.

Er legte den Packen auf den Tisch und nahm das Deckblatt ab. Darunter ein Wort in dicken schwarzen Lettern, kursiv gedruckt.

Spiegelbilder

Er ließ das Blatt sinken. Schob die Lippen vor und wippte mit dem Kopf auf und ab, als hätte sich eine Erwartung bestätigt.

Ruth griff über den Tisch nach der Hülle und sah hinein. »Hier ist noch etwas.« Sie öffnete den postkartengroßen Umschlag und entnahm ihm eine Handvoll Fotos. Alle in Schwarz-Weiß. Mit gezacktem Rand. Darauf eine Frau. Jung. Nackt. Abgemagert. Haut und Knochen.

»Oh Gott«, entfuhr es Ruth. »Oh nein. Wer ist das? Und wer schickt dir solche Fotos?«

Oskar nahm ihr die Bilder ab. Hielt sie fest in seinen Händen. Er blickte darauf, als zeigte sich das Motiv wie bei einer optischen Täuschung erst, wenn man einen bestimmten Punkt lange genug fixierte. Ruth wartete. Der Raum war still und schwer.

Erst das Kreischen der nahen Straßenbahn, die an der Kreuzung in die Kurve ging, schien das Leben in Oskar wieder zu entfachen. Er legte die Fotos auf den Papierstapel. Er nahm sein Glas und setzte sich im Sessel zurück.

»Das sind spannende Fragen, Ruth.« Er ruckelte mit der Hand an seiner Brille, als müsste er sie von Nah- auf Weitsicht stellen, und sah zu dem bodentiefen Fenster, das hinausging zu einem ungenutzten Minibalkon. Auf der anderen Straßenseite waren nach und nach die Lichter in den Gründerzeitvillen aufgeflammt und offenbarten ein behäbiges Akademikerleben mit Stuck und Erkern, Bücherwänden und Kristallleuchtern.

Vor ihnen die nackte Frau. Leichengleich.

»Ehrlich gesagt, ich weiß nicht, wer mir so etwas schickt. Ich wünschte, die Antwort läge so nah, wie sie sich auf den ersten Blick darstellt. Dass unser Zusammentreffen ihn zu einer Einsicht gebracht hätte. Dass er kapiert hätte, dass er so nicht weitermachen kann. Weil es eine Frage der Zeit ist, bis das nächste Unglück geschieht. Aber warum sollte er? Warum ausgerechnet jetzt? Ich bin ja nicht zum ersten Mal mit ihm aneinandergeraten. Habe ihm nicht das erste Mal gesagt, wie widerlich, verwerflich und teuflisch ich sein Treiben finde. Höhnisches Lachen ist das Einzige, womit er bisher reagierte. Weil er genau wusste, dass ich ihm nichts kann. Dass ihm keiner etwas kann. Weil die Beweise fehlen.«

»Du redest von dem Fotografen, ja?« Ruth schob die Decke beiseite und ging zur Vitrine. Sie nahm ein Glas heraus und füllte es zu einem Drittel mit dem Rotwein, der noch auf dem Esstisch stand. Mit langsamen Schritten kam sie zurück, die Flasche in der Hand.

Oskar streckte den Arm aus. »Mir bitte auch.« Er trank erneut zu gierig, wischte sich dann mit dem Handrücken über den Mund. »Du hast recht«, sagte er. »Von ihm rede ich. Von Uriah.«

»Uriah?« Ruth runzelte die Stirn. »Etwa Uriah Heep?«

*

Norderney

Martin war schon zur Tür raus und um die Ecke, als Gert im Laufschritt zu ihm aufschloss.

»Ist doch Quatsch, dass du die Pizza herholst und wir den Kollegen die Nase lang machen.« Er zog sich im Weitergehen eine dünne Windjacke an.

Martin war kalt vom Hinschauen. »Bist du sicher, dass du mir unterwegs nicht erfrierst?«

»Sehr witzig. Wenn die Pizza heiß genug aus dem Ofen kommt, geht sogar ein kaltes Bier.«

»Ach, daher weht der Wind. Wegen des ausgesprochenen Alkoholverbots in meiner Dienststelle, was?« Martin erhob lächelnd den Zeigefinger.

»Ich bekenne mich schuldig. Ist aber nur der eine Grund. Ich brauche wirklich ein paar Schritte.«

»Du hast recht. Der Wind pustet doch alles wieder zurecht. Und es sind ja auch nur ein paar 100 Meter bis zur Pizzeria. Die Steinofenpizza wird dir einheizen, in der Variante *Diavolo* sowieso.«

»Hört sich gut an. Besser jedenfalls als die Henkersmahlzeit unseres Mister X.«

»Allerdings. Selbst wenn man den Giftcocktail mal weglässt. Der restliche Mageninhalt entspricht auch nicht unbedingt meinem Geschmack. Ich frage mich, wie der Täter das angestellt haben mag.«

»Wenn es einen gibt«, sagte Gert lapidar.

Martin blieb entrüstet stehen. »Was soll das denn heißen? Glaubst du etwa, der hat sich das selbst einverleibt?«

»Weißt du, ich habe schon … Na ja, lassen wir das. Du weißt, was ich meine. Wenn du bei der Polizei oder bei der Kripo arbeitest, dann ist dir nichts fremd.«

»Komm, komm, jetzt lenk nicht ab. Wenn du so etwas sagst, steckt doch mehr dahinter.«

»So gut kennst du mich?« Gert grinste, wobei er leicht den Kopf zu ihm neigte, was Martin kurz irritierte. Es passierte ihm nicht oft, dass ihn jemand überragte, aber neben dem muskulösen Kollegen vom Festland fühlte er sich ungewohnt mickrig. Gert redete schon weiter. »Du hast recht. Ich hab da noch was in der Hinterhand. Der Rechtsmediziner hat mich auf etwas gebracht. Dazu später. Nach dem Essen. Ich will die Pizza genießen.«

Martin lachte, während er in die Seitenstraße abbog. »Das nehme ich dir nicht ab. Das Erste, was man bei der Polizei lernt, ist doch, sich seinen Appetit nicht verderben zu lassen. Egal, was man gerade gesehen und erlebt hat. Die Messiewohnung, die skelettierte Leiche, Maden und Fliegen, Verwesung und Fäulnis. Wenn du den Zimperlichen gibst, bist du raus aus der Truppe. Weißt du selbst.«

»Klaro, nichts ist Entlastender, als mit den Jungs von der Rettungsstelle nach dem Einsatz abzulästern.«

»Und den Mädels«, warf Martin ein und zeigte mit der Hand auf die Pizzeria, vor der sich auf der anderen Straßenseite eine längere Warteschlange gebildet hatte.

»Ah ja, die Ärztin. Ich als ewiger Single treibe mich immer noch in Männerdomänen herum, die mein Weltbild bestimmen. Die Frauen kriegen viel zu schnell mit, dass mein emanzipatorisches Bewusstsein an der Oberfläche dümpelt.«

Martin zuckte die Schultern. »Heute Abend also Pizza statt Frauen. Für uns beide. Aber genug der Ablenkung. Was hat es mit deiner Bemerkung auf sich, der Rechtsmediziner hätte etwas bei dir angestoßen?«

»Gleich. Noch mal zurück zu den Giften, die gefunden wurden. Die Bleivergiftung lassen wir mal außen vor. Ursächlich für den Tod war eindeutig die E 605-Vergiftung.« Gert rückte ein Stück auf, als die Schlange sich nach vorne bewegte. »Ich überlege immer noch: Gibt es auf der Insel jemanden, der über dieses Unkrautvernichtungsmittel verfügen könnte?«

»Natürlich. Theoretisch ist das möglich. Wir haben Gartenlauben und Schuppen, die seit Jahrzehnten in derselben

Hand sind. Da kann auch so etwas seit Ewigkeiten ungenutzt in einer Gerümpelecke gestanden haben.«

»Hm.« Gert sah sich nach vorne und hinten um und senkte die Stimme. »Ich überlege Folgendes: Nach erstem Dafürhalten ist unser Mann nicht von der Insel. Er weist Spuren einer langfristigen Vergiftung auf. Diese können, müssen aber nicht bewusst zugeführt worden sein.«

Martin hob die Hand. »Da gab es doch diesen Fall ... lass mich überlegen. Hat da nicht jemand über Jahre die Pausenbrote seiner Kollegen vergiftet? So etwas könnte auch hier die Ursache sein. So wie ich mich erinnere, waren dabei ebenfalls Bleisubstanzen festgestellt worden.«

»Du hast recht. Absolut. Habe ich gar nicht dran gedacht, dabei ist das Ganze nicht allzu lange her und durch alle Medien gegangen. Natürlich, das müssen wir im Hinterkopf behalten: dass jemand unserem Mann schaden wollte, und er das Opfer einer langsamen Vergiftung ist.«

»So, wie du das sagst, hast du noch eine andere Theorie.« Martin winkte über die Straße einem Bekannten zu.

»Nicht wirklich. Eher ein Stochern im Nebel. Auf der Suche nach der Nadel im Heuhaufen. Letztendlich denke ich nur laut.«

Die junge Frau vor ihnen drehte sich um. »Das trifft es ganz genau. Interessante Gespräche, die Sie führen. Muss ich mir Sorgen machen?« Sie funkelte Gert mit ihren auffällig geschminkten Augen verschwörerisch an. »Spannend wie bei *Netflix*.«

»Entschuldigung«, erwiderte Gert belustigt. »Freue mich, zur Abendunterhaltung beitragen zu können und somit die Wartezeit zu verkürzen.« Er verzog den Mund zu einer übertriebenen Grimasse, und die Frau hob einen Daumen, um sich ihrem Handy zuzuwenden.

»Wahrscheinlich landet unsere Unterhaltung gerade als

Zitat auf *Twitter*«, mutmaßte Martin, der sich wieder einmal aufs Neue darüber wunderte, mit welcher Geschwindigkeit und Genauigkeit manche Menschen die Textfelder der Smartphones mit ihren Daumen trafen. Nachdenklich schaute er auf seine und dann auf Gerts Hände, die beide eher nicht für einen solchen Einsatz gemacht waren.

Gert drehte der Frau seinen Rücken zu. Wieder beugte er sich ein Stück herab und dämpfte seine Stimme. »Ihr alle, die diesen Mann gesehen habt, sagt, das ist kein Insulaner. 100-prozentig genau kann man es nicht sagen, denn es kennt hier zwar jeder jeden, aber da kann es auch einmal Ausnahmen geben. Vor allem, wenn jemand erst vor Kurzem hierhergezogen ist.«

»Oder sich in seiner Zweitwohnung aufhält. Viele Besitzer kennen wir zwar nach und nach, aber es werden immer mehr und die Einwohner immer weniger.«

»Eine Vermisstenmeldung gibt es nicht, und es gibt bisher auch keine Unterkunft, in der jemand abhandengekommen ist.«

»Das stimmt«, wandte Martin ein, »allerdings würde es auch nicht unbedingt auffallen, wenn der Mann sich in einer Ferienwohnung eingemietet hatte. Wobei das eher selten der Fall bei Alleinreisenden ist. Womit wir im Umkehrschluss wieder dabei wären, dass er von keinem Angehörigen gesucht wird.«

»Und die Tasche!«

»Genau, die Tasche. Sie spricht auch dafür, vorausgesetzt, dass er zugereist ist. Wenn sie ihm denn gehört.«

»Darf ich fragen, ob das ein *Escape*-Rätsel ist, das Sie gerade lösen?« Die Frau sah sie fragend an. Gert hatte mit jedem Wort seine Vorsicht vergessen.

»So ungefähr.« Er wirkte ungeduldig und zog Martin am Ärmel ein paar Meter aus der Schlange heraus. »Ich meine, sei ruhig ehrlich, wenn ich da gerade einen Knoten in meinem Kopf habe, es gibt genau zwei Möglichkeiten: Er wurde vergiftet. Von jemandem, der damit auf dem Festland begonnen hat und ihm hier den finalen Todesstoß versetzt.«

»Todesdrink«, trifft es besser.

»Jaja. Jetzt keine Haarspaltereien, bitte. Die Frage ist doch, wer macht sich eine solche Mühe. Wenn aber die Vergiftung mit E 605 eine ungeplante Tat war, dann bleiben zwei Fragen: Bei wem stand das Gift griffbereit? Und was hat das Blei damit zu tun?«

»Und die Farbreste, Papier und Sand.« Martin sah nervös zu der Frau, die näher zu rücken schien.

»Genau das ist der Punkt.« Gert knallte bei jeder Silbe seine Faust in die Handfläche. »Die andere Theorie: Er hat sich das selbst einverleibt.«

»Selbst einverleibt? Wie soll das gehen?« Auch Martin wurde lauter. »Was ist das denn für ein Schwachsinn? Suizid mit E 605: okay. Wäre nicht der Erste. Aber wer bitte isst freiwillig Sand, Lack und Papier?«

»Kein Problem. Da kann ich helfen. Menschen mit dem *Pica-Syndrom.*«

Wieder die Frau. Mit ihren rot gefärbten Stachelhaaren und den glitzernden Augen sah sie triumphierend erst zu Gert und dann zu ihm. »Noch nie gehört?«

Gert fixierte sie mit seinem Blick. Eine bedrohliche Stille entstand, selbst die Umstehenden schwiegen und blickten zu ihnen herüber. All das nahm Martin in Sekunden wahr.

Bis Gert losbellte: »Ganz genau. Darauf wollte ich hinaus. Das *Pica-Syndrom.* Aber verdammt noch mal, wie kommen Sie darauf? Das können Sie nicht wissen. Niemand weiß das einfach so.«

*

»Stimmt. Uriah Heep. Selbst das hat er lanciert. Er wollte schon immer etwas Besonderes sein, immer hervorstechen. Ich habe selten jemanden mit so einem Geltungsdrang erlebt. Sein Musikgeschmack hat sich an seinem älteren Bruder orientiert. Mit ihm und seinen Platten gab er gerne an. Irgendwann kam auf, dass jemand ihn mit der gleichnamigen Figur aus *David Copperfield* in Verbindung brachte. Wahrscheinlich, weil er sich immer mehr zu einem unangenehmen Zeitgenossen entwickelte. Der einen bedrängte, um einen herumscharwenzelte, immer die Ohren aufgestellt hatte, um andere auszuhorchen.«

»Woher kennst du ihn?«

»Wie man sich so kennt in diesem Dorf.«

»Bonn ist doch kein Dorf.«

»Doch, das ist es. Früher schon als das *Bundesdorf* verspottet, hat sich das nach Wegzug der Regierung nicht verbessert. In Wirklichkeit haben wir Bonner den Begriff geliebt. Es hatte nämlich Vorteile, dass alles klein und überschaubar war. Man kannte sich, und das ist für die rheinische Wesensart etwas Unabdingbares.«

»Du meinst so etwas wie den *Kölner Klüngel*?«

Oskar sah sie verdutzt an. »Ähm. Ja. Nur dass man das nicht so artikuliert ausspricht.«

Ruth lachte, stellte ihr Glas auf den Tisch und fuhr sich mit beiden Händen durch die Haare. »Lass mich, ich lerne noch.«

»Gutes Stichwort. Es war, als würde Uriah auch lernen. Nur nicht im positiven Sinne.«

»Das verstehe ich nicht.«

»Lernen im Sinne, wie manipuliere ich meine Mitmenschen noch besser. Er hat sich in der Hinsicht weiterentwickelt. Wäre es ein Ausbildungsfach, man könnte nur den Hut ziehen. Er beherrscht die gesamte Klaviatur eines Arschlochs wie ein Meister seines Fachs. Entschuldige bitte. Bei dem Typen kann ich mich einfach nicht mäßigen.« Er tigerte durch den Raum und blieb schließlich am Fenster stehen.

»Hat dieser Uriah auch einen richtigen Namen?«

»Klar.« Oskar lachte höhnisch. »Auch wenn den keiner mehr kennt. Der Kerl hat intensiv an seiner Legende gearbeitet. Uriah ist sein Markenzeichen, sein Künstlername.«

»Wie kann jemand so viel Interesse daran haben, als fieser Charakter zu gelten?«

»Bekannt wirst du nicht mit Nettigkeit, sondern mit Provokation. Sieh dir doch die Fernsehlandschaft an.«

»Lieber nicht.« Ruth schüttelte den Kopf. »Ich will manches gar nicht wissen.«

»Ist auch besser so«, knurrte Oskar. »Aber du hast nach seinem Namen gefragt. Ich musste tatsächlich überlegen. Andreas heißt er richtig, Andreas Schwarzbach. Mit langem Namen sogar Andreas Richard Schwarzbach.«

»Das weißt du? Wie er mit zweitem Namen heißt? Dann kennt ihr euch aber doch ziemlich gut. Besser, als du es bis jetzt dargestellt hast.«

Von draußen drang der Ton eines Martinshorns herein, das Blaulicht warf sein Licht gegen die Wände. Die Wohnung lag zwischen zwei Krankenhäusern. So schön es sich in der Bonner Südstadt lebte, ruhig war es hier nicht. Von einem Dorf konnte keine Rede sein.

Oskar sah dem flackernden Licht hinterher und drehte sich zu ihr um. »Nein, wir kennen uns nicht gut. Das versuche ich ja zu erklären. In dieser Stadt läuft man sich alle naselang über die Füße. Zu Regierungszeiten war das ein Traum. Du wusstest genau, wo sich die Parteispitzen aufhielten, wer welche Connection hatte und wo du den neuesten Skandal ausgraben konntest. Glorreiche Journalistenzeiten. Sie kommen nicht wieder.« Er verschränkte die Arme. »Aus und vorbei.«

»Das hört sich pathetisch an.«

Er lachte. »Findest du? Dabei habe ich nur noch die Ausläufer mitbekommen. Du musst mal die ganz alten Kollegen hören.«

Ruth stand auf. »Ich hole mal Nachschub. Du auch?«

»So viel zu guten Vorsätzen und einem Abend mit Wasser.«

»Ich passe mich an. Journalistengepflogenheiten, habe ich mir sagen lassen.«

»Stimmt. Gesoffen wird bei uns immer.« Er hob die Hand. »Im Ernst, für mich gilt das nicht. Das weißt du. Im Dienst trinke ich nicht, und die Zeiten, in denen wir jeden Abend um die Häuser gezogen sind, waren schön, lehrreich, sind aber lange vorbei. Aber du hast recht. Es gibt genug Kollegen, die auf der Strecke geblieben sind. Noch-Kollegen, noch mehr Ex-Kollegen. Die Redaktionen werden immer weiter verkleinert, und man kann sich vorstellen, wen es als Erstes trifft. Dabei sind da wirklich kluge Köpfe drunter. Ich habe einen gekannt: scharfsinnig im Erkennen von Zusammenhängen, gründlich in der Recherche, analytisch in der Beurteilung. Dazu eine flüssige Schreibe. Mehrsprachig. Auslandskorrespondent. Steht heute an der Theke und sinniert von alten, längst vergangenen Zeiten. Spät am Abend rutscht die Hose am mageren Körper herunter, bis die vergilbte Unterwäsche zu sehen ist. Die Haare lang und struppig, der Bart ungepflegt. Seine Jobs? Nicht mehr der Rede wert. Werden an der Theke zu Geheimaufträgen hochgejubelt. Traumwelten eines ehemals begabten Genies. Vielleicht zu begabt. Im Journalismus kommst du mit Talent allein nicht weiter.«

»Das aber entspricht nicht diesem Uriah?«

Wieder ein Lachen. »Natürlich nicht. Uriah ist genau das Gegenteil von diesem Typus Journalist. Von den verlorenen Seelen findest du genug in unserem beschaulichen Bonn. Zurückgelassen, als der Regierungstross weitergezogen ist in scheinbar bessere Welten.«

»Dass ihr das anders seht, ist mir klar. Ein ewig bohrender Schmerz für die Bonner, würde ich als Psychologin diagnostizieren. Ein Verlassenheitstrauma, von dem man sich nicht so schnell erholt.«

»Lassen wir das. Es ist ein zu weites Feld.« Oskar winkte ab und setzte sich neben Ruth, die ihre Gläser neu gefüllt hatte. »Uriah jedenfalls stellt den entgegengesetzten Pol dar. Kein Versinken in Selbstmitleid. Nein, Ärmel hochkrempeln. Machen, nicht reden.« Oskar klatschte seine Hände wie zwei Becken aneinander. »Bäng!«

»Was schon deswegen falsch ist, weil Extreme immer einen Nachteil haben?«, fragte Ruth.

»Könnte man so sagen. Das Fatale ist, dass dieser Typ im Grunde genommen auch alles hatte, was einen guten Journalisten ausmacht. Vielleicht sogar noch mehr Spürsinn. Er wusste schon immer, wo etwas zu holen war. Wo etwas falsch lief. Er hat lange für ein Boulevardblatt auf Honorarbasis gearbeitet. Da hat er sich seinen Feinschliff geholt.«

»Er hat geschrieben? Ich dachte, er sei Fotograf.«

»Nö, nicht nur. Ursprünglich hat er beides gemacht. Das Schreiben war sogar die größere Stärke. Allerdings hat er sich immer weiter aus dem Fenster gelehnt. Ist immer dreister geworden in der Zuspitzung von Geschichten. Eine Zeit lang hat das gut funktioniert. Eine reißerische Headline machte das, was heutzutage der Teaser im Onlinegeschäft leisten muss. Da kannte er keine Gnade. Du hast mich eben gefragt, warum ich seinen vollständigen Namen kenne. Er hat ihn selbst in Angeberpose eines Abends rausgehauen. Beim Fußballspielschauen in seiner Stammkneipe. Als es um den zweiten Vornamen eines Spielers ging.« Oskar lehnte sich zurück und lachte. »Da hat er allerdings seinen Meister getroffen in Gestalt eines verhutzelten Bonner Originals. Der hat seinen Namen ein wenig dümmlich wiederholt. ›Andreas Richard Schwarzbach, heißt du‹, hat er gefragt, und als Uriah nickte, hat der Alte sich umgeblickt und laut getönt: ›Aha. Dann ist ja alles klar. A wie Andreas. R wie Richard. SCH wie Schwarzbach. Gibt zusammen? Na, lassen wir das. Das hat ja kein Niveau.‹ Drehte sich rum und kippte sein Kölsch.« Oskar schlug sich auf den Oberschenkel. »Köstlich, auch noch in der Erinnerung. Ein typischer Rheinländer. Wie sie leider nach und nach aussterben.«

Ruth verzog das Gesicht zu einem gequälten Grinsen. »Okay, in die rheinische Mentalität muss ich mich noch einarbeiten. Aber dieser Uriah scheint ja wirklich mit allen Wassern gewaschen zu sein.«

»Das kannst du wohl laut sagen. Dieser Typ …« Oskar stockte und überlegte. Fuhr dann fort: »Irgendwie will ich nicht weiter darüber nachdenken. Aber eines weiß ich: Dieser Typ, der geht über Leichen. Und das wortwörtlich.«

Ruth, die ihr Glas zum Mund führte, erstarrte. »Du meinst …« Sie zeigte in Richtung Tisch, auf dem der Stapel Blätter mit dem Foto lag.

Oskar nickte. »Ja, das meine ich.«

DIENSTAG, 26.11.

Norderney

Daniela hörte an dem verhaltenen Gang, mit dem Marthe Dirkens die Treppe hinabstieg, dass die alte Dame keine ruhige Nacht gehabt hatte. Sie seufzte. Manchmal würde sie gerne ein Wort mit Frau Dirkens' Hausarzt wechseln, denn sie war sich sicher, dass diese die Einschätzung des Mediziners nicht immer wahrheitsgetreu wiedergab.

»Was seufzt du denn so, mein Kind?« Die alte Dame klopfte an den Türrahmen. Genauso übernächtigt, wie Daniela es vorausgesehen hatte. Die kurzen grauen Haare mit der violetten Strähne standen igelartig ab, die Hausjacke hing schief über den Schultern, die immer magerer wurden. Unter den Augen lagen dunkle Schatten.

»Nichts, nichts.« Daniela versuchte, eine unbekümmerte Miene aufzusetzen. »Haben Sie gut geschlafen?«

»Ehrlich gesagt: nein.«

Daniela war verwundert, wie euphorisch Frau Dirkens klang. Das passte nicht zur Müdigkeit ihres Gesichts und ihrer Schritte. »Ich dachte es mir.« Sie zeigte in den Flur. »Die Treppe ist manchmal eine Herausforderung, auch für mich.«

»Was redest du denn? Die Treppe renne ich mein ganzes Leben hoch und runter. 16 Stufen zur ersten Etage, 15 zu meinem Domizil. Heute ging es etwas langsamer, weil meine Augen immer schlechter werden. Und ich doch noch einmal einen Blick ins Textheft werfen wollte.«

»Die Augen sind schuld«, seufzte Daniela erneut. »Warum wusste ich das nicht vorher?«

»Weil es so ist.« Frau Dirkens nahm das lilafarbene Gestell mit einer Hand ab, betrachtete es kritisch und schob es sich in die Haare. »Zum Lesen muss ich sie immer öfter hochschieben, und wenn ich dabei die Treppen herabsteige, wird es schon einmal schummrig.«

»Sie machen *was*?« Daniela hörte, wie entsetzt sie klang. »Auf der Treppe lesen? Das ist doch nicht Ihr Ernst? Glauben Sie, ich möchte Sie mit gebrochenem Genick auf den Stufen finden?«

»Jetzt sei mal nicht so apokalyptisch, mein Kind. Ich weiß schon, was ich tue. Und ich wollte nicht unvorbereitet zum Frühstück kommen. Ist das junge Fräul…«, sie brach ab und setzte neu an, »ich meine, ist Frau Wiesinger schon da?«

»Ja, sie frühstückt. Als ich ihr gesagt habe, dass es heute Morgen voll wird, hat sie sich entschieden, ihre Aufstehzeit nach vorne zu verlegen. Sie schien richtig enttäuscht, dass sich die Zimmer füllen. Was soll ich machen? Damit konnte ich nicht rechnen. Ich gehe aber davon aus, dass sie tagsüber in Ruhe arbeiten kann.«

Frau Dirkens wackelte mit dem Kopf, während sie sich eine Tasse aus dem Schrank holte. »Kannst du deiner Maschine mal sagen, ich hätte heute gerne das umgekehrte Verhältnis? Zweimal starken Kaffee und nur wenig Milch.«

Daniela grinste: »Die Maschine ist ein treuer Diener. Sie macht alles, was Sie wollen. Zumindest, was Kaffee anbelangt.«

»Ja, so etwas bräuchte es auch für ganz andere Lebensbereiche. Aber das werde ich nicht mehr erleben. Es war schon genug Fortschritt in 78 Jahren. Was ich nicht alles gesehen habe. Wenn meine Eltern noch einmal auf die Welt kämen, sie würden vor Schreck tot umfallen. Oder meine Großmutter!

Sie fand schon ein Röhrenradio Teufelszeug. Meinem Seligen dagegen hätte das alles gefallen. Aber sag mal, ich schwatze und schwatze wie eine alte Frau. Was hat es denn mit dieser Invasion von Gästen auf sich? Jetzt im November? Das wird ja immer doller mit den Touristen. Was mich für dich freut, mein Kind.«

»Mich freut es auch.« Daniela erhob die Stimme, um das Knattern des Vollautomaten zu übertönen. »Auch, dass sich mein Hostel-Konzept anscheinend immer mehr verbreitet, ohne dass ich Werbung dafür machen muss. Einer der Gäste sagte, er hätte davon in einer Internet-Gruppe erfahren, und Jacqueline vom Gästehaus weiter unten, die dort auch aufgeführt war, hat uns gleich mit empfohlen.«

»Womit bewiesen wäre, dass Fortschritt nicht automatisch schlecht ist. Ich sollte das auch einmal probieren. Mit *Facebook*. Die Eske hat mir erzählt, dass sie schon länger dabei ist. Und dass sie bei einer Gruppe mitmacht, die plattdeutsche Begriffe sammelt und für die Nachwelt übersetzt. Auch unsere alten friesischen Lieder. Das geht sonst immer mehr verloren.«

»Eine schöne Idee. Soll ich Frank bitten, Ihnen beim Einrichten zu helfen?«

»Das wäre gut, mein Kind. Denn da kenne ich mich nicht aus. Nicht, dass ich das verwechsle und auf *Tinder* lande.«

Daniela prustete los. »Auf *Tinder*! Wie kommen Sie denn darauf?«

»Ich bin zwar alt, aber ich lebe nicht hinter dem Mond. Das steht doch alle naselang in der Zeitung oder kommt im Fernsehen. Was bin ich froh, Kind, dass du deinen Frank hast und da nicht mitmachen musst.«

»Na ja, müssen tut das keiner, und für viele ist es eine gute Gelegenheit …«

»Papperlapapp, erzähl mir nichts. Du weißt genau, wie das hier ausgegangen ist mit den Frauen, die sich auf der

Insel verabredet hatten. Wie hieß sie denn noch, die Frau mit dem verschmierten Lippenstift, die damals bei mir gewohnt hat? Als ich die Pension noch geführt habe. Ach herrje, mein Gedächtnis. Deswegen musste ich eben noch einmal einen Blick ins Buch werfen.« Marthe Dirkens wedelte mit einer blauen Broschüre in der linken Hand herum.

Daniela holte tief Luft und streckte ihr die Kaffeetasse hin. »Ich verstehe kein Wort. Wollen Sie den Kaffee in der Küche trinken oder lieber in den Frühstücksraum gehen?«

»Was für eine Frage!« Die alte Dame tat entrüstet. »Wo ich doch extra aufgestanden bin, um Frau Wiesinger zu erzählen, was ich heute Nacht gemacht habe.«

»Als Sie nicht schlafen konnten?«

»Was? Wie?« Marthe Dirkens wirkte verwirrt. »Schlafen konnte ich nicht, weil mich die Lektüre so in Bann gezogen hat. Diese herrlichen Gedichte. Und diese despektierlichen Texte. Aber gefallen hat's mir!«

Daniela trug ihre Tasse nach nebenan in den Frühstücksraum. »Sie sprechen in Rätseln, Frau Dirkens. Ehrlich.«

»Nicht in Rätseln. In Versen.« Und damit trat sie zu Danielas Überraschung an den Tisch der Doktorandin.

Sie legte ihre Hände nach hinten auf den Rücken, um das blaue Heft zu verstecken. Dann fing sie an zu deklamieren:

»Hoffnung und Liebe! Alles zertrümmert
Und ich selber, gleich einer Leiche,
Die grollend ausgeworfen das Meer
Lieg ich am Strande,
Am öden, kahlen Strande.«

Die Stimme von Frau Dirkens kippte. Dann holte sie tief Luft und fuhr fort:

»Vor mir woget die Wasserwüste,
Hinter mir liegt nur Kummer und Elend
Und über mich hin ziehen die Wolken,
Die formlos grauen …«

Sie verzog den Mund und suchte sichtbar nach dem richtigen Wort, bewegte lautlos ihre Lippen und schlug sich dann mit der Hand gegen die Stirn. »Es will einfach nicht mehr so, wie ich das will. Ich schwöre hoch und heilig: Oben bei mir konnte ich es noch. Die ganze Nacht habe ich gelesen und es auswendig gelernt. Wo es mich doch so sehr an meinen Seligen erinnert. Als hätte Heinrich Heine uns gekannt.«

*

Martin fuhr mit dem Nassrasierer über den eingeseiften Hals. Je gründlicher er sich rasierte, umso weniger würde er seine Kollegen mit kratzenden Geräuschen auf die Nerven gehen. Er neigte dazu, sich permanent übers Gesicht zu fahren, wenn er grübelte. Und zum Grübeln hatte er jeden Grund.

Immerhin war er positiv überrascht gewesen, als er gestern Abend heimgekommen war. Kein Drama, keine Szene, kein angespanntes Schweigen. Alles hätte er nach Annes Abgang im Polizeirevier erwartet. Stattdessen hatte sie auf einen Rest Nasi Goreng in der Pfanne gedeutet. Dass er mit Gert Pizza gegessen hatte, führte auch zu keiner neuen Eskalation. Zwar war er erleichtert, aber so recht traute er der Sache nicht. Vorsichtig versuchte er, die Stimmung auszuloten. Sollte er den Konflikt auf der Wache ansprechen? Oder besser den Mantel des Schweigens darüber ausbreiten und den Streit als das ansehen, was er hoffentlich war: eine Störung zwischen Sender und Empfänger, eine Meinungsverschiedenheit, die wahrscheinlich andere Ursachen gehabt hatte. Was wusste er davon, wie Annes Tag abgelaufen war? Wie er sie kannte, hatte sie zwar den neuen Kollegen aus Pflichtbewusstsein unter ihre Fittiche genommen, ärgerte sich aber gleichzeitig über die Zeit, die ihr damit selbst fehlte.

»Du, Anne«, hatte er angesetzt, um sich zu entschuldigen und das Gespräch in Gang zu setzen.

Sie hatte abwehrend die Hand gehoben und weiter auf ihren Laptop gestarrt, der auf dem Esstisch stand. Nach einer kleinen Weile hatte sie aufgeblickt und ihn warm angelächelt. »Du, lass uns heute Abend nicht mehr darüber reden, ja? Du hast recht. Dein Job. Mein Job. Ich habe die Gelegenheit des freien Abends genutzt, um mich in eine Studie zu vertiefen, die ich mir schon länger ansehen wollte.« Sie klappte das Notebook zu und gähnte demonstrativ. »Wichtig, aber so einschläfernd, wie Statistiken und Grafiken nun einmal sind. Sei mir nicht böse, wenn ich schon schlafen gehe.«

Er hatte sich eine Weile vor den Fernseher gesetzt und war ihr nach einer halben Stunde ins Schlafzimmer gefolgt. Da hatte sie das Licht schon gelöscht, und ihr gleichmäßiges Atmen zeigte, dass sie schlief.

Erleichtert hatte er sich auf die andere Bettseite gelegt, die Decke hochgezogen, das Kissen mehrmals neu geknüllt. Einzuschlafen gelang ihm nicht. Zu viele Gedanken zogen durch seinen Kopf. Immerhin: Es gab kein Ehedrama wie beim letzten Mal, keinen Auszug aus dem Schlafzimmer, keine Vorwürfe. Dabei wäre ihm all das fast lieber gewesen. Blödsinn, hatte er gedacht, während er sich auf die andere Seite wälzte. Statt froh zu sein, dass Anne einlenkte, sah er wieder Probleme, wo keine waren.

Er versuchte, sich auf die Untersuchungsergebnisse zu konzentrieren und auf das, was Gert ihm am Abend erklärt hatte. Noch nie im Leben hatte er von dieser Sache gehört, und umso erstaunlicher war es gewesen, dass diese Frau in der Warteschlange den Begriff rausgehauen hatte.

Doch das ließ sich schnell aufklären. Sie stellte sich als Ergotherapeutin vor, die in einer Klinik für Psychosomatik gearbeitet hatte. »Ich bin Judith. Essstörungen, Zwangsstörungen, Süchte – wenn Sie Beratungsbedarf haben, immer gerne.« Sie hatte einen ihrer langen Ohrringe, die fast bis auf die Schultern fielen, angestoßen, ihre Katzenaugen zusammengezogen und Gert mit weiß polierten Zähnen angelächelt. »Bezahlung in Form von Pizza und Urlaubsdrinks.«

Gert war rot angelaufen, was Martin bei einem Kerl von seiner Größe und seinem Alter belustigt zur Kenntnis genommen hatte. »Wer weiß, vielleicht komme ich darauf zurück«, hatte er gegrinst. »Fachwissen ist immer willkommen.«

Martin hatte innerlich die Augen verdreht. Nach der Pizza hatte Gert ihm auf der Wache erläutert, was er von dem Rechtsmediziner als eine, wenn auch sehr unwahrscheinliche Möglichkeit aufgezeigt bekommen hatte. Unwahrscheinlich, weil extrem selten. Aber nicht auszuschließen.

Es klopfte an die Badezimmertür, und Anne schob sie einen Spalt auf. Wie jung und zerbrechlich sie aussah in ihrem Nachthemd, das ihr bis zu den Knien ging, den nackten Füßen, die auf dem Boden taperten und den verstrubbelten Haaren. »Darf ich? Kann nicht so lange warten.« Sie deutete auf die Toilette.

»Ja, klar. Ich hüpfe sowieso unter die Dusche.« Er wunderte sich, dass sie fragte. Es war üblich, dass sie das Bad gleichzeitig nutzten. Anscheinend war die Welt doch nicht so in Ordnung, wie er dachte.

Er drehte den Hahn auf und ließ sich vom warmen Wasser berieseln. Der beste Augenblick des Morgens. Für einen Moment konnte er dem Alltag entfliehen, wurden alle Gedanken mit hinweggeschwemmt.

Er war überrascht, als sich die Glastür der Dusche öffnete.

»Bekomme ich einen Kuss?« Anne hatte sich auf Zehenspitzen gestellt und reckte ihm das Gesicht entgegen.

»Nichts lieber als das«, antwortete er und zog sie zu sich, während sie sich in seine Arme schmiegte.

»Ich brauche jemanden, der mir den Rücken wäscht.« Sie stupste ihn in die Seite. »Und da dachte ich, ich frag einfach mal dich.«

»Gute Idee und gute Wahl. Ich hoffe nicht aus Mangel an Alternativen.« Seine Stimme klang gleich beschwingter. 1.000 Kilo Gewicht fielen von seiner Brust. »Alles wieder gut?«

»Alles gut.« Sie drehte sich und lehnte sich mit dem Rücken an ihn.

»Natürlich bist du mit im Team, wenn du willst. Du weißt, wie sehr ich deinem Rat vertraue.« Er dachte wieder an die Sache mit den verschluckten Materialien. »Ganz bestimmt brauche ich deinen ärztlichen Rat, Anne.«

Sie drückte sich weiter mit wiegenden Bewegungen an ihn und griff mit ihren Händen nach seinen und legte sie auf ihre Brüste. »Ach ja? Du meinst: jetzt sofort? Oder hat es noch Zeit?«

Martin schloss die Augen. Was interessierte ihn im Moment das *Pica-Syndrom*? Das hier, das war das Leben.

*

Bonn

Ruth Keiser drapierte alles, was sie benötigte, vor sich auf dem Schreibtisch. Ihre Arbeitsmaterialien hatte sie dabei weiter nach hinten geschoben, daneben den Timer aus der Küche, der ihr anderthalb Stunden Zeit ließ, bis sie sich an ihren eigentlichen Job machen musste.

Neben der Tastatur lag der Stapel Blätter, der gestern in ihrem Briefkasten gesteckt hatte. Noch ungelesen, weil ihnen abends die Zeit davongelaufen war. Nur flüchtig durchgeblättert. Obendrauf der Umschlag mit den schockierenden Fotos. Sie waren lediglich halb zurückgesteckt, und Ruth nahm aus dem Augenwinkel die dürren Beine des Frauenkörpers wahr.

In der Schreibtischschublade suchte sie nach einem Vergrößerungsglas.

»Ich bin mir sicher, dass ich dort eines gesehen habe. Such mal in dem ganzen Kram. Ziemlich groß und mit abgebrochenem Griff«, hatte Oskar ihr geraten, bevor er zur Redaktion aufbrach. Ruth tastete sich durch Unmengen von Büroklammern, Heftstreifen, Kugelschreibern, Notizzetteln, Passfotos und Visitenkarten. Dann hielt sie die Lupe in der Hand.

»Arbeitsfähig«, murmelte sie und griff nach dem handbeschriebenen Blatt, das vor ihr auf der Tastatur lag. Auf ihm hatte sie gestern, als Oskar schon ins Bett gegangen war, zusammengefasst, was sie von seinen Erzählungen verstanden hatte. Es waren mittlerweile so viele Informationen rund um diesen Uriah und um Rebecca Kahn, dass sie Sorge hatte, Details zu vergessen.

Nun las sie die Notizen Wort für Wort durch und erinnerte sich dabei an Oskars Bericht:

Als Uriah für das Boulevardblatt als Journalist und Fotograf arbeitete, produzierte er nebenbei eine eigene Serie, die er meistbietend verkaufte. Es waren sogenannte *True stories*, die ähnlich funktionierten wie die erfolgreichen Reality-TV-Sendungen. Während dort allerdings Schauspieler die angeblich wahren Inhalte transportierten, sorgten bei ihm die Betroffenen selbst für Authentizität und lösten damit größeren Voyeurismus aus. Das ging lange gut. Es gab viele

Menschen, wahrscheinlich sozialisiert durch 30 Jahre Privatfernsehen, die danach drängten, für ein Publikum sichtbar zu werden. Nachteile wurden regelmäßig ausgeblendet für eine Nanosekunde Popularität. Wenn schon nicht im Fernsehen, dann wenigstens in der Boulevardpresse. Durch die gekonnt in Szene gesetzten Fotos und Videos erregte diese Reportage Aufsehen und erzielte eine hohe Reichweite. An Möchtegern-Berühmtheiten-für-einen-Tag mangelte es nie. Allerdings drehten sich irgendwann die Themen im Kreis, führten zu Wiederholungen und altbekanntem Stoff, den man zu oft schon in den TV-Formaten präsentiert bekommen hatte.

Die Inhalte mussten also aus einer anderen Quelle kommen: sensationsgeiler, aufregender, verbotener. Es war ein schleichender Prozess. Anfangs gefeiert für seine Kontakte, verließ Uriah zunehmend den Pfad seriöser Recherche. Er bewegte sich in Grauzonen der Gesellschaft, ohne, wie sonst üblich, seine Zulieferer zu schützen. Er stellte Menschen bloß. Jahrmarktsjournalismus. Wie zu Zeiten, als siamesische Zwillinge in Arenen vorgeführt wurden. Vor allem das Bildmaterial sorgte für Proteste. Es gab Beschwerden. Weniger von Betroffenen. Diese ließen sich mit schnellem Geld und Ruhm abspeisen. Obdachlose, Prostituierte, Kleinkriminelle. All so etwas. Aber es gab Proteste aus den eigenen Reihen. Von Kollegen, deren Abscheu größer wurde. Die Sorge hatten, dass er dem Journalismus im Allgemeinen schade. Als es offizielle Rügen vom *Deutschen Presserat* gab, reagierte auch der Zeitungsverlag. Es war das Ende der Serie. Zumindest in der Mainstream-Presse. Uriah machte weiter. Verkaufte an Nischenblätter. Veröffentlichte auf einem eigenen Blog. Ging bis an den Rand des Legalen und irgendwann darüber hinaus. Geschichten aus dem Darknet. Identitäten nur halb verschleiert. Immer die der Opfer, nie die der Täter.

Ruth ließ das Blatt sinken. Was das für Storys waren, hatte sie nachgefragt. Oskar hatte ihr dann von dem minderjährigen Stricher erzählt. Heimkind, elternlos aufgewachsen. Er hatte sich an jeden geklammert, der scheinbar Halt bot. Halt in Form von Geld, einer warmen Wohnung, regelmäßigem Essen. Immer auf Zeit. Bis der Freier genug hatte. »Frischfleisch« brauchte.

Kurz nachdem die Geschichte auf dem Blog draußen war, fand man den Jungen. An einem Baum. Es ließ sich nicht zweifelsfrei feststellen, ob Suizid oder ob ihn einer seiner Lover aufgehangen hatte. Die Klicks auf Uriahs Seite schossen in die Höhe. Unvorstellbar, wie viele Menschen sich am Leid anderer aufgeilten. Uriah war weit über Betroffenheitsjournalismus hinausgegangen.

Wieder blickte Ruth auf das Blatt.

»Der Stricherjunge steht nur als Pars pro Toto für all das, was auf Uriahs Seiten präsentiert wurde«, hatte Oskar ausgeführt. »Mittlerweile war er zur Persona non grata geworden. Es störte ihn nicht. Er schien mehr und mehr Teil der Sphären zu werden, in denen er sich bewegte. Sich aus Machenschaften im Darknet zu finanzieren. Ohne dass es ihm jemand nachweisen konnte. Irgendwann – Kontakt hatte schon lange niemand mehr zu dem ehemaligen Kollegen – passierte die Sache mit Rebecca Kahn.«

An dieser Stelle hatte Oskar auf das Manuskript geklopft und die Fotos zu sich herangezogen.

»Immer häufiger hörten wir, dass Uriah nur noch auf der Jagd nach Sensationsbildern war. Nur noch Fotoware. Kein Text mehr. Bilder, die für sich sprechen. Unfälle, Feuer, Explosionen, Amokläufe. Egal, wo im näheren Umkreis etwas passiert, Uriah war mit seiner Kamera zur Stelle.«

Oskar hatte ihr entsetztes Gesicht fehlgedeutet und weiter ausgeholt.

»Er ist kein Täter. Obwohl Vermutungen dazu bestehen. Nachweise gab und gibt es keine. Wie er an die Informationen kommt, um vor der informierten Presse an den Schauplätzen zu sein, lässt nur die Schlussfolgerung zu, dass er den Polizeifunk abhört. Auch das konnte ihm bisher nicht bewiesen werden.«

Oder es gab undichte Stellen bei der Polizei. Ruth hatte den Gedanken für sich behalten und weiter seinen Erklärungen gelauscht.

»Um es auf den Punkt zu bringen«, hatte er schließlich gesagt, »er ist mittlerweile im widerwärtigsten Geschäft tätig, das ich mir vorstellen kann: Er handelt mit Unfallbildern. Mit Crashs, in denen die Verletzten eingeklemmt im Auto sitzen. Fotos von Menschen mit Schusswunden. Oder Brandopfer. Bilder von Bewusstlosen. Von Sterbenden. Von Leichen.«

»Rebecca Kahn«, hatte Ruth gehaucht.

*

Norderney

»Von einem *Pica-Syndrom* spricht man, wenn Menschen Stoffe, Materialien und Gegenstände zu sich nehmen, die nicht zum Verzehr vorgesehen sind. Das kann Lehm sein oder Erde, häufig sind es Haare, Farbe, Papier, Fäkalien. Aber auch Nägel und Knöpfe wurden schon gefunden. Das Syndrom gehört medizinisch zu den Essstörungen. Meist betrifft es Kinder, im Erwachsenenalter haben wir es häufiger mit Frauen als mit Männern zu tun. Es ist ein extrem seltenes Phänomen.«

Martin bog in die Teeküche ein, in der seine Mitarbeiter wie in einer Schulklasse auf ihren Stühlen saßen und den Worten von Gert lauschten.

Er hob beim Eintreten die Hand. »Und oft haben wir es bei Erwachsenen mit einer psychiatrischen Grunderkrankung oder verminderten geistigen Fähigkeiten zu tun. Wahrscheinlich haben wir über Nacht dieselben Seiten gegoogelt. Aber du bist eindeutig der bessere Dozent.«

Nicole stand auf und nahm ihren Stuhl in die Hand. »Morgen, Chef. Ich mach mal Platz. Ich glaube, ich habe genug gehört. Auf leeren Magen, wenn ich das anmerken darf. Krass, so eine Krankheit.«

Auch die anderen Kollegen erhoben sich murmelnd und traten den Rückzug an.

»Moment, Moment«, rief Gert ihnen hinterher und hielt zwei gut gefüllte Papiertüten in der Hand, die er bisher mit seinem Rücken verdeckt hatte. »Ich war heute Morgen joggen und habe Brötchen aus dem *Inselloft* mitgebracht. Der Schlange vor der Tür nach zu urteilen, müssen sie gut sein.«

Unter zustimmendem Gelächter reihten sich die Polizisten auf.

»Warum erinnert mich das alles heute eher an einen Schulbetrieb als an Polizeiarbeit?«, grinste Martin in die Runde. »Fehlt nur der Milch- und Kakaoverkauf.«

»Na, du weißt doch, nur wer pfleglich mit seinem Körper umgeht, kann auch mit dem Kopf Höchstleistungen vollbringen.« Gert überragte alle im Raum, was ihm zusätzlich den Habitus eines Lehrenden verlieh. »Ich habe die Hoffnung, wenn die Kollegen im Bilde sind, stolpert möglicherweise der eine oder andere über eine Spur, die sonst übersehen würde.«

»Wir tappen nach wie vor im Dunkeln, was?« Martin griff in die Tüte, schnitt mit dem bereitliegenden Messer das Brötchen auf und bestrich es mit Schokonusscreme.

»Kann man so sagen.« Gert schaute ihn an. »Und zu Hause? Alles in Ordnung?«

Martin hob den Daumen. »Nichts zu meckern. Besser als erwartet.«

»Puh!« Gert ließ erneut seine Augenbrauen tanzen. »Wäre mir unangenehm gewesen, wenn ich wieder der Auslöser für Unstimmigkeiten zwischen euch gewesen wäre. Dann habe ich Hoffnung, dass wir noch zu dritt essen gehen werden?«

»Ich verspreche erst einmal nichts.« Martin winkte ab. »Lass uns sehen, was der Tag so bringt. Ich habe noch lange über dieses *Pica-Syndrom* gegrübelt. Und Anne befragt. Als Ärztin.«

»Und?«

»So, wie du es ausgeführt hast. Es ist so selten, dass Anne einen Moment grübeln musste, ob sie überhaupt schon einmal davon gehört hatte. In den hintersten Hirnwindungen saß die Erinnerung, aber auch nur als theoretisches Wissen abgespeichert. Im klinischen Alltag hatte sie damit noch nie zu tun.«

»Was unsere Chance sein könnte.« Gert biss herzhaft in ein Croissant.

»Wie das?« Martin schaltete den Wasserkocher ein. »Auch einen Tee?«

»Gerne.« Gert deutete auf seinen vollen Mund und schluckte dann hektisch runter. »Denken, reden, essen – alles zusammen ist schwierig. Ich fange mit meinem Gedanken noch einmal vor vorne an. Erstens wissen wir gar nicht, ob es sich um das *Pica-Syndrom* handelt. Hätten wir nur das Gift gefunden, wäre niemand auf die Idee gekommen. Mit den Funden aus der Obduktion allerdings könnte man diesen Zusammenhang herstellen. Wie ja auch geschehen. Auf so etwas kommt ja von allein kein Mensch. Auch die Kripo nicht.«

»Die eher vermuten würde, dass diese Materialien nicht freiwillig im Bauch des Opfers gelandet sind.«

»Ganz genau. Und das sollten wir auch auf keinen Fall ausschließen. Denn hier passt einiges nicht zusammen. Die Gifte jedenfalls sind untypisch für das genannte Krankheitsbild. Kann man trotzdem nicht ausschließen, denn wenn eine psychiatrische Erkrankung die Ursache ist …«

Martin schüttete das heiße Wasser in die Teekanne. Dann bediente er sich ein weiteres Mal an der Tüte und griff nach dem Messer. »Verstehe. Und bei einem Suizid machen die anderen verschluckten Gegenstände keinen Sinn. Die Bleivergiftung scheint eine Langzeitaufnahme gewesen zu sein.«

»Du hast recht. Was uns zu der Annahme führen könnte, dass der Mann im Rahmen der *Pica*-Erkrankung nicht nur Papier, Sand und Farbreste verschluckt hat, sondern auch andere Gegenstände.«

»Bleihaltige, meinst du? Kämen da Farbreste nicht schon infrage? In Lacken ist doch Blei enthalten?«

»Sehr guter Hinweis. Dem gehe ich nach. Ich frage in der Rechtsmedizin nach. Bleibt die akute Vergiftung. Wenn sie nicht ein Versehen war.«

»Trotzdem verstehe ich noch nicht deine ursprüngliche Annahme, das *Pica-Syndrom* könnte unsere Chance sein. Im Moment sehe ich nur, dass es nicht mehr als eine Option von vielen ist.«

Gert klatschte in die Hände. »Ganz genau. Trotzdem ist es eine Spur, der wir nachgehen sollten. Wenn es wirklich so selten ist, dann könnte uns ein wenig Fleißarbeit voranbringen. Die Abfrage in Kliniken, in denen Essstörungen behandelt werden.«

Martin glaubte, seinen Ohren nicht zu trauen. »Das ist nicht dein Ernst. Das sind ja nicht nur eine Handvoll. Willst du ernsthaft deutschlandweit die Kliniken befragen? Wir haben keinen Schimmer, woher der Mann kommt.«

»Gemach, gemach.« Gert baute sich vor Martin auf und

legte ihm die Hand auf die Schulter. »Natürlich hast du recht. Von deutschlandweit kann keine Rede sein. Lass uns einen Radius festlegen. Niedersachsen, vielleicht Nordrhein-Westfalen.«

Martin setzte zu einem neuen Einwand an, aber Gert unterbrach ihn. »Ich weiß, was du sagen willst. Ich habe ja selbst davon gesprochen. Fleißarbeit. Ohne dass wir wissen, ob dabei etwas herauskommt. Vielleicht ist es sinnlos oder die falsche Spur. Aber was haben wir für Alternativen?«

»Es gibt genug Kripobeamte, die abwarten würden. Darauf, dass neue Erkenntnisse vom Himmel fallen.«

Gert lachte. »Kenne ich. Weiß ich. Dafür bin ich zu ungeduldig. Es ist ja nicht so, dass ich anderes deswegen vernachlässige. Nur? Was ist das andere? Wo könnten wir sonst ansetzen? Vielleicht ist es die Nadel im Heuhaufen. Einen Versuch ist es wert. Ein Versuch, den wir an jeder Stelle des Experiments abbrechen können.«

»Überredet.« Martin reichte ihm eine Teetasse. »Und wer soll deiner Meinung nach diese Fleißarbeit übernehmen?«

Gert senkte den Kopf. »Hat jemand deiner Leute freie Kapazitäten?«

Martin winkte ab. »Das lass mal. Die sollen ruhig Augen und Ohren draußen offen halten. Ich opfere mich.«

»Danke. Du hast was gut bei mir.«

*

Bonn

Ruth nahm die Fotos in die eine Hand und griff zur Lupe. Langsam tasteten sich ihre Augen über den nackten Körper. Auf den allerersten Blick hatte sie gestern geglaubt, es seien Bilder einer Toten. Nach Oskars Ausführungen hatte sie verstanden, dass es dabei nicht um Rebeccas Unfallfotos ging. Ihr fiel auf, dass der Körper in Szene gesetzt wirkte. Trotz der Abmagerung und Auszehrung. Man konnte wirklich von Haut und Knochen sprechen. Bei einem flüchtigen Blick erinnerten einen die Fotos auf fatale Weise an Bilder der ausgemergelten Körper aus den Konzentrationslagern. Wozu der Sepia-Filter und die gezackten Ränder beitrugen.

Erst bei näherem Hinsehen war Ruth das leise Lächeln der Dargestellten aufgefallen. Die leicht erhobene Hüfte. Das durchgebogene Rückgrat. Der angewinkelte Arm. Alles, was den Ausdruck des Körpers betonte.

»Was ist das?«, hatte sie Oskar gefragt.

»Das fotografische Dokument einer jahrelangen Leidensgeschichte«, hatte er geantwortet. »Rebecca war Teil einer Gruppierung im Darknet, die junge Menschen in die Anorexie hineinziehen.«

»Ich verstehe. Diese Gruppen, die einen immensen Druck aufbauen und verhindern, dass sich Betroffene Hilfe holen.«

»Ja, wahrscheinlich bist du in der Materie sogar bewanderter als ich. Rebecca muss dieser Gruppe nach und nach verfallen sein.«

»Und da kommt Uriah ins Spiel?«, hatte sie gemutmaßt.

Was Oskar bestätigte.

Ruth suchte mit der Lupe den unbekleideten Körper ab. Für einen gesunden Menschen war es nicht nachvollziehbar, darin ein Schönheitsideal zu sehen. Es war, als betrachtete man einen lebendigen Leichnam. Wobei lebendig kaum der richtige Begriff zu sein schien. Die meisten Magersüchtigen waren energielos, nur getrieben von zweifelhaften Erfolgen: Gewichtsverluste im Grammbereich. Lob und Anerkennung der Gruppe. Der Blick aufs scheinbar perfekte Spiegelbild.

Am linken Handgelenk sah Ruth das, was sie erwartet hatte. Eine hauchdünne Kette, daran ein Herz. Sie konnte mithilfe der Lupe erkennen, dass etwas eingraviert war. Auch wenn sie die Buchstaben nicht lesen konnte: Sie war sich sicher, dass es *ANA* war. Seit Jahren galt das als eine Art Erkennungszeichen essgestörter Menschen, vor allem junger Mädchen. Oft hatten sie sich erst in den Kliniken kennengelernt, manchmal über die sozialen Medien. Das Internet hatte in den letzten zwei Jahrzehnten die Erkrankung oft verstärkt oder beschleunigt. Weil die Netzwerke aus dem Boden schossen. Netzwerke, die zu konformem Verhalten aufriefen. Gruppen, in denen das tägliche Wiegen live gefilmt werden musste. Mit Anerkennung bei Gewichtsverlust und sozialer Bestrafung bei Gewichtszunahme. Mit Eintrittsritualen, Geheimhaltungsschwüren, mit gegenseitiger emotionaler Züchtigung. Gruppendruck und Kontrolle der schlimmsten Art. Weil das Ziel perfide war. Die Abmagerung bis zum Tod. Nur dann war man der Star.

Ruth schüttelte sich. Als Psychologin und Referentin im Kinder- und Jugendschutz war ihr die Thematik nicht fremd. Leider verstärkte mediale Berichterstattung den Hype eher, als dass vor Gefahren gewarnt wurde. Die Armbänder gehörten dazu: *ANA* für Anorexie und *MIA* für die Bulimie-Erkrankten. In bestimmten Kreisen wurde es zum Trend, essgestört zu sein. Für die meisten war es nur ein kokettes Spiel. Grausam aber für die jungen Menschen, die mit strenger Hierarchie, mit Manifesten, Geboten und Gesetzen in die Krankheit und damit in den Abgrund gezogen wurden. Diese Zielgruppe setzte sich immer weiter von der Wirklichkeit ab. Das waren die, die im Dunkeln verschwanden, in ihrer Blase die Magersucht feierten und sie bis zum Verschwinden, bis zum Tod vorantrieben. Mit dem Darknet als Ballsaal der Bewegung.

Aber passte das alles in diesem Fall zusammen?

Oskar hatte geschildert, dass Uriah auf Rebecca Kahn gestoßen war, als er nach Material für seine Storys suchte. Es war gegen Ende seiner Zeit im Boulevard-Journalismus, und die Reportage, die er mit Rebecca geplant hatte, sollte ursprünglich dort veröffentlicht werden. Der Hype um die *Pro-ANA-Gruppen*, wie sie sich nannten, war aus Amerika herübergeschwappt, noch neu und auf einem ersten Höhepunkt. Neben Uriah gab es einige Journalisten, die sich an das Thema hefteten. Die meisten mit seriöserer Absicht, aber auch sie trugen zur Verstärkung des Phänomens bei. »Womit wir mal wieder bei der spannenden Frage des verantwortungsvollen Journalismus wären«, hatte Oskar eingeworfen. »Was soll ich, was muss ich und was darf ich medial aufbereiten? Wo mache ich mich zum Helfershelfer der falschen Seite – egal ob bei persönlichen, gesellschaftlichen oder politischen Motiven?«

Ruth hatte abgewunken, ein spannendes Feld, aber nicht das Thema. Sie wollte wissen, was es mit Uriah und Rebecca auf sich hatte.

Oskar hatte zusammengefasst: »Als der Bericht fertig war, war Uriah arbeitslos. Rausgeflogen. Die Reportage veröffentlichte er deswegen in seinem Blog. Sie trendete sofort. Wurde gehypt, geteilt und gefeiert. Was wahrscheinlich zwei Dinge beschleunigte: die Verherrlichung der Erkrankung und bei Uriah den Rückgriff auf immer provozierendere Themen. Beides endete an einem gemeinsamen Ort: dem Darknet.«

Ruth schob den Packen Papier zu sich heran, den sie gestern aus dem Briefschlitz gezogen hatte. Ganz hatte sie bisher nicht verstanden, was es damit auf sich hatte. Den Blog würde sie sich im Netz heraussuchen, er war wohl immer noch abrufbar. Trotz allem, was danach mit Rebecca passiert war. Wie das mit Uriah zusammenhing? Das schien das große Rätsel zu sein. Wie viel Schuld trug er? Und wie war sie zu Tode gekommen?

*

Typisch Gert! Er ließ es sich nicht nehmen, die Kollegen nach den Brötchen von heute Morgen nun mit Kuchen aus der *Kaffeegenießerei* zu verwöhnen. Martin winkte ihm zu und verschwand in seinem Büro, als das Telefon klingelte.

Kurz danach betrat er mit seinen schnell hingekritzelten Notizen die Teeküche, in der alle über die Sahneschnitten hergefallen waren und ihn erwartungsvoll anschauten.

»Nur ein Zwischenergebnis«, dämpfte er die aufkeimenden Hoffnungen. Er sah Gert an. »Der Oberarzt einer Klinik, die ich um Rückruf gebeten hatte, teilte mir mit, dass vor Kurzem in einem Ärztefachblatt ein Artikel über die *Pica*-Störung erschienen ist. Er meinte, es lohne sich, bei den Verfassern des Artikels nachzufragen. Es ging um den Zusammenhang des Syndroms bei autistischen Spektrumsstörungen. Ich habe das notiert und werde mich kümmern. Könnte ein Erklärungsansatz sein, wenn unser Mann ein Autist wäre.«

»Hm, interessant. Bleib bitte dran.«

»Und ihr?« Martin schaute Nicole und Ronnie an.

»Na ja, wahrscheinlich nichts, was in Zusammenhang mit unserem toten Mann steht. Nur ungewöhnlich. Da draußen«, er zeigte vage Richtung Meer und Strand, »tummelt sich mehr als ein halbes Dutzend Sondengänger. Das sieht mir nicht nach einem Zufall aus, die scheinen gezielt auf der Suche nach etwas zu sein.«

»Ach. Wo genau?«

»Die sind am Januskopf runter ans Meer und bewegen sich über die ganze Bandbreite des Strandes. Wobei ich das Gefühl habe, sie sind zu ihrem eigentlichen Suchort noch unterwegs.« Ronnie schaute Nicole an, die sogleich ergänzte.

»Wir haben uns das Spiel von der Promenade aus angesehen. Hoffentlich lassen sie die Dünen in Ruhe, da werden wir ein Auge drauf haben. Es ist aber nicht verboten, am Strand entlangzugehen.«

»Trotzdem war es merkwürdig. Nicole ist aufgefallen, was uns irritierte.«

»Irritiert ist zu viel gesagt. Die Tatsache, dass es alles Männer sind, ist mir aufgefallen. Und offensichtlich ist auch, dass es sich um keinen dieser Männerkegelklubs handelt. Dafür haben wir ein geschultes Auge.«

»Das kann man wohl sagen.« Martin stieß einen leisen Pfiff aus.

»Und da dachtet ihr …« Gert ließ den Satz in der Luft hängen.

»Na ja, viele einzelne Männer, die anscheinend einen Plan haben. Und sich dafür auf der Insel verabredet haben«, sagte Ronnie.

»Was genau? Schieß los, Nicole. Ich sehe doch, dass du etwas ganz Bestimmtes im Sinn hast.«

»Na ja, sie suchen ganz offensichtlich etwas. Was könnte das sein? Dass viele Menschen gleichzeitig diesen Plan fassen? Ich glaube, sie suchen alle dasselbe. Es muss etwas sein, von dem sie glauben, dass es auf der Insel ist. Etwas, das sich vor Kurzem als Neuigkeit verbreitet hat.«

»Du meinst so eine Geschichte mit angeschwemmter Ladung? Von einem havarierten Schiff? Oder weil ein Container bei Sturm ins Wasser gefallen ist?«

»Genau, Chef. So etwas könnte ich mir vorstellen. Auch wenn ich nicht mitbekommen habe, dass zuletzt irgendwo etwas passiert ist. Es kommt ja auch vor, dass Ladung unbemerkt über Bord geht.«

»Dem sollten wir nachgehen. Wenn das nachher noch so eine Geschichte mit Gefahrgut oder Drogen ist, dann sollten wir so früh wie möglich darüber Bescheid wissen. Kümmert ihr beide euch darum? Nachfrage beim Havariekommando, und ruft bitte auch die Kollegen auf Juist und Borkum an, fragt nach, ob bei ihnen vergleichbare Vorgänge aufgefallen sind.«

»Machen wir, Chef.« Nicole nickte Ronnie zu. »Wobei sich Kokain wahrscheinlich nicht mit Sonden aufspüren lässt.« Sie zwinkerte. »Kleiner Scherz.«

»Und sprecht die Leute an. Fragt nach, was sie vorhaben.« Martin nahm sich ein Stück Kuchen. »Aber erst nach der Pause. Dienstanweisung.«

»Ähm. Genau. Wir haben überlegt, ob unser toter Mann auch ein Sondengänger gewesen sein könnte.« Ronnie klang unsicher und schaute zwischen ihnen hin und her.

»Nicht schlecht.« Gert, der bisher geschwiegen hatte, machte eine ausholende Bewegung mit der Gabel. »Eine sehr gute Überlegung.«

»Vor allem, weil wir ja Sondengänger relevante Gegenstände bei der Leiche gefunden haben?« Martin konnte die Ironie nicht unterdrücken. Sie tappten im Dunkeln, da musste man sich die Dinge nicht an den Haaren herbeiziehen, damit es nach Ermittlung aussah.

»Chef, das ist ungerecht, und das weißt du.« Nicole funkelte ihn an.

Martin winkte ab. »Von mir aus. Behalten wir die Schatzsucher-Theorie im Hinterkopf. Kostet uns ja nichts außer Zeit und Personal. Wir werden die Truppe, wie ihr richtig angemerkt habt, sowieso im Auge behalten müssen. Also los mit euch.«

*

»Was meinst du, mein Kind? Hättest du Lust und Zeit auf einen gemeinsamen Spaziergang mit einer alten Frau?« Marthe Dirkens stand in der Tür zum Frühstücksraum.

»Gerne. Ich bin gerade mit allem fertig geworden«, erwiderte Daniela und nahm den leeren Getränkekasten auf. »Alles aufgefüllt und sauber, eine Pause habe ich verdient. Ich mache mich eben fertig.«

Draußen hing die alte Dame sich in Danielas Arm und bestimmte auf diese Weise das Tempo. An der Ecke zur Janusstraße winkte sie einer jungen Frau, die an ihrem Gästehaus die Fenster putzte.

Daniela rief hinüber: »Moin, Jacqueline! Vielen Dank für deine Empfehlung. Ich habe gehört, du bist voll. Das nenne ich eine tolle Kollegialität. Ich hätte dich noch angerufen.«

»Moin, Daniela, stimmt. Als ich hörte, was die Männer für eine Unterkunft suchen, habe ich direkt an dich gedacht. Ich hoffe, das war okay.«

»Aber so was von.« Daniela reckte den Daumen. »Bei dir sind auch welche?«

»Ja, allerdings nur einer. Ich habe das Haus voller Handwerker. Du weißt, was auf der Insel los ist im November. Überall wird gewerkelt.«

»Wir sind unterwegs zum *Haus der Insel* und zum *Kurtheater*. Unsere Großbaustellen.« Frau Dirkens zeigte die Straße hinunter.

»Ja, denn man tau, viel Vergnügen. Auch mit den Wünschelrutengängern. Eine besondere Spezies, was?«

»Kann ich noch nicht einschätzen.« Daniela zuckte mit den Schultern. »Wirklich gesprächig sind sie nicht.«

»Meiner macht ein großes Geheimnis daraus. Als wenn ich mir sofort so ein Ding kaufen würde, um die Insel abzusuchen. Übrigens mag er den Begriff Wünschelrute nicht, er nennt sich Sondengänger. Richtig seriös.« Sie malte mit der freien Hand ein Anführungszeichen in die Luft.

»Gut zu wissen. Und nochmals danke fürs Empfehlen.«

»Nicht dafür!« Sie verschwand im Haus.

Frau Dirkens seufzte. »Schon wieder so eine Horde Menschen, die die Insel einnimmt und denkt, alles stünde der Allgemeinheit zur Verfügung. Andererseits neigen wir zu sehr dazu zu glauben, die Insel wäre unser Eigentum.« Mit kleinen Schritten waren sie die Straße hinabgegangen, während Marthe Dirkens plauderte. »Ich merke das an mir selbst. Wir alten Leute werden sonderlich. Wahrscheinlich liegt es an dem Umstand, dass ich viel mehr Zeit habe zum Sinnieren, seit du die Pension übernommen hast. Zusammen mit der senilen Bettflucht kommt da eine Menge Stunden zusammen.«

»Es sei denn, Sie gehen mit mir auf Mörderjagd.« Daniela tätschelte die Hand, die sich bei ihr eingehakt hatte.

»Ach ja, das war herrlich.« Frau Dirkens kicherte. »Unseren alten Bürgermeister bei verbotenen Dingen zu ertappen, hat mir viel Genugtuung bereitet. Von solchen Gelegenheiten könnte es ruhig mehr geben. Aber ich will es nicht beschreien. Du hast doch von dem Todesfall am Strand gehört? Keiner weiß, was da los ist. Keiner kennt den Mann. Die Polizei ist ratlos.«

»Frau Dirkens?« Daniela versuchte, gespielt streng zu reden. »Woher wissen Sie denn das alles? Martin war doch nicht bei Ihnen, um den Giftschrank zu inspizieren.«

Wieder kicherte die alte Dame. »Nein, das stimmt. Diesmal nicht. Leider.«

Unterdessen waren sie am *Kurtheater* angekommen. Ungewohnt weitläufig präsentierte sich die Rasenfläche, wo noch vor Kurzem das *Haus der Insel* gestanden hatte.

»Und überhaupt?«, hakte Daniela nach.

Frau Dirkens nickte. »Überhaupt geht es um etwas anderes. Hier beginnt mein Vortrag. Das, was ich dir über die Insel erzählen möchte. Etwas, was du noch nicht weißt, wie ich vermute und herausgehört habe, als wir über Heinrich Heine sprachen. Etwas über die Insel, über das wir alle gerne schweigen. In zweifacher Hinsicht. Also, hör gut zu: Genau an dieser Stelle steht normalerweise das Denkmal von Heinrich Heine. Eigentlich ein schöner Platz, direkt vor dem *Kurtheater*. Schade, dass es wegen der Bauarbeiten weichen musste.«

»Das *Kurtheater* stand zu Heines Zeiten aber noch nicht, oder?« Daniela versuchte, sich vorzustellen, wie das historische Norderney ausgesehen haben mochte.

»Nein, nein«, winkte Frau Dirkens ab. »Das Theater wurde erst zum Ende des 19. Jahrhunderts gebaut. Die genaue Jahreszahl habe ich nicht im Kopf, aber wir können nachher einmal näher herangehen. Es gibt ein Schild, auf dem die wesentlichen Daten verzeichnet sind.«

»Und Heine war wann auf Norderney?«

»1825 hat er das erste Mal den August hier verbracht. Auch in den beiden darauffolgenden Jahren hat er die Insel besucht.«

»Dass ich immer an dem Denkmal vorbeigelaufen bin, liegt daran, dass ich nicht viel von Heine kenne. Außer der *Loreley*.«

»Ach, Kind, wahrscheinlich kennst du mehr, als du denkst. Viele seiner Gedichte sind vertont worden, und du hast bestimmt schon Zitate gehört. Beispielsweise diese berühmten Zeilen: *Denk ich an Deutschland in der Nacht …*«

»*… dann bin ich um den Schlaf gebracht* - meinen Sie das? Ist das von ihm?«

»Genau. Das ist von Heinrich Heine. Und noch vieles mehr. Manches ziemlich böse.«

»Jedenfalls ist er mir hier nie aufgefallen.«

Frau Dirkens lächelte. »Das kann ich mir vorstellen. Tatsächlich ist die Skulptur immer schon untergegangen. Ob es daran lag, dass das *Kurtheater* und das nun abgerissene *Haus der Insel* zu dominant waren? Oder dass Heine in der hockenden, gebückten Haltung gar nicht die Ausstrahlung hat, die man von einem großen Dichter erwartet? Obwohl die Figur Lebensgröße haben soll. Aber verglichen mit einem Goethe oder Schiller, wie sie in Weimar stehen, fällt unser Heine wirklich kaum auf. Nur wer weiß, wer sich hinter dem Jüngling mit dem Buch in der Hand verbirgt, bleibt stehen. Aber das alles ist vielen Insulanern wahrscheinlich recht. So wirklich warm werden sie mit ihrem Heine nun mal nicht. Was vielleicht kein Wunder ist, wenn man seine Texte über die Insel liest. Aber hauptsächlich liegt es natürlich an der Sache mit dem Denkmal selbst.«

»Ich bin schon ganz gespannt nach den vielen Andeutungen.«

»Eine bedauerliche Geschichte, die uns viel Spott und Gerede eingebracht hat. Deutschlandweite Aufmerksamkeit, auf die die Insel gerne verzichtet hätte.«

»Das hört sich dubios an.«

»Eher schändlich. Oder naiv. Je nach Auslegungsart.«

»Sie spannen mich auf die Folter.« Daniela sah sich um. »Hat es etwas mit dem Platz zu tun?«

Frau Dirkens blickte sie erstaunt an. »Du und deine Spürnase. Tatsächlich, auch das. Wenn auch nur im weitesten Sinne. Ich fange mal mit der Skandalgeschichte um die Skulptur an: In den frühen 80er-Jahren trat eine Düsseldorfer Gesellschaft an die Stadt Norderney heran, um ihr die Heinrich-Heine-Skulptur als Geschenk zu vermachen. Die Stadt, also der damalige Stadtrat, nahm das Geschenk an. Einstimmig.«

»Oh. Das ist aber auch eine schöne Geste. Das kann ich nachvollziehen. Oder war ein Haken mit diesem Geschenk verbunden? Eine späte Geldforderung vielleicht? So etwas wie eine Abofalle?«

»Was für ein entzückender Vergleich, mein Kind. Da merkt man doch den Unterschied der Generationen.« Das Lächeln wirkte müde, und Daniela bereute sofort den saloppen Spruch.

»Nein. So war es nicht. Das Denkmal war tatsächlich ein Geschenk. Aus einem sehr banalen Grund. Es fand sich sonst keine andere Stadt, die bereit war, es aufzustellen.«

»Was? Das kann ich mir nicht vorstellen. Nur weil Heine nicht so imposant dargestellt war wie andere Dichter?«

Frau Dirkens schüttelte den Kopf. »Nein, viel ernster. Und darin liegt das Problem. Der Stadtrat war zu blauäugig. Sie folgten in ihrem Handeln dem berühmten Spruch: *Einem geschenkten Gaul schaut man nicht ins Maul.*«

»Na ja, ist ja auch nicht dumm. Manchmal.«

»In diesem Fall aber schon. Es gab gute Gründe der anderen Städte, die Skulptur abzulehnen. Der Entwurf geht auf einen Bildhauer zurück, der auf das Heftigste umstritten ist: Arno Breker. Er war einer der bedeutendsten Künstler der Nazizeit, einer, dem eine große Nähe zu den Verantwortlichen der damaligen Zeit nachgesagt wurde. Soviel ich weiß, galt er als Lieblingsbildhauer Hitlers.«

»Was?« Daniela hatte mit allem gerechnet, aber nicht mit einem solchen Zusammenhang. »Oh nein«, stammelte sie. »Ich verstehe. Deswegen lehnten die anderen Städte ab?«

»Genau.« Frau Dirkens klang ärgerlich, mit energischer Stimme fuhr sie fort: »Ja, dort war man klüger oder nachdenklicher. Vielleicht auch nur besser beraten. Jedenfalls hat Norderney das Geschenk angenommen und damit einen Proteststurm ausgelöst. Glaube mir, das ging bis in die höchsten Ränge. Das war nicht die Außenwirkung, die man sich auf der Insel gewünscht hatte.«

»Und das hat nicht dazu geführt, dass die Stadt einen Rückzieher gemacht hat?«

»Nein. Stattdessen wurde das Denkmal mehr oder weniger in einer Nacht-und-Nebel-Aktion aufgestellt. Jedenfalls am frühen Morgen. Ohne großen Zinnober. Seitdem versuchen alle, stillschweigend darüber hinwegzusehen. Gar nicht mehr darüber reden. Denn dann muss man ja auch nicht nachdenken.«

»Oje. Das ist wirklich heftig.«

»Was das Ganze ja noch viel schlimmer macht, wenn man das so überhaupt sagen kann, ist die Tatsache, dass Heinrich Heine Jude war. Mehrere jüdische Gemeinden haben sich damals entsprechend geäußert, aber das hat nichts verändert.«

Daniela biss sich auf die Lippen. »Das ist heftig.« Sie überlegte einen Moment, wollte nichts Falsches sagen. »Ich gehöre ja einer Generation an, die oft sagt, da haben wir doch nichts mit zu tun. Ich glaube, weil man so hilflos ist und heute nicht mehr nachvollziehen kann, wie das damals alles passieren konnte.«

»Ich bin im Krieg geboren«, sagte Frau Dirkens. »Ich kenne das alles auch nur aus Erzählungen und dem Geschichtsunterricht. In dem man das Thema am liebsten totschwieg. Aber glaube mir. Wenn ich eines heute in meinem hohen Alter weiß, dann ist es das: Es kann sich jederzeit wiederholen. Die Aufstellung einer Skulptur gegen alle Bedenken zeigt, wie unsensibel auch die Spätgeborenen mit dem Schrecklichsten, was jemals passieren konnte, umgehen.« Frau Dirkens holte tief Luft. »Entschuldigung. Das musste jetzt raus.«

Daniela rieb sich die Hände, weil sie fröstelte. Ob vom Stehen in der Kälte oder vom Gehörten, sie wusste es nicht. Diesen Spaziergang hatte sie sich anders vorgestellt. Als Zugezogene war sie wenig vertraut mit den Geschehnissen der Vergangenheit. Nur die glanzvollen Zeiten des Nordseeheilbades, die waren ihr geläufig. Allein durch ihre Besuche im *Bademuseum*. Ob es dort etwas zu Heine gab? Bestimmt, auch wenn sie sich nicht an Einzelheiten erinnern konnte. Dass aber die *Marienhöhe* von Königin Marie und ihrem Mann als ehrende Erinnerung an Heines Aufenthalte auf der Insel errichtet worden war, daran erinnerte sie sich. Wie hätte sie ahnen können, dass es daneben ein solch düsteres Vorkommnis gab.

Frau Dirkens packte Daniela am Arm. »Wo wir gerade dabei sind, die Schattenseite aufzuzeigen, sollst du auch noch Folgendes wissen: Hier auf diesem Platz«, sie ließ den Arm los und drehte sich einmal im Kreis, »auf diesem Platz wurden unter den Nazis die Juden zusammengetrieben.« Sie hielt inne und atmete wieder heftig ein und aus. »Glücklicherweise fand, wie man heute weiß, keine Deportation statt. Aber Demütigungen schon. So mussten die Juden an einem Tag hier den ganzen Tag aufrecht stehen. Kannst du dir so etwas vorstellen? Wie so etwas möglich ist? Und doch sage ich dir: Ich lege nicht die Hand dafür ins Feuer, dass sich Geschichte nicht wiederholen kann.« Marthe Dirkens schnappte nach Luft.

Daniela wurde angst und bange. So kannte sie Frau Dirkens nicht. Aufgeregt, ja. Aber nicht so außer sich. Sie nahm die alte Dame in den Arm. Frau Dirkens ließ sich fallen, lehnte sich an sie und schluchzte auf. Gleich darauf kramte sie in der Seitentasche ihres Mantels ein Taschentuch hervor und tupfte über die Augen. »Ist gut, Kindchen. Alte Frauen sind schrecklich sentimental. Ich weiß auch nicht, was mit mir los ist. Morgen gehe ich zu Doktor Matzdorf und lasse mir etwas für die Nerven verschreiben.«

Daniela drückte ihren Arm und führte sie mit langsamen Schritten Richtung Gartenstraße. Ob »etwas für die Nerven« das Richtige war? Ausreichend Schlaf und die Nächte nicht mit dem Auswendiglernen von Heine-Gedichten zu verbringen, wäre hilfreicher. Aber das konnte sie ihr nicht vorschreiben. Besonders nicht in dieser emotionalen Stimmung. Was für ein schauriger und trauriger Nachmittag.

*

»Was hältst du von einer Runde am Meer? Uns den Wind mal um die Nase wehen lassen? Vielleicht hilft es, unsere Gedanken zu sortieren?«

Martin fuhr den Computer herunter. »Ich bin dabei. Für heute gibt es kaum noch was zu tun. Den Artikel in diesem Fachblatt wollte ich später mit Anne besprechen, wenn das für dich okay ist.«

»Oho! Aha!« Gert riss die Augen auf. »Ist deine Anne doch mit im Team?«

»Quatsch«, brummte Martin ärgerlich. »Erstens ist es ja nicht mein Team, sondern du bist der Ermittler und ich nur der Sidekick.«

»Haha, Sidekick ist ein Begriff, den ich in dem Zusammenhang noch nicht gehört habe.«

»Nenn es, wie du willst, hört sich halt ein bisschen netter an als Zuarbeiter.«

»Very well.« Gert wies mit dem Zeigefinger in seine Richtung. »So habe ich es noch nie gesehen. Hey, meine Eltern waren 68er. Ich hab's nicht so mit Hierarchien, das müsstest du doch wissen.«

»Jaja«, knurrte Martin. Das Leben und die Arbeit hatten ihn eines Besseren belehrt, und er wusste, dass solche Sprüche im Zweifel nichts wert waren. Wenn es irgendwann um Verantwortung und Fehler ging, griff jeder seiner Kollegen, Chefs oder was auch immer auf das nächst schwächere Glied in der Kette zurück. »Ich war noch nicht fertig. Denn zweitens will ich nur Annes Expertise als Ärztin nutzen. Anne kann den Fachjargon für uns runterbrechen.«

»Soso.« Gert grinste unverschämt, und Martin ärgerte sich, weil sich die Erklärung auch in seinen Ohren unglaubwürdig anhörte. Natürlich war es ein Vorwand, um Anne wieder ins Boot zu holen.

»Lass uns gehen«, sagte er und nahm seine Jacke vom Türhaken. »Wenn wir Glück haben, sehen wir einen Novembersonnenuntergang. Das sind die besten überhaupt. Kurz und knackig und keiner, der klatscht.«

»Sonst gibt es wirklich Applaus?«

Martin zuckte die Schultern. »Ehrlich gesagt: Ich weiß es nicht. Wird immer erzählt, ich habe es noch nie erlebt. Kann aber auch daran liegen, dass wir Insulaner uns selten unter die Touristen mischen. Das ist hier streng getrennt. Eine ernste Angelegenheit, das kann ich dir sagen.«

Sie schwiegen beide, als sie nebeneinander die Straße hoch zum Januskopf beschritten. Martin genoss den einheitlichen, rhythmischen Schritt, mit dem sie unterwegs waren. Gedämpft klackten ihre Schuhe auf dem sandigen Asphalt. Der Wind fuhr ihnen ins Gesicht und zupfte an den Jacken, noch ohne die eisige Kälte, die der November oft brachte. Auch in diesem Jahr war das Klima milder als gewohnt. »Schlechtes-Gewissen-Wetter« nannte Anne es, wenn er sich über die wärmeren Tage freute. Was stimmte: Spätestens seit Greta Thunberg konnte keiner mehr den Unwissenden geben.

»Was meinst du? Lust auf ein Feierabendbier?«, fragte Martin, als sie am Nordstrand ankamen. »Danach gehen wir am Strand zurück. Passt dann genau für den Showdown.«

»Sag mal, hast du einen Englischkurs belegt?« Gert sah ihn verwundert an. »Oder zu viel Tee getrunken? Wahrscheinlich mit dem schottischen Whiskey aus dem Giftschrank dieser Pensionswirtin. Sie würde ich gerne besuchen.«

»Das glaube ich dir aufs Wort.« Martin stieß Gert mit dem Ellenbogen an. »Beschwöre es nicht. Nicht dass sie und Daniela wieder auf die Idee kommen, ermitteln zu wollen.«

»Sie sind also nicht mit im Team?« Gert feixte.

»Blödmann«, entfuhr es ihm.

»Das kostet dich zwei Bier, ist ja wohl klar.«

Martin verspürte ein flüchtiges Gefühl des Bedauerns, dass die Zusammenarbeit mit Gert nur auf kurze Zeit angelegt war. Nicht, dass er die Kripo in Zukunft nochmal auf der Insel haben oder selbst zu ihr zurückkehren wollte, aber Gert war definitiv einer der Guten.

Er atmete tief die Seeluft ein. Er musste sich nichts vormachen. Auch mit Kollegen wie Gert würde es für ihn keine Rückkehr an einen Schreibtisch auf dem Festland geben. Er wusste um seine Grenzen.

»Schau mal!« Gert packte ihn am Arm. »Da ist deine Truppe.«

Martin blinzelte. Weit hinten am Strand Richtung Düne sah er den Pritschenwagen, mit dem die Kollegen auf den Spuren der Sondengänger unterwegs waren. »Bin gespannt, was Nicole und Ronnie uns berichten werden«, sagte er. »Jedenfalls steht fest, dass es nicht langweilig auf unserer Insel wird. Kegelklubs, Junggesellen, Cosplayer und nun die Schatzsucher.«

»Eine hochattraktive Insel, und du bist ihr Sheriff.« Gert lachte. »Also los: absatteln und ab in die Bar.«

Er zog die Tür auf und ließ Martin den Vortritt.

Obwohl im November die Gästeströme merklich nachließen, war der hohe Raum mit der Empore gut besucht. Die warme Luft schlug ihnen entgegen. Martin rieb sich über das Kinn, während sein Blick die Tische und Sessel direkt am Fenster abtastete.

»Hmm, das riecht verdammt lecker. Ich glaube, ich könnte …« Gert sah sich schnuppernd um.

»Du hast doch eben erst den Kuchen verdrückt«, antwortete Martin, während er gleichzeitig irritiert zur Fensterfront sah. Da draußen, direkt vor dem Bistro, standen zwei Menschen. Einander zugewandt. Die Köpfe fast Stirn an Stirn. Lachten sich an und schienen scherzend miteinander zu streiten. Er wusste es, dass es so sein musste. Wusste es ganz sicher. Denn die Frau, die sich so neckisch nach vorn beugte, machte das genauso gern bei ihm. Er fröstelte. Scheiße! Da draußen, das war Anne.

MITTWOCH, 27.11.

Norderney

Martin hatte sich nichts anmerken lassen. Alles, was nicht ausgesprochen war, hing noch unbestimmt in der Luft. Er wusste, dass er sich belog. Dass auch der Zustand der Ungewissheit ihm keine Ruhe brachte.

Einen Moment hatte er größte Sorge gehabt, dass Anne mit ihrem neuen Kollegen das Lokal betrat. Dass es sich um diesen Assistenzarzt handelte, konnte nicht anders sein. Sie hatte die letzten Tage immer wieder nach Feierabend Zeit mit ihm verbracht. Nur so altruistisch, wie es sich aus ihrem Mund angehört hatte, waren diese Verabredungen anscheinend nicht.

Die direkte Konfrontation war ihm erspart geblieben. Immerhin. Auch Gert hatte nichts bemerkt. Martin war immer noch erstaunt, wie schnell er aus dem Erstarren in eine gekünstelt unbeschwerte Haltung wechseln konnte. Wenn überhaupt war Gert nur verwundert gewesen, warum er plötzlich so aufgedreht war. Er hatte es auf den Alkohol geschoben. Denn er hatte alles daran gesetzt, nicht Feierabend zu machen.

Zwischendurch hatte Gert gefragt, ob er Anne nicht Bescheid geben wolle. Das hatte Martin lachend abgetan und eine Verabredung von ihr vorgeschoben.

So war er später als gewohnt nach Hause zurückgekehrt. Anne hatte ihm Essen beiseitegestellt. Sie wirkte vollkommen unbefangen, hockte mit angewinkelten Beinen auf dem

Sofa, eine kleine Schüssel mit Nüssen in der Hand und legte einen Finger an den Mund. Sie schaute eine ihrer *Netflix*-Serien, die ihm oft zu abgedreht waren.

Gestern Abend war es ihm recht gewesen, und er hatte sich auf seinem Smartphone durch das Netz treiben lassen, hier ein *YouTube*-Video geschaut, dort einen Artikel gelesen.

Irgendwann hatte sie gähnend bei ihm in der Küche gestanden und wollte zu Bett. Er hatte den Kopf geschüttelt und gesagt, er wolle noch die Spätnachrichten schauen. Anne hatte ihn daraufhin von hinten umarmt und ihm einen Kuss auf die Wange gedrückt. »Mach nicht mehr so lang, Liebster«, hatte sie gemurmelt und kurz über seine Haare gestrichen. Dann war sie im Bett verschwunden. Alles so normal, wie es an vielen Abenden ihrer Beziehung gewesen war.

Martin hatte sich auf das Sofa gelegt. Den Fernseher eingeschaltet. Sich einlullen lassen von Berichten, deren Wortsinn er nicht verstand. Nachrichten. Sport. Wetter. Eine Dokumentation. Irgendwann hatte er die Decke hochgezogen und war eingeschlafen. Bemüht, keinen Gedanken über die weitere Perspektive zuzulassen.

Ja, er war ein Feigling. Er wusste es. Er zeigte sich immer dann, wenn es um Konfrontation ging, zu weich, zu labil, zu dünnhäutig. Zog den Kopf ein, statt nach vorne zu gehen. An Tagen wie diesen hasste er sich dafür.

Er zog die Haustür hinter sich zu. Heute Morgen war er schnell unter die Dusche gesprungen und hatte Anne einen flüchtigen Kuss auf den Mund gegeben. »Ich fange früher an«, hatte er erklärt.

Er fuhr mit dem Rad durch die noch leeren Straßen der Insel. Diese Stille war das, was er sich erhofft hatte, als er sich damals beworben hatte. Nicht dauerhafte Stille. Nein, Norderney brachte die richtige Mischung aus Herausforderung und Ruhe. Würden ihm nur nicht die Kapitalverbrechen auf die Insel folgen.

Er schlug den Weg zum Nordstrand ein. Wenn er so früh unterwegs war, sprach nichts gegen einen Umweg. Streng genommen konnte das als dienstliche Kontrollfahrt gelten. An der Promenade lohnte es sich immer, nach dem Rechten zu schauen. Und wenn es nur war, um zu sehen, ob das Meer noch da war, munterte er sich selbst auf. Denn das war die Entschädigung für überhaupt alles im Leben. Das Meer und die Wellen, die gingen und trotzdem wiederkamen. Immer. Die Sonne, die jeden Tag neu aufging. Der Sand, so unzählbar wie die Sterne. Alles nordete einen wieder ein. Machte demütig und verortete die eigene Bedeutung im Universum.

Am Januskopf stellte er sein Fahrrad ab und lief hinunter zur Wasserkante. Zog Schuhe und Strümpfe aus, krempelte die Beine der Jeans hoch. Das Wasser war hier vorne nicht so kalt, wie man es erwarten würde. Aber so verrückt und mutig, sich jeden Tag in die Fluten zu stürzen wie die Kurgäste bei der Klimatherapie, war er nicht. Würde er niemals sein. Obwohl Anne ihn einmal dazu herausfordern wollte. Anne. Die sowieso das Allerbeste aus ihm herausgekitzelt hatte in den letzten Jahren. Und der er demnächst den längst fälligen Heiratsantrag hatte machen wollen. Wieder einmal war er zu zaghaft gewesen. Zu zögerlich. Zu langsam. Er kam zu spät.

Unwirsch wischte er den Gedanken beiseite. Noch war nichts entschieden.

Er stand mittlerweile bis zu den Waden im Wasser. Langsam drang die Kälte durch die Haut. Ließ ihn nach Luft schnappen, als eine Welle höher brach als erwartet und seine Hose bis zu den Oberschenkeln durchnässte.

Mist! Was sollten sie auf der Dienststelle denken? Er stakste zurück zu Strümpfen und Schuhen. Lief noch ein paar 100 Meter den Strand weiter. Wenn er Glück hatte, stieg die Sonne gleich hinter den Dünen auf.

An der nächsten Buhne drehte er um. Tatsächlich lugten die ersten Strahlen schon hervor. Er blinzelte dagegen an. Unfassbar, wie intensiv an einem klaren Novembertag das Licht über der Insel lag.

Aus dem Gegenlicht schälte sich mit jedem Schritt eine kleine Gruppe Menschen. Aha! Die morgendliche Klimatherapie begann. Ein kühler Schauder durchlief ihn. Er war froh, wenn er gleich in der warmen Amtsstube saß.

Martin sah der Truppe neugierig entgegen. Wie leise sie waren. Dann erkannte er den Grund dafür. Er blieb stehen, als die Männer an ihm vorbeizogen. Ihre Blicke hatten sie gesenkt. Hielten Abstand zueinander. Niemand schien mit dem anderen verbunden, außer dass sie in seltsam gleichförmigen Schritten in dieselbe Richtung unterwegs waren. Und dass jeder eine Sonde über der Schulter trug.

Erst als sie grußlos an ihm vorbeidefiliert waren, schaltete Martin. »Hey«, rief er. »Moment mal. Bleiben Sie stehen.«

Niemand reagierte. Er sah ihnen kopfschüttelnd nach. Was war denn das? Autisten auf Wanderschaft? Sogleich ärgerte er sich über sein eigenes Vorurteilsdenken. Wahrscheinlich war das Bild in ihm durch die gestrigen Recherchen entstanden.

Er drehte sich um und schlug einen leichten Trab ein. Ihr zielstrebiger Schritt ließ sie schneller vorankommen als gedacht.

»Hey«, rief er noch mal. »Hey! Stehen bleiben. Polizei.«

Als hätte er das magische Wort beim Stopptanz gerufen, blieben die Männer stehen. Ruckartig. Wie eins. Wie ferngesteuert. Irgendwie unheimlich.

*

Bonn

»Hm, wie das duftet. Riechst du das? Besser kann der Tag nicht starten.« Ruth wedelte den aus der Tasse aufsteigenden Kaffeeduft in Oskars Richtung, vorsichtig bemüht, den Inhalt nicht über das Bett zu schütten.

Ein undefinierbarer Laut kam unter der Bettdecke hervor, bevor sich der ganze Körper zur anderen Seite drehte. Ruth, die sich bäuchlings zu Oskar herangerobbt hatte, die Tasse sorgfältig balancierend, setzte sich auf, lehnte den Rücken gegen das dicke Kopfkissen und zog die Beine an.

»Spät geworden gestern, ich weiß. Aber ich glaube, es hilft nicht, den Kopf unter die Decke zu stecken. Du musst aufstehen. Der Tag ruft.«

Wieder ein Murmeln. »Lass ihn rufen«, konnte es heißen, sicher war das nicht.

Ruth trank einen Schluck von dem Kaffee, den sie für Oskar zubereitet hatte. Die Espressobohnen konnten ja nichts dafür, dass er sie schmählich verweigerte. Ihr tat der Wachmacher gut. Denn sie war ebenfalls zu spät ins Bett gegangen. Sie hatte die Gunst der Stunde genutzt, dass Oskar einen Abendtermin hatte. Hatte den Manuskriptstapel beiseitegeschoben, um mit ihrer eigentlichen Arbeit weiterzukommen. Bis kurz vor Mitternacht hatte sie gearbeitet, dann fielen ihr die Augen zu, und sie war zu Bett gegangen. Sie hatte nicht mitbekommen, wann Oskar nach Hause gekommen war.

»Aufstehen, du Langschläfer.« Ruth rüttelte mit einer Hand an dem Körper, der sich unter der Decke abzeichnete. Oskar drehte sich noch weiter von ihr weg. »Vorsicht, gleich liegst du vor dem Bett.« Sie lachte. »Scheint ja ein spannender Abend gewesen zu sein.«

Oskar stöhnte auf und kippte zurück auf den Rücken.

Immerhin zog er die Decke unter das Kinn und legte seine Hand auf die Stirn.

»Okay, ich verstehe. Kein Kaffee, sondern eine Kopfschmerztablette.«

Er nickte kaum merklich.

»Bin schon unterwegs.«

Kurz darauf war sie mit der aufgelösten Medizin zurück. »Das Gegenmittel gibt es nur im Sitzen«, versuchte sie Oskar zu locken, aber er winkte ab. Puh! Es sah nicht so aus, als wenn das mit ein paar Minuten Verspätung getan wäre.

»Soll ich in der Redaktion anrufen? Hast du Termine?«, fragte sie vorsichtshalber.

»Melde mich krank.« Seine Stimme klang jämmerlich.

Sie knallte das Glas lauter als gewollt auf den Nachttisch, und Oskar zuckte zusammen. Dann zog Ruth erbarmungslos die Bettdecke weg.

»Nicht dein Ernst, Oskar. Man meldet sich nicht mit einem dicken Kopf krank. Komm, setz dich hin, schluck das Zeug, und in einer halben Stunde geht es besser. Ich mache dir einen Espresso mit Zitrone, und dann fahre ich dich zur Arbeit.«

»Geht nicht«, presste Oskar zwischen den Zähnen hervor. »Echt nicht.«

Sie sah an sich herunter und dann auf den Wecker, dessen Sekundenzeiger sich stetig im Kreis drehte. Es konnte nicht sein, dass sie wieder Arbeitszeit verlor. Aber mit dem Fahrrad konnte sie Oskar nicht losschicken. Mit dem Auto schon gar nicht. Also würde sie eine Stunde Fahrt durch den morgendlich schleppenden Berufsverkehr einplanen müssen. Sie spürte, wie Ärger in ihr hochstieg.

»Oskar Schirmeier«, erhob sie die Stimme. »Wir werden jetzt alle beide unsere Jobs machen. Ich habe keine Ahnung, wo du gestern Abend gelandet bist. Ehrlich gesagt hatte ich zwischendurch Angst, dass du dich an Uriahs Spuren heftest. Aber jetzt bin ich mir sicher, dass er nichts mit deinem Zustand zu tun hat. Es sei denn, du hättest dich mit ihm zusammengesetzt, um eure Angelegenheiten und Zwistigkeiten in Alkohol zu ertränken. Was ja nach allem, was du mir erzählt hast, kaum vorstellbar ist.«

Sie holte tief Luft. Es passierte ihr selten, dass sie sich so in Rage redete. Sie drehte sich um und riss das Fenster auf. Der saure Gestank, der von Oskar ausging, waberte durch das Zimmer, seitdem sie die Bettdecke zurückgezogen hatte. Sie rümpfte die Nase. Der Geruch war unerträglich.

»Frische Luft hilft. Ich gehe derweil unter die Dusche. In einer halben Stunde kommt der Espresso, bis dahin sollte der Kopf wieder mitspielen. Und dann bin ich gespannt darauf, wie du so versumpfen konntest.«

Oskar strich sich mit beiden Hände über die Schläfen.

»Ich war im *Von und zu*«, flüsterte er, nachdem er angeekelt das Glas mit der aufgelösten Tablette getrunken hatte. »Ich habe für den kranken Kollegen den Krimistammtisch übernommen. Ein Interview zum monatlichen Treffen der Syndikatsgruppe. Kennst du das Restaurant?«

»Klar.« Sie verdrehte die Augen. Sie waren dort schon zusammen essen gewesen. Es lag nur zwei, drei Straßenecken weiter.

»Ich sollte dort ein Interview führen zum *Bonner Krimi Archiv Sek…*« Seine Stimme wurde immer leiser.

»Nicht einschlafen!« Ruth klatschte in die Hände.

Oskar riss die Augen auf, sie fielen sofort wieder zu. »Sekundärliteratur«, murmelte er.

»Keine Ahnung, wovon du redest. Aber du kannst es mir gerne heute Abend erzählen. Krimistammtisch und Krimiarchiv hören sich jedenfalls sehr spannend an.« Sie versuchte es mit einem milderen Tonfall. »Und dass es da nicht bei einem Glas Wein oder Bier geblieben ist, kann ich sogar verstehen.«

Sie schloss das Fenster, weil der Raum auskühlte. Draußen zogen Nebelfetzen durch die engen Südstadtstraßen.

»Wie gesagt: Ich springe unter die Dusche und bringe dich anschließend zur Arbeit. Ich bin froh, dass du bei den Krimischriftstellern unter die Räder gekommen bist. Alles besser als ein Zusammentreffen mit diesem Schmierfotografen.« Ruth ärgerte sich. Sie hörte sich an wie die Mutter eines Pubertierenden. Wenn Oskar sich krankmeldete, wäre das schlimm?

Sie lockerte ihre Schultern, nachdem sie ihr Schlafshirt über den Kopf gezogen hatte. »Spießerin«, sagte sie zu ihrem Spiegelbild und drehte sich eine Nase. Selbstgespräche, die konnte sie. Sie hob den Metalldeckel vom Wäschekorb an und pfefferte das Shirt hinein. Jetzt war es also so weit, dass sie wie ihre eigenen Eltern sprach. Hatte lange gedauert, aber irgendwann trifft es – abrupt stoppte sie ihren Gedankenfluss. Irgendetwas hatten ihre Augen wahrgenommen. Irgendetwas funkte aus ihrem Unterbewusstsein. Und bevor sie es wahrhaben wollte, wusste sie schon, dass ihr die Sinne keinen Streich spielten.

Vorsichtig nahm sie den Deckel der Tonne wieder auf. Hob ihr T-Shirt an. Darunter lagen Oskars Kleiderstücke. Die, die er gestern getragen hatte. Verfärbt in allen Farbschattierungen zwischen Hellrot und Schwarz. Eindeutig durchtränkt. Blutdurchtränkt.

*

Norderney

»Wir machen nichts Illegales«, presste einer der Männer zwischen den Lippen hervor. Dabei starrte er millimeterscharf an Martin vorbei. Die anderen standen reglos und hatten die Köpfe gesenkt. Es hatte etwas von einer willenlosen Armee.

Nur dass er niemanden als Anführer ausmachen konnte. Geredet hatte derjenige, vor dessen Nase er sich unmittelbar aufgestellt hatte.

»Habe ich das behauptet?«, fragte Martin. Er hatte keine Ahnung, was er von den Männern wollte, außer einem diffusen Bauchgefühl. Ärgerlich, dass er gestern keine Rücksprache mehr mit Nicole und Ronnie gehalten hatte. Dabei hätten die beiden sich sicher gemeldet, wenn ihnen etwas Ungewöhnliches aufgefallen wäre. Oder wenn sie von der Havarie eines Schiffes gehört hätten. Trotzdem. Es konnte nicht schaden, sich selbst ein Bild zu machen.

Niemand antwortete.

»Ich möchte wissen, was Sie hier suchen. Ich bin Dienststellenleiter der hiesigen Polizei. Ihr Treiben am Strand sorgt für Aufmerksamkeit und Gerede. Das würde ich gerne einordnen können. Wer von Ihnen ist für Ihren Verein verantwortlich?«

Die Köpfe senkten sich tiefer. Der Mann vor ihm schlug die Augen nieder. Sein Mund war ein einziger gerader Strich.

»Meine Herren«, Martin versuchte, seinen Ärger zu unterdrücken. »Das ist doch lächerlich. Es geht um eine einfache Auskunft. Sie erklären mir Ihr Vorhaben, und ich lasse Sie des Weges ziehen.«

Das stoische Schweigen hielt an.

»Okay.« Martin zog das Wort in die Länge, während seine Gedanken ratterten. Er hatte nichts gegen die Männer in der Hand. Niemand hatte gesetzeswidrig gehandelt. Und dennoch machten sie sich durch ihr ganzes Verhalten verdächtig.

Er zog sein Handy aus der Tasche. Wenn alles nicht half, dann musste er die Dinge eben zuspitzen. Es war lächerlich, dass er sich an diesem Trupp die Zähne ausbiss.

»Nun denn.« Er wählte die Dienststellennummer und bekam Olaf Maternus an den Apparat. »Moin, Olaf. Schickst du mir mal einen Streifenwagen raus mit zwei Mann Besatzung. Ein Stück hinter dem Nordstrand. Personenüberprüfung. Und verständige bitte Gert Schneyder.« Er machte eine Pause, bevor er betont laut und wichtig weitersprach. »Von der Mordkommission.«

Es war wie bei einem Kinderversteckspiel. Aus den Augenwinkeln glaubte er, eine Bewegung wahrgenommen zu haben. Er drehte sich zu dem Mann. »Sie!« Der Angesprochene reagierte nicht. Martin fühlte sich in eine surreale Welt versetzt. Eine Traumwelt, aus der Anne ihn gleich wachrütteln würde. Ausgerechnet Anne.

Da war sie wieder. Eine Bewegung. Einer der Männer schwankte. Konnte nicht mehr ruhig stehen. Martin schoss auf ihn zu. Der Kerl verlagerte sein Gewicht auf den anderen Fuß und verzog schmerzhaft den Mund.

»Kein Problem.« Er gab sich betont freundlich. »Ich will hier niemanden aufhalten. Keinen von der Arbeit abhalten. Ganz schön schwer, diese Dinger, die Sie mit sich herumtragen. Diese Sonden.« Er hob die Schultern. »Ich habe ja keine Ahnung von solchen Sachen. Immer nur davon gehört. Interessante Geschichten. Also Deal: Sie sagen, wohin es geht, und ich lasse Sie weiterziehen.« Er deutete auf den Fuß des Mannes. »Oder brauchen Sie Hilfe?«

Er konnte sehen, dass sein Gegenüber die Wangen eingezogen hatte.

»Ich will ja nicht unken, aber vor ein paar Tagen hatten wir auf der Insel einen ungeklärten Todesfall. Also, wenn es Ihnen nicht gut geht, sollten Sie auf sich achtgeben.«

Der Mann hob den Kopf. Martin sah ein erschrockenes Aufblitzen in seinen Augen. Wieder verlagerte er das Gewicht auf das andere Bein.

»Krämpfe.« Martin bewegte seine Hand hin und her. »Das ließ sich im Nachhinein feststellen. Krämpfe waren dem Tod vorangegangen.«

Der Mann drehte den Kopf und sah hilflos zu den anderen.

Martin spürte, dass er an Boden gewann. »Der Tote. Vielleicht kennt ihn einer von euch.« Bewusst ging er zum vertraulicheren Du über. »Sieht mir so aus, als wärt ihr eine verschworene Gemeinschaft. So ein Hobby verbindet. Der Tote jedenfalls, der hätte gut bei euch reingepasst. Allein vom Alter. Alleinreisend. Kein typischer Tourist.« Er lachte gekünstelt auf. »Doch das wäre euch aufgefallen, wenn einer fehlen würde, was? Das hättet ihr sicher längst gemeldet.« Er schlug dem Mann vor sich auf die Schulter, woraufhin dieser einen erstickten Schmerzenslaut ausstieß. Hastig ging sein Blick wieder zu den Kameraden.

»Okay.« Martin sah aus den Augenwinkeln, wie sich die Kollegen mit dem Pritschenwagen näherten. »Ich verstehe. Ihr vermisst niemanden. Trotzdem werden wir jetzt eine Personenkontrolle durchführen. Zur Sicherheit für alle. Wir haben eine unklare Gefahrenlage auf der Insel. Darf ich also bitten: einmal die Personalausweise und die Kurkarten. Wenn Sie uns zusätzlich Ihre Unterkunft nennen, sind wir hier in zehn Minuten durch. Ansonsten wird es ein längeres Vergnügen. Was ja wohl keiner will.« Noch einmal legte er die Hand mit Nachdruck auf die Schulter seines Gegenübers.

»Verdammt«, schrie dieser auf. »Lassen Sie Ihre Flossen von mir. Sie wissen genau, dass Sie mich nicht anfassen dürfen.«

»Anfassen?« Martin tat erstaunt. »Es war als Hilfestellung gemeint. Aber bitte.« Er trat zwei, drei Schritte zurück.

Der Mann richtete sich auf, schüttelte das linke Bein aus und griff zu seiner Hosentasche, um sein Portemonnaie herauszuziehen. »Wenn es das Ganze abkürzen hilft.« Er zeigte in die Runde. »Ich bin der Vorsitzende von unserem Sondengänger-Verein. Es reicht wohl, wenn Sie meine Papiere sehen. Auch wenn ich die Rechtmäßigkeit Ihres Vorgehens anzweifle.

Weitere Schritte werde ich mir vorbehalten. Im Übrigen wohnen wir alle an der gleichen Adresse. In der Pension …«

Der Pritschenwagen machte auf dem nassen, festen Sand eine filmreife Rockford-Wende und kam verdammt nah neben ihnen zum Stehen. Martin sprang beiseite. Verflixt, dieser Ronnie! Dann sah er mit Genugtuung, dass er nicht der Einzige war, der sich vor Schreck bewegt hatte. Er grinste seinen Mitarbeiter an, als dieser aus dem Wagen hüpfte. Auf der Beifahrerseite ließ Silke lediglich das Fenster runter und hob die Hand müde zum Gruß.

Ronnie trat zu ihm. »Moin, Martin. Schon im Einsatz? Sorry, wir haben dich gestern nicht mehr angetroffen, deswegen hat es mit der Übergabe nicht geklappt. Die Herren und ich hatten schon das Vergnügen.« Er drehte sich um und grinste breit. »Nicht wahr?«

»Ach? Und? Was Besonderes?«

»Nee, Chef, sonst hätte ich mich gemeldet. Auch wenn ich immer noch nicht klar habe, hinter was die alle her sind. Aber eines steht fest: Die haben nichts miteinander zu tun. Kannten sich vorher nicht und kommen alle aus verschiedenen Städten. Wir konnten nichts feststellen, was einer weiteren Überprüfung bedurft hätte.« Er wandte sich den Männern zu. »Richtig zusammengefasst, oder?«

Martin ließ Ronnies Worte einen Moment sacken. Faltete dann die Arme vor dem Oberkörper. Verbreiterte seinen Schritt. Senkte die Stimme. Drehte sich so, dass ihn nur Zentimeter vom Gesicht seines Gegenübers trennten: »Soso. Keine weitere Überprüfung. Nun, das sehe ich etwas anders. Stimmt's, Herr Vereinsvorsitzender? Ich bin sehr gespannt auf die weiteren Ausführungen. Der Bequemlichkeit halber selbstverständlich auf dem Revier.«

*

»Na, Frau Dirkens, heute Nacht besser geschlafen?« Daniela sah die alte Dame an, als die zur Tür hereinlugte. »Oder wieder Heine auswendig gelernt?«

Marthe Dirkens seufzte. »Weder noch. Es ist mir so viel durch den Kopf gegangen in der letzten Nacht. Unser Spaziergang und die Gespräche, das alles hat mich aufgewühlt.« Sie legte die Hand aufs Herz.

»Das tut mir sehr leid.« Daniela zog einen Stuhl unter dem Küchentisch hervor. »Wollen Sie sich nicht setzen?«

Marthe Dirkens drehte den Kopf, als wenn hinter ihr jemand stünde, trat dann aber in den Raum. Erst jetzt sah Daniela, dass sie ausgehfertig im Mantel steckte und eine kleine Handtasche hielt. »Nur kurz«, sagte Frau Dirkens. »Ich will zum Arzt.«

»So schlimm?« Daniela machte sich wirklich Sorgen.

»Ich weiß nicht recht.« Frau Dirkens wiegte den Kopf hin und her. »Vielleicht sind es nur die eingebildeten Leiden einer alten einsamen Frau.«

Sie schaute so bedröppelt, dass Daniela sie in ihren Arm zog und dann auf den Stuhl schob. »Wissen Sie was, Frau Dirkens, ich begleite Sie zu Doktor Matzdorf. Sie wissen doch, vier Augen und vier Ohren erfahren bekanntlich mehr.«

»Ja, ja, das sagen die in den Ratgebersendungen auch immer.«

»Sehen Sie, wenn das im Fernsehen kommt, dann hat das auch seine Richtigkeit.«

»Aber deine Gäste?«

»Alles erledigt. Die Herren mit den Wünschelruten sind schon aus dem Haus. Das hätten Sie einmal erleben sollen. Die kamen fix und fertig ausstaffiert in den Frühstücksraum. Trugen ihre Sonden bei sich. Als hätten sie Angst, dass ich hinter ihrem Rücken damit auf Schatzsuche gehe. Das ist doch lächerlich! Was wollen die denn hier auf der Insel finden?« Sie machte eine wegwischende Handbewegung. »Egal. Ist nicht meine Angelegenheit. Hauptsache, sie bezahlen anständig. Mit echtem Geld und nicht irgendwelchen Münzen aus der Vorzeit.«

Frau Dirkens lächelte matt. »Och, irgendwie wäre das aber auch romantisch. Ich mag Seeräuber- und Schmugglergeschichten. Und ich könnte mir schon vorstellen, dass es auf der Insel Schätze gibt, die längst vergessen sind. Schließlich haben die Norderneyer von der Seefahrt gelebt.« Ihr Lächeln wurde versonnener. »Wie mein Seliger auch. Aus dem wäre keine Landratte zu machen gewesen. Tief in seinem Herzen trug er auch diese Seefahrerromantik. Allein auf hoher See. Einsam auf einer verlassenen Insel. Reich durch einen verborgenen Schatz.«

»Uiii, das klingt aber poetisch.« Caroline Wiesinger erschien im Türrahmen.

Sofort setzte sich Marthe Dirkens in Position. »Ja?«, antwortete sie kokett. »In mir haben Sie jedenfalls eine solide Gesprächspartnerin, wenn es um Heines Zeit auf der Insel geht. Fragen Sie ruhig, jederzeit. Vielleicht heute Nachmittag bei einem Tee?«

Daniela unterdrückte ein Grinsen. So schnell ließ sich das Unbehagen der alten Dame auflösen. Trotzdem würde ein Besuch bei Doktor Matzdorf nicht schaden.

»Gern, heute Nachmittag, aber jetzt muss ich los.« Caroline Wiesinger winkte, und schon fiel die Haustür ins Schloss.

»So jung müsste man noch einmal sein.« Frau Dirkens sackte wieder zusammen, aber in ihren Augen lag ein verträumter Glanz.

*

Ruth überlegte, was sie tun sollte. Sie konnte ja schlecht über die gesprenkelte Wäsche hinwegsehen. Und dass Oskar sich von einem der Krimischriftsteller eine blutige Nase geholt hatte, konnte sie wohl ausschließen.

Es änderte aber nichts. Sollte Oskar also noch eine Viertelstunde schlafen, während sie sich fertig machte. Sie warf ihren Slip obenauf in die Wäschetonne und drehte in der Dusche das Wasser heiß bis zur Schmerzgrenze und zum Schluss eiskalt auf, sorgsam bemüht, die Haare dabei auszusparen.

Abtrocknen, eincremen, Zähne putzen, in Jeans und Pulli schlüpfen ging wie eins. 14 Minuten, sagte die Badezimmeruhr, als sie die Klinke fertig angezogen herunterdrückte. Was jetzt? Noch hatte sie keinen Plan, wann und wie sie Oskar auf die blutige Wäsche ansprechen sollte. Wichtiger war es, dass er zur Arbeit kam, beschwichtigte sie die sorgenvollen Gedanken, die in ihr aufstiegen. Alles andere würde er entweder selbst erzählen, oder sie würde ihn am Abend damit konfrontieren.

Sie stieß die Schlafzimmertür auf. »Raus mit dir, Oskar«, rief sie munterer, als ihr zumute war. »Die Schonzeit ist vorüber. Bestimmt wirkt das Mittel gegen die Kopfschmerzen. Also los.«

Oskar rührte sich nicht. Keine Regung, kein Zeichen des Protests. Nichts. Einfach nichts.

Ruths Bauch krampfte sich auf seltsame Weise zusammen.

»Oskar.« Sie hörte sich krächzen. Eine Hitzewelle löste sich aus dem Brustraum und stieg in ihren Kopf.

Er lag wieder auf der Seite, halb auf dem Bauch, das Gesicht ins Kissen gedrückt, sodass sie es nicht sehen konnte.

»Oskar?« Sie versuchte es lauter. »Oskar, aufwachen! Du musst los!« Von laut nach leise. Er reagierte nicht.

Als hätte jemand einen Schalter angeknipst, wusste sie plötzlich, was zu tun war. Mit einem Schritt kniete sie neben ihm, drehte seinen Körper und spürte erleichtert die Wärme durch sein T-Shirt. Legte ihn auf den Rücken, prüfte seine Atmung, griff nach dem Handgelenk. Kein Puls. Verdammt, kein Puls. Sie wusste nicht, hob und senkte sich der Brustkorb? Oder bildete sie es sich ein? Der Puls. Wo war der Puls?

Seitenlage, Kopf überstrecken, Notruf absetzen, harter Untergrund für eine Reanimation. Die Schlagworte aus dem Erste-Hilfe-Kurs führten einen Tanz auf, dem sie nicht folgen konnte.

Ruhig bleiben.

»Oskar.«

Atmen.

»Oskar.«

Sie ließ sich aufs Bett sinken, tätschelte seine Wangen, erst leicht, dann fester.

»Oskar, wach werden. Oskar.«

Sie hob seinen Hinterkopf an und beugte sich über ihn. Versuchte, seinen Atem zu spüren. Als sie ihn zurücksinken ließ und die Hand hervorzog, war diese feucht und blassrot. Scheiße. Scheiße. Blut.

Ruth schloss die Augen und holte tief Luft. Berührte mit Zeige- und Mittelfinger die Halsschlagader und legte die andere Hand auf seinen Brustkorb. Und tastete flach und flüchtig, aber eindeutig, seinen Herzschlag, spürte, wie sich die Rippen hoben und senkten. Er lebte. Oskar lebte.

Sie rannte hinaus in den Flur, wo der Festnetzanschluss installiert war. Riss das Mobilteil aus der Ladestation. 112. Besetzt. 112. Besetzt. Verflucht. 110. Irgendeiner musste helfen. Die Kollegen. Eine erlösende Stimme. Beruhigende Worte. Alles wird gut. Wir informieren die Rettung.

»Oskar.« Sie ließ sich wieder auf der Bettkante nieder. »Oskar, es ist gleich jemand da. Hörst du? Alles wird gut.«

Sie musterte sein Gesicht. Blass, aber nicht leichenblass. Um die Augen dunkle Schatten. Sie beugte sich hinunter. Blaugrauschwarz mit Einsprengseln von Violett und Grün. Blutergüsse auf beiden Seiten. Von der Brille? Wo war Oskars Brille? Sie lag nicht auf dem Nachtschrank, nicht bei seiner Kleidung.

Ruth sprang auf, um im Bad nachzusehen. Auf halbem Weg eilte sie zurück. Puls. Atmung. Unverändert. Wie lange dauerte es, bis ein Arzt vor Ort war? Ob sie aus der Nachbarschaft Hilfe holen sollte? Vorne an der Ecke war ein Ärztehaus. Im Umkreis von 500 Metern lagen zwei Krankenhäuser. Anfahrtswege von unter zehn Minuten in der Stadt. Zehn Minuten seit wann? Wann hatte der Wecker geklingelt? Wann war sie ins Bad? Wann hatte er mit ihr gesprochen? Was hatte er zuletzt gesagt? Zuletzt. Zu. Letzt. Letzte Worte.

Sie schüttelte den Kopf und fuhr sich mit den Händen in die Haare. Ruhig. Bleib ruhig. Atmen. Ausatmen. Einatmen.

Endlich hörte sie die erlösenden Martinshörner. Sprang auf, blockierte mit den Schuhen, die im Flur standen, die Wohnungstür, hastete die alte Holztreppe hinunter, die vibrierte und knarzte, und öffnete die Eingangstür. Schwer atmend lehnte sie sich mit dem Rücken dagegen. Sah den vier Menschen entgegen, die ruhigen Schrittes auf sie zukamen. Keine Hast, keine Panik. Alles würde gut.

»Kleimann, ich bin die Notärztin. Was ist passiert?«

Die Worte kamen automatisch aus dem Mund. Ohne dass sie etwas dazu tat. Ohne dass sie verstand, was sie sagte. Es musste richtig sein, denn die Ärztin und die Sanitäter fanden den Weg in die Wohnung. Sprachen auf sie ein, während sie Oskar erstversorgten.

Erstversorgen, hörte sie eine Stimme, und sie wusste nicht, ob es ihre, die der Ärztin oder Oskars war.

»Setzen Sie sich.« Jemand reichte ihr ein Glas Wasser. Es war wie im Kino.

»Kommt er durch?«, fragte sie. Auch wie im Film.

»Wissen Sie, was passiert ist?«

Ruth schüttelte den Kopf. »Krimistammtisch«, entfuhr es ihr, und dann begann sie hysterisch zu lachen. Sekunden nur. Sie hielt sich den Mund zu. Der Mann in der weißen Kleidung lächelte sie an.

»Das wird wieder«, nickte er. »Der Kreislauf ist stabil.«

Ruth wollte sich nur fallen lassen. War dankbar für die tröstenden Worte. Es wird wieder, hatte er gesagt, und er musste es wissen. Warum sollte es das auch nicht? Wahrscheinlich zu viel Gin, Whiskey und Wodka. Und das Blut? Ruth merkte, wie etwas »Plopp« machte. Genau. Es war gar kein Blut. Kunstblut. Bestimmt war es Kunstblut, weil diese Krimiautoren immer für solche Scherze gut sind.

»Sie können vorne mitfahren.«

Sie nickte. Ließ alles an sich vorbeiziehen.

Das war es. Eine Alkoholvergiftung, sicher. Und Kunstblut. Sie wandte sich an den Fahrer, um es zu erklären. Sah sein Nicken. Ein nachsichtiges Nicken. Wie zu einem Kind. Aber so war es. So war es bestimmt. Was sollte es anderes …?

Das Manuskript zu Hause auf dem Tisch schob sich vor ihr inneres Auge. »Nein, das ist Quatsch«, sagte sie laut und winkte ab, als sie den Blick des Fahrers auf sich spürte. »Ich überlege nur.«

Wieso fuhren sie kreuz und quer durch die Südstadt? Die beiden Krankenhäuser, sie waren ums Eck. Allgemeinkrankenhäuser. Chirurgie, Innere, Gynäkologie, Orthopädie. Grundausstattung. Erstversorgung.

Der Funk knarzte. »Wir sind gleich da«, sagte der Fahrer. Ruth wusste nicht, zu wem er sprach.

Sah die Straße unter sich hinwegrollen, Meter für Meter. Die Häuser wurden größer, üppiger. Standen herrschaftlich in weitläufigen Gärten.

»Das Krankenhaus?« Sie machte eine unbestimmte Geste, als ein weißes Klinikgebäude auftauchte. Sie ließen es links liegen.

»Gleich sind wir da.«

Grüne Büsche. Wälder. Kurven. Ein neuer Stadtteil. Eine Klinikstadt. Hoch oben auf dem Berg. »Universitätsklinikum Bonn«, sagten die Lettern auf dem blauen Schild, als sie eine verengte Einfahrt passierten.

Ruths Gedanken überschlugen sich. Erstversorgung. Überversorgung. Zu viel des Guten. Das ist doch nicht nötig. Warum?

»Jetzt haben wir es geschafft.« Der Fahrer zeigte auf ein Gebäude, das am Ende des Klinikgeländes lag. Dahinter erhoben sich dicht an dicht Bäume zu einem ganzen Wald. »Hier ist Ihr Mann in guten Händen. Die Neurochirurgen, die bringen das in Ordnung.«

Ruth öffnete den Mund und schloss ihn wieder. Etwas war falsch. Das konnte nicht sein. Sie musste das sagen. Musste es korrigieren. Oskar war kein Fall für die Neurochirurgie.

Sie setzte erneut mit Sprechen an: »Da liegt ein Missverständnis vor. Oskar …« Sie stockte. Sah vor ihrem Auge die blutbefleckte Kleidung. Blickte auf ihre Hand, mit der sie seinen Hinterkopf gestützt hatte.

Der Fahrer sah sie an. »Ja?«

Ruth starrte geradeaus. Hilflos. Leer. »Oskar. Oskar ist gar nicht mein Mann«, flüsterte sie.

*

»Tut mir leid, Gert, ich hatte gehofft, ich könnte dir weiterführende Erkenntnisse auf dem Frühstückstablett servieren.« Martin merkte, wie gequält sein Lächeln wirken musste. Gerade hatte der vermeintliche Vereinsvorsitzende der Sondengänger das Polizeirevier verlassen.

Ronnie klopfte an den Türrahmen. »Kann ich reinkommen, Chef?«

Er wartete die Antwort nicht ab, sondern setzte sich auf den Stuhl, auf dem der Sondengänger gesessen hatte. »Wahrscheinlich nichts Neues, oder hast du dem maulfaulen Verein, der ja kein Verein ist, etwas entlocken können?«

Martin winkte ab. »Das bringt uns nicht weiter. So wie es aussieht, hat unser toter Mann nichts mit den Schatzjägern zu tun.«

»Schatzjäger ist gut.« Ronnie legte ein Bein auf das andere Knie und hielt den Unterschenkel so fest umklammert, als säße er auf einem schwankenden Boot. »Nicole und ich haben gestern Abend in alle Richtungen überlegt, hinter was die her sein könnten. Das mit der Havarie eines Schiffes haben wir ausgeschlossen. Sicherheitshalber haben wir auf den Nachbarinseln nachgefragt, aber auch da ist keine Ladung an Land gegangen. Nicole meinte, die wären vielleicht hinter Patronenhülsen oder so was her.«

»Patronenhülsen?« Gert beugte sich vor. »Weil die Polizei am Norderneyer Strand Schießübungen veranstaltet?«

»Nee, nix da.« Ronnie grinste breit. »Da kann uns keiner was anhängen. Wir sind hier zwar fernab von der polizeilichen Zivilisation, wie unsere Unterstützer gerne behaupten, aber nicht im Wilden Westen.«

»Dann verstehe ich das mit den Hülsen nicht.«

»Nicole ging es eher um Schrotkugeln. Weil die oft noch

aus Blei sind. Soll eigentlich längst verboten sein. Aber wir wissen ja alle, wie das läuft. Bis sich so was mal durchsetzt.«

»Blei?«, fragte Martin und sah Gert an.

Ronnie schien den Blick nicht zu verstehen. »Na ja, die Karnickel auf der Insel sind eine Plage. Kaninchenköttel, wohin man tritt. Von den Kadavern ganz zu schweigen.«

»Kadaver wegen der tödlichen Kaninchenkrankheit, die wir auf der Insel haben«, erklärte Martin in Gerts Richtung. »Bei der Myxomatose, oder wie wir sagen, der Kaninchenpest, fallen die Viecher tot um, wo sie gehen und stehen. Führt nicht immer zu schönen Bildern auf der Insel, vor allem, wenn sie vor den Augen der Touristen verwesen.«

»Hört sich nicht appetitlich an.« Gert verzog das Gesicht. »Hab davon schon gehört.«

»Der Deichschutz ist wegen der Kaninchenbauten ebenfalls betroffen. Es tut mir leid, dass die Urlauber die Tiere ganz entzückend finden, aber was die hier für ein Unheil anrichten, das sieht nur derjenige, der nicht nach ein paar Tagen wieder abreist.«

»Du redest dich ja richtig in Rage«, bremste Martin seinen Mitarbeiter. »Dabei wolltest du auf das Blei hinaus.«

»Ja, von den Jägern. Das gibt natürlich jedes Mal einen Aufschrei, wenn diese im Ort und auf der Insel gesichtet werden. Wie kann man denn auf die niedlichen Tiere schießen, fragen die Leute allen Ernstes. Manchmal setzen wir Falkner ein. Aber auch die müssen die erlegten Kaninchen abtransportieren. Was für ein Kampf das immer ist, unvorstellbar. Also für mich ist das alles übertrieben.«

»Ronnie!«

»Chef?«

»Du sollst hier keine Vorträge für oder gegen den Tierschutz halten. Das ist eine zu große Nummer, um sie zufriedenstellend zu klären. Und nicht unser Thema. Du wolltest berichten, was ihr für Mutmaßungen bezüglich der Schatzsucher habt.«

Ronnie schaute ihn einen Moment irritiert an, als wüsste er nicht, was Martin meinte. Dann nickte er. »Stimmt. Klar. Das regt mich nur so auf. Aber lassen wir das. Nicole vermutet jedenfalls, dass die nach Blei suchen, das von der Jagd in den Dünen liegt.«

»Aber in den Dünen dürfen sie doch gar nicht suchen.«

»Genau, Chef!« Ronnies Finger schnellte vor und zeigte auf ihn. »Deswegen glauben wir auch, dass diese seltsamen Strandspaziergänge nur Ablenkungsmanöver sind. Zumal sie die Ausrüstung die halbe Zeit auf der Schulter spazieren tragen.«

»Wirklich seltsam.« Gert schaltete sich ein. »Was für Möglichkeiten gäbe es sonst noch?«

»Na ja, vielleicht am Wrack. Dort, wo die Insel fast auf Baltrum stößt. Aber das Schiff liegt dort schon über 50 Jahre. Als wenn es da noch was zu entdecken gäbe.«

»Eigentlich brauchen wir das nicht weiter zu vertiefen. Wir sollten uns auf unseren Todesfall konzentrieren. Die Sondengänger kennen sich untereinander nicht oder nur flüchtig. Und sie vermissen niemanden aus den eigenen Reihen. Auch nicht in ihren Unterkünften. Richtig?« Martin kniff sich ins Kinn. Eine Antwort erwartete er nicht. »Ich will einzig und allein den Todesfall so schnell wie möglich vom Tisch bekommen. Ich habe nicht vor, weiter an meinem Ruf als ›Todesengel von Norderney‹ zu arbeiten.«

Ronnie sperrte den Mund auf, während Gert unverschämt grinste.

»Wer sagt denn so was, Chef?«

»Guck dir Gerts Gesicht an, dann weißt du, wie auf dem Festland über mich geredet wird. Also zur Sache. Etwas treibt mich tatsächlich um. Auch wenn unser Mann nicht direkt mit den Sondengängern in Kontakt war, gab es möglicherweise doch eine Verbindung.«

»Was soll denn das gewesen sein, Chef? Wir haben keine Ausrüstung und nichts gefunden.«

»Das Blei«, sagte Martin und schaute erst Ronnie und anschließend Gert an. »Nehmen wir einmal an, Nicole hat recht mit ihrer Vermutung. Wenn Blei zu den bevorzugten Funden gehört, ist es dann möglich, dass sich aus dem Umgang damit eine chronische Bleivergiftung entwickelt?«

»Guter Mann!« Gert Schneyder sprang auf. »Eine interessante These. Ich nehme direkt Kontakt mit der Rechtsmedizin auf.«

»Hey, wenn das so wäre …« Ronnie stockte, schniefte wieder und hielt sich mit dem Finger ein Nasenloch zu. »Dann könnten die anderen Typen doch auch so was haben. Eine Vergiftung oder zumindest erhöhte Werte, was?«

»Das werden sie uns kaum auf die Nase binden, so unkooperativ, wie sie sich bisher zeigen.« Martin schob seinen Stuhl zurück und stand auf. »Ich habe auch keinen Grund, sie wieder ins Kreuzverhör zu nehmen.«

Ronnie grinste und klatschte sich auf den Oberschenkel. »Das ist ja auch Quatsch. Entschuldige, Chef. Aber vielleicht eine Nummer kleiner? Ich weiß ja, wo die untergekommen sind. Und stell dir vor: fast alle in unserem Hostel. Bei Daniela und unserer guten Frau Dirkens.«

»Du meinst …« Martin brauchte nicht weiterreden.

Gert grinste. »Ach nee. Wollten wir nicht sowieso Frau Dirkens besuchen? Ich habe die alte Dame in guter Erinnerung.«

Ronnie führte eine imaginäre Tasse an den Mund, wobei er den kleinen Finger abspreizte. »Ach ja? Mit oder ohne spezielle Teezeremonie?«

*

Daniela blickte sich im Behandlungszimmer des Arztes um. Sie hatte von seinem exzentrischen Geschmack und Auftreten gehört. Fotografien an den Wänden zeigten vor allem eins: Matzdorf selbst. Mal neben einem seiner Oldtimer, mal beim Abschlag auf dem Rasen oder wie er in seinem Golfcart über den Platz fuhr.

»Angeber«, entfuhr es Daniela.

»Ach, lass ihn doch. Er ist ein attraktiver Mann, warum soll er das nicht zeigen?«

Daniela sparte sich eine Erwiderung. Vielleicht bewertete man Attraktivität mit fast 80 Jahren anders als mit Mitte 30. Sie musste es nicht toll finden. Weder die Fotos noch den Mann, auch als Mediziner nicht.

»Das ist übrigens Gretchen.« Marthe Dirkens kicherte und zeigte auf ein Skelett. »Man kann sich das nicht vorstellen, aber die Frau hat wirklich gelebt.«

»Quatsch«, entfuhr es Daniela. »Den Bären wollten uns schon unsere Lehrer aufbinden. Ich glaube, die haben sich einen Spaß daraus gemacht, weil viele das gruselig fanden.«

»Doch, doch. Ich habe einen Bericht darüber gesehen. In den Schulen wurden die Menschenskelette erst nach und nach gegen Plastikknochen getauscht. Damals kam die Frage auf: Wie entsorgt man das Skelett eines Menschen. Ist das nicht schrecklich makaber?«

»Das glaube ich nicht.« Daniela sah Frau Dirkens prüfend an.

»Die Skelette stammten oft aus Asien, weshalb es sich oft um einen kleinen, zierlichen Körperbau handelte. Doktor Matzdorf sagt immer, er hat Gretchen adoptiert und damit einer unwürdigen Entsorgung vorgebeugt.«

»Aber warum nennt er sie Gretchen? So einen verstaubten deutschen Namen?«

»Vielleicht weil manche meiner Mitmenschen mich Doktor

Faustus nennen?« Doktor Matzdorf war unbemerkt eingetreten und lachte krächzend. Er trug keine Medizinerkleidung, nur das Stethoskop, das um den hochgestellten Polokragen lag, wies ihn als Arzt aus. Er schritt trotz seines Bauches federnd auf den Schreibtisch zu und deaktivierte mit einem Tippen den Bildschirmschoner. Dann senkte er den Kopf und blickte über seine Halbbrille. »Kleiner Scherz natürlich. Obwohl ich mir vorstellen kann, dass ein ambitionierter Oberstudiendirektor die Taufe des Skeletts zur Integration in ein deutsches humanistisches Gymnasium höchstselbst vollzogen hat und dabei Anleihe bei unserem alten Goethe nahm. Ich nehme aber an, dass Sie deswegen nicht den Weg zu mir gefunden haben?«

»Im weitesten Sinne vielleicht doch«, antwortete Frau Dirkens kokett. »Nicht Goethe, aber Heinrich Heine hat mich um den Schlaf gebracht.«

Voller Freude sah Daniela, wie dem aufgeblasenen Gockel von Arzt der Mund offen stand.

»Heine? Was, in Dreiteufelsnamen, haben Sie denn mit Heine am Hut?«

Seine Reaktion erstaunte sie. Sollte er sich als Arzt nicht vielmehr für die Schlafstörung interessieren als dafür, welcher Dichter sie auslöste?

Marthe Dirkens tat empört: »Trauen Sie mir nicht zu, mich mit gehobener Literatur zu beschäftigen?«

Der Arzt schien sich gefangen zu haben: »Meine liebe Frau Dirkens, wie käme ich zu einer solchen Annahme? Ich dachte nur, ausgerechnet Heine, der immer ein wenig bösartig und provokant daherkam. Das passt ja gar nicht zu Ihrer liebenswerten Art.«

Daniela glaubte, vom Stuhl zu fallen. Was für ein übertriebenes und unglaubwürdiges Schmachten war das denn? Und Frau Dirkens fiel allem Anschein nach darauf herein.

Sie konnte nicht mehr an sich halten. »Auf Heine sind wir nur gekommen, weil wir auf seinen Spuren auf der Insel unterwegs waren. Aber deswegen sind wir nicht hier.«

»Aha.« Der Arzt sah Daniela prüfend an. Ihr wurde mulmig unter seinen Augen. »Das heißt, Sie haben auch Beschwerden, oder wie muss ich das verstehen? Gemeinsame Symptome? Oder suchen Sie einen neuen Hausarzt, und Frau Dirkens begleitet Sie?« Er stand auf und ließ den Blick über ihren Körper wandern, während er nach der Blutdruckmanschette griff.

Sie merkte, wie ihr Herz einen Satz machte. »Oh nein«, wehrte sie schnell ab und rutschte mit ihrem Stuhl ein Stück zurück.

Der Arzt zog eine Augenbraue hoch und sah sie spöttisch an. Daniela bereute den Besuch schon jetzt.

Glücklicherweise hakte Marthe Dirkens ein. »Alles falsch, Doktor Matzdorf. Frau Prinzen ist meine Nachfolgerin in der Pension, aber das wissen Sie sicher. Für mich ist sie die gute Seele schlechthin.« Sie tätschelte Danielas Hand. »Sie macht sich nur zu viele Sorgen um mich. Meistens ganz unbegründet, aber zur Sicherheit …« Frau Dirkens wies auf ihr Herz.

Der Doktor nickte und setzte sich wieder hin.

»Da ist die Schlaflosigkeit, die mich schon länger plagt. Daraus entwickelt sich dann eine Nervosität, die mich fahrig und vergesslich werden lässt, und dann bin ich auch nicht mehr so gut zu Fuß wie früher.« Die alte Dame klang leicht atemlos.

Doktor Matzdorf lehnte sich zurück. »Nun, Frau Dirkens, ein ganz klein wenig liegt das in Ihrem Alter begründet. Das werden wir nicht mehr zur Gänze zurückdrehen können.« Er wandte sich Daniela zu. »Es ist wohl kein Zufall, dass Sie heute dabei sind. Möchten Sie etwas hinzufügen zu dem, was Frau Dirkens beschreibt?«

Endlich wirkte er wie ein normaler und sachverständiger Arzt. Daniela atmete durch und beschloss, ihm eine neue Chance zu geben. »Im Grunde genommen kann ich bestätigen, was Frau Dirkens sagt. Sie ist schneller erschöpft als früher. Die schlaflosen Nächte plagen sie schon länger und auch in zunehmenden Maße.«

»Senile Bettflucht«, warf Marthe Dirkens entschuldigend ein. »Jeder sagt, dass ich mich damit arrangieren muss. Im Alter braucht man angeblich weniger Schlaf. Ich habe aber das Gefühl, er fehlt mir.«

Der Arzt tippte etwas in den Computer. »Beides stimmt. Sie brauchen weniger Schlaf, aber es sollte nicht zu wenig sein. Bei körperlichen Beschwerden …«

»Manchmal glaube ich, es sind nur die Nerven.« Frau Dirkens stieß einen Laut aus, der Daniela an ein unterdrücktes Schluchzen erinnerte.

Sie nahm die Hand der alten Dame. »Wenn ich etwas hinzufügen darf: Es vermischen sich gewisse Dinge. Manchmal wirkt es so, als fehle der Schlaf, weil tagsüber Beschäftigung und Auslastung fehlen.«

»Hm, das kann natürlich sein.«

»Dabei helfe ich, wo es geht. Aber es ist doch deutlich weniger an Verantwortung. Das führt dazu, dass ich zu viel Zeit zum Nachdenken habe.«

Das Nicken des Arztes wurde stärker. »Nachvollziehbar. Und wenn mich nicht alles täuscht, sind auch die Teezeremonien nicht weniger geworden.«

Frau Dirkens schnappte nach Luft. »Aber das ist doch nicht schlecht! Nicht für uns Ostfriesen.«

Der Arzt lächelte. »Nun ja, die aufputschende Wirkung sollten Sie nicht unterschätzen. Aber wer bin ich, einer Ostfriesin den Tee zu verbieten?« Er warf einen Blick auf den Monitor. »Wir haben erst vor zwei Monaten die Blutwerte kontrolliert und ein EKG geschrieben. Da war alles so, wie wir es in Ihrem Alter erwarten können.«

»Was heißt das denn?«, entfuhr es Daniela.

Der Arzt schüttelte den Kopf. »Der eine oder andere Wert liegt im höheren Normbereich. Aber eben noch im Rahmen. Nichts, worüber man sich Sorgen machen muss.«

»Manchmal zieht es eben doch ein wenig mehr.« Wieder legte Frau Dirkens die Hand auf die Herzgegend. »Wenn ich nachts viel denke. Manchmal auch an meinen Seligen, der schon so lange nicht mehr unter uns weilt. Ich versuche, mich abzulenken, so gut es geht, weil ich merke, dass mir die Gespenster der Vergangenheit nicht guttun.«

»Das ist der richtige Weg, Frau Dirkens. Wie genau lenken Sie sich denn ab?«

Der Arzt klang jetzt so liebevoll, dass Daniela ihm seine Allüren verzieh. Wichtig war nur, dass Marthe Dirkens ihm vertraute.

»Nun ja, ich löse Kreuzworträtsel. Oder schaue Fernsehen.«

»Keine Arztserien, Frau Dirkens. Die machen die Leute nämlich eingebildet krank.«

»Ja, ich weiß.« Sie senkte den Kopf. »Nach den Gesundheitsmagazinen bin ich auch immer ganz nervös. Aber man muss sich doch informieren.«

»Informieren ja, verrückt machen nein.«

»Genau: verrückt machen.« Sie fasste sich an den Kopf. »Wenn ich so viel vergesse …«

Doktor Matzdorf sah fragend zu Daniela. »Gibt es Anzeichen einer stärker werdenden Vergesslichkeit?«

Sie lachte. »Nicht mehr und nicht weniger als bei mir. Und dass man mitten in einem Heine-Gedicht hängen bleibt, hätte doch jedem passieren können.«

Erneut verdüsterte sich das Gesicht des Arztes. »Schon

wieder dieser Heine. Was hat es denn damit auf sich? Den sollten Sie auf jeden Fall streichen. Er tut nicht jedem gut.«

»Aber …« Daniela fand das unlogisch. Doktor Matzdorf schnitt ihr das Wort ab. Er sah auf die Uhr, schien keine Zeit mehr zu haben. Hektisch tippte er auf die Tastatur. »Ich schreibe Ihnen etwas auf. Zur Beruhigung. Auf pflanzlicher Basis. Damit Sie auch weiter Ihre Teezeremonie genießen können. Und wie gesagt: Lassen Sie den Heine in Ruhe.«

Der Drucker ratterte, der Arzt zog das Rezept heraus und setzte eine krakelige Unterschrift darauf.

»Tun Sie sich Gutes. Viel Bewegung, frische Luft, gesundes Essen. Wenn es nicht besser wird, schauen wir weiter. Aber ich bin überzeugt: Das wird. Meine Damen.« Er gab ihnen die Hand und eilte aus dem Raum.

Hinter ihm fiel die Tür mit einem leisen Klacken ins Schloss. Was für ein seltsamer Kauz.

Marthe Dirkens griff nach dem Rezept und stemmte sich hoch. »Ach, wie ärgerlich. Jetzt habe ich das Wichtigste vergessen. Weshalb ich eigentlich …« Sie verstummte und schaute Daniela schuldbewusst an. »Na ja, weshalb ich auch …«

»Was denn?« Sie hakte die alte Frau unter, um sie zu stützen. »Sollen wir die Arzthelferin noch einmal bitten, ihn hereinzuschicken?«

»Nein, nein, das geht nicht. Leider. Ich wollte von ihm wissen, was es mit dem Todesfall auf sich hatte. Das würde mich wirklich brennend interessieren.«

Daniela stemmte die Hände in die Hüften und setzte ein strenges Gesicht auf. »Frau Dirkens, ich schließe mich den Worten von Doktor Matzdorf an. Keine Arztserien, kein Heine und keine Todesfälle. Versprochen?«

»Na ja. Besser ist es, du hast recht. Versprochen. Weißt du was? Wir beiden Hübschen gehen jetzt zur Belohnung ins

Conversationshaus und trinken einen starken Kaffee. Den hat er ja nicht verboten, mein Kind, oder?«

Sie öffnete die Tür und stieß mit einer jungen Frau zusammen.

»Oh, Entschuldigung.« Sie ließ ihnen den Vortritt.

Kaum waren sie aus der Praxis, blieb Marthe Dirkens stehen. »Was meinst du, mein Kind, die Farbe und Frisur dieser Frau gerade – wäre das nicht auch etwas für mich?«

Daniela stutzte. »Ernsthaft?«

Sie sah den enttäuschten Blick.

»Ja, warum eigentlich nicht? Eines ist sicher, Frau Dirkens. Alt sind Sie nicht. Nur ein bisschen verrückt. Herrlich verrückt.«

*

Bonn

»Wir vermuten eine Hirnblutung, Frau Schirmeier. Ein epidurales oder subdurales Hämatom.«

Die Worte der Ärztin klangen nach, wiederholten sich in Dauerschleife. Ruth wusste nicht, wie sie in die Sitzecke gefunden hatte, woher die Plastikflasche Wasser stammte, die vor ihr stand, und ob es irgendetwas gab, das zu tun war.

»Frau Schirmeier, Frau Schirmeier, Frau Schirmeier«, höhnte die innere Stimme. Sie hatte nur kurz gezuckt, als die Medizinerin sie ansprach. Intuitiv hatte sie richtig reagiert. Solang wie möglich würde sie dabei bleiben, Oskars Frau zu sein. Wie sollte sie sonst in Erfahrung bringen, wie es ihm ging, was mit ihm war?

Epidurales oder subdurales Hämatom. Sie wusste, was das bedeutete. Lebensgefahr. Unumkehrbare Folgeerscheinungen. Funktionsverlust. Möglicherweise den Tod.

»Wir führen jetzt die Diagnostik durch und informieren Sie anschließend.«

Ruth zog das Handy aus ihrer Jeans. Die Uhrzeit ploppte auf, ohne dass sie sie einsortieren konnte. Wie lange waren sie hier? Wie lange mochte es dauern? Das Diagnostizieren? Die Erstversorgung? Der Schockraum.

Sie wusste genug aus ihrem klinischen Praktikum. Venöser Zugang, Stabilisierung des Kreislaufs und der Atmung. Wahrscheinlich Intubation. Blutwerte. Reflexe. EKG. Schließlich die Computertomografie, die das Ergebnis brächte.

Ruth schloss die Augen und umklammerte das Handy. Ein Teil von ihr wünschte, für immer sitzen zu bleiben. In diesem Zwischenstadium, in dem nichts entschieden war. In dem die Möglichkeit bestand, dass es eine harmlosere Erklärung gäbe. Ruth versuchte, sich darauf zu konzentrieren. Was könnte das sein? Der Alkohol? Eine Migräne? Alle anderen Alternativen waren keine. Meningitis, Aneurysma, Epilepsie. Die Wahl zwischen Pest und Cholera. Lebensverändernd.

Das Handy in ihrer Hand brummte. Sie blickte auf das Display. Eingehende Nachrichten aus einer Welt da draußen, zu der es im Augenblick keinen Zugang gab. Die versank, vollkommen bedeutungslos wurde. Nur hier, hier war sie sicher. War Oskar sicher, weil alle wussten, was zu tun war. Weil es immer noch die Option eines Irrtums gab. Die Möglichkeit einer Bagatelle. Über die sie beide lachen würden, wenn sie gemeinsam das Krankenhaus verließen. Wenn …

»Wir vermuten eine Hirnblutung, Frau Schirmeier.« Nächste Schleife. Vermuten ist nicht wissen, argumentierte die innere Stimme gegen die abwesende Ärztin. Woher soll das kommen? Woher? Oskar hatte … Oskar war …

Keinen Gedanken konnte sie zu Ende führen. Was wusste sie denn? Wessen konnte sie sich sicher sein? Der Kriminalstammtisch? Hatte einer der Schreibtischtäter zugeschlagen? Weil er demonstrieren wollte, wie sich seine Fantasie mit der Wirklichkeit deckte? Recherche unter Einsatz des eigenen Lebens.

Ruth zuckte. In der Redaktion anrufen, sich Gewissheit verschaffen. Wollte sie das? Half es? Wenn es doch eine Alkoholvergiftung war? Der Konsum von Drogen? Etwas, was gleich, was ruckzuck vorbeiginge. Hier, wo Oskar sicher war. Wo ihm nichts passieren konnte. Weil alle wussten, was sie taten.

Sie wollte nicht weiter denken. Wollte nichts weiter wissen. Nichts von Rebecca. Von Uriah. Von Geschichten, mit denen sie nichts zu tun hatte. Die nur ihre voyeuristische Ader bedienten. Vielleicht von Berufs wegen entschuldigt. Auch wenn sie wusste, dass es ein Vorwand war.

Was hatte sie falsch gemacht? Hätte sie besser hinschauen müssen? Frau Schirmeier, die sie nicht war, hätte das getan. Gute Ehefrauen achteten auf ihre Männer. Waren nicht so selbstsüchtige Emanzen, denen es nur um das eigene Wohlbefinden ging. Aber jetzt und hier hatte sie die Chance. War sie die Gattin. Frau Schirmeier. Die Ärztin hatte es gesagt.

Sie konnte nicht gehen. Konnte ihn nicht zurücklassen. Sicher war er nur dann, wenn sie aufpasste. Ein Auge auf ihn warf. So wie sie das getan hatte, damals am Strand von Norderney. Damals. Vor einer Ewigkeit von anderthalb Jahren. Eine Ewigkeit, die diesen Namen auch zukünftig verdienen sollte. Im Hier und Jetzt. Im Paradies auf Erden. Und nicht jenseits der Himmelspforte.

»Frau Schirmeier?«

Ruth fuhr zusammen. Sie tastete nach der Stuhlfläche, weil ein Drehschwindel sie erfasste. Da war sie. Die Stunde der Wahrheit.

Sie konnte nicht antworten. Nicht aufblicken. Ein Gesicht sprach Bände. Sie wollte es nicht ablesen, bevor sie die Worte hörte. Wollte keine Schlüsse ziehen. Wollte weiter schweben. Nicht der Endgültigkeit preisgegeben werden.

»Frau Schirmeier. Wir bereiten Ihren Mann nun für eine OP vor.«

Er lebte. Noch.

»Es gibt gute und etwas weniger gute Nachrichten. Insgesamt stimmt uns die Lage aber positiver, als anfangs vermutet.«

Im Vergleich zu was? Dem Tod?

Die Ärztin kam näher. Ruth sah auf ihre blauen Crocs, die Ton in Ton einhergingen mit den Schlumpfhosen der OP-Mannschaft. Über Schlumpfhosen würde sie mit Oskar lachen. Irgendwann. Wenn es vorbei war. Wenn sie gemeinsam …

Sie spürte eine Hand auf ihrer Schulter. Mitfühlend. Schwesterlich. Verbündet.

»Es ist, wie wir vermutet haben, eine Hirnblutung aufgrund eines Schädel-Hirn-Traumas. Sehr eingegrenzt. Eine langsame Sickerblutung. Was gute Voraussetzungen sind. Bis jetzt ist allem Anschein nach noch keine massive Schädigung aufgetreten. Wir schaffen das.«

Ruth entfuhr ein Laut, der zwischen Angst und Lachen angesiedelt war. Wir schaffen das, hieß übersetzt: unter Einsatz aller Kräfte und Ressourcen.

»Ich würde vorschlagen, Sie warten zu Hause. Ich verspreche Ihnen, Sie sofort nach dem Eingriff anzurufen. Ihr Mann wird anschließend intensivmedizinisch überwacht werden müssen. Natürlich können Sie ihn dann sehen. Aber vorläufig sollten Sie nach Hause fahren. Gibt es jemanden, der sich um Sie kümmert?«

Sie nickte. Sah zum ersten Mal auf und der Ärztin ins Gesicht. Die Fältchen um die Augen unterstrichen das Lächeln.

»Das wird. Ganz bestimmt. Ich bin bei der OP dabei. Ich passe auf ihn auf. Versprochen.«

Ruth hielt den Blick. Sie wollte das alles glauben. Wollte vertrauen. Sich fallen lassen. In wessen Arme auch immer.

Nur verlieren wollte sie nicht. Nicht Oskar. Und mit ihm sich selbst.

*

Norderney

»Wo würden Sie gerne sitzen? Draußen in der Halle oder lieber im Separee?« Daniela schaute sich unschlüssig um.

»Ach, Kind, lass uns um die Ecke schauen, ob drinnen etwas frei ist. Der Kaffee schmeckt glücklicherweise an allen Plätzen gut.« Und schon trippelte Marthe Dirkens durch die geöffnete Tür, bis sie abrupt stehen blieb und an den beiden Männern hochschaute, die den Raum verlassen wollten.

»Was für ein Zufall! Ich sag ja immer, man muss dem Glück gar nicht hinterherlaufen. Guten Tag, Frau Dirkens, erinnern Sie sich an mich? Gert Schneyder von der …«

»Wieso sollte ich mich nicht erinnern?«, fuhr Marthe Dirkens den Kripobeamten unhöflich an. »Ich bin ja weder alt noch senil.« Sie stutzte kurz, um sich zu korrigieren. »Nun ja, zumindest Letzteres nicht.«

Daniela verzog das Gesicht und wedelte mit der Hand, als ob sie sich verbrüht hätte. »Wir kommen gerade vom Arzt«, sagte sie laut, in der Hoffnung, damit Frau Dirkens' Unmut zu erklären.

»Oh. Doch nichts Ernstes?« Martin zog besorgt die Augen zusammen.

»Natürlich nicht. Würde ich sonst zum Kaffeetrinken spazieren? Wohl eher nicht. Und was ist das für ein Gerede von

Zufall? Ich hoffe, Sie suchen mich nicht. Oder Daniela? Egal, was Sie uns vorwerfen, wir sind unschuldig. Daniela und ich können gegenseitig unser Alibi bezeugen.« Frau Dirkens warf den Kopf in den Nacken und schaute die beiden Männer herausfordernd an.

Schneyder prustete los. »Mit solch pauschalen Aussagen macht man sich in der Regel sehr verdächtig, meine Liebe. Gut, dass wir uns kennen und ich Ihnen Ihre Unschuld abkaufe.«

»Meine Unschuld. Wie das sich nun wieder anhört. Da werden Erinnerungen wach. Als ich jung war, da galt das nämlich …« Sie schüttelte den Kopf. »Ach, lassen wir das. Ich bewege mich in Gedanken viel zu sehr in der Vergangenheit.«

»Gert Schneyder wollte sagen, dass wir bei Ihnen …«

Sie fiel ihm ins Wort. »Ah! Ich verstehe. Wegen meiner Teezeremonie. Das freut mich, ehrlich gesagt, Herr Schneyder, dass ich Eindruck bei Ihnen hinterlassen konnte.« Sie wandte sich zu Daniela, die neben ihr im Türrahmen stand. Ihre Augen blitzten.

»Wenn wir uns schon treffen, dann lassen Sie uns doch die Gunst der Stunde nutzen. Guten Tee gibt es auch hier. Ich lade Sie ein. Oder lieber auf einen Kaffee?« Schneyder zwinkerte Martin und Daniela zu und fasste Frau Dirkens am Ellbogen, um sie zu einem der Tische zu führen.

»Och. Das ist aber nicht vergleichbar mit dem, was ich Ihnen anbieten kann, meine Herren.« Die Enttäuschung war deutlich zu hören.

»Wenn ich Ihnen verspreche, Sie in den nächsten Tagen zu besuchen? Wie hört sich das an? Ein Versprechen der Polizei, darauf kann man sich verlassen.«

Frau Dirkens zog den Mantel aus und ließ sich schwerfällig in den Sessel sinken. »Das wird sich zeigen. Bedingungslos trauen darf man niemandem. Hoffen Sie nicht auf meine Vergesslichkeit.« Sie tippte sich an die Stirn.

Daniela grinste die Männer an. »Ich freue mich auch über Besuch.« Sie wandte sich an Martin. »Vielleicht habt ihr Lust, heute Abend vorbeizukommen? Wenn es nicht dienstlich ist, dann bring doch Anne mit. Frank wäre auch glücklich, euch zu sehen.«

Sie sah, wie Gert Martin fragend ansah. Dieser schien zu zögern. »Also, Anne hat im Moment wenig Zeit. Viel los im Krankenhaus, und abends ist sie ziemlich müde.«

»Ach, stimmt. Sie hat einen neuen Kollegen, den sie einarbeitet. Ich habe die beiden getroffen.«

Martin krächzte.

»Wie bitte?« Daniela sah ihn fragend an.

»Nichts. Nichts. Ja, kann schon sein. Ich frage sie trotzdem. Mal sehen.«

Daniela wurde das Gefühl nicht los, dass Martin das Gespräch unangenehm wurde. Er grinste schief und wirkte erleichtert, als Gert sich einschaltete.

»Ich muss vielleicht den Anlass unseres Besuches konkretisieren. Sie haben schon recht, wenn wir an Ihrer Teezeremonie teilnehmen, dann hat das keinen dienstlichen Charakter. Andererseits, nun, wie soll ich es ausdrücken, kommen wir mit nicht ganz uneigennützigen Absichten. Diese können wir auch hier und jetzt besprechen.«

»Also keine Teezeremonie heute Abend?« Frau Dirkens klang nicht nur enttäuscht, sondern empört. »Weil ich Mittel zum Zweck bin? Hatten wir das nicht schon mehrfach, wenn die Kriminalpolizei aus Aurich feststeckt?«

»Ich würde mich selbstverständlich freuen, wenn ich später vorbeikommen dürfte. Auf der Insel ist es im Verstärkerflur der Polizeiwache ziemlich einsam. Da käme mir ein Abend in Ihrer Gesellschaft gerade recht.«

Marthe Dirkens lächelte geschmeichelt. »Dann haben wir beide eine Verabredung?«

»So ist es, Frau Dirkens.«

Die Augen der alten Dame leuchteten auf, und Daniela sah sich in ihrer Vermutung bekräftigt. Das war es, was ihr fehlte. Ansprache, Gesellschaft, Unterhaltung. Umso besser, dass sie es heute im Übermaß bekam.

»Die Einladung für dich und Anne gilt selbstverständlich auch«, ergänzte Daniela. »Wir könnten uns ins Frühstückszimmer setzen. Frau Dirkens klemmt sich die Flasche aus dem Giftschrank unter den Arm und kommt dazu.«

»Gute Idee.« Frau Dirkens war wie ausgewechselt. »Vielleicht hat auch das junge Fräulein Lust, daran teilzunehmen. Sie könnte uns etwas über ihre Arbeit erzählen. Wie in einem Berliner Salon. Schade, dass wir kein Klavier für eine musikalische Begleitung haben.«

Die beiden Männer sahen erstaunt von Marthe Dirkens zu Daniela. Martin zog die Augenbrauen hoch.

Daniela lachte leise. »Frau Dirkens ist in ihrem Element. Das sogenannte Fräulein ist eine junge Doktorandin aus Berlin, die sich bei uns im Hostel eingemietet hat. Frau Dirkens ist ganz fasziniert von ihr. Stimmt doch?« Sie tätschelte ihr die Hand.

»Ah, ein Gast. Wie interessant.« Gert winkte dem Kellner und gab die Bestellung auf, bevor er sich wieder Daniela zuwandte. »Das bietet mir die perfekte Überleitung.«

»Für den eher dienstlichen Teil?«

»Gut erkannt. Genauso ist es.« Gert wechselte einen schnellen Blick mit Martin. »Es geht um die anderen Gäste in Ihrem Haus.«

»Diesen mürrischen Trupp Sonderlinge und Einzelgänger, denen man jedes Wort aus der Nase ziehen muss? Die kein ›Guten Morgen‹ und ›Guten Abend‹ kennen? Nein, nein.

Die will ich nicht dabei haben. Dafür ist mir meine Teezeremonie zu heilig. Schließlich ist sie das Einzige, was mir von meinem Mann, dem Seligen, noch geblieben ist.«

»Das muss auch nicht sein.« Gerts plötzlich tiefe Stimme klang beruhigend. Daniela sah ihn verwundert an. Dieser Mann stand für ein ganzes Schauspielensemble, so oft wie er die Rollen wechselte. Aber das musste sie ihm lassen: Mit Marthe Dirkens konnte er es.

Sie wandte sich an Martin. »Ich will es nicht so drastisch ausdrücken, aber die sind wirklich komisch.« Sie sah sich um und flüsterte. »Nicht, dass ich etwas gegen meine Gäste sagen will. Das wäre ja geschäftsschädigend. Gerade in der Nachsaison bin ich heilfroh, so gut belegt zu sein. Aber, wo Frau Dirkens recht hat, hat sie recht: Das sind merkwürdige Gestalten.«

Martin antwortete: »Ich hatte schon das Vergnügen und weiß, was du meinst.«

Frau Dirkens beugte sich vor. »Worum geht es denn? Gibt es etwa einen Zusammenhang mit …« Mit weit aufgerissenen Augen ließ sie die Frage im Raum stehen.

Martin bewegte seinen Zeigefinger hin und her. »No, no. Nicht, was Sie denken. Es besteht keine Verbindung mit dem Tod des unbekannten Mannes. Das wollten Sie doch sagen?«

»Das heißt, es ist immer noch nicht klar, wer der Tote ist?« Frau Dirkens japste nach Luft. Weniger bekümmert als freudig erregt.

»Nein, das wissen wir nicht. Leider. Aber auch darum geht es uns nicht. Nicht in erster Linie.«

»Sondern?«

Daniela sah, wie die beiden Männer sich erneut anschauten. Es wirkte, als bekämen sie Zweifel an ihrem Unterfangen. Was sie nachvollziehen konnte, denn Marthe Dirkens einzubeziehen, konnte unkontrollierbare Folgen haben. Sie hoffte nur, dass die alte Dame sich nicht selbstständig zur Detektivarbeit berufen fühlen würde.

»Wir würden gerne wissen, was die Männer auf der Insel suchen. Ich gehe davon aus, dass sie auch dir nichts erzählt haben, Daniela?«, fragte Martin, nachdem er den letzten Schluck Kaffee getrunken hatte. »Wir glauben, dass es kein Zufall sein kann, dass sie zeitgleich auf die Insel kommen und auch noch alle bei dir unterkommen.«

»Zufall! Ich höre immer nur Zufall«, mischte sich Marthe Dirkens erneut ein. »Wenn ich behilflich sein kann: Schuld daran war ein Inserat.«

Daniela sah, wie Martin und Gert erstarrten und Frau Dirkens entgeistert anschauten.

»Ein Inserat?«, fragten beide gleichzeitig und warteten mit offen stehenden Mündern auf eine Antwort.

»Ein Inserat«, echote die alte Dame und lehnte sich zurück, als wäre damit alles gesagt.

*

Bonn

Ruth konnte nicht stillsitzen. Nicht in dieser Wohnung, die nicht ihre eigene war. Sondern Übergangsstation. Übergang wohin? Die Gedanken kreisten, ließen ihr keine Ruhe, malten Schreckgespenster, denen der Verstand nichts entgegensetzen konnte.

Vom Esstisch durch den Flur ins Wohnzimmer. Blick aus dem Fenster. In gegenüberliegende Südstadtvillen, über 100 Jahre alt. Wie oft hatte hier schon jemand ähnlich verzweifelt gestanden, gerungen und gefleht? Hatte auf Mächte gehofft, an die man sonst nicht glaubte.

Alles wird gut, alles wird gut, alles wird gut. Das Mantra, halblaut gesprochen, verlor sich im Raum. Stieg zur Stuckdecke, hinter die Bücherregale, zu den Fotografien an den Wänden.

Was tat sie hier? In dieser fremden Umgebung? Eingerichtet von einem Menschen, den sie nicht kannte. Ohne Halt und Schutz des Vertrauten, in das sie sich zurückziehen konnte. Ihre Osnabrücker Wohnung. Mit der Leichtigkeit der lichtdurchfluteten Räume. Ohne Böden, auf denen unzählige Schritte ihre Spuren hinterlassen hatten.

Mit Oskar war das hier ein Abenteuer gewesen. Jetzt geriet es zum Albtraum, der ihr alle Geborgenheit entzog.

Sie kehrte zurück in die Küche. Nahm sich einen Joghurt, den sie in den Händen drehte und ungeöffnet in den Kühlschrank zurückstellte. Griff zu einem Obstmesser, um einen Apfel zu vierteln. Schob den Teller appetitlos beiseite, während sie mit einem Glas Leitungswasser zum Tisch wankte.

Sie blätterte in dem vor ihr liegenden Manuskript. Rebecca Kahn. Was, verdammt, hatte sie mit dieser Frau zu tun? Warum verfolgte dieser Name sie auf Schritt und Tritt? Was hatte sie ausgelöst und angerichtet? Was hatte Oskars Unfall damit zu tun?

Sie trank das Glas in hastigen Schlucken. Atmete tief durch. Die kühle Flüssigkeit schien sie für einen Moment zu beruhigen. Einen Augenblick nur, um klar zu denken.

Sie spielte mit dem aufgetürmten Papier. Schob es über den Tisch. Packte es und brachte Länge und Breite auf Kante. Das klopfende Geräusch, das dabei entstand, tat ihr gut. Anschließend ließ sie an der Ecke des Stapels die Blätter mit dem Daumen surren, als sei es ein Kartenspiel. Nachdenklich starrte sie das Deckblatt an. War sie schuld? Weil sie Oskar in eine Geschichte getrieben hatte, von der sie hätte ahnen können, dass sie nicht gut ausgeht?

Bonn, das Bundesdorf. Jeder schien jeden zu kennen. Das lag natürlich an Oskars Beruf. Als Journalist war er vernetzt, kam herum. Dazu der rheinische – wie nannte man das? – Klüngel?

Verdammt. Sie hielt das nicht aus. Nicht in dieser Wohnung. Nicht in dieser Ungewissheit.

Die Ärztin hatte ihre Handynummer. Es bestand kein Grund, hier auf den Anruf zu warten. Ruth schnappte sich ihren Rucksack, griff nach der Jacke, schlüpfte in ihre Chelsea Boots. Vom Schlüsselbrett neben der Tür nahm sie Fahrrad- und Wohnungsschlüssel.

Sie zog die Tür hinter sich zu und eilte die knarzende Holztreppe herunter, um auf dem nächsten Treppenabsatz zu stoppen. Sie wusste nicht, wohin mit sich. Aber sie würde das Manuskript mitnehmen.

Die Ampel an der Kreuzung zeigte Rot. Zeit, sich zu überlegen, welche Richtung sie einschlagen konnte. Die Unibibliothek? Das Café am Rhein? Sie zögerte. Zur Redaktion?

Sie schüttelte den Kopf und verwarf den Gedanken. Was sollte sie dort? Nach der Adresse von Uriah fragen? Also das Café.

Unglaublich, wie beruhigend der Blick aufs Wasser war. Für einen Augenblick fühlte sich Ruth nach Norderney versetzt. Obwohl die Weite des Meeres fehlte, beeindruckten das unablässige Rollen der Wellen, die Macht des Stromes auch hier. Sie ergatterte einen der begehrten Fensterplätze. Es tat gut, unter Menschen zu sitzen und ein Stück Gelassenheit wiederzugewinnen.

Alles würde sich finden. Wie der Rhein seinen Weg Richtung Meer fand, so würde das Leben weitergehen. Mit ihr und Oskar.

Sie kramte ihren Laptop aus dem Rucksack und nach kurzem Zögern den Blätterstapel. Sie vertiefte sich erneut in einzelne Abschnitte. Blätterte wahllos vor und zurück. Ein Manuskript wie eine Collage.

Parallel hatte sie den Blog, in dem Uriah Teile davon veröffentlicht hatte, aufgerufen. Was alles ungestraft ins Netz gestellt werden konnte. Wahrscheinlich hatte Rebecca, von der Essstörung schwer gezeichnet, keine Kraft gehabt, gegen diesen Widerling vorzugehen. Die skandalösesten Stellen hatte er herausgegriffen, das, was unverfälscht, tagebuchartig aus dem sektenartigen Leben der Magersüchtigen beschrieben war.

Ruth nahm an, dass das Manuskript für Rebecca ein Rohentwurf war. Eine Materialsammlung der verschiedensten Techniken. Tagebuch, Essay, Lyrik und Fiktion. Es barg einen Stoff, aus dem ein begabter Autor etwas machen konnte. Wenn nicht Teile daraus vorher zweckentfremdet worden wären. Wenn jemand mit Talent den Wert des Ganzen erkannt hätte. Dem Journalisten Uriah war das zweifelsohne nicht gegeben.

Ruth nahm einen Stift aus ihrer Tasche und markierte beim Lesen die Stilbrüche. Den veröffentlichten Blog strich sie mit Textmarker an. Schnell war erkennbar, wie sich die Teile in den Gesamtkontext fügten. Eskortiert von Erklärungen und Beschreibungen. Reflexion und Sinnsuche standen dem Skandal gegenüber. Rebecca Kahn war eine Suchende gewesen. Mit Talent und Begabung. Was wäre aus dem Stoff, aus ihrem Stoff geworden, hätte sich Uriah daran nicht bedient?

Nebenher liefen weitere Tonspuren in ihrem Kopf. Das Alles-wird-gut-Mantra neben der Frage: Wer war der Überbringer des Manuskripts? Wer wollte, dass es in Oskars Hände kam? Was steckte hinter der Sache?

Immerhin geriet sie auf diese Weise in einen Flow, in dem die Sorge um Oskar als dumpfes Gefühl in ihrem Magen waberte, sie aber nicht vom Nachdenken abhielt.

Zwei junge Menschen betraten das Café und deuteten auf die einzig verfügbaren Plätze. An ihrem Tisch. Zu ihrem Erstaunen erkannte sie den Mann, der ihr vor drei Tagen an der Gedenkstätte begegnet war. In seinem schwarzen Mantel und den dunklen Haaren war er unverwechselbar. Sie lächelte verstohlen: Bonn, das Bundesdorf. Es schien was dran zu sein.

Auch er wirkte bei Ruths Anblick irritiert und schaute verlegen zur Seite, als sie freundlich grüßte und die Plätze an ihrem Tisch anbot. Kurz darauf war sie wieder vertieft in den Stapel Papier, sodass sie den jungen Mann und seine Begleitung darüber vergaß.

Sie sah erst auf, als er sie nach einem Stift fragte. Verwirrt blickte sie ihn an, aus ihren Gedanken herausgerissen. Sie reichte ihm ihren Kugelschreiber hinüber. Es lag ihr eine Bemerkung auf der Zunge, wieso Studenten von heute so schlecht ausgestattet seien. Dann ließ sie es. Sie strich sich mit beiden Händen durch die Haare, während seine Begleitung ein Fenster öffnete. Ruth schrie auf. Der Wind fuhr unvermittelt durch die Papiere und wehte die Blätter zu Boden. Von mehreren Tischen sprangen Menschen auf, um sie aufzuheben.

Ruth bedankte sich und begann, die Seiten zu sortieren. Seltsam. Es fehlten zwei. Hektisch blätterte sie vor und zurück. Beugte sich unter den Tisch, suchte den Boden ab, stand auf und durchforstete den ganzen Raum, nachdem sie den zurückgelassenen Stapel mit ihrem Glas beschwert hatte. So sehr sie Ausschau hielt, es blieb dabei. Sie waren verschwunden. Das ließ nur eine Schlussfolgerung zu: Ein Teil des Manuskripts fehlte.

*

»Das hätten Sie mir erzählen sollen, Frau Dirkens. Ich wundere mich, was die Männer auf der Insel suchen, und Sie haben die Antwort.« Daniela winkte dem Kellner, um zu zahlen. Martin und Gert waren vor wenigen Minuten aufgebrochen.

»Ach, Kindchen, ich war nicht ganz ehrlich, als dieser Polizist aus Aurich mich so eindringlich angesehen hat. Aber was sollte ich machen? Ich konnte schlecht die Wahrheit sagen. Dass ich die Männer belauscht habe. Was hätte er denn dann von mir gedacht? Ich war gerade in der Nähe, als zwei der Männer über das Inserat sprachen.«

»Sie wollen noch etwas bestellen, die Damen?« Der Kellner schob sich in Danielas Blickfeld.

»Nein.« Daniela schaute ihn irritiert an. »Wieso?«

»Ich dachte, Sie hätten gewunken. Dann war das wohl ein Missverständnis.«

»Ach so, nein, ich wollte zahlen. Herrje, ich werde noch ganz kirre.«

»Gezahlt haben die Herren, die mit Ihnen am Tisch saßen. Die gesamte Rechnung.«

»Was? Ach, okay.« Daniela schaute auf ihr Portemonnaie, das sie in den Händen hielt.

Frau Dirkens klopfte auf den Tisch. »Dieser Herr Schneyder ist ein wahrer Gentleman.«

»Dann also nichts mehr für Sie?« Der Kellner wartete die Antwort nicht erst ab und zog sich zurück.

»Ich bin noch mal für alte Damen.« Frau Dirkens zwinkerte mit den Augen. »Wenn du magst, können wir danach den Spaziergang fortsetzen.«

»Wirklich? Ist es Ihnen nicht zu viel?«

»Ach was. Ich bin gestärkt, und an deinem Arm macht mir das Gehen sehr viel Freude. Ich will dir unseren Freund, von dem so viel die Rede ist, doch einmal von Angesicht zu Angesicht präsentieren.«

»Heinrich Heine? Müssen wir da nicht Richtung Wasserturm?«

»Sogar noch ein kleines Stück weiter. Aber wenn wir gemütlich durch den Kurpark gehen, dann ist das zu schaffen. Zurück ist es noch nicht einmal der halbe Weg. Falls ich zu müde werde, halten wir ein Taxi an. Was meinst du?«

Daniela wusste, dass kein Argument die alte Dame von einem gefassten Vorhaben abbringen konnte.

Und so trippelte Frau Dirkens an ihrem Arm über den Rosenweg hinüber zu der Kurgartenanlage, wo sie von Zeit zu Zeit auf dieses und jenes verwies, um ihre Kraft einzuteilen. Mit jedem Schritt wurde Marthe Dirkens munterer.

»Ach, Kindchen, ich könnte dir so viel über die Insel erzählen. Was ich alles erlebt habe, seit mein Seliger mich hierher verschleppt hat. Das hätten wir uns beide nicht träumen lassen, dass er mich auf diesem Eiland zurücklässt. Wenn er auf einer einsamen Insel gestrandet wäre, so als Seemann, ja, das hätte noch Sinn ergeben. Schön wäre auch das nicht gewesen. Aber es hätte zu meiner Vorstellung von einem Seemannsleben gepasst. Dass er aber einfach am anderen Ende der Welt in einem Krankenhaus stirbt, das hat nichts mit Seefahrerromantik zu tun.«

»Wirklich traurig.«

»Ja, es war für mich nicht immer einfach auf der Insel. Wir eingeheirateten Frauen galten zwar nicht ganz so fremd wie manch anderer Zugezogener, aber nur, wenn wir uns anpassten. Das habe ich wohl getan, zumindest für viele Jahre. Mittlerweile wage ich auch was.« Sie grinste und deutete auf ihr Haar, dessen Silber eine lila Strähne durchzog. »So etwas wäre früher undenkbar gewesen, und ich hätte mich nicht getraut, auf diese Weise aufzufallen. Nachdem mein Seliger tot war, konnte ich es mir nicht leisten, auf die Unterstützung der Einheimischen zu verzichten. Zumal ich mir meine Existenz ganz allein aufbauen musste.«

»Das ist Ihnen gut gelungen.«

»Das ist es«, antwortete Frau Dirkens mit Nachdruck. »Und du führst mein Werk auf zeitgemäße Art weiter. Was mich sehr glücklich macht.«

Sie schwiegen einen Moment, bevor die alte Dame fortfuhr: »Was ich aber sagen wollte: Irgendwann gehörte ich dazu. Galt als Insulanerin. Vielleicht, weil ich mich angepasst habe und nie aus der Reihe getanzt bin. Heute denke ich, dass ich möglicherweise zu oft die Klappe gehalten habe. Dass es falsch war, mich nicht einzumischen.«

»Aber Sie haben selbst erklärt, warum es nötig war.«

»Ja, ja, das sind die Begründungen, die man abgibt, um sich vor sich selbst zu rechtfertigen.« Sie blieb stehen und schlug sich mit der Faust auf den Brustkorb. »Aber hier innen drin, da weiß man es besser.«

»Das kann ich mir nicht vorstellen.«

»Doch, doch. Nach unserem Spaziergang gestern, da ist es mir wie Schuppen von den Augen gefallen.«

»Ich verstehe nicht …«

Frau Dirkens hob die Hand, um Daniela zum Schweigen zu bringen. Gleichzeitig setzte sie sich wieder in Bewegung. »Das Schlimme ist, wie normal es sich anhört. Den geschichtlichen Hintergrund habe ich nicht, und Empörung war auch dabei. Aber wenn ich ehrlich bin, habe ich von dem Skandal berichtet, als hätte ich nichts damit zu tun.«

»Ach, Sie reden von dem Denkmal?«

»Wovon denn sonst?«, reagierte Frau Dirkens schnoddrig auf die Frage. »Weißt du, ich habe die ganze Nacht nicht geschlafen.«

»Wie so oft in letzter Zeit«, sagte Daniela bekümmert.

»Nein. Das war gestern etwas anderes. Das schlechte Gewissen. Das war es, was mich in der Nacht geplagt hat. Immer, wenn ich einschlafen wollte, schoben sich die Menschen vor meine Augen, die den ganzen Tag auf dem Platz stehen mussten, ihrer Zukunft ungewiss. Dabei hatten sie sicher von dem Unheil gehört, das die Nazis auf dem Festland verbreiteten.«

Daniela atmete tief durch. »Frau Dirkens, wovon reden wir gerade? Ich dachte, es ging um die Aufstellung des umstrittenen Heine-Denkmals?«

»Das auch, ja. Aber das steht doch alles in einem größeren Zusammenhang. Das wussten wir doch. Und haben genauso geschwiegen wie die Generation davor.«

Daniela seufzte. »Aber für das, was vor Ihrer Geburt geschah, sind Sie nicht verantwortlich.«

Frau Dirkens war stehen geblieben. Die kleinen Augen gingen unruhig hin und her. »Und weiter? Du wolltest noch mehr sagen?«

»Ich überlege. Kann man diese Ereignisse überhaupt miteinander vergleichen?«

»Die Ereignisse nicht, aber dass wir so wenig Lehren daraus gezogen haben, das mache ich mir zum Vorwurf.« Wieder verfiel sie in ihren Trippelschritt, schneller jetzt, als hätte sie es eilig, zum Ziel zu kommen.

Daniela widersprach: »Es muss doch Proteste gegeben haben. Sonst wäre es doch kein Skandal.«

»Ja, die gab es. Gewiss. Ein paar Mahner erinnern sogar bis heute. Das Thema kommt alle paar Jahre wieder auf den Tisch. Ohne dass sich etwas ändert. Das Denkmal steht. Entgegen aller Proteste. Kein Einsehen, keine Vernunft. Keine Erkenntnis aus der Geschichte.«

»Im Moment steht es aber gerade nicht mehr. Und ich weiß immer noch nicht, warum Sie …« Daniela suchte nach Worten.

»Warum ich mich schuldig fühle?« Frau Dirkens lachte kurz auf. »Weil ich genau wie viele andere den Mund hätte aufmachen müssen. Damals in den 80ern. Wir hätten lernen müssen von den jungen Menschen, die seit 1968 zeigten, wie das geht mit dem Dagegenhalten. Wir hätten den Platz besetzen müssen, auch nachts, oder anschließend, als die Figur in einer Nacht-und-Nebel-Aktion aufgestellt worden war, Mahnwachen aufstellen können. Aber wir haben weggeschaut. Um der Insel nicht zu schaden. Dem Tourismus nicht. Um nicht noch mehr Aufmerksamkeit auf das Geschehen zu lenken. Darin liegt unsere Schuld.«

Daniela schwieg einen Moment. Was für ein hoher Anspruch der alten Dame. Dann entgegnete sie: »Ich finde, das ist der Job der Politiker. Dafür wählen wir sie doch.« Sie hörte, wie schwach ihr Argument klang, und wunderte sich nicht, dass Frau Dirkens es nicht gelten ließ.

»Verantwortung, mein Kind, Verantwortung geht uns alle an. Jederzeit. Und jetzt schau her.« Sie zeigte mit der Hand auf die Skulptur. »Da steht er. Der Mensch, um den sich alles dreht. Unser Heinrich Heine. Jude. Zu seinen Lebzeiten nicht unumstritten. Nach seinem Tod genauso wenig. Und wir? Wir stecken ihn hinter Gitter.«

*

Martin und Gert rempelten sich versehentlich an, als sie die Wache betreten wollten. Den Weg zurück vom *Conversationshaus* hatten sie in eiligen Schritten zurückgelegt, als hätte die winzige Information, die sie erhalten hatten, einen Dammbruch bewirkt. Als würde nun alles ins Fließen geraten.

»Los, Leute, es gibt etwas zu tun«, rief Martin, als sie die Teeküche betraten.

»Es ist eine Art Challenge«, ergänzte Schneyder.

Sofort schien der Ehrgeiz des Teams geweckt.

»Worum geht es genau?« Nicole hielt die Spannung nicht aus.

»Um ein Inserat.«

Martin sah das Stirnrunzeln und reagierte auf die fragenden Gesichter: »Wir sind wieder bei den Sondengängern gelandet.«

Ronnie stöhnte auf. »Wieso denn das? Das ist ja wohl so was von einer kalten Spur. Purer Aktionismus, sich noch mal dahinterzuklemmen.«

Martin konnte ihn verstehen. Lust auf eine erneute Begegnung mit den wortkargen Typen hatte er auch nicht, aber umso mehr er darüber nachdachte, schien ihm eine Verbindung zu dem Toten nicht abwegig. Allein die Sache mit dem Blei.

Laut sagte er deswegen: »Gar nicht. Warte mal ab. Wir haben von Frau Dirkens erfahren, dass diese Wünschelrutengänger nicht ohne Grund auf der Insel sind.«

»Ich glaube, die sind nicht amüsiert, wenn du sie Wünschelrutengänger nennst. Das sind doch Leute, die mit einer Astgabel nach Wasserquellen suchen. Diese Sondengänger dagegen haben ein Equipment, das bestimmt nicht für ein paar Euro an der nächsten Ecke zu bekommen ist. Von daher muss sich das Ganze auch lohnen.« Ronnie klang herablassend.

»Haha, wahrscheinlich suchen sie Wasser an der Wattseite und freuen sich, wenn die Flut kommt«, warf Olaf von hinten ein.

»Flachwitzalarm«, kommentierte Gert und hob den Daumen. »Im Ernst: Diese Sondengänger haben, wie das heute so üblich ist, entsprechende Foren, in denen sie sich austauschen, ihre Funde miteinander vergleichen, sich in der Bewertung ihrer Ausbeute unterstützen oder um sich Tipps bezüglich der technischen Ausstattung zu geben.«

»Hört sich an wie die Fernsehsendung mit diesem Fernsehkoch«, warf Nicole ein.

Gerts Zeigefinger schnellte pistolenartig vor. »Genau. In diese Richtung geht es.«

»Woher wisst ihr das?«, fragte Ronnie. »Habt ihr eine Fortbildung besucht?«

»Besser. Wir waren zum Kaffeetrinken im *Conversationshaus*. Und haben dort das gemacht, was der Name sagt: Konversation betrieben.«

»Geht das auch etwas geordneter?« Olaf klang genervt. »Ist ja nicht so, als hätte ich nichts zu arbeiten. Wenn ihr ein Schauspiel aufführen wollt, müsst ihr euch von der Kurverwaltung engagieren lassen.«

»Olaf, du hast recht.« Martin schaute in die Runde. »Ich fasse die Fakten zusammen: Marthe Dirkens hat in Erfahrung bringen können, dass ein Inserat aus einer Tageszeitung in den Foren aufgetaucht ist und für Aufregung gesorgt hat. Im Wortlaut konnte sie es mir nicht sagen, aber es muss wohl irgendetwas mit einem auf Norderney versteckten Schatz zu tun gehabt haben. In besagten Foren wurde von dem Inserat berichtet. Von nicht wenigen wurde das Ganze als Nonsens abgetan, einige scheinen aber in eine Art Goldgräberstimmung geraten zu sein.«

»Nee, ist nicht wahr?« Nicole schaute, als bekäme sie einen Bären aufgebunden. »Und ihr glaubt so einen Scheiß?«

»Nicole, bitte, du bist im Dienst.«

»Ist doch wahr. Wer soll denn etwas von einem Goldschatz in eine öffentliche Zeitung setzen? Das wäre ja total bescheuert. Außerdem weiß man doch, dass solche Anzeigen verschlüsselte Texte für andere sind. Man also überhaupt nicht dem Wortsinn trauen darf.«

»Du meinst, es sind diese berühmten verschlüsselten Botschaften in den Knast?« Ronnie grinste.

»Keine Ahnung. Vielleicht.«

»Um das abzukürzen«, Martin erhob die Stimme, »letztendlich spielt das gar keine Rolle.«

»Hä?«, machte Nicole. »Worüber reden wir dann hier?«

»Nicht über den Inhalt. Aber wenn sich mehr als eine Handvoll Männer, die sich mit der Materie *Sondenfunde* auskennt, bemüßigt fühlt, aufgrund dieser Anzeige nach Norderney zu reisen, dann könnte das auch bei unserem Mister Unbekannt der Grund seines Aufenthaltes sein. Oder gibt es dagegen Einwände?«

»Nee, Chef, da ist was dran«, stimmte Nicole zu.

Ronnie stöhnte. »Sag jetzt nicht, wir müssen schon wieder ausrücken, um diese Meute zu befragen. Aus denen ist doch kein Wort herauszukriegen. Wenn die auch noch merken, dass wir etwas von dem Goldschatz wissen, machen die total dicht.«

»Erstens: Von einem Goldschatz war nie die Rede. Vielleicht bezeichnet man in diesen Kreisen mit dem Begriff Schatz ganz andere Dinge. Nicht uninteressant für uns, um Mister X besser fassen zu können. Zweitens: Tatsächlich tendiert die Wahrscheinlichkeit, dass diese Herren offen mit uns kommunizieren, gegen null. Deswegen werden Martin und ich uns darum kümmern.«

»Hört sich so an, als hättet ihr für uns andere Aufgaben?« Ronnie sah erst Nicole, dann Martin und Gert an. »Ich hoffe, wir müssen jetzt nicht die Zeitungsarchive durchforsten.«

»Keine schlechte Idee.« Gert grinste breit und strich sich betulich über den Kopf.

»Natürlich nicht«, schob Martin schnell hinterher, bevor es lange Gesichter gab. »Wir dachten, ihr könntet einmal zu Trödel-Tammo gehen. Wenn einer was von einem Schatz auf der Insel oder irgendwelchen Geschichten, die sich darum ranken, wissen könnte, dann er.« Er stieß ein trockenes Lachen aus.

»Wobei ich glatt vermuten würde, dass er selbst auf einem Schatz sitzen könnte.«

»Und es nicht merkt?«, fragte Nicole.

»Es nicht merken will. Der ist ja so was von einer schrägen Type.« Ronnie schlug sich mit der Hand an die Stirn.

»Wenn du jetzt sagst, typisch Ostfriese oder, was noch schlimmer käme, typisch Insulaner, kann Martin dafür sorgen, dass wir dienstlich in Zukunft getrennte Wege gehen.« Alle blickten auf Olaf, der scheinbar nicht mehr am Gespräch beteiligt gewesen war.

»Quatsch«, wehrte Ronnie schnell ab, aber Martin konnte an den Blicken sehen, die er Nicole zuwarf, dass er so einen Spruch auf den Lippen hatte.

»Dann ist ja gut«, ließ sich Olaf beruhigen. »Ich hätte dann auch einen Tipp: Warum fragt ihr nicht mal bei Matzdorf nach?«

»Bei Matzdorf? Wieso denn ausgerechnet bei ihm? Er ist Arzt und kein …« Martin ließ den Satz in der Luft hängen, als ihm dämmerte, was Olaf meinte. »Ja, klar, da habe ich noch gar nicht drüber nachgedacht.«

»Weil ihr das eben mit dieser Fernsehsendung sagtet. Da wäre unser Matzdorf auch gut aufgehoben, denke ich immer.«

»Nicht schlecht, Olaf.«

»Kann mich jemand in euer Geheimwissen einweihen?«, hakte Gert ein. »Doktor Matzdorf ist doch der Arzt mit der Expertise, was Gifte anbelangt? Derjenige, der den Tod festgestellt hat?«

»Richtig. Und darüber hinaus hat der Mann eine Vorliebe nicht nur für schnelle und historische Automobile, sondern für Antiquitäten jeglicher Art. Er ist gut vernetzt. Nachfragen lohnt bestimmt.«

»Fantastisch. Dann steht der Plan.« Gert rieb sich die

Hände. »Wäre doch gelacht, wenn wir nicht endlich weiterkämen. Also, Leute, Glück auf! Bis später.«

*

»Wie schön, dass du so früh zu Hause bist.« Daniela, die einen Topf unter den laufenden Wasserhahn hielt, drehte ihren Kopf, damit Frank sie auf die Wange küssen konnte.

»Hat was von schulfrei, wenn du beim Kunden vorfährst und sich dort herausstellt, dass du deinen Job nicht machen kannst. Für eine Planänderung war es zu spät. Und ich dachte, dass es dir gefällt.«

Daniela hatte ihren Mann zwar auf der Insel kennengelernt, aber damals lebten sie beide auf dem Festland. Wahnsinn, ging es ihr durch den Kopf, was seither passiert war. Sie konnte von Glück sagen, dass Frank sie bei allen Veränderungen unterstützt hatte. Es war nicht einfach, einen Job in der IT-Technik von der Insel aus wahrzunehmen. Aber er hatte keine Sekunde gezögert, als Marthe Dirkens mit dem Angebot herausgerückt war: Daniela würde das Hostel führen und er zum Festland pendeln.

»Gefallen ist gar kein Ausdruck.« Sie stellte den Topf auf die Abtropffläche und trocknete sich die Hände ab. »Wenn ich das nur eher geahnt hätte.«

»Dann hättest du was? Den Liebhaber, der im Schlafzimmer auf dich wartet, im Kleiderschrank versteckt?« Frank fasste sie um die Hüfte.

»Ach, komm, deine Witze waren auch schon einmal origineller.«

»Na ja, bei der Horde an Männern, die sich in den letzten Tagen hier eingenistet haben, kommen Zweifel auf.«

Daniela stieß ihn zurück. »Diese Typen? Die packe ich nicht mit der Kneifzange an.«

»Dann kann ich ja beruhigt sein. Was hältst du denn von einem Spaziergang am Meer entlang? Anschließend gehen wir eine Kleinigkeit essen. Die Gelegenheit kommt so schnell nicht wieder.«

»Och, nö«, rutschte es Daniela raus.

»Was ist denn jetzt? Habe ich etwas Falsches gesagt?«

»Nein, natürlich nicht. Es ist nur so, dass ich schon den halben Tag unterwegs war. Ich war mit Frau Dirkens beim Arzt und zum Kaffeetrinken. Dabei haben wir uns regelrecht verquatscht, und zum guten Schluss habe ich sie noch zu Heine hinter Gittern begleiten müssen.«

»Heine hinter Gittern. Hört sich interessant an. Ein Theaterprojekt im Kurhaus?«

»Schön wär's. Es ist eine längere Geschichte.«

»Ich habe Zeit. Beim Spazieren.«

»Das ist es ja. Ich habe sie nicht. Weil ich so lange unterwegs war. Die Arbeit macht sich nicht von allein. Ich muss die Wäsche machen, die Bäder putzen und noch ein paar Kleinigkeiten für heute Abend einkaufen.«

Frank runzelte die Stirn. »Wieso für heute Abend?«

»Ach so. Eventuell kommt Martin vorbei. Mit diesem Kripobeamten aus Aurich, du weißt schon, diesem Gert Schneyder.«

»Weil sie was wollen? Hier essen? Seit wann bieten wir denn solch einen Service an?« Er trat nahe an sie heran und küsste sie.

»Weil … ehmm … sie doch … mit … aufhören.« Sie trommelte auf seine Brust. »Aufhören, ich kann sonst nicht reden.«

»Musst du auch nicht.« Seine Hände glitten unter die schwarze Tunika. »Ich habe mich für eine Planänderung entschieden. Wir bleiben hier. Du und ich und ein freier Nachmittag.«

»Der ausgefüllt ist mit Pflichten.«

»Ach was. Ich helfe dir. Gleich. Danach. Ich finde, wir haben uns ein kurzes Nachmittagsschläfchen verdient.« Wort für Wort schob er sie aus der Tür und gab nicht nach, bis die Schlafzimmertür hinter ihnen zufiel und sie beide aufs Bett sanken.

Daniela leistete keinen Widerstand und überließ sich Franks Händen und seinem Mund. Nur einmal noch schob sie ihn kurz beiseite. »Ich drehe schnell den Schlüssel.«

»Wozu?«, fragte Frank, während er sich gespielt die Haare raufte, weil sie unter ihm wegglitt. »Das Schlafzimmer ist unser privater Raum. Übrigens mehr oder weniger der Einzige, den wir im ganzen Haus haben.«

»Frau Dirkens«, flüsterte sie und legte den Finger auf die Lippen.

»Quatsch. Sie wird wohl kaum ins Schlafzimmer platzen.«

Sie kuschelte sich an ihn und zog die Decke über ihre Körper. »Ich bin mir nicht so sicher. Sie ist einsamer und anhänglicher als jemals zuvor. Manchmal mache ich mir richtige Sorgen. An einem Tag denke ich, sie könnte dement werden. Dann wieder glaube ich, dass sie körperlich krank ist. Deswegen bin ich ja heute Morgen mit ihr zum Arzt.«

»Ja und? Was sagt er? Etwas Besorgniserregendes?«

»Nein, überhaupt nicht. Veräppelt hat sie mich. Sie wollte von Doktor Matzdorf etwas über diesen Toten erfahren.«

»Der Tote vom Kap?«

Daniela verdrehte die Augen. »Welcher denn sonst? Glaub mir, Martin reicht der eine. Er tut mir wirklich leid.«

»Ja, tragisch. Aber du kanntest ihn ja nicht, oder?«

»Mensch, Frank, bist du bei der Arbeit auch so begriffsstutzig? Martin tut mir leid, nicht der Tote.« Sie hielt inne. »Wobei natürlich auch er, aber damit wären wir beim nächsten Punkt. Natürlich kannte ich ihn nicht. Zumindest gehe ich davon aus, denn wir wissen ja alle nicht, wer es ist. Da ich aber niemanden vermisse, behaupte ich: Nein, ich kannte ihn nicht.«

»Dann ist ja gut.« Frank schob sein Knie zwischen Danielas Beine. »Jetzt ist alles geklärt und wir können zum Wesentlichen übergehen.«

»Lass mich doch zu Ende erzählen. Martin und Gert, die beiden meinen, der Mann könnte in einer Verbindung zu unseren Sondengängern stehen. Deswegen wollten sie uns einen ›unauffälligen‹ Besuch abstatten.« Sie malte die Anführungszeichen in die Luft. »Heute Abend. Also, wegen der Frage, ob ich …«

»Interessiert mich nicht. Jedenfalls jetzt nicht. Also pssst. Keine Geschichten mehr. Kein Hostel. Keine Toten. Nur wir beide.« Er verschloss ihren Mund mit seinen Küssen und zog sie zu sich.

Daniela kicherte und nuschelte: »Nur wir beide. Und eine Wünschelrute. Wenn das mal kein Zufall ist.«

*

Bonn

Das Chaos in ihrem Kopf ließ sich nicht mehr beruhigen. Weder durch den Blick auf den Rhein noch durch vertiefte Bauchatmung und erst recht nicht durch das Manuskript in ihren Händen.

Verdammt. Sie fühlte sich wie in einem Albtraum, in dem jedes mühsame Abstrampeln, um aus einer schwierigen Situation zu entkommen, zu weiteren Komplikationen führte. In den letzten Tagen war ihr die Zeit zwischen den Fingern zerronnen. So viele Themen, die sie beschäftigten. Nichts konnte sie zu Ende denken. Und jetzt war Oskar … Sie schluckte. Gerade wurde er … Shit! Sie wollte es sich nicht vorstellen.

Wollte nur, dass die Ärztin anrief und die erlösenden Worte sprach.

Sie starrte in die leere Kaffeetasse und fuhr mit dem Finger über den Goldrand des Tellers, auf dem ihr ein Gebäckstück serviert worden war. Sie kam sich herzlos vor, hier bei Kaffee und Kuchen zu sitzen. Aber machte es einen Unterschied, wo sie um Oskar zitterte? War es besser, zu Hause die Wände anzustarren? Würde es helfen, in der Kirche eine Kerze anzuzünden? Sie hatte so was immer für Aberglauben gehalten. Doch jetzt spürte sie eine Leere, von der sie nicht wusste, wie sie zu füllen war.

Alles war aus den Fugen geraten: Oskars Unfall und die Sorge um sein Überleben, die unbeantwortete Frage nach einer gemeinsamen Wohnung, das mysteriöse Manuskript und eine Tote, die sich nicht aus ihren Gedanken verbannen ließ.

Ruth fühlte sich auf einen fernen Planeten versetzt. Ohne Oskar fehlte ihr der Kompass, die Orientierung. Sie lachte trocken auf, als sie an seine Formulierung vom Bundesdorf dachte. So mochte es sein, wenn man hier aufgewachsen war oder die längste Zeit seines Lebens verbracht hatte. Ihr fehlte jeglicher Zugang – außer …

Die beiden jungen Menschen an ihrem Tisch erhoben sich und begannen, unter Lachen und wildem Gestikulieren ihre Jacken anzuziehen. Ruth musterte sie. Ob sie die fehlenden Seiten des Manuskripts eingesteckt haben konnten? Warum hätten sie das machen sollen? Sie kannte beide nicht, hatte keine Beziehung zu ihnen, bis auf die Tatsache, dass sie dem Mann einmal begegnet war. Gedankenverloren starrte sie den Studenten an. Der Mantel. Der schwarze Mantel. Ein flüchtiges Bild schob sich vor ihre Augen.

Sie schreckte auf, als die beiden sich verabschiedeten.

Ruth kam sich lächerlich vor, als sie aufsprang und erneut unter dem Tisch zu suchen begann. »Wären Sie bitte so freundlich, einmal zu überprüfen, ob meine Unterlagen nicht bei Ihnen gelandet sind?«, wandte sie sich mit einem Lächeln an die Frau.

Diese schüttelte den Kopf. »Nein, bestimmt nicht.« Sie hob die leeren Hände, und tatsächlich hatte sie nur eine postkartengroße Lederhandtasche, die sie schräg über der Brust trug.

»War auch nur eine Idee«, erwiderte Ruth, während sie sich setzte. Trotzdem schielte sie auf den Rucksack des Mannes. Er fing ihren Blick auf und senkte für eine Sekunde den Kopf. Dann schob er seine Begleitung wortlos vom Tisch, um beim Kellner zu zahlen.

»Scheiße. Du bist lächerlich, Ruth Keiser. Hör auf, dich zum Affen zu machen«, murmelte sie vor sich hin. Sie tippte ihr Handy an. Kein Anruf aus dem Krankenhaus. Verdammt. Wohin sie blickte, Sackgassen. Sie nahm das Manuskript in ihre linke Hand und ließ die Blätter an sich vorbeisurren. 86, 87, 88, 89, 90, 91, 94. Zwei Seiten, die fehlten. Die weder nach vorne noch nach hinten gerutscht waren. Sie blätterte zum letzten Abschnitt der Seite 91. Versuchte, sich einzulesen, in die Story hineinzukommen. Zusammenhänge zu verstehen. An dieser Stelle wirkte vieles wirr, inszeniert. Die Sprache gestelzt. So wie sie sich Schreiben an den angesagten Literaturinstituten vorstellte. »Buchpreisautorenschreibe« nannte ihre Autorenfreundin das.

Ruth schob die Blätter hin und her. Immer wieder stieß sie auf harte Brüche. Hatten eben die Seiten den Anschein eines künstlerischen Anspruchs gezeigt, lasen sich andere Abschnitte wie ein Coming-of-Age-Produkt, ein Genre, mit dem sich ihre Tochter aus der Leseverweigerung in der Pubertät gerettet hatte. Dazwischen eingestreut die Pamphlete, mit denen essgestörte Menschen auf neue Ziele eingeschworen wurden.

Die *Zehn Gebote* der Magersüchtigen zogen sich durch das Manuskript. Wie ein roter Faden. Als verbindendes Motiv.

Selbstgeißelung. Verzicht. Erbarmungslosigkeit gegenüber sich selbst. Allein aus den Worten, die die Härte gegen den eigenen Körper dokumentierten, ging hervor, wie groß das Leiden gewesen sein musste. Ein erschütterndes Dokument.

Ruth rief auf ihrem Laptop den Blog auf, den Uriah veröffentlicht hatte. Sah herausgegriffene Abschnitte des Manuskripts, das sie in den Händen hielt. Auf erschreckendste Weise unterlegt mit Fotografien, die die Nähe des Todes greifbar machten. Scheinbare Aufklärung. Scheinbar investigativer Journalismus. In Wirklichkeit ein Zurschaustellen. Das Wecken niedrigster Instinkte. Bedienen des Voyeurismus.

Ruth versuchte, anhand der Einträge einen Zusammenhang zwischen den Manuskriptseiten und den Blogeinträgen herzustellen. Was war übernommen? Was war ausgelassen? Oder später eingefügt? Sie prüfte, ob sie Rückschlüsse auf die fehlenden Seiten herstellen könnte. Noch deutlicher trat hier die Entwicklung hervor: das Spielen mit den Themen Gewicht und Aussehen, das Infragestellen, das Kokettieren mit weiblichen Attributen. Am Anfang wirkte alles leicht. Planbar. Ein Jonglieren und Austarieren des eigenen Selbst. Dazu Fotos einer jungen Frau, die immer schon zierlich gewirkt haben musste. Deren große Augen in einem zarten Gesicht wahrscheinlich als Spiegel der Seele galten. Es vielleicht gewesen waren. Wenn sie das Geschriebene richtig decodierte, ging es, wie bei vielen jungen Menschen, darum, sich zu finden: Wer ist dieses Ich, das mehr ist als das Produkt zweier Elternteile. Das Thema unzähliger Therapien, wie Ruth wusste. Vater, Mutter, Kind.

Anders als die Abschnitte weiter hinten, in denen Tagesabläufe mit der Anorexie minutiös beschrieben waren, wo der Kampf um jedes Gramm bis zum Mitleiden dokumentiert war, schienen sich in der biografischen Annäherung Fiktion und Realität zu mischen. Keine Namen. Abstrakte Zuordnungen.

Ruth überlegte, während ihre Hand immer wieder über die offen liegende Manuskriptseite fuhr. Eine familiengeschichtliche Ursache für eine Anorexie war naheliegend. Ob Rebecca den Auslöser gekannt hatte? Oder ob es ihr Versuch war, sich dem Unbekannten literarisch anzunähern? Um es beherrschbar zu machen. Ruth seufzte. Konkretes war dem Text nicht zu entnehmen. Es konnte alles Mögliche sein. Das Schlimmste war nicht auszuschließen. Missbrauch. Vater. Mutter. Kind.

Je näher sie den fehlenden Seiten kam, umso deutlicher wurde die Sprache, wurden die Aussagen. Hier fanden sich ganze Abschnitte, die den Aufforderungen der *Pro-ANA-Bewegung* entsprachen. Vieles las sich wie ein Rechenschaftsbericht. Dem Geißeln für jedes einzelne Gramm der Gewichtszunahme folgte eine Flut von Motivationstipps für noch mehr Gewichtsverlust. Mit wachsender Ungeduld las Ruth den Text quer. Je weiter sie kam, umso sicherer war sie sich, dass Rebecca sich der Bewegung *ANA till the end* angeschlossen hatte. Und dass es diese Stellen waren, die fehlten. Die Seiten, die den Umbruch markierten. Die aus einer Essstörung, so dramatisch diese für sich genommen war, ein Todesurteil machten.

Ruth stützte die Ellbogen auf und legte den Kopf in die Hände. Draußen tuckerte ein Schiff mühselig den Rhein hinauf.

Noch einmal glich sie den Text und die Fotos des Blogs ab. Ihre Vermutung könnte passen. Rebecca schien zu diesem Zeitpunkt dem Tod verdammt nahe. Das große Aber allerdings: Sie war laut Oskars Andeutungen nicht an ihrer Anorexie gestorben. Die junge Frau war auf andere Weise zu Tode gekommen, und Uriah hatte daran einen nicht unerheblichen Anteil gehabt.

»Shit!«, rutschte es Ruth heraus.

Der Kellner sah sie fragend an.

Sie winkte ab. »Schon gut«, formte sie kaum hörbar mit den Lippen. Erneut glitten ihre Hände durch den Blätterstapel bis zu den vermissten Seiten. Ruth stapelte die Blätter und schloss den Blog. Tippte wieder das Handy an. Nichts. Was sollte sie tun? Ohne Oskar, der ihr alle Fragen zum Tod von Rebecca beantworten konnte. Ihr fiel ein, was sie vorhin überlegt hatte: zur Redaktion zu fahren. Jetzt kam ihr eine andere Idee. Wieso hatte sie daran nicht früher gedacht? Das Impressum des Blogs. Wenn sie Glück hatte, stände dort …

Hastig überflog sie die Seite: Da war er! Der bürgerliche Name. Andreas Richard Schwarzbach. Genannt Uriah.

*

Norderney

»Meinst du nicht, wir könnten noch ein Fischbrötchen …?« Gert deutete unbestimmt in Richtung Innenstadt und sog die Luft ein. »Wo ich das Meer schon rieche.«

»An dir ist ein Schauspieler vor dem Herrn verloren gegangen. Komm schon. Vor das Vergnügen hat der liebe Gott die Arbeit gesetzt.«

»So haben meine Eltern immer argumentiert.«

»Ich wette, du hast ihnen mit deiner Dramatik oft genug Anlass für solche Sprüche gegeben.«

»Mit meiner Dramatik?« Gert blieb stehen, breitete die Arme aus und schaute nach rechts und links, wobei er den Passanten huldvoll zunickte.

»Schluss jetzt. Du reist wieder ab, aber ich habe einen guten Ruf zu verlieren. Du bekommst dein Fischbrötchen. Aber erst, wenn wir einen Schritt weiter sind.«

»Puh. Langweilig. Konditionierung durch Belohnung. Damit sind meine Eltern auch gescheitert.«

Martin grinste. »Denk ich mir. Wahrscheinlich mit allem, was sie ausprobiert haben. Ganz sonderbar, dass trotzdem was aus dir geworden ist.« Er hatte sich wieder in Bewegung gesetzt.

»Findest du?«, rief Gert ihm hinterher.

Martin drehte sich um. »Das meinst du ja wohl nicht ernst, Herr Hauptkommissar. Soll ausgerechnet ich dein Selbstbewusstsein aufbauen? Bisher dachte ich übrigens, du hast davon mehr als genug.«

Gert biss sich auf die Lippe. »Wir täuschen uns oft in anderen. Ist so, oder? Jeder versucht, eine Rolle zu finden, mit der er seine Schwächen am besten überdeckt. Oder zumindest nicht komplett auf die Nase fliegt.«

»Was ist los? Philosophische Anwandlungen? Dir gibt mein Abstieg zu denken, was? Das hätte ich mir in meinen Anfangsjahren selbst nicht vorstellen können, als Inselsheriff zu landen. Wenn es dich aufbaut: Ich finde dich absolut okay. Besonders, wenn ich an die Alternative denke.«

»Ach, die Lichterfeld. Sie verfolgt dich in Gedanken und Träumen. Damit stehst du nicht allein.«

»Meine Position ihr gegenüber ist eine andere als deine. Das macht einen himmelweiten Unterschied.«

Gert schlug ihm auf den Rücken. »Pass auf, über die Lichterfeld reden wir noch einmal vertraulich. Nicht jetzt. Aber du kannst sicher sein: Auch sie ist nur ein Mensch.«

Martin schwieg. Als wenn er das in Abrede gestellt hätte.

»Denkst du nicht manchmal darüber nach, ob der Schritt, den du gegangen bist, doch falsch war? Juckt es dich nicht in den Fingern, zurück aufs Festland zu kommen und wieder ein Teil der Kripo zu werden?« Gert ruckte mit seinem Kopf beim Gehen wie ein Vogel hin und her, um nichts von seiner Umgebung zu verpassen.

Seltsam, dass er zuletzt darüber nachgedacht hatte.

»War die Frage zu privat?« Gert streifte ihn mit einem kurzen Seitenblick.

»Nein, nein.« Er winkte ab. Und schwieg.

»Irgendwo drückt der Schuh«, sagte Gert, und Martin wusste für einen Moment nicht, wie es gemeint war. Deswegen deutete er auf dessen Füße.

»Nicht meiner. Deiner. Glaubst du, ich merke nicht, dass irgendwas im Busch ist? Zwischen dir und deiner Anne?«

Martin öffnete den Mund und schloss ihn wieder.

Gert richtete zwei Finger der linken Hand auf seine Augen. »Gute Bullen sehen alles.«

»Was meinst du?« Martin bekam einen Schweißausbruch. »Was hast du gesehen? Anne? Mit …?« Das Wort blieb ihm im Hals stecken.

»Frag mich lieber, was ich nicht gesehen habe. Das ist das Augenscheinliche. Zwischen euch passte beim letzten Mal kein Blatt. Du hast alles mit Anne besprochen. War es nicht so?«

Martin nickte. »Na ja, so wirklich rechtlich sauber …«

»… war das nicht«, fiel Gert ein. »Stimmt. War euch aber egal. Und die Ergebnisse gaben euch recht. Du brauchst dich übrigens nicht verteidigen. Ich habe es durchgehen lassen und wüsste nicht, warum ich jetzt darauf herumreiten sollte. Ich sage nur: Es fällt auf, dass etwas fehlt.«

Martin griff sich in den Nacken. Trotz der Novemberkälte war seine Haut schweißnass. Glücklicherweise waren sie fast am Ziel, vor ihnen lag die Praxis von Doktor Matzdorf. Er deutete mit dem Kinn auf das weiße Schild, das neben dem Eingang hing. Er hoffte, dass seine fehlende Antwort damit erklärt wäre.

»Ah!«, entfuhr es Gert laut und überschwänglich, als hätte Martin ihm eine Besonderheit präsentiert. »Ich bin gespannt auf euren Medizinmann, von dem man Überraschendes hört. Fachmann für Gifte und für Antiquitäten. Interessante Kombi!«

Unter normalen Umständen hätte Martin die Augen verdreht. Aber Gerts Worte zu Anne hatten einen Stachel hinterlassen. Gut, dass die Arbeit ihm für den Augenblick Zuflucht bot. Es war Zeit, alle Kraft zu bündeln, um in den Ermittlungen weiterzukommen. Er spürte, wie etwas durch ihn hindurch floss, was er lange nicht mehr gespürt hatte. Sein Nacken kribbelte. Die Haare an seinen Armen richteten sich auf. Da war eine Energie, die er vermisst hatte. Ehrgeiz. Und Wut. Der Wunsch, eine Mauer zu durchbrechen. Es allen zu beweisen. Zu zeigen, wie das ging mit dem Ermitteln. Weil in ihm mehr steckte als ein Inselpolizist. »Also los. Worauf warten wir?« Seine Stimme klang aggressiv. Er sah das überraschte Aufblitzen in Gerts Augen.

»Tschakka«, stieß dieser statt einer Antwort aus und drückte die Praxistür nach innen auf, um sie für ihn aufzuhalten. »Gentlemen first. Über das andere sprechen wir später.«

Martin schnaubte etwas Unverständliches. Das würde man sehen.

*

Marthe hielt sich die Ohren zu, als das Martinshorn näher kam. Ihr Herz klopfte. Wie hatte sie die Zeit so vertrödeln können. Da kamen Martin und Gert und sie hatte nichts vorbereitet. Keine Cookies gebacken, das Teewasser nicht aufgesetzt, die Kissen nicht ausgeschüttelt und den Tisch nicht gedeckt. Stattdessen hing sie wie ein nasser Sack in ihrem Ohrensessel.

Sie schob die Decke von ihren Beinen und setzte sich auf. Erst nach und nach dämmerte ihr, dass sie Traum und Wirklichkeit durcheinanderbrachte. Keineswegs fuhr Martin mit lautem Tamtam an ihrer Haustür vor. Warum auch? Zum Teetrinken war kein Einsatz nötig. Allerdings, wenn er jemand anderem im Haus galt? Diesen Wünschelrutengängern zum Beispiel, denn was sie trieben, da konnte man sich nicht sicher sein. Hatten Gert und Martin das nicht angedeutet? Und sich gewünscht, dass sie, Marthe, den Herrn einmal auf den Zahn fühlte?

Wieder erklang laut und schrill das Signalhorn. Erst nach und nach konnte Marthe die Quelle des Geräuschs verorten. Ärgerlich griff sie zur Fernbedienung und stellte den Fernseher leiser.

Sie ächzte, als sie sich aus dem Sessel erhob. Ihre Arthrose wurde vom nachmittäglichen Schlafen nicht besser. Wie gut, dass sie alleine in der Wohnung lebte und niemand mitbekam, wie weit es mit ihr gekommen war. Lahme Beine, schmerzende Knochen und, was am schlimmsten war, ein Kopf, dem es immer schwerer fiel, die Dinge zu sortieren. Wenn es nicht so traurig wäre, könnte sie darüber lachen: Martin Ziegler fährt mit Blaulicht zur Teetied vor.

Das alles kam davon, dass sie nachts nicht schlief. Nicht tief und erst recht nicht lang. Es war keine Erholung, wenn sie immer hochschreckte und im Morgengrauen die Wände anstarrte. In der Hoffnung, dass auf sie das Licht fallen würde, das den neuen Tag ankündigte.

War der Alltag angelaufen, schien alles normal. Zwar sah sie Danielas sorgenvolle Blicke. Diese war ja nicht umsonst mit bei Doktor Matzdorf gewesen. Aber wenn sie etwas zu tun hatte, von Daniela eine Aufgabe bekam, wenn Termine anstanden oder sie in der Stadt Bekannte traf, war alles wie früher.

Das hatte sie gespürt, als sie mit Daniela unterwegs war. Es hatte Spaß gemacht, in den letzten Tagen über diesen berühmten Deutschen zu sprechen, der zu Lebzeiten nicht jedem gefiel. Dabei hatte er mit seinem Spott den Finger in manche Wunde gelegt. Kein Wunder, dass der eine oder andere ein zwiespältiges Verhältnis zu seinen Werken hatte, die Norderneyer jedenfalls kamen nicht gut weg.

Sie griff nach dem dünnen Heft, Heines *Nordsee-Zyklus*: »Die Eingeborenen sind meistens blutarm …« – wer so in die Beschreibung der Insel einstieg, hatte es sich schon verscherzt. Vielleicht nicht mit den damaligen Bewohnern von Norderney, denen Heine »Geistesniedrigkeit« bescheinigt hatte, denn es war nicht davon auszugehen, dass der schwer arbeitende Insulaner damals Heinrich Heine las. Was für Heine, der mehrfach auf die Insel zurückkehrte, wahrscheinlich ein Glück war.

Schade, dachte Marthe, dass er anscheinend auch in Bezug auf das Teetrinken schlechte Erfahrungen gemacht hatte. Marthe rückte die Brille zurecht und fand auf Anhieb die entsprechende Stelle: »… wo die Ihrigen, wohlverwahrt in wollenen Jacken, herumkauern und einen Tee trinken, der sich von gekochtem Seewasser nur durch den Namen unterscheidet.« Nun, sie wusste nicht, wie die Norderneyer es 1825 mit der Teezeremonie hielten, aber immerhin hatte es der *Ostfriesentee* zum Nationalheiligtum gebracht, und das sicherlich nicht mangels Alternativen. Und wenn Heinrich Heine einmal bei ihr hätte Tee trinken können, aus dem feinen Geschirr der *ostfriesischen Rose* mit knackenden Kluntjes und wolkiger Sahne und dem guten Schuss Whiskey aus ihrem Giftschrank, dann, ja dann hätte er sicher anders über diese »Sandinsel« geschrieben. Ganz, ganz anders. Wahrscheinlich wäre mindestens so ein feines Gedicht wie mit der *Loreley* dabei herausgekommen.

Apropos Teezeremonie. Eigentlich war es Zeit dafür. Selbst wenn Martin Ziegler heute Abend vorbeikäme, schadete es nicht, schon jetzt dem geliebten Ritual nachzugehen.

Sie würde schauen, ob Daniela Zeit hatte. Danach könnte sie in der Apotheke das pflanzliche Mittel besorgen, dass Doktor Matzdorf ihr verordnet hatte. Vor lauter Heine hatten sie vergessen, das Rezept einzulösen.

Vorsichtig stieg sie die Treppe hinunter. Es war still im Haus. Von unten aus der Küche war kein Geklapper zu hören. Daniela schien auch nicht in den Gästezimmern oder im Bad zu sein. Am Mehrbettzimmer, in dem zwei der Schatzsucher untergebracht waren, hing das Schild »Bitte nicht stören«. Marthe rümpfte die Nase. Dass ausgerechnet in einem Männerzimmer niemand nach dem Rechten sehen sollte. Sie konnte nur hoffen, dass die Bewohner ans Lüften dachten.

Sie lauschte. Waren etwa leise Stimmen zu hören? Vorsichtig näherte sie sich der Tür. Es interessierte sie, was diese Männer auf der Insel suchten. Sie wäre auf ein Inserat mit ein paar kruden Andeutungen hin nicht mit einer Sonde losgezogen. Aber was, wenn an der Geschichte etwas dran wäre? Ein Goldschatz auf der Insel. Warum nicht? Sie waren ja ein seefahrendes Volk.

Noch einmal strengte sie sich an, um das leise Stimmengemurmel zu verstehen. Doch ihr Gehör war dafür längst nicht mehr gut genug.

Marthe sah sich um. Keine Frage, die Luft war rein. Daniela schien ausgegangen zu sein. Warum also nicht? Vorsichtig beugte sie sich vor. Schaute durch das Schlüsselloch. Was für eine Enttäuschung: Es gab nichts zu sehen. Offensichtlich hing etwas an der Türklinke. Das war doch die Höhe und machte diese Kerle noch verdächtiger. Kein Wunder, dass Martin und Gert sie quasi beauftragt hatten, ein Auge darauf zu werfen. Wer, wenn nicht sie, konnte dem Treiben ein Ende setzen.

Sie legte ihr Ohr gegen das Türblatt. Alles, was sie hörte, war ein gleichförmiger Strom aus Geräuschen. Als halte jemand einen Vortrag. Kein lauter Wortwechsel, keine Diskussion. Wie ärgerlich. Leise ächzend richtete sie sich auf. Sie drehte sich zur Treppe.

Oh gütiger Gott! Ertappt zuckte sie zusammen. Legte die Hand auf das Herz, das in einen gewaltigen Galopp verfiel. Sie merkte, wie ihr das Blut erst in den Kopf und dann zurück in die Beine fuhr.

»Das ist ein Missverständnis«, stotterte sie, während sie Luft schnappte und Halt an der Türklinke suchte, um nicht zu Boden zu stürzen. Der Griff gab nach, die Tür öffnete sich und sie fiel taumelnd in das Gästezimmer. Schwarze Stiefel waren das Letzte, was sie sah.

*

Bonn

Ruth versuchte, ihre Atmung unter Kontrolle zu bekommen. Nicht, dass ihre Kondition schlecht war. Aber das Tempo, das sie auf der Fahrt Richtung Bad Godesberg angeschlagen hatte, überstieg selbst ihre Fitness. Ihre Ungeduld und das Gefühl, endlich einen Faden in der Hand zu haben, trieben sie voran. Fast hatte sie Angst, dass ausgerechnet jetzt der Anruf aus der Klinik käme. Obwohl sie sich nichts sehnlicher wünschte, als dass Oskar außer Gefahr sei. Gleichzeitig brannte der Wunsch in ihr, die vielen offenen Fragen zu beantworten.

Sie schloss das Fahrrad ab, schob die heruntergerutschten Träger des Rucksacks hoch und sah sich um. Eine nichtssagende Straße mit dörflichem Charakter. Ein Haus klebte am anderen, ohne Lücke und Vorgarten. Andererseits fehlten klassische Mietshäuser. Neben den Hauseingängen, zu denen oft zwei oder drei Stufen führten, gaben die Fenster eine Ahnung von der Aufteilung des Erdgeschosses. Rechts und links davon wiesen große Tore dazugehörige Garagen und Einfahrten aus.

Das Haus, vor dem sie stand, machte mit den zugezogenen Gardinen einen altbackenen Eindruck. Sofort ploppten Bilder von Hausfrauen mit Kittelschürzen auf. Nach Studenten, liberalem Bildungsbürgertum und vom Weg abgekommenen Journalisten sah die Gegend nicht aus. Bis auf die Regenbogenflagge, die ein paar Häuser weiter an einem Fensterbrett befestigt war.

Sie schaute auf ihr Handy und glich die Adresse ab. Doch, sie war richtig. Auf der Straßenkarte war der Stadtteil mit Friesdorf vermerkt. Die Gegend, in der Andreas Schwarzbach lebte, lag unmittelbar am Wald, der sich hoch zum Venusberg und damit zu den Unikliniken zog. Ruth stieß einen unterdrückten Laut aus, als ihr bewusst wurde, wie wenig Luftlinie sie von Oskar trennte.

»Du schaffst das«, flüsterte sie, während sie ihren Blick in die Richtung hob, in der sie die Neurochirurgie vermutete. »Du schaffst das, Oskar. Und ich – ich schaffe das auch.«

Sie strich sich ihre Haare aus dem Gesicht und trat auf die Haustür zu, stellte sich auf die unterste Treppenstufe. Zwei Klingeln. Beide trugen den gleichen Namen. Josef Faßbender.

Ruths Schultern, die sie vor lauter Anspannung hochgezogen hatte, fielen herunter. Wie ärgerlich. Hier schien sie falsch zu sein.

Sie trat auf die Straße zurück. Verglich ein weiteres Mal die Hausnummer. Sie stimmte. Ob Andreas Schwarzbach früher …? Sie verwarf den Gedanken. Der Name an der Klingel hörte sich alteingesessen an. Der Hausflur mit den beiden gleich dekorierten Fenstern rechts und links ließ eher an ein Mehrgenerationenhaus der alten Art denken. Oben die Eltern, unten die nächste Generation. Oder umgekehrt.

So kam sie nicht weiter. Das Einzige, was blieb, war nachzufragen. Entschlossen trat sie wieder auf die Trittstufe und betätigte die untere Klingel. Sie lauschte. Es tat sich – nichts.

»Verdammt«, fluchte sie leise. »Wenn man das Glück mal auf seiner Seite bräuchte.«

Obwohl sie nicht mit Erfolg rechnete, drückte sie die obere Klingel. Aus dem Inneren des Hauses waren Geräusche zu hören. Eine Tür, die ins Schloss fiel. Dann wieder Ruhe. Sie wollte gerade erneut klingeln, als eine Stimme sie nach oben blicken ließ.

»Jaaa? Sie wünschen? Kaufen tun mir nix. Und wenn Sie von den Zeugen sind, dann mach ich das Fenster direkt wieder zu.«

»Zeugen?« Ruth stand auf der Straße und schaute zu dem grauhaarigen Dauerwellenkopf, der sie von oben misstrauisch beäugte.

»Die mit dem Heft in der Hand. Mit denen wollen wir Katholiken nichts zu tun haben.«

»Ach so.« Sie hörte, wie enttäuscht sie klang.

»Also doch von dem Verein. Jetzt lassen Sie uns doch ein für alle Mal in Ruh!« Das Fenster klirrte im Rahmen, als die Frau es zuknallte, bevor Ruth sich erklären konnte.

»Fuck, fuck, fuck«, stieß sie hervor. So eine Ureinwohnerin hatte ihr noch gefehlt. Sie brauchte nicht weiterzusuchen. Es war augenscheinlich, dass unter dieser Adresse sicher kein Andreas Schwarzbach alias Uriah lebte.

Trotzdem. Aufgeben war was für Feiglinge. Wieder stellte sie sich auf die Treppe und legte den Finger auf die Klingel. Und weil sie ahnte, dass sie anders nicht weiterkäme, ließ sie nicht mehr los, bis sich das Fenster erneut öffnete.

»Wie unverschämt ist dat dann? Wenn Sie nicht sofort verschwinden, rufe ich die Polizei.«

Ruth sprang zurück auf den Bürgersteig und lächelte

freundlich. »Bitte nicht wieder das Fenster schließen. Das war ein großes Missverständnis. Ich arbeite für die Polizei.« Das entsprach zwar nicht der Wahrheit, aber vielleicht ließ sich damit ein Hauch von Vertrauen schaffen.

Weit gefehlt.

»Das wird ja immer besser. Wat soll dat werden? Ein Überfall? Wo sich jemand als Polizei ausgibt und dann den Schmuck und das Geld und was weiß ich nicht noch haben will? Nee, nee, Fräuleinchen, mit mir nicht. Nicht mit mir. Da sind Sie aber an die Falsche geraten.« Sie drehte ihr Gesicht nach hinten und rief in das Innere des Hauses. »Josef, ruf doch mal die Polizei. Ich glaube, hier haben wir eine der Verbrecherinnen. Josef? Wieso hörst du mich denn nit?«

Ruth atmete tief durch, während die Frau weiter nach ihrem Mann rief. Was für eine verrückte Geschichte! Unter anderen Umständen würde sie in lautes Gelächter ausbrechen. Jetzt musste sie die Aufmerksamkeit der Hausbesitzerin zurückgewinnen.

Sie legte die Hände um den Mund und rief nach oben: »Lassen Sie mich doch erklären. Mein Name ist Ruth Keiser. Ich suche Herrn Schwarzbach. Er steht im Internet unter dieser Adresse.«

Die Frau verstummte. Drehte ihr Gesicht wieder zu ihr, musterte sie, soweit das von oben möglich war. Ruth trat bewusst einen Schritt zurück. Sie hoffte, vertrauenserweckend genug auszusehen.

»Den Herrn Schwarzbach suchen Sie, sagen Sie?«

Ruth musste angesichts der Formulierung ein Grinsen unterdrücken. »Ja«, antwortete sie schlicht. Jedes Wort zu viel konnte falsch sein.

»Und Sie kommen von der Polizei, sagen Sie?«

»Im weitesten Sinne.« Ruth ärgerte sich, dass sie diesen Vorwand genutzt hatte. Jetzt brachte er sie in Erklärungsnot.

»Warten Sie mal. Da komme ich lieber mal runter.« Verdutzt nahm Ruth wahr, wie das Fenster zufiel.

Kurz danach tat sich auf der Treppe im Inneren des Hauses etwas. Sie hörte schlurfende Schritte, die näherkamen. Ein Schlüssel wurde im Schloss gedreht und die Tür aufgezogen.

Auf der Eingangsschwelle stand mit imposant wogendem Oberkörper Frau Faßbender. In Kittelschürze. Die Hände steckte sie in die aufgesetzten Taschen und stopfte dabei das Staubtuch, das herausgeschaut hatte, nach unten.

»Dann lassen Sie mal hören. Was genau ist denn mit dem Herrn Schwarzbach? Was wollen Sie denn von dem? Und was haben Sie gesagt, wie Sie heißen? Ruth?« Sie wartete keine Antwort ab. »Ruth! Schon wieder so ein Name. Genau wie Rebecca. Und Sie sind von der Polizei?«

Ruth schnappte kurz nach Luft. »Ja«, stieß sie schnell hervor. Frau Faßbender würde sie nicht mehr von der Leine lassen.

*

Norderney

»Das hätte dir doch klar sein müssen. Mittwoch. Mittwochnachmittag. Mann, wir sind aber auch Hornochsen, alle beide.« Gert stieß ihn mit dem Ellbogen in die Seite.

Martin verzog das Gesicht und fasste sich an die schmerzende Rippe. Dann musste er lachen. Bei der Lichterfeld wäre er der alleinige Schuldige gewesen, da waren die Schimpfkanonaden von Schneyder besser zu ertragen. »Mea culpa«, übernahm er die Verantwortung. »Ich bin in den Herbst- und Wintermonaten zeitlich immer etwas desorientiert. Schon die Uhrumstellung am letzten Oktoberwochenende macht mir zu schaffen. Eigentlich ist es die ideale Zeit, um auf der Insel in den Winterschlaf zu gehen.«

»Tja, daraus wird nichts. Dafür sorgt Herr Unbekannt.«

»Oder ich selbst, weil ich die Todesfälle auf der Insel magisch anziehe.« Martin übte sich in Selbstironie. Was anderes fiel ihm nicht mehr ein. Er konnte die Dinge drehen und wenden, wie er wollte, es schien einzig und allein an seiner Person zu liegen.

Gert wirkte abgelenkt. »Hast du nicht gesagt, dass eure Insel boomt?«

Martin nickte, auch wenn er nicht verstand, worauf Gert hinauswollte.

»Dass ihr als zweites Sylt gehandelt werdet? Und dass die Insel immer weniger zur Ruhe kommt, weil selbst in der Neben- und Nachsaison der Teufel los ist?«

»Na ja, der Teufel nicht unbedingt. Aber es stimmt, Klubzeit ist bis Ende Oktober, im Februar geht es schon wieder los. Die Klubs weichen aus, weil in den Sommermonaten ein anderes Publikum die Insel besucht. Die Vermieter haben schnell reagiert: Sie vermieten ab Ostern nur noch wochenweise.«

»Aha. Und was ziehst du daraus für Schlussfolgerungen?«

Martin hob verständnislos die Arme. »Keine Ahnung, worauf du hinauswillst. Was soll ich sagen? Viele Wirte und Geschäftsleute stöhnen, weil es keine übliche Erholungszeit mehr gibt. Die Wintergäste haben natürlich Ansprüche. Was sollen sie auf einer Insel, auf der das Meiste geschlossen hat? Und wer lässt sich schon gerne Geld entgehen? Also wird der eigene Urlaub der Insulaner auf den Malediven oder auf den Kanaren gekürzt. Was Unzufriedenheit hinterlässt.«

»Oh! Bei mir hinterlässt es Unzufriedenheit, dass ich die Malediven noch nie gesehen habe und dies auch in Zukunft meine Finanzen übersteigt. Es lässt aber auf Umsätze schließen.«

Martin lachte trocken. »Ja, da sehen wir alt aus mit unseren Beamtenbezügen. Aber die sind uns immerhin sicher. Glaub mir, das Geld auf der Insel ist nicht leicht verdient. Da gehört eine Menge Plackerei zu. In der Hochsaison möchte ich nicht tauschen.«

»Aber auch bei euch wird es enger durch den anhaltenden Boom, oder täusche ich mich?«

»Stimmt schon. Die Zeiten, in denen wir vom Festland verstärkt werden, sind an den alten beschaulicheren Zeiten des Tourismus orientiert. Die sahen keinen Ganzjahresbetrieb vor. Die langsamen Mühlen der Bürokratie.«

»Siehst du – genau darauf will ich hinaus.«

»Ich verstehe es immer noch nicht.« Martin deutete die Straße hinunter.

»Ich glaube, du setzt die Ereignisse nicht genügend in Relation. Zumindest übersiehst du, dass du nicht für Ereignisse verantwortlich bist, die nichts mit deiner Person zu tun haben. Es ist ein zeitlicher Zufall: Die Übernahme der Stelle als leitender Polizist genau dann, als die Insel ihre Unschuld und ihre Beschaulichkeit verlor.« Gert hob die Hand. »Antworte nicht, sondern denke einmal darüber nach. Und wenn wir herausgefunden haben, was es mit dem Tod unseres Mannes auf sich hat, dann reden wir weiter. Einverstanden?«

Martin war zu perplex, um anderes zu tun, als Gerts Worte abzunicken. Einerseits spürte er, wie sich Erleichterung in ihm ausbreitete, andererseits wollte er widersprechen. Wahrscheinlich war es richtig, das Gesagte sacken zu lassen. Um später mit Anne darüber … An dieser Stelle stockten seine Gedanken erneut. Die zweite Baustelle, über die er sich klar werden musste. Ob Gert auch dafür eine schlüssige Erklärung parat hatte?

»Verrätst du mir noch, wohin wir unterwegs sind?« Gert blieb stehen und drehte sich um seine eigene Achse. »Nachdem wir uns den Praxisbesuch abschminken können.«

Martin versuchte ein spöttisches Grinsen. »Hey, du Motivationsguru! Glaubst du etwa, so schnell gebe ich auf? Natürlich suchen wir Matzdorf auf. Wenn nicht in seiner Praxis, dann eben privat.«

Gert hob beide Daumen. »So gefällt mir das. Wo müssen wir hin?«

»Ist nicht so weit.« Martin wies den Weg Richtung Wasserturm. »Die zweite Reihe hinter dem Surfbecken. Dort hat er sich ein nettes Haus gekauft. Wir können froh sein, dass November ist. Sonst wäre er an seinem freien Nachmittag auf dem Golfplatz. Aber dafür sind die Nachmittage jetzt zu kurz und zu kalt.«

»Die Platzreife hätte ich.« Gert tat, als holte er mit einem Golfschläger Schwung.

»Das ist großartig«, feixte Martin, der seinen Schritt beschleunigte. »Immer gut, wenn man ein gemeinsames Thema hat. Ich kann mit keinem seiner Interessen mithalten: weder Gifte noch Golf. Und erst recht keine Antiquitäten und Automobile.«

»Ach ja, die Gifte. Wie war noch mal der Zusammenhang? Warum weiß er darüber so viel?«

»Er hat darüber promoviert.«

»Ausgerechnet!« Gert blies die Backen auf und saugte sie anschließend wieder ein. »Schon seltsam …«

»Was?« Martin blieb stehen, als sich am Busbahnhof die Linie 2 in Bewegung setzte.

»Ich meine, dass es ausgerechnet Matzdorf war, der zum Toten gerufen wurde, nicht wahr? Er ist doch nicht der einzige Arzt auf der Insel. Und bei der Fundstelle am Kap, wäre es nicht naheliegend gewesen, den Notarzt zu rufen?«

»Na ja, die Passanten, die den Toten am Kap entdeckt haben, waren Insulaner. Sie wussten, dass Matzdorf in der Nähe wohnt, und hatten seine Nummer.«

»Hm, schade. Das wäre ja auch zu schön gewesen.«

»Darüber nachgedacht habe ich auch. Sah nach einem seltsamen Zufall aus. Doch es hat alles seine Richtigkeit. Da lässt sich nichts dran rütteln. Leider. Denn ganz geheuer ist mir der Typ auch nicht. Wirst ja sehen.«

Hinter dem Friedhof überquerten sie die Straße und gingen schweigend den restlichen Weg, jeder seinen eigenen Gedanken nachhängend.

Bis Martin auf eine offene Garage mit einem rot glänzenden Spitfire zeigte. Auf dem gepflasterten Grundstück davor parkte ein Alfa Romeo, ebenfalls historischen Baujahrs. Daneben stand Doktor Matzdorf in Knickerbockerhosen, Hemd, Pullunder und einer Schiebermütze. In der einen Hand einen Eimer Wasser, in der anderen einen gelben großporigen Schwamm, mit dem er liebevoll über den Lack des Autos strich, während sein schwerer Bauch ihm sichtbar im Wege war. Beim Näherkommen hörten sie ihn schnaufen.

»Na, das nenne ich mal ein Prachtstück.«

Der Arzt bemerkte sie erst, als Gert ihn ansprach. Sofort wechselte seine Gesichtsfarbe von einem zarten Rosa zu dunklem Rot. Seine Mundwinkel zuckten, der schmale Schnurrbart wackelte. Er ließ den Schwamm in den Eimer fallen und streichelte über die Motorhaube. »Ja, nicht wahr? Gut erkannt.« Er kniff die Augen zusammen und sah sie nachdenklich an. Dann sagte er: »Ich habe Sie schon erwartet. Ich kenne den Grund. Das Blei.« Er klopfte sachte auf die Karosserie. »Das gute alte Blei. So ein Oldtimer weiß ein Lied davon zu singen. Blei wohin man schaut und riecht, nicht wahr? Aber meine Herren, kein Grund, uns in der Kälte einzurichten. Darf ich Sie ins Haus bitten? Es ist mir ein Vergnügen.«

Martin sah Gert an, der die Augen verdrehte. Dabei stand

dieser dem Arzt in Effekthascherei in nichts nach. Er feixte. Das konnte unterhaltsam werden, selbst wenn es sie in den Ermittlungen nicht weiterbringen sollte.

*

»Kann ich helfen?«, hörte sie eine warme Stimme, und sofort fühlte sie sich geborgen und aufgehoben.

Das tiefe Antwortbrummen, dessen Sinn sie nicht verstand, erfüllte sie dagegen mit Furcht. Wo war sie? Was war passiert? Sie versuchte, die Augen zu öffnen, aber sie waren so schwer, dass sie es aufgab und sich wieder in den Klang der helleren Stimme fallen ließ.

»Wir müssen Sie vorsichtig auf den Rücken drehen, die Beine hochhalten und den Puls fühlen. Frau Dirkens? Hallo, Frau Dirkens?«

Eine weiche Hand klopfte an ihre Wange. Finger legten sich an ihr Handgelenk. Jemand packte ihre Schultern und das Becken und rollte sie herum. Dann wurden ihre Füße abrupt angehoben, sodass ein scharfer Schmerz durch ihre Hüfte fuhr. Sie schrie auf.

»Tot ist sie jedenfalls nicht«, sagte die dunkle Stimme, und ihre Beine sanken wieder zu Boden.

»Lassen Sie die Beine oben!« Die weiche Stimme konnte auch zickig klingen. »Das ist wichtig für den Kreislauf.«

Wieder hob jemand ihre Füße an, zwar sanfter, trotzdem stöhnte sie auf.

»Frau Dirkens! Hören Sie mich? Sie sind gefallen. Haben Sie Schmerzen?«

Schmerzen, ja klar, wenn mit einer alten Frau so unsanft umgegangen wurde. Sie spitzte die Lippen, um zu antworten. Aber die Worte zum Mund zu transportieren, schien ihr genauso unmöglich, wie die Augen zu öffnen.

»Da rufen Sie besser einen Krankenwagen.« Wieder gingen die Beine nach unten.

»Füße hoch«, zischte es über ihrem Gesicht. »Wo sind denn Ihre Freunde?«

Marthe überlegte. Welche Freunde?

Die andere Stimme antwortete: »Das sind keine Freunde. Sollen wir nicht wenigstens Frau Prinzen holen?«

Langsam dämmerte Marthe, wo sie sich befand und was sie in diese Lage gebracht hatte. Verflixt. Mühsam hob sie den Kopf. Sie musste hier weg. Unbedingt. Daniela durfte nicht erfahren, was passiert war. Mit aller Willensanstrengung öffnete sie die Augen. Blinzelte. Versuchte, den Blick scharf zu stellen. Und klappte die Lider wieder zu, da das Gesicht, das so nahe über ihrem schwebte, ein unangenehmes Gefühl in ihr erzeugte. Allerdings schien es zu der sanften Stimme zu gehören.

Wie war das? Sie hatte an der Tür gestanden. Weil sie wissen wollte, was mit diesen Männern los war. Hatte sich dann umgedreht. Und ja – genau in dieses Gesicht geblickt, das sie so mitfühlend ansah.

»Augen auf, Frau Dirkens. Hierbleiben.« Wieder schlug eine Hand leicht gegen ihre Backe. »Wissen Sie, wer ich bin? Was mit Ihnen passiert ist?«

Marthe nickte schwach. Sie versuchte, sich aufzusetzen. Erneut durchfuhr sie der verflixte Schmerz in der Hüfte. Hoffentlich hatte sie sich nichts getan.

»Langsam. Ich helfe Ihnen.« Die Hand stützte ihren Rücken. »Ganz langsam. Geht das?«

Marthe horchte in sich hinein. Bis auf den Stich, der durch ihre Knochen zog, schien sie in Ordnung.

»Holen Sie ein Glas Wasser, und dann können Sie auch nach Frau Prinzen schauen.«

»Nein, nein, lassen Sie. Bitte keine Umstände.« Marthe

kniff die Lippen zusammen und setzte sich weiter auf. Sie musste verhindern, dass Daniela dieses Dilemma mitbekam. »Es geht schon. Wenn Sie beide mir aufhelfen, dann ist alles gut.«

»Ich weiß nicht.« Caroline klang zweifelnd, aber der Sondengänger schien auf die Aufforderung gewartet zu haben, denn er griff rau unter ihre Achseln und versuchte, sie von hinten auf die Beine zu ziehen. Sie konnte den Schmerzensschrei nicht komplett unterdrücken, obwohl sie die Lippen zusammenpresste.

»Sind Sie sicher?« Die junge Frau klang ratlos. Was Marthe nachvollziehen konnte. In was für eine Situation sie die Doktorandin gebracht hatte. Trotz ihrer Jugend übernahm sie die Verantwortung, während der mürrische Kerl neben ihr sie loswerden wollte. Marthe fiel ein, dass sie Stimmen aus dem Zimmer gehört hatte. Wieso, zum Teufel, war der Mann jetzt allein? Besser war's. Je weniger Zeugen, umso größer die Hoffnung, dass Daniela nichts erfuhr. Wenn es ihr gelang, Caroline eine glaubwürdige Erklärung zu liefern, was sie an der Tür gesucht hatte. Dafür musste sie erst einmal auf die Beine kommen.

»Wir machen das zusammen.« Von beiden Seiten wurde sie unter den Armen gestützt und langsam in die Höhe gezogen. Sie atmete tief durch, als sie auf eigenen Beinen stand. Kein Schwindel, glücklicherweise. Auf den Kopf war sie anscheinend nicht gefallen.

»Gut. Alles gut«, stieß sie beim Ausatmen aus, als sie sich halbwegs stabil fühlte. Das Zittern in ihrer gesamten Muskulatur kam wohl vom Schock.

Der Mann ließ sie los. Marthe schwankte, und Caroline, die ihren Griff leicht gelockert hatte, fasste schnell wieder zu.

Mit langsamen Schritten führte die Doktorandin sie aus dem Zimmer. Hinter ihnen flog die Tür mit einem Knall ins Schloss.

»Rüpel«, sagte Caroline über die Schulter hinweg und lächelte Marthe an. »Geht es? Wohin soll ich Sie bringen?«

Sie fühlte sich wackeliger, als sie es sich eingestehen wollte. Wenn sie an die Treppen dachte, wurde ihr erst recht mulmig. Sowohl treppauf als treppab zu kraxeln, erschien ihr auch am Arm von Caroline als zu große Herausforderung.

Die junge Frau deutete das Zögern richtig. »Wissen Sie was? Ich bringe Sie in mein Zimmer, und dann schauen wir weiter, ja?«

Marthe nickte dankbar. Das schien am vernünftigsten. »Ein Glas Wasser wäre nicht schlecht«, setzte sie hinzu, obwohl ihr das Bitten schwerfiel.

»Kein Problem.« Caroline drückte sie auf den Stuhl und zog den kleinen Tisch heran. Mit einer schnellen Handbewegung schichtete sie die dort verteilten Bücher und Papiere zu einem Stapel zusammen und schob ihn von Marthe weg. »Stützen Sie sich ruhig auf, das gibt Ihnen Halt. Ich bin gleich wieder da. Mal sehen, wo Frau Prinzen ist.« Damit war sie aus dem Zimmer.

»Nein, nicht.« Marthe hörte, wie dünn ihre Stimme klang. »Sie muss nichts von der ganzen Sache wissen«, rief sie kraftlos hinterher. Hoffentlich war Daniela unterwegs, flehte sie innerlich, während sie den Blick über die Wand mit dem aufgeklebten Spruch und die Bücher, die sie aus der Bücherei geholt hatte, über Carolines persönliche Sachen und Arbeitsmaterialien schweifen ließ. Es war zum Verrücktwerden. Was sie im Moment anfasste: Alles machte sie falsch.

Resigniert betrachtete sie den Bücherstapel. Alt und neidisch war sie. Wie gerne wäre sie an Carolines Stelle. Hätte ihr Leben noch vor sich. Würde reisen, lesen und studieren. Sie seufzte und murmelte halblaut: »Nichts da. Heine ade! Marthe, bleib du bei deinen Cookies. Alles andere bringt nur Unheil.«

Als hätte sie es heraufbeschworen, hörte sie auf der Treppe Danielas aufgeregte Stimme. Auch das noch. Nun würde sie Rechenschaft ablegen müssen. Hoffentlich fiel ihr schnell genug etwas Glaubwürdiges ein.

*

Bonn

»Gut, dass die Polizei mal wieder nach ihm schaut.«

»Ach«, stieß Ruth überrascht aus und blickte an der Hausfassade hoch. »Dann wohnt Herr Schwarzbach tatsächlich hier?«

»Wieso fragen Sie? Sie haben doch seine Meldeadresse, wenn Sie von der Polizei sind.«

»Ja, ja«, beschwichtigte sie schnell. »Ich war nur wegen des fehlenden Klingelschilds irritiert.«

»Das wäre ja noch schöner, wenn ich mit dem Kerl auch noch unter einem Dach leben müsste. Nä! Nä!« Die beiden letzten Silben unterstrich sie mit heftigem Kopfschütteln.

Ruth schwieg. Noch konnte sie sich keinen Reim auf die Sache machen.

Frau Faßbender schien es nicht aufzufallen. Sie zog einen Schlüsselbund aus ihrer Tasche. »Dass mit dem Herrn Schwarzbach was nicht stimmt, merkt man schon daran, wie er sich versteckt. Auf dem Briefkasten stehen nur die Initialen, genau wie auf dem Klingelschild. Wie oft habe ich ihm schon gesagt, dass er das ändern soll. Aber darum schert der Herr sich ja nicht. Josef, habe ich zu meinem Mann gesagt, rede du doch mal mit ihm. Aber es ist sinnlos.« Sie standen vor einer Toreinfahrt, die zum Haus gehörte.

Sie drehte den Schlüssel im Schloss und führte Ruth in einen Hinterhof, in dem sich ein weiteres Gebäude befand.

»Das hier, das war die ursprüngliche Schreinerwerkstatt meines Schwiegervaters. Das ist schon so lange her, da kann sich kaum noch einer dran erinnern. Mein Mann hat später einen größeren Betrieb übernommen, da wurde das Gebäude frei. Für uns war das jahrelang eine Rumpelkammer. Aber«, sie drehte sich um und zeigte auf das Haupthaus, »vorne wollen wir nicht mit fremden Leuten zusammen wohnen. Wie fühlt sich das denn an? Wie ein Mieter, obwohl man selbst der Eigentümer ist. Mit Rücksicht nehmen und Treppe putzen. Na ja.« Sie endete abrupt.

»Hier wohnt also Herr Schwarzbach?«, versuchte Ruth, die Frau zurück zum Wesentlichen zu bringen.

»Ob man das Wohnen nennen kann, weiß ich nicht. Besser spräche man von Hausen, aber das geht mich nichts an.«

Ruth lächelte. »Ganz zufrieden scheinen Sie trotzdem nicht zu sein?«

»Wie soll man das denn? Früher, also als wir ihm die Werkstatt vermietet haben, da war er noch ein ordentlicher Journalist. Später hat man sich seltsame Dinge über ihn erzählt, und da war uns das gar nicht mehr recht, dass er mit uns in Verbindung gebracht wurde.«

»Aber wieso kann er in einer Werkstatt wohnen? Das ist doch gewerblicher Raum.«

»Ganz genau. Da haben wir leider einen Fehler gemacht.« Sie zeigte auf die Häuser in der Nachbarschaft. »Viele von uns hatten diese Werkstätten oder Garagen im Hinterhof. Als die kleinen Handwerker und Betriebe der Konkurrenz nicht mehr standhalten konnten oder sich in den Gewerbegebieten vergrößert haben, hatten wir alle diesen Leerstand. Gleichzeitig suchten viele Menschen eine Wohnung. Damals, als wir noch Bundeshauptstadt waren, aber auch heute noch durch die Studenten.« Es klang so stolz, als hätte beides direkt etwas mit ihr zu tun.

»Was passierte dann?«

»Ein junger Architekturstudent in der Nachbarschaft hat uns geraten, den Gewerberaum in Wohnraum zu verwandeln. Er hat auch die Handwerker gekannt, die für uns die Umbauten gemacht haben. Er hat gesagt, so lebt man jetzt in New York und London und dass das gute Miete bringt. Ich vergesse immer, wie das heißt. Irgendwas mit Lo…«

»Ein Loft?«

»Ja, so heißt das wohl.«

»Und dann haben Sie an Herrn Schwarzbach vermietet?«

»Nicht direkt. Wie das so geht. Der eine Mieter kündigt und sucht einen Nachmieter. Das machen alle so, und uns war das ganz recht. Er hatte einen Einkommensnachweis, der war uns wichtig.«

»Sie sind nicht mehr zufrieden, Herrn Schwarzbach als Mieter zu haben?« Ruth versuchte, gelassen zu klingen. Dabei war diese Frau Faßbender ein Glücksgriff, um an Informationen zu kommen.

»Das können Sie sich ja denken. Ihre Kollegen sind ja häufiger zu Besuch, als man sich das als Vermieter wünscht. Ich bin froh, wenn Sie in Zivil kommen und nicht die halbe Nachbarschaft aufmerksam wird, weil ein Einsatzwagen vor der Tür steht.« Frau Faßbender stutzte. »Aber dass Sie allein kommen und dann noch als Frau? Sind Sie denn wirklich von der Polizei?«

Ruth setzte ihr charmantestes Lächeln auf und flehte innerlich, dass die Vermieterin keine Legitimierung erwartete. »Ich muss heute nur etwas abgeben, deswegen. Sie haben schon recht. Sonst immer zu zweit.«

Frau Faßbender schien gedanklich wieder woanders. »Sie glauben gar nicht, wie schwierig das heute ist, einem Mieter zu kündigen. Wir haben ja keine eigenen Kinder, also ist das auch nichts mit Eigenbedarf. Und leider zahlt der feine Herr regelmäßig seine Miete. Schlau ist er ja. Er weiß genau, was er tun muss, damit wir ihn nicht aus dem Haus bekommen.«

Ruth musterte das Hinterhofgebäude, in dem Andreas Schwarzbach lebte. Ob er daheim war und sie im Gespräch mit seiner Vermieterin beobachtete? Und ob er wusste, wer sie war? Schließlich war sie ihm am Unfallort begegnet.

Oskar! Sie tastete nach ihrem Handy. Immer noch keine Nachricht.

»Glauben Sie, dass das möglich wäre?«

Ruth merkte, dass Frau Faßbender sie anstarrte und auf eine Antwort wartete. Mist, die letzten Sätze waren an ihr vorbeigegangen.

»Da sollten Sie vielleicht einmal einen Anwalt fragen«, sagte sie auf gut Glück, und anscheinend war die Frau damit zufrieden, denn sie nickte, steckte die Fäuste erneut in die Kitteltaschen und setzte eine kämpferische Miene auf.

»Meinen Sie, Herr Schwarzbach ist zu Hause?«, fragte Ruth schnell, als die Vermieterin sich wieder dem Tor zuwandte.

»Versuchen Sie Ihr Glück. Er hat hier hinten eine Klingel. Wenn nicht, dann ziehen Sie gleich das Tor ordentlich zu. Wir wollen ja schließlich kein Pack auf unserem Grundstück. Da kann man heute nicht vorsichtig genug sein.«

Ruth sparte sich eine Erwiderung. Sie blieb am Platz stehen, um abzuwarten, dass die Vermieterin ihrerseits den Hof verließ. Dann fiel ihr etwas ein. Schnell wandte sie sich um. »Einen Moment noch. Sie sprachen eben von Rebecca. Sie haben Sie gekannt?«

Frau Faßbender kam ein paar Schritte zurück in den Hof. Sie schien zu überlegen. Dann verzog sie das Gesicht. »Da sag ich mal lieber nichts zu. Das wird einem ja heutzutage alles falsch ausgelegt. Aber damals habe ich schon zu meinem Josef gesagt: Ob das mal alles so gut geht? Mit dem Herrn Schwarzbach und dieser Rebecca. Später ist man immer schlauer.«

»Was denn genau?«, schob Ruth schnell hinterher.

»Nix da. Ich sag dazu nichts mehr. Stand ja alles in der Zeitung und im Internet. Der Josef hat sich da angemeldet und mir das alles vorgelesen. *Die zehn Gebote* und so. Also für uns ist das Gotteslästerung. Aber nachher heißt es, ich sage das, weil diese Rebecca Jüdin war. Das tue ich nicht. Auch wenn es nachher wieder jeder verdreht.«

»Kannten Sie Rebecca Kahn denn persönlich?«

»Wie gesagt, das konnte man alles nachlesen. Und gesehen habe ich sie. Die fiel auf, als Strich in der Landschaft. Der stand das Leiden Christi ins Gesicht geschrieben.« Sie zog eine Hand aus ihrem Kittel und winkte ab. »Nä. Ich hal jetzt ming Schnüss.«

Ruth sah ihr hinterher und seufzte. Sie konnte nur hoffen, dass Andreas Schwarzbach zu Hause war und sie hereinließ. Rebeccas Schicksal ließ sie nicht mehr los. Nicht als Frau, nicht als Polizistin, nicht als Psychologin.

Im selben Augenblick hörte sie, wie sich eine Tür quietschend öffnete, und Stimmen in ihrem Rücken. Schnell drehte sie sich um. Und erstarrte. Vor Erstaunen. Vor Ungläubigkeit. Weil sie an eine Sinnestäuschung glaubte. Uriah stand in der geöffneten Tür und verabschiedete – nein! Das konnte einfach nicht sein!

*

Norderney

Fliesen!

Wenn es etwas gab, bei dem sich Martins Nackenhaare aufstellten, war es gefliester Wohnraum. Da halfen die Perserteppiche nicht. Selbst die Antiquitäten und die seidig schimmernde Sitzgarnitur in Goldbeige änderten daran nichts. Das war kein Raum, in dem man abends die Füße hochlegte. Hier galt es, auch im Sitzen die Contenance zu wahren. Martin sah sich verstohlen um. Immerhin ließ das Fehlen eines Fernsehers darauf schließen, dass es noch ein Zimmer gab, das dem gepflegten Feierabend zuträglicher war. Ein Kaminzimmer vielleicht. So was hatte man ja in gewissen Kreisen. Und da Matzdorf, wie alle wussten, prinzipiell alleine wohnte, wenn auch nicht frauenlos, so war davon auszugehen, dass das Haus für weitere Rückzugsorte genug Alternativen bot.

»Bitte nehmen Sie Platz. Darf ich Ihnen etwas anbieten?« Der Arzt wies auf den Zweisitzer, und Martin nahm erleichtert zur Kenntnis, dass auch Gert sich nicht wohlzufühlen schien. Sie saßen jedenfalls beide wie Pennäler, die zum Direktor zitiert worden waren, auf der vorderen Sitzkante des Sofas, die Hände nebeneinander auf den Knien abgelegt.

»Danke, nein«, antwortete Gert für sie beide. »Es dauert auch nicht lange.«

»Für mich kein Problem. Mittwochs habe ich ausreichend Zeit, meine Herren. Zumindest dann, wenn an Golfspielen nicht zu denken ist.« Er nahm einen Golfschläger mit einem vergoldeten Schlägerkopf aus einem Gefäß, das für Martin nach einer Bodenvase aussah, und stützte sich darauf ab. »Sie spielen beide nicht?«

Er schüttelte den Kopf.

Gert schien sich nicht auf einen Small Talk einlassen zu wollen. »Sie haben ganz recht mit dem, was Sie draußen geäußert haben, Doktor Matzdorf. Wegen der Bleivergiftung sind wir hier. Wir hätten ein paar Fragen.«

»Immerzu. Immerzu. Sie erlauben, dass ich mir einschenke?« Er klemmte den Schläger unter den Arm und öffnete einen Globus, in dem sich eine Bar verbarg. »Meine Herren, wirklich nichts? Ich habe einen Gin, den ich Ihnen ans Herz legen kann.« Er lachte dröhnend. »Wann hat man schon einmal die Gelegenheit, von ärztlicher Seite zum Trinken aufgefordert zu werden?«

»Wir sind im Dienst«, antwortete Gert ernst, und Martin verkniff sich ein Grinsen. Bei Marthe Dirkens hätte der Kollege nicht so vorschriftsmäßig reagiert.

»Gut. Gut.«

Martin war bereits jetzt genervt von Matzdorfs Gutsherrenart und der Wiederholung einzelner Wörter. Bisher war ihm dieser Tic des Arztes nie aufgefallen. Fast schien es, als würde die Anwesenheit der Polizei den Mann nervös machen. Was häufig vorkam. Wer hatte schon ein komplett reines Gewissen?

»Was kann ich also für Sie tun?«

»Erst einmal wollen wir uns bedanken für Ihre Aufmerksamkeit. Sie haben die Ermittlungen direkt in die richtige Richtung gelenkt. Wegen der Bleivergiftung.«

»Es hat sich also alles bestätigt?«

Gert zögerte kurz, sah erst Martin an und antwortete dann schlicht: »Ja.«

»Ah. Wunderbar. Wunderbar.« Doktor Matzdorf hielt den Gin in der einen Hand und stützte sich mit der anderen wieder auf dem Golfschläger ab. Er sah aus wie eine Karikatur seiner selbst.

Martin fuhr zusammen, als Gert sich räusperte.

»Das Blei – wir sagten es schon. Können Sie uns Hinweise darauf geben, wie es heutzutage noch zu Bleivergiftungen kommen kann?«

»Selbstverständlich. Selbst …«, der Arzt unterbrach sich, »es gibt mehr Gründe, als man gemeinhin annimmt. Zuallererst durchaus berufliche Gründe, auch wenn die Auflagen, Kontrollen und Einführung von Grenzwerten zunehmend strenger geworden sind. Aber dieser Mann war augenscheinlich nicht mehr der Jüngste. Diese Vergiftung kann über Jahrzehnte entstanden sein.«

»Konkret?«

Martin bewunderte Gerts Fähigkeit, diametral auf Matzdorfs ausschweifende Art einzugehen.

»Konkret? Nun ja. Gefährdete Berufsgruppen sind sicher Werkstoffhersteller, also die Lackindustrie, der Sanitärbereich, chemische Werke oder die Elektrotechnikbranche. Allerdings müsste so etwas bei betriebsärztlichen Untersuchungen auffallen.«

»Darüber hinaus?«

Matzdorf trank einen Schluck und blies die Backen auf. »Schwer zu sagen. Blei ist und war quasi überall zu finden. Kosmetika, Spielzeug, Munition, Keramik, in alten Wasserrohren, oder denken Sie an bleiverglaste Fenster.«

»Ah! Das ist interessant.« Gert rutschte auf dem Sofa ein Stück nach hinten. »Dazu wüsste ich gerne mehr. Jemand, der oft alte Dinge berührt, jemand, der Antiquitäten sammelt, könnte also häufiger mit Blei in Verbindung kommen als unsereins?« Er deutete mit der Hand auf Martin.

»Ist das eine Anspielung?« Der Arzt trank das Glas leer, um sich erneut dem offenen Barwagen zuzuwenden.

»Worauf?« Gert gab sich ahnungslos, und Martin musste erneut ein Grinsen unterdrücken.

Der Arzt schaute misstrauisch zwischen ihnen beiden hin und her. »Nun ja, nun ja. Dass ich Antiquitäten sammle, ist hinlänglich bekannt. Dabei dachte ich, Sie wollten mich wegen meiner Giftexpertise sprechen.«

Martin drehte sich zu Gert, war gespannt auf seine Antwort.

Dieser verzog das Gesicht zu einem ironischen Grinsen. »Kann man es uns verdenken, wenn wir gerne das doppelte Fachwissen abgreifen?«

»Nein, natürlich nicht«, antwortete der Arzt, dessen Stirn sich in Falten legte. »Und natürlich haben Sie recht. Das Volk der Antiquitätensammler ist ein buntes, und es gibt den einen oder anderen Exzentriker darunter. Einige Menschen sammeln nicht nur alte Gegenstände, sondern nutzen sie auch. Verbauen sie, wie diese Fenster, oder trinken und essen aus bleihaltigen Gefäßen. Macht man das über Jahre, bleibt eine chronische Vergiftung nicht aus.«

»Und eine akute Vergiftung?«

»Der Bleisaum am Zahnfleisch spricht eindeutig für einen chronischen Verlauf.«

»Könnte es sein, dass es eine Mischung aus akuter und chronischer Vermischung gab?«

»Worauf wollen Sie hinaus?« Der Arzt wechselte sein Standbein und sah sich nach einer Abstellmöglichkeit für sein leer getrunkenes Glas um, behielt es dann in der Hand.

»Sie sprachen von der Lackindustrie. Wenn jemand beispielsweise«, Gert machte eine Pause und Martin hatte das Gefühl, dass der Arzt aufhörte zu atmen. Gert setzte neu an. »Wenn jemand also regelmäßig Lacke zu sich genommen hat?«

»Das sagte ich doch schon«, erwiderte Matzdorf unwirsch. »In der Lackindustrie kommt man natürlich mit Blei in Berührung.«

»Das meine ich nicht. Ich spreche von oraler Aufnahme.«

»Oral? Von Lacken? Also die aktive Zuführung über den Mund?«

»Genau das.«

Der Arzt schüttelte den Kopf. »Wozu soll das gut sein?«

Gert lachte auf. »Doktor Matzdorf, das fragen wir Sie. Sie sind der Experte.«

»Nun ja. Natürlich. Natürlich. In Einzelfällen …« Er brach ab.

»Mir ist schon klar, dass man in seiner ärztlichen Ausbildung nicht mit jedem Krankheitsbild konfrontiert wird. Ganz sicher nicht mit extrem seltenen Erkrankungen.« Gert stand auf. »Aber sagen Sie, gerade Sie als Giftexperte müssten es doch kennen: Vielleicht können Sie uns etwas über das *Pica-Syndrom* erzählen?«

Dem Arzt entglitten sichtbar die Züge. »Was? Was wollen Sie? Das *Pica-Syndrom*? Wie kommen Sie denn darauf?«

»Also kennen Sie es?« Gert schlenderte zu der Bodenvase, aus der weitere Golfschläger herauslugten. Er griff nach einem und wog ihn in der Hand.

»Kennen. Kennen. Ja, wie Sie schon sagten, als Giftexperte hat man davon schon gehört.«

»Aber Sie haben keine praktischen Erfahrungen damit?«

Der Arzt schüttelte den Kopf. »Ich verstehe nicht, was …«

»Schon gut.« Gerts Stimme nahm einen beruhigenden Klang an. »War auch nur eine Idee. Eigentlich brennt uns eine andere Frage unter den Nägeln.«

»Und die wäre?« Von Matzdorfs Gastfreundschaft war nichts mehr zu spüren. Ungeduldig sah er auf eine Taschenuhr, die er aus der Hosentasche zog.

»Der Golfplatz ruft aber nicht?«, versuchte Gert, die Stimmung wieder aufzulockern.

»Natürlich nicht«, zischte der Arzt. »Es gibt an einem freien Nachmittag auch anderes zu tun.«

»Wir sind fast so weit.« Seine Worte Lügen strafend, setzte sich Gert wieder hin. Diesmal lehnte er sich weit zurück, sodass auch Martin auf dem Sofa einsank.

»Uns interessiert, ob Sie etwas von einem Schatz auf der Insel wissen? Irgendetwas, das auf der Insel zu finden ist. Etwas von Wert. Wir dachten, in Sammlerkreisen würde so etwas schnell die Runde machen.«

Matzdorf kniff ein Auge zusammen und fixierte Gert. »Ich weiß, worauf Sie hinauswollen.«

»Ach ja?«

»Die Sondengänger.«

»Stimmt. Ganz genau. Wir sind etwas überrascht von dem plötzlichen Interesse dieser Männer an der Insel. Wenn Sie dazu etwas wüssten? Vielleicht hilft es uns weiter.«

»Das ist Nonsens. Absoluter Quatsch. Soviel ich weiß, sind diese Männer einem Gerücht aufgesessen.«

»Einem Gerücht. Nun ja, aber irgendetwas hat sie auf die Insel gelockt. Und unsere These ist, dass vielleicht unser toter Mann auch ein Sondengänger gewesen sein könnte.«

»Was? Was ist das denn für ein Blödsinn!« Matzdorf winkte ab. »Das ist doch an den Haaren herbeigezogen.«

»Aber wieso? Nur weil wir keine Sonde gefunden haben? Oder weil die anderen Sondengänger ihn nicht kennen wollen? Wenn Sie uns sagen, worum es bei diesem Gerücht geht, bringt uns das vielleicht einen großen Schritt weiter. Also?«

Matzdorfs Augen flackerten. Auf seinem Hals bildeten sich rote Flecken. »Ich weiß nicht, meine Herren, es ist wirklich abstrus. Ja, es soll sich um einen Schatz handeln.« Er hob die Hände abwehrend, das Glas und den Schläger vor sich hinhaltend. Dann entspannte sich plötzlich sein Mund, seine Schultern sanken herab. »Es ist wirklich lächerlich. Wir sind doch keine Pirateninsel. Und jetzt, meine Herren, muss ich unser Gespräch wirklich beenden. Leider beenden, ja.«

Er stellte das Glas ab, den Golfschläger zurück in die Vase und ging mit forschen Schritten zur Tür, die er weit aufhielt. Die Botschaft war unmissverständlich. Das Gespräch war für ihn beendet.

*

»Was machen Sie bloß für Sachen, Frau Dirkens? Sind Sie sicher, dass Sie sich nicht verletzt haben?« Daniela kniete vor ihr, während Caroline mit besorgter Miene den Stapel Arbeitsmaterialien vom Tisch auf das Bett umräumte.

»Ach, Kindchen, das war einfach dumm von mir. Mir ist mein Schlüssel im Flur heruntergefallen. Und als ich mich bückte, habe ich seltsame Stimmen gehört. Mir schien, als würden zwei Leute streiten. Und deswegen …« Sie verstummte.

»Und deswegen?«, bohrte Daniela nach.

»Na ja«, die alte Dame wand sich vor Verlegenheit, »habe ich mein Ohr an die Tür gelegt und gelauscht.«

»Frau Dirkens!« Daniela war entsetzt. Schnell drehte sie sich zu Caroline um. Diese verzog das Gesicht in einer Mischung aus Betroffenheit und Irritation.

Die alte Dame nickte. »Ich weiß. Das ist unverzeihlich.«

Daniela schnaufte und stand auf. »Wir sprechen später darüber. Erst einmal ist wichtig, dass Sie unverletzt sind.« Sie versuchte, gelassen zu bleiben. Dabei hatte sie größte Lust, Marthe Dirkens zu schütteln. Ja, sie hatte ihr viel zu verdanken. Fast alles, denn ohne sie hätte sie sich nicht auf Norderney mit einem Hostel niederlassen können. Aber dass sie mit ihrer zunehmenden Tüdeligkeit den Ruf der Unterkunft zerstörte, ging nicht. Das Detektivspiel überschritt die Grenzen. Das würde sie ihr sagen müssen. So schwer ihr das fiel.

»Wobei, du weißt, es wäre nicht das erste Mal, dass wir etwas dazu beitragen, einen Todesfall aufzuklären. Damals, als nacheinander mehrere Frauen …«

»Ich will davon nichts hören!« Daniela fuhr Frau Dirkens so scharf über den Mund, dass diese zusammenzuckte.

»Sollten wir vorsichtshalber einen Arzt rufen?«, fragte Caroline in die entstehende Stille.

»Doktor Matzdorf«, erwiderte Frau Dirkens, und Daniela glaubte, einen erfreuten Klang herauszuhören. Innerlich verdrehte sie die Augen. Sie würde mit Frank reden. Sie würden die Spielregeln unter dem gemeinsamen Dach neu definieren müssen.

»Es ist Mittwochnachmittag«, sagte sie laut. »Ich müsste sehen, wer Dienst hat.«

»Nein, nein, so schlimm ist es nicht«, wehrte Marthe Dirkens ab. Daniela hatte es kaum anders erwartet. »Vielleicht mag Anne später nach mir schauen. Wenn Martin und Gert vorbeikommen und sie mitbringen.« Ihre Stimme wurde mit jedem Wort munterer. Nun schaute sie zu Caroline und fuhr fort: »Unser Inselpolizist und ein Herr von der Kripo. Sie untersuchen einen Todesfall. Auch ihnen sind diese Schatzsucher suspekt und deswegen …«

Daniela hätte ihr am liebsten den Mund zugehalten. Oder zumindest vor Scham im Boden versinken wollen. So stieß sie nur hervor: »Es reicht.« Und an Caroline gewandt erklärte sie: »Unsere Frau Dirkens hat die Nacht mit dem Lesen von Kriminalgeschichten verbracht. Am nächsten Tag fühlt sie sich jedes Mal wie Miss Marple. Was regelmäßig schiefgeht, nicht wahr?« Sie schaute die alte Dame eindringlich an.

Diese erwiderte trotzig: »Also, dass ich das mit den Gewehren aufgedeckt habe bei unserem – autsch, du tust mir weh, mein Kind, was ist denn los?«

Daniela war kurz davor, die Nerven zu verlieren. Wieso verstand Marthe Dirkens nicht, dass es absolut unpassend war, diese Räuberpistolen vor einem Gast auszubreiten?

Caroline hatte sich neben ihr Bett zurückgezogen und schaute nachdenklich auf ihre Bücher und Papiere.

»Ich bringe Sie zu uns herunter.« Eigentlich hatte Daniela vermeiden wollen, dass jemand mitbekam, dass Frank daheim war und sie die Gelegenheit genutzt hatten, sich mitten am Nachmittag ins Schlafzimmer zurückzuziehen. Aufgeschreckt durch Caroline hatte sie ihn dort zurückgelassen, aber nun war es besser, wenn er sie unterstützte.

Mit kleinen Schritten und einem Griff unter den Achseln schob sie die alte Dame aus dem Zimmer.

»Willst du etwa mit mir tanzen?«, fragte Frau Dirkens neckisch. Immer noch schien sie den Ernst der Situation nicht zu begreifen. Stattdessen blieb sie an der Türschwelle stehen. »Kommen Sie doch nachher dazu, Fräulein Caroline. Die Polizei hat man so freundschaftlich nicht oft im Haus. Und wenn es dann noch einen Schluck aus meinem Giftschrank gibt, ist das immer ein besonderes Erlebnis.«

Daniela versuchte, die Situation zu retten. »Es ist wirklich ein freundschaftlicher Besuch und hat mit Ermittlungen rein gar nichts zu tun. Ich sage dir später gerne Bescheid. Wenn es Frau Dirkens gut geht«, schob sie hinterher und drückte mit ihren Händen leicht deren Brustkorb, in der Hoffnung, dass sie die Zeichen verstand. Tatsächlich schwieg Marthe Dirkens.

Erleichtert blieb sie mit ihr im Flur stehen und rief nach Frank.

Hinter ihr schloss Caroline die Tür. Daniela hoffte, dass die Ereignisse nicht dazu führten, dass ihre Gäste vorzeitig abreisten oder im Internet schlechte Bewertungen hinterließen. So positiv der familiäre Anschluss, den ihr Hostel bot, ankam, so groß war die Gefahr, dass es ins Negative kippte.

»Frank?«, rief sie erneut die Treppe herunter. Auch wenn Frau Dirkens stabil wirkte, traute sie sich nicht zu, sie allein hinunterzugeleiten.

»Wieso ist Frank denn hier?«, wollte Marthe Dirkens prompt wissen. »Und warum ist er nicht mit zu Hilfe geeilt? Er hat sich doch nicht am hellen Tag schlafen gelegt?«

Unfassbar, dachte Daniela. Zeitweise glaubte sie, dass Frau Dirkens' Verstand altersmäßig immer mehr nachließ, aber in einer solchen Situation hatte die alte Dame sich eine Erklärung zurechtgelegt.

»Na, das sind ja heute auch glücklicherweise andere Zeiten als bei uns damals. Da gab es so was nicht. Nicht, dass du denkst, ich würde darüber urteilen, mein Kind. Ich bin da ganz modern und ohne Vorurteile. Nicht so wie die Eske von nebenan.«

Daniela konnte den Plauderton kaum ertragen. Es war zu viel. Die Spaziergänge mit Frau Dirkens, diese alten Geschichten, von denen sie nicht sagen konnte, was davon stimmte, der Arztbesuch heute Morgen, der sie nicht weitergebracht hatte, und die Aussicht auf eine Abendgesellschaft, in der sie Blut und Wasser schwitzen würde, wenn Caroline dazustieß. Unmöglich würden sie in ihrem Beisein über die anderen Gäste reden können. So seltsam diese Typen waren.

Das Beste war, sie würde Martin anrufen und für heute absagen. Obwohl es nicht schlecht war, wenn Anne einen Blick auf Frau Dirkens werfen würde. Ganz geheuer war ihr die Einschätzung von diesem Matzdorf nicht. Mal sehen, was Martin zu der Situation meinte. Dann konnte sie immer noch entscheiden.

Im selben Augenblick kam Frank die Treppe hochgestürmt. Die Haare verwuschelt, was ihn jünger machte. Daniela ging das Herz auf. Egal, wie nervig der Tag bisher verlaufen war. Sein frühes Nachhausekommen hatte sie entschädigt.

»Wo brennt es denn?«, fragte er und grinste Marthe Dirkens jungenhaft an. »Doch wohl hoffentlich nicht zu viel Whiskey am helllichten Tag?«

»Pah, als wenn mir das was ausmachen würde.« Frau Dirkens schüttelte unwillig Danielas Hände ab, als wäre es ihr im Beisein von Frank unangenehm, hilfsbedürftig zu wirken. »Ganz im Gegenteil, auf den Schreck könnte ich einen Schluck aus meinem Giftschrank gut gebrauchen.«

*

»Wer war denn das? Woher kennen Sie denn …?« Ruth brach ab. Ihre Gedanken überschlugen sich. »Ich meine, ich bin hier, weil ich wegen Oskar fragen wollte. Was gestern Abend passiert ist.«

Andreas Schwarzbach lehnte in der Tür. Obwohl er kaum größer als sie war, hatte sie das Gefühl, dass er auf sie herabsah. Mit einem amüsierten Lächeln, aus dem gleichzeitig Überlegenheit und eine Spur Zynismus erkennbar waren, tasteten sich seine Augen langsam über ihren Körper. Instinktiv verschränkte Ruth die Arme vor der Brust.

»So viele Fragen von jemandem, den ich nicht kenne?«

Seine Stimme klang tiefer, als sie erwartet hatte. Ansonsten sah er genauso aus, wie sie ihn in Erinnerung hatte. Dünne, fettige Haare, die er hinter die Ohren geklemmt hatte und die bis auf die Schultern fielen. Ein zerknautschtes Gesicht aus tiefen Falten und Aknenarben. Und trotzdem hatte das Ganze etwas Jungenhaftes, das ihm einen gewissen Charme verlieh. Dabei war Andreas Schwarzbach mit Sicherheit zehn Jahre älter als Oskar oder sah zumindest so aus. Möglicherweise ihre Altersklasse. Was passen könnte. Denn an Typen wie ihn erinnerte sie sich aus Oberstufen- und Studienzeiten zu gut. Allerdings waren die meisten irgendwann erwachsen geworden. Nach allem, was sie von Uriah wusste, traf das auf ihn nicht zu.

»Oh, so beeindruckt, dass die Stimme plötzlich fehlt? Oder kommst du von einer dieser Behindertenorganisationen? Sorry, bei mir ist nichts zu holen.« Das Lächeln verschwand, und sein Mund wurde ein gerader Strich.

Was für ein Kotzbrocken, dachte Ruth. Dann riss sie sich zusammen. Der Zweck heiligte in dem Fall die Mittel.

»Kann ich reinkommen?«, fragte sie sachlich. »Und nein,

ich sammle nichts. Meinen Namen nenne ich gerne: Ruth Keiser. Keiser mit e-i.« Sie hob die Hand. »Und dumme Sprüche kann ich selbst. Ich will Antworten.«

»Hola! Das ist ja eine Kehrtwende. Eben noch stumm wie ein Fisch, und macht nun einen auf harte Lady. Also, meine Liebste, ich will mal nicht so sein. Auch wenn ich deinen Ton anmaßend und fordernd finde. Es wird wohl Gründe haben, weshalb du mich aufsuchst. Daran bin ich schon aufgrund meiner Profession interessiert.«

Er hielt die metallene Eingangstür auf. Ruth zögerte. Ein, zwei Sekunden. Szenen ploppten vor ihr auf, in denen sie sich in der Vergangenheit unnötig in Gefahr gebracht hatte. Aber bevor sie weiter nachdenken konnte, hatten sich ihre Füße schon selbstständig gemacht.

Sie trat in einen loftartigen Raum, die ehemalige Schreinerwerkstatt. Der Geruch nach Sägespänen hing noch immer in der Luft, vielleicht war das aber Einbildung. Ein großer Tisch schien das Erzeugnis des damaligen Handwerks gewesen zu sein, und auch die verschiedenartigen Stühle wirkten massiv.

Über die gesamte linke Seitenwand zog sich eine Küchenzeile. Wie unpraktisch, dachte Ruth, obwohl sie sich nicht als Einrichtungsspezialistin bezeichnen würde. Hier blieb man beim Kochen in Bewegung, das stand fest.

Auf der rechten Seite trennte ein Perlenvorhang den Zugang zu weiterem Wohnraum.

Ruth trat an den Tisch. Während hinter ihr die Tür das Licht wieder aussperrte, blinzelte sie in das Gegenlicht, das aus der verglasten Front, auf die sie blickte, fiel. Davor stand eine Chaiselongue aus weinrotem Samt. Daneben ein Beistelltisch mit einem aufgeklappten *MacBook*. Ringsum auf dem Boden stapelten sich Bücherberge, Zeitschriften und Magazine. Quer durch den Raum war eine Wäscheleine gespannt, an der Schwarz-Weiß-Fotos hingen.

Andreas Schwarzbach hatte einen Stuhl herausgezogen und mit der Hand darauf gedeutet. Schweigend beobachtete er sie, während sie sich setzte. Noch einmal durchzuckte Ruth dabei die Furcht von eben. Dann dachte sie an Frau Faßbender. Immerhin wusste sie, dass sie hier war. Und der junge Mann, der an ihr vorbeigestürmt war. Sie fröstelte.

»Willst du den Rucksack nicht ablegen? Sieht ein bisschen steif aus, wie du da sitzt.«

Ruth schüttelte stumm den Kopf. Dass Uriah sie einfach duzte, fand sie widerlich. Obwohl üblicherweise sie diejenige war, die keinen Wert auf Konventionen legte. Er machte etwas aus ihr, was sie nicht sein wollte. Sie fühlte sich klein, schwach, jung. Als Frau. Das erlebte sie selten. Weil sonst sie die Dominante war. Aber all die Fragen, die sie mit sich herumtrug, lähmten sie. Fragen nach Oskar, nach Rebecca, nach dem großen Ganzen. Dem Zusammenhang. Wenn es einen gab. Sie schielte zu den Fotos. Ob Rebecca dort hing? Inmitten von anderen Opfern? Toten? Oder Inszenierungen, die totengleich wirkten?

Uriah begann, um den Tisch herumzulaufen, und ließ sie dabei nicht aus den Augen. Wieder fiel ihr diese Mischung auf: gleichermaßen schalkhaft und verlebt. Seine Jeans hing trotz eines Gürtels tiefer als üblich, das weiße Hemd lugte mit einem Zipfel heraus und war falsch zugeknöpft. Im Gesicht sprossen helle Bartstoppeln und rötliche Koteletten. Die Falten um die Augen konnten vom Lachen stammen. Er war mit Sicherheit in jungen Jahren der Typ Mann gewesen, bei dem die Frauen Schlange standen. Nicht unbedingt schön, aber cool. Kein Streber, aber Philosoph. Wortführer in der Raucherecke.

Als hätte sie es heraufbeschworen, nahm er aus der vorderen Hosentasche einen zerknitterten ledernen Beutel. Routiniert fischte er einen Streifen Tabak heraus, den er in ein Blättchen rollte, das er zuvor mit den Lippen aus der Packung gezogen hatte. Die zusammengekniffenen Augen musterten sie dabei unentwegt.

Ruth grinste.

»Ah! Ein Lebenszeichen. Ich scheine zur Erheiterung beizutragen. Dann komm doch mal zur Sache, Babe. Worum geht's?«

Babe! Normalerweise – Ruth unterbrach den Gedanken. Es gab kein normalerweise. Nur, womit sollte sie anfangen? Oskar? Rebecca? Dem jungen Mann, dem sie unerwartet hier begegnet war?

Sie räusperte sich. »Wissen Sie, wer ich bin?«

»Haha, ein Intelligenztest. Bitte: Ruth Keiser. Keiser mit Ei.«

Ruth verdrehte die Augen. »Sonst noch was?«

»Nö. Mehr hast du ja noch nicht verraten.«

»Wir sind uns diese Woche schon einmal begegnet.«

»Nicht wahr! Und da habe ich solch einen bleibenden Eindruck gemacht, dass du nach mir suchst? Wow! Lange nicht mehr vorgekommen. Also bei Frauen in deinem Alter. Bei den jüngeren geht's immer noch. Da musst du nur mit der Kamera winken.«

»Aktfotos?«, fragte Ruth, obwohl sie das Gefühl hatte, an dem Wort zu ersticken.

»Klar. Auch. Fotos für die Modellmappe. Oder Pärchenfotos in Aktion. Weißt schon.«

Ruth nickte. Sie bekam eine Ahnung, wie weitreichend sein Geschäftsmodell war. Kein Wunder, dass er nicht mehr als Journalist arbeiten musste.

»Tatsächlich war das der Anlass für unsere Begegnung. Ihre Fotos.«

Andreas Schwarzbach alias Uriah sah sie nachdenklich an und zündete sich die Selbstgedrehte an, die er die ganze Zeit im Mundwinkel hängen hatte.

»Genauer gesagt, eine Begegnung zwischen Ihnen und

Oskar. Oskar Schirmeier, meinem …« Wieder einmal stolperte sie, dann fuhr sie schnell fort: »Meinem Mann.«

»Was?« Verdutzt schaute er sie an. »Oskar verheiratet? Seit wann das?«

»Das tut nichts zur Sache. Mir ist auch egal, was da zwischen Ihnen und Oskar an der Unfallstelle war. Aber nicht, was gestern Abend passiert ist.«

»Gestern Abend?« Uriah riss die Augen auf. Dann schob er die Unterlippe vor, schaute auf die Glut seiner Zigarette und nahm seinen Gang um den Tisch wieder auf. Seine Leder-Flip-Flops schlugen gegen seine Fersen. Den Kopf zu Boden gebeugt. Der große Denker.

»Gestern Abend«, zischte Ruth. »Und ich will keine Showeinlage. Sonst wird sich die Polizei darum kümmern.«

»Hey! Jetzt aber mal sachte. Ich hab keine Ahnung, was mit deinem Oskar ist. Ich jedenfalls hab nichts mit ihm zu schaffen. Dass wir keine Freunde sind, wirst du ja wohl wissen.«

»Deswegen bin ich hier.« Ruth stand auf und zog das Handy aus ihrer Tasche und hielt Uriah das Display entgegen. »Immer noch nichts. Oskar liegt im OP. Mit einem Schädel-Hirn-Trauma. Und jetzt will ich ganz genau wissen: Was ist gestern Abend passiert?«

Uriah nahm einen tiefen Zug aus der Zigarette und strich sich eine lose Haarsträhne hinter sein Ohr. Seine Stirn legte sich in Furchen. Dann schaute er ihr offen ins Gesicht. »Sorry. Nicht meine Baustelle. Gestern Abend, sagst du? Da war ich den ganzen Abend hier. Nicht allein. Den Zeugen, den hast du eben gesehen. Robin. Robin war gestern die ganze Zeit bei mir.«

Ruths Gedanken ratterten. Verdammt. Verdammt. Verdammt. Doch das Einzige, was sie äußern konnte, war: »Robin heißt er also. Robin.«

*

Martin schüttelte seine Jacke aus, bevor er sie an die Tür hängte. »Bei uns Fehlanzeige. Außer der Tatsache, dass Matzdorf ziemlich nervös schien, nachdem wir die Sondengänger ins Spiel gebracht haben. Er weiß auf jeden Fall, was sie auf der Insel suchen. Nur mit der Sprache rausgerückt ist er nicht. Na ja, und ob unser toter Mann mit der ganzen Sache was zu tun hat – keine Ahnung. Da tappen wir genauso im Dunkeln wie zuvor.« Olaf, Nicole und Ronnie hatten sich in den Flur gedrängt. Die Hoffnung, dass Martin und Gert etwas erreicht haben könnten, stand ihnen ins Gesicht geschrieben.

»Ich habe deutschlandweit die Vermisstenmeldungen abgefragt. Aber auch da Fehlanzeige. Nichts, was passt«, erstattete Olaf ungefragt Rapport.

»Sonst noch etwas Neues?«

»Wir waren bei Trödel-Tammo, Chef. Du kannst dir das nicht vorstellen, in welchem Chaos der haust. Das wird wohl täglich mehr. Müll, wohin man blickt. Also Müll in unseren Augen. In seinen natürlich nicht. Das hat mit Trödel nichts mehr zu tun, das hat Messie-Ausmaße. Aber gut, ich muss da nicht wohnen, und verboten ist es nun mal nicht, alles zu sammeln.«

Martin winkte Ronnie zu sich ins Dienstzimmer, und der ganze Tross aus dem Flur folgte ihm. Er meldete sich am Computer an, während er ihn aufforderte, weiter zu erzählen.

»Na ja, der Tammo, du kennst ihn ja, hat uns mit seinem unvollständigen Gebiss erst nur angegrinst und gesagt, auf uns warte er schon lange. Denn dass uns das nicht geheuer vorkommt mit den Sondengängern, hat er erwartet.«

»Ja und?«, wollte Martin wissen. »Habt ihr was rausbekommen? Warum hat er sich nicht bei uns gemeldet?«

»Weil er das nicht als seine Aufgabe ansieht. Ist eher die

Ausrede, dass er kaum noch aufs Fahrrad kommt, und zu Fuß geht's auch nicht mehr. Die Hüfte ist wohl endgültig kaputt.«

»Okay. Verstanden«, winkte Marin ungeduldig ab. »Und was sagt er zu diesen Schatzsuchern?«

»Das ist eine komische Geschichte. Der Tammo meint, da wäre was durcheinandergekommen. Also, diese Sammler und Trödler, die sind ja alle untereinander vernetzt mittlerweile. Weil sich auch da viel über das Internet abspielt.«

»Bei Tammo auch?«, warf Olaf ein.

»Nicht zu glauben, aber es ist so. Er hat mir das alles gezeigt. Der hat ein fast nigelnagelneues Handy.«

»Nee«, entfuhr es Martin und Olaf gleichzeitig.

»Doch. Neueste Generation.«

»Und deswegen wusste er etwas über diese Sondengänger?«, schaltete sich Gert ein.

»Ja. Dass in diesen Internet-Kreisen tatsächlich von einem Schatz die Rede war, und das hat diesen Suchtrupp aktiviert. Also, die Sache mit dem Inserat.«

»Also kennen die sich doch?«

»Nicht unbedingt. Die sind, wie Tammo auch, Einzelgänger. Sind ziemlich misstrauisch gegeneinander. Tipps gibt es nur ganz allgemeine, wobei man den einen oder anderen Neuling auch schon mal über den Tisch zieht. Geizig sind sie alle, das ist definitiv eine Gemeinsamkeit. Und deswegen muss wohl auch eine Liste mit Unterkünften im Internet zirkulieren. Die mit dem besten Preis-Leistungs-Verhältnis.«

»Ach, so sind die bei Daniela gelandet?« Martin grinste Gert an.

»Jau«, meinte Ronnie. »Sie stand auf der Liste.«

»Und was sagt Tammo nun zu diesem Schatz? Wenn es den auf der Insel gäbe, wäre er dann nicht vorneweg dabei, ihn zu suchen?«

Ronnie rieb sich das Kinn. »Das ist das Problem.«

»Genau«, grätschte Nicole in den Wortwechsel. »Uns gegenüber hat Tammo so getan, als wären diese Typen einer totalen Luftnummer aufgesessen. Hätten das absolut falsch verstanden. Sie hätten einen Schatz aus der Nazi-Zeit vermutet. Weil in diesem Inserat die Initialen H.H. auftauchten. Aber ich bin mir wie Ronnie nicht sicher, ob Tammo da seine Finger nicht mehr im Spiel hat, als er das uns gegenüber zugibt.«

»Selbst suchen wäre wohl schwierig für ihn?«, wollte Gert wissen.

»Ja, mit der Hüfte, da geht nichts. Das schien ihn nicht sonderlich aufzuregen. Und das war verwunderlich. Der lässt sich doch auf seiner Insel nichts vor der Nase wegschnappen.«

»Wisst ihr denn, was genau gesucht wird? Ein Piratenschatz wird es kaum sein?« Gert schlug sich vor die Stirn. »Im 21. Jahrhundert.«

»Wer weiß, was unsere Vorfahren hier verbuddelt haben? So unwahrscheinlich ist das nicht.« Olaf schien im Geiste geeignete Verstecke durchzugehen.

»Um es abzukürzen, der Tammo hat uns ganz schön an der Nase rumgeführt, nicht wahr, Ronnie? Aber zum Schluss ist er dann doch damit rausgerückt.« Nicole setzte sich auf den nächsten Stuhl und schlug die Beine übereinander.

»Wie? Was? Im Ernst?« Sofort rückten Olaf und Gert näher, und Martin kam hinter dem Schreibtisch hervor.

»Jetzt spuck es schon aus«, stupste Ronnie seine Kollegin an. »Sonst platzen die hier alle vor lauter Spannung.«

»Okay. Okay.« Sie holte tief Luft und grinste. »Also, der Schatz – sind Briefe.«

Für ein paar Sekunden herrschte absolute Stille im Raum.

Dann begannen Ronnie und Nicole laut zu lachen und klatschten sich ab.

Martin platzte der Kragen. »Sagt mal, wollt ihr uns hier auf den Arm nehmen, oder was ist los?«, fuhr er seine Mitarbeiter an.

»Nö, Chef, es ist nur so, dass wir beide bei Tammo genauso dumm aus der Wäsche geschaut haben. Sorry«, lachte Ronnie weiter.

»Und im Auto haben wir uns eure Gesichter ausgemalt. Und das war ein Volltreffer.«

»Ich finde nichts mehr lustig«, sagte Martin. Er ließ sich auf seinen Schreibtischstuhl fallen. Verdammt. Da dachte man eine Sekunde … Plötzlich schlug er mit der Faust auf die Tischplatte. »Ich bin es leid, ich bin es so leid, das kann sich einfach überhaupt niemand vorstellen. Hier! Hier oben habe ich es stehen.« Er hielt seine flache Hand waagerecht vor den Mund.

»Jetzt warte doch mal«, hakte Gert ein. »So unspannend finde ich das gar nicht. Briefe, sagt dieser Tammo. Aber warum suchen dann diese Männer mit ihren Geräten die Insel ab?«

»Das ist das, was Tammo wiederum so witzig findet. Sie haben den Hinweis mit dem Schatz falsch interpretiert. Es geht um einen Schatz der anderen Art, vermutlich jedenfalls. Also kein Geschmeide, Perlen, Gold und Münzen. Sondern eine wertvolle Handschrift.«

»Aha«, sagte er trocken. »Und was kann ich mir darunter vorstellen? Eine Aufzeichnung der Stammesriten der alten Norderneyer Häuptlinge?«

»Konnten die denn schreiben?«, fragte Nicole, was ihr einen giftigen Blick von Olaf eintrug.

»Nun ja, wenn man demjenigen glauben soll, von dem dieses Werk stammen soll, bestimmt nicht«, warf Ronnie ein. »Er hat sich nicht sehr freundlich über die Norderneyer ausgelassen, wisst ihr das nicht?«

»Ich habe keine Ahnung, wovon ihr redet. Hört ihr? Keine – Ahnung!«

»Ich schon. H.H., das passt«, sagte Gert, dessen Handy in diesem Augenblick piepste. Er zog es mit der linken Hand aus seiner Jacketttasche und warf einen Blick darauf. »Ich nehme an, dass es sich um …« Er stockte und tippte auf seinem Smartphone herum.

»Was ist jetzt?«, wollte Martin wissen. Ja, er klang genervt. Und er hatte nur einen Wunsch: dass dieser Tag zu Ende ging.

»Neuigkeiten von der KTU. Sie konnten recherchieren, woher der Anzug stammt, den unser Mann getragen hat. Der ist nämlich maßgeschneidert. Von einem Schneider aus Düsseldorf. Ein kleiner Betrieb mit einem überschaubaren Kundenstamm.« Gert steckte das Telefon weg und rieb sich die Hände. »Na, was sagt ihr dazu? Endlich ein Anhaltspunkt. Wenn das mal nicht der Durchbruch ist.«

*

Bonn

»Kaffee?«, fragte er. Er befüllte eine alte Kaffeemühle und drehte den Griff mit langsamen, schweren Bewegungen. Die Bohnen knirschten laut.

Ruth nickte, während sie versuchte, ihre Gedanken zu sortieren. Das war doch kein Zufall, dass dieser Typ hier bei Uriah ein und aus ging, ihm auch noch ein Alibi für gestern Abend lieferte. Sie legte die Hände vor die Augen, um sich besser konzentrieren zu können. Wo war sie ihm bisher begegnet? Und was hatte das zu bedeuten? Zuallererst am Mahnmal der Juden am Rhein. Dort hatte er in eine ungefähre Richtung gewiesen, wohin er unterwegs war. Sie erinnerte sich, dass sie damals überlegt hatte, ob er das Priesterseminar gemeint hatte oder die Universität im Allgemeinen. Wiedergetroffen hatte sie ihn dann dort in unmittelbarer Nähe, unterhalb der Universitätsbibliothek in diesem Café, das am Rhein stand. Der Papierstapel! Vor ihrem Auge sah sie, wie der Wind das Manuskript vom Tisch geweht hatte. Robin war es, der ihr geholfen hatte, die Blätter wieder einzusammeln. Und danach fehlten zwei Seiten. Danach? War das so? Konnten sie schon vorher …? Ja, was? Entwendet worden sein? War es nicht wahrscheinlicher, dass sie von Anfang an gefehlt hatten? Dass sie etwas enthielten, das sie nicht wissen sollte? Das machte keinen Sinn, oder? Warum hatte man dann das Manuskript in ihren Briefkasten gesteckt?

Moment! Sie versuchte, sich zu erinnern. An die Gestalt, die sie im Dunkeln des Treppenhauses hatte wegrennen sehen. Wie hatte sie ausgesehen? Dunkel gekleidet, auf jeden Fall. Ein schwarzer Mantel, wie ihn dieser Robin trug? Könnte passen. War dann der Inhalt nicht für Oskar bestimmt, wie sie am Anfang gedacht hatte? Sondern für sie? Weil sie an der Gedenkstätte gewesen war. Wenn das stimmte, wieso hätte er ihr im Café wieder Teile des Manuskripts entwenden sollen? Warum sprach er nicht direkt mit ihr, statt sie zu verfolgen?

Gequält lachte sie auf. Verfolgen! Sie litt unter Paranoia! Unter Verfolgungswahn. War kurz davor, psychisch zu dekompensieren, weil die Ereignisse der letzten Tage zu viel waren.

Sie ließ den Kopf auf die Tischplatte sinken. Nicht nachdenken, nur nicht nachdenken.

Das eintönige Mahlen der Kaffeebohnen schien kein Ende zu nehmen. Aber sie war dankbar, dass Uriah nichts sagte. Dass er nicht fragte und ihren Zustand einfach hinnahm.

Sie hob erst den Kopf, als er einen angestoßenen Kaffeebecher vor sie hinstellte.

»Hab nur noch lösliches Milchpulver. War noch nicht einkaufen.« Er schob ein schmieriges Glas mit einem Löffel zu ihr hin. »Zucker?«

»Schwarz«, sagte Ruth, obwohl es Jahrzehnte her war, dass sie ihren Kaffee so getrunken hatte.

Uriah drückte mit einer ruhigen Handbewegung den Stempel einer *French-Press*-Kaffeekanne nach unten.

Ruth schob ihm den Becher entgegen, obwohl ihr Magen sich beim Anblick der dunklen Plörre zu wehren begann. Aber es würde ihr guttun, etwas Warmes in den Händen zu halten, denn mittlerweile zitterte sie am ganzen Körper.

»Also.« Uriah schob sich schlangenartig auf einen Stuhl, ohne ihn unter dem Tisch hervorzuziehen. Er saß ihr frontal gegenüber und blickte sie ruhig und gelassen an. »Kann ich helfen?«

Er strahlte mit einem Mal etwas Beruhigendes aus. Erfahrung, Milde, Sanftmut und Verständnis – das alles waren Attribute, die Ruth mit seinem Gesichtsausdruck in Verbindung brachte. Als Psychologin hatte sie es gelernt, schnelle Schlüsse zu ziehen. Gleichzeitig wusste sie, wie trügerisch solche Beurteilungen waren. Sie war trotz ihrer Profession nicht davor gefeit, danebenzuliegen und lediglich mit ihren Vorurteilsschubladen zu arbeiten. Was sie in den letzten Jahren eindrucksvoll bewiesen hatte. Wieder stöhnte sie auf und hielt sich die Kaffeetasse an die Wange.

»Vorhin klang es so, als hättest du eine Menge Fragen.« Er wirkte ernst. Wie konnte ein Mensch so wandlungsfähig sein? »Fangen wir mit Oskar an. Was ist mit ihm?«

»Habe ich schon gesagt«, antwortete Ruth trotzig, obwohl sie in den mitfühlenden Worten Trost fand. »Schädel-Hirn-Trauma.«

»Scheiße.« Uriah zog wieder den Tabakbeutel heraus, ließ ihn aber neben seinem Kaffeebecher liegen.

»Ja, das kann man nicht anders sagen.«

Uriah schwieg. An seinen Augenbewegungen konnte sie erkennen, wie er nachdachte. Schließlich fragte er das Naheliegendste: »Warum soll ich etwas damit zu tun haben?«

Ruth fuhr mit ihrer Tasse Kreise auf dem Tisch, während sie nach einer zusammenfassenden Erklärung suchte. »Na, wegen Rebecca. Rebecca Kahn.«

»Was?« Er stieß den Stuhl um, als er aufsprang. »Was soll das denn jetzt?« Er ähnelte wieder dem Uriah, der ihr vorhin die Tür aufgehalten hatte. Misstrauisch. Erregt.

Ruth hob beide Hände, als wollte sie sich ergeben. »Tut mir leid. Es ist alles so verworren, dass ich gar nicht weiß, wo ich anfangen soll. Ich bin jedenfalls hier, weil Oskar gestern Abend noch einmal weg war. Dienstlich. Zu einer Vereinsversammlung.«

Sie überlegte, ob sie ins Detail gehen sollte, hielt die Information aber zurück. Sie fuhr fort: »Statt nach Hause zu kommen, muss er entweder noch woanders hingefahren sein oder jemand anderen getroffen haben. Er …« Sie konnte nicht weitersprechen, als sie Oskar vor ihrem inneren Auge sah. Oskar, der einen gewaltigen Kater zu haben schien. »Er konnte es mir nicht sagen, bevor er das Bewusstsein verlor.«

»Und trotzdem sitzen Sie jetzt hier? Und haben anscheinend eine wirre Erklärung im Gepäck?« Er stand an der Küchenzeile und sah mit einem zynischen Lächeln auf sie herab.

Ruth fiel auf, dass er sie zum ersten Mal siezte.

»Witzig, dass manche Stimmen einfach nicht verstummen.« Er lachte höhnisch. »Sie kennen mich nicht, Oskar konnte anscheinend nichts Erhellendes zu seiner Abwesenheit beitragen, und trotzdem kommen Sie hier an und verdächtigen mich der Urheberschaft von Oskars Verletzung. Richtig zusammengefasst, Lady?«

Ruth schlug die Augen nieder. Aus seiner Perspektive musste das so aussehen. Es stimmte, sie hatte nichts in der Hand außer wirren Fäden, die sie Oskars Berichten über Uriah und den seltsamen Begegnungen mit diesem Robin entnommen hatte.

»Robin«, entfuhr es ihr prompt und sah ihn gespannt an. »Wer ist dieser Robin?«

Uriah kam näher und hob den Stuhl wieder auf. Er setzte sich und bohrte ungeniert in der Nase. Ruth wandte angeekelt den Blick ab. »Einer von uns beiden muss gewaltig einen an der Klatsche haben, Lady. Und auch wenn man mir das im Allgemeinen nachsagt: In diesem Fall geht es eindeutig um Sie.«

Ruth sah auf den Boden, als sie weitersprach. »Ich weiß, es klingt verrückt. Und genauso fühlt es sich auch an. Ich habe keine Ahnung, was mit Oskar passiert ist. Ich weiß aber, dass Sie mit ihm vor ein paar Tagen aneinandergeraten sind. Und Oskar hat mir im Nachgang von Ihnen erzählt.« Sie schwieg und stammelte dann: »Na ja, von … von Ihren Aktivitäten … im Internet und so. Dabei kam auch die Geschichte um Rebecca Kahn zutage. Und nun begegne ich seit Tagen immer wieder diesem jungen Mann, und das Manuskript …«

»Was für ein Manuskript?« Sie sah, wie Uriahs Gesichtszüge entgleisten. Er sprang auf und sprintete durch den Perlenvorhang. »Was für ein Manuskript?«, hörte sie ihn rufen.

Im selben Augenblick klingelte Ruths Handy. Die Klinik. Endlich.

»Ja?«, hauchte sie in das Telefon. Um gleich danach lauter zu sagen: »Ja?«

»Guten Tag, Schwester Iris am Apparat. Wir wollten Bescheid sagen, Ihr Mann ist jetzt aus dem OP und bei uns auf der Intensiv. Derzeit ist alles stabil. Sie könnten kurz vorbeikommen, wenn Sie möchten.«

»Ob ich möchte? Natürlich. Ich mache mich sofort auf den Weg.« Ruth schob die Tasse weg und stand auf. »Vielen Dank. Wo genau muss ich hin?«

»Neurochirurgie. Fragen Sie unten am Empfang. Bis nachher.«

Ruth war mit einem Satz bei ihrem Rucksack und hob ihn auf. Einen Moment zögerte sie. Sollte sie Uriah hinterherrufen? Dass sie wegmusste? Oder einfach gehen?

Was war sie ihm an Rechenschaft schuldig? Doch in dem Moment raschelte der Vorhang, und sie hörte das Klatschen der Flip-Flops. Genauso schnell, wie Uriah nach nebenan verschwunden war, stürzte er zu der Metalltür, drehte den Schlüssel, der im Schloss steckte, und riss ihn heraus.

»Nichts da!«, sagte er atemlos. »Hier geht keiner, bevor ich nicht weiß, was es mit dem Manuskript auf sich hat.«

*

Norderney

»Es ist ein Durchbruch.« Gert reckte die Faust in die Luft. »Endlich.«

»Komm, sag schon, was ist los? Was hast du rausbekommen? Hast du einen Namen?«

Sie schnatterten alle durcheinander, hatten sich in Martins Dienstzimmer verteilt und sahen Gert gespannt an.

»Ja, ja, ja.« Dieser grinste über das ganze Gesicht. »Ihr werdet es nicht glauben. Die Kollegen aus Aurich haben zu dem Schneiderbetrieb Kontakt aufgenommen. Mensch, wenn ich daran denke, wie umständlich das früher war. Aber mit den heutigen digitalen Möglichkeiten kein Problem. Foto raus, und keine Viertelstunde später steht der Name des Kunden fest.«

»Und – wer ist es?« Nicole trat nervös von einem Fuß auf den anderen.

»Ein Rainer Bothe aus Bonn. Germanist an der Uni Bonn.«

»Ach.« Martin stutzte. »Germanist? Dann weiß ich auch, wem das Brillenetui gehört. Ihr erinnert euch? Das Putztuch von der Buchmesse. Wow. Mit allem hätte ich gerechnet, nur nicht damit, dass wir heute noch einen Erfolg einfahren.« Er kratzte sich am Hals. Ein Erfolg, den er selbst eingefahren hatte, wäre ihm lieber gewesen.

Zeitgleich klingelte es an der Eingangstür, und jemand pochte laut gegen das Glas.

Gert deutete Richtung Eingang. »Scheint was Wichtiges zu sein.«

Nicole öffnete und hatte Trödel-Tammo im Schlepptau, der sich schmerzverzerrt die Hüfte hielt. Mit seinem anderen Arm presste er eine Kiste gegen seinen Körper. Mit unbeholfenen Schritten schaffte er es bis zum Schreibtisch, wo er den Kasten mit einem Stöhnen abstellte und sich rückwärts auf den Stuhl fallen ließ, den Nicole eilig hinter ihn schob. Gert eilte in die Küche, um ein Glas Wasser zu holen.

Alle anderen scharten sich um das, was Tammo abgestellt hatte. Es war ein Kasten aus dunklem Holz. Er roch modrig, war so verwittert, dass überall Holzspäne hervorstachen, und hatte mit Sicherheit etliche Jahre auf dem Buckel. Verrostete Scharniere hinterließen auf den Fingern rieselnde Spuren, die der Trödler an seiner Hose abwischte, aber sie gaben der Kiste etwas Geheimnisvolles.

»Tammo«, Martin klopfte gegen das Holz, »was ist das?«

»Wenn ich das einmal wüsste«, sagte der Mann erschöpft. »Endlich hatte ich mal einen guten Tag. Da dachte ich, ich räume meinen alten Schuppen ganz hinten in der Ecke vom Garten auf.«

Martin sah Ronnie an und schaute schnell wieder weg. Was in Tammos Augen Aufräumen bedeuten mochte, darüber brauchte man sich keine Illusionen zu machen.

»Aber bevor ich hier weiterschnacke. Weil Ronnie bei mir war wegen dem Schatz, na, da dachte ich, bringe ich euch das gute Stück mal selbst vorbei.«

»Den Schatz? Das ist der Schatz, den die Sondengänger suchen?« Martin legte die Hand auf die Kiste, aber Tammo schlug schneller, als er ihm das zugetraut hätte, nach ihm. »Finger weg. Erst muss einer das Taxi bezahlen.«

»Welches Taxi?«

»Na, wie sollte ich euch die Kiste denn bringen? So gut zu Fuß bin ich wegen der Hüfte nicht mehr, und mit dem Fahrrad geht das auch nicht gut. Da habe ich quer über die Straße gerufen, wo der Nils gerade die alte Frau Tölkes aus dem Auto ließ.«

Martin grinste. Er konnte sich die Szene gut vorstellen, wie der Trödler winkend an seinem Jägerzaun stand, welcher genauso Schieflage hatte wie er selbst und ähnlich verwittert war wie die Kiste vor ihnen.

Martin zog sein Portemonnaie aus der hinteren Hosentasche. Ein paar kleine Scheine hatte er immer dabei, fürs Taxi würde das reichen.

»Wer hätte das gedacht?« Gert, der Tammo das Glas in die Hand gedrückt hatte, richtete sich wieder auf. »Erst Bothe, jetzt der Schatz.«

»Wer ist Bothe?«, fragte der Alte misstrauisch.

»Nichts, nichts«, beschwichtigte Martin hastig, um Gert zu signalisieren, nicht weiterzusprechen. Tammos Gerissenheit war auf der ganzen Insel bekannt. Musste als Trödler vielleicht auch so sein. Vieles Äußeres wie sein vermülltes Haus, sein verfallenes Grundstück oder sein heruntergekommenes Aussehen, alles täuschte über seine Bauernschläue hinweg.

»Uns interessiert aber sehr, was es mit der Kiste auf sich hat.« Gert hatte sich in der Zwischenzeit vorgestellt.

»Mordkommission, das ist ja ein Ding«, sagte Tammo. »Dass ich es mal damit zu haben würde, hätte ich mir auch nicht träumen lassen. Dann war es also richtig, dass ich mich hab auf die Wache bringen lassen, was?« Er starrte auf seine schmutzigen Hände. »Ganz sicher war ich mir nämlich nicht.«

»Ganz genau«, lobte Gert, und Tammo lächelte, wobei die Lücken in seinem Gebiss sichtbar wurden. Das schien ihn nicht zu stören.

»Ja, dann will ich mal erzählen, wie das so ging mit der Kiste hier und mir.« Er legte die Hand darauf wie zuvor Martin. »Die ist ja wohl noch einige Jährchen älter als ich, und ich bin schon über die 70 hinaus. Wie weit, sage ich nicht, das spielt ja auch keine Rolle.«

Martin drehte sich weg, um das Lachen zu verbergen, das diese unerwartete kleine Eitelkeit hervorlockte.

»Als ich zu meinem Schuppen kam, sah ich, dass an dieser Stelle der Zaun ganz niedergetreten war. Na, Tammo, da bist du wohl selbst schuld, habe ich mir gesagt. Weil ich den schon lange reparieren wollte, aber meine Hüfte hat nicht mitgespielt die letzte Zeit. Und dann haben wir ja das Damwild auf der Insel, das immer zutraulicher wird auf der Suche nach Futter. Was da so ein kolossaler Hirsch ist, der macht so einen Zaun schon platt.« Er kicherte. »Jägerzaun. Hihi. Und dann trampelt das Wild ihn nieder.«

»Gut. Der Zaun. Und dann?«, fragte Martin.

»Erst auf den zweiten Blick habe ich gesehen, dass die Schuppentür offen stand. Bin natürlich direkt rein. Ihr müsst wissen«, er unterbrach sich, um in die Runde zu blicken, »die Tür war verschlossen. Also gut, der Schlüssel steckte, aber ich habe ihn immer herumgedreht, und das bekommt selbst das Damwild nicht auf.«

»Vielleicht hast du es mal vergessen, oder die Kinder aus der Nachbarschaft haben dir einen Streich gespielt? So ein Garten hat ja was Abenteuerliches«, meinte Nicole.

»Nee, nee. Das trauen die sich nicht mehr, seit ich die da erwischt habe. Ich habe ein ganz komisches Gefühl. Und die Kiste hier«, wieder berührte die Hand den Deckel, »die ist nicht von mir. Ganz bestimmt nicht. So wahr ich Tammo heiße.«

»Dann doch die Kinder, die eine Schatzsuche veranstaltet haben?«, warf Gert ein.

»Sag ich doch schon. Die Kinder trauen sich nicht mehr auf mein Grundstück. Warum, das sage ich bei der Polizei nicht. Aber die Eltern wissen Bescheid. Nicht, dass ihr was denkt.«

Martin winkte ab. Er hatte von der Geschichte gehört, aber die Familien hatten es auf sich beruhen lassen, dass Tammo den Kindern einen gehörigen Schrecken eingejagt und eine Tracht Prügel im Sommer verabreicht hatte. Es hieß, dass er sich dabei die Hüfte verdreht hatte und seitdem kaum irgendwo gesehen worden war.

»Und die Kiste. Also, ich bin ja vom Fach sozusagen. Die ist nicht neu und nur auf alt gemacht, die hat wirklich was auf dem Buckel. Und weil Ronnie bei mir war und so komische Fragen gestellt hat, dachte ich, ich komme dann besser mal gleich hierhin.«

Martin sah, wie Nicole am liebsten protestiert hätte, denn sie hatte Tammo zusammen mit Ronnie besucht. Er schob seine Lippen vor und nickte ihr verstohlen zu. Keine Zeit für Nebenschauplätze.

»Was ist denn nun in der Kiste drin? Gibt es ein Geheimnis, das uns weiterhilft?«, wandte sich Gert an Tammo.

»Nun ja. Ich weiß nicht, wie es zusammenhängt. Der ganze Schuppen. Der war auf den Kopf gestellt. Nichts stand mehr da, wo es stehen sollte.«

Wieder unterdrückte Martin das Lachen. Was für Worte aus dem Munde eines vermutlichen Messies.

»Da kannst du lachen.« Seine Reaktion war nicht unbemerkt geblieben. »Ich kann auch meinen Mund halten. Dabei dachte ich, dass es wichtig ist. Denn in dem Schuppen, da hatte ich noch was, das es heutzutage kaum noch irgendwo gibt. Zumindest nicht legal. Das stand zwar versteckt bei den Farben und Lacken. Aber wer immer im Schuppen war, hat es gefunden. Und benutzt. Wofür auch immer.«

»Und das war?« Gert hatte sich hinter den Schreibtisch gestellt und beugte sich mit seiner ganzen Länge weit vor. »Was stand da in Ihrem Schuppen?«

»Na, was wohl? Eine Flasche E 605.«

*

Bonn

»Sinusrhythmus. Die Frequenz noch etwas hoch, aber alle anderen Werte sind stabil. Erschrecken Sie sich nicht, falls irgendetwas piepst. Die Maschinen sind nun mal alle kleine Sensibelchen und der Perfusorbaum hält sich manchmal für eine blinkende Weihnachtstanne.« Der Krankenpfleger hatte Ruth an der Schleuse in Empfang genommen und in die Einzelkabine geführt, in der Oskar lag.

Er sagte jedenfalls, es sei Oskar, denn es hätte für sie auch jemand Fremder sein können. Erst als sich Ruths eigene Atmung beruhigte, nahm sie das Vertraute wahr. Die manikürten Finger, die wie Klavierhände aussahen, selbst mit den Nadeln im Handrücken. Seine Armbehaarung, die dicht und kurz war. Der kleine seitliche Höcker an der großen Zehe, denn der Fuß ragte unter der Bettdecke hervor.

»Wie gesagt. Wach war er schon und hat uns angeblinzelt. Wegen der Beatmung ist er aber noch stark sediert, das ist gewollt, weil er sonst versuchen würde, gegen das Beatmungsgerät anzuatmen, was zu anstrengend wäre und ihn zu unruhig machen würde. Aber alles, was wir sehen, sind gute Zeichen.«

»Danke.« Ruth lächelte den Mann dankbar an. Dass er sie freundlich ansah und den Blickkontakt hielt, gab ihr am meisten Hoffnung.

»Setzen Sie sich entspannt hin.« Er schob ihr einen Stuhl ans Bett und lachte. »Entspannt hört sich in Ihren Ohren wahrscheinlich grotesk an, aber wenn ich das sage, meine ich das auch so.« Er zwinkerte ihr zu. »Natürlich bin ich kein Arzt, aber glauben Sie mir, wir sind Experten. Und haben schon schlimmere Fälle wieder hinbekommen.«

Ruth ließ die Luft ein wenig mehr ausströmen, um ihre Atmung besser unter Kontrolle zu bekommen. Sie verstand die Botschaft zwischen den Zeilen. Auch wenn sie wusste, dass es keine Garantien gab. Aber Oskar hatte einiges auf der Habenseite: Er führte ein weitestgehend gesundes Leben, rauchte, trank und aß nicht zu viel, hatte weder Übergewicht noch Vorerkrankungen und war mit 46 Jahren kein Risikopatient. Wahrscheinlich – oder besser hoffentlich – hatten sie Glück gehabt.

»Ich bin direkt hier draußen«, sagte der Pfleger, der mit gründlichem Blick die Maschinen und Schläuche abgetastet hatte. »Wie gesagt, ich höre und sehe alles und bin im Zweifel sofort da. Aber unsere Konzertmeister hier buhlen meist nur um Aufmerksamkeit. Keinerlei Grund zur Sorge.«

Er berührte leicht ihre Schulter. Ruth hätte am liebsten nach ihm gegriffen und ihn zu sich herangezogen. Ihn angefleht zu bleiben, um weiter besänftigend auf ihre Angst einzureden. Aber sie nickte nur.

»Nehmen Sie seine Hand. Und reden Sie mit ihm. Vertraute Stimmen können beruhigend wirken.«

Er zog sich zurück. Sie sah ihm hinterher. Was für ein Segen, dass es Menschen wie ihn in solchen Situationen gab.

Sie hörte, wie er die Tür der Kabine beim Hinausgehen leise schloss, und Ruths Herz machte einen Angststolperer. Sie fühlte sich überfordert. Allein. Einsam wie selten in ihrem Leben. Nur damals, als sie ihre Eltern – sie schluckte. Daran wollte und konnte sie jetzt nicht denken.

Vorsichtig schob sie ihre Hand unter Oskars ausgestreckte Finger. Schob sie weiter, bis ihre Daumen aneinanderlagen. Bei der Berührung flutete ein Übermaß an Erleichterung ihren Körper. Mit der Zungenspitze fischte sie nach der salzigen Träne, die ihr über die Wange lief.

»Oskar«, flüsterte sie. »Oskar. Was ist denn bloß passiert? Was machst du denn für Sachen? Du kannst dich doch nicht einfach aus dem Staub machen. Mich ratlos zurücklassen.«

Sie hielt erschrocken inne. Die Worte waren ungefiltert aus ihr herausgeflossen. Ohne dass sie sich dessen bewusst war. All die Fragen, die sie seit Stunden beschäftigten, waren in diese wenigen Sätze gepresst. Alle Ängste, alle Zweifel. Sie biss sich auf die Lippen. Das hatte der Pfleger sicher nicht gemeint, als er sie aufforderte, mit Oskar zu sprechen. Aber – was dann?

Ihr Kopf fühlte sich bleischwer und federleicht an. Gleichzeitig. Als hätte sie das Schädel-Hirn-Trauma und wäre durch Erschütterungen und Medikamente gedämpft und narkotisiert. So leer, so schwerelos. Und alles darin zog sie in ein schwarzes Loch.

»Oskar. Oskar. Oskar.« Sie wiederholte seinen Namen. Weil ihr nichts anderes über die Lippen kam.

Als hätte er nicht nur die Möglichkeit, die Vitalfunktionen der Patienten zu überprüfen, sondern auch ihre Gedankengänge, schob der Pfleger seinen Kopf durch die Schiebetür.

»Alles in Ordnung?«, fragte er, und Ruth sah ihn erschrocken an.

»Mit Ihnen, meine ich.« Er senkte den Kopf und musterte sie eindringlich. »Bei Ihrem Mann bin ich mir sicher.«

Ruth schloss die Augen. Ihr Mann. Für einen Moment fühlte sie sich ertappt. Offiziell hatte sie kein Recht, hier zu sein. Kein Recht, Auskünfte zu seinem Zustand einzuholen, kein Recht, Gespräche mit dem medizinischen Personal zu führen. Aber es war zu spät, um die Lüge aufzudecken. Und sie wollte diesen Platz nicht aufgeben. Allerdings war da Oskars Mutter. Die als Erstes ein Anrecht auf Information hätte. Die nichts ahnte. Ruth seufzte. Sie würde nicht drumherum kommen. Würde reinen Wein einschenken müssen. Seiner Mutter, die von ihrer Freundschaft wusste, aber nicht, dass Oskar und sie zusammenlebten. Frau Schirmeier darüber aufzuklären, hatten sie auf Ruths Wunsch hin immer aufgeschoben. Doch jetzt blieb ihr nichts anderes übrig. Gleich – sofort, wenn sie aus dem Krankenhaus käme. Oh, nein! Auf ihren Armen bildete sich Gänsehaut. Da war noch … Shit, shit, shit.

Es war der Deal gewesen. Dafür, dass sie gehen konnte. Weil sie einen Pakt mit ihm geschlossen hatte. Versprochen hatte zurückzukommen. Mit dem Manuskript. Und sich seinen Teil der Geschichte anzuhören. Weil er sonst …

Wieder beschleunigte sich ihr Puls. Sie keuchte leise und versuchte, sich zu beruhigen. Flüsternd listete sie alle Argumente auf:

»Wenn ich wissen will, was mit Oskar passiert ist, brauche ich Uriah. Auch wenn er so tut, als wisse er von nichts. Es gibt zu viele Zusammenhänge zwischen den Geschehnissen der letzten Tage. Rebecca. Das Manuskript. Jüdische Spuren. Anorexie. Der Streit am Unfallort. Robin. Mit Letzterem hatte er gedroht, wenn ich meinen Teil der Verabredung nicht einhalte.« Sie hielt inne, weil die Formulierung falsch gewählt war. Nicht mit ihm hatte er gedroht, sondern dass diesem etwas passieren könne.

»Aber was?«, flüsterte sie erneut, weil es guttat, die eigenen Gedanken zu hören. »Was hat er in der Hand? Was passiert, wenn ich die Polizei verständige? Aber was soll ich dort sagen? An welchem Teil der Story steigen die Kollegen aus? Vollkommen zu Recht.« Sie merkte, dass sie lauter wurde. Wie mechanisch strich sie über Oskars Daumen, zu stark, zu aufgeregt. »Pst«, machte sie und wusste nicht, ob es ihm oder ihr selbst galt.

Sie richtete ihren Blick auf die Maschinen. Lachte unterdrückt. Mit einem Tannenbaum hatte der Pfleger die übereinander getürmten Medikamentenspritzen verglichen. Nichts konnte weiter weg sein als ein glitzernder Winterzauber. Dabei war in nicht mal sechs Wochen Weihnachten. Silvester. Ein neues Jahr. Mit einer Einladung nach Norderney.

Es durchfuhr sie wie ein elektrischer Schock. »Ja, das ist es.« Sie hörte die Erleichterung in ihrer Stimme. Das war die Lösung. Sie würde Martin anrufen und fragen, was sie tun sollte. Würde versuchen, das Ganze zu erklären. Er würde beruhigen und sortieren. Die Situation analysieren. Anne würde ihr Mut machen, dass Oskar das hier überstand. Gesund und ohne Schäden.

»Yes!« Noch einmal musste sie ihren Entschluss laut bekräftigen.

Sie fuhr durch die Kakofonie der Alarmtöne zusammen. Hörte hinter sich eilende Schritte. Sah vor sich auf das Bett. Dort lag Oskar. Mit weit geöffneten Augen. Er starrte sie an. Und bewegte den Kopf von rechts nach links. Im Zeitlupentempo. Nicht ohne den Blick von ihr zu lassen. Aus seinem Auge rann eine einsame Träne die Wange herab.

*

Norderney

»E 605? Aber warum aus Tammos Schuppen?«

»Hattet ihr vorhin nicht von Durchbruch und Erfolg gesprochen?« Ronnie zog ein mürrisches Gesicht. »Mir kommt es so vor, als würden sich die Fragen erst recht vor uns türmen. Wo soll man denn da anfangen?« Er sah demonstrativ auf seine Uhr.

»Noch ist dein Dienst nicht zu Ende, also beruhige dich. Ich werde dich wohl kaum heute Abend zu Überstunden einteilen«, blaffte Martin.

Gert massierte sein Kinn mit Daumen und Zeigefinger, blickte über Ronnie hinaus aus dem Fenster und nickte mit seinem Kopf in einem Takt, als würde er imaginärer Musik lauschen. Sie alle warteten darauf, was er vorschlug. »Ihr habt recht. Heute Abend wird sich nichts Bahnbrechendes mehr ermitteln lassen. Die KTU ist informiert. Sie wird sich morgen um Tammos Hütte kümmern. Mit den Kollegen aus Bonn habe ich gleich noch eine Videokonferenz. Martin, du bist dabei?«

Er schaute auf. Mechanisch hatte er beim Zuhören die Hülle seines Handys aufgeklappt, das er vor sich auf den Schreibtisch gelegt hatte. Just in dem Moment war eine Nachricht von Anne aufgeploppt. Darunter waren mehrere Anrufversuche von Daniela gelistet.

»Warte mal gerade.« Er gab die Tastenkombination ein, um den gesamten Text zu lesen.

»Wo steckst du? Daniela hat versucht, dich zu erreichen.

Marthe Dirkens geht es nicht gut und Daniela hat eine Frage. Eilt aber nicht. Sollst dich später oder morgen einmal melden. Das Teetrinken mit dir, Gert und mir hat sie abgesagt. Räusper: Wusste ich von der Einladung? Ist auch egal, fällt ja aus.«

Martin ärgerte sich. Es hatte Zeiten gegeben, da waren kleine Nachrichten und Signale selbstverständlich. Selbst während der Ermittlungsarbeit. Vielleicht lag es an ihm, dass es im Moment nicht gut zwischen ihnen lief. Er sollte seine Vorbehalte einpacken und Anne zeigen, wie wichtig sie ihm war. Nach wie vor. Und nicht aus unbegründeten Zweifeln und wegen nagender Eifersucht …

Wieder ploppte eine Nachricht von ihr auf.

»Übrigens. Da ich nichts von der Abendeinladung wusste, habe ich einen Kinobesuch für heute Abend zugesagt. Wundere dich also nicht, wenn ich nicht daheim bin. Bis später. Anne.«

Die Eifersucht! Sprang ihn mit einer Gewalt an, dass er hochschnellte und das Handy wütend in die Hosentasche steckte. Er sah die erstaunten Gesichter. Den fragenden Blick von Gert.

»Alles in Ordnung?«

»Pause«, murmelte Martin. »Macht mal das Fenster auf. Fünf Minuten durchlüften. Dann machen wir weiter.« Er stürmte aus dem Raum, raus durch die Glastür und die Eingangstür, um die Ecke zum Onnen-Visser-Platz. Und blieb erst vor Fernando, dem blau-weiß geringelten Seehund, stehen.

»Fernando, du machst alles richtig«, schnaufte er, nachdem er sich beruhigt hatte, und ließ sich auf dem Rücken des Tieres nieder. Er holte das Handy wieder hervor. Schaute unschlüssig auf das Display. Anne würde an den Haken erkennen, dass er ihre Nachricht gelesen hatte. Normalerweise antwortete er immer, manchmal mit einem Smiley. Aber was war normal an diesem Tag und in ihrer Beziehung? Welches Emoji sollte das ausdrücken, was er fühlte? Er lachte bitter auf. Nein, den braunen Kackhaufen würde er nicht senden. Doch es war das einzige Zeichen, was seine Gefühle auf den Punkt beschrieb.

»Probleme?« Gerts lange Gestalt schob sich in sein Blickfeld. Angeleuchtet von den umliegenden Gästehäusern wirkte er noch größer, als er war. Martin, nicht klein mit seinen 1,89 Meter, kam sich unscheinbar und unbedeutend vor, wie er auf dem Norderneyer Maskottchen hockte.

Er schüttelte den Kopf. »Es ist …« Seine Stimme hörte sich jämmerlich an. Er räusperte sich. »Daniela hat die Einladung an uns für heute zurückgezogen.«

»Das ist aber nicht das, was dich aus der Fassung bringt.« Gert formulierte es gar nicht erst als Frage.

»Marthe Dirkens geht es nicht gut.«

»Okay. Das erklärt es.« Der Unterton konnte nicht ironischer sein.

»Ich will nicht darüber reden«, sagte Martin.

»Das ist in Ordnung. Musst du nicht.« Gert steckte seine Hände in die Hosentaschen. Er stand, als könne ihn kein Sturm und kein Ereignis der Welt umhauen. Martin senkte die Augen. Genau diese Haltung sagte alles. Alles über Gert, alles über ihn. Und warum der eine erfolgreich bei der Kripo, der andere erfolglos als Inselpolizist arbeitete.

»Passt doch ganz gut. Ich hätte dich gerne bei der Videokonferenz mit den Bonner Kollegen dabei. Und wenn es für dich okay wäre, könnten wir anschließend …«

»… Pizza essen gehen?« Martin musste doch grinsen. »Ja, passt.«

Gert schlug ihm auf die Schulter. »Irgendwie fehlen in solchen Momenten die passenden Rituale. Die Zigarette zum Entspannen, das Bier zum Anstoßen. Früher haben wir damit wortlos die Welt gerettet.«

Martin ließ die Worte nachklingen. Klar. So hatten sie alles überstanden: miserable Noten, Liebeskummer, verlorene Fußballspiele, Autocrashs. Ein Abend an Gerts Seite war nicht das Schlechteste. Ablenkung und Trost. Mit ein wenig Glück gelang ihnen sogar ein Erfolg in der Ermittlungsarbeit.

»Ich bin dabei. Und gegen ein spätes Bier ist wohl nichts zu sagen. Wenn uns Marthe Dirkens schon nicht an ihren Giftschrank lässt.«

»So ist es, mein Freund.« Gerts Stimme war voller Mitgefühl, als er ihm die Hand hinstreckte und ihn von Fernando hochzog.

Martin steckte das Handy in die Hosentasche. Auf eine Antwort konnte Anne lange warten.

*

Bonn

Es hatte ihr das Herz gebrochen. Dieser todtraurige Blick, die einsame Träne – für eine Sekunde hatte Ruth geglaubt, dass Oskar Abschied von ihr nahm. Glücklicherweise war es anders. Die Überwachungsgeräte hatten auf seine Unruhe reagiert, die dadurch entstanden war, dass die Wirkung der sedierenden Medikamente nachließ. Ein Effekt, der gewollt war und in den Augen der Ärzte als positives Signal aufgefasst wurde.

»Es kann sein, dass Ihr Mann auf Ihre Anwesenheit reagiert. Wir gehen immer davon aus, dass die Außenwelt zum Patienten durchdringt, auch wenn der Bewusstseinszustand das nicht vermuten lässt. Also alles eher ein Grund zur Freude als zur Sorge«, hatte eine Ärztin ihr später erklärt.

Das Intensivpersonal hatte denkbar souverän reagiert. Trotz der blinkenden und piepsenden Maschinen. Ein kleiner Scherz, ein paar Worte zur Orientierung, alles professionell und unaufgeregt.

Auch Ruth konnte sich kurz an Oskar wenden. Sie war sich sicher, dass er sie verstanden hatte. Dass er wusste, wer sie war. Dass es ihm guttat, sie an seinem Bett zu sehen. Die Traurigkeit in seinen Augen war einem Ausdruck von Dankbarkeit gewichen. Dankbarkeit? Ruth schüttelte den Kopf und fuhr sich dann mit der Hand durch die Locken. Das war nicht das richtige Wort für das, was sie gesehen hatte. Und obwohl das warme Flattern in ihrem Bauch ihr eine eindeutige Antwort gab, scheute sie wie ein nervöses Pferd davor zurück, dem Gefühl einen Namen zu geben.

»Ach, Ruth«, seufzte sie laut.

Sie wandte ihren Blick von den beleuchteten Nachbarhäusern ab. Die Lichter dort vermittelten ihr ein Eingebundensein, das nicht real war, doch für den Moment Trost und Nähe spendete. Aber jetzt stand anderes an.

Mit schnellen Schritten durchquerte sie die Zimmer, um sich einen Roibuschtee zuzubereiten. Während sie den Wasserkessel füllte, ging sie ein weiteres Mal das Telefonat mit Uriah durch, das sie als Erstes nach dem Betreten der Wohnung geführt hatte.

Nicht, weil sie sich eine Strategie zurechtgelegt hatte. Auch nicht, weil sie mit Martin Rücksprache gehalten hatte. Sondern in ihrem seltsamen Verständnis von Pflichtbewusstsein: Für Termine, die man nicht einhielt, für Zusagen, die man brach, entschuldigte man sich. Punkt. Warum das ein Glaubenssatz war, würde sie analysieren müssen, wenn alles vorbei war.

Sie zuckte zurück, als einige Tropfen heißes Wasser beim Übergießen des Tees auf ihrem Handrücken landeten. Schnell stellte sie die Tasse ab und wischte sich die Hand an der Jeans ab. Sie ärgerte sich. Über ihre Unkonzentriertheit und ihre verdrehten Gedanken. Was sollte das heißen – wenn alles vorbei war? Oskars Genesung? Oder anderes? Was denn genau? Hinter Rebeccas Geschichte kommen? Uriah das Handwerk legen? Wissen, wer dieser Robin war? Wozu? Nichts davon war ihr Job. Sie hatte in den vergangenen Jahren erfahren, dass man die Finger von Sachen lassen sollte, die man nicht durchblickte. Sie war keine Polizistin mehr. Und erst recht keine Journalistin.

Und trotzdem. Investigative Recherche nannte man das wohl, was sie beabsichtigte. Ohne das Ziel zu kennen. Ohne zu wissen, was dabei rauskam.

Jetzt von allem abzulassen, das würde ihr nicht gelingen. Wenn sie sich einmal festgebissen hatte, war sie nicht zu stoppen.

Ruth balancierte die heiße Tasse vorsichtig zum Esstisch.

Wahrscheinlich hatte Uriah gespürt, dass sie ihn nicht mit einer blöden Ausrede abspeisen wollte. Wusste, warum auch immer, dass sie nicht bluffte. Sondern das Gespräch mit ihm suchen würde. Sein überlegenes Grinsen hatte sie durch das Telefon sehen können.

Ruth schob die Tasse auf dem Tisch hinter den Papierstapel. Noch musste der Tee abkühlen. Die Verabredung mit Uriah war auf morgen Vormittag vertagt. So hatte sie Zeit, sich zu sortieren.

Zuerst aber war anderes zu erledigen. Ein Telefonat, das ihr mehr Bauchschmerzen bereitete, als wahrscheinlich nötig war. Trotzdem fühlte sie sich wie eine 15-Jährige, die etwas Verbotenes zu beichten hat.

Mit einem erneuten Seufzen griff sie zum Handy. Es klingelte länger, als sie erwartet hatte. Sie schielte auf die Wanduhr. Kurz vor 21.00 Uhr. Zu spät für Anrufe. In dem Moment, als sie erleichtert auflegen wollte, hörte sie eine rostige Stimme: »Schirmeier?«

»Ruth Keiser, guten Abend.«

»Wer bitte?«

»Ruth Keiser, Frau Schirmeier, die Freundin Ihres Sohnes.« Sie schloss die Augen. Wie lächerlich sie sich vorkam.

Am anderen Ende war Schweigen.

»Frau Schirmeier?«, fragte sie deswegen zaghaft nach.

»Das bin ich. Wo ist denn mein Sohn?« Sie klang misstrauisch. Zu Recht, wie Ruth fand.

»Ja, das ist der Grund meines Anrufs. Oskar hatte einen Unfall. Bitte nicht aufregen. Es geht ihm – na ja, sagen wir, er ist stabil. Er liegt im Krankenhaus. Er musste operiert werden.«

Ruth lauschte in die Stille am anderen Ende.

Nach einer gefühlten Ewigkeit antwortete Frau Schirmeier: »Halten Sie mich nicht für blöd. Auf so etwas falle ich nicht herein. Und nun belästigen Sie mich nicht weiter. Gute Nacht.«

»Ups.« Ruth sah verblüfft auf das Telefon in ihrer Hand. Mit dieser Reaktion hatte sie nicht gerechnet. Sie drückte auf die Wahlwiederholung. Auch die nächsten Versuche führten nicht zum Erfolg. Frau Schirmeier war nicht mehr erreichbar.

Also gut. Dann rutschte der Punkt auf die morgige To-do-Liste. Es war auch ein unglücklich gewählter Zeitpunkt für die Überbringung einer Unfallnachricht. Doch Ruth plagte das schlechte Gewissen. Hätte sie sich nicht als Oskars Ehefrau ausgegeben, wäre das Krankenhaus womöglich in seinen Papieren auf die Nummer seiner Mutter gestoßen. Für heute war die Chance jedenfalls vertan.

Ruth zog den Tee zu sich heran. Sie blätterte flüchtig in dem Manuskriptstapel. Las hier ein Wort, dort eine Zeile. Sie würde sich dem Ganzen gleich ausführlich widmen. Noch einmal Seite für Seite durchforsten. Nach Hinweisen suchen.

Wer hatte Interesse daran, dass sie das Manuskript bekam. Und warum?

Zuallererst aber musste sie Martin anrufen. Und mit Anne sprechen. Sie wählte die Norderneyer Nummer. Nach der Vorwahl folgten nur drei Ziffern. Mittlerweile besaßen diese alten Telefonnummern Seltenheitswert, und Martin fühlte sich damit wie ein waschechter Insulaner.

Auch bei ihnen klingelte der Anschluss ewig, ohne dass jemand abnahm. Ruth merkte, wie Müdigkeit und Enttäuschung von ihr Besitz ergriffen. Schade, die beiden waren wohl unterwegs. Sie würde ihnen eine Nachricht schicken. Um Rückruf bitten. Auch später noch. Weil sie sowieso nicht schlafen konnte. Weil Rebecca Kahn wartete.

Sie drückte auf Senden und kehrte nach einem letzten Blick auf die Straße an den Esstisch zurück. Dann also der Text. Sie holte sich Stift und Papier für Notizen. Ratlos sah sie auf die bedruckten Blätter. Was hatte Rebecca mit dem Manuskript im Sinn gehabt? Wollte sie es veröffentlichen? Fakt war, dass Uriah mit dem Herausreißen einzelner Teile die Wirkung des Ganzen zerstört hatte. Den besonderen Reiz, der dem Werk zugrunde lag, weil es nicht nur aus dem Skandalbericht wie in seinem Blog bestand.

Ruth gähnte. Eben hatte sie gedacht, sie könnte und würde nicht schlafen, jetzt brannten ihre Augen, die Schultern schmerzten vom langen Sitzen und zu viel Stress. Sie würde auf das Sofa umziehen. Im hellen Licht der Leselampe das Manuskript durchsehen. Dabei die Füße hochlegen. Ein Kissen in den Rücken stopfen. Ach ja, besser.

Nun konnte sie auf Martins Anruf warten.

DONNERSTAG, 28.11.

Norderney

Marthe Dirkens wälzte sich unruhig von einer Seite auf die andere. Es war mal wieder so weit: Sie konnte nicht schlafen. Dabei hatte sie sich am Abend müde und erschöpft gefühlt.

Marthe spürte einen heftigen Stich hinter der Stirn, und für einen Moment glaubte sie, das Bett führe Karussell. Starr wie ein Brett ließ sie den Anfall an sich vorbeiziehen und setzte sich mit klopfendem Herzen auf. Ob der Sturz von heute Nachmittag daran Schuld hatte? Auszuschließen war es nicht. Den Schwindel hatte sie aber zuletzt schon häufiger gehabt. Als sie nicht gestürzt war. Hätte sie das Doktor Matzdorf sagen sollen?

»Ach was, Marthe«, munterte sie sich auf und hob die Beine aus dem Bett. »Sei auf deine alten Tage nicht so selbstmitleidig.« Es war eine der Parolen ihrer Großmutter gewesen, und die war 90 Jahre alt geworden.

Wenn das Ignorieren von Schmerz und Unwohlsein zum Altwerden beitrug, dann wollte sie das probieren. Die 90 war ein Ziel, das man sich stecken konnte. Viele Tees mit ihrer Zutat aus dem Giftschrank konnten in der Zeit getrunken werden.

»Ach, überhaupt ist das die Idee«, murmelte sie vor sich hin. »Wenn die Pillen und Kräuter beim Schlafen nicht helfen, dann wird der Whiskey nicht schaden.« Marthe hing eine Weile diesem Gedanken nach. Ganz logisch erschien er ihr nicht, aber wer konnte mitten in der Nacht druckreife

Aphorismen entwerfen? Heinrich Heine sicherlich, jedoch nicht Marthe Dirkens. Zumindest nicht ohne einen schottischen Whiskey.

Sie tapste mit nackten Füßen zu ihrem Schrank, holte die Flasche heraus, um sie mit in die kleine Küchenzeile zu tragen. Als sie die Schranktür schloss, zuckte der Schwindel erneut hinter der Stirn auf. Hastig hielt sie sich fest und schrie leise auf. Noch als sie glaubte, seitwärts zu fallen, war es wieder vorbei.

»Puh, Oma Grete«, sprach sie zu ihrer verstorbenen Großmutter. »Das ist gar nicht so einfach mit dem Altwerden. Ob du das wohl auch nur mit einem heimlichen Giftschrank geschafft hast?« Sie versuchte, sich der alten Geschichten zu erinnern.

»Der Apfel fällt nicht weit vom Stamm«, sinnierte sie und fluchte über den kalten Boden in der Küche. Sie hatte keine Lust, ihre Pantoffeln zu holen, und wenn sie es recht bedachte, auch nicht, Tee zu kochen. Wozu, wenn es auch ohne ging.

Ein Schnapsglas reichte. Für Whiskey nicht stilecht, aber war es dem Alkohol nicht egal, aus welchem Behältnis er in den Magen fand? Dem ersten Glas ließ sie ein schnelles zweites folgen, denn sie genoss die wohltuende Wärme, die sich in ihr ausbreitete. Hinein bis in die Zehenspitzen.

Ihr Kopf schien sich zu entspannen. Das war entschieden besser, als im Bett Karussell zu fahren. Sie würde so lange am Tisch sitzen bleiben, bis es hell wurde. Oder bis sie vor lauter Müdigkeit vom Stuhl kippen würde.

Sie schüttete sich noch ein Schnapsglas halb voll, ließ es aber vor sich stehen. Das wohlige Gefühl nahm zu. Wahrscheinlich war der Blutdruck im Keller gewesen. Bestimmt bekamen ihr die Medikamente nicht, die Doktor Matzdorf verschrieb. Vielleicht sollte sie ein paar dieser rosa, blauen und grünen Pillen weglassen. Die Natur heilte am besten. Gerade hier oben am Meer.

Deswegen würde sie sich ab sofort jeden Tag einen Strandspaziergang verordnen. Mit Käsekuchen und Tee in der *Marienhöhe* und einem Whiskey auf ihren alten Seemann am Abend. Wozu das ganze Gift aus der Medikamentenschachtel? Sah schön aus und nutzte nichts. Am besten, sie erledigte das sofort, bevor sie es sich anders überlegte.

Sie tapste zum Bett, holte den Tablettenschieber und entleerte ihn in die Toilette. Auf dem Weg zurück schnappte sie ihre Bettjacke, eine Decke und das Heinebuch, das auf dem Nachttisch gelegen hatte.

Sie packte sich fest ein, denn der erste Wärmeschub hatte nicht lange angehalten. So eingemummelt, ließ es sich gut aushalten, und deswegen trank sie das halbe Glas Whiskey schnell hinterher.

Sie freute sich auf morgen. Es war doch etwas anderes, wenn man Pläne hatte. Auf dem Weg zur Strandpromenade könnte sie Daniela das Haus in der Schmiedestraße zeigen, das als Synagoge gedient hatte. Weil sie wegen Heine auf die jüdische Bevölkerung zu sprechen gekommen waren. Auch wenn sie selbst und Heinrich Heine die Synagoge nicht gekannt hatten, weil er zu früh und sie zu spät dafür auf der Insel gewesen waren, war es doch ein interessantes Stück Inselgeschichte, das, wie so vieles, in Vergessenheit geriet. Wenn ihre Generation einmal nicht mehr wäre, wer würde sich erinnern?

»Ach was«, sagte sie laut. »Schon wieder trübe Vorstellungen.« Dabei hatte sie einen winzigen Moment das Gefühl, das sich etwas anderes in ihre Gedanken schieben wollte. Ein Bild. Ein Zeichen. Irgendetwas, was sie gesehen hatte und was ihr befremdlich vorgekommen war. Nur, dass sie weder fassen konnte, was es war, wo es war und mit wem es zu tun hatte. So schnell, wie es aufgekommen war, so hatte es sich wieder verflüchtigt. Dann also nicht. Schien nicht wichtig oder nicht wahr, erinnerte sie sich eines alten Spruches ihrer Großmutter. »Ach, Oma Grete, du lässt heute aber nicht von mir ab, was?«

Sie schüttelte den Kopf, zog die Decke um ihre Füße und nahm das Heine-Buch auf. Lieber wollte sie sich seinen Frechheiten widmen. Heinrich Heine hatte es faustdick hinter den Ohren gehabt, seiner spitzen Zunge war kaum ein Zeitgenosse entkommen. Wahrscheinlich konnte nur derjenige darüber lachen, der nicht selbst betroffen war.

Hier, das war zu köstlich: »… und wenn die armen Insulanerinnen in ihrer Schwangerschaft allerlei süß gebackene Gelüste bekommen und am Ende sogar Kinder zur Welt bringen, die den Badegästen ähnlich sehen …«

Da konnte man feststellen, dass sich nichts sonderlich veränderte. So was gab es zu jeder Zeit. Auf der Insel kannte man die Geschichten, wie die Norderneyerinnen ihren Liebhabern mit Figuren in den Fenstern die Abwesenheit der Männer signalisiert hatten.

»Moral ist eben nicht jedermanns Sache«, kiekste sie und griff zur Flasche. Dabei fiel ihr das eigene Verhängnis von heute Nachmittag ein. Plötzlich musste sie lauthals lachen. Was das für ein Bild abgegeben hatte? Sie lauschte an der Tür, während Caroline die Treppe hochkam. Und – zack – hatte sie dem Schatzsucher zu Füßen gelegen. War das nicht herrlich? Wie aus dem Volkstheater. Besser hätte man es nicht auf die Bühne bringen können.

Sie griff zu der Flasche. Ach, tat das gut. Die Wärme, die Heiterkeit. Nach wem hatte sie denn zu fragen? Beim Eingießen hielt sie plötzlich inne. Da war doch etwas gewesen. Nein, nicht nur das Bild. Oder doch? Sie stellte den Whiskey ab. Setzte sich aufrecht hin. Hatte das Gefühl, dass sie mit den Händen danach greifen konnte. Sie streckte die Arme aus. Da! Jetzt gleich … Ihr brach der Schweiß aus. Sie wusste, es war wichtig, sie durfte es nicht vergessen. Es lag vor ihr, wie auf einem Silbertablett.

Da hörte sie es klopfen. Leise. An der Tür.

So wahr sie Marthe hieß, sie wusste, dass das kein Zufall war.

*

Bonn

Ruths Herz raste, als das Handy klingelte. Sie schlug die Decke weg, um sich aufzusetzen. Dass dabei der ganze Stapel Papiere vom Sofa herunterrutschte, war ihr egal. Es gab nur einen Gedanken: Ein nächtlicher Anruf musste das Allerschlimmste bedeuten.

Sie zitterte, als sie den Button drückte. Hörte, wie ihre Stimme piepste. »Ja bitte?«

»Schöööön. Schön, dass du noch wach bist, meine Beste. Ich hatte es soooo gehofft.«

Die Stimme, die an ihr Ohr drang, war vor lauter Nuscheln kaum zu verstehen. Im Hintergrund hörte sie ein auf- und abschwellendes Rauschen. Es brauchte einen Moment, bis ihr dämmerte, dass es auf keinen Fall die Klinik war, die anrief.

Gleichzeitig explodierte die Angst, die Sorge und Überlastung. Schlug um in Wut.

»Was fällt Ihnen ein, Sie ignoranter Arsch, nachts betrunken durch die Gegend zu telefonieren, wenn Sie noch nicht mal in der Lage sind, die richtige Nummer zu wählen. Kein Hirn, um zu verstehen, was Sie damit anrichten. Ist ja klar, wahrscheinlich weggesoffen.« Sie legte auf und knallte das Handy auf den Tisch.

Ihr ganzer Körper bebte. Vor Anspannung. Vor unterdrückter Furcht. Erst jetzt realisierte sie, dass sie über dem

Manuskript eingeschlafen sein musste. Sogar ziemlich bald, nachdem sie mit dem Lesen begonnen hatte. Als sie merkte, wie ihr die Lider schwer wurden, hatte sie angefangen, die Blätter zu überfliegen. Immer in der Hoffnung, etwas zu finden, das sie weiterbrachte. Auf der Suche nach dem Schlüsselwort, dem Schlüsselreiz. Dem Stupser, der alles Weitere in Gang brachte, die Dinge auflöste und sie verständlich machte.

Sie bückte sich und begann, die Blätter aufzusammeln. Zum zweiten Mal in 24 Stunden, dachte sie bitter, als sie sich an den Windstoß im Café erinnerte. Sie lachte höhnisch auf. Das war das Problem: Sie suchte nach Antworten, obwohl sie keine konkrete Frage hatte. Nur schnipselhafte Begegnungen, Erzählungen, Erlebnisse. Nichts, was sich miteinander verband. Sah man davon ab, dass sich Uriah und Oskar kannten. Aber: Bonn war ein Dorf.

Sie hielt inne. Genau. Bonn war ein Dorf. Und deswegen war es nicht unwahrscheinlich, sich hier mehrfach über den Weg zu laufen. Dass sie diesen Robin zuerst an der jüdischen Gedenkstätte und dann im Café traf – so what? Die beiden Orte waren keinen Kilometer voneinander entfernt.

Sie warf die ersten Blätter auf den Couchtisch und krabbelte über den Boden. Einige Seiten lagen unter der Couch, sie musste sich lang machen, um sie darunter hervorzuziehen.

Sie hustete, als sie eine riesige Staubwolke aufwirbelte. Das Papier knitterte, als sie es fassen wollte, während sie sich gleichzeitig aufrichtete.

Das Piepsen des Handys, das den Eingang einer Nachricht anzeigte, durchschnitt die nächtliche Stille der Wohnung. Der zusätzliche Vibrationsalarm ging ihr durch Mark und Bein. Entnervt versuchte sie, sich aufzurichten, und stieß sich den Rücken an der Couchtischplatte. Die Klinik konnte es nicht sein. Sie würden sich kaum per *WhatsApp* bei ihr melden.

Allerdings – betrunkene Menschen, die sie nicht kannte, auch nicht. Das verhinderten ihre Dateneinstellungen.

Also schmiss sie die Blätter achtlos auf die anderen. Sortieren müsste sie den ganzen Haufen sowieso.

Sie nahm das Handy auf. Egal, wer es war, sie war wütend, einfach nur wütend. Vor allem auf sich selbst.

Doch dann starrte sie ungläubig auf das Display. Martin? Martin hatte geschrieben, und wenn sie die verworrene Nachricht voller Rechtschreibfehler richtig deutete, war er es, der sie angerufen hatte und jetzt um Abbitte bat.

Sie schaute in die Telefonliste. Tatsächlich. Er war der Anrufer gewesen.

Martin. Ihr fiel ein Stein vom Herzen. Mit ihm zu sprechen, würde ihr guttun, egal, wie betrunken er war. Schnell tippte sie seine Nummer an. Ob er allerdings …

Doch da meldete sich die vertraute Stimme. Nuschelnd wie vorhin, aber jetzt erkannte sie ihn.

»Pssst, Ruth«, flüsterte er, als ob Gefahr bestand, dass sie zu laut sprach. »Bin gerade wieder im Haus, gehe noch mal vor die Tür mit dir.«

Merkwürdig. Aber als sie in den Hörer lauschte, konnte sie das Rauschen einordnen, das sie vorhin irritiert hatte. Es war der Nordseewind, der seinen typischen Sound ins Telefon blies.

»Martin, was ist los? Warum rufst du mich mitten in der Nacht an? Der Rückruf hätte auch Zeit bis morgen gehabt.«

»Weil ich euch ausladen muss.«

»Was?«

»Die Überraschungsparty nächsten Monat. Es ist vorbei. Aus und vorbei.«

»Martin, ich verstehe kein Wort.« Das stimmte. Nicht nur, dass es akustisch eine Herausforderung war, sondern auch inhaltlich.

»Anne. Das gibt's nicht mehr. Seit heute ist es Fakt. Und auch der Inselpolizist ist Geschichte.«

Ach Gott. Liebeskummer. Selbstzweifel. Ruth fasste sich mit der freien Hand in die Haare. Langsam schritt sie durch das Zimmer, das nur durch die Couchlampe beleuchtet war. Von außen drang ein schwacher Schein der Straßenlaternen herein. Weiter die Straße herunter brannte in einer Wohnung ein einsames Licht. Ansonsten lag die Südstadt im Dunkeln.

»Martin. Puh. Hört sich an, als würde es dir nicht gut gehen. Aber ich glaube nicht, dass ich dir helfen ...«

Er unterbrach sie sofort. »Anne hatte mir einen Zettel hingelegt, dass du angerufen hast.«

Ach? Für einen Moment wunderte sich Ruth, dass Anne sich nicht gemeldet hatte. Aber sie konnte natürlich nicht ahnen, warum Ruth genauso gern mit ihr gesprochen hätte.

»Das war ein Wink des Schicksals. Ich brauche dich. Als Freundin, als Psychologin, als Ratgeberin.« Er stolperte über jedes einzelne Wort.

Ruth fuhr über ihre Augenbrauen, während sie ihr Spiegelbild im Fenster betrachtete. Martin, das Mimöschen. Den sie deswegen so mochte.

»Martin. Du musst mir jetzt einmal zuhören.« Sie versuchte, langsam und artikuliert zu sprechen.

»Aber du weißt doch gar nicht, was passiert ist. Der Tote. Der übrigens aus Bonn kommt. Aus Bonn. Bist du noch in Bonn? Natürlich bist du das. Weil es mit dir und Oskar läuft. Das habe ich von Anfang an gewusst. Sofort gesehen. Bei anderen geht das. Nur bei mir nicht.« Die Wörter wurden immer unverständlicher, die Stimme weinerlicher.

»Martin!« Ruth erschrak über die ungewohnte Schärfe in ihrer Stimme. »Du hörst mir jetzt augenblicklich zu.«

»Psst«, machte Martin wieder, aber dann schwieg er.

Endlich. Ruth atmete tief durch, bevor sie anfing zu reden. Sie redete ohne Punkt und Komma. Es sprudelte nur so aus ihr heraus. Oskars Verletzung. Die Sorge, dass er es nicht schaffen könnte. Oder bleibende Schäden davontrug. Seine Mutter. Ihre Notlüge. Andreas Schwarzbach alias Uriah. Der Unfall. Der Judenfriedhof. Rebecca Kahn und Robin, von dem sie nicht wusste, wer er war. Und schließlich das Manuskript, das ihr immer wieder aus den Händen flatterte.

Sie holte nicht Luft, aus Angst, dass er ihren Redefluss bremste. Doch als sie irgendwann endete, war Stille am anderen Ende.

»Martin?«, fragte sie. »Martin?« Aber außer dem Rauschen des Windes war nichts zu hören.

*

Norderney

»Frau Dirkens?«

Nein, sie hatte sich nicht getäuscht. Da war eine Stimme an der Tür. Auch wenn sie nicht mehr so gut hörte wie früher, das bildete sie sich nicht ein.

Sie stand auf und schwankte. Schnell setzte sie sich wieder hin. Ob es am Schwindel oder am Whiskey lag, war müßig zu fragen.

Wer konnte das sein? Da draußen auf dem Treppenabsatz? Daniela? Frank? Eine Männerstimme? Eine Frau? Es klang … es wollte ihr kein richtiges Wort dafür einfallen. Tönern vielleicht? Als ob man etwas durch eine Flüstertüte rief. Solche, die sie als Kinder aus gerolltem Papier gebastelt hatten. Ach! Die Kindheit. Die sorgenfreie, unbeschwerte Kindheit. Selbst als Kriegskind hatte sie gute Erinnerungen an diese Zeit. Die Eltern und die Großmutter hatten vieles von ihr ferngehalten. Oma Grete. Dass sie wieder an sie denken musste. Wie das bloß kam?

Plötzlich schauderte sie. Packte die Tischkante. Was, wenn es Oma Grete war, die an der Tür stand und nach ihr rief? Hatten die Leute früher nicht immer gesagt, es käme einer der Alten, der Vorausgegangenen, um einen zu holen? Dass sie warteten am Ende des Tunnels, wo das Licht hell wurde? Damit man keine Angst verspürte, dorthin zu gehen?

»Oma Grete, bleib, wo du bist«, flüsterte sie. Hätte sie doch den vermaledeiten Whiskey weggelassen. Erst nach und nach entspannte sie sich wieder. Der Schwindel blieb aus, genauso wie das Klopfen und Rufen an der Tür.

Ob sie zu Bett gehen sollte? Die Tabletten, die hätte sie besser nicht weggeworfen. Morgen würde sie mit Doktor Matzdorf reden, wie es mit ihr weiterging.

Ja, das war ein guter Vorsatz. Ihre Hand lag wieder an der Whiskeyflasche, weil sie sich ganz befreit fühlte, aber dann schalt sie sich: »Du dusseliges Huhn. So wird das alles nur schlimmer.«

Da war es wieder! Eindeutig. Es gab nichts daran zu rütteln: Eine Stimme, die sie rief. Aus dem Schlüsselloch. Und gleichzeitig ein sanftes Klopfen gegen das Holz.

Nein, das war nicht Oma Grete. Auch nicht Daniela. Wer dann?

Es half nichts. Wenn sie sich nicht verrückt machen wollte, musste sie nachsehen. Bangemachen gilt nicht, hieß es in ihrer Kindheit. Und damit war sie ein Leben lang gut gefahren.

Vorsichtig stemmte sie sich vom Stuhl hoch. Kein Schwindel. Sie blieb einen Moment stehen und atmete langsam durch. Alles in bester Ordnung. Nur kalt war ihr.

Sie schlang die Bettjacke enger um ihr Nachthemd. In Gänsefußschritten tappte sie los. Ein Fuß vor den anderen.

Schwankend. Unsicher. Sie musste es bis zur Tür schaffen. Wer immer sich davor befand, konnte im Zweifel Hilfe holen. Es sei denn, es war Oma Grete! »Nein, Oma Grete, du kannst mir Erinnerungen schicken, wie du willst. Und irgendwann freue ich mich auch, dir zu folgen in diese neue geheimnisvolle Welt, wo du jetzt bist. Ins Licht. Aber heute noch nicht. Also verschwinde besser wieder. Und gönn mir meinen Schlaf.«

Es tat ihr gut, sich mit dem Gemurmel abzulenken. Viele kleine Schritte ergeben den Weg. Auch eine dieser Weisheiten. Nicht von Oma Grete, aber in ihrem fast 80-jährigen Leben hatte sie von allen Seiten gute Ratschläge bekommen. Dass sie ihr heute helfen würden, die kurze Strecke bis zur Tür zurückzulegen, wer hätte das gedacht?

Sie war da. Hatte es geschafft. Erleichtert und stolz hielt sie inne. Wer ließ sich von ein wenig Schwindel kirre machen? Sie nicht. Sie legte ihr Ohr ans Türblatt. Draußen war nichts zu hören. Kein Klopfen, kein Flüstern.

Trotzdem fragte sie: »Wer ist denn da?«

Nur nächtliches Schweigen.

Marthe Dirkens seufzte.

War es doch der Kopf, der ihr einen Streich spielte? Aber wenn es Oma Grete war, die sie hier zum Narren hielt, dann war es besser, dem Ganzen ein Ende zu setzen. Sollte sie holen, wen sie wollte. Sie war noch nicht an der Reihe.

Der Schlüssel im Schloss verhedderte sich, als sie ihn drehte. Dann öffnete sich die Tür. Zumindest den kleinen Spalt, der möglich war, weil sie direkt dahinterstand und sich fest an die Klinke klammerte.

Und dann sah sie es: Die Hand, die eine Pralinenschachtel hielt. Und hörte die Stimme: »Darf ich hereinkommen?«

*

Entnervt legte Ruth auf. Nicht zu fassen. Martin war anscheinend eingeschlafen. Was sollte sie machen? Es war November. Martin alkoholisiert. Sie konnte nicht tun, als ginge sie das nichts an.

Seine Nummer zu wählen, war vergeblich, wenn er wirklich unter ihrem Redefluss eingeschlafen war. Trotzdem probierte sie es. Erfolglos. Wie erwartet. Sie versuchte, sich vorzustellen, wo er sich befand. Wahrscheinlich war er in den Garten gegangen. Dort gab es nahe am Fahrradschuppen eine alte Bank.

Es blieb ihr nichts anderes übrig, als auf dem Festnetzanschluss anzurufen. Was umsonst wäre, wenn es stimmte, dass Anne sich von Martin getrennt hatte und sich nicht mehr in der gemeinsamen Wohnung aufhielt. Bei dem Gedanken hatte sie das Gefühl, dass etwas sie zu Boden zog. Nicht auch das noch. Schlechte Nachrichten gab es genug.

»Anne Wagner. Hallo?« Die Stimme klang verschlafen.

Ruth sprudelte vor Erleichterung los: »Ich bin es. Ruth. Bin ich froh, dass du ans Telefon gehst. Dass ihr euch nicht getrennt habt. Habe ich mir direkt gedacht. Martin hat nur zu viel getrunken und suhlt sich in Melancholie.«

»Ruth?« Anne klang ungläubig. »Bist du von allen guten Geistern verlassen?«

»Ich? Warum ich? Martin ist derjenige, der mich mitten in der Nacht angerufen hat. Und das, obwohl Oskar schwer verletzt im Krankenhaus liegt.«

»Warum habe ich das Gefühl, dass etwas gerade hinten und vorne nicht stimmt? Was ist los, Ruth? Bist du in Ordnung?«

Ihre Fragen waren verständlich. Aber sie hatte keinen Nerv, sich mit ihr über die Situation im Detail auseinanderzusetzen. Es war – zu kompliziert.

»Anne, geh einfach in den Garten und wecke Martin, bevor er dort auf der Bank erfriert. Muss ich dir ja nicht sagen, dass Alkohol und Novembernächte nicht zusammenpassen.«

»Was? Ruth, du nimmst mich auf den Arm, oder?«

»Nein. Tu es einfach. Für alles andere habe ich keine Kraft. Lass Martin seinen Rausch ausschlafen, und dann meldet euch. So bald wie möglich. Aber jetzt hole ihn ins Haus. Ich lege auf.« Und das tat sie.

Ruth gähnte und kehrte zum Sofa zurück. Mist, sie wollte doch das Manuskript durcharbeiten. Stattdessen konnte sie die Blätter ein weiteres Mal sortieren, und diesmal nicht einzelne davongeflatterte Bögen, sondern es sah nach einem richtigen Chaos aus.

Ihr Blick ging zur Wanduhr. 3.30 Uhr. Mitten in der Nacht. Sie war hellwach.

Sie öffnete das Fenster, um frische Luft in den Raum zu lassen. Auch das letzte Licht in der gegenüberliegenden Häuserreihe war erloschen. Es war die Zeit, in der die Nachtschwärmer zur Ruhe kamen und die Frühaufsteher noch nicht unterwegs waren.

Sie sog die eiskalte, feuchte Luft ein und dachte an Martins Anruf. Was mit ihm wieder los war? Seine Anfälle von Weltschmerz häuften sich, soweit sie das mitbekam. Lange Zeit hatte sie gedacht, der Wechsel nach Norderney und die Beziehung zu Anne hätten ihn stabilisiert. Nun wuchsen ihre Zweifel. Ein Rückfall in das Burn-out, wie er seine Depression nannte, täte ihr unendlich leid. Sie wusste von Berufs wegen, dass es nicht unwahrscheinlich war.

Was hatte Martin am Telefon alles heruntergeleiert? Ein weiterer Mord auf Norderney? Das klang tragisch. Das konnte auch bei Menschen ohne Disposition zur Schwermut eine Krise auslösen. So viel Unglück auf einer so kleinen Insel? Das widersprach jeglicher Statistik. Wobei? Wie war das? Was hatte er gesagt? Der Todesfall war nicht bei ihnen? Sondern in Bonn? Was sollte er damit zu tun haben? Wenn der Täter nicht auf die Insel geflüchtet war. Wie dumm könnte jemand sein, das zu tun? Sich absichtlich in einen abgezirkelten Raum zu begeben. Sie holte erneut tief Luft. Morgen würde Martin es erklären. Bis dahin gab es nichts, worüber sie sich Gedanken machen musste.

Gerade wollte sie das Fenster schließen, als sie die Bewegung einer dunkel gekleideten Gestalt hinter einem der Autos ausmachte. Der Mantel! Konnte das sein, oder sah sie Gespenster? Lauerte dieser Robin ihr auf? Stalkte sie? Konnte es sein, dass die Begegnungen mit ihm keine Zufälle waren?

»Blödsinn«, schalt sie sich, als sie das Fenster energisch schloss. Doch die kalte Luft und der Anruf hatten sie wach gemacht. Sich schlafen zu legen, würde sinnlos sein. Früher hatte sie gerne die Nächte durchgearbeitet. Heute könnte sie das mit dem Lesen des Manuskripts machen.

Sie raffte die Blätter, die sie auf den Couchtisch geworfen hatte, zusammen und presste sie vor die Brust, um sie mit zum Esstisch zu nehmen. Beim Kaffeevollautomaten drückte sie auf Start. Auch wenn das Mahlen der Bohnen durch den ganzen Altbau drang, nahm sie das in Kauf. Die Beschwerden würde sie weglächeln. Schließlich war es eine Ausnahmenacht.

Sie sortierte die Blätter in kleine Packen, sodass immer einige Seiten zusammenpassten. Hier und da blieb sie an einzelnen Sätzen hängen. Vor allem die Passagen, in denen Rebecca das Manifest der Anorexie-Gruppe beschrieb, waren grausam.

Vieles, was sie dokumentierte, wie der *Brief von ANA*, fand sich im Internet, und Ruth und ihre Kollegen hatten in ihrer Arbeit zum Kinderschutz damit zu tun. Dennoch war es für sie immer wieder verstörend, wie es gelang, junge Menschen sektengleich einzufangen. Sie von Familie und Freunden, von

Hobbys, Schule und Beruf zu isolieren. Gehirnwäsche traf es. Am traurigsten war, dass es die Schutzbedürftigsten waren, die in die Fänge gerieten. Die Labilen, die Schüchternen, die Unsicheren, die Ängstlichen. Die, die immer schon verunsichert waren. Die, die sich von Eltern, Lehrern, Trainern oder Freunden nicht gesehen fühlten. Diejenigen, deren Selbstzweifel von innen heraus zu groß waren. In der Psychologie ließen sich die Dinge oft nicht säuberlich trennen. Häufig kamen Bedingungen zusammen, und das eine nährte das andere. Sie tapsten in der Resilienzforschung zu sehr im Dunkeln, um zuverlässig vorbeugen zu können. Für Rebecca wäre es sowieso zu spät.

Ein anonymer Brief im Internet. Dass das funktionierte. Wie bedürftig der Mensch sein musste, um sich angesprochen zu fühlen. Obwohl die Mühsal, die Qualen, das Leiden zum Deal dazugehörten: sich auf die Anorexie-Sekte einzulassen. Doch das war der Reiz – durch Anstrengung scheinbar die Kontrolle zu gewinnen und damit Teil einer elitären Gemeinschaft zu werden. Scheinbar. Denn man gab sie erst recht ab: die Kontrolle. An Mächte, die man nicht kannte. An ein Heilsversprechen mit quasireligiösen Zügen: die Zehn Gebote, die Psalmen, die heiligen Texte.

Neben den Anweisungen, die Rebecca von ihrer *Pro ANA*-Gruppe erhalten hatte, waren tagebuchartig die eigenen Verhaltensweisen dokumentiert. Das Live-Wiegen in der Community, womit gefälschte Gewichtsangaben verhindert wurden, das täglich gepostete Beweisfoto, das Bild am Kühlschrank, das jegliche Gelüste unterband. Tricks, wie das minimalistische Essen in Gemeinschaft nicht auffiel, und die Freude darüber, wenn es gelang, die Umwelt zu täuschen.

Wieder einmal fiel Ruth der Schreibstil auf, der weit über einem herkömmlichen Tagebuchniveau lag. Sie war sich fast sicher, dass es einer literarischen Kunstform nahekam, und das hatte womöglich den Reiz für Uriah ausgemacht, Ausschnitte auf seinem Blog zu veröffentlichen.

Was aber war dann passiert?

Ruth zuckte die Schultern. Immer wieder gelangte sie bis zu dieser Frage. Stand allein damit, denn Oskar konnte ihr vorläufig keine Antwort geben. Nur: Was wollte sie Uriah vorwerfen? Die inszenierten Fotos?

Sie holte die Bilder aus ihrem Rucksack. Was für ein Zurschaustellen. Ein Mensch, ein junger Mensch, der dem Tod näher war als dem Leben. Und der das Weiterhungern anpries. *ANA till the end.*

Das war ein Preis der Freiheit. Der Preis dafür, dass Erkrankungen zum Lifestyle wurden. Wenn Meinungspluralismus sich der sozialen Kontrolle entzog.

Ruth konnte nicht mehr still sitzen. Mit den Bildern in der Hand lief sie auf und ab. Zu gern wüsste sie, ob diese Fotos mit Absicht die Assoziation heraufbeschworen zu den abgemagerten Menschen in den Konzentrationslagern. Die Nähe zum Tod. War Rebecca sich dessen bewusst gewesen? War es ein Hinweis auf ihre eigene Geschichte? Und war sie überhaupt Jüdin?

Ruth wusste nicht mehr, ob sie nicht willkürlich Dinge verband, die nichts miteinander zu tun hatten. Sie war nur noch wütend auf sich selbst. Wie kam sie dazu, sich immer wieder in fremde Angelegenheiten zu verstricken? Mit wenigen Schritten war sie zurück beim Esstisch. Sie nahm die noch unsortierten Papiere hoch und ließ sie zu Boden fallen.

Schluss! Aus und vorbei! Sie würde das Ganze nicht zu Ende bringen. Würde Uriah sitzen lassen. Sollte er sich auf den Kopf stellen. Zu was war sie ihm verpflichtet? Nichts! Rein gar nichts.

Sie gab dem Blätterhaufen einen Tritt. »Fuck«, schrie sie, lauter, als es ihre Absicht war.

Und erstarrte.
Das konnte nicht sein.
Sie bückte sich. Hob das betreffende Blatt auf. Starrte es an.
Schob mit dem Fuß den ganzen Stapel auseinander.
Bückte sich noch einmal. Und noch einmal.
Doch. Es konnte sein.
Wie seltsam.

*

Norderney

»Sag mal, bist du von allen guten Geistern verlassen?«

»Was?« Martin fiel es schwer, die Augenlider zu heben, aber die Stimme direkt an seinem Ohr und das Rütteln am Arm konnte er nicht abstellen.

»Martin, steh endlich auf und komm mit ins Haus.«

Es ging nicht. Die Augen fielen sofort wieder zu. »Lass mich schlafen. Bitte. Und gib mir meine Decke zurück.« Er tastete nach dem Plumeau, gab aber auf, als er es nicht fand.

»Schluss jetzt. Ich wecke die ganzen Nachbarn auf. Was sollen sie von dir denken? Du bist morgen Stadtgespräch.«

Die Worte hörten sich schön an, weil er die Stimme mochte. Auch wenn sie zu laut war. Aber sie hinterließ ein warmes, weiches Gefühl, in das er immer weiter versinken wollte. Mit dem er sich zudecken wollte. Das er nicht mehr hergeben wollte.

»Ich liebe dich«, sagte er, weil es das war, was er empfand. »Du weißt gar nicht, wie sehr ich dich liebe.«

Erneut zerrte etwas an seinem Arm. »Dann zeig mir deine Liebe und komm mit rein. Über alles andere reden wir morgen. Wenn du dich wieder vernünftig ausdrücken kannst.«

Er wusste, dass er ihre Worte verstand. In dem Augenblick zumindest, als sie aus ihrem Mund kamen. Weil es so laut war, dass seine Ohren schmerzten. Aber dann waren sie sofort weg. Flogen auf wie Möwen. Er konnte sie nicht fassen. Es war egal, er liebte sie trotzdem. Obwohl er keine Ahnung hatte, was sie von ihm wollte. Diese Frau. Mit der lauten Stimme. Seine Frau. Bald.

»Hör auf, so blöde zu grinsen. Ernsthaft, Martin, wenn ich mich nicht strafbar machen würde, ließe ich dich hier sitzen und erfrieren.«

Was waren denn das für Töne? Irgendetwas daran erinnerte ihn an – er wusste es nicht. Puh, war das anstrengend. Morgen, wenn er ausgeschlafen hätte, dann könnte er die Dinge klären. Strafbar. Hatte sie gesagt. Strafbar. Wer in aller Welt hatte sich strafbar gemacht? Er würde sich darum kümmern. Gleich. Nur ein paar Sekunden die Augen zulassen.

»Du kommst jetzt mit, oder ich hole einen Eimer Wasser!«

»Wozu?«

»Weil man noch nicht einmal ein einzelnes Wort von dir versteht. So betrunken habe ich lange niemanden mehr gesehen. Eigentlich sollte ich den Krankenwagen rufen.«

Das hörte sich beunruhigend an. »Für wen?«, wollte er wissen. Nicht, dass wieder etwas passiert war. Er riss die Augen krampfhaft auf.

»Für wen? Dreimal darfst du raten.«

»Weiß nicht. Worum geht es noch einmal? Ich will schlafen.« Er drehte sich zur Seite. Warum war das Bett so hart und unbequem?

Wieder zog ihn etwas am Arm. Er schüttelte es ab. »Lass mich.« Er sank in sich zusammen. Immerhin war jetzt Ruhe.

Bis ihn ein lautes Knallen zusammenzucken ließ. Er legte die Hände über die Ohren. Was war das denn für ein Lärm?

Er würde Ronnie und Olaf … Na ja, egal. Es war zu anstrengend.

»Kann ich Ihnen helfen, Frau Kollegin? Ich habe die geöffnete Haustür gesehen und das Licht im Flur und dachte gleich, es ist etwas nicht in Ordnung.«

Martin zwinkerte. Was war? Wo kam die zweite Stimme her? Die kannte er auch.

»Doktor Matzdorf.« Anne. Seine Anne. Sie und dieser Schnösel, das war doch die Höhe. Er versuchte, sich aufzustützen und die Augen offen zu halten. Wie kam dieser Knickerbocker-Heini in sein Schlafzimmer? Dem würde er die Tür zeigen. Er musste nur aufstehen. Gar nicht einfach aus diesem Bett.

Während er fiel, spürte er, wie sich etwas unter seine Achseln schob. Als er glaubte, auf dem Boden aufzuschlagen, wurde er in die Höhe gerissen. Ein Ächzen kam aus dem Brustkorb. Achterbahn, dachte er, und im selben Moment folgte ein Schwall, der aus seinem Magen stieg.

»Vorsicht, Doktor Matzdorf, Ihre Schuhe.«

Was interessierten ihn die Schuhe? Den Kopf wie in einer Nebelglocke schlurften seine Füße über den Boden, als er irgendwohin gezogen wurde. Egal. Er wollte schlafen. Nur schlafen.

»Du. Wirst. Jetzt. Wach.« Das Klatschen an seinen Wangen tat nicht weh, war aber unangenehm. Er versuchte, sich zu ducken.

»Wach werden, habe ich gesagt. Und du trinkst das hier. Auf der Stelle.« Schon hatte er einen Becher an seinen Lippen und schluckte, ob er wollte oder nicht. Angewidert drehte er den Kopf.

Immerhin fiel es ihm leichter, die Augen zu öffnen. Er blinzelte. Wieso waren diese Leute im Raum? Seit wann hatte Anne eine Schwester? Und dieser Matz…, dieser Matz…, war ja egal, aber auch der war zweimal vorhanden.

Er hob die Hände. Je zwei, rechts und links. »Wieso habt ihr eure Zwillinge mitgebracht?«, fragte er und wusste auf der Stelle, dass es albern war. Eine innere Stimme sagte ihm, dass er sich in einer blöden Lage befand.

»Ich sehe alles doppelt.« Er zwinkerte und sperrte die Augen auf. »Nicht immer. Jetzt seid ihr wieder allein.«

Er sah, wie dieser Arzt Anne angrinste. Das machte ihn wütend. Er ballte die Hand zur Faust, hob sie an und ließ sie sinken. Zu schwer.

»Krank würde ich nicht sagen. Vielleicht morgen früh. Heute würde ich eher von der Grenze zur Alkoholvergiftung sprechen.«

»Vergiftung?« Martin drehte den Kopf, als müsse er Wasser aus den Ohren schütteln. »Schon wieder?«

Er verstand das Lachen nicht. Fand es widerlich. Auch dass Anne mitmachte. Als hätte sie noch nie … Ach, er wusste es nicht.

»Keine Sorge. Ihren Chefermittler brauchen wir dafür nicht. Der wird morgen sehen, was los ist. Die Spuren lassen sich nicht so schnell beseitigen.«

»Spuren?« Das Wort blieb hängen. Wovon war die Rede? Er stützte sich hoch. Auf das Kissen, das neben ihm auf der Couch lag. Seine Couch. Sein Wohnzimmer. Sein Mund schmeckte nach Erbrochenem und schaler Medizin. Und nicht nur Anne, sondern auch der Golfschlägertyp standen vor ihm und sahen von oben auf ihn herunter.

Er stöhnte. Er bekam die Dinge nicht zusammen. Wusste nicht, was passiert war. Was ihn so unglücklich machte. Nur, dass es sie gab. Diese grenzenlose Traurigkeit. Unendlich groß. Ohne Ende.

*

Das Blatt war doppelt bedruckt. Das und ein Weiteres. Es waren die fehlenden Seiten. Sie hatten die richtige Seitennummerierung. Die aber nicht zur Vorderseite passte. Die Schrift war hell und durchscheinend, was erklärte, dass ihr der beidseitige Druck nicht aufgefallen war.

Ruth starrte die Blätter an und fragte sich, wie das passiert sein konnte. Steckte eine Absicht dahinter? Ein Versehen? Wie es aussah, war die Farbe immer blasser geworden. Also konnten beim Tausch der Druckpatronen die Seiten falsch eingelegt worden sein. Mit dem Ergebnis, das sie in den Händen hielt.

Es war die wahrscheinlichste Erklärung.

Sie ließ den Blick quer über die Seiten gleiten, ohne den Sinn der Wörter zu entnehmen. Zu sehr ratterten ihre Gedanken. Da hatte sie nach dem Besuch bei Uriah diesen Robin im Verdacht gehabt, ihr die Blätter im Café entwendet zu haben, indem er den Luftzug provozierte. Sie schlug sich vor den Kopf. Echt paranoid, Ruth.

Sie sollte mit der Sache abschließen. Zusammenhänge herzustellen, wo es keine gab, war ein unseriöses Unterfangen. Erst recht, wenn der Schlaf fehlte. Sie musste vernünftig sein. Oskar brauchte sie, und dafür musste sie ausgeschlafen sein. Nicht zu vergessen, dass sie einen Job hatte, mit dem sie ihre Brötchen verdiente. Obwohl sie nicht die Zwänge eines Nine-to-five-Jobs hatte, war das kein Freibrief für Schlendrian. Ihre Projekte hatten Abgabe- und Fertigstellungsfristen. Sie musste bescheuert sein, ihren guten Ruf aufs Spiel zu setzen, weil sie die Nase in Dinge steckte, die sie nichts angingen. Die letzten Tage hatte sie sich eindeutig zu viel fremdbeschäftigt. Damit war es vorbei.

Sie ließ die Blätter an Ort und Stelle liegen. Im Bad konnte sie sich noch aufraffen, die Zähne zu putzen, aber für das

Gesicht blieb eine Katzenwäsche. Sie registrierte die dunklen Ränder unter ihren Augen, ihre Haut wirkte fahl, trotz des nächtlichen Kaffees.

Im Schlafzimmer schmiss sie ihre Anziehsachen auf den Stuhl in der Ecke und schlüpfte nackt unter die Decke. Trotz des gekippten Fensters, das die kalte Herbstluft hineinblies. Sie mochte es, sich warm zu zittern, bis ihr Kopf zur Ruhe kam. Ihr Heilmittel gegen sorgenvolles Wachliegen. Und es funktionierte immer.

Bisher.

Heute setzte sie sich nach einer Viertelstunde wieder auf.

Legte sich auf die andere Seite. Die Bettdecke schlang sie um ihre eisigen Füße. Sie atmete tief ein und aus. Versuchte, die Muskeln anzuspannen und loszulassen. Die Gedanken in freundliche und sonnige Gefilde zu schicken. Stellte sich einen Besuch bei ihrer Tochter am Bodensee vor.

Immer wieder schob sich anderes davor. Uriah und sein wechselhaftes Auftreten. Das Manuskript. Robin, der so oft ihren Weg gekreuzt hatte. Die grauenvollen Fotos von Rebecca Kahn.

Und Oskar. Immer wieder Oskar.

Sie schob eine Hand unter der Decke hervor und legte sie auf die andere Seite des Bettes. Auf seine Seite.

Die Angst zog ihr den Bauch zusammen. Oskar! Manchmal konnte sie kaum glauben, dass sie sich noch einmal auf eine so intensive Beziehung eingelassen hatte. Sie, der Dauersingle. Es konnte, es durfte nicht sein, dass ihr das genommen wurde.

Sie zog einen Fuß an und zuckte zusammen, als er die andere Wade berührte. Die Decke half nicht gegen die Kälte. Und mit Eisfüßen einzuschlafen, war unmöglich.

Sie stand auf und huschte bibbernd zum Kleiderschrank. Die dicken Socken gehörten Oskar und waren ihr deswegen doppelt recht.

Zurück ins Bett. Licht aus. Augen zu.

Sie zählte von 100 rückwärts, sie konjugierte alte Lateinvokabeln und sortierte ihre Lieblingsalben alphabetisch – von Aerosmith, über Lana Del Ray, H-Blockx und Kraftwerk hin zu Pink Floyd. Eine Mischung, bei der nicht nur Oskar die Augen verdrehte, obwohl sein eigener Musikgeschmack davon nicht weit entfernt war. Sie hatte sich noch nie in Schubladen packen lassen. Oskar nahm sie deshalb manchmal auf die Schippe, aber er war einer der wenigen Menschen, der ihr ihre Freiheiten und ihre Macken ließ.

Sie streichelte das leere Laken. Langsam wurden ihre Augen schwer. Die Müdigkeit waberte träge durch ihren Kopf. Nur noch einzelne Gedankenfetzen …

Da!

Was war das?

Sie saß aufrecht im Bett. Ein metallenes Klirren hatte den gerade einsetzenden Schlaf zerfetzt. Für einen Augenblick glaubte sie, in ein abgrundtiefes Loch zu sausen. Sie lauschte angestrengt in die nächtliche Stille.

Nichts.

Absolute Stille.

Sie legte die Finger an die Stirn, als wenn ihr das die Orientierung erleichterte. Von wo war das Geräusch gekommen? Von der Straße? Möglich. Vor allem, weil das Fenster halb offen stand. Oder doch, wie sie zuerst vermutet hatte, von der Eingangstür?

Die Gestalt, die sie vorhin auf der Straße zu sehen geglaubt hatte, fiel ihr ein. Ein Schatten, der diesem Robin ähnlich sah. Oder ein Produkt ihrer überbordenden Fantasie? Sie wusste es nicht. Wusste es einfach nicht.

Am liebsten würde sie die Decke über den Kopf ziehen. Auf das Morgengrauen warten, um dem Grauen der Nacht zu entfliehen.

Aber das war nicht sie. Nicht Ruth Keiser. Sie hatte den Ängsten immer ins Gesicht gelacht. Sich nie unterkriegen lassen. Und das würde sie auch heute nicht tun.

Sie schnappte sich Sweatshirt und Slip und zog beides im Gehen an. Fast wäre sie gestolpert, aber sie konnte sich am Fenstergriff halten. Den dünnen Vorhang, der das Licht der Straßenlaternen kaum zurückhielt, schob sie beiseite. Und schaute in die anthrazitgraue Welt.

Der Nebel lag größtenteils über den Lampen, aber seine losgelösten Fetzen ließen das Licht milchig erscheinen. Kein Laut drang zu Ruth. Totenstille. Totenruhe, wohin sie blickte. Nicht einmal eine Katze, die sie für den Lärm verantwortlich machen konnte, war zu sehen. Sie fröstelte, und an den Oberschenkeln spürte sie die aufziehende Gänsehaut.

Trotzdem würde sie am liebsten stehen bleiben und hinunter in die Nacht schauen. Auf die gegenüberliegende Häuserzeile, in der Menschen lebten, die sie um Hilfe bitten könnte. Doch wozu?

Die Angst, von der sie glaubte, ihr immer ins Gesicht sehen zu können, kroch ihr den Rücken hoch. Sie wusste, warum sie auf die Straße starrte. Weil sie sich nicht herumdrehen wollte. Weil sie ahnte, dass das Geräusch von der Eingangstür gekommen war. Weil sie plötzlich realisierte, was sich so metallen anhörte. Sie kannte den Ton. Den sie jeden Tag hörte. Unbewusst. Unterbewusst. Aber abgespeichert.

Und wenn das so war, dann war sie womöglich nicht allein.

*

Norderney

Was für ein schrecklicher Morgen. Daniela verstand die Welt nicht mehr. Erst hatten sie beide den Wecker überhört und sich gegenseitig die Schuld für das Verschlafen vorgeworfen.

Im Nachhinein musste sie darüber kichern, wie sie sich beschimpft hatten. Im Flüsterton. Sie wollten die Gäste nicht wecken. Es hatte dem Streit schnell die Spitze genommen, denn je mehr Sätze hin- und herflogen, desto alberner kamen sie sich vor.

Schimpfwörter brauchten eine gewisse Lautstärke, so einfach war das. Als Rheinländerin hatte sie das geahnt, die Erfahrung hatte es bestätigt.

Trotzdem lagen die Nerven blank. Bei Frank, der die Fähre verpasst hatte und zu spät zum Kunden kam, und bei ihr, weil sie zu wenig Zeit für die Frühstücksvorbereitungen hatte. Sie musste noch die Brötchen besorgen. Sie hatte sich auf ihr Rad geschwungen, war zum *Inselloft* gefahren, um die Vorbestellung einzusammeln, hatte sich an der Warteschlange vorbeimogeln können – und dennoch: Der kalte Gegenwind, das Slalomfahren um wild geparkte Autos, weil die Verkehrssperre im späten Herbst aufgehoben war, und eine geschwätzige Eske, die vor ihrem Haus den Bordstein fegte und Daniela mit dem neuesten Tratsch auf die Pelle rückte, alles hielt sie auf.

Ob sie gehört hätte, dass die Kripo Gift beim Trödel-Tammo gefunden habe, mit dem dieser feine Herr am Kap ermordet worden war, hatte sie übertrieben vornehm berichtet. Als wäre sie die Pressestelle der Polizei.

Daniela wusste, dass sie ungerecht war, aber an einem Morgen wie diesem ging ihr rheinisches Temperament mit ihr durch.

»Aha. Interessant, was du alles weißt, Eske. Ich hoffe, Herr Ziegler ist auf dem gleichen Stand wie du. Sonst gebe ich mal eben Bescheid, dass du eine Zeugenaussage machen willst. Bei Mord ist das deine Pflicht, das weißt du ja.«

Eske hatte sie bestürzt angesehen und den Besen wieder über den Bürgersteig geschwungen. »Kannst Marthe ja Bescheid sagen, dass sie mal auf einen Tee zu mir kommen soll.« Das Murmeln war unter den kratzigen Kehrgeräuschen kaum zu verstehen, und Daniela beschloss, so zu tun, als habe sie nichts gehört. Das fehlte noch, dass Eske Frau Dirkens mit solchen Gerüchten infizierte. Wer das ausbaden musste, war ja klar.

Daniela hing sich den Korb mit den Brötchen an den Arm und schloss die schwere Holztür auf. Vielleicht war Frau Dirkens wach und konnte ihr zur Hand gehen. Heute wäre das ein Geschenk des Himmels.

Ob sie mal eben –

Was war das? Wieso ließ sich denn die Haustür nicht öffnen? Als wenn jemand die Tür blockierte. Daniela stellte den Korb ab und lehnte sich mit ihrem Gewicht gegen das Holzblatt. Einer der seltenen Augenblicke, in denen sie froh war, kein Hungerhaken zu sein. Gleichzeitig rief sie: »Hallo?«

»Moment, ich komme.« Das war die Stimme von Caroline Wiesinger.

Sie zog etwas über den Boden und öffnete die Tür von innen.

Verkehrte Welt, dachte Daniela, die sich plötzlich wie ein Gast der Hausherrin gegenüber fühlte.

»Was …«, setzte sie an, während sie sich bückte, um den Korb aufzunehmen. Aus den Augenwinkeln sah sie mehrere Füße und Gepäckstücke in der Diele stehen. »Was, zum Teufel, hat das zu bedeuten?« Sie schob sich in den Hausflur, wo ein hektisches Platzmachen, Beiseiterücken und Hochnehmen von Koffern und Taschen einsetzte. Daniela traute ihren Augen nicht: Alle ihre Gäste hatten sich hier unten vor dem

Frühstücksraum versammelt. Wenn sie sich nicht komplett täuschte, zur Abreise bereit.

»Das war ja eine Finte«, sagte einer der Männer.

»Jetzt, wo wir das wissen, müssen wir nicht länger suchen. Der Ertrag war wirklich mickrig«, ergänzte ein anderer.

»Und es soll Seenebel geben. Damit ist nicht zu spaßen.«

Daniela verdrehte die Augen. »Ja, tatsächlich. Wobei das nicht ungewöhnlich ist, wenn man im November die ostfriesischen Inseln besucht. Das nächste Mal vielleicht lieber direkt die Seychellen buchen.« Sie gab sich keine Mühe, die Ironie ihrer Worte zu verbergen.

Trotzdem antwortete der Mann, der ihr seine Sonde entgegenstreckte: »Da ist es noch schwieriger mit der Genehmigung. An eine Ausfuhr der Funde ist gar nicht zu denken.«

»Na dann.« Daniela war zu überrascht, um weiter auf die Sache einzugehen. Die Aktivitäten dieser Truppe waren ihr ein Buch mit sieben Siegeln, das sie nicht öffnen wollte.

»Natürlich können Sie jederzeit abreisen«, sagte sie mit fester Stimme. »Das steht jedem Gast frei. Allerdings muss die gebuchte Zeit bezahlt werden. Ein so plötzlicher Storno ist unüblich und kann nicht zu Lasten des Hauses gehen.«

»Ich muss abreisen. Meine betagte Mutter ist erkrankt.« – »Mein Chef ordert mich zurück.« – »Bei diesen Matratzen macht mein Rücken nicht mit.«

Auf einmal konnten die wortkargen Männer reden. Daniela konnte sich ein Grinsen nicht verkneifen und blickte zu Caroline, die dem ganzen Treiben teilnahmslos zusah.

»Also, meine Herren, Sie kennen die Bedingungen. Wenn Sie mich bitte durchlassen. Ich würde gerne in die Küche, um das Frühstück vorzubereiten. Das steht Ihnen noch zu. Denn die Bezahlung ist nicht verhandelbar. Wenn Sie vorhaben, die Zeche zu prellen, rufe ich die Polizei.«

Immerhin bildete sich eine Gasse, durch die sie mit ihrem

Korb durchkam. Die Männer schwiegen und schienen sich mit Blicken abstimmen zu wollen. Ihr sollte es egal sein. Von ihr aus konnten diese Schatzsucher direkt das Weite suchen. Hauptsache, sie bekam das Geld.

»Überlegen Sie es sich mit dem Frühstück«, rief sie über ihre Schulter, »und lassen es mich wissen, damit ich nicht umsonst die Tische decke.«

Sie holte Geschirr aus dem Schrank, um es ins Esszimmer zu tragen. Ihr Blick fiel auf Caroline. Sie stand weiterhin schweigend zwischen den Männern und hielt eine Tasche vor die Brust gedrückt. Blass war sie. Das kam wahrscheinlich vom ewigen Über-den-Büchern-Hocken und von der Beschäftigung mit den alten Zeiten. Da half die beste Nordseeluft nichts. Zumindest nicht im November.

»Caroline, geh doch schon mal in den Frühstücksraum. Ich mache dir einen ersten Kaffee, und auch das Frühstück kommt so schnell wie möglich.« Sie stemmte ihre Fäuste in die Hüften. »Sie sehen, meine Herren, ich habe zu tun. Wenn Sie also wenigstens den Flur freigeben.«

»Ich ...«

Daniela eilte mit den Tellern in der Hand weiter, als sie die leise Stimme in ihrem Rücken hörte.

Es folgte ein Räuspern. Verwundert drehte sie sich um.

Caroline schien nach Worten zu suchen. Dann lachte sie gekünstelt. »Es tut mir leid, und wahrscheinlich wirkt das jetzt sehr seltsam ... und ich bezahle natürlich auch den vollen Preis ...« Sie hob ihr Handy hoch und schaute Daniela aus traurigen Augen an. »Aber ich muss weg. Also nach Hause. Wirklich. Meine Oma. Sie ist ganz plötzlich schwer erkrankt.«

»Erkrankt?« Daniela tat die kritische Frage leid. Im Gegensatz zu den Ausreden der Männer stand Caroline der Schock, den die Nachricht verursacht hatte, sprichwörtlich ins Gesicht geschrieben.

Diese nickte.

»Trotzdem noch einen Kaffee?«, fragte Daniela, die sich von einer Sekunde auf die andere hilflos fühlte. Am liebsten hätte sie die junge Frau in den Arm genommen, so zusammengesunken, wie sie dort stand.

Auch den Männern schien die Situation unangenehm. Sie stellten ihr Gepäck in die Ecke und wandten sich der Treppe zu. Wahrscheinlich wollten sie ihr weiteres Vorgehen miteinander beraten. Daniela war es recht. Ihr Geld würde sie eintreiben, komme, was wolle. Jetzt war es wichtiger, sich um Caroline zu kümmern.

»Nein, nein«, sagte diese. »Danke. Aber gleich geht der Bus zum Hafen. Dann kann ich die nächste Fähre nehmen. Es geht wohl dem Ende zu. Ich muss so schnell wie möglich nach Berlin.«

»Ach herrje«, war das Einzige, was Daniela einfiel.

»Trotzdem. Danke für alles. Schick mir die Rechnung einfach zu, ja? Vielleicht kann ich aber auch nächste Woche zurückkommen und weiterarbeiten. Das wäre doch möglich, oder nicht?«

Daniela nickte. Was blieb ihr anderes übrig. »Ich würde mich freuen.« Sie reichte ihr die Taschen. »Ist das alles nicht zu schwer?«

»Geht schon. Danke.« Carolines Augen schimmerten feucht. »Es war so schön hier bei euch. In eurem liebevollen Hostel. Ich habe mich richtig wohlgefühlt.« Sie stellte den Koffer ab, wischte sich mit dem Handrücken über die Nase und nahm das Gepäck wieder hoch. »Und bitte, grüß mir Frau Dirkens. Sie ist die Beste überhaupt. Mit ihrer Teezeremonie. Ein bisschen wie meine Oma.« Und dann rannen ihr dicke kugelrunde Tränen über die Wangen.

*

Martin hörte, wie Anne die Tür öffnete und Gert begrüßte: »Moin. Komm rein. Das Häufchen Elend sitzt am Küchentisch. Ich versuche mit all meiner ärztlichen Kunst, ihn diensttauglich zu machen. Aber ich muss selbst in spätestens einer Viertelstunde los. Ich habe im Krankenhaus gesagt, ich hätte einen Platten.«

Martin hörte das aufgedrehte Plappern von Anne, mit der sie ihre eigene Müdigkeit überspielte, und würde sich am liebsten die Ohren zuhalten. Weil er sich schämte. Abgrundtief schämte.

»Moin, Anne. Zum Häufchen Elend passt wohl der Sündenbock. Ich trage die Verantwortung für Martins Zustand. Er hatte keine Chance.«

Anne lachte höhnisch auf. »Ach ja? Martin *musste* trinken, weil du ranghöher bist, oder wie muss ich das verstehen? Weil das noch von euren alten Männerbünden herrührt, als ihr euch Polizistinnen in Uniform nur in verruchten Filmen vorstellen konntet? Ich dachte wirklich, wir wären weiter.«

»Natürlich nicht. Ich kenne es gar nicht anders als mit Kolleginnen an meiner Seite. Das ist wirklich ...« Er schien zu merken, wie pampig er klang, und lenkte ein. »Nein, aber ich hätte wissen müssen, dass ich trinkfester bin. Es ist ja nicht das erste Mal ...« Wieder stockte er.

»Ja? Sprich es ruhig aus, ich erinnere mich nur zu gut an deinen letzten Einsatz auf der Insel.«

»Du hast recht. Es tut mir von Herzen leid. Es kommt nicht wieder vor.«

Anne zischte: »Das will ich hoffen. Schon aus dem einen Grund, dass es kein nächstes Mal geben darf. Keine weiteren Toten auf Norderney. Sonst ist es aus mit Martin als Inselpolizist.«

Martin ließ den Kopf auf die Arme sinken. Anne sagte das,

worüber er fortwährend nachdachte. Es aus ihrem Mund zu hören, machte es noch schlimmer.

»Martin trägt doch keine Schuld daran.«

»Er empfindet es aber so. Wie würdest du dich fühlen, wenn du die Verantwortung für einen Ort übernimmst, an dem es seit Jahrzehnten keine gravierenden Kapitalverbrechen mehr gegeben hat, und dann reiht sich ein ungeklärter Todesfall an den nächsten? Also bitte. Spar dir deine huldvollen Worte. Und komm endlich rein, es ist nämlich verdammt kalt.«

Martin richtete sich wieder auf und versuchte, einen einigermaßen passablen Eindruck zu machen. Wenn er so aussah, wie er sich fühlte, dann verlor er gerade jede Würde.

»Oh Gott!«, entfuhr es Gert, als er die Küche betrat. »Jetzt kann ich verstehen, warum Anne so aufgebracht ist.« Er setzte sich auf den Stuhl, den sie ihm herauszog. »Du gehörst für 24 Stunden ins Bett.«

»Danke«, brummte Martin. »Aufbauend.« Das Sprechen fiel ihm schwer. »Bin gleich so weit.«

»Das bezweifle ich.« Gert starrte ihn an. Er schlug die Augen nieder. »Komm, mach dir keinen Stress. Zumindest nicht wegen mir. Schließlich bin ich für die Ermittlungen verantwortlich. Nicht du. Auch wenn ich deine Hilfe schätze. Sehr sogar.«

Anne stellte zwei Becher mit Tee vor den Männern ab. »Für Kaffeespezialitäten habe ich keine Zeit. Ich muss zum Dienst. Kommt ihr zurecht?«

Gert nickte. »Klar doch. Ich kümmere mich.«

»Reite noch mehr darauf rum, dass ich ein Weichei bin«, knurrte Martin.

»Also dann.« Anne kam zu ihm und berührte ihn an der Schulter. »Wir reden nach meinem Feierabend. Ich habe noch einige Fragen.«

Er versuchte, ihren Blick zu deuten. Für einen Moment glaubte er, die Wärme darin zu entdecken, in der er sich aufgehoben fühlte. Wahrscheinlich war es nichts anderes als Mitleid. Er nickte. Was blieb ihm denn übrig. Es war nicht aufzuhalten. Da konnte er sich noch so oft wegducken.

»Also.« Unerwartet gab sie ihm einen Kuss auf die Wange. Wieder dieser Blick. Sie strich ihm sanft über den Nacken. »Ich muss jetzt wirklich los.« Erneut beugte sie sich zu ihm herunter, steckte dabei das Haar hinter das Ohr zurück, drehte seinen Kopf und küsste ihn mit Nachdruck auf den Mund. Dann richtete sie sich lächelnd auf. »Zähneputzen käme gut. Aber trink erst einmal deinen Tee. Und vergiss nicht: Daniela wollte dich sprechen. Bei Ruth musst du dich auch melden. Ohne sie wärst du jetzt tot.«

Sie strich ihm mit einer schnellen Bewegung durch die Haare, schnappte sich die Tasche, die am Stuhlrücken hing, und war verschwunden.

Verblüfft schaute er ihr hinterher.

»Was war das denn? Wieso denn tot?«

»Ach!« Martin machte eine abwehrende Geste. »Habe diese Nacht noch mit Ruth Keiser telefoniert. Und bin dabei eingeschlafen.« Er sah Gerts fragende Augen. »Draußen. Auf der Bank am Schuppen.«

Gert pfiff durch seine Zähne. »Ach, jetzt verstehe ich. Nächtliche Telefonate. Draußen, damit Anne nichts mitbekommt. Daher die Probleme, über die du nicht reden willst.«

Martin kniff die Augen zusammen. Wie kam Gert denn zu dieser Schlussfolgerung? »Quatsch«, sagte er, aber es klang matt. Weil es zu anstrengend war, alles zu erklären. »Es ist genau andersherum. Und Ruth ist glücklich mit ihrem Oskar.«

»Dem Journalisten, ich erinnere mich.«

»Genau. Sie ist zu ihm nach Bonn gezogen. Zur Probe. Aber dieser Schritt ist ungewöhnlich genug. Ich erkenne sie gar nicht wieder.«

»Und deswegen das Telefonat?«

Martin wurde ärgerlich. »Du willst es falsch verstehen, was? Nein. Wir haben telefoniert, weil …« Er fasste sich an die Nase und rieb an ihr. »Weil …«

»Ja? Ich höre?«

Martin hob die Schultern und ließ sie wieder sinken. »Ich weiß es nicht. Ich bin ja eingeschlafen.«

»Okay.« Gert zog das Wort endlos in die Länge, als hätte er alles verstanden. »Dann mal kurzer Themenwechsel, weil das Stichwort ›Bonn‹ schon fiel. Komm du heute erst einmal wieder auf die Beine. Ich werde deiner Truppe sagen, dass du unpässlich bist, also von mir erfahren sie nichts. Es gibt sowieso nichts zu tun außer zu warten. Die KTU kümmert sich um Tammos Schuppen, und die Bonner Kollegen werden mit den neuen Erkenntnissen im Rheinland die Ermittlungen forcieren. Bothes Arbeitsstelle kontaktieren, seinen Hausarzt, Nachbarn, Freunde befragen. Brauch ich ja nicht erklären. Wir können erst weitermachen, wenn von Bonn oder der KTU Ergebnisse vorliegen. Also: alles easy, Kumpel.«

Martin hätte gerne die Augen verdreht. Das hatte Gert nicht wirklich gesagt? Kumpel? Alles easy? Aber egal. Im Moment war er dankbar für die Schonfrist und dass er in seinem Zustand nicht dem Team gegenübertreten musste.

Gert nahm den Becher Tee in die Hand und drehte ihn hin und her. »*Starbucks*. Ich hätte nicht gedacht, dass ihr solche Tassen im Schrank habt. Aber besser überhaupt welche drin als keine, was?« Er lachte dröhnend, und Martin verzog schmerzhaft das Gesicht.

»Gut, ich gebe es zu: Kategorie Flachwitz. Meine Spezialität. Besonders nach Abenden in eurem Bermudadreieck. Das hat schon manchen das Leben gekostet.«

Martin grinste gequält. Er hatte nur einen Wunsch: dass Gert wieder ging. Und er allein seinen Kater auskurieren konnte.

Doch sein Kollege schien es ernst gemeint zu haben, als er Anne versprochen hatte, sich zu kümmern. »Ich koche dir mal eine salzige Brühe. Habt ihr Maggi? Das wirkt wahre Wunder.«

Martin schüttelte den Kopf.

»Egal. Ich schau nach, was da ist. Du ruhst dich aus. Dabei können wir ja zusammenfassen, was wir gestern in Erfahrung gebracht haben. Also, ich.«

Martin fragte sich, was das für ein Ausruhen sein sollte. Unter den Augen von Gert am Küchentisch. Während er sich nach Bett und Schlaf sehnte. Das war kein Kümmern, sondern eine Strafe. Aber er hielt den Mund.

»Also, diese Kiste wird natürlich auch von den Kollegen unter die Lupe genommen. Dann das fehlende E 605. Das ist wirklich eindeutig. Die Briefe, von denen Tammo sprach, fehlen noch. Aber: So langsam fügt es sich. Originalbriefe. Ein literaturwissenschaftlicher Schatz. Und Bothe als Germanist ist hinter den Dingern her.«

Gert war aufgestanden und zog nacheinander alle Türen und Schubladen auf. Holte einen Topf hervor, ließ Wasser einlaufen und fand irgendwann bei den Gewürzen Brühwürfel. »Aber was hat das mit Bothes Tod zu tun? War noch jemand scharf auf diese Briefe? Was ist denn so etwas wert? Lohnt es sich, dafür einen Menschen zu töten?«

Martin öffnete den Mund, doch Gert redete mit ausgebreiteten Armen weiter. »Ich weiß, was du sagen willst. Es haben schon andere für weniger gemordet. Alles richtig. Könnte eine Spur sein.« Er nahm die nächste Schublade in Angriff und stand mit einem Schneebesen wedelnd vor ihm.

»Womit wir ja fast am Ziel wären.« Martin zog es vor, auf die Toilette zu gehen. Zehn Minuten Pause von dem Gebrabbel.

»Jetzt sei mal nicht so ironisch.«

Martin versuchte, halbwegs stabil zu wirken, als er aufstand und in den Flur wankte. War froh, als er die Badezimmertür zudrückte. Vielleicht konnte er für ein paar Minuten die Augen schließen? Wenige Sekunden? Er war unendlich müde. Vom Alkohol und von den Gedanken, die sich nicht entwirren ließen. Er hörte, wie Gert weiter in der Küche hantierte und dabei unablässig mit sich sprach. So gedämpft, wie es durch die Tür drang, war es ein sanftes Auf- und Abschwellen wie die Wellen des Meeres. Vor und zurück. Ebbe und Flut. Vor seine geschlossenen Augen schob sich der breite Strand. Nur wenige 100 Meter weit weg. Heute Nachmittag würde er …

Er schreckte auf, als harte Schläge gegen die Tür krachten. Er rieb sich die Augen. Er musste eingeschlafen sein. Hatte keine Ahnung, wie lange.

Hörte Gerts aufgebrachte Stimme: »Martin, komm da raus! Los, sage ich! Augenblicklich!«

Er zog die Hose hoch und betätigte die Spülung. »Ja, ja«, murmelte er, während er zum Waschbecken ging. »Die Hände wird man sich ja wohl noch waschen dürfen?«

»Komm. Da. Raus. Jetzt. Mach doch endlich voran.« Die Stimme klang verzweifelt.

Martin schaute im Spiegel in sein graues Gesicht. Was war denn so eilig? Doch nicht die Brühe auf dem Herd?

Er ließ warmes Wasser über die Hände laufen und trocknete sie auf dem Weg zur Tür ab. Das Handtuch legte er auf die Schulter, bevor er öffnete.

Vor ihm stand Gert. Mindestens genauso grau im Gesicht wie er selbst. Die rechte Hand zum Klopfen erhoben. »Schnell«, stammelte er. »Frau Dirkens. Es hat Frau Dirkens erwischt.«

*

Bonn

Ruth war bis auf die Haut durchgefroren. Ihre Zehen waren taub, obwohl sie die wärmste Jacke, die dicksten Socken und ihre Wanderschuhe aus den Schränken geholt hatte. Die Fingerspitzen schmerzten trotz der Handschuhe. Nur ihr Kopf war unter der Sturmhaube, die sie sich für den Winter besorgt hatte, und dem Helm nicht ausgekühlt.

Ihre Angst war übermächtig geworden. Der Verstand hatte irgendwann verloren. Obwohl sie die Wohnung abgesucht hatte. Nachdem sie todesmutig die Eingangstür aufgerissen hatte. Ja, das Blechschild neben ihrer Wohnungstür hatte sich bewegt, weil jemand das Fenster im Treppenhaus gekippt gelassen hatte. Sie hatte versucht, sich mit der Tatsache zu beruhigen, dass sie in einem Mehrfamilienhaus, in einem eng bebauten Straßenzug jederzeit schreien konnte. Theoretisch. Die Angst gaukelte ihr Szenen aus ihrer Kriminallaufbahn vor Augen, in denen es den Opfern nicht gelang. Weil die Hilferufe ungehört blieben bei stoischen Nachbarn, Freunden, ja manchmal auch der Polizei. Weil Täter klug waren und über Möglichkeiten verfügten, die Schreie zu unterbinden. Sie sah Knebel, Spritzen, stumpfe Waffen und mit Narkosemitteln durchtränkte Tücher. Und die Erinnerungen fluteten sie.

Posttraumatische Belastungsreaktion, attestierte sie sich, während ihr Herz hämmerte, der Schweiß aus ihren Achseln das Sweatshirt durchnässte und ihre Atmung zu einem ungesteuerten Japsen wurde.

Sie musste raus. Musste raus aus dieser Wohnung, die ihr wie ein Gefängnis erschien. Wie eine Falle.

Sie hatte nicht gewusst, wohin. Wohin in einer Stadt, in der sie niemanden so gut kannte, dass sie in den grauen Morgenstunden aufgelöst vor der Tür hätte auftauchen können.

In einer Stadt, in der sie keinem vertraute. Wo ihr Kompass fehlte. Oskar.

Erst draußen auf der Straße, nachdem sie das Rad aufgeschlossen hatte, atmete sie auf. Die kühle Nacht legte sich beruhigend auf Atmung und Herzschlag. Die Bilder in ihrem Kopf verschwanden. Sie hatte alles, was sie brauchte. Ihr Fahrrad, ihr Handy, den Rucksack, das Manuskript.

Irgendwann später, als die Kälte sich von den Zehen an den Waden und Oberschenkeln hochfraß, fragte sie sich, warum sie nicht das Auto genommen hatte. Tief in ihrem Inneren war es ihr klar. Das Rad eignete sich besser zum Hakenschlagen. Vor allem brachte sie es leichter an die Orte, zu denen es sie zog.

Zuerst hatte die schnelle Fahrt ihren Kreislauf stabilisiert. Ihr Körper hatte Arbeit, was die Panik zurückdrängte. Mit jeder Umdrehung der Pedale fiel Ballast von ihr ab. Sie ahnte, dass es ein Spiel auf Zeit war. Die Angst würde zurückkommen. Falls es ihr nicht gelänge, Licht ins Dunkel zu bringen.

Für die Überquerung des Rheins wählte sie die Kennedybrücke. Tief hing der Nebel über dem Fluss, die Hand war hier kaum vor den Augen zu sehen, und wenn nicht die wenigen Lampen ab und an gespenstisch aus der grauen Wand auftauchten, hätte sie geglaubt, in eine andere, in eine neue Welt hinüberzugleiten, die bereitstand, sie mit Haut und Haar zu schlucken. Archetypische Angst. Wusste sie. Es half kaum.

Anfangs schützten sie die Häuser zu beiden Seiten. Als sie den Deich erreichte, der aus der Stadt herausführte, nahm ihr die Eiseskälte den Atem. Sie fuhr langsamer und geduckter, um dem Gegenwind weniger Angriffsfläche zu bieten, atmete konsequent durch die Nase, auch wenn ihr das wegen der Sturmhaube schwerfiel. So wurde die Luft zumindest erwärmt und zog sich nicht als Kältestrang die Bronchien hinunter. Gott sei Dank war es nicht allzu weit. Glücklicherweise lag der Ort in einer Mulde, die etwas wie Geborgenheit ausstrahlte. Sie stellte das Fahrrad am unteren Haupteingang ab und suchte auf dem Feldweg nach einem Stein. Einem Stein, den sie auf dem Grabstein ablegen würde. Wie es die jüdischen Bräuche vorsahen. Mit dem sie ihren Besuch der Grabstätte anzeigte. »Auch ich war hier«, murmelte sie die Begründung, die Oskar ihr geliefert hatte. Ein Zeichen der Ehrerbietung. Ein Zeichen der Erinnerung.

Im dichten Dunst fiel ihr anfangs die Orientierung schwer. Sie tastete sich von Grabstein zu Grabstein. Sie hatte die Handytaschenlampe eingeschaltet, weil sich sonst alles in der Mischung aus dunkler Nacht und hellem Nebel verbarg. Immer nur kurz leuchtete sie die Inschriften an, von denen manche verwittert, andere in hebräischer Schrift eingemeißelt waren. Dann stand sie vor dem Grab, das sie gesucht hatte. Das sie seit ihrem letzten Besuch nicht mehr losgelassen hatte. Sie legte den Kiesel auf das Grabmal, das von einer grünen Patina überzogen war. Die Buchstaben ließen sich trotzdem besser lesen als auf manch anderem Stein.

Rebecca Kahn
1855 – 1909

Ruth hatte die Decke, die immer in ihrer Fahrradtasche steckte, unter den Arm geklemmt und breitete sie auf der Rückseite des Steins aus. Langsam ließ sie sich zu Boden sinken. Plötzlich wurde sie ruhig. Als wäre auf Knopfdruck ihr Organismus auf ein niedrigeres Level herunterreguliert worden. Sie atmete tief ein und aus.

Rebecca Kahn. Die Geburts- und Sterbedaten bewiesen, dass die hier Bestattete nicht die Rebecca war, um die sich in den letzten Tagen alles drehte. Und trotzdem war es für Ruth unverkennbar, dass eine Verbindung zwischen den Namen bestand. Ein Band, an dem sie sich entlangtastete. Um etwas zu verstehen, von dem sie nach wie vor nicht wusste, wieso, warum, weshalb. Nicht wusste, was es war, wie es zusammenhing und was es mit ihr zu tun hatte.

Sie schlug die Enden der Decke um Füße und Beine. Lange würde sie nicht hier sitzen können, obwohl die Lage des jüdischen Friedhofs und der Grabstein in ihrem Rücken sie vor der Kälte des Rheins schützten.

Sie entrollte das obere Ende ihres Rucksacks und öffnete den Reißverschluss. Zog das Manuskript heraus. 20 Seiten noch, die zu lesen waren. 20 Seiten, von denen sie wenig an Erkenntnis und Aufklärung erwartete. Außer der Tatsache, dass Rebecca Kahn, wie viele junge Menschen, ihren eigenen Zweifeln und Unzulänglichkeiten mit Selbstzerstörung begegnet war. Und statt Hilfe jemanden gefunden hatte, der ihr den Todesstoß versetzte. Andreas Schwarzbach. Uriah.

Ihre Augen flogen über die letzten Seiten nur so hin. Teils weil sich vieles zu wiederholen begann, teils weil es keine neuen Erkenntnisse brachte. Auch wenn der Stil immer anspruchsvoller wurde. Literarischer. Sich von den strengen Vorgaben und Riten der *Pro-ANA-Gruppe* zu lösen schien. Das war interessant, aber es führte nicht weiter.

Resigniert nahm sie das letzte Blatt auf. Anderthalb Zeilen nur. Die Worte aneinandergereiht. Keine Versform. Sie stutzte, blätterte zurück, weil der Übergang so plötzlich, so abrupt geschah. Der Text so pathetisch wurde. Und zum ersten Mal die Ebene der Ichbezogenheit verließ.

Es waren vier Königskinder, die hatten einander so lieb.
Sie konnten zusammen nicht kommen,
das Wasser war viel zu tief.

Sie runzelte die Stirn. Sie kannte diese Volksweise und hätte schwören können, dass es im Original nicht um vier, sondern um zwei Königskinder ging. Eine tragische Liebesgeschichte, die mit dem Tod beider endete.

Aber vier? Was sollte das bedeuten? Für eine Lovestory sprach das kaum. Und warum riss an dieser Stelle das Manuskript ab?

Wütend strampelte sie die Decke beiseite. Am liebsten hätte sie ihre ganze Frustration in die Nacht geschrien. Der Respekt vor dem Ort verbot es ihr. Und was half es, wenn der Nebel es verschluckte. Sie fühlte sich betrogen. Von allem und jedem. Am besten, sie stopfte dieses Pamphlet einer Magersüchtigen in die nächste Tonne. Dann besann sie sich. Stand auf, nahm Rucksack, Decke und Manuskript und legte die Hand auf den Grabstein.

»Es tut mir leid. Aber je mehr ich versuche, Licht ins Dunkel zu bringen, umso zahlreicher werden die Fragen. Fragen, aber keine Antworten. Trotzdem: Irgendwie komme ich dahinter. Hinter das Geheimnis von Rebecca. Versprochen.«

Steif gefroren stapfte sie zum Fahrrad. Verstaute alles in Rucksack und Gepäcktasche und machte sich zurück auf den Weg ins nächtliche Bonn.

Als sie die Brücke in die entgegengesetzte Richtung überquerte, tauchte auf den letzten Metern die Kulisse der Stadt vor ihren Augen auf. Rechts die Beethovenhalle, links die Oper. Ein Stück weiter ahnte sie mehr, als dass sie es sah, die vertrauten Orte. Das Café. Die Uni-Bibliothek. Das Priesterseminar.

Einem Impuls nachgebend, steuerte sie am Ende der Brücke nach rechts. Zum Rheinufer zurück. Aus der milchigen Suppe tauchten wie aus dem Nichts die roten und weißen Grabkerzen auf, die an der Gedenkstelle der ehemaligen jüdischen Synagoge von Besuchern aufgestellt worden waren. Wenige Zeichen jüdischen Lebens. In dieser Stadt. In diesem Land. In ihrer Welt.

Sie hielt an und verharrte, obwohl die Kälte mittlerweile zu einem inneren Zittern führte, dem sie auch mit dem verstärkten Treten der Pedale nichts entgegensetzen konnte. Trotzdem konnte sie den Blick nicht abwenden. Vom Davidstern, der in die Mauer eingelassen war. Der Ort, an dem sie das erste Mal mit Robin gesprochen hatte.

Robin. Rebecca. Robin und Rebecca.

Wenn es zwei Königskinder gewesen wären, läge hier vielleicht die Lösung.

Aber vier?

Robin. Rebecca. Und wer? Uriah? Wer war dann Nummer vier?

Es gab nur einen, der ihr Antworten geben konnte. Und sie hatte ein Versprechen abgegeben. Die Angst würde sowieso nicht vergehen, bis sie nicht herausbekommen hatte, was es mit der Geschichte um Rebecca auf sich hatte.

Einen kurzen Augenblick hatte sie gezögert. Begab sie sich nicht erst recht in Gefahr? Was, wenn sie ohne Grund aus der Wohnung geflüchtet wäre, um dem Feind in die Arme zu laufen? Sie hatte trocken gelacht, als sie ihr Fahrrad abschloss. Doch vorsichtshalber tippte sie eine Nachricht. An Martin. Damit wenigstens einer wüsste, wo sie war. Morgens, in aller Herrgottsfrühe, in der langsam erwachenden Stadt.

Und nun stand sie hier, durchgefroren bis auf die Haut, und drückte die Klingel. Einmal, zweimal, als Dauerton. Bis der Türöffner summte und sie ihn überrascht in der Tür des Hinterhauses stehen sah. Andreas Schwarzbach. Womöglich das dritte der vier Königskinder.

*

Norderney

Das Blaulicht des Rettungswagens zuckte in den heraufziehenden Morgen. Die Türen hinten waren geöffnet, die Trage herausgezogen.

»Ein gutes Zeichen«, murmelte Gert.

Martin verstand, was er damit andeutete. Dass es sich für die Sanitäter noch lohnte. Dass Frau Dirkens lebte. Er schnaufte. Konnte nicht Schritt halten. Verwandte all seine Energie darauf, überhaupt auf den Beinen zu bleiben. Die Knie durchzudrücken und das Zittern der Beinmuskulatur zu ignorieren. Die aufsteigende Übelkeit auf die Panik zu schieben und die vergangene Nacht auszublenden.

Der Notarztwagen stand schräg auf dem Bürgersteig und mit den Vorderreifen im Vorgarten. Das spielte keine Rolle. Wenn es Leben rettete, nahm jeder solche Kollateralschäden in Kauf. Nicht mehr überall, aber auf der Insel war in der Hinsicht die Welt noch in Ordnung.

»Kommst du?«, fragte Gert ungeduldig.

Martin nickte. Antworten ging nicht. Vielleicht sollte er auch aufhören zu denken.

Gert blieb stehen und sah ihn prüfend an. »Schaffst du das?«

Er nickte erneut. Zaghaft. Ohne den Blick zu halten.

»Ich mach das besser erst einmal allein.«

»Quatsch.« Ihm wäre nichts lieber, als das Angebot anzunehmen. Aber selbst das kostete Mut, den er nicht hatte. »Komm, geh schon«, stieß er unwillig hervor, als Gert ihn weiter ansah.

Die Haustür stand offen. Im Esszimmer fanden sie Daniela, schreckensbleich. Die schwarze Kleidung und ihre dunklen Haare ließen sie aussehen, als wäre kein Blut in ihrem Kreislauf. Martin packte sie am Arm, weil er jede Sekunde damit rechnete, dass sie vor ihnen zusammensackte. Auch Gert schaltete, holte einen Stuhl, auf den sie Daniela drückten.

»Wird sie es schaffen?« Ihre Augen waren starr. Sie sah nicht so aus, als wenn sie mit einer Antwort rechnete.

Gert stellte einen zweiten Stuhl daneben und dirigierte Martin mit Blicken dorthin.

Daniela schlug die Hände vor das Gesicht, als er leise fragte: »Du glaubst, da steckt mehr dahinter?«

Deutlicher brauchte sie nicht zu werden. Martin atmete tief in den Bauch. Wartete darauf, wie sich alles in ihm zusammenzog. Wie seine Unzulänglichkeit über ihm zusammenschlug. Wartete, und es geschah – nichts. Nichts jedenfalls, das sich gegen ihn richtete. Stattdessen kam die Wut. Eine Wut, die sich zum ersten Mal seit langer Zeit auf etwas anderes fokussierte. Auf etwas, das nichts mit ihm zu tun hatte. Es war, als hätte einer den Vorhang beiseitegeschoben. Ausgerechnet jetzt. Ausgerechnet heute. Obwohl er verkatert wie nie allen Grund hätte, sich Schuld und Versagen vorzuwerfen, tat er es nicht. Weil er wusste, dass er nichts hätte verhindern können.

»Magst du uns erklären, was deiner Meinung nach passiert ist?«

Es dauerte, bis Daniela antworten konnte.

Währenddessen waren aus dem oberen Stockwerk vereinzelte Zurufe und Befehle zu hören. Dumpfe Stimmen. Nicht vertrauenserweckend, aber routiniert. Martin wollte an ein gutes Ende glauben.

Daniela knetete den Zipfel ihres Sweatkleides, das sie über den Leggings trug. Nur die roten Socken setzten einen Farbtupfer. Sie schien seinen Blick zu bemerken, denn sie wackelte mit den Zehen.

»Ich habe zu viele Brötchen gekauft. Viel zu viele. Was soll ich damit machen?«

Martin legte seine Hand auf ihren Arm und sah zu Gert. Dieser schlug beruhigend die Augen nieder. Sie kannten das beide. Dass erste Schockreaktionen oft irrational klangen und waren. Ein Versuch der Psyche, das Grauen abzuwenden, es nicht an sich heranzulassen.

Sie fragten nicht nach, ließen ihr Zeit.

»Dabei hätte ich wissen müssen, dass etwas nicht in Ordnung ist. Seit gestern schon nicht in Ordnung war.« Die Worte kamen stockend. Sie legte den Kopf schief. Es sah aus, als müsste sie den Sätzen beim Aussprechen nachhorchen und an ihrem Klang prüfen, ob sie einen Sinn ergaben.

»Gestern?« Gerts Frage war sanft wie ein kleiner Stupser.

»Frau Dirkens hatte einen Unfall, ein Missgeschick …« Daniela kaute auf ihren Lippen. »Sie ist im Zimmer der Schatzsucher gestürzt.«

Gert zog die Augenbrauen hoch.

»Deswegen habe ich gestern euren Besuch abgesagt.« Sie sah Martin Hilfe suchend an. »Weil ich wollte, dass Frau Dirkens sich schont. Ich dachte doch, das hängt alles mit ihrem Gesundheitszustand zusammen. Aber jetzt …« Sie brach ab.

»Sieht das anders aus?« Wieder schubste Gert das Gespräch an.

»Ich weiß es nicht. Ich weiß es einfach nicht. Sie hat schon seit einiger Zeit Beschwerden.« Daniela zählte an den Fingern die verschiedenen Symptome auf. »Schlaflosigkeit, Vergesslichkeit, steife und schmerzende Knochen. So was alles. Mal mehr, mal weniger. Ihr kennt sie doch. Wenn man sie konkret fragt, spielt sie es herunter. Und bei ihrer Teetied ist sie wie ausgewechselt. Doktor Matzdorf …«

»Matzdorf?«, entfuhr es Gert.

»Ja, er ist ihr Hausarzt. Wisst ihr doch. Gestern Morgen, als wir uns getroffen haben. Dort waren alle Wehwehchen vergessen. Wie sich nachher rausstellte, wollte sie nur zu ihm, um ihn auszufragen, weil er zu diesem toten Mann ans Kap gerufen worden war.« Sie lachte traurig. »Detektivspielen ist nun mal ihr Steckenpferd.«

»Matzdorf. Schatzsucher. Altersbeschwerden. Detektivspielen. Richtig?«

Martin wusste nicht, ob Gert ihn oder Daniela meinte.

Sie schien ihn jedenfalls nicht zu hören, sondern fuhr fort: »Der Arzt hat das nicht ernst genommen. Obwohl ich schon die ganze Zeit Angst habe. Ich kann nicht sagen, wovor genau. Mal sehe ich Anzeichen für eine Demenz, dann befürchte ich einen Schlaganfall. Aber meistens bin ich wahrscheinlich nur hysterisch.« Daniela kratzte sich am Hals. »Nach dem Arztbesuch schien sie fit wie seit Langem nicht.«

»Aber?«

»Sie ist diesem Schatzsucher vor die Füße gefallen, als sie …« Sie wand sich. »Sie wird mir den Kopf abreißen, wenn ich es sage. Sie hat an der Tür gelauscht. Bei den Sondengängern. Ach herrje, das hört sich furchtbar an. Dabei hat sie es nur gut gemeint. Wie immer.«

In diesem Augenblick öffnete sich oben die Tür. Langsam und vorsichtig wurde Frau Dirkens mit der Trage die Treppe hinuntergetragen.

Der Notarzt blieb stehen. »Wir bestellen den Hubschrauber. Ich melde mich danach sofort. Bei Ihnen«, er sprach Daniela an und drehte sich dann zu Martin, »und bei dir natürlich auch. Wenn du nicht über Anne und den Funk schon etwas erfährst. Ich denke, ihr solltet die Spuren sichern lassen.«

Daniela sank auf dem Stuhl zusammen.

Gert riss die Augen auf.

»Vor allem den Schnapspralinen solltet ihr eure Aufmerksamkeit schenken.«

»Schnapspralinen?« Gert hob die Arme zum Himmel.

»Etwa präpariert? Hier im Haus? Also doch die Schatzsucher? Verdammt. Ich will mit den Männern sprechen. Sobald ich das Zimmer gesehen und die Spusi informiert habe. Martin, sagst du den Kollegen Bescheid? Wahrscheinlich sind sie mit den Sonden wieder am Strand unterwegs.«

Daniela quiekte. »Zu spät. Sie sind abgereist. Alle Mann. Es ist keiner mehr da.«

*

Bonn

Er trug nur Boxershorts. Ruth zögerte. Dann gab sie sich einen Ruck. Was sollte passieren? Dieser Uriah war eine halbe Portion von Mann. Was jetzt deutlicher zutage trat. Kaum Körperspannung. Hängende Schultern. Rippen, die durchschimmerten, weil kein Muskelgewebe darüberlag.

»Bisschen früh«, gähnte er ihr entgegen, als sie näher kam, ohne die Hand vor den Mund zu legen. Seine zur Schau gestellte Gelassenheit widersprach dem lauernden Blick, mit dem er sie ansah.

»Der frühe Vogel. Sie wissen schon.« Sie war froh, dass ihre Stimme munterer klang, als sie sich fühlte.

»Was macht der Herr Gemahl?«

Ruth erstarrte. »Oskar?«

»Wer sonst?«

»Wir sind nicht verheiratet.«

»Sicher? Das sieht die Klinik anders.«

Ruths Überlegenheitsgefühl erstarb.

Uriah grinste. »Mir ist das vollkommen egal, Lady. Aber ich überprüfe gerne Fakten. Und Oskar auf Intensiv, das weckt mein berufliches Interesse. Du verstehst, was ich meine.«

Ruth konnte es sich vorstellen. Leider. Ihr wurde übel,

wenn sie daran dachte, wie er sich am Unglück anderer bereicherte. »Aber wie …«

»Kontakte sind alles im Leben. Das solltest du doch wissen. Glaub mir, in den Kliniken verdient man nicht so üppig, als dass einem ein kleines Zubrot nicht gerade recht käme.«

Das alte Lied. Diejenigen, die sich finanziell ausgebeutet und abgehängt fühlten, sorgten irgendwann auf andere Art für Ausgleich. Nicht alle. Aber die, die es taten, öffneten Tür und Tor für seine unmoralische Berichterstattung.

Er zog die Tür hinter ihr zu und wies ihr mit der Hand den Weg zum Esstisch. Sie nahm auf demselben Stuhl wie gestern Platz. Uriah machte keine Anstalten, sich etwas überzuziehen. Ruth, deren Füße und Finger vor Kälte schmerzten, fröstelte bei seinem Anblick.

Uriah schlurfte zur Küchenzeile. Seine Langsamkeit war provokant. Er öffnete den Kühlschrank, holte ein Tetrapak Orangensaft heraus. Er schraubte den Verschluss auf und trank aus der Öffnung. Übertrieben hüpfte der Adamsapfel an seinem dürren Hals auf und ab, während die Schluckgeräusche den Raum bis zur Decke füllten. Er setzte ab und fuhr sich mit dem Handrücken über den Mund. Starrte sie an. Kehrte ihr dann den Rücken zu, zog eine Schublade auf. Als er sich umdrehte, hielt er in der Hand ein Brotmesser. Hielt es wie eine Fackel. Kam zwei Schritte auf sie zu. Sie sah die Absicht in seinen Augen.

»Ich bin nicht zum Frühstücken hier«, entgegnete sie ihm. »Und wenn das Ding mir Angst machen soll, dann nur zur Info: tut es nicht.«

Er verzog anerkennend den Mund. »Coole Socke, was?« Damit wandte er sich dem Brotkasten zu, aus dem er einen halben Laib Brot zog, den er sich vor die Brust legte, um mit dem Messer von vorne nach hinten eine daumendicke Scheibe abzuschneiden.

Ruth atmete unhörbar aus, als sie an den ruckeligen Bewegungen erkannte, wie stumpf das Messer war. Trotzdem würde sie auf der Hut sein. Noch war nicht klar, wer hier wem die Spielregeln diktierte.

Das Brot legte er auf den Tresen zurück. Erneut griff er in eine Schublade und nahm ein altes angelaufenes Silbermesser heraus, holte aus dem Kühlschrank ein Butterpäckchen und warf alles auf den blanken Tisch. Kein Teller. Nichts. Er kratzte dünne Streifen der Butter ab und strich sie auf die Graubrotscheibe, nicht ohne dabei Löcher zu reißen. Dann schnappte er plötzlich echsengleich den Salzstreuer, der direkt vor Ruth stand. Erschrocken kippte sie nach hinten. Und ärgerte sich. Eines musste sie ihm lassen: Er verstand das Spiel.

Die Menge an Salz, die er über die Butter streute, förderte sicher nicht seine Gesundheit. Ruth fühlte sich nicht berufen, ihn darüber aufzuklären. Sie war im Moment froh, im Warmen langsam aufzutauen. Während sie Uriah dabei zusah, wie er das Brot mit den Zähnen abriss, kämpfte sie gegen ihre Müdigkeit an.

Wenn sie sich noch länger gängeln ließ, würde sie alle Energie verloren haben. Deswegen schob sie den Stuhl zurück, stand auf und ging mit taxierenden Blicken durch den hallenartigen Raum. Bis zur Fensterfront, die sich aus vielen kleinen rechteckigen Scheiben zusammensetzte, gehalten von einer dünnen Rahmenkonstruktion.

»Würde sich auch als Atelier gut machen«, sagte sie, ohne sich umzudrehen.

»Ich verkaufe nicht.«

»Geht wohl auch schlecht, wenn man zur Miete wohnt.«

»Ich glaube nicht, dass wir hier über einen Wohnungstransfer reden.«

Katze und Maus. Einer musste die Karten auf den Tisch legen. Ruth sah auf den Olivenbaum, der in einem Kübel im sonst mit Kies ausgelegten Garten ein einsames Leben führte. »Sind Sie der dritte König? Das dritte Königskind?« Leise setzte sie hinzu: »Und wer ist dann bitte Nummer vier?« Sie schnellte herum und sah in sein entgeistertes Gesicht. Volltreffer!

»Was? Hallo? Bist du jetzt total abgedreht? Von welchen Pilzen hast du denn genascht?«

»Sie wissen genau, was ich meine. Es steht im Manuskript. Auf der letzten Seite. Das Lied der beiden Königskinder, die zueinander nicht finden konnten. Diese todtraurige Ballade umgedichtet. Aus zwei wurden vier. Rebecca und Robin. Andreas Schwarzbach und wer noch?«

Wortlos musterte er sie. In seinen Augen lag Geringschätzung, Überlegenheit, Raffinesse. Er taxierte. Sie durfte nicht blinzeln, durfte nicht verlieren. Den Machtkampf nicht aus der Hand geben.

Und dann fing er an zu kichern. Gnomenhaft wie ein verkrüppeltes Wurzelmännchen hing er über dem Stuhl. Nichts weiter als ein Zwerg, der sich daran erfreute, dass sie im Dunkeln tappte.

Plötzlich stand er auf, kletterte auf den Tisch, löste den Pferdeschwanz und warf den Kopf nach vorne. Die klebrigen Haarsträhnen folgten der Bewegung kaum, aber Uriah schien sich in einer machtvollen Pose zu fühlen, als er die Arme weit ausbreitete. »Seht her, meine Untertanen. Seht her, auf euren König.« Er lauschte seinen Worten nach, dann fiel er in die schlaffe Haltung zurück. Ließ den Kopf hängen. »Was für ein guter Witz«, murmelte er. »Ich, ein König.« Er verbeugte sich in Ruths Richtung und stieg vorsichtig vom Tisch herunter.

»Kaffee? Tee? Wasser?«, fragte er, als sei nichts geschehen.

»Kaffee. Und endlich ein vernünftiges Gespräch und keine Theatervorstellung.«

Er machte sich daran, den Kaffee zuzubereiten. »Sie lassen nicht locker, habe ich gehört.«

»Gehört? Von wem?« Ruth zog die Augenbrauen hoch.

»Sagte ich doch. Nützliche Kontakte sind meine Handelsbasis. Von wem? Woher? Wer dahintersteckt? Vollkommen irrelevant. Für uns beide. Weil es uns nicht weiterbringt. Weil es unsere Geschäfte stört.«

»Unsere Geschäfte?«, fragte Ruth überrumpelt. »Ich mache keine Geschäfte.«

»Sprich den Satz ruhig weiter. Mit jemandem wie mir, wolltest du doch sagen. Weil man mit jemandem wie mir keine Geschäfte macht, oder was? Weil du das gehört hast, was alle erzählen. Und weil es so herrlich in dein Weltbild passt. Das gute, integre Weltbild einer weißen, emanzipierten, aufgeklärten, akademischen Frau. Ja, so in etwa?«

Ruth schüttelte den Kopf. »Ich verstehe nicht«, antwortete sie, obwohl sie eine Ahnung befiel.

»Nicht? Wirklich nicht? Nun, dann drehe ich den Spieß einfach einmal um. Ruth, stimmt es? Ruth ist dein Vorname, Lady?«

Sie schaute ihn reglos an. Etwas in ihrem Kopf surrte. Ein Flattern im Bauch irritierte sie.

»Also Ruth, was für ein wunderbarer Name. Ein jüdischer Name, wie du sicher weißt. Also frage ich dich doch, Ruth: Bist du Jüdin?«

*

Norderney

»Wenn man genau hinsieht, kann man die Injektionsstellen erkennen. Wir lassen die Pralinen untersuchen. Aber es scheint eindeutig zu sein. Was für ein Segen, dass die alte

Dame nicht die gesamte Packung aufgegessen hat.« Gert steckte die Hände in die Hosentaschen und reckte das Kinn.

Martin stützte sich auf eine Stuhllehne. Glücklicherweise ging es ihm von Minute zu Minute besser, wahrscheinlich trug das Adrenalin in seinen Adern dazu bei. Er gab Gert recht. Es war wohl kein Altersgebrechen, an dem Marthe Dirkens litt, sondern eine Vergiftung.

»Diese verdammte Warterei.« Gert trat an den Kachelofen, der vor sich hin bollerte. »Warten auf die Spusi, warten auf die Ärzte, warten, dass das Schiff in Norddeich anlegt.«

»Letzteres wird in spätestens fünf Minuten der Fall sein. Immerhin haben wir die Gewissheit, dass die Sondengänger sich auf der *Frisia* befinden. Weglaufen kann uns also keiner mehr.«

»Höchstens wegschwimmen.« Gert zog die Nase hoch. »Würde mich nicht wundern, wenn einer in Panik über Bord geht, sobald er das Aufgebot an Kollegen an der Hafenmole sieht.«

»Auch darin haben die Kollegen Erfahrung. Er wäre nicht der Erste, den sie aus dem Hafenbecken fischen.«

Gert legte die Hände oben auf dem Kachelofen ab und zog eine Zeitschrift heran, die dort abgelegt worden war. »Wer liest denn solche Klatschblättchen?«, fragte er.

Daniela, die den Raum betrat, lief rot an. »Die Gäste, wer denn sonst? Ich jedenfalls nicht. Also, nur manchmal. Bin es ja aus dem Friseursalon noch so gewohnt. Ich habe außerdem nur das Abonnement von Frau Dirkens übernommen.«

Martin musste lachen, als ihm einfiel, wie oft Marthe Dirkens vom englischen Königshaus geschwärmt hatte. Da kam es also her. »Ich kann nicht glauben, dass Menschen auf solche rührseligen Geschichten hereinfallen. Egal ob von sogenannten Prominenten oder von Susanne Mustermann. Das ist wie mit Kaffeefahrten, Enkeltricks und Kettenbriefen. Man denkt, das muss doch wirklich jeder kapiert haben – aber Pustekuchen. Manchmal komme ich aus dem Kopfschütteln nicht heraus.«

»Das liegt auch daran, dass manche Menschen einsam und unglücklich sind.« Daniela pustete ihren Pony hoch.

»Nee!« Gert hob das Blatt in die Höhe. »So blöd kann nun wirklich keiner sein.«

»Klingt ziemlich abgehoben.« Daniela sagte es sachlich, aber Martin wusste, wie viel Ärger in ihren Worten steckte. Wenn sie etwas hasste, waren es arrogante Sprüche, mit denen über andere geurteilt wurde.

Gert schien es nicht zu bemerken. »Ach komm, erzähl doch nichts. Schau mal hier. ›Die Wahre Geschichte‹. Wenn ich so etwas schon lese. Da weiß ich doch, dass alles erstunken und erlogen ist.«

»Ach ja? Worum geht es denn? Ich für meinen Teil kann nur sagen, es gibt nichts, was es nicht gibt. Ich dachte, bei der Polizei wüsste man das noch besser als ich, die diese Erfahrung nur als Friseurin gemacht hat.« Den letzten Teil des Satzes setzte sie in imaginäre Gänsefüßchen.

Gert schaute die Zeitung eine Weile an und zuckte dann mit den Achseln. »Ich weiß nicht. Für mich ist das Bullshit. ›Mein großes Familiengeheimnis. Ich hatte einen Bruder, von dem ich nichts wusste, bis ich mich in ihn verliebte.‹ Jetzt sag doch mal ehrlich, so eine Story glaubt Martin nicht, ich nicht und du ganz sicher auch nicht.«

»Wir sind ja wohl nicht das Maß aller Dinge. Wenn Frau Dirkens solche Geschichten mochte, ja und? Das tut keinem weh. Was hat sie denn sonst noch? Schlaflose Nächte, rheumatische Schmerzen, Langeweile. Ich spiele mich da nicht so auf. Soll sie doch lesen, was sie will.« Daniela rauschte aus dem Zimmer, die Tür fiel lauter als gewohnt hinter ihr zu.

»Oh!« Gert schien sich bewusst zu werden, dass er ins Fettnäpfchen getreten war. »Da habe ich wohl etwas glattzubügeln.«

»Ganz sicher.« Martin konnte sich einer klammheimlichen Freude nicht erwehren, dass Gert bei Daniela durchgefallen war. Obwohl er auch seine Sichtweise verstand. Dazu kam das elende Warten. Die vielen offenen Fragen, auf die sie hoffentlich Antworten bekamen. Die Nervosität, ob der Zugriff in Norddeich gelänge, machte sie alle unleidlich.

Als ihre beiden Telefone gleichzeitig klingelten, reagierten sie mit der gleichen Geste: Daumen hoch. Wahrscheinlich hatte der Kapitän es wieder einmal schneller ans Festland geschafft. Wie so oft bei auflaufendem Wasser und günstigen Windverhältnissen. Ob die Kollegen den Vollzug vermeldeten?

Es dauerte eine Sekunde, bis Martin registrierte, dass er irrte. Das hieß, zumindest in seinem Fall. Auf Gerts Leitung waren tatsächlich die Beamten aus Norden und Aurich. Die Anweisungen, die Gert ins Telefon schrie, als ob er die Worte gegen den Wind übers Meer schicken müsste, drangen an sein Ohr und übertönten die andere, die sanftere, wohlvertraute Stimme.

Erst da fiel es ihm auf, dass es keinen Sinn gemacht hätte, wenn die Kollegen vom Festland Gert und ihn parallel anriefen. Es war ein Zufall, dass Anne zeitgleich zum Telefon gegriffen hatte.

»Du, Moment, ich kann gerade kein Wort verstehen.« Er öffnete die Terrassentür, die in den Garten führte. Die kalte Luft tat seinem Kopf gut. Er ging mit Anne am Ohr wenige Meter, bis er Gerts Getöse nicht mehr hörte.

»So, jetzt. Entschuldige bitte. Aber wahrscheinlich gelingt uns gerade der Durchbruch. Wir hoffen, dass der Täter in Norddeich festgesetzt wird.«

»Glückwunsch.« Es klang ehrlich. Mitfühlend. Das erste Mal seit Wochen hatte Martin das Gefühl, dass sie wieder auf einer Wellenlänge funkten.

»Ach, Anne. Wenn das rum ist, dann …«

»Pssscht«, unterbrach sie ihn. »Später. Bringt das Ganze erst zu Ende. Ich melde mich auch nur kurz, um euch einen Zwischenstand zu Marthe Dirkens zu geben.«

»Zwischenstand? Das heißt, sie lebt?« Martin spürte, wie eine weitere Last von ihm fiel.

»Ja, sie lebt. Sie ist derzeit stabil. Wir tippen auf eine Tollkirschen-Vergiftung. E 605 schließen wir aus. Sie wird aufs Festland geflogen, um sie besser intensivmedizinisch behandeln zu können.«

»Danke, das ist wichtig zu wissen. Kommt sie durch?« Die Frage rutschte ihm raus, obwohl er die Antwort nicht hören wollte.

Anne schwieg. »Ich kann es dir nicht sagen. Es wäre unehrlich, wenn ich mich an einer Prognose versuchte. Was mich aber hoffen lässt …«

»Ja?«

»Sie war kurz bei Bewusstsein. Und das ist meistens ein gutes Zeichen. Sie hat sogar versucht zu reden.« Anne lachte kurz auf. »Sie ist und bleibt ein Original. Sie scheint so robust zu sein, wie wir sie kennen. Immerhin hat sie nicht nach ihrer speziellen Teezeremonie gefragt.«

»Sondern was gesagt?«

»Ein Kluger bemerkt alles.«

Martin musste lächeln. »Du hast recht. Typisch Marthe Dirkens. Ihre Art, uns mitzuteilen, dass sie mal wieder auf Mörderjagd war. Wie es aussieht, sogar erfolgreich. Wir müssen nur noch sehen, zu welchem der Sondengänger unsere Spuren führen. Umso wichtiger, dass sie überlebt und keinen bleibenden Schaden davonträgt.«

»Richtig. Das Allerwichtigste.« Anne seufzte. »Ach, Martin, manchmal frage ich mich: Was haben wir uns für Berufe ausgesucht?« Sie machte eine Pause, holte tief Luft. »Ich vermisse dich. Bis heute Abend.«

Martin hielt das Handy noch ans Ohr, lange nachdem Anne aufgelegt hatte. Wie war es möglich, inmitten von Mordermittlungen so glücklich zu sein?

*

Bonn

»Nein, ich bin keine Jüdin«, hatte sie ihm geantwortet. Dass sie beinahe »selbstverständlich« eingeschoben hätte, schockierte sie mehr als alles andere. Wie kam sie auf eine solche Formulierung? Ausgerechnet sie, die sich dafür stark machte, aus der Vergangenheit zu lernen. Immer Stellung bezogen hatte gegen das Vergessen. Für ein »Nie wieder« gekämpft hatte. Ausgerechnet ihr wäre um Haaresbreite dieser verheerende Zusatz herausgerutscht.

Es fiel ihr schwer, sich zu konzentrieren. Uriah war es mit der Frage gelungen, sie vollends zu verwirren. Nein, sie war keine Jüdin, trotz des Namens. Sie hätte es auch nicht schlimm gefunden, wenn es doch so wäre. Sie konnte sich allerdings sicher sein, denn im Rahmen ihres Studiums hatte sie ihre Familiengeschichte beleuchtet. Es gab keine jüdischen Vorfahren.

Mehr noch: Jüdisches Leben fand – zumindest in ihrer Blase – nicht statt. Das war ihr in letzter Zeit bewusst geworden.

Uriah schob den Kaffeebecher zu ihr herüber und sah sie lauernd an.

»Also nicht?«, hakte er nach.

Sie schüttelte den Kopf.

»Ich übrigens auch nicht. Zumindest von dem, was ich von meiner Familiengeschichte weiß. Ist nicht viel. Bei uns zu Hause war Schweigen. Eines Tages habe ich rausbekommen, dass irgendeine Tante väterlicherseits in einer Tötungsanstalt ums Leben gekommen ist. Offiziell an einer Lungenentzündung verstorben. Das damals übliche Schreiben. Gleichlautend in einem gleichgeschalteten Staat. Warum? Wieso? Das wurde hinter vorgehaltener Hand geflüstert. Nachfragen war nicht erlaubt. Weil die Angst vor einer erblichen Geisteskrankheit, die vielleicht gar keine war, noch lange nachwirkte. Ich behaupte, bis heute. Ich kann es mir also aussuchen: mich als Juden beschimpfen zu lassen, weil ich bin, wie ich bin, oder als Verrückter. Wobei es für die meisten auf das Gleiche hinausläuft.«

Ruth öffnete den Mund, um Einspruch zu erheben.

Uriah kniff die Augen zusammen und schüttelte den Kopf. »Nein, einen Satz noch. Ich will nicht missverstanden werden. Das ist keineswegs mein Denken. Oh nein. Ganz und gar nicht. Es ist das, was andere über mich sagen. Was sie mir zuschreiben. Was ihr Denken entlarvt.«

»Warum sollten sie das tun?«

»Weil ich aus der Rolle falle. Ganz einfach. Schmutziges Geld verdiene. Na, klingelt es?«

Ruth schob ihre Kaffeetasse hin und her, antwortete bewusst nicht sofort. Dann sah sie Uriah herausfordernd an. »Unter moralischen Gesichtspunkten finde ich es auch nicht in Ordnung, wie Sie Ihr Geld verdienen. Trotzdem ist es nicht in Ordnung, Ihnen diese Attribute anzuhängen.«

»Richtig. Denn sie sagen mehr über denjenigen aus, der so denkt, als über mich.«

Ruth schnaufte. Diese Art der Rechtfertigung war unglaublich anmaßend. Aber es brachte sie nicht weiter, den Moralapostel zu geben. Sie war ihm genug auf den Leim gegangen. Sein Ablenkungsmanöver hatte funktioniert. Bis jetzt.

»Wir waren bei den Königskindern«, antwortete sie deswegen aggressiv.

Sie sah die Überraschung über die Kehrtwende in seinem Gesicht.

Schnell schob sie hinterher: »Sie sind es also nicht. Keines dieser vier Königskinder. Aber Sie wissen, um wen es geht? Was ist das für eine Geschichte? Und wie stecken Sie da mit drin?«

»Was springt für mich raus?« Er verschwand hinter dem Perlenvorhang und kam mit einer Kladde zurück. »Also, wie viel?«

Ruth ließ sich nicht provozieren. »Ich glaube nicht, dass es ums Geld geht. Diesmal zumindest nicht. Da steckt etwas ganz anderes hinter.« Sie beobachtete sorgsam seine Gesichtszüge. Das leichte Flackern der Augen, das Zucken der Mundwinkel, der hüpfende Adamsapfel. Sah das Zittern seiner Hand, die das Notizbuch hielt und es schnell auf den Tisch schob. Die Hände verschwanden hinter dem Rücken. Da stand er. In seinen Boxershorts. Wollte cool sein. Und hatte einfach nur Angst. Schweineangst.

»Also?« Ruth zog die Augenbrauen hoch, weil sie wusste, dass ihr das einen Hauch Arroganz verlieh, die ihr sonst fehlte. »Was ist das für eine Geschichte mit Robin und Rebecca? Mit den Königskindern? Mit einem Königreich? Rebecca war Jüdin. Und ist tot. Was genau ist passiert, dass alle eine Heidenangst vor der Geschichte haben?«

Er hob die Hände, als wollte er sich ergeben. »Okay. Okay. Du lässt sowieso nicht locker. Und ehrlich gesagt, wenn ich geahnt hätte, in was für eine Geschichte ich da hineingerate, ich hätte die Finger davon gelassen. Ob du das glaubst oder nicht, Lady. Aber ich habe es satt. Ich packe aus. Zumindest meinen Part. Was du daraus machst, ist mir egal.« Er hob die Schultern und drehte sich zum Fenster. Plötzlich umfasste er seinen schmalen, verhärmten Körper mit beiden Armen. Ein Zittern durchlief ihn.

»Ich bin gespannt.« Ruth versuchte, sanfter zu klingen.

»Ich ziehe mir nur eben was über. Ist kalt.« Es klang entschuldigend. »Und dann erzähle ich sie dir. Die Geschichte von Robin und Rebecca. Den beiden ersten Königskindern.«

*

Norderney

Als er das Handy in die Hosentasche stecken wollte, fiel ihm die Nachricht auf. Ruth. Verdammt. Bei ihr musste er sich auf jeden Fall entschuldigen. Er hatte zwar nur eine vage Vorstellung, was in der Nacht passiert war, aber immerhin hatte sie seinen Kältetod verhindert. Was das für ein Abgang gewesen wäre.

Er überflog Ruths Nachricht, ohne ihren Text zu verstehen. Er würde sie später anrufen, jetzt war wichtig, dass sie denjenigen erwischten, der sowohl Bothe als auch Marthe Dirkens auf dem Gewissen hatte.

»Ein Kluger bemerkt alles«, wiederholte er die Worte, die sie im Krankenhaus geäußert hatte, während er über die Nachbargärten hinweg zum Horizont schaute. Der Himmel bot Einheitsgrau. Novemberwetter. Trotzdem hoffte er, dass die Wolkendecke heute aufriss. Hoffnungsschimmer schickte. Vielleicht war der Spuk ja schneller zu Ende als erwartet. Wenn es ein Geständnis gäbe.

»Führst du Selbstgespräche?« Daniela war unbemerkt hinter ihn getreten. »Hört sich nach Eigenlob an. Dann wart ihr erfolgreich?«

Er lachte. »Nein, die Lorbeeren gehören nicht mir. Halbwegs gute Neuigkeiten. Marthe Dirkens hat diesen Satz gesagt.« Er sah, wie Danielas Gesicht aufleuchtete. »Nicht zu früh freuen«, schob er hinterher. »Sie wird sicherheitshalber aufs Festland gebracht.«

Daniela schürzte die Lippen. »Sie schafft das«, sagte sie trotzig. »Ich zünde ein Kerzchen an. Wir Rheinländer wissen, dass so was hilft.« Damit drehte sie sich um und ließ ihn stehen.

Martin holte noch einmal tief Luft, bevor er ihr folgte. Etwas von diesem unerschütterlichen Glauben, dass sich alles löste und klärte, setzte sich auch bei ihm von Minute zu Minute mehr durch. Vielleicht war der Absturz in der Nacht nötig, um die Wendung einzuläuten. Endlich glaubte er, Licht am Horizont zu sehen. Sprichwörtlich. Der Himmel hier draußen musste sich dafür anstrengen.

Gert hing noch am Telefon.

»Wie schaut es aus?« Martin bewegte lautlos die Lippen. Gert hob den Daumen, deutete mit dem Kinn auf eine imaginäre Uhr an seinem Handgelenk und zeigte mit fünf Fingern die Minuten an.

Martin wanderte mit seiner Teetasse durch das Erdgeschoss. Von Daniela war keine Spur zu sehen. Also konnte er genauso gut im Esszimmer auf das Ende des Telefonats warten.

Für ihn würde nicht viel zu tun bleiben. Die Spurensicherung musste in Frau Dirkens' Zimmer die Beweise sichern, den Rest übernähme Gert mit seinen Kollegen von der Mordkommission. Sie würden sich in der Ermittlungsarbeit mit Bonn zusammenschließen. Fast bedauerte er es, so gut wie außen vor zu sein.

Er war am Kachelofen stehen geblieben und griff sich das Klatschmagazin. Er musste über die schlechte Fotomontage grinsen, die einen Königshaus-Skandal vortäuschen sollte. So leicht ließ sich mit den Sehnsüchten und Erwartungen der Menschen spielen. Immer wieder.

Er benetzte seinen Zeigefinger, um durch die Seiten zu blättern. Viele der angeblich Prominenten kannte er nicht. Was augenscheinlich weder ein Verlust noch eine Schande war. Norderney war, verglichen mit Sylt, Ibiza und Mallorca, ein wenig hinter dem Mond. Was okay war. Für ihn brauchte es auf der Insel keine Schlagerfestivals oder Weinfeste. Und Promis waren ihm am liebsten, wenn sie sich unter das normale Fußvolk mischten. Wobei ein Kurort immer etwas von »sehen und gesehen werden« hatte. Das war schon bei Heine, Fontane, Bismarck und erst recht zu Königs Zeiten so gewesen.

Angeekelt rieb er sich den Finger, der an einer Seite kleben geblieben war. Ein Fettfleck ließ das Papier seidig glänzen, während die Buchstaben hervorsprangen und sich gleichzeitig mit denen der Rückseite mischten. Er wischte die Hand am Hosenbein ab. Die »Wahre Geschichte« war von diesem schmierigen Film überzogen. Martin empfand es als ausgleichende Gerechtigkeit. Trotzdem verfingen sich seine Augen an den ersten Textzeilen, und wahrscheinlich wäre er in den Bann dieser Kitschgeschichte gezogen worden, wenn nicht Gert in diesem Augenblick das Telefonat beendet hätte.

»Geschafft!«, stieß er aus. »Auf die Kollegen ist Verlass. Sie haben die ganze Truppe festgesetzt. Diese ganzen werten Herren, die einander angeblich nicht kennen, aber auf dem Schiff in einer Traube zusammenhingen.« Er hielt ihm seine Hand hin. »Schlag ein, Bro!«

»Wenn schon, Brother, dann auch Faustcheck«, zwinkerte Martin ihm zu.

»Egal wie«, antwortete Gert, als er ihm die geballte Hand entgegenstreckte. »Hauptsache: ein guter Job. Den haben wir gemacht. Wenn ich auch bedauere, aufs Festland zurückzumüssen, denn da wartet die weitere Arbeit auf mich.«

»Schon klar. Kannst ja demnächst mal für ein Wochenende kommen. Ganz privat. Anne und ich …« Er zögerte. »Also, da ist noch was geplant. Demnächst. Ich sag jetzt noch nichts. Ich würde mich freuen.«

»Der Meister der Andeutung. Lass stecken. Ich muss sehen, dass ich die nächste Fähre bekomme. Wenn die Kollegen der Spusi …«

»… Fragen haben, können sie sich an mich wenden, ist doch klar. Wegen Marthe Dirkens halten wir uns auf dem Laufenden.«

Gert griff nach seiner Jacke, die er über die Stuhllehne gehängt hatte. »Tschakka! Die Sondengänger. Wer hätte das gedacht? Da hatte ich fast noch eher Matzdorf in der Pipeline. Komischer Vogel, was?« Er hielt ihm noch einmal die Faust hin und drehte sich zur Tür.

Martin sah aus den Augenwinkeln, wie er in der Bewegung verharrte.

Daniela stand im Türrahmen, als wollte sie verhindern, dass jemand den Raum verließ. Ihr Gesicht war maskenhaft. Augen und Mund waren zusammengekniffen, als würden sie mühselig etwas zurückhalten wollen.

Gert drehte sich zu ihm um. Sie schienen beide die aufgeladene Spannung zu spüren. Jeden Moment konnte der Funke …

»Ihr seid auf dem Holzweg. Es sind nicht die Sondengänger. Ruft in Norden an. Sie müssen Caroline verhaften. Caroline Wiesinger. Die Doktorandin. Sie hat versucht, Marthe Dirkens umzubringen.«

*

Er hatte sich Jogginghose und Rollkragenpullover übergezogen und legte den Tabakbeutel vor sich auf den Tisch.

»Noch einen Kaffee?«

Ruth schüttelte den Kopf. Sie wollte das Ganze hinter sich bringen. Wollte zu Oskar oder ins Bett. In welcher Reihenfolge, war ihr vor lauter Müdigkeit fast egal. Obwohl Oskar wichtiger war.

»Hast hoffentlich nichts dagegen, wenn ich mir meine Kippe etwas pimpe.« Er griff unter den Tisch und holte eine Tüte hervor, die dort festgeklebt war.

Ruth verzog das Gesicht. Nicht auch noch das.

»Ich kann ja die Tür öffnen, wenn's dich stört. Aber glaub mir, ich krieg mich so besser konzentriert.« Er ging zur Gartentür, öffnete sie sperrangelweit und drehte im Stehen die Zigarette. Zurück am Tisch krümelte er eine Prise von dem Gras über den Tabak, verteilte das Ganze mit seinen Fingern, rollte das Blättchen mit einer Hand und schleckte dann die Gummierung ab. Zufrieden betrachtete er die fertige Selbstgedrehte, zog das Feuerzeug aus seiner Hosentasche und nahm einen tiefen Zug.

Automatisch schob Ruth ihren Stuhl nach hinten, obwohl Uriah demonstrativ den Kopf drehte, als er den Qualm stoßweise aus der Nase blies. Sie mochte den Geruch nicht und versuchte, flach zu atmen, um möglichst wenig von dem Marihuana zu inhalieren.

Uriah grinste sie an. »Ohne Opfer geht es nicht.«

Sie gab keine Antwort, sondern schaute ihn herausfordernd an.

»Okay, ich merke schon: Deine Lust auf Wortgefechte lässt nach. Von mir aus. Ist sowieso nicht meine Tageszeit. Aber wir beide, mal abends bei einem guten Wein, Lady, das könnte ein Austausch werden, wie ich ihn mag. Wenn ich dir nicht intellektuell genug vorkomme, unterschätz mich nicht.«

Sie musste alle Energie aufwenden, um den Mund zu halten. Sie wusste, dass er versuchte, sie wieder auf einen Nebenschauplatz zu locken.

»Also gut. Verstehe. Dann also die Geschichte von Rebecca und Robin. Hast du das Manuskript dabei?«

Sie nickte und kramte es aus ihrem Rucksack. Die oberen Blätter waren zerknittert, und sie fuhr entschuldigend mit dem Ärmel darüber.

»Und – was hältst du von dem Ding?«

Ruth sah ihn fragend an.

»Na ja, glaubst du, so etwas taugt zur Veröffentlichung?«

Sie sah auf den Papierstapel. »Wenn ich recht informiert bin, haben Sie doch für die Veröffentlichung gesorgt. Und damit direkt oder indirekt Rebeccas Tod provoziert.«

Uriah lachte laut auf, nahm einen tiefen Zug aus seiner Zigarette und blies den Rauch in die Luft. »Das hat Oskar dir erzählt.«

»Ja. Kann man aber auch im Netz finden. Sie haben es anscheinend auch nach Rebeccas Tod nicht für nötig befunden, Texte und Bilder von Ihrem Blog zu nehmen.«

»Warum sollte ich?«

»Aus Pietät? Wenn schon nicht wegen der Urheberschaft?«

»Ernsthaft? So moralinsauer funktioniert das Leben heute nicht mehr. Nee, nee, Lady.« Er taxierte sie. »Auch wenn Oskar aus dir spricht. Der hat ja schon immer einen auf Gut und Böse gemacht. Wobei er natürlich immer auf der richtigen Seite steht. Verkauft sich halt gut. In jeglicher Hinsicht.« Er grinste. Diabolisch, fand Ruth.

Sie drehte den Manuskriptstapel um, nahm das letzte Blatt und schob die Textstelle mit den Königskindern Uriah zu.

»Ah. Sie spielen die Schweigsame. Verstehe.« Er hob die Hände in gespielter Abwehr. Die Kippe hing im Mundwinkel, fast bis ans Ende aufgeraucht. »Sie wollen die Königskinder.«

»Keine Märchen und endlich mal auf den Punkt.« Ruth merkte, wie sie Geduld und Nerven verlor.

Er pflückte den Stummel von den Lippen, wo er festgeklebt war, und ließ ihn in seine Kaffeetasse fallen. Einen Moment schien er dem Zischen hinterherzulauschen. Dann rutschte er auf seinem Stuhl nach vorne, drückte den Rücken durch und faltete die Hände vor sich.

»Also gut. Keine Märchen. Obwohl es für alle Beteiligten besser gewesen wäre. Warum also habe ich gefragt, was du von dem Geschwafel hältst? Ich will es dir sagen. Rebecca hielt das für moderne Literatur. Für eine Kunstform, die es verdiente, veröffentlicht zu werden. Nicht als Blog oder als Eigenproduktion, nein, sie glaubte, indem sie alle Stile mischte und mit Konventionen brach, indem sie schockierte mit Inhalt und Form, würden ihr die literarischen Türen offenstehen.«

Ruth zog die Augenbrauen hoch. Auch wenn ihr aufgefallen war, dass einige Teile sprachliches Potenzial hatten, war sie über diese Offenbarung überrascht.

»Rebeccas Problem war, dass sie keine Einsicht hatte. Rebecca war kaputt, würde einer sagen, der sie nur von außen kannte.«

»Was bei Ihnen anders war?« Der Zweifel ließ sich nicht überhören.

»Sagen wir mal so: Bei mir fand sie Gehör. Anerkennung. Ich habe sie aufgebaut, gestärkt, ermuntert.«

»Und benutzt.«

Er verzog den Mund. »Das hört sich so schmutzig an.«

»Ist es auch. Mir fällt noch ein ganz anderes Wort dazu ein: Missbrauch.«

Er verdrehte die Augen. »Ach, ein Totschlagargument.«

Ruth stand auf. Ihr fiel es schwer, ihren Ekel zu unterdrücken. »Nein, das ist es nicht. Anders kann man es gar nicht nennen. Sie haben sich alle Schwächen dieser Frau, alle ihre Probleme, die Sie selbst benennen, zunutze gemacht, um davon zu profitieren. Sind mit ihrer Anorexie hausieren gegangen, haben Texte veröffentlicht, die Einblick in die geheimen Foren der Magersüchtigen geben.« Sie zeigte mit dem Finger auf ihn. Mit jedem Wort kam Wut dazu. Sie konnte ihre Stimme nur mühsam kontrollieren. »Nicht missverstehen. Jeden aufklärerischen journalistischen Artikel zu diesem Thema würde ich begrüßen, aber das, was auf Ihrem Blog zu finden ist, steht dort um des Showeffekts und lockt wahrscheinlich noch mehr junge Menschen in solche Gruppen und Abhängigkeiten. Genauso schlimm, wenn nicht noch schlimmer: Sie haben die Anorexie genutzt, um mit Fotos zu schockieren und Quote zu machen. Wie bewusst war Rebecca die Ähnlichkeit dieser Bilder mit Aufnahmen der Menschen in den Konzentrationslagern? Wie bewusst war ihr, dass Sie mit der Hervorhebung ihres Namens Assoziationen wecken? Ist sie von einer Abhängigkeit in die nächste geraten? Bis zu ihrem Tod?« Sie wurde immer atemloser, holte tief Luft. »Bis zu ihrem Tod«, setzte sie neu an. »Von dem ich nicht weiß, war es Absicht? War es ein Unfall? Oder war es Mord?«

*

Norderney

»Jetzt fang du auch noch an!«, stöhnte Martin. »Reicht es nicht, was mit Marthe Dirkens passiert ist? Hätte sie nicht Miss Marple spielen wollen, läge sie nicht im künstlichen Koma.«

»Ich spiele nicht Detektiv, wenn du das meinst.« Daniela klang traurig. »Dafür ist die Sache viel zu ernst.«

Gert trat auf sie zu. »Dann erzähl mal. In Kurzform am besten. Denn in Norddeich läuft der Zugriff.«

»*Google* sei dein Freund«, antwortete sie kryptisch.

»So kurz vielleicht auch nicht.« Gert sah zu Martin und verdrehte die Augen.

»Daniela, wenn wir das ernst nehmen sollen, was du sagst, braucht es knallharte Fakten und nicht irgend so ein ...« Martin brach ab.

»Gelaber, wolltest du sagen. Schon klar. Fakten könnt ihr haben. Frau Dirkens hat den Hinweis gegeben.«

»Was?« Martin und Gert antworteten synchron.

»Ihre Worte. Dieser Satz. Ein Kluger bemerkt alles.«

»Ja?« Gert dehnte die Buchstaben, er schien kurz vorm Platzen.

»Er ist nicht vollständig. Der ganze Satz lautet: Ein Kluger bemerkt alles, ein Dummer macht über alles eine Bemerkung.«

Gert atmete tief ein. »Okay«, sagte er, während seine Adern am Hals anschwollen. »Ist das alles?«

»Alles nicht, aber es erklärt schon genug.«

Martin reichte es. Er schlug mit der flachen Hand auf den Tisch. »Daniela, hör mit diesem Spielchen auf. Du weißt doch genau, wie ernst die Lage ist. Es geht um Mord. Und nicht um eine Quizshow.«

Daniela wurde blass, dann rot. Sie wankte zum nächstbesten Stuhl und sank nieder. »Sorry. Ihr habt recht. Vielleicht ist es meine Art, damit umzugehen. Mit der Erkenntnis, dass wir die ganze Zeit ...«

Wieder schlug Martin auf den Tisch.

Daniela riss den Kopf hoch, und ihre Augen weiteten sich. »Ich dachte, es liegt auf der Hand. Das Ganze ist ein Heine-Zitat.«

Martin sprang auf, während er Gert entschuldigend anblickte. »Du bist anscheinend von allen guten Geistern verlassen. Glaubst du wirklich, wir hätten Zeit für solch einen Quatsch? Selbst, wenn es von Heine stammt. Was soll das beweisen?«

Sie streckte ihre Hand vor. Martin hatte es für ein Taschentuch gehalten, erst jetzt fiel ihm auf, dass es eine Plastikkarte war.

»Was ist das?«, blaffte er, weil er keine Lust darauf hatte, von ihr vorgeführt zu werden.

»Schau es dir an. Und zieh eigene Schlüsse draus.« Sie stand auf. »Und wie gesagt: *Google* sei euer Freund.«

*

Bonn

»Der Tod von Rebecca ist polizeilich untersucht. Der Fenstersturz wurde nicht provoziert. Und erst recht wurde nicht nachgeholfen. Es konnte kein Fremdverschulden festgestellt werden.«

»Was nicht heißt, dass es keines gab.«

Uriah lachte höhnisch auf. »Das sagt die Richtige. Du bist doch Polizistin gewesen. Hab mir deine Vita angeschaut. Und jetzt willst du die Untersuchungen deiner Kollegen in Zweifel ziehen?«

»Nein, das tue ich nicht. Trotzdem wissen Sie genau wie ich, dass es Fehlerquoten gibt.«

»Du kannst dir sicher sein, dass ich meine Hände nicht im Spiel hatte. Rebecca war ein psychisches Wrack. Die Schuld lag bei diesen *ANA*-Gruppen, die sie nicht in Ruhe ließen. Die sie als Verräterin beschuldigten. Du hast doch gelesen, mit welch sektengleichen Methoden, mit welchem Gruppendruck auf die *ANAs* eingewirkt wurde.« Er deutete auf den Papierstapel.

»Dass sie dort als Verräterin gesehen wurde, hat mit der Veröffentlichung der Interna auf Ihrem Blog zu tun. Wenn ich es richtig verstehe, ist doch dadurch der massive Druck auf Rebecca entstanden.«

Er winkte ab. »Ach so, die moralische Schuld.«

Ruth gab sich keine Mühe mehr, ihren Widerwillen zu verbergen. »Stimmt, die spielt ja für Sie keine Rolle. Wer immer auf Skandal aus ist, wer Tote und Verletzte fotografiert und diese Bilder veröffentlicht, wer immer mit den Grenzen des Legalen spielt, ja klar, für den sind solche Fragen im Bereich Kollateralschaden einzuordnen. Wobei den Schaden immer die Opfer tragen. Zusätzlich zu ihrem Leid.«

»Hör doch auf mit Moral. Als wenn die in unserer Gesellschaft eine Rolle spielen würde. Schau hin: Politik, Kirche, Sport, die Showbranche, soziale Medien – wo bitte schaut da einer nach Moral? Also, komm mir nicht damit. Solang mir kein Gericht einen Riegel vorschiebt, pfeife ich auf eure Moral.« Seine Stimme überschlug sich bei den letzten Silben. Außer Atem stand er auf, um die Gartentür zu schließen. Als er zum Tisch zurückkehrte, hatte sich sein Gesicht entspannt. Er verzog den Mund zu einem Lächeln. »Ich weiß, dass das alles nicht zählt. In den Wertvorstellungen von Menschen wie dir. Wie von Oskar und dir. Menschen aus der gesättigten Mittelschicht, die gerne mal ein bisschen linksliberal argumentieren. Angeblich für Minderheiten kämpfen, Unterprivilegierten helfen, Benachteiligte stützen. Alles, solang es nicht das eigene Leben tangiert. Also hör auf.«

Ruth schwieg. Sie kannte diese Debatte. Gleich würde er etwas davon erzählen, wie sie die Werte verrieten, für die ihre Eltern gekämpft hatten.

»Ihr seid doch jetzt das Establishment.«

Da war's.

»Und das interessiert mich null. Das Einzige, was für mich zählt, ist die Absolution derer, die es direkt betrifft.«

Ruth lachte müde auf. »Machen Sie sich nicht lächerlich. Reden Sie von den Unfallopfern und deren Familien?«

Er winkte ab. »Ich bin ausschließlich bei Rebecca. Sie hat mir keine Vorwürfe gemacht. Sie wusste, wer die Schuldigen waren. Sie hat erkannt, wie alles gelaufen ist und wo die Verursacher ihres Leidens saßen. In Rebeccas Augen war ich das, was ich immer sein wollte: jemand, der den Finger in die Wunde legt. Jemand, der aufdeckt. Einer, der sich nicht kaufen lässt.«

»Oh, was für eine Heldengeschichte.« Ihre Ironie war nicht zu überhören. »Jetzt glaube ich auch, dass alle Welt Ihnen Unrecht tut. Und dass Sie selbstverständlich keine Schuld an Rebeccas Tod haben. Dumm nur, dass Rebecca uns das nicht mehr bestätigen kann.«

»Mag sein.« Uriah schaute sie gelassen an. »Aber einen Zeugen gibt es. Glücklicherweise. Rebeccas Bruder. Robin Kahn.«

*

Norderney

Martin starrte fassungslos auf die Karte in seiner Hand.

»Was ist das?«, wollte Gert von ihm wissen.

»Eine Campus-Card. Von Caroline Wiesinger.«

»Ja und? Was ist daran so ungewöhnlich? Filmuniversität Berlin?« Gert drehte die Karte hin und her, als könnte er ihr anderes als Namen, Matrikelnummer und Bibliothekscode entlocken. »Ich verstehe es immer noch nicht.«

»Sie hatte hier eingecheckt, weil sie angeblich als Germanistin an einer Doktorarbeit über Heine schreibt.« Daniela schluckte.

»Die Doktorandin?« Gert schlug sich vor den Kopf. »Wir haben nie nachgefragt. Sie war überhaupt nicht auf meinem inneren Bildschirm. Sie studiert Germanistik und promoviert über Heine? Und das sagst du erst jetzt?«

»Eben nicht.« Martin verdrehte die Augen.

»Vielleicht wärt ihr doch besser zu Frau Dirkens' Teezeremonie gekommen«, warf Daniela ein.

Gert stöhnte auf.

Aber Martin winkte ab. »Egal. Wir müssen jetzt handeln. So schnell wie möglich. Ruf auf dem Festland an: Sie sollen den Bahnsteig überprüfen. Frau Wiesinger wird eine Verbindung nach Berlin nehmen. Und die Parkplätze. Ein Berliner Kennzeichen dürfte um diese Jahreszeit nicht allzu häufig sein.«

»Die Kollegen lynchen mich. Du glaubst doch nicht, dass wir dafür ausreichend Kapazitäten haben? Aber ich versuche es. Ich kann nur hoffen, dass wir nicht zu spät sind.«

Doch das waren sie. Und Daniela gab sich beleidigt. Sie hatte sich in die Küche zurückgezogen. Saß am Küchentisch, hatte das Handy vor sich aufgestellt und starrte mit unbeweglicher Miene darauf.

Martin setzte sich still dazu. Gert sprach mit den Kollegen, sein Frust drang aus dem Nebenraum zu ihnen in die Küche. Er selbst hatte sein Smartphone herausgezogen und suchte die Fachbereiche der Filmuniversität. Als Nächstes gab er Carolines Namen ein. Ein paar Einträge konnte er finden. Produktionen, in denen sie mitgespielt hatte, kurze Teaser für Studienprojekte. Nichts, was sie weiterbrachte.

Verdammt! Was führte diese Frau für ein Schauspiel auf? Er fuhr sich mit der Hand durch das Gesicht. Es fiel ihm schwer, sich zu konzentrieren. Zu viele Puzzlestücke wollten sich nicht zu einem Ganzen zusammenfügen lassen. Wenn er nach dem einen griff, schien ein anderes passend. Manches hingegen gehörte gar nicht dazu.

»Was machst du?«, fragte er Daniela, die plötzlich ihr Handy nah an ihre Augen führte.

»Ach nichts«, sagte sie, und Enttäuschung und Trauer schwangen in ihrer Stimme. Sie legte das Handy mit dem Display nach unten auf den Tisch. »Hab mir die Webcam vom Hafen in Norddeich angesehen. Ich dachte, vielleicht entdecke ich Caroline. Auch auf die Gefahr hin, dass ich mich wieder lächerlich vor euch mache.«

»Daniela.« Er griff nach ihrer Hand. »Entschuldige. Die Nerven liegen bei uns allen blank.«

»Schon gut. Hat ja sowieso nichts gebracht.«

»Aber du glaubst schon, dass es Caroline gewesen sein könnte, die Frau Dirkens mit den ...« Es klang so abstrus, dass er abbrach.

Daniela schien zu wissen, was in ihm vorging. »Vergiftete Schnapspralinen. Unfassbar. Ausgerechnet Marthe Dirkens mit ihrem Giftschrank.«

»Das stimmt.« Martin stützte sein Kinn auf die Hand. »Vielleicht hat das Caroline erst auf die Idee gebracht? Aber warum?«

Sie nahm das Handy wieder in die Hand und wischte es an ihrem Longshirt ab. »Wahrscheinlich hat Frau Dirkens den richtigen Riecher gehabt. Und Caroline hat es gemerkt.«

»Ja, das könnte sein.« Martin kratzte über seine Bartstoppeln. »Aber warum überhaupt diese ganze Heine-Geschichte? Warum nistet sich Caroline Wiesinger auf der Insel ein? Wenn sie wirklich schuld ist am Tod von Bothe, warum verlässt sie nicht sofort nach der Tat die Insel? Warum gibt sie vor, eine Heine-Doktorandin zu sein, wenn ihr Opfer

Germanist ist? Musste sie nicht fürchten, dass man ihr dadurch erst recht auf die Spur kommt?«

»Wer hätte denn einen Zusammenhang herstellen sollen? Davon, dass ich als Hostelbetreiberin so gute Verbindungen zur Polizei habe, wusste sie nichts.«

»Das ist ein Argument.« Er verfiel wieder ins Nachdenken, während er Daniela dabei beobachtete, wie sie ihr Handy entsperrte, etwas eintippte und dann mit beiden Daumen durch die Seiten scrollte. Die Stille, die in der Küche herrschte, wurde nur von einzelnen Flüchen aus dem Nebenzimmer unterbrochen. Verdammt, wo ansetzen? Er spürte, wie die Müdigkeit zurückkehrte, wie die Augen schwer wurden, wie der Kopf nach vorn …

»Holy Shit!«

Der Schrei war so dicht an seinem Ohr, dass er erschrocken aufsprang und sich in Kampfstellung brachte. Es dauerte zwei, drei Sekunden, bis er realisierte, wo er war. Der Sekundenschlaf musste ihn überfallen haben, während Daniela etwas entdeckt hatte.

»Fuck!«, schrie sie und starrte entgeistert auf ihr Handy. »Fuck!«

Gert kam aus dem Esszimmer herübergeeilt und sah ihn fragend an. Martin zuckte die Schultern.

Daniela blickte auf und schien sich ihrer Ausrufe bewusst zu werden. »Sorry«, sagte sie. »Ich habe nach Caroline Wiesinger gegoogelt. Und dabei dieses Foto gefunden. Die kenne ich. Da bin ich mir ganz sicher. Gesichter kann ich mir merken. Und Frisuren sowieso. Der Igelschnitt. Und die Farbe. Dazu diese ungewöhnlichen türkisfarbenen Augen. Die war in der Praxis. Bei Matzdorf. Wir sind mit ihr an der Tür zusammengestoßen. Ganz, ganz sicher.«

»Wer?«, wollte Gert wissen und nahm Daniela unsanft das Handy aus der Hand. »Um was geht es überhaupt?«, schob er unwirsch hinterher. Er sah auf das Display. Schwieg. Zog das Bild mit Daumen und Zeigefinger groß. Blickte auf. »Das glaube ich jetzt nicht. Nein. Das kann nicht sein.«

*

Bonn

»Robin ist tatsächlich Rebeccas Bruder?«

»Ja, was dachtest du denn?« Nun wirkte Uriah überrascht.

»Ich weiß es nicht. Ich konnte es nicht zuordnen. Ursprünglich glaubte ich, er hätte an ihrer Geschichte Interesse. Aufgrund seines Studiums. Oder weil auch er Jude sein könnte.«

»Das sind weder er noch Rebecca.«

Sie runzelte die Stirn. »Aber …«

»Du hattest die Vermutung wegen ihres Namens?«

»Ja, auch.« Ruth versuchte, sich zu erinnern, ob es weitere Anhaltspunkte gegeben hatte. Es gelang ihr nicht. Die Fotos, die Gedenkstätte, der Friedhof, die Begegnungen mit Robin – das alles hatte sie zu Schlussfolgerungen geführt, die anscheinend nicht stimmten.

»Allerdings haben die beiden mütterlicherseits eine jüdische Vorfahrin. Genauso, wie die Familie meines Vaters aus England stammt. Fakt ist: Für meinen Ursprung interessiert sich kein Mensch, bei Rebecca und ihrer Familie war es anders. Als hätten wir immer noch die 30er-Jahre des letzten Jahrhunderts, als hätten wir nichts gelernt.«

»Also doch.«

»Was also doch?«, äffte er sie nach. »Sag jetzt nicht, du hättest es geahnt. Damit bedienst du doch dieselben Vorurteile.«

Ruth blickte zum Garten und biss auf ihrem Fingernagel herum. Hatte Uriah recht? War sie auf etwas hereingefallen, von dem sie sich weit entfernt wähnte? »Quatsch«, antwortete sie schließlich. »Ich habe nur Schlüsse gezogen aus dem, was man mir angeboten hat. Ich kannte Rebecca nicht. Also hören Sie endlich auf mit den Ablenkmanövern. Erzählen Sie mir die ganze Geschichte.«

»Die ganze Geschichte. Also gut. Das heißt …«, er klopfte nervös mit den Fingern auf den Tisch, »das heißt, den Teil, den ich erzählen kann.«

Ruth verdrehte die Augen. »Egal, was. Fangen Sie an.«

Wieder holte er den Tabakbeutel hervor. »Ich brauche was in den Händen. Dann kann ich mich besser konzentrieren. Rebecca lernte ich kennen, als sie in meiner Stammkneipe kellnerte. Ein Studentenjob, wie ihn viele haben. Zweimal die Woche, an festen Tagen. Ich sitze immer an der Theke. Mal alleine, mal mit ein paar Leuten, die hier in der Gegend wohnen, früher auch mit Kollegen.«

»Mit Oskar?«

»Ja, auch mit ihm. Bis mich die feinen Herren schnitten. Aber lassen wir das. Rebecca war ein hübsches Ding. Zierlich, schlank, dunkle Haare, braune Augen, die immer ein wenig zu traurig aussahen. Sie war genau der Typ Frau, der, obwohl er selbstbewusst rüberzukommen versucht, bei Männern Schutzinstinkte weckt.«

»Sagen die Männer?«

»Es war so. Einerseits wirkte sie gerne mal zickig und man kassierte schnell einen Spruch, andererseits hatte sie etwas Taxierendes. Es war ziemlich offensichtlich, dass sie die Gäste danach unterschied, ob sie ihr nützlich sein konnten.«

»Wie das?«

»Nun, sie studierte Germanistik. Ihr Traum war jedoch, literarisch zu veröffentlichen. Eventuell an eine dieser Schreibschulen zu gehen. Leipzig oder so. Davon hat sie immer erzählt, wenn sie die Gläser polierte oder an der Siebträgermaschine stand. Und dass sie auf Stipendien hoffte.

Diese Sachen erzählte sie nicht jedem. Aber wenn sie glaubte, jemand könnte ihr Türen öffnen, dann geriet man in ihr Blickfeld.«

»Und in Rebeccas Augen waren Sie so ein Türöffner?«

»Anfangs nicht. Als sie noch richtige Höhenflüge hatte, schaute sie mich mit einer Mischung aus Mitleid und Hochnäsigkeit an, die viele junge Menschen haben. Und sie wusste, dass ich nicht mehr bei den etablierten Medien arbeitete.«

»Aber es hat sich etwas verändert?«

»Ja, und das ging erstaunlicherweise rasant schnell. Eines Tages tauchte sie mit diesem Armband auf. Erst mit der Zeit wusste ich, dass die *ANA*-Jüngerinnen es als eine Art Erkennungsmal tragen. Mir war aufgefallen, dass sie immer dünner wurde, hatte mir aber keine Gedanken dazu gemacht. Irgendwann war es nicht mehr zu übersehen. Sie war nicht dünn, sondern ausgemergelt. Kraftlos. Bekam den Job nicht mehr auf die Reihe, sogar die Kasse stimmte mehrfach nicht. Als Stammgast bekommt man so was mit. Und weil ich sowieso jeden Abend dort saß, wurde ich mit der Zeit dann etwas wie ein väterlicher Freund.«

Das Grinsen, das er bei den letzten Worten zeigte, war widerlich. Aber Ruth unterdrückte ihre Aggression.

»Sie ist dann auch mit zu mir nach Hause.« Er zwinkerte. »Nur so. Ich hab das nicht ausgenutzt.«

Ruth war sich da nicht sicher.

»Ich glaube, sie brauchte einfach Halt und Stabilität.«

»Was war mit ihren Freunden, Kommilitonen? Was mit ihrer Familie, was mit ihrem Bruder? Robin?«

»Sie hatte sich von allen zurückgezogen. Im Nachhinein weiß man gar nicht, was war das Ei, was die Henne? Du weißt schon. Mehrere Dinge waren gleichzeitig passiert. Einer ihrer Unidozenten hatte ihre Arbeit gnadenlos auseinandergenommen. Ihr nicht nur ihre schriftstellerischen Ambitionen genommen, sondern auch ihre Klausuren und Hausarbeiten miserabel bewertet. Sie war mit ihrem Selbstwert am Ende.«

»War sie so schlecht?«

»Nein. War sie nicht. Bei den anderen Dozenten lief es besser. Aber statt es einfach als Misserfolg abzutun, hat sie die Herausforderung gesucht und Seminare bei diesem Arsch belegt. Was nicht gut gehen konnte und nicht gut ging.«

»Gab es Gründe für das Verhalten des Dozenten?«

»Auf den ersten Blick keine. Außer, dass er sowieso im Ruf stand, ein Schwein zu sein. Einen an der Klatsche zu haben. Dass er weltfremd im Elfenbeinturm residierte. Im wahrsten Sinne des Wortes. Abgeschottet in einem Raum, der einem die Luft nahm, der einen erstickte. Er hielt sich selbst für ein Genie. Und Rebecca wollte nicht mehr, als von ihm anerkannt zu werden.«

»Seltsam.«

»Dazu kam die Anorexie. Der Druck aus der *ANA*-Gruppe. Das Gefühl, auch hier zu versagen.«

»Okay.« Sie nickte bedächtig. Das kannte sie, das passte.

»Ich hab sie aufgebaut.« Der Satz kam so plötzlich, dass es einen Moment dauerte, bis Ruth reagierte.

»Sie?«

»Unvorstellbar, was? Ja, ich. Sie hat wieder an sich geglaubt. Eine Zeit lang. Vor dem alles vernichtenden Urteil dieses Typen. Dieses Widerlings.«

»Das Manuskript?«

»Ja. Wie du ja gemerkt hast, ist es eigentlich ein Potpourri aus verschiedenen Themen und Stilen. Aber gerade deswegen gar nicht schlecht. Ich bin das mit ihr durchgegangen. Hab quasi lektoriert. Aber wichtiger war, dass sie überhaupt wieder schrieb. Damit ihr Selbstbewusstsein erneuerte. Sich mit sich selbst auseinandersetzte.«

»Schreiben als Therapie?«

»Auch.«

»Und Sie haben sie nicht ermuntert, professionelle Hilfe anzunehmen? Statt selbst von ihrer Hilflosigkeit zu profitieren.«

Er schüttelte den Kopf. »Habe ich versucht. Wollte sie nicht.«

Ruth seufzte. »Was jetzt niemand mehr beweisen kann. Wie kam es dazu, dass sie Teile des Manuskripts auf Ihrem Blog veröffentlicht haben? Dazu die Fotos? Hat Rebecca das nicht als Vertrauensbruch gewertet?«

»Nein, hat sie nicht«, antwortete Uriah aggressiv. »Das alles fand ihre Zustimmung. Weil sie aufgewacht war. Weil sie mit meiner Hilfe zurück ins Leben wollte. Der Blog und die Fotos, sie waren notwendige Provokation. Ein Hilferuf. Ein Aufschrei. Weil sie verstanden hatte, was die Ursachen waren.«

»Eine Provokation, um ins Gespräch zu kommen? War es das? So wie das heute bei vielen Promis läuft? Einen Skandal produzieren, und schon scharen sich alle um einen, egal, was man an Qualität abliefert? Weil unsere nervöse, hysterische Gesellschaft nur noch darauf reagiert? Der Skandal als Sprungbrett für eine Karriere?«

Er lachte. »Sehr gute Analyse. So verdiene ich mein Geld. Ja …« Er machte eine Pause. Schien seine Worte mit Bedacht zu wählen. »Das steckte durchaus als Absicht dahinter. Aber es war mehr. Es sollte offenlegen, warum dieses Schwein in Wirklichkeit Rebeccas Ambitionen zerstört hat.«

»Da bin ich ja gespannt.«

»Liegt es nicht auf der Hand? Dieser Rainer Bothe hat sie auflaufen lassen. Anscheinend nur aus einem Grund. Weil er in ihr die Jüdin sah.«

Ruth schaute ihn zweifelnd an. »Ist das nicht weit hergeholt?«

»Nein, ist es nicht.« Uriah stand auf, ging erregt ein paar Schritte und kam zum Tisch zurück. »Weil es noch einen anderen Grund gab, dass ihr sein Urteil so wichtig war. Einen viel wichtigeren. Und der hing tatsächlich mit ihrer Herkunft zusammen.«

*

Norderney

»Ihr könnt die Gäste-Räder nehmen«, hatte Daniela gesagt und war zum Schuppen geeilt.

»Wir haben nichts in der Hand«, warf Gert ein. »Weder gegen Caroline noch gegen Judith. Außer seltsamen Zufällen und der Eingebung von Daniela. Und dem Foto, auf dem beide zusammen zu sehen sind.«

»Also bleibt nur eins: die Hoffnung, dass Matzdorf uns weiterhilft.«

»Na dann«, sagte Gert und schaute sehnsuchtsvoll zum Himmel. Wenn sie ein Stück weiterführen, würden sich Dünen, Strand und Meer vor ihnen ausbreiten.

Matzdorfs Fachangestellte reagierten mit der gleichen Empörung wie zuvor Gerts Kollegen in Norden und Aurich. »Wartezimmer und Labor sind voll. Wir können Sie nicht einfach zwischenschieben.«

»Das können Sie sehr wohl«, hatte Gert geantwortet. Der Dienstausweis hatte die Damen zum Verstummen gebracht. Immerhin sah er davon ab, das Behandlungszimmer zu stürmen, und wartete, bis der Arzt mit einem Patienten in der Tür erschien.

»Sie?«, schien sein Gesichtsausdruck zu sagen. Stattdessen wandte er sich an die Fachangestellte: »Wer ist der Nächste?«

Gert trat einen Schritt vor: »Wir. Akute Beschwerden, die keinen Aufschub dulden.«

Mit einer Handbewegung bat er die beiden Männer in das Arztzimmer und schloss die Tür.

»Sie kommen wegen Marthe Dirkens. Traurig, traurig«, sagte er, während er die paar Schritte zu seinem Schreibtisch ging. Er kam Martin heute weniger wie ein erfolgreicher Golfer vor, sondern wie ein angezählter Boxer. Die Tränensäcke unter seinen Augen schienen geschwollener als sonst. Ihn würde es nicht wundern, wenn er die Nacht mit einer Flasche Hochprozentigem verbracht hätte.

»Sie war gestern in meiner Praxis. Natürlich, sie geht auf die 80 zu, da gibt es hier und da …«

»Wenn Sie wissen, dass etwas mit Marthe Dirkens passiert ist, dann wohl auch, dass nicht Alter und Krankheit das verursacht haben, sondern Schnapspralinen.«

»Ja. Schnapspralinen.« Der Arzt nickte bedächtig. Von seiner gestrigen Protzerei schien nichts mehr übrig. »Dabei war sie an Alkohol gewöhnt.«

»Alles deutet auf vergiftete Pralinen hin, auch das ist Ihnen zu Ohren gekommen, oder nicht? Wer hat Sie überhaupt informiert?« Gert sah mit einem schnellen Blick zu Martin.

»Daniela. Und das Krankenhaus.«

Martin nickte. Das konnten sie überprüfen.

Gert ließ ihm wenig Zeit. »Würde es Sie sehr überraschen, dass wir Sie aus einem ganz anderen Grund aufsuchen?«, fragte er mit aufgesetzter Höflichkeit.

Der Arzt sah auf seinen Schreibtisch. Er suchte nach einer Antwort. Schien mit sich zu ringen. Dann blickte er auf. »Nein, es überrascht mich nicht. Sie kommen wegen Judith. Judith Wiesinger. Richtig?«

Gert war genauso verblüfft wie Martin.

»Meine Herren, es ist nicht der richtige Ort, um den Sachverhalt zu klären.« Matzdorf wirkte angeschlagen. »Ich bitte Sie, mir zu folgen. Und ich versichere Ihnen, Sie werden die Antworten auf Ihre Fragen erhalten. Vollständig.«

Wieder verständigten sich Martin und Gert mit kurzen Blicken. Sie zuckten beide fast unsichtbar mit den Schultern. Sie waren zu sehr Polizisten, um sich die Chance auf Aufklärung entgehen zu lassen. Sie waren zu zweit. Sie hatten jeder eine Dienstwaffe. Matzdorf war stadtbekannt. Ebenso Martin. Sie waren auf einer Insel, auf der es am helllichten Tag kaum möglich war, in eine Falle zu tappen.

Martin las in Gerts Blicken die gleichen Gedanken.

Bevor er die Tür des Behandlungszimmers öffnete, streckte sich der Arzt. Kurz ruckte er mit dem Kopf, als wolle er ihn in die richtige Position bringen. Seine Stimme klang gewohnt arrogant, als er seine Angestellten anwies: »Es ist ein Notfall. Koordinieren Sie das mit den wartenden Patienten. Und rufen Sie Frau Braun an: Den Hausbesuch muss ich verschieben.«

Kein Bitte und kein Danke. Das war er wieder. Matzdorf, wie Martin ihn kannte. Er war gespannt, was er ihnen zu offenbaren hatte.

*

Bonn

»Was denn nun?«, hatte Ruth verwirrt gefragt. »Jüdin oder Nicht-Jüdin? Ich verstehe es nicht.«

Uriah hatte verständnisvoll genickt. »An dieser Stelle sollte Robin erklären, wie sich die Dinge zueinander verhalten. Denn eines sage ich direkt: Ab hier bin ich raus aus der Nummer.« Er war aufgestanden und hatte Robin angerufen.

Sie hatten sich auf eine Verschnaufpause geeinigt. Robin hatte sein Kommen zugesagt, ohne zu wissen, dass Ruth ihn erwartete. Im Moment schwirrte ihr von all den gegensätzlichen Aussagen der Kopf. Wo war der rote Faden?

Die Unterbrechung hatte sie für ein Telefonat mit der Klinik genutzt. Oskar auf der Intensivstation zu wissen, lag wie eine tonnenschwere Last auf ihr. Das schlechte Gewissen, dass sie sich, statt sich um ihn zu sorgen, mit Geschichten beschäftigte, die sie nichts angingen, wechselten mit der Überzeugung, in Oskars Sinn zu recherchieren. Weil sie immer noch hoffte, verstehen zu können, was mit ihm passiert war. Und es lenkte sie ab. Von all den Fragen zu ihrer Beziehung, zu ihrer Zukunft und der unsäglichen Angst, dass es diese Zukunftsfrage gar nicht mehr gab. Weil Oskar ... an dieser Stelle verbat sie sich das Weiterdenken. Und war froh, in Rebeccas Geschichte eintauchen zu können.

Glücklicherweise gab es hoffnungsvolle Nachrichten. Er war stabil. Sie würden im Laufe des Tages die Medikation herunterfahren und versuchen, ihn zu extubieren. Erst dann wären weitere Prognosen möglich. Gerne könne sie am Nachmittag zur üblichen Besuchszeit kommen. Das alles erleichterte und entlastete sie. Sie nahm Oskar nichts weg, wenn sie das Gespräch mit Robin führte.

Kurz hatte sie überlegt, es noch einmal bei Martin zu versuchen. Er hatte auf ihre Nachricht nicht reagiert. Ob er okay war nach seinem Zustand in der Nacht? Anne würde es wissen. Auch einen Anruf bei ihr verwarf sie. Nicht noch eine weitere Baustelle eröffnen!

Es dauerte keine halbe Stunde, bis sich der Schlüssel im Schloss drehte. Das nahm sie mit Erstaunen zur Kenntnis. Robin schien bei Uriah ein und aus zu gehen.

Das nächste Erstaunen lag allerdings auf Robins Gesicht, als er Ruth entdeckte. Es sah aus, als würde er am liebsten auf dem Absatz kehrtmachen, aber Uriah eilte ihm entgegen. Es hatte nur weniger Worte bedurft, und er hatte sich am

Tisch niedergelassen. Am Tischende, sodass er den weitesten Abstand zu Ruth wahrte. Und den geringsten zur Eingangstür. Von entspannt konnte keine Rede sein. Immerhin schien Uriahs Einfluss auf ihn immens. Und das, obwohl er Rebeccas Bruder war? Obwohl Uriah, zumindest von Oskar unterstellt, eine Mitschuld an deren Tod hatte? Die Rätsel wurden in der Tat nicht weniger.

Zwei, drei Sätze genügten, um Robin zum Reden zu bringen. Ruth überraschte, dass das Wort »Kriminalpolizei« dabei den entscheidenden Impuls zu geben schien.

Trotzdem verlor er sich in Satzanfängen und unzusammenhängenden Äußerungen, die Ruth in den Wahnsinn trieben. Ihre Müdigkeit, ihre Sorgen, ihr Ausgeliefertsein an eine Situation, die sie nicht verstand, das alles spannte ihre Nerven zum Zerreißen an.

»Schluss jetzt«, sagte sie irgendwann, »so bringt das doch nichts. Entweder erzählt jetzt einer, was Sache ist, und zwar in chronologischer und logischer Reihenfolge, oder ich stelle hier die Fragen.« Sie hörte, wie abgekämpft sie klang.

Erleichterung tauchte in Robins Zügen auf.

»Macht ihr das unter euch aus. Ich bin, wie gesagt, an der Stelle raus.« Wie um seine Worte zu unterstreichen, ging Uriah zu einem Plattenspieler, nahm eine LP aus der Hülle, hielt die Schallplatte gegen das Licht, legte sie auf den Teller und setzte den Abspielarm vorsichtig auf den äußeren Rand. Leise und zurückhaltend eroberte die Musik den Raum, während Uriah zur Chaiselongue ging und sich dort ausstreckte.

»Prince«, sagte Robin, der sichtbar erschauderte. »Der Lieblingsmusiker meiner Schwester.«

Ruth zog die Augenbrauen hoch. »Wie das? War sie dafür nicht zu jung?«

»Schon. Uriah ist daran schuld. Hier hat sie seine Musik kennengelernt. Und in diesem Mann, der immer auf der

Suche nach sich selbst war, einen Seelenverwandten entdeckt.«

Ja, das passte. Zu allem, was sie wusste. Ihr gefiel die ruhige, gefühlvolle Art, mit der Robin in wenigen Worten seine Schwester charakterisierte. Ruth sah ihn aufmerksam an.

Robin schlug die Augen nieder. »Mir wäre lieber, sie würden fragen. Es ist …« Er stockte. »Es ist so viel passiert. Zu viel. Viel zu viel. Das habe ich nicht gewollt.«

Ruth überlegte. Das Wort Kripo war gefallen. Überschritt sie nicht ihre Kompetenzen, wenn sie eine Art Vernehmung durchführte? Aber was hatte sie in der Hand? Nichts, was einen Anruf bei der Polizei rechtfertigte. Robin schien ihr zu vertrauen. Sie würde auf ihr Bauchgefühl hören und weitermachen. Abbrechen konnte sie das Ganze immer noch.

»Okay«, sagte sie und hatte das Gefühl, dass der junge Mann am Tischende jeden ihrer Gedankengänge nachvollzogen hatte. Er sah sie mit großen braunen Rehaugen an, als wartete er nicht nur auf ihre Fragen. Sondern auf Entlastung, Hilfe, Unterstützung. Vielleicht sogar auf Absolution. »Rebecca war also Ihre Schwester?«

»Ja.« Seine Stimme war belegt, weshalb er sich räusperte und dann noch einmal gefestigt bestätigte: »Ja, das war sie. Meine große Schwester. Sie ist, also sie war 16 Monate älter als ich.«

»Und Sie haben ein sehr enges Verhältnis gehabt?«

Er überlegte. »Eigentlich nicht. Das heißt, mal ja, mal nein. Als Kinder waren wir sehr eng verbunden. Das lag an unserer Familienkonstellation. Aber wir haben unterschiedliche Schulen besucht, hatten verschiedene Freundeskreise, Interessen. Trotzdem waren wir für einander da. Lange Zeit. Wenn den anderen etwas bedrückte. Liebeskummer. Schlechte Noten. Als ich durch die Führerscheinprüfung gefallen bin. All so was. Als Rebecca nach Bonn zog, wurde es lockerer. Ich habe lange nicht gewusst, was mit ihr los ist. Wie es ihr geht. Eigentlich erst, als es schon zu spät war.«

Puh. Ruth blies leicht die Backen auf. Da war schon jetzt eine Menge Stoff für sie als Psychologin enthalten.

»Ihre Familienkonstellation. Was meinen Sie damit?«

»Meine Mutter war alleinerziehend. Das war in den 80ern, als wir geboren wurden, nicht mehr ganz ungewöhnlich, aber auch noch nicht etabliert. Also ein Kind für eine Alleinerziehende, das galt vielleicht auch noch als hip. Aber eine unverheiratete Mutter mit zwei Blagen, dann noch so dicht hintereinander, fand keine Anerkennung mehr. Meine Mutter musste sich ganz schön abstrampeln. Es gab für so was kein Netz. Wir wurden rumgereicht und waren sogenannte Schlüsselkinder. Da war es klar, dass Rebecca als die Ältere sich für mich verantwortlich gefühlt hat.«

»Darf ich fragen, warum Ihre Mutter alleinerziehend war? Und hatten Rebecca und Sie …«

»Ich weiß schon. Die Frage kenne ich. Denselben Vater, wollen Sie wissen. Ja, den hatten wir. Wie wir erst später erfahren haben. Es gab keinen Kontakt.«

Ruth sah, wie Robin zu Uriah hinübersah. Dieser lag entspannt auf dem Kanapee und hatte die Augen geschlossen.

»Keinen Kontakt, warum?«

»Aus verletztem Stolz vonseiten meiner Mutter. Aus Angst und Schwäche bei meinem Erzeuger.«

»Erzeuger«, wiederholte Ruth leise und verständnisvoll. »Haben Sie heute Kontakt?«

»Nein. Ich habe ihn nie persönlich getroffen. Er lebt nicht mehr. Hat sich kaputt getrunken. Wobei es nicht klar ist, wie genau er zu Tode kam. Ob ein Suizid oder ein Unfall. Die Mischung aus Alkohol und seinen vom Arzt verordneten Antidepressiva war jedenfalls toxisch.«

Ruth zog ihren Rucksack heran. »Ist es okay, wenn ich mir ein paar Stichworte notiere?«

Robin nickte so ergeben wie jemand, der jeglichen Mut verloren hat.

Schnell notierte sie: Parallele bei Tod von Vater/Tochter, unklar, ob Suizid oder Unfall. »Woher wissen Sie das alles?«, fragte sie gleichzeitig. »Wenn Sie keinen persönlichen Kontakt hatten.«

Wieder ging sein Blick zu Uriah, der vollkommen unbeteiligt wirkte. Robin rutschte auf seinem Stuhl hin und her. Das Schweigen breitete sich im Raum aus, nur unterbrochen von quietschenden Klängen der Prince-LP.

»Robin?«, fragte Ruth sanft, um den Kontakt wieder herzustellen. Das Kribbeln in ihrem Bauch verriet, wie wichtig seine Antwort sein würde. Trotzdem war sie überrascht.

»Von meiner Schwester.«

»Von Rebecca?« Ruth klang ungläubig. Irgendetwas passte nicht.

»Nein, nicht von Rebecca. Komplizierter. Von der anderen.«

*

Norderney

Es war unfassbar, dass Matzdorf sich das traute. Kein Kilometer Luftlinie, der Praxis und Wohnhaus trennte, aber der Arzt legte die Wege nicht wie jeder Insulaner zurück, sondern fuhr selbst kleinste Strecken mit dem Auto.

Natürlich brachte er sich damit ins Gerede bei den Einheimischen. Was aber seine Arzttätigkeit anbelangte, hielten es die Norderneyer wie die meisten Menschen: Wer bei ihm Patient war und sich gut behandelt fühlte, ließ nichts auf ihn kommen. Die anderen machten sich über seine Art lustig, traten vermeintliche Fehler breit und verbreiteten Gerüchte. Wobei man das nicht trennen konnte. Dass jedem Arzt einmal eine falsche Diagnose oder Behandlung unterlaufen konnte, war tragisch, aber kaum vermeidbar. Sie alle waren nur Menschen.

Heute konnte Martin das Gerede der Inselbewohner nachvollziehen. Lächerliches Gockelgehabe, dieses Herumprahlen mit seinem Auto. Lächerlich, wie sie sich mit den Rädern hinter ihm abstrampelten.

Er war nicht überrascht, dass Matzdorf zu sich nach Hause fuhr. Sie stellten ihre Fahrräder neben seinem Auto ab. Er war schon zum Haus geeilt und hatte die Tür aufgeschlossen. Martin konnte sehen, wie er auf einen Schalter drückte. Er musste grinsen. Die berühmt-berüchtigte Alarmanlage. In der Anfangszeit nach der Installation hatte sie immer für Fehlalarme gesorgt. Erst als sie angedroht hatten, ihr Ausrücken in Zahlung zu stellen, hatte er einen Techniker kommen lassen, der das System mit ihm besprach. Auf der Insel hatte es geheißen, dass der Arzt die ausbleibenden Alarme bedauerte, war es doch etwas gewesen, mit dem er Aufmerksamkeit erzeugt hatte. Aber sobald es an den eigenen Geldbeutel ging, wurden die meisten Aufschneider vernünftig.

In der Diele blieb Matzdorf stehen. »Meine Herren, Sie kennen sich aus. Wenn Sie schon vorgehen?« Er zeigte auf den Durchgang zum Wohnbereich. »Ich bitte Sie, mich kurz zu entschuldigen.« Seine Augen deuteten die Treppe hoch. »Danach bin ich sofort für Sie da.«

Sie sahen, wie der Arzt eilig die Stufen nach oben nahm. Als er außer Hörweite schien, packte Gert Martins Arm und zog ihn weiter. Leise flüsterte er: »Ich wette, dem geht der Arsch auf Grundeis, und jetzt plagt ihn vor Angst der Dünnpfiff. Immer wieder schön zu sehen, was wir bei den Menschen auslösen.« Gert unterdrückte sein Lachen und lief rot an, während er mit Schwung die Tür öffnete. Er drehte sich zu ihm herum. »Spiele ich eben so lang den Gastgeber. Wie wäre es mit einem Drink aus der Bar?« Er deutete auf die Weltkugel und erstarrte.

Auch Martin hatte die Bewegung wahrgenommen, aber es war zu spät, um umzukehren. In seinem Rücken hörte er, wie sich die Haustür automatisch verriegelte. Das smarte, intelligente Alarmsystem hatte den Rückweg versperrt.

Seine Hand war wie die von Gert zur Dienstwaffe gewandert.

»Machen Sie gar nicht erst den Versuch«, hörte er die Stimme. »Wir alle wollen das doch ohne Opfer hinter uns bringen, ist es nicht so? Also, reinkommen. Flossen hoch.«

Der Raum war schummrig, weil die Jalousien heruntergelassen waren und wenig von dem trüben Novemberlicht durch die Ritzen ins Zimmer dringen ließen. Trotzdem erkannte Martin die Frau, die vor der Pizzeria das *Pica-Syndrom* erläutert hatte. Judith. Die Ergotherapeutin. Sie stand breitbeinig hinter der Couch und hielt ihnen mit durchgestreckten Armen eine Waffe entgegen. In ihren Augen, soweit sie das in diesem Licht sehen konnten, keine Spur von Angst. Sondern wilde Entschlossenheit.

Verdammt! Wo war Matzdorf? Was hatte er mit dieser durchgeknallten Frau zu tun? Es konnte doch unmöglich sein, dass er sie beide in diese Falle hatte tappen lassen. Aber anscheinend war der angebliche Anruf bei Frau Braun genau das gewesen. Eine Warnung, ein Hinterhalt.

Sie standen, ohne sich zu rühren. Judith schien auf etwas zu warten. Auf Matzdorf, den Hausherrn? Was bedeuten würde, dass er mit ihr unter einer Decke steckte. Aber warum?

Als er die Schritte auf der Treppe hörte, spannte sich sein Körper an. Martin wagte es nicht, sich herumzudrehen, doch die Geräusche klangen sonderbar. Es waren mehr als zwei Füße. Zwei Füße, die zerrten und stützten, zwei Füße, die sich wehrten. Auch Judith war irritiert. Er sah, wie sie unmerklich die Waffe sinken ließ, sie aber sofort wieder hochriss.

Die Tür zur Diele, die nur angelehnt war, öffnete sich. Martin schielte über seine Schulter. Matzdorf betrat den Raum. Er schob eine Person vor sich her, die sich gegen die Bewegung stemmte, seiner Kraft aber nichts entgegensetzen konnte. In seiner rechten Hand hielt er eine Waffe. Gerichtet auf die Schläfe der Geknebelten.

»Vorbei«, entfuhr es ihm atemlos. »Aus und vorbei.«

*

Bonn

Ruth deutete auf das Genogramm, das sie während Robins Erzählung aufgemalt hatte. »Ist das so richtig?«

Er zog das Notizbuch, das sie aus ihrem Rucksack geangelt hatte, zu sich heran. Wortlos starrte er eine ganze Weile auf die Symbole, die die familiären Beziehungen aufzeigten.

»Wenn ich etwas verändern oder ergänzen soll …«, versuchte Ruth es, als die Stille unerträglich wurde.

Sie konnte sehen, wie er mit sich kämpfte. Offensichtlich waren sie an einer Schwelle angekommen, die er nicht übertreten wollte. Weil sie kein Zurück bot.

»Robin?«

Er schüttelte den Kopf. Nicht vehement. Sie verstand es als Hilferuf.

»Ich verspreche Ihnen meine gesamte Unterstützung. Als Psychologin.« Sie machte eine winzige Pause, die reichte, damit er die Augen hob. »Als Polizistin.«

Er schlug sich die Hände vors Gesicht. »Scheiße. Scheiße. Ich hab das nicht gewollt. Ich dachte, das wäre alles Spinnerei. Hirngespinste. Die uns guttaten. Die uns zusammenbrachten. Regelrecht zusammenschweißten. Weil wir einen Auftrag hatten. Weil wir uns moralisch im Recht fühlten. Weil wir glaubten, unsere Geschichte zurechtrücken zu können. Alles zu rächen, nachdem wir die Wurzel allen Übels identifiziert hatten. Das Unglück nicht mehr als Individualversagen zu begreifen, sondern den Verursacher zu bestrafen.«

»Und dieser Verursacher ist Ihr gemeinsamer Vater? Der Vater von Ihnen, von Rebecca und Ihrer Halbschwester Judith?«

Robin druckste rum. Wieder und wieder ging sein Blick zu Uriah. Der mit seinen geschlossenen Augen mehr als deutlich machte, dass er mit der Sache nichts zu tun hatte. Nicht verantwortlich war. Ruth hatte große Lust, ihm einen Eimer Wasser ins Gesicht zu schütten. Irgendetwas, um ihn aus seiner stoischen Abwehr herauszuholen.

»Nein«, presste er endlich hervor. »Und das ist genau das Problem.«

Ruth legte den Bleistift, den sie zwischen den Fingern gerollt hatte, beiseite und schob das Notizbuch von sich weg. Sie drückte beide Hände flach auf den Tisch. »Robin«, sagte sie, so sanft wie möglich, »ich würde Ihnen gerne helfen. Und ja, ich würde auch gerne verstehen, was mit Rebecca passiert ist. Ich werde das Gefühl nicht los, dass Sie genau das auch wollen. Dass jemand sich mit dem Leben Ihrer verstorbenen Schwester beschäftigt. Das waren doch keine Zufälle, dass wir uns diese Woche so oft begegnet sind? Sie haben Kontakt zu mir gesucht. Sie waren es doch, der das Manuskript bei uns eingeworfen hat?«

Wieder der schnelle Seitenblick. Dann ein Nicken. Ein kräftiges, bejahendes Nicken.

»Warum, Robin?«

Er sah sie an. Hatte Tränen in den Augen. »Weil ich gehofft hatte, dass jemand das Unglück verhindern kann. Dass uns jemand hilft. Die Zusammenhänge versteht und uns einen Ausweg bietet. Einen wirklichen Ausweg.« Das Letzte klang verbittert und schien, dem Blick nach zu urteilen, wieder Uriah zu gelten.

Ruth schob sich resigniert vom Tisch weg. »Robin, wir kommen so nicht weiter. Wenn Sie nur in Andeutungen sprechen, dann bin ich nicht die richtige Person. Wer soll was für ein Unglück verhindern? Besteht akuter Handlungsbedarf? Ist Gefahr im Verzug? Sie wissen, dass Sie sich schuldig machen, wenn Sie Straftaten nicht verhindern helfen. Das gilt insbesondere für Menschen, zu denen keine familiäre Bindung besteht. Nicht wahr, Herr Schwarzbach?«

Uriah winkte müde ab.

Robin hingegen schlug erneut die Hände vor die Augen. »Es ist viel schlimmer. Ja, es stimmt alles, was Sie sagen. Ursprünglich war mein Hilferuf allerdings nicht an Sie gerichtet. Er galt Oskar Schirmeier.«

»Ach?«

»Ja. Ich war an diesem Unfallabend dabei. Als Herr Schwarzbach und Herr Schirmeier aneinandergeraten waren.«

Ruth fiel nicht zum ersten Mal auf, wie gewählt und höflich sich der junge Mann ausdrückte. Ganz anders als Uriah. Ein seltsames Gespann. Eines, das Fragen aufwarf.

»Ich habe mir an dem Abend sein Geschimpfe anhören müssen. Da ist mir zum ersten Mal der Gedanke gekommen, Ihren Mann um Hilfe zu bitten. Weil …« Er brach hilflos ab.

Ruth senkte die Augenlider, um ihm ihr stillschweigendes Verstehen zu signalisieren. Weil Uriah untätig geblieben war.

Robin suchte nach Worten, fuhr zögerlich und leise fort: »Ich habe mir den *Facebook*-Account Ihres Mannes angesehen. Auf dem Titelbild war Norderney. Es war eines von vielen Zeichen. Ja, ich gebe es zu: Ich habe mich vor Oskars Haus herumgedrückt. Mit dem Manuskript. Habe mich aber zuerst nicht getraut. Dann kamen Sie heraus. Ich bin Ihnen gefolgt. Wie ein Stalker, ich weiß. Und als ich Sie am jüdischen Friedhof stehen sah, da war das für mich wie ein Signal. Wie ein Blitzschlag, der mich am ganzen Körper elektrisierte. Ich habe die Flucht ergriffen. Und an der ehemaligen jüdischen Synagoge auf Sie gewartet. So wie eine Wette. Wenn Sie auch dort hinkommen würden, dann wären Sie diejenige, die uns helfen könnte. Sie, und nicht Oskar.«

»Was?« Ruth schüttelte den Kopf. Das konnte nicht sein. Es waren vollkommen wahllose Ereignisse, denen Robin eine Bedeutung zugeschrieben hatte. Ein Gedanke durchzuckte sie: »Haben Sie etwas mit Oskars Unfall zu tun?«

»Unfall? Was für ein Unfall?« Die Verwirrung schien echt. Ruth nahm es mit Erleichterung zur Kenntnis.

»Nichts.« Sie hatte keine Kraft, es zu erklären, auch wenn dieses dahingeworfene Wort ihr körperlich wehtat. »Erzählen Sie weiter.«

»Später habe ich mich entschlossen, Ihnen das Manuskript zu übergeben.«

»Mit dem ich was sollte?«

Er sah auf seine zitternden Finger. Er stieß einen verzweifelten Schluchzer aus.

Ruth stand auf und ging zu ihm. Legte eine Hand auf die zuckende Schulter. »Was hätte ich tun sollen?«, flüsterte sie.

»Uns retten. Mich. Aber vor allem Judith. Und Caroline. Aber es war zu spät.« Er starrte in die Luft. Dann schlug er sich mit einem harten Faustschlag gegen die Brust. »Verdammt. Einfach zu spät.«

*

»Da ist sie ja«, rief Gert. Es klang erfreut.

Martin konnte es nicht fassen, was sein Kollege trotz der Anzahl an Schusswaffen für Nerven hatte. Immerhin, damit hatte er recht: Sie war es. Caroline Wiesinger. Noch hatte er keine Ahnung, was dieses Kammerstück, in das sie hineingeraten waren, sollte. Wie die Rollen verteilt waren. Wem zu trauen war und von wem Gefahr ausging. Im Zweifel von allen dreien, die ihnen gegenüberstanden. Auch wenn Judith giftige Blicke in Matzdorfs Richtung warf.

Martin kam es vor, als liefe die ganze Szenerie im Slow-Motion-Modus ab. Jede kleine Bewegung erschien verzögert. Als Gert den Mund öffnete, wunderte es ihn nicht, als die Worte zeitlich versetzt an sein Ohr drangen.

»Ein wenig ungemütlich, das Ganze. Finden Sie nicht auch?«

Martins Kopf wusste, dass es ein Spiel auf Zeit war, das Gert im Sinn hatte. Wie bei jeder Geiselnahme ging es darum, die Nerven zu bewahren, sich einen Überblick zu verschaffen und das Gegenüber nicht zu reizen.

Dass niemand antwortete, vertiefte in Martin das Gefühl, dass sie in eine ungeplante Patt-Situation geraten waren. Selbst wenn alle drei der Gegenseite angehörten, barg der gefühlte Konflikt zwischen den Beteiligten ein unkalkulierbares Risiko. Martin konnte nur den Kopf schütteln. Über seine und Gerts Unprofessionalität. Wozu einen diese kleine, überschaubare Insel schnell verführte. Weil sie so harmlos daherkam. So abgeschieden von der Welt. Von allem Bösen und Schlechten. Bis die Wahrheit einen einholte. Wieder und wieder.

»Vielleicht sollten wir uns setzen, die Waffen wegstecken und die Dinge auf zivilisierte Art und Weise besprechen.«

Gert setzte vorsichtig einen Fuß in Richtung der L-förmigen Wohnlandschaft.

»Stehen bleiben.« Judith gestikulierte nervös mit der Pistole.

Caroline versuchte, unter Matzdorf wegzutauchen. Sie schien wenig beeindruckt von seiner Waffe. Es war erstaunlich, wie es dem Arzt gelang, Caroline mit einer Hand zu halten, auch wenn er der zierlichen Person an Größe, Kraft und Gewicht überlegen war. Doch würde Caroline sich stärker wehren, könnte es Martin sogar gelingen, Matzdorf zu entwaffnen. Aber dann? Würde der Überraschungsangriff Judith irritieren? Würde Gert so geistesgegenwärtig sein und sich das zunutze machen? Er konnte es drehen und wenden, wie er wollte: Es blieben zu viele Unwägbarkeiten.

Die unkoordinierten Laute, die Caroline hinter ihrem Knebel hervorpresste, reduzierten sich auf zwei Silben. Ihre Augen drohten, in den Höhlen zu explodieren, augenscheinlich wollte sie Judith zu etwas animieren.

Martin probierte stillschweigend die möglichen Botschaften durch: Schieß doch! Ergib dich! Hör auf! Hilf mir! Hau ab!

Auch Judith schien den Wortlaut verstehen zu wollen, ihre Nervosität stieg sichtbar mit jeder der endlosen Sekunden und Minuten.

Es war Matzdorf, der das Ganze durchbrach. »Für euch gehe ich nicht in den Knast. Für euch nicht. Diesmal seid ihr zu weit gegangen. Ich bin raus. Erpressen ja. Mord nein. So einfach ist das.«

Alle waren bei seinen Worten erstarrt. Alle. Auch Caroline, die plötzlich in seinen Armen zusammenzusacken schien. Während Martin das registrierte, stieß Matzdorf Caroline von sich weg. Schubste sie auf den Boden. Sie fiel wie in Zeitlupe. Gleichzeitig drehte der Arzt die Waffe mit einer eleganten Bewegung von seinem Körper weg, um sie mit Schwung nach oben zu führen. Das Bild eines perfekten Golfschwungs ploppte vor Martins Augen auf. Doch erst als der Schuss die Stille zerriss, als das Blut vermischt mit Liquor auf ihn niederprasselte, erst da verstand er, dass Matzdorf tot war.

Erschossen.

*

Bonn

Es war mühsam. Aber nach und nach konnte Ruth die Dinge zueinander in Beziehung setzen.

»Das heißt, es gibt noch eine weitere Schwester?«

»Ja, Halbschwester«, hatte Robin gestammelt. Sein Gesicht war nass von Tränen. Immer wieder rieb er sich mit der Hand über die Augen, ohne ihrer Flut Einhalt gebieten zu können. Einzelnen Wortfetzen folgten lange Pausen, in denen sein Körper unkontrollierbar zitterte.

Uriah rührte sich nicht. Vollkommen empathielos, als würde das alles nicht in seinem Beisein geschehen, lag er mit geschlossenen Augen auf dem Sofa in der Ecke des Raumes. Nur seine unregelmäßigen Atemzüge verrieten ihr, dass er nicht schlief. Sonst hätte man ihn angesichts der Blässe und des eingefallenen Körpers beinahe für tot halten können. Ruth war sich sicher, dass der regelmäßige Cannabis-Konsum am einen wie am anderen beteiligt war. Auf seine Unterstützung brauchte sie nicht zu hoffen.

Sie hatte nach einem Glas gesucht, das sie mit Leitungswasser füllte und vor Robin abstellte. Wieder berührte sie ihn an der Schulter. Es hatte etwas Mütterliches, das er in ihr anrührte. Was sie irritierte. Warum drängte es sie, den jungen Mann in den Arm zu nehmen? Mitzuleiden. Mitzuweinen.

Sie nahm ihre Jacke und legte sie Robin über die Schultern, um seinem Zittern etwas entgegenzusetzen. Doch sie wusste, dass es nicht die äußere Kälte war, die das Bibbern verursachte.

»Ich fasse mal zusammen, was ich verstanden habe«, sagte sie schließlich. »Sie müssen mir helfen. Warum glauben Sie, dass Sie Schuld tragen? Was ist es genau? Wovor hätte ich Sie retten sollen?«

Wieder bebte der ganze Körper. Ruth sprach schnell weiter, denn sie hatte das Gefühl, dass er sich immer dann beruhigte, wenn sie Fragen stellte.

»Sie sind also unehelich geboren, genau wie Ihre Schwester Rebecca. Ihren Vater«, sie räusperte sich, »den Sie Erzeuger nennen, haben Sie nicht kennengelernt. Ihre Mutter wollte das nicht und hat sich vehement dagegen gestemmt. Sie will mit Ihnen bis heute nicht über das Thema reden. Richtig?«

Robin machte eine Kopfbewegung, die man als Nicken auslegen konnte.

»Die Beziehung Ihrer Elternteile war eine Studentenliebe, ja? Beide studierten an der Universität in Berlin, unter anderem Germanistik. Aber die Beziehung war nicht stabil. Es gab On-/Off-Zeiten, die sich häuften. Nach der Geburt Ihrer Schwester wurde das nicht besser, eher schlechter. Und trotzdem wurde Ihre Mutter mit Ihnen schwanger.«

Robin legte keine Widerrede ein.

»Noch in der Schwangerschaft trennte sich Ihr Vater endgültig von Ihrer Mutter. Diese weigerte sich, Ihnen und Ihrer Schwester gegenüber die Gründe dafür zu benennen, richtig?« Ruth wartete nicht auf eine Antwort, sondern fuhr fort: »Mit zwei kleinen Kindern, alleinerziehend, schaffte Ihre Mutter es nicht, ihr Studium zu beenden. Sie bekam staatliche Unterstützung und hat, als Ihre Schwester und Sie schließlich zur Schule gingen, eine Ausbildung zur Bürokauffrau gemacht. Womit sie weit hinter ihren ursprünglichen Möglichkeiten blieb.«

Wieder schluchzte Robin auf.

»Sie als Kinder haben sicher viel leisten müssen. Wahrscheinlich blieb trotzdem immer ein Gefühl des Mangels. In jeder Hinsicht. Ein Gefühl, den Dingen ausgeliefert zu sein. Wenig Kontrolle zu haben.«

»Das ist für meine Mutter das Wichtigste: Kontrolle behalten.« Robin presste den Satz zwischen den Fingern hindurch. »Besonders Rebecca hat sie damit in den Ohren gelegen.«

Ruth fuhr sich durch die Haare. Das passte alles lehrbuchhaft zusammen. Den Druck hatte Rebecca später in ihrer Magersucht perfektioniert. Es war sicher nicht das gewesen, was ihre Mutter beabsichtigt hatte.

Sie ging um den Tisch herum, nahm das Notizbuch auf und setzte sich nahe an Robin heran.

»Ihre Mutter lebt seit dem Tod von Rebecca in Spanien, sagten Sie?«

Er nickte. »Ihre Flucht. Vor dem Leben. Sie ist eine Aussteigerin. Hält sich mit Gelegenheitsjobs über Wasser. Will mit der Vergangenheit nichts mehr zu tun haben.« Die Sätze kamen abgehackt. »Auch mit mir nur das Notwendigste. Obwohl sie mir nicht die Schuld gibt, sagt sie.« Seine Stimme brach erneut.

Ruth schob ihm das Glas zu. Ein mütterlicher Versorgungsreflex. Eine Ersatzhandlung. Wahrscheinlich hatte er recht. Dass er das Opfer war für die emotionale Enttäuschung der Mutter. Die ihr eigenes Versagen verdrängte.

Sie schaute auf ihre Notizen und malte einen weiteren Kreis in das Genogramm. »Ihr leiblicher Vater heiratete sehr bald nach der Trennung von Ihrer Mutter, haben Sie eben erzählt. Ihre Halbschwester Judith ist nur unwesentlich jünger als Sie. Und es gibt ein weiteres Kind aus dieser Ehe. Caroline. So weit alles richtig?«

Robin schniefte. Aus seiner Hosentasche friemelte er ein gefaltetes Papiertaschentuch, mit dem er notdürftig sein Gesicht abtupfte.

»Sie fragen sich, weshalb ich das alles weiß, obwohl ich meinen Vater nicht kannte?«

»Ja. Zum Beispiel«, antwortete Ruth leichter, als ihr zumute war, um seinen zaghaften Gesprächseinstieg nicht zu blockieren.

»Ich habe das eben versucht zu erklären. Mein leiblicher Vater ist tot. Ich habe ihn nie kennengelernt. Er hat …« Er zuckte die Schultern. »Ich weiß es nicht genau. Niemand weiß es genau. Er hat sich wahrscheinlich zu Tode getrunken, wie man so schön sagt. Er war Alkoholiker. Erst verdeckt, dann wurde es immer offensichtlicher. Seine Frau und seine Töchter haben zunehmend darunter gelitten. Co-Alkoholiker waren sie. Mit allem, was dazu gehört. Lügen, verharmlosen. Die Stimmung nicht kippen zu lassen, keine Anlässe bieten. Seine zunehmende Gewalt ignorieren. Aushalten. All das. Bis zu seinem Tod. Dieser Mischung aus Alkohol und Medikamenten.«

»Puh.« Ruth ließ hörbar Luft ab. So viel Schicksal in einer Familie. Nein, zwei Familien. Die durch ein unsichtbares Band miteinander verbunden waren.

»Das hört sich heftig an. Was für eine Katastrophe, so ein unglückliches Leben mit Folgen für so viele Menschen. Ihre Mutter. Rebecca. Ihre Halbschwestern und deren Mutter. Und natürlich für Sie.«

Er versuchte zu lächeln. »Alle verkorkst.« Sein Gesicht verfinsterte sich erneut. »Und ohne Aussicht, das Unglück zu stoppen. Stattdessen …« Er starrte vor sich hin und schwieg.

»Sie haben Kontakt zu Ihren Halbschwestern, ja? Und haben von Ihnen erfahren, wie es um Ihren Vater gestanden ist. Gab es einen Grund …?« Sie hatte wissen wollen, wie es zu der Kontaktaufnahme kam.

Robin unterbrach sie abrupt. »Oh ja. Den gab es. Einen sehr realen Grund, der das Leben meines Vaters zerstörte. Und nicht nur seines. Sondern alle anderen auch. Eines nach dem anderen. Erst Rebecca. Und nun auch uns. Judith, Caroline und mich.« Er lachte hysterisch auf. »Der Teufel in Menschengestalt. Er hat es geschafft. Auch wenn er dafür mit dem Leben bezahlen musste.«

»Wer?«, fragte Ruth. »Von wem reden wir? Was ist passiert?«

Robin atmete schwer. »Ich wollte das nicht. Ich hab das nie ernst genommen. Das war doch … das war Fantasie. Nur ein Spiel. Nur im Kopf. Nie in der Wirklichkeit. Aber jetzt ist er tot.«

Robin stand auf. Sein Brustkorb bewegte sich zu schnell. In seinen Augen war Panik. Todesangst. Bis jede Farbe aus dem Gesicht wich. Er brach vor Ruth zusammen.

*

Norderney

Der ersten Erkenntnis folgte eine zweite. So wie dem ersten Schuss ein zweiter gefolgt war. Gert hatte das Entsetzen, das Matzdorf ausgelöst hatte, genutzt, um Judith zu überwältigen. Dabei hatte sich ein Projektil gelöst, das seinen Zeigefinger gestreift haben musste. Dennoch war es ihm gelungen, die Frau festzusetzen. Ihre Waffe war über die Fliesen geschlittert, weit genug weg, um kein Unheil mehr anzurichten. Caroline lag wie betäubt auf dem Boden, das Gesicht zur Seite.

Gert und er hatten ihre Dienstwaffen in den Händen. Vorsichtig und mit Blickkontakt zueinander beugte sich Martin hinab und sprach Caroline an. Sie blieb regungslos. Vorsichtig drehte er den leichten Körper, der keine Gegenwehr leistete. Nur die Augen öffnete sie. Wie ein weidwundes Reh. Hilflos und ergeben.

Er löste den Knebel, nachdem er sie mit schnellen Griffen nach Waffen abgesucht hatte. Sie ließ es ohne Widerstand über sich ergehen. Das Gleiche passierte bei Judith. Die Ruhe, die im Raum lag, war gespenstisch. Als hätten die beiden Schüsse jeglichen Laut getilgt. Martin wusste, dass es ein anderes Schweigen war. Eines, das alles sagte. Wortlos.

Das Folgende war Routine.

Martin setzte den Notruf ab.

Mit dem Eintreffen der Kollegen begann die Hektik. Alle schienen gleichzeitig ins Haus zu strömen. Auch wenn er wusste, dass es zeitversetzt passierte. Die Ankunft von Notarzt und Rettungswagen. Seine Mitarbeiter. Die Spurensicherung, die in Trödel-Tammos Schuppen beschäftigt gewesen waren. Nach einiger Zeit der Leichenwagen mit den beiden Bestattern. Später die Mordkommission vom Festland. Unter ihnen zu seinem Leidwesen Renate Lichterfeld. Aber selbst das war letztendlich egal.

Wichtig war einzig und allein, dass der Albtraum ein Ende hatte. Auch wenn er nicht verstand, was passiert war.

Irgendwann hatte er in Rücksprache mit Gert den Tatort verlassen. Er würde später wieder dazustoßen. Zu den Befragungen. Wenn die beiden Frauen, Judith und Caroline, vernehmungsfähig waren.

Jetzt störte er. Stand im Weg rum. Er brauchte dringend diese Pause.

Er setzte sich auf sein Fahrrad. Es half nur eines: der Strand, die Weite des Meeres und des Himmels. Seine Füße traten wie von selbst in die Pedale, die Reifen surrten über den Asphalt auf der menschenleeren Straße. Am Campingplatz vorbei, am Golfplatz. Über dem Flughafen kreisten keine Maschinen. Den verschlossenen Leuchtturm ließ er rechts liegen, und dann war es nicht mehr weit, bis er den Parkplatz an der *Oase* erreicht hatte.

Einer ihrer Lieblingsplätze. Annes und seiner. Im Herbst und im Winter, wenn kein FKK-Baden die Touristen hierher lockte.

Martin stellte das Rad am Strandaufgang ab. Mit schnellen Schritten lief er dem Meer entgegen. Immer noch traf es ihn mit Wucht, wenn er auf dem Dünenkamm die ganze Weite des Universums erfasste.

Er breitete die Arme aus, als wolle er einen Freund begrüßen. Die salzige Luft sog er tief in seine Lungen.

Am Meeressaum ließ er sich fallen. Lag auf dem Rücken, die Hände hinter dem Kopf verschränkt. Starrte mit offenen Augen in den grauen Himmel, der ihm Trost und Geborgenheit versprach. Den Sand empfand er als sanftes Streicheln. Er seufzte. Auch wenn nichts in Ordnung war, war alles okay. Jetzt, in diesem einen Moment.

Nach einer Weile setzte er sich auf. Was für ein Tag. Was für eine Nacht. Der gestrige Abend mit Gert schien in einer anderen Zeit stattgefunden zu haben. Hätten sie die heutigen Ereignisse verhindern können?

Er schüttelte den Kopf. Nein, den Schuh würde er sich ausnahmsweise nicht anziehen. Fehler in den Ermittlungen, die hatten sie nicht gemacht. Matzdorf. Judith. Caroline. Wer hätte das denn ahnen können?

Er zog sein Handy heraus. Anne würde besorgt sein. Tatsächlich fand er mehrere Anrufversuche und Mitteilungen von ihr.

Dazu diese seltsame Nachricht von Ruth. Dunkel tauchten die Ereignisse und Telefonate der letzten Nacht vor ihm auf. Unvollständig. Filmrissmäßig. Zusammengesetzt durch Annes Ergänzungen am Morgen.

Der Wind kühlte ihn so schnell aus, dass er aufsprang und im Gehen eine Mitteilung an Anne ins Handy tippte. Genug, damit sie sich keine Sorgen machte. Alles andere später.

Er steckte das Telefon in die Hosentasche, als er das Fahrrad aufhob. Dann holte er es noch einmal heraus, überlegte, wie und wo die Grenzen seiner Schweigepflicht ihm Einhalt geboten, und setzte doch sein Dankeschön an Daniela ab: »Richtiger Riecher, Miss Marple. Ich melde mich später.«

*

Bonn

Endlich kam Bewegung in Uriah. Wenn man sein Schlurfen so nennen konnte. Das Cannabis musste gut sein, dachte Ruth. Sie wollte ihn rütteln und schütteln, aber davon würde er sich nicht beeindrucken lassen.

Sie hatte Robins Beine angehoben. »Ich brauche einen Stuhl«, forderte sie Uriah auf. »Schieben Sie ihn mit der Lehne gegen die Fersen. Und rufen Sie den Krankenwagen.«

»Mach doch mal keine Panik. Der Junge ist ein Sensibelchen, wie seine Schwester es auch war. Wahrscheinlich hat er genauso wenig im Magen, wie es bei ihr auch immer war. Da kippt man schnell aus den Latschen.«

Ruth konnte sich über Uriahs Trägheit nur wundern. Wie passte das zu der Schnelligkeit, mit der er so oft an Unfallorten auftauchte? Aber womöglich bewegte er sich in diesen Extremen.

Die Farbe kehrte in Robins Gesicht zurück, als Ruth sich neben ihn kniete. Seine Augen flackerten. Sie tastete seinen

Puls, der schnell, aber regelmäßig war. Alles sah nach einer vegetativen Reaktion aus. Trotzdem …

»Keinen Krankenwagen«, flüstere Robin, als er hörte, wie Uriah mit der Leitstelle sprach. »Ich bin okay. Wirklich.«

Ruth schüttelte energisch den Kopf. »Nein, das lasse ich nicht zu. Wenn die Sanitäter das Okay geben, können Sie hierbleiben. Aber ein Check im Krankenhaus schadet nicht.«

»Nein, bitte nicht.« Robin drehte sich zur Seite und stützte sich langsam auf die Arme. Vorsichtig setzte er sich hin. »Bitte. Es ist wichtig. Ich will die Geschichte zu Ende erzählen. Jetzt, wo ich einmal angefangen habe.«

Uriah hielt den Hörer vom Ohr und sah sie fragend an. Ruth nickte ihm unmerklich zu. Der Krankenwagen sollte ruhig kommen.

Laut sagte sie stattdessen: »Ich gebe Ihnen etwas zu trinken. Das braucht der Kreislauf. Und Zucker.« Sie trat an den Kühlschrank und fischte eine Cola heraus. »Genau das Richtige. Zumindest in diesem Fall«, murmelte sie, während sie ein Glas auf der Spüle unter den Wasserhahn hielt, um es zu säubern.

»Am besten auf ex«, ermunterte sie Robin, der noch immer auf dem Boden saß. »Wollen Sie aufstehen?«

Er schüttelte den Kopf. »Nein, ist gut so.«

»Okay.« Sie sah ihn prüfend an. Seine Gesichtsmuskeln zuckten.

»Wollen Sie es mir sagen?«, fragte sie. Leise. Nicht fordernd. Sie ließ sich im Schneidersitz neben ihm nieder.

Er flüsterte: »Es war nach Rebeccas Tod. Wir beide hatten zu wenig Kontakt. Wenn ich geahnt hätte, wie es ihr geht. Wenn ich gewusst hätte …«

»Nach ihrem Tod sind Sie auf Spurensuche gegangen?«

»Ja. Es war mir wichtig. Wollte wissen, was sie umgetrieben hat. Ich ahnte schon, dass es mit den vielen unausgesprochenen Geheimnissen in unserem Leben zu tun hatte. Unsere Mutter wollte sich selbst nach Rebeccas Tod nicht darauf einlassen, den Dingen auf den Grund zu gehen. Ich weiß nicht, ob sie alles verdrängt hat, wie sie das immer gemacht hat. Aber ich will das nicht mehr. Ich bin selbst in Therapie. Ich will leben lernen. Wollte ich zumindest. Bis …«

»Bis Sie Uriah trafen?« Ruth tippte ins Blaue hinein.

Sie hörte das empörte Schnaufen in ihrem Rücken.

Robin sah sie erstaunt an. »Was? Nein, nein. Er hat mir geholfen. So gut es ging. Aber irgendwie nicht ausreichend. Er hat gesagt, ich soll die Finger von der Vergangenheit lassen.« Er sah zu Uriah hinüber. »Jetzt weiß ich, dass er recht hatte. Aber es ist zu spät.«

»Warum?«

»Weil es Rebecca und ich waren, die alles ausgegraben haben. Zuerst Rebecca. Ich wünschte, sie hätte mir davon erzählt. Aber dafür waren wir wohl nicht vertraut genug. Sie hat ihr eigenes Ding daraus gemacht. Und deswegen war es mein Job, auf die gleiche Spurensuche zu gehen. Unsere Familiengeschichte aufzudecken. Schicht für Schicht. Um es zu verstehen. Das Leben meines Vaters. Seine Geschichte. Seine verdammte Geschichte, die zwei Familien zerstört hat. Unsere und die meiner Halbschwestern.« Er machte eine Pause. Dann lachte er leise. »Erst war es eine Erleichterung. Für uns alle. Die Dinge endlich zu verstehen. Zu merken, keiner von uns ist allein. Es hat uns alle getroffen. Die Folgen aus längst vergangenen Geschehnissen. Wir konnten es nachvollziehen. Die Schwächen unseres Vaters identifizieren, sie in Zusammenhänge setzen. Und nachvollziehen, dass schon er ein Opfer war.«

»Ein Opfer? Und wer war der Täter?« Sie runzelte die Stirn. Sie wollte Robin nicht drängen, andererseits war das Erzählte zu kryptisch, als dass sie folgen konnte.

Er schien sie nicht gehört zu haben, folgte stattdessen seinem eigenen Erzählfaden. »Es hat uns zusammengeschweißt. Es gab da auf einmal etwas, worauf wir unsere Wut, unsere Enttäuschung, unsere Traumata richten konnten. Es gab da den einen, an dem wir uns rächen wollten. Dem wir zeigen wollten, dass im Leben alles Schlechte, das man sät, zurückkommt.«

»Aber Ihr Vater war doch schon tot, oder habe ich das falsch verstanden?«

Er winkte mit dem Zeigefinger ab und leckte sich mit der Zunge über die Lippen. »Noch etwas Cola. Bitte.«

Sie stand auf und holte die Flasche, während er weiterredete. Er brauchte sie nicht als Adressat, er erzählte die Geschichte sich selbst.

»Nicht mein Vater, nein. Der Teufel in Menschengestalt. So nannten wir ihn. Wenn wir abends zusammensaßen. Judith, Caroline und ich. Konspirative Treffen waren das. Wir hatten mal so einen Film von der *Roten Armee Fraktion*, der *RAF* gesehen. Diese Terroristen. Wie die damals zusammengelebt und ihre Taten geplant haben. Irgendwie cool wirkten, weil sie etwas verändern wollten, was ihnen schlecht erschien. Genauso haben wir uns gefühlt. Stark und mächtig. Das erste Mal in meinem Leben glaubte ich, von meiner Familie getragen zu werden. Meiner neuen Familie. Den Schwestern, mit denen mich so viel verband. Und die mit mir um Rebecca trauerten, der wir uns durch das Manuskript nahe fühlten. Das Manuskript, das letztendlich Ursache für ihren Tod war.« Er sah sie eindringlich an. »Weil dieser Teufel, dieser Teufel in Menschengestalt nicht nur das Leben unseres Vaters zerstört hat, sondern auch Rebeccas. Und das von uns allen.«

Draußen hörte Ruth das Martinshorn näherkommen. Robin horchte auf. »Nein, nicht in die Klinik. Auf keinen

Fall. Nicht, solang ich nicht weiß, was mit meinen Schwestern passiert.« Er drehte sich auf die Knie. Sah sie an wie ein Hund, mit Augen, die um Verständnis bettelten. »Es war doch nur in unserem Kopf. Nur Fantasie. Ich habe das nie gewollt. Aber die beiden – sie haben es ernst gemeint.« Langsam richtete er sich auf, stellte erst ein Bein auf, dann das andere. Schwankte und griff nach der Stuhllehne.

Ruth sah, wie erneut die Farbe aus seinem Gesicht wich. Seine Hand am Stuhl vorbeiglitt. Die Knie weich wurden. »Ich konnte sie nicht aufhalten. Auf dem Weg nach Norderney«, nuschelte er, dann sackten ihm die Beine weg. Mit einem Satz war sie bei ihm, aber halten konnte sie ihn nicht.

*

Norderney

Er hatte nicht geahnt, wie lange er unterwegs gewesen war. Als er auf dem Fahrrad saß, kehrte die Wärme in den Körper zurück. Langsam rollte er stadteinwärts. Ab dem Leuchtturm ließ sich nichts mehr verdrängen. Tritt für Tritt näherte er sich erneut dem Grauen. Sah Matzdorf, der sich selbst gerichtet hatte.

Er hatte diesen Typen nie gemocht. Hatte immer das Gefühl gehabt, dass er am falschen Ort gelandet war. Mit seinem Oldtimer. Den Knickerbockern. Dem Golfspiel. Trotzdem. Das Ende war schrecklich. Nicht in Worte zu fassen.

Am Tierfriedhof blieb Martin stehen. Schaute auf sein Handy. Anne hatte seine Nachricht gelesen. Sie hoffte auf seinen Anruf, sobald er Zeit hätte. Er überlegte. Entschied sich anders. Es gab zu wenig, was er berichten konnte. Zumindest an Zusammenhängen und Erklärungen. Über das eigentliche Entsetzen hinaus.

Sein Blick glitt zu dem aufgeworfenen Hügel mit den unterschiedlich großen Gräbern. Alle erzählten von einer starken Liebe zwischen Mensch und Tier. Von schmerzhaften Abschieden, von emotionalen Verlusten. Im Gegensatz dazu verliefen Bestattungen der Mitmenschen heutzutage fast nüchtern. Nicht zum ersten Mal überkam ihn an dieser Stelle der Gedanke, dass etwas gnadenlos schieflief. Mit den Menschen. Mit der Gesellschaft. Mit dem, was man voneinander erwartete und was man einander antat.

Er schüttelte den Kopf. Vergiftete Pralinen für Marthe Dirkens. Matzdorf, der sich selbst erschossen hatte. Ein Germanistikdozent, der statt Sonnenaufgang und Heines Lyrik einen bitteren Tod fand. Und zwei junge Frauen, die ihr Leben nicht vernichtet, aber zerstört hatten. Warum? Weil der Mensch dem Menschen was genau antat?

Sein Handy brummte. Ruth! Kurz zögerte er, doch dann nahm er das Gespräch an.

Sie klang hektischer und aufgeregter, als es sonst der Fall war. Zuerst konnte er sie nicht verstehen, weil ausgerechnet jetzt zwei Autos hintereinander an ihm vorbeifuhren.

Er ließ sein Fahrrad am Straßenrand stehen und ging in Richtung der Hunde- und Katzengräber. Seine Augen glitten über die kleinen Kreuze, die Steineinfassungen, Blumen und Grablampen hinweg, ohne an ihnen hängenzubleiben. Konzentriert lauschte er ins Smartphone.

»Im Rettungswagen?«, fragte er zurück. »Ist dir etwas passiert? Oder Oskar?«

»Nein, nein. Also doch. Ja, Oskar liegt im Krankenhaus, aber deswegen sitze ich nicht im RTW.«

Es dauerte, bis sich die Dinge in seinem Kopf sortierten. Bis er verstand, weshalb sie ihn anrief. Weil sie ihn warnen wollte. Vor Dingen, die passieren könnten. Es war, als säße er in einer Zeitmaschine. Als riefe Ruth aus einer anderen

Dimension an, um ihn eine knappe Woche zurückzubeamen. Damit er verhindere, dass all das passierte, was in den letzten Tagen und heute geschehen war.

Er fasste sich mit der linken Hand an den Kopf, ließ das Handy in der anderen Hand sinken. Wie oft hatte er vorgehabt, mit Ruth zu sprechen. Wegen der Einladung, der Sache mit Anne. Seinen Zweifeln, seinen Ängsten, seiner Eifersucht. Und hatte es immer unterlassen.

Verdammt! Ein Telefonat hätte vielleicht vieles verhindert. Ein Telefonat, und er wäre nicht schuld.

Er hielt das Handy wieder ans Ohr.

»Bist du noch da, Martin? Sag doch was! Kannst du mit den Namen etwas anfangen? Caroline und Judith Wiesinger? Sagt dir das was?«

»Ja«, antwortete er. »Die Namen sagen mir etwas. Sehr viel sogar. Nur leider zu spät.«

*

Bonn

»Zu spät. Zu spät. Zu spät.« Martins Worte hallten in Ruths Kopf nach. Das durfte nicht wahr sein.

Sie lehnte sich an die Fensterbank und schaute auf den Eingang der Klinik hinaus. Zwei Etagen über ihr lag Oskar auf der Intensivstation. Sie würde gleich zu ihm gehen. Hoffen, dass die Ärzte positive Nachrichten für sie hätten. Sie horchte auf ihr Bauchgefühl. Es schwieg. Zu viele Geschehnisse überlagerten sich.

Wie war sie bloß in alles hineingeraten?

»Bonn ist ein Dorf.« Einer von Oskars Lieblingssätzen. Einer, über den sie sich gerne lustig gemacht hatte. Der aber anscheinend genug Wahrheit in sich trug.

Sie versuchte, die letzte Stunde zu rekapitulieren. Robin hatte sich nach einer Infusion mit Glukoselösung schnell erholt. Die Sanitäter hatten die Platzwunde versorgt. Sein Widerstand, ins Krankenhaus gebracht zu werden, war erst gebrochen worden, als sie ihm versprochen hatte mitzufahren. Er hatte Vertrauen gefasst. Hatte nicht mehr aufgehört zu reden, als die Farbe in sein Gesicht zurückkehrte. Glücklicherweise hatten die Rettungssanitäter nicht sonderlich gedrängt, nachdem sich Blutdruck und Puls fürs Erste stabilisiert hatten. Sie hatten die Zeit genutzt, um ihre Dokumentation zu vervollständigen und die Kapazitäten der Notaufnahmen abzufragen.

»Ich habe das einfach nicht kapiert, dass die beiden jedes Wort ernst meinten. Dass sie den Mann zur Rechenschaft ziehen wollten, der für uns alle der Verantwortliche war. Bei Letzterem waren wir uns ja einig.« Er hatte immer schneller und gehetzter gesprochen. Als wäre endlich der Bann gebrochen. »Bothe. Rainer Bothe. Er war der Dozent, der Rebeccas Versuche zu schreiben, gnadenlos verrissen hat. Mit gnadenlos meine ich auch gnadenlos. Das bezog sich auch auf das Manuskript. Ich meine, Bothe hätte doch sehen müssen, wie es um Rebecca stand. Sie hat ja Nabelschau betrieben, indem sie autobiografische Anteile literarisch aufgearbeitet hat.«

Ruth hatte geschwiegen, aber Robin hatte anscheinend ihre Fragen an den Augen abgelesen.

»Woher ich das weiß? Von Uriah. Rebecca ist zwei Tage, nachdem Bothe ihr metaphorisch den Todesstoß versetzt hatte, vom Balkon gestürzt. Alkoholisiert. Alkohol trifft Magersucht. Mehr muss man dazu nicht sagen.«

Ruth schielte zu Uriah, der sich wieder in die Tiefe des Raumes zurückgezogen hatte. Hatte Oskar nicht gesagt, dass die Ursache des tödlichen Sturzes nicht klar war? Er hatte sogar Uriah als Auslöser verdächtigt. Aber Robin schien überzeugt.

»Und wissen Sie was?« Wieder war es, als könnte er ihre Zweifel sehen. »Zuerst wollten wir das Ganze nicht glauben. Was Uriah uns erzählte. Als ich ihn ausfindig gemacht hatte. Über seinen Blog. Da erzählte er es uns. Stimmt doch, Uriah?« Er drehte sich nicht zu ihm um, sondern sprach weiter. »Da erzählte er uns, was Bothe zu unserer Schwester gesagt hatte: ›Weinerliche Judenliteratur.‹ So hat er das genannt. Genau so. Und wissen Sie, warum Rebecca ihn sich als Dozenten ausgesucht hatte? Warum sie sein Urteil wollte? Nicht, weil sein Fachgebiet Heine war. Heinrich Heine. Ein Jude. Wie in aller Welt hätte Rebecca ahnen können, dass er sie so erniedrigen würde? Dass er sie fertig machen würde. Aber es gab einen ganz anderen Grund, warum sie seine Aufmerksamkeit wollte. Und der hatte mit unserem Vater zu tun.«

»Mit Ihrem Vater?« Ruth rutschte die Frage heraus.

»Ja. Seltsam, nicht wahr? Es ist … es war so typisch für Rebecca. Sie hat schon immer ihr eigenes Ding gemacht. Wenn wir uns nur besser verstanden hätten. Warum hat sie mich nicht eingeweiht?«

Er hatte die Hand gehoben, als die Rettungssanitäter zur Abfahrt drängten.

»Nur noch das«, hatte er gebeten und sich wieder an Ruth gewandt: »Rebecca war nicht zufällig zum Studium in Bonn gelandet. Sie wusste, auf wen sie hier treffen würde. Rebecca war bei ihrer Spurensuche auf unsere Halbschwestern gestoßen und hatte Kontakt zu deren Mutter aufgenommen. Von ihr kannte sie die Geschichte meines Vaters, die ganze Geschichte. Rebecca hat versucht, einen Schmerz auszumerzen, der nicht wiedergutzumachen war. Das haben Judith und Caroline gesagt. Dass man Menschen wie Bothe ganz anders begegnen muss. Mit Taten. Und dass man zerstörtes Leben nur mit Gleichem vergelten kann. Und deswegen haben sie Rainer Bothe nach Norderney gelockt. Mit einer Finte. Einer Originalschrift, die dort angeblich gefunden worden sei. Von Heinrich Heine. Seinem Forschungsgebiet. Über das er promoviert hat. Mit einer Arbeit, die in wesentlichen Zügen von meinem Vater, unserem Vater, stammte. Damals, als mein Vater noch König hieß.«

»Aber – hat man ihm das nicht nachweisen können?«

»Nein. Es waren die letzten Jahrgänge, die noch mit Schreibmaschine schrieben. Es gab keine Sicherungskopie. Noch nicht mal Aufzeichnungen. Auch sie waren meinem Vater geklaut worden und tauchten in der Doktorarbeit des hochgelobten Rainer Bothe auf. Es hat meinen Vater damals nicht nur ein Semester gekostet, ihm waren auch die Grundlagen für die eigene Promotion abhandengekommen. Und dann kam eines zum anderen. Zu viel Frust. Zu viel Alkohol. Und ziemlich schnell hintereinander zwei nicht geplante und gewollte Kinder: Rebecca und ich.«

Ruth hörte, wie in ihrem Rücken eine Tür aufgestoßen wurde und jemand eilig auf sie zukam.

»Sind Sie die Angehörige von Herrn Robin Kahn?«

»Ja. Nein. Zumindest die Begleitperson«, antwortete Ruth, während sie sich umdrehte.

Die Ärztin erstarrte. »Frau Schirmeier?«

»Äh.« Ruth war verlegen, als sie mit dem falschen Namen angesprochen wurde. »Ja«, antwortete sie unbeholfen.

»Muss ich das verstehen?« Die Frau mit grünem Kittel und Haube auf dem Kopf nahm das Stethoskop vom Hals und faltete es in der Hand. »Oder wird das jetzt zur Gewohnheit, dass Sie uns die Patienten frei Haus liefern? Immerhin: Ihrem Mann geht es besser, habe ich eben bei der Besprechung gehört. Er ist ansprechbar und stabil.«

Ruth war es egal, was die Ärztin von ihr hielt. Es war ihr egal, dass sie Robin zurückließ. Es gab nur eines: Sie wollte zu Oskar. Nur zu ihm.

FREITAG, 13.12.

Norderney

Es war immer ein besonderer Moment, wenn das dumpfe Signalhorn des Schiffes die Abfahrt von Norddeich-Mole ankündigte. Trotz der herbstlichen Kühle ließ Ruth es sich nicht nehmen, am Bug der *Frisia* zu stehen und der Insel entgegenzublicken. Norderney. Der Sandhaufen, der sie nicht mehr losließ. Martin und Anne. Daniela, Frank und Frau Dirkens. Oskar, den sie hier kennenlernte. Fortbildungen und Urlaube. Ermittlungen und Todesfälle. Freud und Leid. Immer nah beieinander. Wie überall im Leben. Und trotzdem war hier alles anders. Nicht weniger schlimm. Aber eingebettet in den Lauf des Universums. Das Ich als Sandkorn in der Unendlichkeit. Jegliche Überschätzung fiel hier in sich zusammen. Wenn man sich einließ. Auf das Meer, den Himmel und die Weite.

Sie genoss den rauen Wind, der an ihren Locken zog und ihre Augen zum Tränen brachte. Das Salz in der Nase und der Möwenschrei in den Ohren grüßten wie alte Bekannte. Vor ihr lagen die Inseln im mystischen Licht.

Schneller, als sie es sich wünschte, erreichte die *Frisia* das neue Hafenterminal, hinter dem sie das Polizeiauto entdeckt hatte. Typisch Martin. Genau das hatte sie nicht gewollt. Schließlich kam sie nicht in dienstlicher Funktion. Aber er hatte es sich nicht nehmen lassen. Sie schulterte ihre lederne Reisetasche, in die sie das Notwendigste für die nächsten beiden Tage gepackt hatte. Oskar und sie hatten fast gestritten bei der Frage, ob sie Martins Einladung folgen sollte. Sie wollte nicht ohne ihn fahren, sondern ihn während seiner ambulanten Reha unterstützen. Sie war froh, dass es keine bleibenden Einschränkungen nach seinem unglücklichen Stolperer und Sturz auf dem Nachhauseweg und dem Schädel-Hirn-Trauma gab. Er hatte sie gedrängt. »Mir geht es wieder gut. Ich mache keine Dummheiten in deiner Abwesenheit und gehe Uriah und allen anderen Aufregungen aus dem Weg. Versprochen.«

»Wir fahren doch im Januar«, hatte sie eingewandt. »Zu dieser Überraschungsparty.«

»Egal.« Er hatte kategorisch auf ihrem Norderney-Wochenende bestanden.

Nun war sie froh. Nicht, weil sie Oskar nicht vermisste, sondern weil sie sich freute, Martin zu sehen.

Ihn und die anderen, denn sie wurde herumgereicht, wie das so üblich war, wenn jemand zu Besuch kam. Es fing mit der Begrüßung der Kollegen auf der Wache an. Olaf. Nicole. Ronnie. Silke. Alles längst alte Bekannte.

Jetzt stand sie mit Martin am Kap. »Hier ist Bothe also gestorben?«, fragte sie beklommen.

»Ja. Es war alles perfide geplant. Bis auf das E 605, das ein Zufallsfund in einem Schuppen war. Sonst wären es bei ihm auch die Tollkirschen geworden. Die übrigens eingefroren waren seit der Ernte, was uns ein Bild über die lange Planungszeit vermittelt. Sie haben die verschiedenen Rollen durchgespielt, Caroline war mit Trödel-Tammo im Geschäft, Judith mit Matzdorf. Sie haben mit den Getränken experimentiert und diesen Ort ausgewählt.«

»Schrecklich.«

»Weißt du, was Olaf gesagt hat? Es ist der beste Platz, um das Licht zu sehen. Der beste Platz, um ins Licht zu gehen.«

»Was?« Ruth musste bei aller Tragik der Ereignisse lachen. »Das ist ja regelrecht lyrisch.«

»Ist wohl ein Spruch seiner Urgroßmutter. Wer weiß, vielleicht hatte ja eine Vorfahrin ein Verhältnis mit dem jungen Heinrich. Obwohl dieser sich ja sehr vom Fischgeruch der Norderneyerinnen abgestoßen gefühlt haben muss.«

»Oh, oh, unser großer Dichter konnte schon austeilen, was?«

»Stimmt. Deswegen ist die Liebe der Norderneyer zu ihm auch nicht so wahnsinnig ausgeprägt. Frag mal Frau Dirkens. Sie erzählt dir gerne ein paar Döntjes dazu.«

»Frau Dirkens. Geht es ihr wieder gut?«

Martin schaute ernst. »Erst mal ja. Glücklicherweise ist sie rechtzeitig behandelt worden. Allerdings gibt es ein paar Anzeichen, dass nicht alles in Ordnung ist. Ob das so ist und wie ernst, das müssen die weiteren Untersuchungen ergeben. Aber sie lässt sich nichts anmerken.«

»Also gibt's auch die spezielle Teezeremonie?«

»Da wirst du nicht drumherum kommen.«

»Es gibt Schlimmeres«, sagte Ruth. »Womit wir beim Thema wären. Es ist unfassbar tragisch, diese Geschichte um Rainer Bothe. Und um die vier Geschwister, die lange nichts voneinander wussten.«

»Das hört sich pathetisch und parteiisch an.«

»Ja?« Ruth zog die Augenbrauen hoch. »Kann sein. Auch wenn es natürlich seinen Tod nicht rechtfertigt. Caroline und Judith haben sich in einen richtigen Rachewahn hineingesteigert. Ihr Halbbruder Robin hat das nicht mehr einfangen können. Als er gemerkt hat, wie ernst es ihnen ist, waren Caroline und Judith schon auf dem Weg nach Norderney. Ab da war er wie paralysiert.«

»Die Königskinder.«

»Genau. So haben sie sich genannt. Nach ihrem gemeinsamen Vater. Ralph Wiesinger, geborener König. Er hat nach der Heirat den Namen seiner Frau angenommen. Seine Kinder haben sich wie berufen gefühlt. Jegliches Unrechtsbewusstsein ausgeschaltet. Das muss wie ein Rausch gewesen sein. Der Vergleich, sich wie ein Teil der *RAF* zu fühlen, jung und progressiv und im Dienst einer höheren Gerechtigkeit, trifft es wohl ganz gut. Robin hat es so empfunden.«

»Und dieser Journalist, Uriah, wie ihr ihn nennt, hat nicht eingegriffen?«

Ruth winkte ab. »Kaputter Typ. Kann man nicht anders sagen. Macht sich seine Welt, wie sie ihm gefällt. Dabei hatte er bestimmt mal Potenzial. War mal ein kluger Kopf. Aber abstrus, wie er sich die Dinge zurechtlegt und zu seinen Gunsten nutzt. Als ihm die Sache mit Robin zu heiß wurde, hat er sich wieder dem Kiffen zugewandt. Nur nicht sich selbst die Finger dreckig machen.«

»Er hätte das Ganze noch am ehesten stoppen können.«

»Hätte, ja. Er hätte auch dafür sorgen können, dass Rebecca Hilfe bekommt. Hätte sie nicht immer weiter in die Probleme treiben müssen. Das war das gleiche Spiel. Er legt gerne selbst die Feuerchen. Und sucht sich anschließend aus, was er davon nutzen kann.«

»Widerling.«

»Jetzt weißt du, warum ihn jeder Uriah nennt. Unsympathischer geht es nicht mehr.« Ruth trat mit den Füßen auf der Stelle und holte eine Mütze aus ihrer Jackentasche. »Puh, langsam wird mir kalt.«

»Eine Sache noch. Das mit Norderney?« Er deutete hoch zu dem markanten Seezeichen. Sie halfen früher den Schiffsführern, die ostfriesischen Inseln und ihre Position eindeutig zu bestimmen. »War das wirklich Zufall?«

»Nein, das war es nicht. Als klar war, dass man Bothe mit einem Heine-Fundstück locken wollte, gab es vielfältige Überlegungen. So wie Heine überall Spuren hinterlassen hat. Es sollte nicht Berlin sein, weil Robin, Caroline und Judith von dort kommen. Und nicht Bonn, weil sie Bothe auf fremdem Terrain erwischen wollten. Und da kommt Matzdorf ins Spiel. Judith kannte ihn tatsächlich aus ihrer Klinikausbildung. Und sie hatte etwas gegen ihn in der Hand. Einen Behandlungsfehler, den er vertuscht hat. Sie hat ihn damit erpresst. Zuerst hat er antiquarische Schriftstücke besorgt, mit deren Hilfe Caroline und Trödel-Tammo die gefälschten Briefe herstellten. Inklusive der Kiste, in der sie angeblich gefunden worden waren. Als Passanten den Arzt wegen eines Toten auf dem Kap alarmiert hatten, ging ihm auf, dass er in eine neuerliche Falle getappt war.«

»Ein Grund, sich zu erschießen? Er hatte doch Bothe nicht vergiftet?«

»Er hatte viel zu viele Altlasten, vor denen er nach Norderney geflüchtet war. Ich denke, er sah keinen Ausweg mehr, als Caroline und Judith ihn zum Mitschuldigen machen wollten. Was er dann auch war, wenn auch nur als Helfershelfer. Trotzdem war es für ihn der eine Schritt zu viel.«

»Dieses *Pica-Syndrom* …«? Ruth grübelte, ob sie das richtig verstanden hatte. »Litt Bothe wirklich darunter?«

»Nein. Judith war darauf gestoßen, als sie zu Rebeccas Magersucht recherchierte. Und diesen Giftcocktail, den sie Bothe verpasst haben, war aus diesem Grund wirklich mit den verschiedenen Substanzen angereichert. Wobei sie an das E 605 durch Zufall geraten sind. Tammo war zwar bei der Fälschung der Briefe behilflich, hatte aber keine Ahnung, was in Wirklichkeit passierte. Nachher hat er sich Vorwürfe gemacht, aber sich auch nicht getraut auszuspucken, was er wusste. Bei der Vernehmung der beiden Frauen wirkte es so, als hätten sie eine richtige Befriedigung in der Planung der Taten gefunden. Ein Todesrausch. Machthunger. Rachegöttinnen. Das war mehr *Netflix*-Serie oder Computer-Spiel als

Realität, in der sie sich bewegten. Aber mit einem tragischen Ende. Für alle Beteiligten.«

»Dass Bothe das Gift getrunken hat?« Ruth schüttelte den Kopf.

»Dazu hat Caroline auch ausgesagt. Es war, wie sie es sich ausgemalt haben: Er war so fasziniert. Von den Briefen, die Caroline und Judith ihm untergejubelt haben. Er hat den ersten Schluck wie nebenbei getrunken. Im Portwein, mit dem sie zusammen anstoßen wollten. Trotzdem unvorstellbar. Dass das alles nach Plan geklappt hat. Aber er war ein Nerd, was Heine betraf. Eines muss man den beiden lassen: Die Vorbereitungen waren akribisch. Passgenau.«

»Wenn Frau Dirkens nicht gewesen wäre.« Ruth lächelte.

»Stimmt.« Martin sah auf das Meer hinaus und packte sie am Arm. »Komm, lass uns gehen. Du erfrierst mir ja.«

»Ja, aber sag trotzdem noch einmal: Der Studentenausweis von einer anderen Hochschule …«

»… war der zweite Hinweis. Frau Dirkens hatte sich ja zur Heine-Spezialistin entwickelt. Und als sie Heine-Gedichte rezitierte und stockte, half Caroline nicht weiter. Wie Frau Dirkens dann so ist: Sie überprüfte das Wissen der Doktorandin noch ein-, zweimal in Gesprächen und fand merkwürdige Lücken. Und nach ihrem Sturz waren ihr in Carolines Zimmer pharmakologische Bücher aufgefallen. Caroline hat geahnt, dass die alte Dame sich dazu etwas zusammenreimt. Frau Dirkens sind letztendlich ihre Eitelkeit und Einsamkeit zum Verhängnis geworden. Vielleicht auch ein wenig Verwirrung. Hätte sie sonst die Tür geöffnet und die Pralinen, die ursprünglich für Bothe präpariert waren, probiert?«

»Glücklicherweise mit einem glimpflichen Ende.« Ruth blieb stehen und sah Martin in die Augen.

»Ja, das war erstaunlich. Dass Caroline letztendlich auch keine Spuren verwischt hat. Übrigens gilt das für beide

Schwestern. Sie haben zeitweise offen mit den Motiven gespielt. Heine. Vergiftung. *Pica-Syndrom*. Als seien sie unverwundbar. Nicht zu überführen. Beziehungsweise – das müsstest du besser wissen: Ob sie unbewusst der Taten überführt werden *wollten*? Weil erst damit die Rache an Bothe perfekt wäre. Wenn das Rachemotiv offenläge.«

»Oh, Mensch, ja, das ist gut möglich. Wahrscheinlich sogar. So, wie Robin versucht hat, jemanden aufmerksam zu machen, ohne seine Halbschwestern offensichtlich zu verraten. Er hat es als ein Zeichen angesehen, dass Oskar und ich in der Königstraße wohnen. Du weißt: *Es waren vier Königskinder …*« Sie legte die Finger an die Stirn, um sich zu konzentrieren. »Wisst ihr denn mittlerweile, was es mit dem Bleisaum an Bothes Zähnen auf sich hatte?«

»Tatsächliche eine chronische Vergiftung. Es lag an uralten Bleirohren in dem Haus, das seit Jahrzehnten nicht renoviert wurde. In dieser Hinsicht scheint Bothe seinem verehrten Heine nahegekommen zu sein. Die Bleivergiftung konnte man vor einiger Zeit auch bei dem Dichter posthum nachweisen.«

»Was für eine Geschichte. Mensch, Martin, und du mittendrin.«

Er lächelte gequält. »Ich weiß, was du sagen willst. Tatsächlich war ich in der letzten Zeit in einer ziemlichen Krise. Fast wie damals. Schlimmer noch, weil es diesmal Anne betraf. Und du kennst meine Selbstzweifel.«

»Aber? Höre ich da Hoffnung? Mut? Zuversicht?« Sie zwinkerte ihm zu, um ihm die Antwort leichter zu machen.

»Ja«, sagte er ernster, als sie erwartet hatte. »Mit Anne ist alles gut. Die Überraschungsparty steigt. Mit dir und Oskar hoffentlich.«

»Klar«, antwortete Ruth und dachte daran, dass bis dahin auch bei ihr Entscheidungen anstanden.

»Darüber hinaus habe ich ein großes Lob eingefahren. Von den Kollegen auf dem Festland. Selbst von meiner sogenannten ›Freundin‹.« Martin strahlte.

»Von der Lichterfeld? *Der* Lichterfeld?« Sie riss die Augen auf.

»Genau. Von Renate, um es genau zu sagen. Wir sind jetzt per Du.«

Ruth lachte laut, bis sie sich verschluckte. »Oh, Martin, gratuliere. Dann ist ja wirklich alles gut.«

*

Martin hatte einen Tisch bestellt. Endlich waren sie wieder beisammen. Ruth sah in die einzelnen Gesichter: Frau Dirkens, Daniela und Frank, Anne und Martin. Eben hatten sie Oskar per *Facetime* dazugeschaltet. Es hatte ein großes Hallo gegeben, und fast hätte er sich wegen der Einladung im Januar verplappert. Von der Anne nichts wissen durfte. Es war gerade noch gut gegangen. Weil Ruth auch durchs Telefon böse Blicke schicken konnte.

Nun saßen sie hier. Lobten das leckere Essen und die tolle Aussicht.

Marthe Dirkens war es recht gewesen, das Treffen auf den späten Nachmittag zu legen. »Eine alte Frau braucht viel Schlaf«, hatte sie gemeint, obwohl jeder am Tisch von ihren durchwachten Nächten wusste.

Ruth genoss die Aussicht von dem Restaurant, das auf dem kleinen Hügel an exponierter Stelle lag. »Was für ein Blick. Nach Juist und zum Festland. Und dieses Licht. Magisch. Zu jeder Jahreszeit.«

Anne sagte: »Das stimmt. Es ist immer wieder faszinierend. Wenn man hier wohnt, vergisst man das viel zu leicht. Ich hatte das Glück, einem neuen Kollegen die Insel zeigen zu dürfen. Dann sieht man alles noch einmal mit neuen Augen.«

Ruth sah, wie sich kurzzeitig Martins Miene verdüsterte.

Schnell fragte sie deswegen: »Und hier hat Heinrich Heine also schon gesessen?«

Frau Dirkens schaute gespielt empört: »Aber nein. Wo bleibt denn die Bildung heutzutage?« Sie deutete auf die Speisekarte. »Aber nicht schlimm. Hauptsache, man weiß, wo man etwas findet.«

Ruth schlug die Karte des Restaurants *Marienhöhe* auf. Da stand es. Nein, Heine hatte hier in diesem Gebäude nicht gesessen. Aber es hätte ihm gefallen. War es doch ihm zu Ehren entstanden. Und wenn Könige hier dem großen Dichter gehuldigt hatten, dann stand auch ihnen das zu.

Sie hob ihr Glas. Schnippte dagegen, sodass ein helles Klirren ertönte.

»Auf Heinrich Heine. Auf uns. Auf das Leben und die Gesundheit. Auf gute Zeiten. Und auf Norderney. Schön, euch alle endlich wiederzusehen.«

ENDE

DANKSAGUNG

Was wäre dieses Buch ohne Dank? Es hätte nicht entstehen können, gäbe es nicht unzählige Menschen, die mich auch diesmal wieder unterstützten. In Zeiten, in denen gegenseitige Unterstützung wertvoller ist als lange geglaubt.
Deswegen danke ich von Herzen:

dem Gmeiner-Verlag und meiner Lektorin Claudia Senghaas für viel Verständnis und Geduld

meinem Dreierdreamteam zuhause, ohne die das Schreiben nicht möglich wäre, für Freiraum, Gelassenheit, Zuspruch und Durchhalteparolen

unseren beiden Herkunftsfamilien für alles – bei dem, was die letzten beiden Jahre von euch und uns abverlangt haben

meinen Leserinnen und Lesern für Bücherkäufe, Signierstunden auf Bügelbrettern und Gartentischen, für Mails, Fotos, Likes und Smileys, fürs Weitererzählen und Werbetrommelrühren bei den Buchhändlern – ihr macht das großartig. Gerne weiter so!

allen Freund*innen, Nachbar*innen, Kolleg*innen, Kaffeedealer*innen fürs Füttern von Leib und Seele
allen Buchhändler*innen und Veranstalter*innen fürs Durchhalten

Ein großes Dankeschön gilt auch diesmal wieder denjenigen, die das Manuskript kritisch unter die Lupe genommen haben. Ihr habt einen großartigen Job gemacht: Dirk Eichbaum, Doro Eßer, Irene Kiesler-Lohmer, Lukas Eichbaum, Martina Tendler, Nicole Berger (150 Seiten), Nicole Peters.

Nicht zuletzt ein Danke an alle Menschen und Orte, die mich faszinieren und inspirieren. Ausdrücklich erwähnt seien an dieser Stelle: Daniela Schneider (Friseurin), Jacqueline Böhne/Gästehaus Brauer, die Kaffeegenießerei, die Fischgenießerei, das Inselloft und die Marienhöhe Norderney sowie der Rheinpavillon in Bonn.

Ich freue mich auf ein Wiederlesen.

Ruth Keiser und Martin Ziegler ermitteln:

1. Fall: Inselcocktail
ISBN 978-3-8392-2109-9

2. Fall: Letzte Hoffnung Meer
ISBN 978-3-8392-2374-1

3. Fall: Inselaffäre
ISBN 978-3-8392-2576-9

4. Fall: Inselduell
ISBN 978-3-8392-2834-0

5. Fall: Insellicht
ISBN 978-3-8392-0140-4